Flutkinder

Die Autorin

Elke Kleist, 1956 geboren, lebt seit ihrer Kindheit in Prerow. Sie hat zwei sehr erwachsene Kinder und vier wundervolle Enkel.
26 Jahre lang betrieb sie gemeinsam mit ihrem Mann das Restaurant „Klönsnack“ in Prerow.
Bisher sind von ihr eine Sammlung von Kurzgeschichten und die Romane „Charmefaktor Hering“, „Mit dem Nordost nach Südwest“ und „Das Sanddornhaus“ erschienen.

Elke Kleist

FLUTKINDER

Ostsee-Roman

Engelsdorfer Verlag
Leipzig
2021

Bibliografische Information durch die Deutsche Nationalbibliothek:
Die Deutsche Nationalbibliothek verzeichnet diese Publikation in der Deutschen Nationalbibliografie; detaillierte bibliografische Daten sind im Internet über https://dnb.de abrufbar.

ISBN 978-3-96940-175-0

Hergestellt in Leipzig, Germany (EU)
www.engelsdorfer-verlag.de

18,00 Euro (DE)

Kapitel 1

1872

Das Unheil kündigte sich in leuchtendem Orange an.

Der Himmel schien zu brennen, doch dann ballten sich schwarze Wolken mehr und mehr zu einer bedrohlichen Wand zusammen und tauchten das kupferrote Licht in tiefes Dunkel. Ein sicheres Vorzeichen, dass es Sturm geben würde. Einen mächtigen Sturm.

Thillmann Lange starrte auf das tobende Meer hinaus. Mit Besorgnis hatte er den seit Wochen anhaltenden starken Westwind beobachtet. Er sollte recht behalten. Inzwischen war daraus ein Sturm mit enormer Gewalt geworden, der nun über Prerow hinweg fegte, erbarmungslos an den Bäumen zerrte, die Häuser durchschüttelte und alles, was nicht fest verstaut war, mit sich riss. Er drückte enorme Wassermassen mit voller Wucht in den Ostteil der Ostsee. Der Weststrand verlor Meter für Meter an das Meer. Es strömte immer weiter in den Darßer Urwald hinein, entwurzelte mit ungeheurer Kraft Windflüchter und verschlang das Land, gerade so, als wollte es alles, was sich ihm in den Weg stellte in die Tiefe ziehen. Währenddessen zog sich das Wasser an der Nordküste immer weiter zurück und hinterließ einen Strand ungeahnter Breite. Ein unheimliches Bild, das nichts Gutes verhieß. Das hatte Thillmann Lange so noch nie erlebt.

Fröstelnd schlug er den Kragen seiner schweren, dunkelblauen Jacke hoch und vergrub die Hände tief in ihren Taschen. Er kehrte dem Strand mit einem unheimlichen Gefühl den Rücken, gerade so, als könnte jeden Augenblick etwas von dort über ihn herfallen. Wie ein imaginärer Feind, der vorzugsweise aus dem Hinterhalt angriff.

Hinter den Dünen, in dem schmalen Küstenwäldchen, verlor der Wind ein wenig an Kraft, legte dafür aber auf der Holzbrücke, die Thillmann Lange über den Strom zurück ins Dorf führte, umso stärker zu. Es kochte und brodelte unter ihm, der Schlund zur Unterwelt schien sich zu öffnen. Thillmann Lange hatte Mühe, sich auf den Beinen zu halten. Die lauernde Gefahr legte sich wie ein Ring aus Eis um seinen Körper.

Er war hier aufgewachsen. Wind, Wellen und Schiffe gehörten zu seinem Leben und es war nur logisch, dass er, wie schon sein Vater, Großvater und Urgroßvater zur See fuhr. Wie fast alle Jungs von hier. Aber während die Söhne der armen Leute als Kajütenjungen oder Leichtmatrosen die Weltmeere befuhren, mehr war für sie nicht drin, ging er als Sohn eines Kapitäns nach ersten Erfahrungen auf See als Schiffsjunge und Matrose sofort auf die Navigations- und Steuermannsschule und legte mit nicht mal dreißig Jahren an der Seefahrtsschule Wustrow ebenfalls sein Kapitänspatent ab. Er wollte nie etwas anderes. Das Meer war sein Leben. Er kannte keine Angst, hatte den Stürmen immer lachend ins Auge gesehen.

Aber das hier, das war etwas anderes.

Es war November und seine „Seemöwe" lag schon im sicheren Hafen in Stralsund. Doch er dachte an die, die noch auf dem Heimweg waren und gegen die zunehmend winterlichen Stürme ankämpfen mussten. Die See kannte kein Erbarmen und er wusste, nicht alle würden es schaffen. Es blieben immer welche draußen, fanden ihr Grab tief unten auf dem Grund des Meeres.

Er warf einen letzten Blick in den grauen Himmel, ehe er den Hafen hinter sich ließ. Er musste nach seiner Frau sehen. Sie stand kurz vor der Niederkunft.

Sie klagte nie, aber er konnte nicht übersehen, wie müde und erschöpft sie schon am Morgen war und wie schwer es ihr fiel, ihre Arbeiten zu bewältigen. Tiefe Falten hatten sich im Laufe der Jahre in ihr ernstes, einst so schönes Gesicht gegraben. Nur manchmal sah er sie versonnen lächeln, wenn sie zärtlich über ihren Bauch strich und leise eine Melodie für das Baby summte.

Vielleicht schenkte sie ihm nach sechs Töchtern endlich den lang ersehnten Sohn.

Sie hatten nicht mehr daran zu glauben gewagt, dass ihnen das Glück eines weiteren Kindes noch einmal zuteilwerden würde. Sie waren schließlich beide nicht mehr die Jüngsten. Zwei ihrer Töchter waren bereits verheiratet, zwei versprochen und die beiden anderen konnten es kaum erwarten, den Großen nachzueifern. Aber der Herrgott hatte es gut mit ihnen gemeint.

Lange liebte seine Töchter und war ihnen immer ein guter Vater gewesen, wie er auch ein guter Ehemann war. Er war ein ruhiger und besonnener Mann, auf See wie zu Hause. Er hatte es als Kapitän zu beachtlichem Wohlstand gebracht, kaum etwas konnte ihn aus der Ruhe bringen. Aber der Gedanke, endlich einen Sohn zu bekommen, dieser langjährige Wunsch, verzehrte ihn und wuchs zu einer verzweifelten Leidenschaft heran, die ihn nicht mehr losließ. Mit einem Sohn würde noch einmal ein ganz neues Leben beginnen. Es würde erst einen wahren Sinn bekommen. Ein Sohn, in den er all seine Erwartungen setzte, der in seine Fußstapfen treten würde, sich wie er den Gefahren des Meeres stellen und die Seemannsehre der Familie Lange in die nächste Generation weitertragen würde.

Diesmal musste es ein Sohn werden.

Nicht weit entfernt, am Krabbenort, lauschte auch Erna Lembke in ihrer altersschwachen Kate dem Heulen des Windes, dem Ächzen des Gebälks und dem unheilvollen Klappern der Fensterläden. Würde das Haus diesen Gewalten widerstehen können?

Oder holten sie jetzt alle ihre Sünden ein?

Sie dachte an ihren Mann, den der Sturm ihr zwei Jahre zuvor nahm und sie mit vier kleinen Söhnen allein zurückließ. Der Sturm hatte nicht danach gefragt, wie sie die Kinder allein satt bekommen, ihnen eine warme Stube schaffen und das alte Haus instand halten sollte. Er hatte auch nicht nach den vielen einsamen Stunden gefragt, in denen sie Kälte umfing und kein starker Arm ihr Geborgenheit gab. Er hatte ihren Mann einfach in die Tiefen des Meeres gerissen.

Sie war stark. Sie musste es sein. Und nur ein einziges Mal war sie schwach geworden. Ließ sich fallen. Vertraute. Nun saß sie hier mit einem weiteren Kind unter dem Herzen, das jeden Tag hinausdrängen konnte. Ein Kind der Sünde. Noch ein hungriges Maul mehr, das zu stopfen sein würde. Und doch, was konnte dieses kleine Wesen in ihrem Bauch dafür. Sie liebte dieses Kind jetzt schon und wer weiß, vielleicht schenkte ihr der Herrgott diesmal ein Mädchen?

Der Vater des Kindes war ein hübscher Kerl, der durch die Lande zog, mal hier, mal dort arbeitete und, wie sich schnell herausstellte, nie lange an einem Ort blieb. Groß, stark, mit rotblonder Mähne, wie ein verwegener Wikinger. Mit süßen Versprechen hatte er sie eingewickelt, sich in ihr Bett geschlichen und dann aus dem Staub gemacht. Ein Kind? Nein, so hatte er sich das nicht vorgestellt, das sollte sie mal schön allein ausbaden.

Und wieder fragte niemand, wie es ihr ging. Die wohlhabenden Frauen des Dorfes blickten verächtlich auf sie herab, ihresgleichen mit spöttischer Häme. Selten begegneten ihr Mitleid und Hilfsbereitschaft, außer beim alten Krüger, der in seinem Laden wieder und wieder bereit war anzuschreiben. Aber irgendwann würde auch er sein Geld einfordern. Geld, das sie nicht hatte, obwohl sie sieben Tage die Woche, oft zehn Stunden und mehr schuftete. Sie hatte für die reichen Scharmbergs, Langes und Niemanns geputzt und gewaschen bis, ja bis ihre Schwangerschaft unübersehbar war und die Herrschaften eine solch unehrenhafte Frau nicht länger in ihren Häusern duldeten.

Also schleppt sie Brennholz aus dem Wald, karrte Dung auf die Äcker und half beim Heu einfahren. Manchmal nahmen sie die Fischer mit auf die See hinaus. Aber die zunehmende Leibesfülle setzte ihr zu und sie musste viel zu früh viel zu harte Arbeit auf die schmalen Schultern ihrer noch viel zu kleinen Jungs abwälzen.

Wieder war es Krüger, der ihr half, sie ein paar Stunden in seinem Laden arbeiten ließ, um wenigstens einen Teil ihrer Schulden begleichen zu können und ihr darüber hinaus gestatte, den einen oder anderen Happen mitzunehmen.

Wären da nicht noch die alte Kuh und der kleine Acker hinter ihrer verfallenen Kate, sie hätte wohl längst mit ihren Kindern ins Armenhaus gemusst.

Und nun noch so ein kleiner Mensch ohne Zukunft.

Sorgenvoll schweifte ihr Blick durch das Fenster, hinaus in die dunkle, stürmische Nacht.

Tief gebeugt stapfte Thillmann Lange gegen den Wind an. Am Dorfkrug machte er Halt. Für ein Glas Rum sollte noch Zeit sein. Der Sturm riss ihm fast die Tür aus der Hand und er musste sich ordentlich ins Zeug legen, um sie hinter sich wieder zu schließen.

Der Schiffer Lukas Scharmberg, die Fischer Tietz und Hensel und noch ein paar Männer saßen um einen runden Tisch herum, blickten auf und nickten ihm stumm zu.

Thillmann Lange rieb seine kalten Hände. Er überlegte kurz, ob er sich zu den Männern setzen sollte, entschied dann aber doch, nur ein schnelles Glas im Stehen zu nehmen.

„Die ‚Windbraut' ist auch noch draußen", sinnierte einer der Männer, während er gedankenversunken in sein Glas stierte.

„Ist ein gutes Schiff", brummte sein Gegenüber.

„Kohnert ist ein erfahrener Kapitän." Lukas Scharmberg lehnte sich entspannt zurück und steckte seine Pfeife in den Mund. Dabei öffnete er ihn weit, als hätte er Sorge, ihn sonst zu verfehlen. „Der weiß, wie er den Sturm zu nehmen hat."

„Trotzdem, wenn er schlau ist, bleibt er in Wismar bis der Spuk vorbei ist."

„Ich sage euch, der nimmt es mit jedem auf, auch mit Rasmus."

„Wenn ihn das mal nicht teuer zu stehen kommt. Mit Rasmus legt man sich besser nicht an." Der alte Mann, der das sagte, wiegte bekümmert den Kopf. „Die Meeresgeister kennen kein Erbarmen."

Thillmann gab dem Dorfschulzen ein Zeichen, ihm einen Rum einzuschenken.

„Wenn ihr schlau seid", sagte er, an die Männer gewandt, „geht ihr nach Hause und bringt eure Frauen und Kinder in Sicherheit." Er hob sein Glas und prostete ihnen zu.

„Hast wohl auch Angst vor Rasmus?", frotzelte einer der Männer. „Wirst langsam zu alt für die Schifffahrt? Komm her, setzt dich her und trink noch einen mit uns."

Thillmann schüttelte den Kopf. „Nein, lass mal. Ich sage euch, da kommt noch was. Das ist noch nicht alles. Wenn der Wind auf Ost dreht, dann holt uns alle der Rasmus." Er stellte sein Glas ab und legte ein paar Münzen auf den Tisch. Grüßend hob er die Hand an die Mütze und wandte sich dem Ausgang zu.

„Ja, ja, lauf du mal nach Hause und ordne deinen Weibern die Röcke", rief ihm Lukas Scharmberg höhnisch hinterher und ließ sein Glas polternd auf den Tisch knallen. „He Schulze, noch eine Runde!"

Scharmbergs Worte durchfuhren Thillmann wie ein Dolchstoß. Immer wieder musste er den Hohn der Männer ertragen, dass es bei ihm nur zu einem Sack voll Weiber reichte, während deren Söhne längst mit zur See fuhren.

Ein Sohn! Endlich ein Sohn! Das würde den Spöttern ein für alle Male die Mäuler stopfen.

Missgestimmt entschied er die erneute Erniedrigung zu überhören und verließ das Gasthaus wortlos.

Der Sturm hatte inzwischen noch mehr zugelegt und er hatte Mühe, sich auf den Beinen zu halten. Die Bäume bogen sich unter der Last des Windes, unfähig sich ihm zu widersetzen. Äste fielen krachend zu Boden. Es war dunkel geworden und man konnte nur noch das flackernde Licht der Petroleumlampen in den Häusern sehen. Ohne dieses tröstliche Licht hätte wohl schon so manch einen der Glaube verlassen, unbeschadet durch diese Nacht zu kommen.

Thillmann Lange brauchte sich darum kaum Sorgen machen. Sein Großvater hatte damals das Grundstück auf dem Berg erworben und das Haus gebaut, in dem er und seine Familie heute lebten. Es war ein gutes Haus, massiv gemauert und mit einem stabilen Steindach. Schmucke Fensterläden schützten die Scheiben und drinnen sorgten prachtvolle Kachelöfen für wohlige Wärme.

Vor der Haustür kam ihm seine Jüngste schon entgegengelaufen.

„Papa, Papa, da bist du ja", ihre Stimme überschlug sich fast vor Aufregung, „die Hebamme war da und hat gemeint, du sollst die Mutter gleich morgen ins Pfarrhaus bringen. Wenn der Sturm noch stärker wird, könnte sie womöglich nicht rechtzeitig bei ihr sein, wenn es losgeht. Außerdem muss sie der Erna, der aus dem Krabbenort, auch beistehen. Da hat sie lieber beide zusammen und …"

„Nun mal langsam, Minning", unterbrach Thillmann Lange seine Tochter und schob sie ins Haus. Was für ein gutes Gefühl, in ein warmes und behagliches Heim zu kommen und Kälte und Sturm einfach draußen lassen zu können.

Seine Frau stand in der Küche und trocknete sich die Hände an einem Leinentuch ab.

Thillmann Lange setzte sich an den großen Esstisch. „So, so, die Piepersche war hier. Es geht also bald los?“, fragte er mit einem leichten Beben in der Stimme.

Nach sechs Kindern sah man einer Niederkunft nicht mehr so aufgeregt entgegen. Wenn da nicht jedes Mal die Hoffnung wäre, endlich mit einem Sohn gesegnet zu werden.

Wilhelmine nickte zögerlich. „Sie meint, das Kind würde nicht mehr lange auf sich warten lassen. Sie schien besorgt.“

Thillmann sah sie erschrocken an. „Es geht dir doch gut? Und unserem Kind auch?“

„Die Piepersche sagt, dass sich schon alles richten würde.“ Unsicher schaute sie zu ihrem Mann hinüber. „Und dass meine Mutter ganz sicher helfen könnte.“

Thillmann Langes Faust donnerte auf den Tisch. „Ich will nichts von ihr hören, Weib!“

Diese Frau kam ihm nicht über die Schwelle. Dieses unheimliche Weibsbild.

Damals, als sie jung waren, hatte er noch darüber gelacht, aber mit der Zeit bereitete sie ihm mehr und mehr Unbehagen. Kräutergebräu, Handauflegen und nächtliche Besuche auf dem Friedhof bei Vollmond, nein, nein, mit so was wollte er nichts zu tun haben. Basta! Früher hatte man Weiber wie sie als Hexen auf dem Scheiterhaufen verbrannt.

Wilhelmine drehte sich traurig zur Seite. Es hatte keinen Sinn, ihr Mann würde seine Meinung nie ändern. Ihre Mutter hatte eine Gabe, den Menschen dort zu helfen, wo Doktor Wispel es nicht mehr vermochte. Wäre es nach dem alten Arzt gegangen, hätte sie selbst schon lange das Bett nicht mehr verlassen dürfen, weil das Kind viel zu früh nach unten drückte. Aber wer hätte sich dann um ihren Mann und die Mädchen kümmern sollen? Ihre Mutter wusste immer um ein heilendes Mittel. Sicher, manchmal geschahen recht wunderliche Dinge, aber eine Hexe war sie deswegen noch lange nicht.

Doch seinem Ehemann widersprach man nicht. Und von ihren Besuchen bei der Mutter durfte er sowieso nichts wissen.

Sie stütze mit den Händen ihren schmerzenden Rücken. „Bei Erna Lembke ist es auch so weit. Der alte Krüger bringt sie morgen ins Pfarrhaus. Bei ihr zu Hause ist es zu …“, sie suchte nach dem richtigen Wort, „nun, die Piepersche meinte, im Pfarrhaus wäre es sicherer und sie könnte so auch besser nach ihr sehen, weil der Sturm so ungeheuerlich tobt und sie womöglich nicht zu ihr durchkommt.“

Thillmann Lange runzelte unzufrieden die Stirn. „Das ist ungebührlich, dass eine angesehene Kapitänsfrau und eine Tagelöhnerin nebeneinander niederkommen.“

„Dieser Sturm fordert uns allen etwas ab", versuchte Wilhelmine ihren Mann zu besänftigen, „und sich zu helfen, egal welchen Standes wir sind, ist gottgefällig."

„Nun denn, dann soll es so sein. Aber unser Kind und der Bastard von der Lembke unter einem Dach, gutheißen kann ich das nicht."

Wilhelmine strich ihm über den Arm und rief die Töchter zur Ordnung, die lautstark stritten. „Ab an eure Stickarbeiten. Los, los!"

Kichernd huschten sie hinüber in die anliegende Stube. Wenn die Mutter derart streng sprach, tat man besser wie geheißen.

Wilhelmine lächelte milde, doch dann straffte sie sich. „Grete! Grete!"

Ein dünnes Mädchen, höchstens 13 Jahre alt, kam dienstbeflissen angeflitzt.

„Gnädige Frau?"

Wilhelmine musterte sie skeptisch. Würde dieses halbe Kind, dass kaum älter war als ihre jüngste Tochter, mit all den Aufgaben fertig werden, die während ihrer Abwesenheit zu erledigen waren?

„Pack mir meine Sachen zusammen. Ich werde morgen ins Pfarrhaus gehen bis zur Niederkunft." Sie überlegte kurz. „Ich denke zwar, dass das ganz unnötig ist, aber ich will mich beugen. Du wirst dich inzwischen darum kümmern, dass es dem gnädigen Herrn und unseren Töchtern an nichts fehlt."

„Aber gewiss doch, gnädige Frau." Das Mädchen knickste brav und verschwand im Nebenzimmer.

„Du wirst ein Auge auf sie haben müssen." Wilhelmine sank erschöpft auf den Stuhl am anderen Ende des Tisches.

„Bring du mir nur einen gesunden Sohn nach Hause. Hier wird schon alles seinen rechten Gang gehen. Und jetzt lass uns essen."

Über Nacht hatte der Sturm plötzlich nachgelassen. Eine unheimliche, lähmende Stille kroch über das Land.

Überraschung und Erleichterung zog durch die Häuser. Die Menschen atmeten auf und meinten, sie hätten das Unheil überstanden.

Doch dann traf ein, was Thillmann Lange befürchtet hatte. Der Wind frischte wieder auf, drehte auf Nordost und schwoll zu einem noch gewaltigeren Orkan heran als der, der vorher wütete. Er wirbelte den Sand auf und trieb ihn in beißenden Wolken über das Land, riss Sträucher aus dem Boden, entwurzelte Bäume, jagte Regen, Schnee und Hagel vor sich her und drückte das aufgestaute Wasser der Ostsee mit unbändiger Kraft gegen die Dünen und in den Strom.

Erna Lembke zeterte und wehrte sich, aber der alte Krüger ließ nicht nach.

„Erna, du kannst nicht hierbleiben", polterte er ungehalten. „Das Wasser ist schon gestiegen. Willst du am Ende mit deinen Jungs hier absaufen? Und das Kleine gleich mit?"

„Ich gehe ja mit", gab sie allmählich mit weinerlicher Stimme nach, „aber wo soll'n meine Jungs denn hin? Ich kann sie doch da nicht mit hinnehmen."

„Die kommen mit zu uns. Meine Frau hat schon eine Ecke für sie hergerichtet, wo sie schlafen können."

Erna sackte in sich zusammen. „Ich kann's doch nicht zahlen."

Krüger wischte ihren Einwand mit einer Hand weg. „Papperlapapp! Da mach dir mal keine Sorgen nicht. Schickst mir im Frühjahr deine Jungs. Hab genug zu tun auf dem Feld. Jetzt aber hurtig, pack dein Bündel und rauf auf den Wagen, bevor dein jämmerlicher Katen über uns zusammenbricht."

Das Haus schwankte und knarrte wie zur Bestätigung bedrohlich, als eine weitere starke Sturmbö an ihm rüttelte und unter mächtigem Getöse einen der Fensterläden abriss und wie ein Geschoss durch die Luft jagte.

Trotzdem wollte Erna sich noch nicht geschlagen geben. „Es wird doch wohl nicht so schlimm werden", unternahm sie einen letzten jämmerlichen Versuch Krüger umzustimmen.

Aber der ließ nicht mit sich reden. „Ich sage dir, Rasmus holt sich jeden, der nicht rechtzeitig wegkommt."

In dicke Decken gehüllt saßen sie eng beieinander auf Krügers Leiterwagen. Regen und Hagel peitschte ihnen in die Gesichter und die Pferde hatten Mühe, gegen den Sturm anzukommen.

Von allen Seiten kamen sie, auf Fuhrwerken, mit Bollerwagen und zu Fuß, um sich vor dem drohenden Wasser in Sicherheit zu bringen. Mit vor Nässe triefenden Sachen scharrten sie sich um die kleinen Feuer im Pfarrhof, denn für alle war einfach kein Platz im Haus. In der Scheune teilte die Frau vom Schulzen heiße Pellkartoffeln aus und gab den Müttern etwas Milch für die Kleinsten.

Selbst im Angesicht der drohenden Katastrophe würdigten die anderen Frauen Erna kaum eines Blickes. Als hätte sie eine ansteckende Krankheit wendeten sie sich demonstrativ von ihr ab.

Erna kochte vor Wut. Was bildeten diese Weiber sich ein. Nicht eine von ihnen hatte auch nur den blassesten Schimmer davon, wie es war, wenn die Kinder sich vor Hunger und Kälte in den Schlaf weinten, weil es wieder mal nicht für alle reichte und wie es war, sich ganz allein durchschlagen zu müssen. Die konnten ihr alle den Buckel runterrutschen, diese ach so ehrhaften Damen. Die hochnäsige Borchers da drüben, die bald jeden Tag Prügel von ihrem Mann einheimste, so dass sie grün und blau durch Prerow lief und sich trotzdem aufführte, als hätte sie die beste Partie von allen gemacht. Erna hatte nie Schläge von ihrem Mann bekommen. Er war ein guter Mann, Gott habe ihn selig. Oder die Grube und die Müller, die in ihren kostbaren Pelzen herumstolzierten und Gott weiß was vornehm taten. Aber Erna hatte sie mit eigenen Augen gesehen, wie sie bei Nacht und Nebel im Haus der alten Hebamme verschwanden, um beseitigen zu lassen, was sie sich bei irgendwelchen Techtelmechteln eingefangen hatten, während ihre Männer Monate lang auf See ihr Leben riskierten.

Wem hatte die alte Hebamme nicht schon alles aus der Not geholfen und sich dafür gut entlohnen lassen. Aber sie öffnete auch denen ihre Tür, die nichts hatten. Sie kannte das Elend der gepeinigten Frauen nur zu gut.

Für Erna war das nicht in Frage gekommen. Kinder waren ein Gottesgeschenk, ob willkommen oder nicht. Sie würde auch dieses kleine Bündel groß bekommen.

Früh um vier Uhr brachen Dünen und Deiche und das Meer stülpte sich wie ein riesiger, schwarzer Krake über den Bodden und brachte ihn zum Überlaufen. Der Sturm peitschte das Wasser vor sich her, gurgelnd und brausend füllte es die tiefer gelegenen Dorfwiesen, Wege und Grundstücke. Gierig stürzte es sich auf alles, was sich ihm in den Weg stellte, spülte den Lehm aus den Fachwerken heraus, zersplitterte Fensterglas und drang in die Häuser ein. In den Stuben schwammen Tische und Stühle herum, kostbares Porzellan und einfachstes Tongeschirr wurden von den Regalen gerissen und zerbarsten gleichermaßen in tausend Scherben.

Eiskalt umschloss das strömende Wasser die Körper derer, die sich nicht rechtzeitig auf ihre Hausböden retten konnten und riss etliche von ihnen gewaltsam mit sich in den Tod.

„Das Wasser kommt! Das Wasser kommt!“ Ein Mann kam auf den Pfarrhof gerannt und wedelte wild mit den Armen. „Der Krabbenort ist schon überflutet und der halbe Ort. Hat einer Lampes und Kretzmers gesehen? Sind die hier? Wir konnten sie nirgends finden.“ Grauen schwang in seiner Stimme mit.

Entsetzt blickten die Leute in die Runde und schüttelten die Köpfe, einige brachen weinend zusammen und schlugen verzweifelt die Hände vor's Gesicht.

„Wir müssen hier weg!“ schrien andere, von Panik getrieben.

„Nein, bleibt hier! Das wäre euer sicherer Tod!“

Die Menschen wussten nicht, was sie tun sollten. Sie rannten ruhelos hin und her, jammerten, schickten laute Gebete gen Himmel oder verfielen in lähmende Apathie, unfähig, auch nur einen Finger zu rühren.

In dieser Nacht konnte und wollte niemand schlafen. Die Angst um das eigene Leben, das ihrer Familien und ihre Besitztümer, seien sie noch so klein, hielt alle wach.

„Der Krabbenort unter Wasser? Oh mein Gott, das Haus", flüsterte Erna erschrocken. „Was soll nun bloß aus uns werden? Wo soll ich jetzt mit meinen Kindern bleiben? Lieber Gott, bin ich nicht schon genug gestraft, kennst du gar kein Erbarmen?"

Doch dann wurde ihr erst richtig bewusst, was der Mann gesagt hatte. „Der halbe Ort? Meine Kinder! Herr im Himmel, sie sind beim alten Krüger!"

Der Mann, der eben die niederschmetternde Nachricht gebracht hatte, war schon wieder auf dem Weg zurück ins Dorf, um denen zu helfen, für die die Hilfe noch nicht zu spät kam.

„Der Laden vom Krüger liegt auf einem Reff, da kommt das Wasser nicht hoch, gute Frau. Deine Kinder sind da sicher", rief er ihr zu und war, ehe Erna ihn noch etwas fragen konnte, um die Ecke verschwunden.

„Lieber Gott, ich danke dir!" Erleichtert drückte Erna ihre Hände fest an ihr Herz.

Im selben Moment ließ sie ein stechender Schmerz, als würde ihr jemand ein Messer in den Bauch stoßen, fast in die Knie gehen. Sie konnte sich gerade noch an einer Wand festhalten. Es ging los. Ausgerechnet jetzt. Wo war die Pieperschе?

Erna zwang sich tief ein- und auszuatmen. Was sollte schon passieren, versuchte sie sich zu beruhigen, war schließlich nicht ihr erstes Kind. Sie wusste doch, wie so was ablief. Sie schleppte sich in gebückter Haltung zum Haus, um die Qual abzumildern. Aber die nächste Wehe rollte bereits heran und schien ihren Leib auseinanderreißen zu wollen. Das ging zu schnell! Sie musste einen Platz finden. Sie konnte ihr Kind doch nicht hier im Hof zur Welt bringen.

Plötzlich waren zwei Männer zur Stelle und packten sie bei den Armen. Unter dem Kommando der Hebamme Pieper brachten sie sie in eine winzige Schlafkammer, wo eine Stalllaterne für spärliches Licht sorgte. Aber es war ruhig und saubere, weiße Tücher lagen bereit.

Die alte Hebamme wusch sich die Hände in der bereitgestellten Waschschüssel, schrubbte die Nägel und zog dann die weißen, leinenen Sachen über ihr grobes Wollkleid.

„Leg dich da hin", rief sie Erna über die Schulter hinweg zu. „ Woll `n doch mal sehen, was dein Kleines macht."

Mit erfahrenen Händen tastete sie Ernas Bauch ab und nickte zufrieden mit dem Kopf. „Hast noch Zeit."

Die Tür zur Kammer öffnete sich einen Spalt und ein dünnes, blasses Mädchen steckte ihren Kopf herein. Hastig flüsterte sie der Hebamme etwas zu und verschwand genauso schnell wieder, wie sie gekommen war.

„Ich muss nach dem Kapitän seine Frau sehen", sagte die Alte, ohne sich noch einmal zu Erna umzudrehen. „Musst laut rufen, wenn's bei dir los geht."

Erna schaute ihr mutlos hinterher. So eine Kapitänsfrau hatte natürlich Vorrang. Was galt schon das Kind einer Tagelöhnerin, wie sie eine war. Eine wie sie war unter Null.

„Das Kind liegt falsch. Ich werd's drehen müssen." Die Hebamme sah Wilhelmine Langes schmerzverzerrtes Gesicht. „Nu gucken's mal nicht so düster, ist noch keins dringeblieben."

Sie drehte Wilhelmine den Rücken zu, um sie ihre Sorge nicht sehen zu lassen. Das sah gar nicht gut aus. Das würde verdammt schwer werden, noch dazu, wo die Frau nicht mehr die jüngste war. Hoffentlich hatte sie noch genug Kraft das durchzustehen.

„Trulla, mach Wasser heiß", wies sie das Mädchen an, das ihr zur Seite stand, „viel heißes Wasser brauch ich!"

Wilhelmine Lange versuchte mühsam sich ein wenig aufzurichten. „Piepersche, konntest du sehen, ob es ein Junge ist?", fragte sie mit schwacher Stimme.

Die Hebamme blickte erstaunt auf. Was war in dieses Weibsbild gefahren? Ein Kind, das falsch lag, konnte leicht den Tod von Mutter und Kind bedeuten. Was spielte es da für eine Rolle, ob es ein Junge oder ein Mädchen war?

Doch dann ging ihr ein Licht auf. Draußen, vor der Tür, lief Thillmann Lange wie besessen auf und ab. Nur mit Mühe hatte sie ihn davon abhalten können, sich mit in die Kammer hinein zu drängeln. So weit kam das noch, ein Mannsbild bei der Niederkunft mit dabei.

Der Herr Kapitän, dachte sie grimmig, setzt seiner armen Frau zu. Sechs Töchter und kein Sohn, das nagt an seinem Mannesstolz. Verärgert schüttelte sie den Kopf. Diese Kerls sollten mal Kinder kriegen. Das wollte sie erleben. Den ganzen Darß würden die zusammen brüllen.

„Das können S' noch nicht sehen", grummelte sie und schrubbte ihre Hände noch einmal gründlich, „da müssen S' schon warten, bis das Kind sein Hinterteil rausstreckt."

Dann schaute sie Wilhelmine Lange mitfühlend an. „Hier, nehmen S' das. Ist gegen die Schmerzen. Dann merken S' nicht so viel." Sie nickte der Kapitänsfrau aufmunternd zu.

Wilhelmine Lange griff nach der Hand der Hebamme. „Piepersche, denkst du, der Herrgott wird mir beistehen?"

Sieh mal einer an, dachte die alte Hebamme, nichts übrig von der stolzen gnädigen Frau. Am Ende sind sie doch alle gleich.

Sie tätschelte der verängstigten Frau den Kopf. „Machen S' sich mal keine Sorgen. Bei dem Jungen von Johanna Schuster, letztes Jahr, war's genauso, und gucken S' ihn sich heute an. Ein Prachtkerl. Hier, nehmen S' von den Tropfen."

Wilhelmine musterte das kleine braune Fläschchen ängstlich.

Die Hebamme zwinkerte ihr vertraulich zu. „Können S' ruhig schlucken. Sind von ihrer Mutter. Zehn Tropfen. Nicht mehr."

Wilhelmine drückte die kleine Flasche an sich. Nun würde alles gut werden. Sie blickte zur Tür. Dass nur Thillmann nichts davon mitbekam.

Vorsichtig, um ja nichts zu verschütten, nahm sie die Flasche an den Mund. Waren das jetzt zehn? Oder noch nicht? Vielleicht noch einen.

Die Wirkung setzte schnell ein und Wilhelmine fühlte sich auf einmal leicht und schwerelos. Sie schwebte einem Licht entgegen. Kein Sturm, kein Wasser konnten ihr jetzt noch etwas anhaben.

Wie aus weiter Ferne drang die aufgeregte Stimme der Hebamme zu ihr durch, verschwommene Bilder tanzten vor ihren Augen und irgendetwas schien ihren Körper auseinanderreißen zu wollen. Warum quälte die Piepersche sie so? Warum ließ man sie nicht in Ruhe? Warum ließ man sie nicht in das Licht?

Als das Kind seinen ersten kläglichen Schrei von sich gab, war sie schon in einen tiefen Schlaf gefallen. Ein Schlaf der vollkommenen Erschöpfung und Erlösung.

Kaum hatte die Hebamme Mutter und Kind versorgt, setzten auch bei Erna die letzten Wehen ein.

Die Piepersche kniete vor ihr. „Los Erna, noch einmal pressen. Ja, so ist es gut. Warte, noch nicht, warte, warte und jetzt, noch einmal, pressen!"

Erna schnaufte, fluchte und brüllte vor Schmerzen, um im nächsten Moment versöhnliche Gebete gen Himmel zu schicken.

„Ich seh `s schon, da ist das Köpfchen. Los Erna, noch mal pressen! Press, Press!"

Im selben Moment, in dem Ernas Kind ihren schützenden Leib verließ, erschütterte ein Beben das Pfarrhaus. Direkt über Ernas Kopf ragte durch ein schier riesiges Loch im Dach ein gewaltiger Ast. Der eisige Sturm schoss in die kleine Kammer, wirbelte herum und ließ augenblicklich die Luft gefrieren und Hagelkörner auf sie herab prasseln.

Erna schrie erschrocken auf, aber die Hebamme behielt einen kühlen Kopf. Mit einem schnellen Schnitt trennte sie die Nabelschnur durch, raffte eins der sauberen Tücher und wickelte das Kind darin ein, um es vor der Kälte zu schützen und drückte es an sich.

„Sie holen dich gleich hier raus", rief sie, schon an der Tür, und verließ eilig mit dem Baby die Kammer, ohne weiter auf Erna zu achten, die hilflos die Hände nach ihrem Kind ausstreckte.

Der Raum nebenan, in dem Wilhelmine immer noch in tiefem Schlaf lag, war unbeschädigt geblieben.

„Glotz nich, lauf los, Trulla! Sie sollen die Erna da drüben wegholen. Der Baum ist genau über ihr rein", befahl die Hebamme dem Mädchen, das bei Wilhelmine Wache hielt.

Dann kümmerte sie sich um Ernas Kind und legte es neben Wilhelmines Säugling in eine große Holzwiege.

Trulla kam zurück. „Die Frau vom Schulzen und ein paar andere haben die Erna schon umgebettet."

Die alte Hebamme nickte zufrieden. „Dann ist's ja gut."

„Soll ich der Erna jetzt ihr Kind bringen?" Trulla stand bereits an der Wiege, bereit, nach dem kleinen Bündel zu greifen.

„Nein, du bleibst hier und passt mir gut auf die gnädige Frau auf. Ich schau erst mal nach Erna, ob alles recht ist, bevor ich das Kleine in die Kälte hinaustrage", wies die Hebamme sie an. „Und dass du mir keinen einen hier reinlässt. „

Sie machte sich auf den Weg zu Erna.

Thillmann Lange war die ganze Zeit, von Ängsten, Hoffnung und Ungeduld getrieben, vor der Kammertür auf und abgelaufen. Er hatte den Kampf, den seine Frau auszufechten hatte mit angehört und konnte doch nur hilflos abwarten. Die Sorge um sie nahm ihm fast den Atem. Er dachte weder an die Mädchen zu Hause noch an den Sturm und das Wasser, oder an die Männer, die jetzt draußen auf See waren. Nicht einmal der Sohn war wichtig, den er sich doch so sehnlichst wünschte. Einzig Wilhelmine galt seine Sorge.

Er hatte sich damals auf den ersten Blick in sie verliebt und sie gegen den ausdrücklichen Willen seines Vaters geheiratet, was zu einem Jahre andauernden Bruch zwischen ihnen führte. Erst auf dem Sterbebett hatten Vater und Sohn ihren Frieden miteinander gemacht.

Wilhelmine sollte die Tochter einer Hexe sein? Damals hatte er alles Gerede und die Gerüchte um Wilhelmines Mutter als Unfug abgetan. Wer glaubte denn so was. Aber irgendwann war auch ihm die Alte immer unheimlicher geworden und er fürchtete um den guten Ruf seiner Familie. Er verbot seiner Frau jeglichen Umgang mit ihrer Mutter. Er wollte die Hexe nicht in ihrem Leben haben.

Wilhelmine war ihm immer eine getreue Frau und den Kindern eine gute Mutter gewesen. Und Gott sei Dank hatten weder sie noch eine seiner Töchter die Neigungen der verrückten Großmutter geerbt. Na, das hätte er auch zu unterbinden gewusst.

Es übermannte ihn ein Schwall von Zärtlichkeit für seine Frau, ein Gefühl, dass ihn in der Jugend fast um den Verstand gebracht hatte und dass er längst verschollen glaubte. Unbändige Angst packte ihn. Sollte er sie jetzt etwa verlieren?

Ob er wollte oder nicht, er hatte seinen Posten vor der Tür dann doch verlassen müssen. Die Ereignisse überschlugen sich, der ganze Pfarrhof war in Aufruhr und stand mittlerweile auch unter Wasser, das glücklicher weise nicht bis ans Haus heran reichte. Es galt, den vielen Verletzten zu helfen und schnell die entstandenen Schäden am Gebäude wenigstens notdürftig zu beheben, um den Leuten Schutz zu gewähren. Da wurde jede Hand gebraucht. Auch seine.

Die alte Hebamme stellte beruhigt fest, dass man für Erna einen sicheren Platz gefunden hatte und untersuchte sie. „Gut. Sehr gut. Alles raus. Wirst schnell wieder auf die Beine kommen."

„Pieperschе, wo ist mein Kind?" Erna zerrte sie am Arm. „Wo ist mein Kind? Ist alles in Ordnung mit meinem Kind?"

Die Hebamme drückte Erna zurück auf das Lager. „Is allens dran. Trulla bringt's dir gleich, dein Kind. Ruh' dich erst mal aus."

„Piepersche, was ist es?" Erna schaute die Hebamme flehend an.

Die lächelte listig. „Wirst ja gleich sehen."

Sie ließ Erna allein zurück und machte sich auf die Suche nach Thillmann Lange, der ihr schon entgegen gelaufen kam.

Er brachte kein Wort heraus, während er ihr zuhörte. Seine Kehle war wie zugeschnürt. Aber in seinen Augen standen all die Ängste und Hoffnungen, die ihn seit Stunden umtrieben.

Endlich fand er seine Stimme wieder. „Ein Mädchen also", sagte er tonlos, aber es schien gerade so gar keine Bedeutung für ihn zu haben. Er packte die Hebamme am Kragen. „Aber was ist mit meiner Wilhelmine? Es geht ihr doch gut?" Nackte Angst spiegelte sich in seinem Gesicht wider.

Ärgerlich schüttelte die Hebamme seine Hände ab. „Die lütte Dirn hat sie fast umgebracht." Sie tippte ihm wütend mit dem Zeigefinger gegen die Brust. „Konnten Se nicht die Finger von ihr lassen? In ihrem Alter! Mussten Se ihr das noch mal antun?"

In Thillmann Langes Augen schwammen Tränen. „Piepersche, sie wird doch wieder?"

„Das liegt allein in Gottes Hand." Die Hebamme zuckte mit den Schultern. Sie konnte hier nicht mehr tun.

Thillmann Lange wollte sich an ihr vorbeidrängen. Er musste zu Wilhelmine! Er musste seiner Frau doch beistehen. „Piepersche, lass mich durch. Ich muss zu ihr."

Die Alte zögerte. Das Einzige, was seiner Frau jetzt helfen konnte, war Ruhe.

„Dann soll's sein. Aber tun Se sie nich aufwecken. Sie muss schlafen, Ihre Frau", stimmte sie letztendlich zu. Sie würde ihn sowieso nicht aufhalten können.

Da schoss ihr ein Gedanke durch den Kopf. Was wäre, wenn …, nachdenklich schielte sie zu Thillmann Lange hinüber, der neben ihr lief, gebeugt von der Last auf seiner Seele.

Sie versperrte ihm vor der Kammertür mit ihrem fülligen Körper den Weg.

„Hörn's mir zu, Thillmann Lange", sie kniff die Augen zu Schlitzen zusammen, „ich frag's nur einmal und hab hinterher nie nich was gesagt." Argwöhnisch schaute sie sich um und warf einen Blick um die Ecke, um sicher zu gehen, dass niemand sie belauschte. „Sie hab'n wieder en Dirn und die Erna wieder en Jung'n." Verschlagen nickte sie mit dem Kopf.

Thillmann Lange schaute sie verständnislos an. Was redete die Alte so seltsam daher? Ja, er hatte wieder eine Tochter. Aber was ging ihn Ernas Balg an? Er wollte zu Wilhelmine. Und zwar schnell. Nichts sonst.

Die Hebamme blinzelte verschwörerisch. „Aber Sie woll'n doch 'n Jungen. Oder irre ich mich?" Ihr Blick bohrte sich in seinen.

Er kapierte immer noch nicht. Hatte die Alte den Verstand verloren?

„Thillmann Lange", sie stieß ihn grob vor die Brust, „es könnt Ihr Sohn sein. Überlegen S' sich, bevor die Erna ihr Kind holt." Musste sie etwa noch deutlicher werden?

Erst jetzt erfasste Thillmann Lange den Sinn ihrer Worte. Er ballte die Hände zu Fäusten. „Bis du vollkommen von Sinnen, Weib?", stieß er zornig aus. „Wie kannst du nur!" Er packte sie bei den Schultern und schüttelte sie heftig. „Du alte Hexe, du!"

Doch plötzlich lockerte er seinen Griff, ließ sie los und schaute sie ungläubig an. „Du meinst, du würdest …?"

Erschrocken hielt er inne. Nein, er musste die Alte falsch verstanden haben. Aber was, wenn nicht? Was, wenn sie tatsächlich zu etwas so Ungeheuerlichem fähig wäre?

„Du denkst, dass …, aber weiß Erna denn nicht …", mit offenem Mund starrte er sie an.

Die Alte lächelte verschlagen. Der Wurm war am Haken.

„Die Erna weiß noch von nichts nich. Der Baum hätt sie fast erschlagen und ich musst das Kind raus bringen bevor sie's sehen konnt. Keiner nich weiß was."

„Und das Mädchen?"

„Trulla?" Die Piepersche winkte ab. „Ach die", wiegelte sie abfällig ab, „die kann doch kaum 'nen Hund von 'ner Katze unterscheiden. Der werd' ich schon das Maul stopfen."

Thillmann Lange raufte sich die Haare. „Ernas Bastard soll mein Sohn werden?"

Er wusste nicht, ob er die Alte für diesen unheimlichen Vorschlag hassen oder bewundern sollte.

Aber der Keim war gelegt. In seinem Kopf tobte ein Wirbelsturm der Gefühle.

„Du willst die Kinder einfach austauschen?" Richtig glauben konnte er das immer noch nicht.

„Einfach, einfach! Nichts is einfach nich!", schnaubte die Hebamme. „Das kost Sie schon 'ne Stange Geld." Sie zuckte unschuldig mit den Schultern, was so gar nicht zu ihrem berechnenden Blick passte. „Schließlich muss ich den Rest meines Lebens schwer an dieser Last tragen", flötete sie vornehm mit spitzen Lippen.

Thillmann Lange presste die Faust vor den Mund. Was für eine Versuchung! Ein Wort von ihm und er hätte einen Sohn. Endlich einen Sohn! Was machte es schon, dass er nicht sein Blut hätte. Niemand wüsste davon. Er würde ihn erziehen, prägen, einen echten Lange aus ihm machen.

Die Männer da draußen, die voll Hohn nur darauf warteten, dass er wieder mit einer Tochter herauskäme, er konnte ihren Lästergesang förmlich hören. „Na, wieder 'ne Büchse? Da musst du wohl noch mal ran. Haha, wenn du nicht den Mumm zum achten Weiberrock hast, wirst du nie 'nen Stammhalter kriegen."

Hätte er nun den Sohn, würden sie für alle Zeit an ihrem Spott ersticken.

Und war es nicht auch Wilhelmines größter Wunsch, ihm endlich einen Sohn zu schenken?

Die Piepersche hüstelte ungeduldig.

„Aber die Frauen", nach Luft ringend griff er sich an den Hals, „werden die das nicht merken?" Seine Stimme klang heiser und zitterte. Hieß es nicht, dass Mütter da einen ganz besonderen Sinn hatten, ihre Kinder regelrecht riechen könnten?

Die Hebamme schüttelte den Kopf. „Nie nich, solang sie ihr eigenes Kind noch nich am Busen hatten."

Sein Widerstand schmolz dahin. Er sah sich mit seinem kleinen Sohn am Strand laufen und die Möwen jagen, mit ihm zusammen den Seemännern hinterher winken und ihn eines Tages stolz an Deck seines eigenen Schiffes stehen.

In dem Moment kam Erna wankend um die Ecke. „Piepersche, ich will mein Kind!"

Die Hebamme warf Thillmann Lange einen letzten fragenden Blick zu.

Kapitel 2

Nell blickte argwöhnisch auf den Brief in ihrer Hand. Ein offizielles Schreiben. Was wollten die denn schon wieder von ihr? Sie mochte solche Post nicht. Meist verbargen sich dahinter der Hinweis auf irgendein Vergehen, Versäumnis oder die Aufforderung, diese oder jene Angaben zu machen und Papiere, Genehmigungen oder sonst etwas nachzureichen. Möglichst vorgestern und gern gleich verbunden mit einem beiliegenden Zahlschein. Alle hielten ihre Hände auf. Und wie viele Hände die hatten!

Sie schaute genauer hin. Vom Amtsgericht? Das konnte nichts Gutes sein. Ärgerlich stopfte sie den Brief in ihre Tasche. Den Stapel Werbesendung, mit dem sie tagtäglich überschüttet wurde, entsorgte sie gleich im Papierkorb und stieg die Treppe zu ihrer kleinen Wohnung im dritten Stock hinauf.

In einem dieser anonymen Wohnblöcke zu wohnen, in denen kaum jemand seinen Nachbarn kannte, war weiß Gott nicht ihre erste Wahl gewesen. Aber sie lag günstig, war erschwinglich und vor allem sofort frei.

Nell erinnerte sich noch genau, als sie zum ersten Mal durch diesen Flur die Treppe hinauf ging. Es roch nach nacktem Beton, ein paar Schmierereien verunzierten die Wände und das knirschende Geräusch ihrer Schritte, das der Sand auf dem Boden hinterließ, hallte durch das Treppenhaus. Bis zum letzten Moment hatte sie sich der kindlichen Illusion hingegeben, hinter der eher dünnhäutigen Wohnungstür könnte sich das Paradies verbergen. Tat es nicht. Die Wohnung war noch winziger als beschrieben. Sie glich einem Karton. Einem Schuhkarton. Einem für Kinderschuhe. Mit Deckel.

Aber es war ein Neuanfang. Ihr Neuanfang!

Am liebsten wäre Nell gleich ganz aus Stralsund weggezogen. Einen völlig neuen Beginn wagen. Raus aus der Stadt. Raus aus ihrem alten Leben. Und vor allem weg von ihm! Weit weg! Es war Zeit, endlich ihren Träumen zu folgen. An einem anderen Ort. In Prerow.

Aber eine geeignete und vor allem bezahlbare Wohnung in Prerow zu finden war ein nahezu hoffnungsloses Unterfangen. Ferienwohnungen waren für die Vermieter einfach so viel lukrativer, als sich für deutlich weniger Geld mit Dauermietern herumzuschlagen.

Also hatte Nell sich ihre neue Wohnung in Stralsund schön geguckt, sie nach und nach zu einem gemütlichen Zuhause, zu ihrem Rückzugsort gemacht und sich eingeredet, dass es ja auch viel besser wäre, nicht so weit zur Arbeit fahren zu müssen. Prerow blieb ihr Zufluchtsort, wann immer es die Zeit erlaubte.

Nach zwei Jahren, die sie nun hier wohnte, nahm sie das Treppenhaus gar nicht mehr wahr, durchquerte es fast traumwandlerisch. Hinein in ihr Reich. In das sie niemanden hineinließ, den sie nicht ausdrücklich eingeladen hatte. Nie wieder wollte sie sich in eine Abhängigkeit begeben, über sich bestimmen oder sich einsperren lassen. Diese Wohnung, so klein sie war, gehörte nur ihr allein.

Sie gab die Suche nach einer Wohnung in Prerow aber nicht auf. Sie hielt den Draht zum Makler am Glühen und verbrachte manche weinselige Nacht in Prerow auf dem Sofa ihrer Freundin Sonja. Die Wohnungssituation in dem Ostseebad spitzte sich allerdings mehr und mehr zu, so dass ihre Zuversicht auf eine harte Probe gestellt wurde. Viele junge Leute kehrten Prerow notgedrungen längst den Rücken zu und zogen nach Barth oder Umgebung, wo Wohnraum noch vorhanden und erschwinglich war. Manche von ihnen kamen im Sommer zum Arbeiten auf den Darß. Doch wer wollte schon auf Dauer mit einem Saisonjob leben, von dem er gerade noch sich selbst, aber niemals eine Familie unterhalten konnte. So zog es immer mehr von ihnen in andere Regionen, die ihnen bessere Perspektiven zu bieten hatten. Zurück blieben die Alten. Der Bau von Ferienwohnungen und -häusern ging derweil unvermindert weiter und die Zahl der Urlauber nahm stetig zu. Leider wuchsen Fahrradwege und Gaststättenplätze nicht in selbem Maße mit und es wurde zeitweise eng in Prerow.

Die meiste Zeit verbrachte Nell in Stralsund bei ihren Patienten und bekam von dem, was sich in Prerow abspielte, nur wenig mit. Die Urlauberströme, die Stralsund besuchten, kamen, um das Meeresmuseum, das großartige Ozeaneum und den Hafen zu sehen und verirrten sich nicht in die Neubaugebiete.

Kurz nach der Wende, hatte Sonja ihr einmal erzählt, als es erst wenige Gaststätten im Ort gab, waren Bestechungsgelder, um so an die begehrten Plätze im Restaurant ihres Vertrauens heranzukommen, gang und gäbe. Diese Verhältnisse könnten sie bald wieder einholen. Zurück zu den Wurzeln, leider eher zu den hinterwäldlerischen. Und man stelle sich vor, hatte Sonja mit gespielter Entrüstung berichtet, es gab in Prerow sogar eine Gaststätte, die in der Anfangszeit zwei verschiedene Speisekarten hatte. Eine für die Gäste aus dem Osten, eine für die aus dem Westen. Mit unterschiedlichen Preisen natürlich. Damals war es nicht schwer zu erkennen, woher die Gäste kamen. Wehe dem Ossi, der da schon wie ein Wessi aussah. Aber lange hatte das ja sowieso nicht funktioniert.

Nell war oben angekommen, vorbei an dem Gulaschgeruch aus Müllers Wohnung in der ersten und dem Zigarrenqualm vom alten Meier in der zweiten Etage.

Genug gemeckert. Jetzt war Feierabend. Erst mal Kaffee!

Sie öffnete ihre Wohnungstür und ließ sie geräuschvoll hinter sich ins Schloss fallen, wie es im Haus Sitte war. Anscheinend glaubte jeder, dass es für alle anderen wichtig war zu wissen, dass man zu Hause war. Wie oft hatte sie in der ersten Zeit ihre Mitbewohner dafür verflucht und wie schnell hatte sie sich angepasst. Sie streifte die Schuhe von ihren Füßen und schlüpfte in warme Socken.

Auf dem Weg in die Küche warf sie einen kurzen Blick in den Spiegel an der Wand und fuhr sich durch die wilden, roten Locken. Im schummerigen Licht des Flures schien ihr das junge Mädchen von früher entgegenzublicken. Es war doch eine Gnade, dass die Augen mit dem Alter schwächer wurden. Sie ermöglichten es sich so zu sehen, wie man einmal war. Nicht zuletzt deswegen liebte Nell auch das gnädige Licht ihrer IKEA-Lampe. Sofort stieg ihre Laune.

Aber die Zeit konnte man nicht betrügen, sie hinterließ ihre Spuren, ob man sie nun wahrhaben wollte oder nicht. Spätestens das Tageslicht offenbarte die tatsächlich gelebten Jahre. Nur an ihrem Haar schienen sie spurlos vorbeizugehen. Immer noch leuchtend rot. Eine einzige weiße Haarsträhne, die einfach nicht zu bändigen war, sprang ihr immer wieder vor die Augen, als wollte sie sie so an ihr tatsächliches Alter erinnern. Doch im Grunde fühlte sie sich immer noch wie damals, nur eben 35 Jahre älter.

Nell pustete die widerspenstige Strähne aus dem Gesicht und ging in ihre Küche. Drei Schritte vorwärts, einen zur Seite, das war ihre Küche. Sie schaltete den Kaffeeautomaten an. Eigentlich war das Ding viel zu klotzig für den winzigen Raum, aber nichts ging über einen guten Kaffee. Das glucksende Geräusch der Maschine löste jedes Mal Glücksgefühle bei ihr aus. Entspannt lehnte sie sich an den Küchenschrank und schaute versonnen zu, wie sich ihre Lieblingstasse füllte.

Der Brief fiel ihr wieder ein. Schlagartig verschlechterte sich ihre Stimmung erneut. Türmten sich mit diesem Schreiben weitere bürokratische Anforderungen vor ihr auf? Ein Antrag auf den Antrag eines Antragsformulars? Aber nein, doch nicht vom Amtsgericht. Sie kramte den Brief aus den Tiefen ihrer Tasche. Zerknittert und von einem angefangenen Schokoriegel gezeichnet, legte sie ihn vor sich auf den Tisch. Kritisch beäugte sie ihn, als könnte sie durch den beschmutzten Umschlag hindurchsehen, versuchte ihn etwas glatt zu streichen und schob ihn dann von sich. Sie würde ihn später öffnen. Nicht jetzt. Das Amtsgericht musste warten. Wenigstens eine Tasse Kaffee lang.

Sie streckte den Rücken. Nach über zwanzig Jahren, die sie im Krankenhaus mit psychisch kranken Menschen arbeitete, spürte sie ihre Kräfte schwinden. Sie brauchte eine Veränderung. Sie musste da raus! Sie fühlte sich körperlich und nervlich ausgelaugt, konnte den Patienten nicht mehr das geben, was sie brauchten, weil sie es einfach nicht mehr schaffte. Sie war auf dem besten Weg, selbst zur Patientin zu werden. Die Balance zwischen Mitgefühl mit ihren Patienten einerseits und dem so nötigen emotionalen Abstand andererseits, eben um wirklich helfen zu können, gelang ihr immer weniger. Sie ertappt sich dabei, manch vorgebrachtes Problem eines Patienten gedanklich zu bagatellisieren, um beim nächsten vor Betroffenheit in Tränen auszubrechen. Sie kam aus dem ständigen Erschöpfungszustand nicht mehr heraus. Sie schlief schlecht. Jede Nacht galoppierten die Probleme ihrer Patienten durch ihre Träume, so dass sie, durchgeschwitzt und vollkommen kaputt, in jeden neuen Tag startete. Anfangs dachte sie, es läge am Montag. Da war es immer besonders schlimm. Aber es lag nicht am Montag, es lag am Job. Sie brauchte unbedingt eine Auszeit.

Sie liebte ihren Beruf. Für seelisch angeknackste Menschen da zu sein, ihnen zurück ins Leben zu helfen, war ihre Erfüllung. Das würde sie auch gern weiterhin tun, aber ohne den Krankenhausstress, der geprägt war von ständiger Personalnot und Zeitdruck, der kaum Platz für die Sorgen der

Patienten ließ. Gerade jetzt sollten noch mehr Stellen abgebaut werden. Zu verstehen war das alles nicht.

Die Anzahl der Patienten in den therapeutischen Gesprächsrunden wurde immer größer. In den kurzen Zwiegesprächen, die diese Zusammenkünfte hergaben, konnte sie manchmal Schwingungen spüren, die sie berührten und die ihr oft weit mehr sagten, als tatsächlich ausgesprochen wurde. Doch diese Impulse lösten sich im Beisein der anderen Patienten jedes Mal zu schnell auf, als dass sie sie wirklich zu greifen bekam.

Künftig wollte sie den Menschen helfen, bevor sie abstürzten, bevor sie in dieses tiefe Loch fielen, aus dem ihnen dann nur noch starke Medikamente oder ein stationärer Aufenthalt heraushelfen konnten.

Eine alte Ärztin, die im Laufe der Jahre zu einer mütterlichen Freundin für Nell geworden war und die allein eine Stadtvilla bewohnte und dort praktizierte, hatte ihr angeboten, bei ihr mitzuarbeiten, wann immer sie so weit wäre. Nell hätte eine Gabe, den Menschen auf eine ganz besondere Art zu helfen, hatte sie gesagt. Sie hätte heilende Hände.

Nell hatte die Frau insgeheim belächelt. Hände! Handauflegen! Wer glaubte schon an solchen Hokuspokus. Man half niemandem mit irgendwelchem Zauber, sondern mit Wissen und Einfühlungsvermögen.

Sie brauchte jetzt erst einmal etwas Abstand, um in Ruhe ihre Möglichkeiten zu sondieren. Bis dahin sollte sie vielleicht mal etwas ganz anders machen? Sie könnte als Verkäuferin arbeiten oder kellnern? Vielleicht brauchte Sonja noch Unterstützung in ihrem Café? Sie musste nichts überstürzen, sie hatte genug gespart, um eine Weile zu überbrücken.

Sie nahm den Kaffeebecher zwischen ihre Hände und setzte sich im Wohnzimmer, das kaum größer war als die Küche, in ihren Lieblingssessel am Fenster. Der war, genau wie die Kaffeemaschine, eigentlich viel zu groß, aber er war ihr Zuhause. Zärtlich strich sie über die abgewetzte Armlehne. Er war ein Erbstück ihrer Großmutter. Sie hätte ihn ja längst neu beziehen lassen können, aber dann wäre er nicht mehr derselbe. Genau auf diesem Stoff hatten auch die Hände ihrer Oma gelegen und es fühlte sich für Nell an, als könnte sie so die Hände ihrer Großmutter spüren.

Nell hatte ihre Großmutter nicht mehr kennengelernt. Sie war viel zu früh gestorben. Lediglich aus den spärlichen Andeutungen ihrer Mutter hatte sie immer versucht sie sich vorzustellen. Das einzige Foto, eine vergilbte Schwarzweißaufnahme, das sie irgendwann in einer alten Kiste entdeckt hatte, zeigte zwei lachende Frauen, von denen die eine langes lockiges Haar hatte. Nell hätte wetten mögen, dass es rot war. Die Ähnlichkeit zwischen ihr und dieser Frau war unverkennbar. Das konnte kein Zufall sein. Sie hatten etwas gemeinsam!

Das Foto verschwand, aber das Bild blieb in ihrem Kopf.

Nell musste ihre Großmutter nicht kennen, um zu wissen, dass es da etwas gab zwischen ihnen, etwas Unsichtbares, etwas, das über Generationen reichte. Ihr Herz sagte es ihr. Umso sicherer war sie, dass auch sie eines Tages in Prerow leben würde. Genau wie ihre Oma.

Ihre Mutter war schon als ganz junge Frau aus Prerow weggegangen. Geflüchtet. Aber warum? Wovor? Was war so Schlimmes passiert, dass sich die beiden nicht wieder vertragen konnten? Nell hatte es nie erfahren. Nur so viel, dass ihre Mutter Prerow hasste und erst nach Omas Tod noch einmal zurückgekommen war, um deren wenige Habseligkeiten zu verhökern. Einzig den Sessel hatte sie behalten. Warum gerade den, hatte sich Nell nie erschlossen. Es hatte sie auch nicht viel Mühe gekostet, ihn der Mutter abzuschwatzen. Sie hatte ihre Mutter immer und immer wieder gelöchert, gebeten, gebettelt, ihr doch von früher zu erzählen, aber außer gelegentlicher Vorwürfe, sie sei genau wie ihre Oma, war kaum etwas aus ihr herauszubekommen.

Dementsprechend verstört hatte ihre Mutter dann auch reagiert, als Nell ihr irgendwann verkündete, sie würde ganz sicher irgendwann nach Prerow ziehen.

Vielleicht war es gerade dieses geheimnisvolle Getue ihrer Mutter und die Tatsache, dass sie, Nell, angeblich wie ihre Oma war, die ihre Neugier umso mehr weckte und mit ihrer Großmutter noch enger verband, sie zum Idol ihres Lebens erhob. Sie war wie ihre Oma! Was als kindlicher Starrsinn und Opposition begann, entwickelte sich zu einem tiefen Gefühl und der Gewissheit, dass es etwas ganz Besonderes mit ihrer Großmutter auf sich gehabt haben musste.

Das Telefon riss sie aus ihren Gedanken.

„Hallo, Mama!“

„He, Kleines. Ich wollte nur mal hören, wie es dir geht.“

Nell schüttelte verwundert den Kopf. Hatte ihre Mutter gemerkt, dass sie gerade an sie dachte? Es war nicht das erste Mal, dass derjenige, der Nell gerade beschäftigte, sich genau in dem Augenblick bei ihr meldete. Gedankenübertragung? Bioströme? Passierte so etwas anderen auch? Sie würde Sonja fragen, ob sie so etwas auch schon erlebt hatte. Aber die würde sie wahrscheinlich wieder auslachen und ihr sagen, dass es so etwas nur bei rothaarigen Frauen gäbe. Aber nur bei denen mit einer weißen Haarsträhne.

„Ich habe im Krankenhaus angerufen, aber da sagte man mir, dass du schon weg wärst."

„Ich hatte Frühschicht."

Nell war eigentlich gerade nicht zum Reden aufgelegt. Nach einem anstrengenden Tag wollte sie ihre Ruhe haben. Sie mochte es schon gar nicht, wenn ihre Mutter sie im Krankenhaus anrief. Nichts Privates auf Arbeit. Aber ihre Mutter lebte schon immer auf der Sonnenseite des Lebens. Schatten wollte sie nicht sehen. Dass ihre Tochter Medizin studieren wollte, hatte sie schon vehement abgelehnt, als es dann die Psychologie wurde, verfiel sie förmlich in Panik. Sie war regelrecht hysterisch geworden, verbot es ihr, drohte mit Enterbung und versuchte mit aller Macht es ihr auszureden. Aber Nell wusste, dass sie genau das und nichts anderes machen wollte.

Sie liebte ihre Mutter. Aber sie hatten beide vollkommen andere Vorstellungen davon, wie ihr Leben ablaufen sollte. Da waren Reibereien vorprogrammiert. Nell konnte sich an kein Treffen, kein Gespräch mit ihrer Mutter erinnern, dass nicht im Streit geendet hätte.

„Was ist los, Kleines, du klingst erschöpft."

Kleines. Jetzt musste Nell doch lächeln. Einen winzigen Moment fühlte sie sich in ihre Kindheit zurückversetzt, als ihre Mutter sie in den Arm genommen und vor der ganzen Welt beschützt hatte. Probleme zwischen ihnen kamen erst, als Nell begann ihren eigenen Weg zu gehen. Einen Weg, der eben nicht der war, den ihre Mutter für sie gedacht hatte.

Wer war sie heute für ihre Mutter? Immer noch das Kind, das ihren Schutz brauchte? Oder doch eher die Tochter, die nicht nach ihrer Pfeife tanzen wollte und nach wie vor gelenkt werden sollte.

Nell war plötzlich todmüde und sehnte sich nach einer Schulter, an die sie anlehnen konnte. Jemand, der sie tröstete, ihr beistand und endlich mal wieder streichelte, ohne Vorhaltungen und ohne die ewige Diskussion, dieses und jenes anders machen zu sollen. Sie war es so leid, mit allem allein klarkommen, immer stark sein zu müssen. Sie wollte schwach sein dürfen und sich fallen lassen. Aber die meiste Zeit war niemand da.

„Ich bin einfach nur müde", sagte sie leise. „Ich kann nicht mehr richtig schlafen, ich kann meinen Patienten nicht mehr zuhören und der Rücken tut mir weh", fügte sie kläglich hinzu.

„Brauchst du Hilfe, Kleines? Soll ich kommen?"

Das war es. Genau dafür liebte Nell ihre Mutter. Was auch immer zwischen ihnen stand, wenn sie sich brauchten, zählte nichts anderes. Dann waren sie füreinander da.

Ihre Mutter hatte Deutschland, in dem sechs Monate Winter und sechs Monate kein Sommer herrschten, wie sie zu gern immer wieder betonte, seit langem den Rücken gekehrt.

Nell wusste, ein Wort und ihre Mutter würde sich sofort auf den Weg machen. Sie würde in Lissabon in den nächsten Flieger steigen und ihr zur Hilfe eilen. Dass ihre Anwesenheit hier für Nell mehr Stress als Hilfe bedeutete, war eine andere Sache.

Schon schlich sich wieder dieser Gedanke in Nells Kopf. Was hat die Liebe zwischen ihrer Mutter und Oma zerstören können? Konnte ihnen beiden das eines Tages auch passieren?

Nell schnaubte laut in ihr Taschentuch. „Das ist ganz lieb von dir. Aber nein, lass mal gut sein. Ist schon okay. Ist ja nicht mehr für lange."

„Was soll das heißen?"

Schwang da Hoffnung in der Stimme ihrer Mutter mit? Dass sich die Tochter vielleicht doch noch besann und sich beruflich umorientierte? Oder endlich zu ihr nach Portugal zog? Oder gar einen gutsituierten Mann gefunden hatte? Themen, mit denen ihre Mutter sie nur zu gern in nahezu jedem Telefonat aufs Neue überhäufte. Nell konnte die Fragezeichen förmlich spüren.

„Ich werde kündigen. Das heißt, nein, das ist so nicht richtig", begann sie, ehe sie einen Schluck aus ihrer Kaffeetasse nahm. „Im Zuge einer neuen

Personalabbauwelle werde ich das Angebot annehmen, gegen eine recht großzügige Abfindung freiwillig zu gehen."

„Was für eine Welle?"

„Das jetzt schon unterbesetzte Personal ist dem Krankenhausbetreiber noch zu viel. Also wird weiter abgebaut." Nells sarkastischer Ton triefte förmlich durch die Leitung. „Und das alles auf dem Rücken derer, die bleiben und nun noch mehr arbeiten müssen. Und der Patienten natürlich", redete sie sich in Rage.

Einen Augenblick war Ruhe am anderen Ende der Leitung. Das war ein Thema, das bei ihrer Mutter so gar nicht auf fruchtbaren Boden fiel.

„Wie hoch ist die Abfindung? Reicht sie zum Leben? So alt bist du ja noch nicht? Und du hast ja auch niemanden …"

„Der für mich sorgt, ich weiß", unterbrach Nell sie. „Mach dir keine Sorgen, ich komme klar. Außerdem habe ich schon neue Pläne." Letzteres entsprach leider nur halb der Wahrheit.

„Du hättest mit Doktor Hofer zusammenbleiben sollen", warf ihre Mutter zerstreut ein.

„Mama, der war verheiratet. Außerdem ist das inzwischen zwei Jahre her."

„Na und, du hast es gut bei ihm gehabt. Eine traumhafte Wohnung, eine Menge Geld und du brauchtest dich um nichts kümmern."

„Bitte hör auf damit."

„Du klingst wie jemand, der gekriegt hat, was er wollte und nun nicht mehr will, was er gekriegt hat", fuhr ihre Mutter in beleidigtem Ton fort.

„Du weißt, dass es die Hölle war."

„Aber eine gut bezahlte."

„Lebst du in der Hölle?", fuhr Nell ihre Mutter genervt an.

Sie dachte an ihren Stiefvater. Er hatte nach dem Tod ihres Vaters sehr schnell dessen Platz eingenommen. Schließlich müsse das Leben doch weitergehen, hatte ihre Mutter gesagt und sich im Wohlstand des neuen Mannes eingerichtet. Er war ein guter Mann. Für Nells Geschmack ein wenig zu gut. Ihre Mutter lebte seither in einem goldenen Käfig. Ein Käfig, in den Nell sich bei Doktor Hofer ebenso begeben hatte. Nur dass es zu ihrem goldenen Käfig keinen Schlüssel gab.

Nell war ihr Leben lang mit zielsicherer Trefferquote an die falschen Männer geraten. Aber was hieß schon falsch? Eben nicht die richtigen für sie. Sie hatte eine ausgeprägte Schwäche für unerreichbare Kandidaten. Je mehr ein Mann sie auf Abstand hielt, umso reizvoller war er für sie. Das konnte auf Dauer nicht gut gehen. Später wurde ihr klar, dass sie wohl weniger nach Liebe als nach dem Kampf gesucht hatte. Den um Anerkennung, dass gerade der Mann sie toll finden sollte und anhimmelte, der am wenigsten zu haben war. Ein Kampf, den sie nicht gewinnen konnte. Am Ende blieben nur Enttäuschung, verletzter Stolz und Traurigkeit. Aber das Schmerzlichste war das Gefühl, wieder einmal versagt zu haben.

Ihre Freundin Sonja rückte ihr letztendlich den Kopf zurecht. Wenn ein Mann dich behandelt, als habe er kein Interesse an dir, sagte sie, dann hat er keins. Basta!

Dann kam Harald Hofer. Zum ersten Mal bemühte sich ein Mann um sie, ließ sich nicht abweisen und umwarb sie hartnäckig und ausdauernd. Eine ganz neue Erfahrung für sie, nicht mehr kämpfen zu müssen. Und es auch nicht länger zu wollen.

Sie ließ ihn zappeln. Zu lange waren echte Nähe und eine funktionierende Partnerschaft nur eine Illusion geblieben. Doch er weckte in ihr die Hoffnung, der Himmel könnte sich über ihr öffnen und erstrahlen.

Er sah umwerfend gut aus und die jungen Schwestern im Krankenhaus waren verrückt nach ihm. Er schien der Inbegriff von Vollkommenheit.

Aus einer schönen Schale allein kann man nicht essen, hatte eine alte Patientin ihre Lebenserfahrung einmal während einer Therapiesitzung zusammengefasst. Nell hatte daraufhin nach den Rissen in seiner Schale gesucht, aber keine gefunden. Doch sie brauchte Zeit. Zu viele Zweifel und Enttäuschungen mussten erst aus dem Weg geräumt werden.

Er gab ihr diese Zeit, blieb aber immer in ihrer Nähe. Er wollte sie. Er wollte keine von diesen jungen, hübschen Dingern, die ihn pausenlos anhimmelten, sondern sie. Er eroberte sie schließlich mit Intelligenz, Charme und sehr viel Einfühlungsvermögen.

Eine wunderbare Zeit begann, ihr Leben begann zu leuchten und alles, was vorher war, wurde bedeutungslos. Sie lebte seine Träume und glaubte, dass es auch ihre waren.

Sie hielten es beide für vernünftig, ihre Beziehung im Krankenhaus nicht öffentlich zu machen, um kein unnötiges Gerede aufkommen zu lassen. Heute war sie sich nicht mehr so sicher, ob sie das tatsächlich gemeinsam entschieden hatten. Aber es funktionierte. Anfangs war das für sie auch in Ordnung. Sie brauchte weder die Anerkennung noch den Neid der Kolleginnen, dass ausgerechnet sie jetzt die Frau an der Seite des Chefarztes war.

Sie war eine erwachsene Frau, die sich wie ein verknallter Teenager fühlte und das Geheimnis ihrer Liebe genoss. Sie allein spürte seine feurigen Blicke auf ihrer Haut, die ihr so viel mehr versprachen, wenn sie sich in Gegenwart anderer auf den Fluren des Krankenhauses begegneten. Ein Versprechen, das er oft genug nur wenig später in einer der engen Wäschekammern einlöste. Heute schämte Nell sich fast dafür. Nur fast, weil es eben auch schöne Erinnerungen waren.

Dass er in einer unglücklichen Ehe gefangen war, aus der er sich schon bald befreien wollte, gestand er ihr erst sehr viel später. Was für ein Klischee. Aber da war sie schon an dem Punkt angekommen, ihm alles zu glauben.

Sie zog in eine sündhaft teure Wohnung mit fantastischem Blick über den Strelasund auf die Insel Rügen, die er bezahlte. Sie trug in ihrer Freizeit nur die exklusivste Mode, die er für sie aussuchte und trank den besten Champagner, den er ihr einschenkte. Er verwöhnte sie, las ihr jeden Wunsch von den Augen ab und hörte geduldig zu, wenn sie ihm ihr Herz ausschüttete. Und er war ein wundervoller Liebhaber. Nie zuvor war ihr Körper so zu seinem Recht gekommen, wie in seinen Armen.

Aber nie ließ er sich in der Öffentlichkeit mit ihr sehen. Es war, als versteckte er sie vor der Welt. Und sie merkte immer noch nichts.

Die Veränderungen kamen schleichend. Er mischte sich immer mehr in ihr Leben ein, kontrollierte, mit wem sie sich traf, wohin sie ging und wann sie zurückkam, bis sie gar nichts mehr ohne ihn unternehmen durfte. Seine Umarmungen wurden zu einer andauernden Umklammerung.

Sie wollte es lange nicht wahrhaben. Es schmeichelte ihr, dass er sie für sich allein wollte, fühlte sich von ihm umsorgt und beschützt. Aber am Ende hatte er alle Fäden ihres Lebens in seinen Händen. Sie entschied nichts mehr allein, richtete sich in allem nach seinem Willen und stieß langjährige Freunde vor den Kopf. Sie hörte weder auf deren warnende

Worte noch auf ihren eigenen Verstand. Sie, die die Seelen anderer aufräumte, erstickte in ihrer eigenen.

Als sie endlich aufwachte, wusste sie dennoch lange nicht, wie sie sich aus seinem Spinnennetz befreien sollte. Es war, als klebte sie darin fest, als wäre sie vom Spinnengift gelähmt. Er war wie eine Droge und hielt sie in seinem Käfig gefangen, der schon lange nicht mehr golden war, aber immer noch verschlossen.

Die Liebe hatte nun mal zwei Seiten und die schöne war ohne die dunkle nicht zu haben. Sich jemandem ganz und gar hinzugeben, machte einen verletzlich, denn einer liebte immer mehr und das tat verdammt weh.

Und wieder war sie es, die am Ende als Verliererin dastand.

Den Entzug schaffte sie erst, als sie ihn mit einer Schwesternschülerin in der Wäschekammer überraschte.

Seitdem hatte sie keinen Mann mehr in ihre Nähe gelassen.

Sonja wischte Nells Wut auf sich selbst und über die verlorenen Jahre mit einem Handstrich weg und meinte, dass Harald Hofer einfach die Tür zu einem neuen Leben für sie geöffnet hätte.

„Dass dir eine Sache im Leben jetzt fehlt, eben dieser Mistkerl, sollte dich nicht davon abhalten, alles andere zu genießen“, hatte sie gesagt und die Sektgläser bis zum Rand gefüllt.

Konnte das wirklich Bestimmung gewesen sein? Schicksal? Aber wofür? Was sollte mit Ende vierzig noch groß kommen? Der Traum von einer Familie, von Liebe und Geborgenheit war geplatzt. Ein für alle Male.

„Triffst du ihn noch manchmal?“ Ihre Mutter riss sie aus ihren Erinnerungen heraus.

„Was meinst du? Ach so, ja, Mama, auf dem Flur des Krankenhauses. Und im Übrigen will ich nicht mehr über ihn sprechen.“

Das war das Problem mit Abhängigkeiten. Man kam nie ganz von ihnen los. Ein winziger Tropfen konnte alles zum Einstürzen bringen. Aber wie die meisten, die einer Sucht, welcher Art auch immer, entkommen waren, wollte auch sie daran glauben, den Absprung ein für alle Male zu schaffen. Sie entledigte sich all der teuren Sachen, die sie im Laufe der Zeit von Harald geschenkt bekommen hatte beim An- und Verkauf und stieg um auf schwarzen Schlabberlook, verbrannte die Fotos und änderte ihre Telefonnummer. Doch die Erinnerungen an die schönen Zeiten mit Harald ließen sich nicht so einfach auslöschen. Sie waren wie Wunden, die jederzeit wieder aufbrechen konnten. Sie traute ihren eigenen Gefühlen genauso wenig wie seinen Schwüren, das wäre ein einmaliger Ausrutscher gewesen und er würde doch nur sie lieben. Darum ging sie ihm, wann immer es möglich war, aus dem Weg. All das würde sie ihrer Mutter jedoch nie sagen. Das wäre nur Wasser auf die Mühle ihres Lobgesanges auf Doktor Hofer.

Ihre Mutter ließ auch so nicht locker. „Ist ja gut, ist ja gut. Aber du musst zugeben, dass es dir besser ging. Damals", bohrte sie beharrlich weiter.

„Mir geht es gut, Mama."

„Wieso, ist deine Wohnung inzwischen gewachsen?"

„Mama, bitte! Lass uns nicht streiten."

„Ich sag' ja nur." Da war er wieder, dieser beleidigte Ton, den ihre Mutter immer anschlug, wenn etwas nicht nach ihrer Nase lief. „Die Zeit rennt und rennt, und immer über dein Gesicht. Vergiss das nicht."

Nell verdrehte genervt die Augen. Wie schön, von der eigenen Mutter ständig das Alter vorgehalten zu bekommen.

„Willst du gar nicht wissen, was ich jetzt vorhabe", fiel Nell ihr ins Wort, obwohl sie es selbst ja noch nicht einmal richtig wusste. Hauptsache, ihre Mutter hörte endlich mit ihrem Klagegesang auf.

„Du hast was vor?"

„Mama, du hörst mir gar nicht zu."

„Natürlich höre ich dir zu." Doch sie klang, als wäre sie mit ihren Gedanken bereits wieder ganz woanders. „Also, was wolltest du erzählen?"

Nell überlegte kurz, ob es überhaupt Sinn machte, ihre Mutter in derart unreife Pläne einzubeziehen. Aber sie wollte einfach, dass ihre Mutter ihr Mut zusprach und ihr Glück wünschte, egal wohin die Reise ginge.

„Vielleicht mache ich eine eigene kleine Praxis auf", platzte es zu ihrer eigenen Überraschung aus ihr heraus.

Keine Antwort.

„Bist du noch da?" Nell schaute irritiert auf das Telefon. War die Verbindung unterbrochen?

„Ja, bin ich", antwortet ihre Mutter schließlich. „Für Verrückte?" Ein seltsamer Unterton lag in ihrer Stimme. Unheilverkündend, wie von einer bösen Vorahnung getrieben.

Nell beschloss, ihn zu überhören. „Es sind kranke Menschen, Mama, keine Verrückten“, wies sie ihre Mutter dann doch sanft zurecht. „Ich möchte den Menschen helfen, ihre Probleme zu bewältigen, damit sie gar nicht erst krank werden.“

Auf einmal schien alles ganz klar. Genau das war es, was sie wollte. Die Erwähnung einer eigenen Praxis war allerdings eher einem Anflug von Übermut entsprungen. Eine fixe Idee, im wahrsten Sinne des Wortes.

„Und du meinst, damit geht es dir besser?“, fragte ihre Mutter bissig.

„Ja, das meine ich“, erwiderte Nell trotzig.

„Und wovon, bitte schön, willst du leben?“

„Ich komme schon klar.“

Ihre Mutter schnaufte hörbar durch das Telefon. „Du kommst vom Regen in die Traufe mit deinem verfluchten Helfersyndrom. Such dir einen anständigen Job. Oder noch besser, nimm dir endlich einen wohlhabenden Mann.“

„Aber …“

„Hört das denn nie auf.“ Es war fast nur ein Flüstern.

„Was hört nie auf, Mama?“

Nells Mutter seufzte resigniert, als wäre sie es leid das Gespräch weiterzuführen. „Du bist wie deine Großmutter!“

„Was war mit Oma? Mama, bitte!“

„Ach, du hast ja keine Ahnung.“

„Dann sag’s mir, Mama! Sage es mir!“

„Du hast ja keine Ahnung“, wiederholte ihre Mutter leise. Dann klickte es in der Leitung. Ihre Mutter hatte aufgelegt.

Nell starrte auf den Apparat in ihrer Hand. Was hatte das nun schon wieder zu bedeuten? Ihr schwirrte der Kopf. Was hatte Oma damit zu tun? Und womit hatte die nur diese abgrundtiefe Ablehnung ihrer Tochter auf sich gezogen? Und warum durfte Nell nicht erfahren, was es mit ihrer Großmutter auf sich hatte? Und was, um alles in der Welt, hatte das mit ihrer Praxis zu tun? Fragen über Fragen, ohne dass sie eine Antwort darauf fand. Nachdenklich drückte sie das Telefon an ihre Wange. Was wusste sie schon von ihrer Oma. Idealisierte sie vielleicht eine Frau, die es gar nicht verdiente? Nein, das wollte sie sich von nichts und niemandem einreden lassen. Ihre Oma musste einfach ein guter Mensch gewesen sein.

Sie saß eine Weile in ihrem Sessel und starrte apathisch vor sich hin. Doch dann sprang sie entschlossen auf und holte den Brief aus der Küche. Es brachte nichts sich zu drücken. Sein Inhalt würde nicht erfreulicher werden, nur weil sie ihn noch länger verschlossen liegen ließ. Außerdem würde er sie von der Grübelei über ihre Mutter ablenken.

Ein letztes kurzes Zögern. Dann riss ihn trotzig auf. Sie war gerade in der richtigen Stimmung dafür. Ihre Mutter hatte ihr den Feierabend sowieso schon verdorben. Da kam es darauf nun auch nicht mehr an.

Ungläubig überflog sie das Schreiben. Das konnte doch nicht sein!

Ihr blitzten Begriffe, wie Erbschaft, Testament, Eröffnungsprotokoll zu im Testament enthaltenen Sachverhalten, Erbausschlagfrist entgegen, ohne dass sie wirklich erfasste, was man von ihr wollte. Erst als sie das Schreiben ein zweites Mal las, glaubte sie halbwegs zu verstehen. Es gab da ein Testament, in dem sie als Erbin benannt war.

Ihr schwirrte der Kopf. Das musste ein Irrtum sein. Ein riesengroßer Irrtum. Sie hatte doch niemanden außer ihrer Mutter. Und mit der hatte sie eben telefoniert. Sie erfreute sich bester Gesundheit.

Nell drehte den Brief um, aber die Rückseite war leer. Keine weitere Erklärung.

Ratlos setzte sie sich auf die Sessellehne und ließ die Hand, in der sie den Brief hielt, sinken. Was nun? Ein Blick zur Uhr sagte ihr, dass es für einen Anruf beim Amtsgericht zu spät war. Sie würde sich das ganze Wochenende gedulden müssen.

Das war immer so. Murphies Gesetz! Amtsschreiben kamen meistens an Freitagen, so dass man offene Fragen nie sofort klären konnte. Immer, wirklich immer musste man sie viel zu lange mit sich herumschleppen, oft genug bis zum Sprechtag am Dienstag. Genauso, wie Haushaltsgeräte grundsätzlich an Wochenenden oder Feiertagen kaputt zu gehen schienen. Nell hasste unerledigte Dinge. Sie brauchte Ordnung in ihrem Leben. Schreiben, welcher Art auch immer, beantwortete sie, wenn irgend möglich, sofort, Rechnungen bezahlte sie noch am selben Tag. Zahlungsziel zwei Wochen später? Wozu sollte das gut sein? Davon wurde es nicht weniger und nicht besser.

Sie musste mit jemanden reden. Nein, nicht mit irgendjemanden. Mit ihrer besten Freundin. Sie musste Sonja davon erzählen, sonst würde sie augenblicklich daran ersticken oder platzen.

„Hast du eine Sekunde Zeit?“, sprudelte sie sofort ins Telefon, als die Freundin sich meldete.

„Ich rufe dich nachher zurück. Ist gerade sehr ungünstig.“ Sonja klang gehetzt. „Den Kaffee an Tisch sieben, habe ich gesagt“, hörte Nell sie ungeduldig rufen, „und den Kuchen an die acht.“ Kindergeschrei und klirrendes Geschirr drangen zu Nell durch, jemand, der laut *Mist* schrie. „Tut mir leid, Süße, hier brennt gerade die Luft. Bis gleich.“ Und schon hatte sie aufgelegt.

Klar, Nell hätte wissen müssen, dass Sonjas niedliches Café um diese Zeit brechend voll war. Die selbstgebackenen köstlichen Torten, von denen sie ihren Gästen Stücke, so groß wie Kutschenräder, auf die Teller packte, hatten sich längst herumgesprochen. Da durfte man nicht an die Kalorien denken. Die reichten mindestens für drei Tagessätze. Aber das war den Gästen egal. Sie dachten nicht an diese nebensächliche Randerscheinung, wenn sie nur einen Platz im Café „Engel“ ergattern konnten.

Nell überfiel plötzlich auch der Heißhunger nach etwas Süßem. Sie brauchte jetzt unbedingt auch Zucker. Schokolade! Schokolade redete nicht, Schokolade jammerte nicht, Schokolade machte einfach ihren Job. Hektisch durchwühlte sie ihre Schränke. Lag nicht irgendwo noch eine Tafel Vollmilch? Aber abgesehen von ein paar vertrockneten Keksen, versteckt in der hintersten Ecke, hatte sie nichts im Haus. Aus Selbstschutz. Was man nicht da hatte, konnte man auch nicht futtern. Resigniert strich sie über ihre Hüften.

Wie oft hatte sie von ihrer Mutter hören müssen, dass sie mehr aus sich machen sollte. Ihre Mutter war immer noch gertenschlank und legte größten Wert auf ihr Aussehen. Nells Ansprüche an ihr Äußeres fielen da deutlich großzügiger aus. Sie liebte Süßes und gutes Essen und nahm dafür notgedrungen auch mal das eine oder andere Kilo zu viel in Kauf. Sie hasste es auch sich aufzuhübschen. Klamotten mussten praktisch sein, bequem und zeitlos. Und schwarz.

In der Zeit, die sie mit Harald zusammen war, hatte sie sich um seinetwillen in enge Kleider und Highheels gezwängt. Als es vorbei war, trug sie, wie zum Trotz, als wollte sie ihm, aber mehr noch sich selbst beweisen, endlich wieder im eigenen Leben angekommen zu sein, fast nur noch voluminöse Shirts und Pullover. Wie Schutzpanzer. Sie schminkte sich kaum noch und bändigte ihr Haar nur, indem sie es mit einem Kamm locker hochsteckte. Natürlich handelte sie sich damit regelmäßig die Missbilligung ihrer Mutter ein.

Nell schaute auf die Uhr. Der Supermarkt hatte noch geöffnet. Sie könnte der Einfachheit halber aber auch gleich zu Sonja fahren und eines der leckeren Tortenstücken verdrücken. Zwei Fliegen mit einer Klappe schlagen, sozusagen. In vierzig, fünfzig Minuten konnte sie da sein.

Unentschlossen, was sie tun sollte, lief Nell von einer Zimmerecke in die andere. Warten! Immer warten! Wie sehr sie das verabscheute.

Sie warf dem Brief einen Seitenblick zu. Worüber regte sie sich eigentlich auf? Eine Erbschaft konnte doch nur etwas Gutes bedeuten. Oder? Wer auch immer ihr etwas zukommen lassen wollte, wird wohl seine Gründe dafür gehabt haben. Sie würde es erfahren. Vielleicht ging es bei dieser Erbschaft ja nur um ein paar Sammeltassen oder sonst welchen Plunder, der die ganze Aufregung gar nicht wert war? Und wenn sich am Ende doch alles als Irrtum herausstellen sollte, nun denn, dann war es auch egal. Dann hatte sie auch nichts verloren.

Aber sie kam nicht zur Ruhe. So sehr sie auch grübelte, ihr fiel niemand ein, der ihr etwas vererben wollen könnte. War das womöglich ein böser Scherz? Oder gar so ein fieser Trick, bei dem Betrüger am Werke waren, um den Leuten ihr Geld aus den Taschen zu ziehen? Na, auf so etwas würde sie ja nicht hereinfallen, aber allein der Gedanke, in deren Visier zu sein, wäre schon schlimm genug.

Endlich klingelte das Telefon.

„Hallo Süße, was ist los? Du hast dich angehört wie ein aufgescheuchtes Huhn.“ Sonjas samtige Stimme klang wie eine Umarmung.

Nells Züge entspannten sich augenblicklich und alles, was sie gerade noch so aufgeregt hatte, schien sich in Luft aufzulösen. Allein Sonja zu hören, reichte aus, um sie auf den Boden zurückzuholen und alles gleich viel gelassener sehen zu können.

So war das von Anfang an gewesen. Sie hatte gerade mal wieder eine unglückliche Beziehung hinter sich und wie so oft war es ein Strandspaziergang in Prerow, der ihr half, den Kopf wieder freizubekommen. Prerow, das von zwei Küsten umarmt wurde, dem Nordstrand auf der einen Seite, dem Weststrand auf der anderen, war, solange sie zurückdenken konnte, der Zufluchtsort für sie, wenn mal wieder alles über ihr zusammenzubrechen drohte. Sie erinnerte sich noch genau daran, wie sie bereits als Kind Bücher über die Ostsee verschlungen hatte. In einem wurde die rote Ostsee beschrieben. Das war dann sogar ihr zu viel. Jahre später erlebte sie die Ostsee genauso. Im Licht der untergehenden Sonne schien sie zu brennen. Ein Bild, das Nell nie wieder losließ.

Damals war sie zufällig im Café „Engel" gelandet, wo Sonja mit einem Blick erkannte, was diese traurige, damals noch junge Frau, brauchte. Jemanden, der zuhört. Nell hatte sich ihren ganzen Schmerz, ihre Ängste und ihre Wut von der Seele geredet.

Danach kam Sonja mit einer Flasche Sekt. „Lichtblick", hatte sie gesagt und Nell zugezwinkert, „meine Hausmarke."

„Lichtblick?"

„Klar", hatte Sonja mit Blick auf die Flasche voll Überzeugung geantwortet, „Sekt öffnet dir die Augen für die wichtigen Dinge im Leben und hilft dir, deinen Weg zu finden."

„Immer?", hatte Nell skeptisch gefragt.

„Immer!"

Seitdem waren sie unzertrennlich.

„Ach Sonny, es ist so schön dich zu hören. Hast du die Massen abgefüttert? Jetzt kugeln sich bestimmt alle nach Hause." Nell wollte nicht gleich mit der Tür ins Haus fallen. Schließlich hatte Sonja auch einen anstrengenden Tag hinter sich, während sie sich wegen eines blöden Briefes verrückt machte.

Sonja lachte. „Ja, nicht ein einziges Stück ist übriggeblieben. Zum Schluss musste ich noch jede Menge Waffeln backen, weil nichts anderes mehr da war."

Dann wäre ich ganz umsonst hingefahren, dachte Nell, zumindest, was den Kuchen anging. Obwohl, Sonjas Waffeln waren auch jede Sünde wert.

„Aber darüber wolltest du vorhin doch ganz sicher nicht reden. Also, was ist los?"

„Stell dir vor“, Nell versuchte ihre Stimme unter Kontrolle zu behalten und klang nun doch wie ein aufgeregtes Schulmädchen, „ich habe Post vom Amtsgericht.“

„Vom Amtsgericht? Was wollen die denn?“

„Ha, da kommst du nie drauf“, Nell konnte sich das Kichern jetzt nicht mehr verkneifen, „stell dir vor, ich habe geerbt.“

„Du hast geerbt? Von wem das denn? Und was? Ich denke, du hast keine Verwandten mehr. Außer deiner Mutter natürlich. Es geht ihr doch gut?“

„Ja, ja, alles okay. Sie hat gerade angerufen. Ich habe meine Dosis Erziehung für heute weg.“ Nell lachte. „Aber das ist es ja gerade. Ich weiß nicht von wem, ich weiß nicht was und überhaupt weiß ich gar nichts. Ist das nicht verrückt?“

„Das ist ja wirklich ein Ding. Hast du gar keine Idee?“

„Nein, ich habe null Ahnung. Vielleicht ist das Ganze ja auch ein einziger Irrtum. So was soll es ja geben, eine Namensverwechslung oder so“, schränkte Nell nun doch etwas kleinlaut ein.

„Hm, glaube ich eher nicht. Ist ja schließlich ein amtliches Dokument. Hast du nicht morgen frei? Dann schwing dich in dein Auto und bring den Wisch mit. Ich mach inzwischen eine Flasche Sekt auf und schiebe einen Flammkuchen in den Ofen.“

„Denkst du nicht, dass es voreilig wäre, Sekt darauf zu trinken?“, lästerte Nell, obwohl sie es besser wusste.

„Für Lichtblicke ist nie die falsche Zeit“, bestätigte Sonja auch sogleich. „Siege werden durch Sekt versüßt und Niederlagen macht er erträglicher.“ Ihr Lachen klang kehlig.

Nell hatte sich trotz ihrer Ungeduld entschieden einen Spaziergang zu machen, bevor sie zum Notar ging. Die frische Luft würde ihr guttun. Der Frühling war eine so wunderschöne Zeit.

Dabei gehörte Nell nicht zu den Menschen, die sich vom Winter lähmen oder herunterziehen ließen. Ganz im Gegensatz zu vielen anderen, die gerade in diesen Monaten besonders oft Hilfe brauchten, um mit einer gefühlten Trostlosigkeit und letztendlich mit sich selbst klarzukommen. Für sie war der Winter eine Zeit der Ruhe und Besinnlichkeit. Er war für sie Legitimation für Müßiggang und Faulheit. Es ging darum, Kraft zu schöpfen für die bevorstehenden Monate voll Aktivitäten. Der Winter war für sie keine verlorene Zeit, kein Verlust an Leben oder gar Freude, wie manch einer das sehen mochte, sondern einfach Gelegenheit, ein paar Gänge herunterzuschalten und zu entspannen. Etwas, das sie auch ihren Patienten zu vermitteln versuchte.

Nichtsdestotrotz blühte sie förmlich auf, wenn die Sonne endlich wieder zum Hauptdarsteller wurde. Sie liebte es, wenn nach grauen Wintermonaten das Leben wieder neu erwachte, die Natur sich reckte und streckte und in voller Pracht entfaltete. Es hatte so etwas von Neugeburt oder von Großreinemachen im Kopf, alles schien plötzlich wieder möglich, was in der Melancholie des Winters vergraben war. Der Geist begann wieder auf vollen Touren zu arbeiten, die Hände hungerten danach, sich in den Boden zu graben, die Lust, zu putzen, um- und aufzuräumen und neu zu gestalten, ließ sie nicht mehr los. Zu keiner anderen Zeit fühlte sie sich lebendiger.

Sie schlenderte am kleinen Boddenhafen in Ribnitz entlang und wurde immer ruhiger. Krokusse und Narzissen steckten überall ihre Köpfe heraus und ein Schmetterling stattete ihnen einen ersten Besuch ab. Fasziniert verfolgte Nell seinen Flug. Der kleine Falter schien die gelben Blüten zu bevorzugen.

Genau wie ich, dachte Nell. Gelb, die Farbe der Sonne.

Ein Blick auf die Uhr zeigte ihr, dass es Zeit war zu gehen.

Pünktlich und mit klopfendem Herzen saß sie wenig später allein in dem winzigen Warteraum des Notars. Irgendwie hatte sie sich so ein Notariat anders vorgestellt. Größer, moderner, unpersönlicher. Sie kam sich vor, als wäre sie unerlaubt in die privaten Räume des Notars eingedrungen.

Sie konnte ihre Aufregung kaum noch im Zaum halten. Schließlich erbte man nicht jeden Tag. Unruhig rutschte sie auf dem Stuhl hin und her und wischte immer wieder ihre feuchten Hände an einem Taschentuch ab. Warum war sonst niemand hier? Gab es außer ihr keine weiteren Erben? War sie eine Alleinerbin? Und warum ließ man sie so lange warten. Es war längst zehn Uhr durch. Ungeduldig schaute sie auf ihre Uhr. Sie musste zur Arbeit, also sollten sich die Herrschaften hier mal ein bisschen befleißigen.

Endlich öffnete sich die Tür und eine lange, dünne Frau mit ebenso langen, dünnen Haaren forderte sie auf einzutreten.

Die Ehefrau des Notars musste diese Sekretärin für ihn ausgesucht haben, schoss es Nell durch den Kopf. Von der konnte keine Gefahr für den Ehefrieden ausgehen. Sofort rief sie sich zur Ordnung. So war sie normalerweise doch nicht. Sie gehörte nicht zu denen, die sich über Äußerlichkeiten oder Schwächen anderer lustig machte, unter denen die Betreffenden selbst oft genug schon litten. Dem Schmerz, der diesen Leuten durch eben solch arrogantes Auftreten zugefügt wurde, begegnete sie in ihrem Beruf tagtäglich.

Das machte die Aufregung, dachte sie reumütig. Also lächelte sie die Frau besonders freundlich an als sie an ihr vorbei in das Büro des Notars trat.

Auch hier Wohnzimmeratmosphäre. War dieser Mann nur ein Hobbynotar? Unsicher blieb sie in der Tür stehen.

Der Notar kam auf sie zu und streckte ihr seine Hand zur Begrüßung entgegen. „Bitte, kommen Sie doch rein, Frau Doktor Vahlberg. Verzeihen Sie die Verzögerung, ein wichtiges Telefonat." Entschuldigend hob er die Schultern. „Mein Name ist Siegmar Buchholz."

„Guten Tag Herr Buchholz. Und bitte, Frau Vahlberg reicht." Nell fand, dass ein Doktortitel es noch lange nicht nötig machte, auch ständig so angesprochen zu werden.

„Wie Sie wünschen, Frau Vahlberg."

Er schien ihren irritierten Blick durch den Raum bemerkt zu haben und lächelte. „Ich arbeite gern allein und mag's gemütlich", sagte er belustigt. „Aber keine Sorge, es geht trotzdem alles ganz korrekt zu."

Nell reichte ihm perplex die Hand. Hatte sie je einen unattraktiveren Mann gesehen? Viel zu kurz geraten trugen zwei Spinnenbeine seinen kugelrunden Körper mit einem ebensolchen unbehaarten Kopf durch das Büro. Und zu allem Überfluss prangte neben seiner Nase eine riesige Warze, die bei jedem Wort von ihm auf und abzutanzen schien. Wofür war dieser Mann derart bestraft worden? Es dauerte nur den Bruchteil einer Sekunde, bis sie sich von seinem Anblick losriss und nur hoffen konnte, dass er ihre Gedanken nicht durchschaut hatte.

Falls doch, ließ er sich nichts dergleichen anmerken. Er bat sie freundlich ihm gegenüber an einem langen Tisch, auf dem bereits einige Papiere bereit lagen, Platz zu nehmen.

Verlegen setzte sie sich und nestelte an ihrer Tasche herum, um ihn nicht direkt ansehen zu müssen.

„Möchten Sie einen Kaffee?"

Nell horchte auf. Erst jetzt fiel ihr seine Stimme auf. Dunkel, ruhig und Vertrauen einflößend. Eine Stimme, die dir alles verkaufen konnte.

Ohne ihre Antwort abzuwarten, ging er zur Tür. „Frau Jansen, könnten Sie uns bitte Kaffee bringen?" Er drehte sich zu Nell um. „Wie mögen Sie Ihren Kaffee?"

„Schwarz", stotterte Nell, „ohne alles."

Er setzte sich wieder und schaute auf die Papiere vor ihm. „Würden Sie mir bitte einige Daten bestätigen? Sie heißen Nelli …?"

„Nell bitte, nur Nell", verbesserte sie ihn und schob ihren Personalausweis rüber.

„Oh ja, natürlich. Entschuldigen Sie bitte. So steht es hier ja auch. Frau Nell Vahlberg. Sie wohnen in Stralsund, in der Werftstraße. Ist das korrekt?"

Er fragte noch ein paar Dinge, die Nell automatisch beantwortete, ohne ihren Sinn tatsächlich wahrzunehmen. Sie fühlte sich hier absolut fehl am Platz.

Darüber hinaus musste sie sich zusammenreißen, nicht immer wieder auf seine Warze zu starren. Sie versuchte stattdessen, sich auf ihre Hände zu konzentrieren, die zwanghaft ein Taschentuch zusammenknüllten und hob nur gelegentlich den Blick, um ihrem Gegenüber zu signalisieren, dass sie ihm zuhörte und verstand, ohne ihn dabei wirklich anzusehen.

Die Sekretärin brachte den Kaffee und stellte einen kleinen Teller mit Gebäck dazu. Im Weggehen schien es Nell, als würde sie ihr ganz sanft über die Schulter streichen. Gerade so, als wollte sie sie beruhigen. Dankbar blickte Nell ihr hinterher.

„Frau Vahlberg", der Notar sah sie besorgt an und hob fragend die Augenbrauen. „Geht es Ihnen gut? Soll ich das Fenster öffnen?" Er stand auf und kippte eins der Fenster an. „Sie müssen sich keine Sorgen machen", fuhr er schmunzelnd fort, „ich verspreche Ihnen, es erwartet Sie hier nur Gutes."

Nell lächelte hilflos. Ertappt. Man sah ihr die Unsicherheit deutlich an.

„Es ist nur“, sie stockte und blickte in zwei große braune Augen. Gott, hatte der Mann schöne Augen. „Ich meine“, verhaspelte sie sich, „ich verstehe das alles nicht. Kann es sich womöglich um einen Irrtum handeln?“

Siegmar Buchholz lächelte erneut belustigt. „Also, wenn Sie Nell Vahlberg sind, geboren am 06.09.1973, dann ist es kein Irrtum. Sagt Ihnen der Name Bollnow etwas?“

Nell schüttelte nachdenklich den Kopf. „Bollnow? Wer soll das sein?“

„Um genauer zu sein, Elisabeth Bollnow“, fügte Buchholz hinzu und sah Nell interessiert an.

Nell riss die Augen auf. „Lisi? Lisi Bollnow?“, fragte sie, wie zur Bestätigung noch einmal und schaute den Notar erschrocken an. „Lisi ist tot?“

Das Bild einer kleinen, zierlichen Frau baute sich für einen Moment derart plastisch vor ihr auf, dass sie glaubte, sie bräuchte nur die Hand auszustrecken, um sie berühren zu können. Genauso schnell zerrann es wieder.

Nell erinnerte sich noch gut an ihre erste Begegnung. Lisi hatte sie sekundenlang angestarrt, als wäre ihr ein Geist erschienen und irgendetwas von einer Ähnlichkeit gemurmelt. Doch dann hatte sie fröhlich losgelacht und ihr erwartungsvoll zugezwinkert. „Dann wollen wir mal“, hatte sie gesagt und in die Hände geklatscht.

Nachdenklich strich Nell sich über die Arme. Hatte sie damals nicht einen Augenblick ähnlich empfunden? Geglaubt, Lisi bereits zu kennen? Obwohl sie sie nie zuvor gesehen hatte?

Lisi, so wollte sie genannte werden, war ihre Patientin. Eigentlich war sie das gar nicht. Ihr Arzt hatte sie wegen gelegentlicher Verwirrungszustände zu ihr in die Behandlung geschickt. Er meinte, sie bräuchte Hilfe. Nell hatte nicht herausfinden können, was mit der Frau nicht in Ordnung gewesen sein sollte. Lisi hatte zwar geklagt, dass sie immer vergesslicher würde und sich damit nicht abfinden wollte, aber wer vergaß nicht dann und wann das eine oder andere? Nell kannte dieses Phänomen selbst zur Genüge. Nicht zuletzt deshalb bemühte sie sich um strikte Ordnung in ihrem Leben. Hatte der Schlüssel einen festen Platz, konnte man auch nicht vergessen, wo man ihn hingelegt hatte.

Lisi war mit ihren über achtzig Jahren blitzgescheit und alles andere als verwirrt gewesen. Sie hatte sich immer rege an den Gesprächsrunden und

Übungen beteiligt, jedoch ohne jemals etwas von sich selbst preiszugeben. Am Ende wirkte sie immer eher belustigt als erleuchtet.

Nell und sie hatten sich im Anschluss an die Sitzungen häufig noch allein miteinander unterhalten. Ohne dass Nell sich dessen damals bewusst geworden war, hatte Lisi die Rollen vertauscht. Sie hatte es verstanden, Nell all das zu entlocken, was sonst tief in ihrem Inneren verborgen blieb. Normalerweise war Nell diejenige, die andere zum Sprechen brachte und ihnen lediglich mit wenigen Worten half, sich zu öffnen. Die meisten Menschen brauchten einfach jemanden, der ihnen zuhörte. Lisi hatte den Spieß umgedreht.

Bis dahin hatte Nell lediglich Sonja so tief in ihre Seele gucken lassen, ihre Ängste, Sehnsüchte und Hoffnungen offenbart. Noch heute schaute sie mit Verwunderung zurück, dass sie sich Lisi so selbstverständlich anvertraut hatte. Aber es fühlte sich nach wie vor gut und richtig an.

Natürlich hatte sie Lisi auch von ihrer Oma erzählt, das Wenige, das sie wusste und das Viele, das im Dunkeln lag.

Nur über Harald hatte sie hingegen nie reden wollen. Es war die Zeit, in der er ihr Leben und Denken bestimmte, in der sie noch an eine gemeinsame Zukunft glauben wollte, obwohl bereits tiefe Schatten über ihre Liebe fielen. Aber Lisi hatte es erkannt.

„Du solltest von einem Mann nicht zu viel erwarten – aber in deinem Alter auch nicht zu wenig“, hatte Lisi leise gesagt und Nells Hand gestreichelt.

Sie hatte stets aufmerksam zugehört, immer mit einem wissenden Lächeln, wie jemand, der genau das bestätigt bekam, was er schon vorher wusste. Es schien, Lisi konnte in ihr lesen, wie in einem offenen Buch. Selbst die Seiten, die sie nicht aufgeschlagen hatte.

Bei ihrem letzten Treffen hatte sie Nell in den Arm genommen und gesagt, dass sie ganz sicher wäre, dass sie den richtigen Weg finden und sich ihre Träume eines Tages erfüllen würden.

Nell kniff die Augen zusammen, als könnte sie dann besser nachdenken. Ihr wurde bewusst, dass sie so gut wie gar nichts über Lisi wusste, abgesehen von den wenigen banalen Informationen, die die Therapiegespräche hergegeben hatten. Sie war gar nicht auf die Idee gekommen, Lisi nach ihrem Leben zu fragen. Sie war viel zu sehr mit ihrem Eigenen beschäftigt gewesen. Beschämt musste sie sich eingestehen, dass sie die alte Dame in einer Schublade ihres Gehirns abgelegt hatte, wie eine Akte, die geschlossen worden war. Das musste etwa drei Jahre her sein.

Ich habe sie vergessen, dachte Nell, ich habe nie wieder an sie gedacht. Und jetzt ist es zu spät. Ich kann sie nichts mehr fragen. Jetzt ist sie tot.

„Sie war mal Patientin bei mir“, sagte sie leise und mit feuchten Augen. „Ich glaube, sie war selbst Ärztin. Früher. Viel früher. Aber ich verstehe nicht …“

„Nun, die Wege des Herrn sind unergründlich und Sie scheinen sehr viel Eindruck bei Frau Bollnow hinterlassen zu haben.“ Siegmar Buchholz lehnte sich entspannt zurück und lächelte Nell freundlich an.

„Das kann nicht sein“, Nell schüttelte ungläubig den Kopf. „Wir hatten nach der Therapie keinen Kontakt mehr. Sie kannte mich doch gar nicht. Hatte sie keine Familie?“

Der Notar schaute in seine Unterlagen. „Einen Ehemann. 1960 schon gestorben. Von Kindern steht hier nichts. Ach, und eine Schwester. Auch schon lange tot.“

Es schien tatsächlich alles seine Richtigkeit zu haben. Sie war die Erbin von Frau Bollnows Nachlass.

Der Notar nickte zufrieden mit dem Kopf und wirkte auf einmal gar nicht mehr unattraktiv. Warze? Welche Warze?

Dann hörte Nell ihn etwas von einem Haus sagen, mit allem, was sich darin befand und einem nicht unbeachtlichen Geldbetrag.

Sie schluckte heftig. Hatte sie den Mann eben richtig verstanden? Sie sollte ein Haus erben? Und dann noch so viel Geld? Von einer Frau, die sie kaum kannte? So etwas passierte doch nur im Film!

Für den Bruchteil einer Sekunde tauchte Sonjas lachendes Gesicht vor ihr auf. „Ich sag’s doch, Lichtblicke.“

Unsicher sah sie den Notar an, jeden Moment darauf gefasst, dass sich das alles doch noch als Irrtum oder übler Scherz herausstellen sollte. Aber Siegmar Buchholz machte keinerlei Anstalten, auch nur das Geringste von dem, was er ihr gerade eröffnet hatte, in Frage zu stellen.

Endlich fand Nell ihre Stimme wieder.

„Wo ist, ich meine, wo hat Lisi, also Frau Bollnow, wo hat sie gewohnt?“

Sie konnte immer noch nicht glauben, dass das hier alles wirklich stattfand.

Siegmar Buchholz blätterte in seinen Unterlagen, als müsste er das erst nachlesen, ehe er sie über den Brillenrand hinweg ansah. „In Prerow, Frau Vahlberg, Frau Bollnow hat in Prerow gelebt."

Ruckartig beugte Nell sich nach vorn. „Prerow?" Sie starrte den Notar fassungslos an. „Wirklich Prerow?"

Warum hatte sie das nicht gewusst?

Ihr Herz schlug so laut, dass er es eigentlich hätte hören müssen. Tausend Gedanken jagten durch ihren Kopf und bildeten eine schier endlose Kette aus Fragezeichen. Warum hatte Lisi ihr das nicht gesagt, wo sie doch so oft über Prerow gesprochen hatten. Kannte Lisi ihre Oma am Ende womöglich? Deshalb dieses Erbe? Lag da des Rätsels Lösung? Aber nein, das hätte sie ihr doch wohl ganz sicher nicht verheimlicht. Oder doch? Total verwirrt schüttelte Nell den Kopf.

„Es gibt allerdings eine Bedingung, die an diese Erbschaft gebunden ist", unterbrach der Notar ihre Gedankenkarussell. Er schaute ihr direkt in die Augen, als wollte er prüfen, ob sie ihm auch aufmerksam zuhörte. „Eine nicht zu unterschätzende Bedingung."

„Eine Bedingung?", fragte Nell skeptisch. Kam jetzt der dicke Pferdefuß? Doch dann strahlte sie ihn unverwandte an. „Egal. Was auch immer es ist, ich akzeptiere jede Bedingung!"

Kapitel 3

1872

Am Tag nach der verheerenden Sturmflut zeigte sich im grauen Novemberlicht das ganze Ausmaß des Elends. Ab dem Nachmittag war der Wind vollkommen eingeschlafen und Totenstille lag über dem Dorf. Die Nacht darauf war taghell, die Luft war rein und durchsichtig. Der Vollmond spiegelte sich auf dem Wasser und ließ all die Gegenstände, die wild in den Fluten herumtrieben, doppelt erscheinen.

Die Überlebenden hatten nicht nur die vielen Toten zu betrauern. Es bot sich ihnen ein Bild schlimmster Zerstörung. Eingestürzte Wände und ausgewaschenes Fachwerk machten viele Gebäude unbewohnbar, in anderen Häusern stand das Wasser noch bis zu den Fensterbänken, wenn nicht höher. Möbelstücke, die die Flut aus den Häusern heraus gespült hatte, trieben durch den Ort und blieben oft erst weit entfernt liegen. Vor dem Haus der Krügers hatte sich eine Standuhr im Gestrüpp verfangen. Sogar Schiffe, die vorher in dem kleinen Hafen ruhten, und ganze Gartenlauben waren bis in die Mitte des Dorfes mitgerissen worden. Überall lag verendetes Vieh, Gärten und Äcker waren verschlammt, versandet und versalzen und würden so für Jahre unfruchtbar bleiben.

Das Wasser ging wegen des Frostes, der wenige Tage nach dem Sturm einsetzte, sehr langsam zurück, so dass nur die höher gelegenen Ortsbereiche, die von der Flut verschont geblieben waren, fürs Erste Schutz und Sicherheit boten.

Die Katastrophe erregte, weit über die Landesgrenzen hinaus, große Aufmerksamkeit und eine Welle der Hilfsbereitschaft aus ganz Deutschland, setzte sofort ein. Da alle Brunnen, bis auf einen einzigen auf dem Berg, durch das Seewasser versalzen waren, wurde per Schiff neben Nahrungsmitteln auch Trinkwasser herangeschafft. Kleidung, Haushaltsgegenstände und Brennstoffe wurden gespendet. Die Regierung stellte umfangreiche Geldmittel für den Neuaufbau zur Verfügung, um diejenigen zu unterstützen, die alles verloren hatten und um ihre Verluste zu mildern.

Sofort wurde begonnen, die Häuser soweit wie möglich zu reparieren und das Dorf aufzuräumen. Die zerstörte Strombrücke wurde durch eine Landverbindung ersetzt, die Durchbrüche der Dünen geschlossen und befestigt, Strandhafer zum besseren Schutz gepflanzt und Deiche gebaut. Nie wieder sollte Prerow von einer solchen Sturmflut heimgesucht werden.

So zog nach und nach das Alltagsleben wieder ein und zurück blieben nur die schrecklichen Erinnerungen.

Das Haus der Langes hatte kaum etwas abbekommen. Auf dem hohen Reff gelegen und stabil gebaut, hatten Sturm und Wasser ihm nicht viel anhaben können.

Wenn die Sonne für kurze Augenblicke mal hinter den Wolken hervorschaute, spiegelte sie sich eitel in den glänzenden Fenstern, hinter denen schneeweiße Gardinen blitzten. Die geschnitzte Haustür leuchtete in frischen, bunten Farben, als sei nichts geschehen und der Garten war auch schon wieder aufgeräumt.

Zumeist jedoch bedeckten dunkelgraue Wolken den Himmel und schickten weiter ausgiebig Regen über das Land. Der November machte seinem schlechten Ruf alle Ehre.

Wilhelmine Lange aber war von Dankbarkeit erfüllt. Gott hatte sie erhört und ihr und ihrem Mann endlich den langersehnten Sohn geschenkt.

Sie erholte sich nur langsam und die Milch wollte von Anfang an nicht fließen, so dass die Hebamme schon kurz nach der Geburt bestimmt hatte, dass der Junge unbedingt eine Amme bräuchte und sie ja mal mit Erna reden könnte. Die hätte Milch für drei Kinder übrig.

Thillmann Lange war daraufhin förmlich explodiert und wütend auf die Hebamme losgegangen. Was sie sich einbilde, hatte er gesagt, seinen Sohn von einer Tagelöhnerin stillen zu lassen, und ausgerechnet von dieser Frau. Er wollte diese Person niemals in der Nähe seines Hauses sehen. Und die Hebamme sollte nur gut aufpassen, was sie sagte und tat.

Wilhelmine verstand seine Aufregung nicht. Sicher, Erna war eine Tagelöhnerin, aber sie war gesund und kräftig und hatte doch fast zur selben Zeit ihr Kind geboren. Außerdem hatte die arme Frau Haus und Hof verloren und brauchte doch sicher jede Hilfe und Unterstützung für sich und ihre Kinder. Da käme ihr so ein Dienst doch bestimmt gerade recht.

Aber ihr Mann hatte nicht mit sich reden lassen. Also brachte die alte Hebamme noch am selben Tag ein schmales, blasses Mädchen aus dem Nachbardorf, deren Kind zwei Tage zuvor bei der Geburt gestorben war und die nun nicht wusste, wohin mit all der Milch in ihren prallen Brüsten. Sie wurde in der Dienstmädchenkammer unterm Dach untergebracht, gab dem Jungen mehrmals am Tag die Brust und kümmerte sich rührend um ihn, solange Wilhelmine noch bettlägerig war. Sie war ein ruhiges, ordentliches Mädchen und so gewöhnte Wilhelmine sich schnell an sie.

Aber sie wurde aus ihrem Mann nicht schlau. Er überhäufte sie mit Geschenken, pries ihre Schönheit und ihren Liebreiz, fast wie damals, als sie jung verliebt waren. Er veranstaltete Feste zu Ehre seines Sohnes und ließ sich als stolzer Vater feiern. Ihr Keller und die Vorratskammern waren nach der Seefahrtssaison prall gefüllt. Französische und spanische Weine, Rum und Porter lagen wohlsortiert in den Regalen. Kaffee, Schokolade und Zucker waren ausreichend vorhanden, Zitronen, Käse, Fleisch und was immer es an Köstlichkeiten in fremden Ländern zu holen gab, auch. Thillmanns Gastfreundschaft schien keine Grenzen zu kennen. Und doch war da etwas in seinem Blick, dass Wilhelmine nicht deuten konnte. Das war nicht das ungetrübte Glück, das sie erwartet hatte. Es war, als würde ein Schatten über ihm liegen. Dabei hatte sich doch ihr gemeinsamer Traum von einem Sohn erfüllt. Was also bedrückte ihn?

Auf ihre Fragen hin wehrte er stets ab, sagte, dass sie sich das nur einbilde und er der glücklichste Mann der Welt wäre.

Als Wilhelmine endlich wieder bei Kräften war und Thillmann eines Nachmittags mit den anderen Kapitänen beim Schulzen am Schifferstammtisch zusammensaß, konnte sie sich endlich aus dem Haus stehlen, um ihre Mutter zu besuchen. Sie hatte bisher lediglich in Erfahrung bringen können, dass der Westteil des Dorfes, in dem ihre Mutter wohnte, weitestgehend von Sturm und Wasser verschont geblieben war und dass es ihr gut ging. Jetzt war es an der Zeit, ihr den Enkelsohn vorzustellen.

Es schmerzte sie sehr, ihre Mutter nicht sehen zu können, wann immer sie es wollte. Aber jedes Mal, wenn sie versuchte, das Gespräch darauf zu bringen, meist ganz zaghaft und vorsichtig, fuhr ihr Mann sofort aus der Haut. Sie konnte ihn nicht umstimmen. So blieben nur die heimlichen Besuche und die ständige Angst, er könnte davon erfahren.

Ihre Mutter stand ihm in gewisser Weise sogar noch bei. Als Wilhelmine sich einmal bei ihr ausweinte und in Erwägung zog, sich gegen ihren Ehemann aufzulehnen, war sie es, die sie zurechtwies.

„Er ist dein Ehemann und du hast ihm zu folgen“, hatte sie streng gesagt, um dann mit einem Zwinkern einzuschränken: „Zumindest sollte er immer das Gefühl haben, dass dem so ist.“

Es war ein beschwerlicher Weg durch den Matsch der Straßen bis in den westlichen Teil des Dorfes. Der eisige Wind ließ ihr Gesicht erfrieren und Schneeregen durchweichte ihren Mantel. Ihren Sohn hatte sie in ein warmes Wolltuch gewickelt und so eng an sich gedrückt, dass ihm das Wetter nichts anhaben konnte.

Endlich tauchte die windschiefe Kate ihrer Mutter auf, in der Wilhelmine ihre Kindheit verbracht hatte. Ein Leben abseits des Dorfgeschehens, nahe an Wald, Strand und

Dünen. Der westliche Teil des Dorfes war sehr dünn besiedelt, zumeist von armen Fischern und Waldarbeitern.

Wilhelmines Vater war beim Holzeinschlag ums Leben gekommen, als sie noch ein Kind war, und so mussten sie sich beide allein durchschlagen. Sie begleitete ihre Mutter oft beim Kräutersammeln, ohne jedoch jemals die Geheimnisse der Natur wirklich zu verstehen, sie übernahm Botengänge und half, wo immer sie konnte. Vor allem hörte sie auf ihre Mutter, wenn die sie wieder und wieder ermahnte, in der Schule gut aufzupassen. Insgeheim hatte ihre Mutter wohl gehofft, Wilhelmine könnte irgendwann einmal in ihre Fußstapfen treten, aber das Mädchen fand keinen Zugang zu den Mächten, derer sich ihre Mutter bediente.

Dann traf sie Thillmann und von da an war ihr Lebensweg festgeschrieben.

Inzwischen war die Mutter alt geworden und hätte sie wohl mehr denn je gebraucht, wenn Thillmann es nur zuließe. Dieser Gedanke lag Wilhelmine von Tag zu Tag schwerer auf der Brust.

Die Tür öffnete sich, noch ehe Wilhelmine klopfen konnte.

„Wie schön, dass ihr endlich kommt. Ich war sehr in Sorge." Hella Saatmann umarmte ihre Tochter liebevoll und zog sie dann ins Haus hinein. „All die Schreckensmeldungen und niemand konnte mir etwas von dir berichten. Du bist ja ganz kalt. Komm schnell ans Feuer und zieh die nassen Sachen aus."

Wilhelmine lächelte ihre Mutter zärtlich an. „Du weißt doch immer, wie es mir geht. Ich spüre doch, dass du immer bei mir bist." Sie hauchte ihrer Mutter einen Kuss auf die Wange.

War ihre Mutter noch kleiner geworden seit ihrem letzten Besuch? Und ihr Rücken noch krummer? Nur ihr Haar war immer noch genauso rot wie in ihren jungen Jahren. Wie machte sie das nur? Eine einzige weiße Strähne blitzte aberwitzig dann und wann hervor.

Wilhelmine hatte die Mutter von je her um ihre wunderschönen roten Locken beneidet und nie verstanden, warum sie sie immer unter einer schwarzen Haube versteckte, wenn sie das Haus verließ. Sie selbst musste sich mit dem störrischen, aschblonden Haar des Vaters herumplagen. Keine ihrer Töchter hatte rote Haare bekommen und auch ihr Sohn schien eher blond zu werden.

Hella griff nach dem Bündel in Wilhelmines Arm. „Gib sie mir. Ich halte sie solange."

„Sie?" Wilhelmine lachte glücklich. „Nein, Mutter, es ist ein Junge." Ihr Strahlen schien das ganze Haus zu erleuchten. „Gott hat uns endlich mit einem Jungen gesegnet!"

Die Mutter zog erstaunt die Augenbrauen in die Höhe. „Ein Junge?" Ungläubig schüttelte sie den Kopf.

Sollten die Geister sie diesmal derart fehlgeleitet haben? Sie hatte das Mädchen im Leib ihrer Tochter deutlich gespürt und vom ersten Moment an eine enge Verbundenheit zu dem Kind gefühlt, wie bei keinem der anderen Kinder zuvor. Ihre Herzen schlugen im gleichen Takt.

Sie schob das Tuch ein wenige beiseite und schaute in das Gesicht des schlafenden Kindes. Ganz sachte legte sie ihre Hand auf seine Brust.

Ein Schatten huschte über ihr Gesicht. Dieses Herz schlug anders. Dieser Junge war nicht das Kind, dem Wilhelmine das Leben geschenkt hatte.

Wilhelmine beobachtete ihre Mutter und erschrak zutiefst. „Ist etwas nicht in Ordnung mit ihm? Sag schon Mutter, fehlt ihm was?"

Die Alte schaute ihre Tochter einen Moment lang fassungslos an, erkannte aber, dass ihre Tochter ahnungslos war. Sie glaubte tatsächlich, dass dies ihr Kind war. Ihr Sohn. Aus ihren Augen sprachen ehrliche, reine Gefühle und eine Liebe, wie sie nur eine Mutter für ihr eigenes Kind empfinden konnte.

Hella fühlte einen tiefen Schmerz. Wo war ihr kleines Mädchen? Wer war jetzt die Mutter ihrer Kleinen? Und welcher Teufel hatte hier Gott gespielt?

„Mutter!" drängte Wilhelmine.

Hella wiegte das Kind vorsichtig hin und her und lief ein paar Schritte im Zimmer auf und ab, um ein wenig Zeit zu gewinnen. Was sollte sie tun?

„Mutter!"

Nein, dachte Hella, sie konnte nichts tun. Es war zu spät. Die Würfel waren gefallen. Mit der Wahrheit würde sie beide Mütter ins Unglück stürzen. Sie war sicher, dass die andere Frau die Tochter, von der sie glaubte, dass es ihre wäre, genauso liebte, wie Wilhelmine den Sohn. Könnten die beiden Frauen ihre Kinder, die bereits Teil ihres Lebens waren, einfach so zurückgeben? Schnell mal zurücktauschen, als wäre nichts geschehen? Oder andernfalls für alle Zeit damit leben, dass ihr eigen Fleisch und Blut in einer fremden Familie lebte. Die Wahrheit konnte nur eine andauernde innere Zerrissenheit zur Folge haben, unter der am Ende alle litten.

Und so entschied Hella schweren Herzens ihr Wissen für sich zu behalten.

„Meine Tochter, es ist alles in bester Ordnung", beeilte sie sich Wilhelmine zu beruhigen, „es war nur, weil ich vor Augen hatte, was du alles durchgemacht hast. Ein schönes Kind hast du."

Sie strich ihrer Tochter übers Haar und legte ihr das Kind vorsichtig in den Arm zurück. „Jetzt lass uns Tee trinken. Der wird dich aufwärmen."

Die Teetassen standen schon bereit. Wilhelmine wunderte das nicht mehr. So war es jedes Mal. Ihre Mutter wusste bereits, dass sie kommen würde, noch ehe Wilhelmine überhaupt das Haus verlassen hatte. Wie das sein konnte, war ihr bis heute nicht klar, aber es war gut so.

Hella schob ihrer Tochter die Teetasse rüber. „Aber nun sag, wie ist es dir ergangen? Ich will alles wissen."

„Im Dorf nennt man sie die Flutkinder", begann Wilhelmine lächelnd und streichelte zärtlich über den Kopf des Babys, „weil doch der Erna ihr Kind in derselben Nacht geboren ist. Gleich in der Kammer neben meiner."

Hella hörte ihrer Tochter zu, ohne sie zu unterbrechen, und verstand, was geschehen sein musste. Es war Ernas Junge, der hier in Wilhelmines Arm schlief. Und Wilhelmines kleines Mädchen lebte nun bei Erna.

Allein die Hebamme konnte die Kinder ausgetauscht haben. Aber warum? Eine böse Verwechslung? Nein, das war wohl nicht möglich. Aber was steckte dann dahinter? Oder wer?

„Hat der Kleine schon einen Namen? Aber was frage ich, er wird ja ganz sicher den Namen deines Mannes tragen." Nachdenklich füllte sie Tee nach.

Wer wohl der Vater war? Die Erna war doch schon lange Witwe und lebte mit ihren vier Jungs allein. Und jetzt auch noch mit meinem kleinen Mädchen, dachte sie bedrückt.

Wilhelmine schüttelte den Kopf. „Thillmann hat es noch nicht entschieden. Aber er deutete an, dass er unseren Sohn wohl nach seinem Großvater Johann nennen will. Zum Gedenken an ihn, sagt er." Unsicher lächelnd zuckte sie mit den Schultern.

Hella stutzte. Das war gegen die Schiffertradition. Der erstgeborene Sohn hieß immer nach dem Vater. Sollte Thillmann es womöglich wissen? War er es am Ende sogar, der seine leibliche Tochter gegen den Sohn der anderen getauscht hatte? Aber nein, das wäre ohne Beihilfe der Hebamme nicht möglich. Konnte er sie dazu überredet haben, um endlich seinen Stammhalter zu bekommen? Denn warum sonst hätte sie das tun sollen?

Der kleine rote Kater, der bis eben am Feuer geschlafen hatte, erhob sich und streckte sich gähnend, bevor er leise miauend um Hellas Beine strich. Gedankenversunken kraulte Hella ihm den Kopf.

Wilhelmine bemerkte die Sorgen ihrer Mutter nicht. Sie war in den Anblick ihres Sohnes versunken, streichelte zärtlich sein Gesicht und sang ihm ein leises Schlaflied.

Die liebliche Melodie berührte Hella. Es war das Wiegenlied, das sie selbst schon für ihre Tochter gesungen hatte. Sie betrachtete ihre Tochter voll Liebe. Der Junge schien sie um Jahre verjüngt zu haben. Ihre Züge wirkten weich und sanft und sie strahlte einen inneren Frieden aus, wie seit vielen Jahren nicht mehr. Nein, sie durfte ihr dieses Glück nicht nehmen.

Sie musste mit diesem Schmerz in ihrer Brust allein fertig werden, mit diesem Gefühl, als hätte man einen Teil ihrer selbst aus ihr herausgerissen, sie gar ihres Herzens beraubt. Das kleine Mädchen, das nun Ernas Tochter war, gehörte doch auch ihr. Sie war ihr Fleisch, ihr Blut, ihr Leben. Das Kind trug ihren Geist in sich. Ihre Herzen schlugen gleich.

Nachdem Wilhelmine gegangen war, schloss sie die Fensterläden. Sie entzündete die Räucherhölzchen, schwenkte sie über ihre magische Kräutermischung und rief die Geister an, das kleine Mädchen unter ihren besonderen Schutz zu nehmen.

Thillmann Lange fand keine Ruhe. Hatte er wirklich geglaubt, dass alles so einfach sein würde? Die Kinder austauschen und vergessen, was geschehen war?

Es war nicht so, dass er seine Entscheidung bereuen würde. Die unausgesprochene Anerkennung in den Augen der anderen Männer, Wilhelmines Glücksseligkeit und seine eigene große Zuversicht in die Zukunft seiner Familie waren Bestätigung genug.

Aber er hatte nicht damit gerechnet, dass ihm dieses andere Kind, das seine Tochter war, nicht aus dem Kopf gehen würde. Er hatte sie für einen Sohn dazu verdammt in Armut und Elend zu leben. Nie würde sie die Wärme und Geborgenheit erfahren, wie sie seine Kinder Tag für Tag erlebten. Womöglich, nein, ganz gewiss, musste sie hungern und frieren, während seine Kinder vom Feinsten speisten und in weichen Daunen schliefen. Ihre Füßchen würden vom Barfußlaufen rissig werden, die kleinen Hände von grober Arbeit rau. Sie würde in schmutzigen Kleidern herumlaufen, ungekämmt und mit Rotznase und nur allzu selten eine Schule von innen sehen.

Die Piepersche, die alte Hexe, hatte ihn gefragt, ob er sich dessen bewusst wäre. Blut ist dicker als Wasser, hatte sie prophezeit. Dabei war sie es doch, die ihm den Jungen in den Arm gelegt hatte. Und von dem Augenblick an gab es für ihn kein Zurück mehr.

Dieser Spruch würde sich nur auf das Blut von Vätern und Söhnen beziehen, hatte er ihr, sich seiner Sache so sicher, geantwortet. Doch sein Gewissen setzte ihm zu. Allerdings wollte er sich nicht eingestehen, dass es eine Frage des Blutes war. Auf gar keinen Fall! Er hatte das Mädchen ihres eigentlichen Geburtsrechtes beraubt. So viel stand fest. Und nur aus dem Grund drängte es sich jede Nacht in seine Träume, bestimmte seine

Gedanken am Tage und warf Schatten über sein Leben. Das hatte nichts mit irgendwelchen Gefühlen für sie zu tun, versuchte er sich einzureden, schon gar nicht mit Blut. Das würde vergehen. Die Söhne waren es schließlich, die einen Vater mit Stolz erfüllten.

Aber was konnte er tun, um seine Schuld zu tilgen? Nervös klopften seine Finger auf dem Schreibtisch.

Nun, er würde der Kirche Geld spenden. Das war immer gut. Und vielleicht könnte er Erna und ihren Kindern etwas Hilfe zukommen lassen. Natürlich ohne dass irgendjemand davon mitbekäme oder einen Verdacht schöpfte. Ja, das würde er tun.

Er würde sich freikaufen.

Und Gott würde ihm vergeben!

1873

Ernas alter Lehmkaten war nahezu vollständig weggespült, die alte Kuh ertrunken und der Acker mit dickem Schlamm bedeckt. Ob sie wollte oder nicht, sie musste ins Gesindehaus ziehen, damit sie und die Kinder überhaupt ein Dach über dem Kopf hatten und auf Almosen hoffen.

Aber was zählte das schon. Sie und die Kinder hatten überlebt. Das war längst nicht allen vergönnt und sie dankte Gott aufrichtig für die schützende Hand, die er über sie gehalten hatte. Gott hatte ihr so viel mehr gegeben, als sie je zu hoffen gewagt hatte.

Was für ein wunderschönes Kind ihr Mariken war. Zugegeben, sie war sehr fein und zierlich, fast zerbrechlich, ganz anders als ihre Söhne, die allesamt bereits als stramme Jungs zur Welt kamen. Aber sie würde ihr Töchterchen schon aufpäppeln. Zärtlich strich sie über den roten Flaum auf dem Köpfchen der Kleinen.

Rote Haare! Das letzte Andenken an den treulosen Vater. Aber ihr Mariken war ein zauberhaftes Geschenk Gottes. Etwas ganz Besonderes. So musste es sein. Ihr Mariken würde es einmal besser haben als sie, dachte Erna hoffnungsvoll.

Mit dem Kind auf dem Rücken verrichtete sie schon wieder verschiedene Arbeiten. Beim Krüger gab es immer etwas zu tun. Außerdem schienen die beiden die Kleine genauso ins Herz geschlossen zu haben. Sie hatten selber keine Kinder und erfreuten sich an Ernas wohlerzogenen Jungs und an dem kleinen Sonnenschein. Ohne die Unterstützung der Krügers, wenngleich sie auch nicht viel zu geben vermochten, hätte Erna oft nicht gewusst, wie sie ihre Jungs satt kriegen sollte. Mit jedem Jahr, das sie älter wurden, wuchs auch ihr Hunger. Umso glücklicher war sie, wenigstens immer ein paar Kartoffeln und einen Topf Magermilch bekommen zu können. So gab es jeden Morgen Milchsuppe mit ein wenig Mehl angedickt. Gern hätte sie den Kindern ein wenig Zucker untergerührt, aber den konnten sie sich nicht leisten. Mittags gab es Eintopf mit Erbsen, Bohnen oder Kohl und Kartoffeln. Viel zu selten reichte es für ein Stück Fleisch oder Speck. Wenn der alte Krüger ihr ab und an ein Stück Butter und eine kleine Tüte Zucker zusteckte, konnte sie den Kindern auch mal einen Kuchen backen. Das waren dann die ganz besonderen Sonntage. Doch das war lange her. In diesen Zeiten durfte man eben nicht wählerisch sein und schon gar nicht zu viel erwarten. Aber irgendwann würde sich der Herrgott noch einmal gnädig erweisen. Daran glaubte sie ganz fest.

Sie packte das Flickzeug beiseite. Es war inzwischen zu dunkel geworden, als dass sie noch genug sehen konnte. Die Hosen bestanden fast nur noch aus Fetzen, außerdem waren die Jungs längst aus ihnen herausgewachsen. Traurig schaute sie auf die löchrigen Schuhe, die ordentlich in Reih und Glied neben der Tür standen. Wenn sie ihren Kindern doch nur neue Kleidung kaufen könnte.

Den ganzen Tag hatten die Jungs fleißig gearbeitet. Sie hatten dafür mal wieder die Schule verpasst. Sie halfen beim Müller in der Mühle, schleppten schwere Eimer voll Schlamm aus den Gärten der Herrschaften und sammelten Brennholz. Wo immer es ging, packten sie zu. Oftmals bekamen sie am Ende nicht mehr als einen trocknen Kanten Brot dafür.

Jetzt schliefen sie, eng beieinander unter der einzigen dünnen Decke, die sie hatten, um der Kälte in der Kammer zu trotzen.

Erna nahm ihr grobes Wolltuch von der Schulter und legte es sanft über die Kinder. Was machte es schon, selbst ein wenig zu frieren. Mariken lag dicht an ihrem Busen und sie würden sich gegenseitig wärmen.

Sie schreckte auf. War da eben ein Schatten am Fenster? Hatte jemand hereingeschaut? Sie drückte ihre Tochter ein wenig fester an sich.

Ein leises Klopfen ließ sie zusammenzucken. Oder hatte sie sich doch verhört? Wer sollte um diese späte Zeit noch zu ihr wollen? Wer sollte überhaupt etwas von ihr wollen? Hier, im Gesindehaus.

Zögerlich öffnete sie die Tür einen Spalt breit. Es war niemand zu sehen, doch auf der Türschwelle stand ein Korb.

„Hallo", rief Erna leise in die Dunkelheit hinein, „hallo, so melden Sie sich doch. Wer sind Sie?" Aber sie bekam keine Antwort.

Sollte dieser Korb tatsächlich für sie sein?

Unsicher, ob sie das Rechte tat, griff sie zaghaft danach. Er war schwer und sein Inhalt war mit einem bestickten Leinentuch abgedeckt. Sie schaute sich noch einmal um, aber außer Finsternis war da nichts.

Leise schloss sie die Tür hinter sich und stellte den Korb auf den Tisch. Was, wenn er für jemand anderen bestimmt war?

„Was denkst du, Mariken, sollen wir hineinschauen?", sprach sie mehr zu sich selbst als zu dem schlafenden Kind und musterte den Korb argwöhnisch von allen Seiten.

Doch dann siegte die Neugier. Sie schlug das Tuch zur Seite und trat überrascht einen Schritt zurück. Sollte das alles tatsächlich für sie sein? Nur für sie und ihre Kinder? Sie schloss für einen Moment die Augen und ein Gefühl von Wärme und Dankbarkeit floss durch ihren Körper.

Aber wem sollte sie danken? Welch guter Geist hatte ein solches Nachsehen mit ihrer Not? Und warum kam er im Schutz der Dunkelheit und gab sich nicht zu erkennen?

„Herr im Himmel", flüsterte sie, „wer immer uns das beschert hat, bitte segne ihn."

Achtsam, um ja nichts fallen zu lassen, begann sie sie den Korb auszupacken. Ein Sträußchen duftender Kräuter lag gleich oben auf. Genüsslich steckte Erna ihre Nase hinein. Das würde eine köstliche Suppe geben. Als nächstes holte sie einen Laib Brot hervor. Tränen der Freude traten in ihre Augen. Die Kinder liebten Brot, mussten sich aber meistens mit Kartoffeln und Kohl zufriedengeben. Tag für Tag. Wie sehr würden sie sich freuen. Oh, und hier, ein Näpfchen mit richtiger Butter! Sie konnte sich nicht erinnern, wann sie das letzte Mal Butter gegessen hatte. Die Milch, die ihre alte Kuh gegeben hatte, reichte gerade immer für eine eher dünne Suppe mit Mehlkluten. Erna stockte der Atem, als sie noch ein schönes Stück Speck hervorholte!

Überwältigt sank sie auf den alten Hocker und betrachtete die Reichtümer. Was für ein Glück!

Schnell verstaute sie die Schätze in Tontöpfen, damit ja die Mäuse nicht rankommen konnten und stellte den Korb dann zurück vor die Tür. Der Engel, den der Herrgott ihr geschickt hatte, würde ihn sicher brauchen, um auch anderen Notleidenden helfen zu können.

Am nächsten Morgen war der Korb verschwunden und an seiner Stelle lagen zwei warme Decken.

Erna war erfüllt von unsagbarer Dankbarkeit. Nicht genug, dass ihre Jungs sich endlich mal wieder richtig satt essen konnten, noch dazu an so feinen Sachen, sie mussten nun auch nicht mehr frieren. Welcher Engel war so gut zu ihnen?

Doch damit nahmen die Wunder noch kein Ende.

Am darauffolgenden Tag kam ein Mann sehr offiziellen Aussehens ins Gesindehaus.

„Sind Sie die Witwe Lembke?“, frage er und musterte Erna streng von oben bis unten. „Man sagte mir, Sie hätten fünf Kinder?“ Suchend schaute er sich um, weil er nur den Säugling in Ernas Arm entdecken konnte.

Ernas Gesicht verschloss sich. Die Jungs hatten doch hoffentlich nichts angestellt?

„Die Jungs sind in der Schule“, log sie, ihr Gegenüber belauernd.

Schließlich konnte man nie wissen, was so ein vornehmer Herr wohl bei ihresgleichen wollte. Neulich waren welche unterwegs, um die Kinder einzufangen, die der Schule fernblieben, was unter Strafe stand. Aber Bauer Freese brauchte Hilfe, und sie das Geld. Noch dazu, wo sie selbst wegen Mariken noch nicht alle Arbeit schaffen konnte.

Doch der Mann lächelte sie freundlich an. „Keine Sorge, gute Frau, ich komme in höchst angenehmem Auftrag zu Ihnen. Da Sie bei der Flut Ihr Haus und all Ihr Hab und Gut verloren haben, will man Ihnen Hilfe zukommen lassen.“

Erna sah ihn argwöhnisch an. Ihr war doch schon geholfen worden. Wer sollte ihr darüber hinaus noch mehr Gutes tun wollen. Und wie?

„Nun, es ist so, gute Frau, dass es da ein kleines Haus gibt, in das Sie und ihre Kinder ziehen können.“ Er schaute sich angewidert in der engen, dunklen Kammer um. „Nun ja, also, damit Sie wieder ein Heim haben.“

Erna meinte sich verhört zu haben. „Was? Ein Haus? Für mich?“ Erlaubte sich dieser Mensch einen schlechten Scherz mit ihr? Reichte ihm das Elend, in welchem er sie hier vorfand, nicht aus? Musste er sie auch noch verhöhnen?

„Wer auch immer Sie sind“, sie fixierte ihn böse, „lassen Sie uns in Ruhe. Ja, wir haben alles verloren und ja, das hier ist ein übles Loch. Aber immerhin ein Dach überm Kopf. Und ich bin sicher, Sie können daraus auch kein Haus zaubern. Also machen Sie einfach, dass Sie wegkommen, anstatt sich noch über uns lustig zu machen.“ Zornig zeigte sie auf die Tür.

„Bitte, gute Frau, bitte, hören Sie mich doch an“, versuchte der Mann sie zu besänftigen. „Ich verstehe Ihre Lage“, schmerzlich verzog er das Gesicht, „und ich versichere Ihnen, ich führe nichts dergleichen im Schilde.“

Erna kniff die Augen zusammen und schielte ihn misstrauisch an. „Also kommen Sie in ehrenhaften Absichten?“

Der Mann nickte eifrig. „Wie ich schon sagte, gute Frau, ein Haus, an der Stems“, er wand sich ein wenig, „eher ein kleines Häuschen. Aber groß genug für Sie und Ihre Kinder“, fügte er schnell hinzu.

Erna schüttelte ungläubig den Kopf. „Nein, Sie müssen sich irren, da liegt ganz sicher eine Verwechslung vor."

„Aber nein, gute Frau", er klemmte ein Monokel in sein Auge und stierte auf ein kleines Blatt Papier, „ich bin hier genau richtig. Ein schönes Häuschen", beeilte er sich zu sagen, ehe die Frau ihn erneut beschimpfen würde. „Nun, das eine oder andere muss sicher daran gemacht werden. Sie wissen ja, der Sturm", hilflos hob er die Hände.

„Und was ist mit Miete?", fragte Erna, immer noch zweifelnd.

Sie würde nie genug Geld haben, Miete zu zahlen. Da also musste der Haken sein. Niemand bedachte eine Tagelöhnerin umsonst mit irgendetwas. Obwohl, sie dachte an all das schöne Essen und die Decken. Sollte der Absender etwa derselbe sein? Nein, nein, ein Korb voll Essen und ein Haus waren nun wirklich zwei völlig unterschiedliche Schuhe.

Sie blickte nach oben. Hatte der Herrgott etwa seine Hände im Spiel?

„Eine Miete, ja, gute Frau, ja, aber die ist überraschend niedrig. Schauen Sie hier", er kramte in seiner Tasche, „hier ist der Vertrag."

„Ich kann nicht lesen", sagte Erna mürrisch, „hab's nie gelernt." Beschämt blickte sie zur Seite.

„Oh, ja, natürlich", stotterte der Mann, „entschuldigen Sie mein Ungeschick. Hier, sehen Sie, hier steht es", er zeigte auf eine Stelle auf dem Papier. „Es sind nur …", verwundert schüttelte er nun selbst den Kopf, „ein paar Mark im Jahr. Das ist tatsächlich erstaunlich niedrig", fügte er überrascht hinzu.

„Ich verstehe das nicht." Das alles wollte nicht in Ernas Kopf hinein. „Wem gehört das Haus? Und warum ausgerechnet ich?"

Ihr Vertrauen in den Herrgott war zwar unerschütterlich, aber dass er so weit gehen würde, das konnte sie nun doch nicht glauben. Ein solches Glück schien ihr zu weltlicher Natur zu sein.

„Nun", bedauernd zuckte der Mann mit den Schultern, „ich wurde lediglich beauftragt, Ihnen die gute Botschaft zu überbringen und den Schlüssel hier." Er drückte Erna einen großen, schweren Schlüssel in die Hand. „Womöglich hat sich der Herr Pastor für Sie eingesetzt? Oder der Herr Bürgermeister? Darüber wurde ich nicht informiert."

Er lüftete seinen Hut ein wenig, deutete eine leichte Verbeugung an und wendete sich der Tür zu. „Oh, verzeihen Sie, das hätte ich ja fast vergessen. Der Kaufmann Krüger wird Ihre Habseligkeiten", sein Blick glitt über die wenigen Gegenstände, die sich in der

Kammer befanden, „nun, also, er wird Sie morgen abholen und zu dem Haus bringen. Meines Wissens wurde für alles, was Sie brauchen, gesorgt."

Er ließ eine durch und durch verwirrte Erna zurück.

Thillmann Lange stand am Strand und schaute zum Horizont. Er klopfte seine Pfeife an seiner Schuhsohle aus.

Erna in dem Haus seiner verstorbenen Tante unterzubringen, war ihm wirklich gut eingefallen. Niemand im Ort wusste noch um die familiären Beziehungen zwischen ihm und der Alten. Er hatte sie nie leiden können und sich nie um sie gekümmert.

Das Haus war eher eine ziemlich heruntergekommene Hütte. Aber für jemanden, der sonst gar nichts besaß, wohl gut genug. Auch genug, um sein Gewissen zu beruhigen, etwas für seine, nein, er sträubte sich, diesen Gedanken zu Ende zu denken, also für Erna und ihre Gören getan zu haben. Nur nicht den Gedanken an die Tochter zulassen!

Das Haus lag außerdem weit genug von seinem eigenen entfernt, so dass die Tagelöhnerin ihm und seiner Familie kaum in die Quere kommen sollte.

Geschickt hatte er es eingefädelt, dass Wilhelmine am Ende glaubte, es wäre ihre Idee gewesen. Sie lag ihm schon die ganze Zeit damit in den Ohren, dass man Erna und ihren Kindern doch helfen müsste. Seine einzige Bedingung war, unerkannt zu bleiben, worin Wilhelmine ihm zustimmte, ihn sogar noch für seinen Edelmut lobte. Und so waren sie sich einig.

Er stopfte seine Pfeife neu, zündete den Tabak an und nahm einen tiefen Zug. Sein Blick folgte den Möwen, die dem Wind trotzten und weit aufs Meer hinausflogen. Hinein in die Freiheit.

In den ersten Wochen nach der Geburt der Kinder lebte er in ständiger Angst, überführt zu werden. Aber mit der Zeit entspannte er sich zunehmend und fühlte sich sicherer. Niemand schien irgendwelchen Argwohn zu haben und der Junge entwickelte sich prächtig. Irgendwann verblasste auch das Bild des kleinen Mädchens in seinem Kopf.

Seine Frau war regelrecht aufgeblüht und der Glanz in ihren Augen erinnerte ihn an ihre schönsten Jungendjahre. Der kleine Johann war ihr größtes Glück. Und ihr Glück war sein Glück.

Alles schien sich zum Rechten zu entwickeln, wenn nur die Pepersche nicht dauernd überall auftauchte, wo er sich gerade befand. Ständig lief sie ihm über den Weg, und zum Teufel noch mal, ganz sicher nicht zufällig. Sie grinste ihn unverschämt an, machte anzügliche Bemerkungen und hielt die Hand auf. Nein, sie hielt beide Hände auf. Und er musste zahlen. Wieder und wieder.

Gerade gestern schlich sie wieder um ihn herum und meinte hämisch, dass Erna mit dieser Hütte vom Regen in die Traufe gekommen wäre und er ihr ja wohl deutlich mehr schuldig wäre. Wie konnte die Alte wissen, dass das Haus ihm gehörte?

Zerknirscht musste er sich allerdings eingestehen, dass es tatsächlich ziemlich runtergekommen war und beim letzten Sturm noch mehr gelitten hatte. Aber, verdammt noch mal, es war alle Male besser als das Gesindehaus und gut genug für die Tagelöhnerin und ihre Brut. Sogar ein Garten gehörte zu dem Haus. Er hatte dann aber doch veranlasst, dass sich Zimmermann Tietgens der gröbsten Schäden annahm. Mehr konnte er nun wirklich nicht tun.

Blieb noch das leidige Problem mit der Pieperschen. Was, wenn sie ihr Schladdermaul nicht halten konnte? Wenn sie irgendwann doch noch alles ausposaunen würde? Was bliebe dann von ihm übrig? Von seiner Familie? Den Strick könnte er sich nehmen.

Thillmann Lange hegte auf einmal Gedanken, die seinem Wesen bisher völlig fremd waren. Er hatte Gewalt immer gehasst, ging Streit lieber aus dem Weg und regelte seine Angelegenheit ruhig und friedlich. Im Ort wurde er stets für seine Gutmütigkeit und Aufrichtigkeit geschätzt. Doch neuerdings schien sich ein fremdes Wesen, eins von der bösen Natur, in seinem Inneren einzunisten. Er konnte keine Nacht mehr richtig schlafen. Die Hebamme geisterte durch seine Träume, hielt riesengroße Hände auf, manchmal vier auf einmal, und lachte ihn geifernd, wie eine zottelige Hyäne, aus. Der Traum endete jedes Mal damit, dass er sie im Strom ertränkte. Langsam und lustvoll, bis sie keinen Mucks mehr von sich gab und er schweißgetränkt erwachte.

Er erkannte sich selbst nicht mehr. Die Alte hatte ihn verhext! Sie war schuld, dass er sich überhaupt auf diesen Handel eingelassen hatte. Nie wäre er auf so einen Gedanken gekommen. Das war nicht er, das waren die Teufel, die sie ihm auf den Hals gehetzt hatte, Ungeheuer, böse Geister.

Er spürte sie kommen. Von einer Sekunde zur anderen setzten die schrecklichen Schmerzen hinter seiner Stirn wieder ein. Kreischende Stimmen schrillten in seinem Kopf und wilde Derwische tanzten in seinem Schädel. „Du bist ein Betrüger! Ein Lügner! Hast dein eigen Fleisch und Blut ins Elend gestürzt!“ Dann folgte ein böses, dreckiges Lachen.

Thillmann Lange presste die Fäuste an die schmerzenden Schläfen. Sollte das denn nie aufhören? Er musste sie loswerden!

Ein erneuter Stich fuhr durch seinen Kopf. Es war, als bohrte jemand eine Stricknadel in sein Hirn. Er schwankte.

Er würde keinen Frieden finden, solange die Piepersche am Leben war.

Erna konnte ihr Glück immer noch nicht fassen. Inzwischen war es Frühling geworden und sie wohnte nun schon einige Monate in dem kleinen Häuschen, aber es kam ihr immer noch wie ein Wunder vor und sie dankte dem Herrgott jeden Tag dafür. Das war das Einzige, was sie tun konnte, denn wem das Haus gehörte, war einfach nicht in Erfahrung zu bringen.

Es war größer und schöner als ihr altes im Krabbenort. Sicher, es war ein recht weiter Weg bis ins Dorf hinein, aber dafür weit genug entfernt vom Wasser. Die Erinnerung an die Schrecken der Flutnacht, an die Angst, das Grauen und die Hoffnungslosigkeit in der Zeit danach, bevor man zu alter Normalität zurückgefunden hatte, saß zu tief. Umso mehr freute sie sich nun über die große Wiese hinter dem Haus und die Nähe zum Wald.

Als der alte Krüger sie mit ihren wenigen Habseligkeiten hier abgesetzt hatte, war sie im ersten Moment vor dem trostlosen Anblick, den das Haus bot, zurückgeschreckt. Doch dann kam, wie ein Wunder, mit den ersten Sonnenstrahlen Albert Tietgens von der Bootswerft um die Ecke. Das Häuschen schien sich unter seinen fachkundigen Händen in einen Palast zu verwandeln, in ein kleines Paradies für sie und ihre Kinder.

Inzwischen war alles in Ordnung, blitzsauber und die Fenster strahlten. Sogar ein paar Gardinen hatte Erna auftreiben können. Die junge Esche vor dem Haus ließ sich geschmeidig vom Wind umarmen, im Garten spross das erste Gemüse und ein paar Frühlingsblumen schmückten die Stube.

Mariken robbte unermüdlich ihren Brüdern hinterher, aber die rannten laut johlend davon. Es war Sonntag, da durften sie einfach mal nur spielen, wie andere Kinder auch.

Erna hatte anfangs Sorgen, die Jungs könnten eifersüchtig auf Mariken sein. Als Nesthäkchen und noch dazu einziges Mädchen genoss sie ihre besondere Aufmerksamkeit. Aber ihre Bedenken waren unbegründet. Die Jungs liebten ihre kleine Schwester abgöttisch.

Erna goss gerade die Kartoffeln ab, als eine alte Frau auf der Straße stehen blieb und ihren kleinen Garten betrachtete. Sie trug ein schwarzes Kleid aus grobem Wollstoff und verbarg ihr Haar unter einer dunklen Haube.

Ihr Rücken war gebeugt unter der Last eines schweren Korbes. Erna hatte die Mutter von Wilhelmine Lange schon des Öfteren hier vorbeilaufen sehen. Die Frau wohnte auch im Stemsenweg, im letzten Haus, direkt am Wald. Die Leute sprachen meist hinter vorgehaltener Hand von ihr, manche bewundernd, weil ihre Kräuterkunde ihnen schon geholfen hatte, andere eher ängstlich oder auch verächtlich, weil sie in ihr eine Zauberin oder gar eine Hexe sahen. Darüber hinaus hatte sich schon vor langem im Ort herumgesprochen, dass Thillmann Lange seiner Frau den Umgang mit ihrer Mutter strikt verboten hatte. Und da Thillmann Lange ein angesehener Bürger Prerows war, hielten es die meisten für besser, sich ebenfalls von ihr fernzuhalten.

Was für ein schrecklicher Mann, dachte Erna. Und was für ein Unfug war das, den man über die arme Frau verbreitete.

Erna wäre froh, wenn ihre Mutter noch lebte und ihr zur Seite stehen könnte. Die Schwindsucht hatte sie viel zu früh dahingerafft. Wie sehr hätte sie sich mit ihr über die Jungs und klein Mariken gefreut. Und kein Mann der Welt hätte es vermocht, Erna von ihrer Mutter fernzuhalten.

Sie beobachtete Hella Saatmann eine Weile und tiefes Mitleid mit der alten Frau stieg in ihr auf. Sie hatte eine Familie und war doch zur Einsamkeit verdammt.

Sie trat vor die Tür und winkte Hella Saatmann zu. „Guten Tag, Frau Saatmann, was für ein schöner Tag, nicht wahr?“

Die Alte nickte ihr freundlich zu. „Schön haben Sie es hier. Und der Garten erst. Steckt 'ne Menge Arbeit drin.“

Erna lächelte dankbar. Selten genug, dass jemand ihre Arbeit würdigte. „Ja, aber die Mühe lohnt sich. Meine Jungs fressen mir langsam die Haare vom Kopf“, sagte sie lachend, „da kommen die Sachen aus dem Garten gerade recht.“

Sie betrachtete die gebeugte Gestalt vor sich voll Mitgefühl. Ganz sicher lebte Hella Saatmann auch nicht im Überfluss.

„Möchten Sie vielleicht mit uns essen? Ich habe nicht viel anzubieten, ein paar gekochte Kartoffeln mit frischen Kräutern und ein wenig Kohl.“

Hella Saatmann schaute sie überrascht an und wollte gerade dankend ablehnen, als ein kleiner, roter Wuschelkopf in der Tür auftauchte und der Mutter auf allen vieren hinterher gekrabbelt kam.

Erna hob Mariken lachend vom Boden auf. „Da ist ja mein Sonnenschein.“ Sie drückte Mariken einen herzhaften Kuss auf die Wange.

Auf diesen Tag hatte Hella lange gewartet. Endlich durfte sie ihr kleines Mädchen sehen. Wärme durchflutete ihren Körper beim Anblick des geliebten Kindes. “Was für eine hübsche Dirn.“ Ihr Blick umhüllte das Kind mit einem Schwall von Liebe und Zärtlichkeit.

Die Kleine legte den Kopf schief und musterte die alte Frau einen Augenblick und streckte im nächsten die Ärmchen nach ihr aus.

Hella strich dem Kind über das lockige Haar. „Darf ich sie wohl mal auf den Arm nehmen?"

„Aber sicher. Geh nur zu der netten Frau", sagte Erna völlig unbefangen und reichte Hella das Kind über den Zaun.

Das kleine Mädchen schlang sofort die Arme um Hellas Hals und schmiegte sich an sie.

„Schauen Sie nur, wie vertraut sie mit Ihnen ist", freute sich Erna, „sie mag Sie. Bei anderen ist sie nicht so. Neulich war die Hebamme hier, um nach ihr zu sehen, da hat sie sich immerzu hinter mir versteckt."

Hella lächelte traurig. Das sollte sie wohl auch. Ahnte das kleine Geschöpf womöglich, was ihr diese Frau angetan hatte?

Aber dem Kind ging es gut bei Erna. Und wenn es auch an Geld fehlte, an Liebe ganz sicher nicht. Sie drückte die Kleine an sich. Hatten die guten Geister am Ende doch ihre Hände im Spiel? Erna begegnete ihr mit einer Offenheit und Freundlichkeit, wie kaum jemand anderes im Dorf. Hier war sie willkommen, das spürte Hella.

„Wie heißt der kleine Engel?"

„Marie", sagte Erna liebevoll, „nach meiner Mutter. Aber ich nenne sie immer Mariken."

„Das ist ein wunderschöner Name. Meine Großmutter hieß auch so", antwortete Hella freudig überrascht. „Von ihr habe ich meine roten Haare." Ein verschmitztes Lächeln lag um ihren Mund. „Und noch manches mehr."

Marie war inzwischen ein wenig müde geworden und kuschelte sich zutraulich in Hellas Arm. Die spürte den Herzschlag des kleinen Mädchens. Der Herzschlag, der ihr eigener war.

„Bitte, kommen Sie doch rein, Frau Saatmann", wiederholte Erna ihre Einladung.

Obwohl sie Hella Saatmann kaum kannte, empfand Erna eine tiefe Zuneigung zu ihr und mochte sie nicht gehen lassen.

„Das ist sehr großmütig von Ihnen", sagte Hella, „aber nein, ich muss weiter." Sie würde Erna und ihren Kindern nicht das bisschen wegessen, was sie hatten. Vorsichtig gab sie Erna das schlafende Kind zurück. „Wenn ich wohl mal wiederkommen dürfte?"

„Kommen Sie nur, wann immer Sie wollen. Ich würde mich sehr freuen." Sie streichelte Mariken über die Wange. „Und Mariken ganz sicher auch."

Hella Saatmann setzte ihren Weg mit müden Schritten fort. Das Gehen fiel ihr zunehmend schwer.

Erna schaute ihr noch eine Weile nach. Was für eine nette Begegnung. Plötzlich stutzte sie. Dieser Korb! Das war doch? Den kannte sie doch? Ein glückliches Lächeln legte sich über ihr Gesicht.

Der Engel hatte einen Namen.

Wilhelmine Lange kam derweil von der Nachbarin nach Hause und berichtete, dass man sich gar seltsame Dinge im Ort erzählte. Die Piepersche sei seit zwei Wochen abgängig, sagte sie, und niemand wisse, wo sie abgeblieben wäre. Dabei wurde sie doch bei der Niederkunft der Käthe Kohnert gebraucht. Es wären Amtsmänner dagewesen, um den Fall zu untersuchen und die seien zu dem Schluss gekommen, dass die Piepersche wohl ertrunken sei und irgendwann irgendwo schon wiederauftauchen würde. Tot eben.

Ihr Mann hatte ungerührt zugehört und seine Pfeife angesteckt. Er hatte der Kirche bereits eine bemerkenswert hohe Spende für die Reparatur des Glockenturms zukommen lassen. Die bösen Geister waren aus seinen Träumen verschwunden. Gott hatte ihm vergeben.

Kapitel 4

Christian Lange schaute ungeduldig auf die Uhr. Mann, gleich sechs. Und Herbert ließ mal wieder auf sich warten. Konnte der Kerl nicht ein einziges Mal pünktlich sein?

Während die anderen Gemeindevertreter um ihn herum gruppenweise in Gespräche vertieft waren und ihnen das Warten anscheinend nichts ausmachte, wurde Christian immer unruhiger. Er würde es wieder nicht schaffen, noch im Hellen nach Hause zu kommen.

Seit sein Vater fast täglich die Orientierung verlor und dann den Heimweg nicht mehr fand, hatte Christian keine Ruhe mehr. Er hatte ihn in letzter Zeit schon mehrmals suchen müssen. Und dann finde den Alten mal! Noch dazu im Dunkeln. Müde wischte sich Christian über die Augen. Um den Garten der Gräfin musste er sich auch unbedingt kümmern, bevor die ihm wieder auf die Füße latschte. Aber das konnte er für heute abhaken.

Endlich kam der Bürgermeister in den Sitzungsraum gestürmt. Sein wütendes Gesicht sprach Bände und sorgte augenblicklich für beklemmende Ruhe. Er knallte die Ostsee-Zeitung auf den Tisch.

„Wer war das?“, fragte er vor Zorn kochend. „Was ist das für eine verfluchte Scheiße? Wer von euch kann seine Schnauze nicht halten?“

Einige der Anwesenden wechselten fragende Blicke, andere duckten sich, als wollten sie so dem Zorn des Bürgermeisters entgehen. Es war unschwer zu erkennen, wer von ihnen heute bereits die Zeitung gelesen hatte und wer nicht.

Christian hatte keine Ahnung, worum es ging. Erleichtert, dass sie nun endlich mit ihrer Arbeit beginnen konnten, zog er die Zeitung zu sich heran. „Zeig mal her. Was gab’s denn schon wieder?“ Er nahm seine Brille aus dem Haar, schob sie auf die Nase und las die Überschrift laut vor. „Schweine in Ribnitzer Innenstadt.“ Er schaute den Bürgermeister über den Rand seiner Brille an. „Darüber regst du dich so auf, Herbert? Über Schweine in Ribnitz? Haben wir nicht mit unseren eigenen genug zu tun? Hat sich mal einer den Deich angeguckt?“

„Wildschweine? In Ribnitz?“ Joseffa, mit ihren achtzehn Jahren die Jüngste im Gemeinderat, schaute ihn mit großen Augen an.

„Wahrscheinlich eher Dreckschweine“, lästerte ein anderer.

„Oder hält sich da einer etwa Schweine im Wohnzimmer?“

Während um ihn herum alle kicherten und lachten, schien Herbert Pasler kurz davor zu explodieren. „Schluss jetzt!“, donnerte er und warf Christian einen bösen Blick zu.

Er riss die Zeitung an sich und zerflederte sie bei der Suche nach der Lokalseite förmlich.

„Ihr wollt mir doch nicht erzählen, dass noch keiner von euch heute Zeitung gelesen hat“, brüllte er. „Hier“, er tippte mit dem Finger auf einen kurzen Artikel, als wollte er die Tischplatte durchstechen, „hier steht’s: Gemeinderat von Prerow wegen Golfplatz bis aufs Blut zerstritten! Neu-Prerower sägt an Bürgermeisters Stuhl. Unterschrieben: Der Wächter. Was soll diese Scheiße, frage ich euch! Und wer, verdammt noch mal, ist dieser verfluchte Schmierulant, von dem dieser Scheiß kommt?“

Automatisch richteten sich alle Blicke auf von Stetten. Er war Neu-Prerower, wenngleich er mittlerweile seit fünfzehn Jahren hier lebte. Aber ein echter Prerower war nur der, der mindestens hier geboren worden war, wenn nicht sogar auf einheimische Eltern und Großeltern zurückblicken konnte. Wollte der jetzt etwa Bürgermeister werden?

„Ich bitte euch“, wehrte der sich unbeeindruckt gegen die unausgesprochenen Vorwürfe, „dazu muss ich ja wohl nichts sagen. Ich habe weiß Gott genug anderes um die Ohren.“ Ein selbstgefälliges Lächeln lag auf seinem Gesicht.

Schließlich war er Besitzer und Betreiber des vornehmen Reiterhofes am Ortseingang von Prerow, direkt am Wald gelegen, zu dem mittlerweile auch ein kleines Wellnesshotel gehörte. Während fast ausnahmslos die Töchter wohlhabender Gäste die Tage bei und mit den Pferden verbrachten, konnten sich ihre Mütter mit Massagen, Kosmetik, Sauna, oder wonach auch immer ihnen war, verwöhnen lassen. Kein Wunsch sollte ihnen unerfüllt bleiben. Ihre Ehemänner nahmen sich meistens sowieso nur wenige Tage Auszeit. Sie mussten schließlich das Geld verdienen, das Frauen und Töchter auf seinem Hof ließen. Zudem hatte er seine Fühler ausgestreckt und seine Beziehungen spielen lassen, um endlich ein weiteres Traumprojekt verwirklichen zu können, einen Achtzehn-Loch-Golfplatz, gleich auf der gegenüberliegenden Wiese, die bis dato zum Gut Darß und somit einem engen Freund gehörte. Mit einem Golfplatz würde er auch die Herren der Schöpfung in Zukunft einfangen. Macht bedeutete nichts, wenn man sie nicht in Einfluss umzuwandeln verstand, aber dazu bedurfte es nicht des Bürgermeisterstuhles für ihn.

Auch Lisa Bromstedt sah ihn fragend von der Seite an.

Von Stetten legte seine Hand auf ihre. „Nein, Liebes, damit habe ich nichts zu tun. Weder mit der Säge noch dem Artikel."

Wenn Lisa ihn auch nie ganz erhörte, war sie mittlerweile doch ein Teil seines Lebens, den er nicht mehr missen wollte. Sie war eine wunderbare Frau und als Malerin eine beachtenswerte Künstlerin. Mehr als einmal konnte er sich schon in ihrem Glanz sonnen. Aber sie war es, die das Maß an Nähe bestimmte, welches sie ihm zubilligte. Er konnte sich ihrer nie völlig sicher sein. Das war etwas, was es sonst bei ihm nicht gab. Sein Wille war Gesetz, er bestimmte, was um ihn herum geschah und wer sich dem widersetzte, wurde ausgesondert. Nicht so Lisa. Entgegen seiner Natur war er es, der vor ihr im Staub lag und nicht, wie sonst üblich, umgekehrt. Aber für sie, und nur für sie, war er dazu bereit. Beschwichtigend lächelte er sie an.

„Ich hab's gelesen", sagte ein anderer. „Mensch, Herbert, du weißt doch, was diese Zeitungsleute immer so zusammenlügen. Dieser idiotische Name sagt doch schon alles. Der Wächter!" Abfällig spuckte er den Namen in den Raum.

Pasler war dagegen gar nicht zum Lachen zumute. „Du meinst also, da hätte sich irgend so ein Bleistiftfuzzi nur mal so, aus einer Laune heraus, etwas aus den Fingernägeln gesaugt? Was ist das denn für ein Bullshit!" Mit zusammengekniffenen Augen musterte er sein Gegenüber, bevor er wieder finster in die Runde blickte. „Wenn einer was zu sagen hat oder ihm irgendwelche Entscheidungen nicht passen, dann soll er, verdammt noch mal, hier das Maul aufmachen und sich nicht in der Zeitung ausmisten. Also, wer von euch scheißt hier ins eigene Nest?" Er schlug mit der flachen Hand auf den Artikel, als wollte er dessen Verfasser zerquetschen.

„Wer mit Hunden ins Bett geht, steht mit Flöhen auf", grummelte Christian mürrisch und warf einen Blick in die Runde, der nicht verbarg, dass er den Verfasser in den eigenen Reihen vermutete.

Er hätte wetten mögen, dass Thilo Wormann dahintersteckte. Könnte der sein eigenes Gesicht jetzt sehen! Hin- und hergerissen zwischen aufgeblasenem Stolz, so im Mittelpunkt zu stehen und doch so tun zu müssen, als wüsste er von all dem nichts, das stand ihm so was von eindeutig auf die Stirn geschrieben. Wenn man ihn denn kannte. Je kleiner der Geist, umso dringlicher das Bedürfnis, an etwas Großes zu glauben. Die Aufmerksamkeit anderer Leute war für Thilo schon immer eine unwiderstehliche Droge gewesen, egal, wem er damit vors Schienbein trat.

Doch im Gegensatz zu Herbert Pasler maß Christian Menschen wie Thilo kaum Bedeutung bei. Wenn einer meinte, es müsste sich auf diese Weise wichtigmachen, dann sollte er doch. Solange er niemandem wirklich schadete. Und dieses Gewäsch hier war einfach nur blöd.

„Was stierst du mich so an", fuhr Thilo Wormann Christian wütend an.

Lange! Allein der Name war schon Provokation genug. Und wie er ihn ansah. Tilo kochte innerlich vor Wut. Immer wieder dieser verfluchte Lange. Sein ganzes Leben lang stand er im Schatten dieses Kerls.

Jetzt sollte auch noch ein Weg nach den Langes, genauer gesagt, nach dem alten Kapitän Thillmann Lange, benannt werden. Stellvertretend für alle, die in den letzten zwei Jahrhunderten ehrenvoll als Kapitäne zur See ihre Spuren in Prerow hinterlassen hatten. Außerdem würde ihnen eine Ausstellung im Museum gewidmet werden und er, Thilo, musste daran mitarbeiten. Welcher Teufel hatte ihn nur geritten, diesem bescheuerten Museumsverein beizutreten. Sollten diese Langes ihn bis an sein Lebensende verfolgen? Aber irgendwann würde er sie in den Boden stampfen.

Am liebsten hätte er auf der Stelle vor Christian Lange ausgespuckt, aber stattdessen quälte er sich ein falsches Lächeln ab. Harmlos sein! Er musste harmlos sein, rief er sich zur Ordnung. Schließlich wollte er auf keinen Fall den Verdacht auf sich ziehen. Das könnte alle seine Pläne zunichtemachen. Große Ideen forderten besondere Maßnahmen. Er musste vorsichtig sein, damit ihm die Segel seiner Karriere nicht davonflogen.

„Herbert, du weißt doch, nur schlechte Nachrichten sind gute Nachrichten", lenkte er zähneknirschend ein, „davon leben die Medien. Je dreckiger, umso besser."

Möglichst nahe an der Wahrheit bleiben, dann konnte man den Leuten jede Halbwahrheit und Lüge gleich mit unterjubeln.

„Wer kriecht, kann schon nicht mehr stolpern, oder was? Damit scheinst du dich ja bestens auszukennen." Frustriert stöhnte Christian auf und schaute wohl zum hundertsten Mal auf die Uhr.

Thilo Wormanns Gesicht ballte sich zur Faust und er sprang von seinem Stuhl hoch. Wofür hielt dieser Lange sich! Er würde den Kerl umbringen!

Georg Grell brachte ihn mit einer unmissverständlichen Handbewegung dazu, sich wieder hinzusetzen. „Zeigt mir eine einzige Gemeinde, wo es nicht zu Differenzen kommt. Dazu braucht man nicht viel Fantasie. Und machen wir uns doch nichts vor, die Presse hat Prerow doch ständig auf dem Kieker", entschärfte er die Situation rechtzeitig, bevor Thilo Wormann sich auf Christian stürzen konnte.

Thilo sank grimmig auf seinen Stuhl zurück und atmete tief durch. Er musste sich zusammenreißen. Eskalation konnte ihm hier nur schaden. Zähl bis zehn, sagte er sich. Er musste ruhig bleiben. Auch wenn er Christian Lange am liebsten an die Gurgel gegangen wäre. Er durfte sich das nicht anmerken lassen.

„Das weiß doch jeder, dass das so ist", pflichtete er Georg also unterwürfig bei.

Er konnte einige der Anwesenden zustimmend nicken sehen. Uff! Er spürte, wie ihm der Schweiß den Rücken runterlief. Kurve noch mal gekriegt. Langsam sank sein Puls wieder auf normal.

Sein Nachbar stieß ihn in die Seite. „Na klar doch, du arbeitest doch bei der Zeitung, quasi an der Quelle?"

„Im Anzeigenbereich, falls dir das ein Begriff ist", fauchte Thilo ihn aufgebracht an. Konnte der Idiot nicht seine Klappe halten? Doch schnell besann er sich wieder. Nur nicht aufregen! Er lächelte zuckersüß und deutete eine leichte Verbeugung an. „Deine Todesanzeige kannst du sehr gern bei mir bestellen. Ich verspreche dir auch, sie bevorzugt zu bearbeiten."

Nein, er würde sich nicht noch einmal provozieren und zu unüberlegten Äußerungen hinreißen lassen. Er war schließlich ein Profi. Er würde sie alle noch drankriegen. Einen nach dem anderen.

Sein Nebenmann ruderte zurück. „Ist ja schon gut, Mann. War 'n Spaß."

Herbert Paslers Gesicht war inzwischen dunkelrot angelaufen und seine Faust krachte erneut auf den Tisch, so dass die Gläser klirrend aneinanderschlugen. „Es reicht!"

Christian überflog währenddessen den Text. Daher also wehte der Wind. Tatsächlich ein Maulwurf in den eigenen Reihen. Was allerdings so Aufregendes an dem Artikel sein sollte, konnte er nicht ganz nachvollziehen. Keins der Themen, über die sie gesprochen hatten, unterlag einer echten Geheimhaltung. In einem Dorf wie Prerow blieb doch sowieso nichts wirklich geheim, irgendetwas sickerte immer durch und führte manchmal zu den wildesten Spekulationen. Dorf eben.

Er rückte Herbert Pasler unbeeindruckt den Stuhl an seiner Seite zurecht. „Jetzt setz dich doch erst mal hin, Herbert." Konnten sie nicht endlich mit den wichtigen Dingen beginnen?

Schnaufend ließ sich Pasler auf den Stuhl fallen und zerrte an seinem Hemdskragen, als bekäme er keine Luft mehr. Dann raffte er ein paar Papiere aus seiner Aktentasche und ließ sie geräuschvoll auf den Tisch schlittern.

Christian und er waren seit einer Ewigkeit befreundet und er kannte Herberts temperamentvolle Wutausbrüche nur zu gut. Die vielen Jahre, die der auf dem Bau gearbeitet hatte, konnte er nicht verheimlichen. Aber Christian wusste eben auch, dass Herbert genauso schnell wieder runterkam. Also versuchte er, seinen Freund zu besänftigen. „Hau' den blöden Artikel in die Tonne. Wir sollten uns auf unsere Arbeit konzentrieren und diesem selbsternannten Wächter das Maul stopfen, in dem wir ihm das Gegenteil beweisen. Das wird er dann ja wohl auch mitbekommen. Abgesehen davon würde ich den Namen ‚Wanze' sehr viel passender finden als ‚Wächter'. Oder was meinst du, Thilo?"

Der fixierte ihn aus zusammengekniffenen Augen giftig. „Was hast du immer mit mir? Hast du mir irgendetwas zu sagen?" Dieser Kerl kotzte ihn so was von an.

„Ich?" Christian schüttelte unschuldig mit dem Kopf. „Sollte ich?"

Dabei hätte er Thilo Wormann sehr viel zu sagen. Dass er sich durchaus vorstellen konnte, dass der hinter diesem Artikel steckte. Um sich endlich als großer Journalist zu präsentieren? Oder wurde er dafür bezahlt? Wer auch immer für das Geschreibsel verantwortlich war, nichts kam beim

Leser besser an als schlechte Nachrichten, Klatsch und Tratsch. Die Frage war also, ging es dem Verfasser des Textes darum, sich selbst zu profilieren, die Sensationsgier der Leute zu befriedigen oder war er Handlanger für jemanden mit weit größerem Interessen? Möglicherweise traf alles zu. Wenn zwei sich stritten, freute sich der dritte. Also, wenn sich der Gemeinderat uneinig war, wem würde das nutzen?

Thilo und er kannten sich seit ihrer Kindheit. Solange Christian denken konnte, war Thilo stets unberechenbar, nur auf seinen Vorteil bedacht und zu allem bereit, wenn es ihm dienlich war. Er hatte diese miesen Eigenschaften im Laufe seines Lebens noch perfektioniert, wie es schien. Aber er war und blieb ein unbedeutender, kleiner Fisch.

Christian hatte absolut nicht das Bedürfnis, sich hier zum Richter zu erheben. Nicht für solchen Mist. Das sollte andere übernehmen, wenn sie es für wichtig hielten. Er wollte jetzt nur noch nach Hause. Wieder fiel sein Blick auf die Zeiger der Uhr, die unbarmherzig voranrasten, ohne dass ein Ende der Sitzung in Sicht wäre.

„Worum geht es in diesem Artikel überhaupt?“, fragte Joseffa schüchtern.

„Stand wohl nicht in deiner BRAVO?“, lästerte Thilo Wormann, froh, an jemandem seinen Frust ablassen zu können.

Dieses Fastnochkind hatte hier doch überhaupt nichts verloren. Wer hatte die überhaupt in den Gemeinderat gewählt? Die sollte zu Hause mit ihren Puppen spielen und nicht dazwischen quaken, wenn Erwachsene sich unterhielten. Obwohl, sein Blick glitt über ihre üppige Oberweite, nein, ein Kind war sie nicht mehr. Er leckte sich die Lippen.

„Worum es geht“, polterte Herbert Pasler aggressiv, „um, verdammt noch mal, noch nicht spruchreife Pläne. Der Golfplatz scheint diesem ‚Wächter‘ dabei ja ganz besonders am Herzen zu liegen.“ Er pumpte sich auf. „Dieser maledeite Golfplatz!“

Das sah der ‚Wächter‘ wohl anders und versuchte deshalb über derartige Meldungen Zwietracht zu säen.

Für Pasler war der Golfplatz ein giftiger Stachel, der ihn mitten ins Herz stach. Sicher, so ein Platz wäre ein Alleinstellungsmerkmal für Prerow in der ganzen Region. Aber er konnte einfach nicht mit diesen Geldsäcken, die da meinten, alles bestimmen zu können. Er selbst musste sein ganzes Leben elendig schuften, um dahin zu kommen, wo er heute war. Erst hatte er auf dem Bau seine Gesundheit zu Markte getragen und dann, in einem Alter, in dem andere sich schon fast zur Ruhe setzten, noch mal die Schulbank gedrückt und studiert. Das war richtig harte Arbeit. Hämmere mal in einen alten Schädel Wissen rein, so dass es dort auch bleibt. War schon was dran an dem Spruch, was Hänschen nicht lernt … Solange er Bürgermeister war, würde er sich dafür einsetzen, dass Prerow für alle offen blieb. Und der Golfplatz war, nach seinem Ermessen, der erste Schritt dahin, Prerow zu einem elitären Ort zu machen, an dem sich zunehmend die Wohlhabenden einkapseln würden. Er wollte kein Sylt auf dem Darß! Ein anderer Bürgermeister könnte die Interessen derjenigen, die das anders sahen, sicher besser vertreten. Aber noch war er da!

„Was hat das, bitte schön, mit ‚bis aufs Blut zerstritten' zu tun?" Christian massierte seine verspannten Schultern. Waren sie hier im Kindergarten? „Saublöder Schmierkram ist das, nichts weiter." Sein Blick traf erneut den von Thilo Wormann.

Der verschränkte die Arme vor der Brust, als müsste er sich selbst daran hindern, aufzuspringen. Er bebte innerlich vor Wut. Nur nicht provozieren lassen! Du musst Ruhe bewahren. Mit Mühe gelang ihm ein verbissenes Lächeln. Dieser Sausack Lange konnte ihn mal. Irgendwann würde er ihn kriegen. Jeder hatte seine Leiche im Keller. Ich werde deine schon noch ausgraben, Christian Lange, das schwöre ich!

„Das Thema Golfplatz war doch ein ganz sachliches Abwägen von Für und Wider", konstatierte Konrad von Stetten und blickte sich, Zustimmung heischend, um.

„So ganz sachlich war es ja nun auch wieder nicht", bemerkte Josefa, am anderen Ende des Tisches, weinerlich.

Womit sie leider recht hat, musste sich von Stetten zerknirscht eingestehen, ohne sich jedoch etwas anmerken zu lassen. Er hatte sich zu einigen unbeherrschten Äußerungen hinreißen lassen, die er hinterher zutiefst bedauerte und die dann wohl diesem ‚Wächter' in die Hände gespielt hatten. Dass der augenscheinlich seiner Meinung war, machte es fast noch schlimmer. Dennoch, diese Dörfler wollten einfach nicht kapieren, dass ein Golfplatz ein Segen für das Dorf wäre. Stattdessen kochten sie nach wie vor ihr dünnes Süppchen um noch ein Infoschild hier, eine Bank da und ritten auf ihrer Natur herum. Prerow musste endlich eine höhere Niveaustufe erreichen. Von den Orten der Region war Prerow mit Abstand der schönste und hatte das meiste Potential, die absolute Perle zu werden. Nordstrand, Weststrand, Bodden, der herrliche Wald und trotz zunehmender Bebauung immer noch ein dörfliches Ambiente, das Besucher nun mal schätzten. Es war höchste Zeit, Klasse, statt Masse durchzusetzen. Man konnte nicht alles beim Alten lassen und gleichzeitig hoffen, dass sich etwas änderte. Das war nun mal seine Meinung. Wer sich hingegen immer nur um die Meinung anderer kümmerte, der wurde nie reich, was so gar nicht seinem Lebensmotto entsprach. Abgesehen davon, er faltete entspannt die Hände, die Frage, ob Golfplatz oder nicht, würde sowieso an einem anderen Ort entschieden als diesem hier. Er brauchte nur abzuwarten.

„Na ja", warf Lisa mit einem Seitenblick auf ihn ein, „manchmal machen wir uns das Leben schon ganz schön schwer, ehe wir auf einen Nenner kommen."

„Wenn immer alle dieselbe Meinung hätten, dann bräuchten wir uns nicht die Stunden um die Ohren schlagen. Das nennt man Demokratie, Lisa, Demokratie! Schon mal gehört?" Thilo Wormanns Laune verschlechterte sich zunehmend.

Eigentlich fand er Lisa richtig gut und wäre zu gern mal an von Stettens Stelle. Der alte Bock hatte diese scharfe Braut gar nicht verdient. Aber so war das nun mal, Geld machte sexy. Da konnte er nicht mithalten. Noch nicht.

Von Stetten erhob sich halb. „Ich darf doch sehr bitten, Herr Wormann", stieß er sichtlich verärgert aus.

Lisa gab ihm ein Zeichen, sich wieder hinzusetzen und blitzte Thilo Wormann böse an. „Du kannst mich mal mit deiner Demokratie, wenn sie letztendlich nur dazu führt, dass wir uns gegenseitig im Weg stehen anstatt voranzukommen."

„So oder so werden wir uns die großspurigen Ideen irgendwelcher Investoren nicht einfach so aufs Auge drücken lassen." Pasler legte seine riesigen Hände auf die Papiere vor sich, als wollte er sie damit vor den Blicken des Wächters schützen. „Schluss damit jetzt. Also, nur um es noch einmal deutlich zu sagen, was hier unter uns stattfindet oder gesprochen wird, bleibt auch hier. Es sei denn, wir beschließen, es im öffentlichen Teil der

Sitzung vorzutragen. Und wer meint, ich sollte meinen Hut nehmen, der soll den Mumm haben, mir das ins Gesicht sagen. Haben wir uns verstanden?“

Verhaltenes Gemurmel und Kopfnicken.

„Also dann, habt ihr euch noch mal angeguckt, was wir heute auf dem Schirm haben?“

„Da stehen so viele Vorschläge auf der Liste. So reich sind wir?“ Josefa riss die Augen auf.

„Reich ist man erst, wenn man sich in seiner Bilanz um eine Million irren kann, ohne es zu merken“, höhnte ihr Gegenüber.

„Josefa hat gar nicht so Unrecht. Wenn man sich diese Liste anguckt, könnte man glauben, wir schwimmen im Geld“, gab Lisa zu bedenken.

Pasler grinste listig. „Na ja, schwimmen würde ich vielleicht nicht gerade sagen, aber das Land zeigt sich momentan recht großzügig. Also sollten wir vorbereitet sein. Es geht um nicht unbeachtliche Fördermittel, sprich, um eine Menge Geld. Wenn wir immer nur das Mögliche fordern, erreichen wir am Ende gar nichts. Fordern wir aber das Unmögliche, haben wir gute Chancen, zumindest das Mögliche zu erreichen. Genau dafür brauchen wir eine fertige Prioritätenliste in der Schublade, die wir denen um die Ohren hauen können, wenn es so weit ist. Alles klar?“

„Ich finde das Golfplatzprojekt absolut zukunftsweisend und förderlich für unsere Entwicklung“, brach der Vorsitzende des Gewerbevereins das Schweigen, das für einige Sekunden über dem Raum lag.

„Ein Golfplatz ist das Letzte, was wir brauchen“, setzte Georg Grell ärgerlich dagegen.

Lisa Bromstedt nickte heftig mit dem Kopf. „Richtig. Wollen wir wirklich Millionen für so ein größenwahnsinniges Projekt ausgeben? Die meisten Gäste kommen wegen unserer wunderschönen Natur. Und was machen wir, wir holzen unseren Wald für ein paar wenige wohlhabende Städter ab, die hier Golf spielen wollen.“

„Wir bauen einen millionenschweren Hafen für eine Handvoll Segler, da können wir bei den Golfern gleich weiter machen“, klagte ein verhärmter Mann am anderen des Tisches.

Er trug, trotz der Wärme im Raum einen übergroßen Schafwollpullover und hatte sein langes, fettiges Haar zu einem zotteligen Zopf zusammengebunden.

„Na klar, wenn es nach dir geht, dann machen wir aus Prerow ein Museumsdorf. Vielleicht sollen wir künftig auch alle wieder in Holzschuhen rumlaufen und auf offenem Feuer kochen. Ist ja so schön romantisch für die Urlauber. Oder noch besser, sperre den Ort doch gleich ganz ab und lass nur noch deine Vogelfreunde in den Nationalpark rein, wo ihr ja sowieso keinen Handschlag mehr macht“, giftete Thilo ihn an.

„Die wichtigste Aufgabe im Nationalpark ist es, NICHTS zu tun“, wehrte sich der Angesprochene. „Die Natur …“

Thilo fixierte ihn wütend. „Dann kriech doch in deine Waldhöhle zurück.“

„Thilo!“ Paslers Faust sauste erneut krachend auf den Tisch.

„Darum geht es doch gar nicht, Thilo“, fuhr auch Lisa dazwischen, „außerdem sollten wir sachlich bleiben. Aber ich finde auch, dass es wirklich wichtigere Dinge gibt als den Golfplatz.“

Thilo lächelte Lisa mitleidig an. „Will das nicht in dein hübsches Köpfchen rein, dass wir uns weiter entwickeln müssen?“ Unmissverständlich tippte er sich gegen die Stirn. „Wenn du anders sein willst, mache etwas anders.“

„Anders? Wie wär's denn, wenn wir erst einmal unsere Straßen weiterentwickeln würden? Oder will das nicht in deinen Eierkopf rein!“ Bezeichnend tippte sie nun auch gegen ihre Stirn.

Thilo Wormann kämpfte um Beherrschung. Diese Emanzen! Überall quakten sie dazwischen. Aber er zwang sich, Ruhe zu bewahren. „Natürlich dürfen wir unsere Straßen nicht aus den Augen verlieren, aber wir sollten darüber auch nicht das große Ganze vergessen.“

„Oh nein, unsere Straßen verlieren wir ganz gewiss nicht aus den Augen, sie sind uns ja ein ständiger Dorn in eben diesen.“

„Am besten, du malst deine bunten Bildchen und überlässt die wichtigen Dinge denen, die Ahnung davon haben.“

Christian schüttelte müde den Kopf. Wieder mal wurde derjenige, der auf Schmutz hinwies weit mehr verachtet als der, auf dessen Konto er ging. Aber er hatte keine Lust, sich in diese Diskussion einzumischen.

„Lisa, Liebes", Konrad von Stetten legte erneut seine Hand auf ihre, bevor sie Thilo Wormann über den Mund fahren konnte, „Herr Wormann hat recht. Das eine hat wirklich nichts mit dem anderen zu tun. Überlege doch mal, was das für eine Chance für Prerow wäre."

Ärgerlich entzog Lisa ihm ihre Hand. „Nein, das sehe ich ganz und gar nicht so."

Christian lehnte sich auf seinem Stuhl zurück und musterte von Stetten zynisch. „Und du bist sicher, Konrad, dass es dir tatsächlich um das Wohl des Ortes und nicht vorrangig um dein eigenes geht? Wo der Golfplatz doch praktischerweise unmittelbar vor deiner Tür läge."

Konrad von Stetten wurde kreidebleich.

„Aufhören!" brüllte Bürgermeister Pasler. „Das ist ja wie im Irrenhaus hier. Ihr sollt eure Meinung sagen, aber sachlich, verdammt noch mal."

„Prerow sollte verstärkt auf Gesundheitstourismus setzen", nahm Georg Grell den Faden auf. „Da liegen die Reserven für die Vor- und Nachsaison. Im Sommer haben wir die Kotzgrenze doch schon lange erreicht. Und machen wir uns nichts vor, Golfer bringen uns da nicht weiter. Also, ich bin für das Kurmittelhaus."

„Da bin ich ganz bei dir", flötete eine Blondine ihm gegenüber, die sich im Sekundentakt mit den Händen durch ihr langes Haar fuhr.

Thilo runzelte die Stirn. „So, du bist ganz bei ihm. Na, da sind wir ja alle beruhigt."

Pasler schaute auf seine Liste und kritzelte einen Vermerk hinein. „Noch andere Vorschläge?"

„Was ist mit der Darßbahn? Die passt doch super in alle Kriterien rein, die für uns wichtig sind. Verkehrsberuhigung, Verbesserung der Infrastruktur, Erlebnistourismus."

Pasler winkte genervt ab. „Die Entscheidung liegt beim Land. Sicher müssen wir uns, wenn es irgendwann zur Diskussion steht, eine Meinung dazu bilden, aber bitte nicht jetzt."

„Nun", von Stetten nickte bedeutungsvoll, „wenn wir uns eindeutig dafür positionieren, gibt das dem Vorhaben vielleicht einen gewaltigen Anschub?"

„Und wie stellt ihr Euch das vor? Sollen die Leute von der Reichsbahnschule, wo wir den alten Bahnhof wieder aufleben lassen, das ganze Ende zu Fuß ins Dorf rein laufen? Oder willst du noch mehr Bimmelbahnverkehr und damit noch mehr Stau im Ort?"

„Genug", fuhr Pasler die Streithähne an. „Ich habe gesagt, die Bahn ist jetzt und hier kein Thema. Was noch?"

„Ich finde, wir sollten das Projekt der Dünenpromenade von der Barmer-Klinik bis zum Fischerstrand favorisieren. Gerade für unsere älteren Gäste wäre das sehr schön." Lisa blickte in die Runde. „Wenn der Hafen erst fertig ist, kommen bestimmt noch viel mehr Besucher her."

„In Zingst bauen sie jetzt eine. Mit Fördergeldern vom Land. Wir sollten das nicht verschlafen."

„Das war unsere Idee", empörte sich einer.

„Und die Zingster tun mal wieder so, als hätten sie die tiefen Teller erfunden."

„An den Seiten könnten wir Infotafeln aufstellen, die über die Besonderheiten unserer Natur aufklären."

„Und Bänke zum Verweilen."

Herbert Pasler schaute gehetzt auf seine Uhr. „Mist, schon so spät. Entschuldigt, wir müssen Schluss machen für heute. Ich muss noch ins Amt. Alles andere nächste Woche."

Er stand auf und packte seine Unterlagen zusammen, als ihm noch etwas einfiel. „Erwin, erzähl noch schnell, was war da gestern am Strom los?"

Erwin Pächer schreckte auf. Er hatte die ganze Zeit nur stumm vor sich hingebrütet und sich überhaupt nicht an der Diskussion beteiligt, was bis dahin niemandem aufgefallen zu sein schien. Jetzt richteten sich alle Blicke neugierig auf ihn, was ihn noch mehr verwirrte.

„Was soll ich sagen, hab' 'n Menschenknochen gefunden! Na ja, mein Teffi hat den angeschleppt." Er knetete seine rauen Hände und schluckte. „Ich, ich …" Er zog den Kopf ein. „Eins sag' ich euch, das war ganz schön schaurig."

Er war mit seinem Hund am Strom unterwegs gewesen, Sonntagmorgen, vorm Frühstück. Der Köter gab doch keine Ruhe vorher. Aber das Sonntagsfrühstück war Erwin heilig. Also Regenjacke an und in die Gummistiefel rein. Half ja nichts. Teffi interessierte nicht, ob es regnete oder nicht. Auf dem Deich hatte er ihn dann von der Leine gelassen. War ja kein Mensch zu sehen, so früh am Morgen. Erst schnüffelte Teffi überall rum, aber dann kam ihm irgendwas in die Nase und ehe Pächer sich versah, war er Richtung Schilfgürtel verschwunden. Pächer hatte schon befürchtet, dass er sich an die Schwäne ranmachen wollte, aber im nächsten Augenblick kam er mit diesem Knochen im Maul an.

„Zuerst habe ich gedacht, der wäre von einem Rindvieh, aber dann ..."

„Echt? Ein Menschenknochen? Und den hat dein Hund ausgebuddelt?"

„Wenn ich es euch sage." Erwin Pächer wurde immer kleiner auf seinem Stuhl. Er hasste es im Mittelpunkt zu stehen.

„Wo genau war das?" Thilo Wormann war vor Aufregung aufgesprungen. Das war doch mal eine Neuigkeit. Er witterte, ähnlich wie der Hund, sogleich eine deftige Sensation.

„Na am Strom", sagte Pächer, als wäre das selbstverständlich, „da, wo die neue Brücke gebaut wird." Eben da, wo er immer mit Teffi langlief, dachte er. Auf dieses Theater hätte er gut verzichten können.

Wohl jeder im Raum hatte ein Bild vor sich. Beide Holzbrücken, die auf dem Weg zum Strand den Strom überquerten, waren letzten Sommer von einem Tag auf den anderen gesperrt worden. Wegen angeblicher Einsturzgefahr. Was hatte man in Prerow darüber diskutiert. Ob dem wirklich so wäre, warum diese Erkenntnis ausgerechnet unmittelbar vor der neuen Sommersaison gewonnen wurde, dass es eine ganze Saison brauchte, ehe mit Pontonbrücken eine Ersatzlösung gefunden wurde und natürlich über die Summe für den Brückenneubau, die im Ort kursierten und mit jedem Gespräch ins Unermessliche wuchs.

„Ost- oder Westbrücke?", fragte Thilo Wormann nachdrücklich.

„Was? Ach so, hinten, Richtung Friedhof war's." Pächer schüttelte sich.

Joseffa rieb sich schaudernd die Arme. „Das ist ja schrecklich. Weiß man schon, ob es ein Mann oder eine Frau war?"

Pächer zuckte mit den Schultern. „Nee, mir hat keiner was gesagt. Aber ein Gewimmel war das gleich. Polizei und irgendwelche", nach den richtigen Worten suchend wiegte er den Kopf hin und her, „Experten?"

„Hast du die Polizei gerufen?"

„Wer sonst? Denkst du der Hund?" Pasler schaute Joseffa verständnislos an. „Oder glaubst du, ich wollte mir das Ding mit nach Hause nehmen?"

„Aber du hast vorher doch sicher mal nachgeguckt, ob da noch mehr liegt?", hakte einer nach.

Verlegen strich sich Pächer über das Kinn. „Na ja“, druckste er, „ich wusste ja erst nicht, was der Köter da angeschleppt hat. Erst als ich dann diesen modrigen Schädel im Schilf gesehen habe …“, seine Stimme erstarb.

Thilo Wormann ließ nicht locker. „Was denkst du, Erwin, waren das alte Gebeine?“ Er beugte sich weit zu ihm rüber.

Pächer runzelte die Stirn. „Gebeine? Was ich denke?“, äffte er Wormanns Worte nach. „Was weiß denn ich. Fleisch war nicht mehr dran. Hatte ganz schön zu tun, dass der Köter den Knochen wieder rausrückte.“

Er wollte jetzt nicht länger darüber reden. Er konnte so schon nicht mehr richtig schlafen. Jede Nacht grinste ihn dieser Totenkopf im Traum an.

Stimmen schwirrten durcheinander, Fragen, Vermutungen, kluge und weniger kluge Bemerkungen suchten ihre Zuhörer. Faszination lag in der Luft. Schließlich passierte so was nicht alle Tage. Man konnte förmlich Filme hinter manch einer Stirn ablaufen sehen. Endlich war mal wieder was los. Nach dem langen, ereignislosen Winter stürzte man sich zu nur gern auf Ereignisse jeder Art, noch dazu auf ein so delikates.

„Irgend so ein jungscher Klugscheißer, war wohl von der Universität, meinte, dass die Knochen schon ganz schön alt wären.“ Unbeholfen zuckte Pächer mit den Schultern. „Die wollen die jetzt untersuchen. Weiß der Schinder, wie die das machen, aber angeblich können die ganz genau rauskriegen, wie lange die da schon liegen. Dauert nur ein bisschen. Sie haben noch ’ne ganze Weile im Schlamm rumgewühlt, aber es war wohl nur ein Toter.“

„Wie alt wohl?“

„Hundert Jahre, oder so, hat der gemeint. Auf jeden Fall haben die mir den ganzen Sonntag vermasselt.“

Kapitel 5

1879

„Johann! Johann! Wo treibt sich der Bengel schon wieder rum? Die Schule ist doch längst vorbei." Wütend polterte Thillmann Lange ins Haus.

Seine Frau und die jüngste Tochter saßen an dem großen Küchentisch und bereiteten das Mittagessen vor.

„Wisst ihr, wo Johann steckt?", blaffte er die beiden an.

Seine Tochter zog erschrocken den Kopf ein. Wenn der Vater so verärgert war, sollte man ihm möglichst aus dem Weg gehen.

„Was ist denn los, Thillmann?" Wilhelmine schaute erschöpft von ihrer Arbeit auf. „Er ist nicht hier. Er ist …" Ein Hustenanfall erschütterte ihren ausgemergelten Körper. Sie presste ein Taschentuch fest vor den Mund.

Thillmann schenkte dem in seiner Wut keine Beachtung „Sag nicht, dass er sich schon wieder mit den Bastarden von Erna rumtreibt", schnaubte er, „ich hatte ihm doch ausdrücklich verboten, sich mit diesem Gesindel abzugeben."

Wilhelmine schloss für einen Moment die Augen. Sie fühlte sich müde und das Atmen fiel ihr schwer. „Thillmann, bitte!", flüsterte sie. „Er ist mit Adolf unterwegs. Du weißt schon, dem Sohn von Emil Siegert."

Sie erhob sich, bemüht, ihn nicht merken zu lassen, wie schwer ihr jede Bewegung fiel und berührte zaghaft seinen Arm. „Dem Maurer Siegert." Dass die Jungs von Erna ganz sicher mit dabei waren, behielt sie für sich.

„Ich weiß, wer Emil Siegert ist", fuhr er sie an.

„Der baut für Scharmbergs ein Haus. Für die Sommergäste", plapperte Lenchen eifrig, ehe sie unter dem strafenden Blick des Vaters ängstlich verstummte.

„Häuser bauen!" Thillmann Lange spuckte die Worte förmlich aus. Kein Wunder, dass in seinem Haus kein Hammer und kein Nagel mehr zu finden waren. Aber diese Mätzchen würde er dem Bengel noch austreiben.

Nicht dass Thillmann etwas gegen die Maurer und Zimmerleute hätte. Ein wahrhaft ehrenhaftes Handwerk. Aber sein Sohn würde zur See fahren und nicht Häuser bauen.

„Und dann auch noch dieser neumodische Kram mit den Sommergästen", fügte er knurrend hinzu.

Er befreite sich grob aus dem Griff seiner Frau. „Ich hatte ihm laut und deutlich gesagt, dass er mit mir zum Hafen rausfahren soll."

„Thillmann, du weißt doch …"

Seine Hand krachte gegen den Türrahmen. „Halt den Mund, Weib! Ich will davon nichts mehr hören. Ein Lange hat keine Angst vorm Wasser! Es wird höchste Zeit, dass er das begreift. Lenchen", er wendete sich seiner Tochter zu, „los, lauf und hol deinen Bruder. Sofort!"

Die sprang auf, froh, dem Hexenkessel zu entrinnen.

„Thillmann", versuchte Wilhelmine es zaghaft noch einmal.

„Es ist genug!" Keinen weiteren Widerspruch duldend hob er die Hand. „Ab jetzt werde ich mich um Johanns Erziehung kümmern. Der Bengel hat sich lange genug hinter deinen Röcken versteckt."

Bevor Wilhelmine noch irgendetwas sagen konnte, drehte er sich um und verließ das Haus, nicht ohne die Tür mit Nachdruck hinter sich ins Schloss fallen zu lassen.

Wilhelmine sank auf einen Küchenstuhl. Kalter Schweiß stand auf ihrer Stirn und alle Kraft schien sie verlassen zu haben. Sie knetete das Taschentuch in ihren Händen. Was sollte nur aus ihrem Johann werden, wenn sie nicht mehr da war?

Johanns Geburt hatte sie damals fast das Leben gekostet und sie hatte lange gebraucht, sich davon zu erholen. Liebte sie ihren Sohn gerade deshalb so sehr? Aber was war nur mit Thillmann los? Er hatte sich doch so sehr einen Sohn gewünscht. Warum konnte er ihn nicht lieben, wie er war? Was spielte es schon für eine Rolle, ob ihm das Meer etwas bedeutete oder nicht. Warum beharrte Thillmann so sehr darauf, aus ihm einen Seemann zu machen? Außerdem war er mit seinen sieben Jahren doch noch ein Kind.

Mühsam erhob sie sich. Sie schwankte vor Schwäche, aber die Küchenarbeit duldete keinen Aufschub. Sie öffnete das Fenster und sog begierig die frische, kalte Luft ein, bis sie wieder ein wenig besser atmen konnte. Das Essen hatte pünktlich auf dem Tisch zu stehen. Aber ihre Gedanken schweiften immer wieder ab.

Ihre Mutter hatte sofort erkannt, dass Johann anders war. Anders, als Thillmann ihn haben wollte. Wilhelmine erinnerte sich noch genau, wie sie Johann bei ihrem ersten Besuch angesehen, den Kopf geschüttelt und seltsame Worte gemurmelt hatte. Wenn sie auch bis heute nicht wusste, was ihre Mutter dem Kind zugeflüstert hatte, es mussten Worte voll Liebe gewesen sein.

Nur wenige Wochen später hatte die Mutter dem kleinen Jungen mit einem geheimnisvollen Lächeln vorausgesagt, dass Holz und Steine einmal seine Bestimmung sein würden. Nicht das Meer. Und dass das gut so wäre.

Ihre Prophezeiung schien sich zu bewahrheiten. Wüsste Thillmann von dieser Weissagung, würde er ihrer Mutter wohl auch daran die Schuld geben.

Ihr Johann war so ein lieber, hübscher Junge. Wo immer es ging, half er ihr und er war handwerklich schon so geschickt für sein Alter. Wilhelmine lächelte zärtlich. Insgeheim war sie froh, dass es ihn nicht wie den Vater auf die See hinauszog, was sie ihrem Mann gegenüber natürlich nie eingestehen dürfte. Aber es lagen zu viele leidvolle Jahre hinter ihr, in denen sie um Thillmann bangen musste, wenn der Sturm das Meer in einen tödlichen Schlund verwandelt hatte. So viele Frauen hatte sie um ihre Männer und Söhne weinen sehen. Thillmann hatte all das unbeschadet überstanden. Aber würde auch ihr Johann mit heiler Haut davonkommen? Wollte Thillmann wirklich, dass sich die vielen Jahre der Angst für sie wiederholten, dass sie nun auch noch um ihren einzigen Sohn bangen sollte? Natürlich war sie sich darüber im Klaren, dass sie ihren Wohlstand Thillmanns Reisen über die Weltmeere verdankte, aber sie hatte ihren Preis dafür bezahlt. Noch einmal wollte sie das nicht.

Ein weiterer Hustenanfall nahm ihr den Atem. Sie glaubte, ersticken zu müssen, krallte sich an der Tischplatte fest japste nach Luft.

Entsetzt starrte sie auf die Blutspritzer, die das weiße Tuch in ihrer Hand bedeckten.

Thillmann Lange zog grimmig an seiner Pfeife. Die Probleme nahmen einfach kein Ende. Verflucht sei der Tag, an dem er sich von der Pieperschen hatte verführen lassen!

Hatte er wirklich geglaubt, aus einem Bastard könnte je ein Schiffer werden? Einer, wie er es war und schon sein Vater und vor ihm sein Großvater. Er hätte es besser wissen müssen

Schweren Herzens hatte er im letzten Jahr die Seefahrt an den Nagel gehängt und seinen Abschied genommen. Er war alt geworden, zu alt für die raue See und die Tücken des Meeres. Genau wie seine geliebte „Seemöwe“. Noch vor ein paar Jahren war sie der schnellste Segler der Region, aber nun konnte sie mit den Dampfschiffen, die inzwischen die Weltmeere eroberten, nicht mehr mithalten.

Doch die Sehnsucht nach dem Meer ließ ihn nie ganz los. Insgeheim bewunderte er die neue Technik und die Männer, die sie beherrschten. Doch für so 'n neumodischen Kram war nichts mehr für ihn und seines gleichen. Die Zeit für die jüngere Generation war gekommen.

Noch nicht für Johann. Nein. Aber als er selbst so alt war wie der Bengel, war er vom Wasser nicht wegzukriegen. Mit einem selbstgebauten Floß war er die Gräben lang geschippert, im Winter waren die Eisschollen auf der Ostsee sein Schiff und oft genug hatte er sich heimlich auf die Segelschiffe geschlichen, die im Hafen lagen. Tag und Nacht hatte er davon geträumt, endlich alt genug zu sein, um mit rausfahren zu können.

Und was tat der Junge? Trieb sich den ganzen Tag mit Hammer und Nägeln auf Baustellen herum. Um Wasser machte er einen großen Bogen. Das war doch nicht normal.

Thillmann Lange schnaufte wütend.

Die alte Hexe hatte am Ende recht behalten mit ihrem Gefasel über Blut und so. Sie hätte ihn, verdammt noch mal, in Ruhe lassen sollen damals.

Wie sie ihn angestarrt hatte, wie eine alte Eule mit riesengroßen Augen, als er mit der Axt zugeschlagen hatte. Jetzt lag sie tief im Schilfgürtel des Stroms, gar nicht weit von ihrer jämmerlichen Hütte entfernt, vergraben. Er staunte noch heute, Jahre später, wie leicht das gewesen war.

Er war weiß Gott nicht stolz darauf. Aber sie hatte ihm keine andere Wahl gelassen. Sie war es schließlich, die ihn erst zu diesem Monster gemacht hatte.

Die Tatsache, dass er sich ihrer entledigt hatte, änderte aber leider nichts daran, dass er nun zwar einen Sohn hatte, aber der so gar nicht seinen Erwartungen entsprach. Er konnte es drehen, wie er wollte, Johann war kein Lange und würde es nie werden. Weder Schläge noch gute Worte halfen, keine Versprechen und schon gar keine Drohungen änderten etwas daran. Er musste sich wohl damit abfinden. Stellst du einen Esel in den Pferdestall, wird noch lange kein Pferd aus ihm. Und damit schlich ihm der Fluch der Alten immer und immer hinterher. Noch aus dem Jenseits meinte er sie lachen zu hören, schadenfroh und hinterhältig.

Dabei gab es Leute im Ort, die meinten in Johann das genaue Abbild des Großvaters zu erkennen. Das sollte ihm nur recht sein, denn ein Zurück gab es ja nicht.

Auch wenn er damals noch nicht wissen konnte, dass der Junge eine solche Enttäuschung für ihn werden würde, hatte er es nicht übers Herz gebracht, ihm seinen Vornamen zu geben, wie es normalerweise üblich und Tradition war. Wilhelmine hatte auf ihn eingeredet, ihn beschworen und gebeten, aber sie konnte ihn nicht umstimmen. Seine Entscheidung stand fest. Er ließ ihn auf den Namen Johann Christian Lange taufen, die Zweitnamen des Großvaters. Um den Leuten im Dorf die Mäuler zu stopfen. Die Alten im Ort waren zwar verwundert, hatten ihn letztlich aber sogar dafür gelobt.

Das Verhältnis zwischen dem Jungen und ihm stand vom ersten Tag an unter keinem guten Stern. Schon als Säugling hatte der Bengel Angst vor ihm, brach in Geschrei aus, wenn er nur den Raum betrat. Später versteckte er sich hinter dem Rock seiner Mutter, nur um ja nicht mit ihm mitgehen zu müssen.

Als Thillmann ihn dann das erste Mal mit aufs Wasser nehmen wollte, hatte Johann sich gebärdet, als wollte man ihn umbringen. Sein Geschrei war im ganzen Ort zu hören. Missmutig hatte Thillmann nachgeben müssen. Bis heute. Er kam einfach nicht an den Jungen ran. Mit jedem Jahr wurde es schlimmer, nur dass sich dessen Angst mehr und mehr in Trotz und Widerstand wandelte.

Thillmann Lange rieb sich resigniert die Augen. Es war ja nicht so, dass er den Jungen nicht mochte. Er war gut gewachsen, wohl erzogen, ehrlich und anständig und konnte für sein Alter schon tüchtig zupacken. Aber er war kein Lange. Er würde nie ein Lange werden. Hatten die Männer früher über seinen Weiberhaushalt gelästert, so machten sie sich heute über seinen wasserscheuen Sohn lustig. Er ballte die Hände zu Fäusten. Man verspottete ihn. Ihn, einen Lange! Er bebte am ganzen Körper. Der Sohn, den er sich erhofft hatte, blieb ihm ein für alle Mal verwehrt.

Er nahm einen tiefen Zug aus seiner Pfeife. Wie sollte er so den Ruf der Familie bewahren? Denn genau der war es, der auf dem Spiel stand. Der Ruf einer über Generationen zurück reichenden Seefahrerfamilie.

Doch im Augenblick galt es erst einmal eine ganz andere Gefahr abzuwenden! Wütend schleuderte er seine Pfeife in die Ecke.

Er hatte das Kind, das eigentlich seins war, aus der Ferne beobachtet. Im Grunde hatte er jeden Schritt, den es machte, aufmerksam verfolgt. Warum auch immer, er konnte einfach nicht anders. Sie war ein kleiner rothaariger Wirbelwind mit einer schier ungezügelten Energie. Das Mädchen ähnelte weder ihm noch Wilhelmine noch einer seiner anderen Töchter und doch hatte es etwas an sich, das ihm vertraut war. Aber er war, verdammt noch mal, nicht darauf gekommen, was es war, bis, ja bis zu diesem verhängnisvollen Tag.

Er war viel zu sehr damit beschäftigt gewesen, ständig in sich hineinzuhorchen, ob er für das Mädchen insgeheim vielleicht doch genauso empfand wie für seine anderen Töchter. Er konnte sich noch so sehr einreden, dass es schlichtweg Neugier wäre, die ihn trieb. Die Sache mit dem Blut, das dicker war als Wasser, drängte sich ihm immer wieder ins Bewusstsein zurück. Was hatte ihm die alte Hexe da nur in den Kopf gesetzt! Nein, er wollte davon nichts wissen!

Aber dann lief ihm das Mädchen beim Krüger vorm Laden direkt über den Weg. Fast in die Arme. Mehr noch, sie hätte ihn wohl umgerannt, hätte er sie nicht recht derb aufgehalten. Nach einer winzigen Schrecksekunde hatte sie ihren kleinen Kopf zur Seite gelegt, die Nase krausgezogen und ihn aus zusammen gekniffenen Augen auf eine Art angesehen, die ihn erschaudern ließ. Augenblicklich hatte er sie losgelassen und zugesehen, wie sie davonrannte.

Er kannte diesen Ausdruck! Schon einmal hatte ihn jemand genauso angesehen. Erst erstaunt und ungläubig, dann plötzlich tieftraurig, um im nächsten Moment allen Zorn und grenzenlosen Hass über ihn auszuschütten. Ein Blick wie eine unausgesprochene, eisige Prophezeiung. Ein Fluch. Er spürte noch heute die Kälte, die ihm dabei über den Rücken bis tief ins Mark gekrochen war.

Es war Wilhelmines Mutter gewesen, an dem Tag, als er sie aus seiner Familie verbannt hatte.

Hier, beim Krüger vor der Ladentür, war es ihm wie Schuppen von den Augen gefallen, an wen ihn dieses Kind erinnerte und was er bei seinem Anblick fühlte: Angst! Verdammt noch mal, dieses Mädchen sah aus wie Wilhelmines Mutter. Was, wenn das außer ihm auch anderen auffallen würde? Panisch hatte er sich umgeschaut, aber niemand schien ihm und dem Kind Beachtung zu schenken. Doch das konnte nur eine Frage der Zeit sein. Irgendwann würde jemand darüber stolpern, ganz zu schweigen von Wilhelmine, würde sie dem Kind je begegnen.

Er sah Wilhelmines blasses Gesicht vor sich. Sie ging schon seit Monaten keinen Schritt mehr aus dem Haus. Dieser verdammte Husten machte ihr immer noch zu schaffen. Aber so bestand wenigstens keine Gefahr, dass ihr die Göre über den Weg laufen könnte. Außerdem, er runzelte nachdenklich die Stirn, wer wusste schon, ob dieser Kerl, der Erna damals geschwängert hatte, ob der nicht auch rote Haare hatte. Liefen nicht überall Rothaarige herum?

Die Begegnung mit dem Kind war jetzt ein paar Wochen her, aber er fand keine Ruhe. In seinem Inneren loderte seitdem die Angst vor Entdeckung. Seine Gedanken kreisten nur noch um dieses rothaarige Balg und Wilhelmines Mutter.

Er hatte die Alte ewig nicht gesehen. Früher war sie oft Dorfgespräch gewesen. Die verrücktesten Geschichten hatte man sich über sie erzählt, meist nur hinter vorgehaltener Hand. Aber mittlerweile schien sich niemand mehr für sie zu interessieren. Er hatte gehofft, dass man sie vielleicht vergessen hätte, besser noch, dass sie womöglich längst das Zeitliche gesegnet hätte und unentdeckt in ihrer Hütte verrottet war.

Seine Frau hatte sich damals seinem Willen beugen müssen, jeglichen Kontakt zu ihr abzubrechen. Er war der Herr im Haus, sein Wort war Gesetz. Er hatte bisher auch keinen Grund gehabt daran zu zweifeln, dass sie ihm folgte. Er wusste, dass sie ihm damit ein großes Opfer brachte, aber es ging nun mal um die Ehre der Familie. Wilhelmine war eine gehorsame Ehefrau. Wie es sich für eine Lange gehörte.

Eigentlich hätte er also davon ausgehen können, dass sein Geheimnis für alle Zeiten gewahrt bliebe. Die Piepersche war die einzige gewesen, die die Wahrheit kannte und hatte sie mit in ihr feuchtes Grab genommen. Dieser Albtraum sollte also endlich ein Ende haben! Aber die fürchterlichsten, gespenstigsten Wesen fanden zurück in seine Träume. Dunkle Gestalten in langen, schwarzen Mänteln aus der Unterwelt, von einer keifenden Pieperschen angetrieben, kamen, ihn heimzusuchen und knurrend und heulend mit sich fortzuschleppen. Geradewegs in die Hölle. Nach solchen Nächten wachte er wie gerädert auf und fand erst im Laufe des Tages zu einer vagen Gelassenheit zurück. Bis es wieder Nacht wurde und alles von Neuem begann.

Aber, als wäre das alles nicht schon schlimm genug, hatte er vor zwei Tagen eine Entdeckung machen müssen, die ihm das Blut in den Adern gefrieren ließ und ihn aus eben diesen bösen Träumen in den Sog einer nicht weniger grausigen Wirklichkeit riss. Wilhelmines Mutter mit dem Mädchen an der Hand!

Das nackte Entsetzen hatte ihn gepackt und nicht wieder losgelassen. Es konnte keinen Zweifel geben, die alte Kräuterhexe wusste Bescheid. Sie musste es wissen! Oder überschätzte er ihre Hexenfähigkeiten am Ende doch? Nein, nein und nochmals nein! Er konnte einfach nicht glauben, dass die Alte sich rein zufällig Ernas Vertrauen und die Zuneigung des Kindes erschlichen hatte. Es konnte nicht anders sein, als dass die Alte etwas ausbrütete, ganz sicher irgendeinen perfiden Plan schmiedete, um ihn, Thillmann Lange, zu gegebener Zeit zu vernichten.

Aber worauf wartete sie? Was hielt sie zurück? Was führte die alte Hexe im Schilde?

Von zunehmender Unruhe gepackt wippte er mit den Knien und raufte sich das Haar. Natürlich, dachte er, das ist es! Nur über Erna konnte die Alte an die Kleine herankommen und ihren Hokuspokus an sie weitergeben, um aus ihr eine Hexe zu machen, wie sie selbst eine war. Als Tochter des Thillmann Lange wäre das Kind unerreichbar für sie. Nicht einen Schritt hätte er sie an seine Tochter herangelassen, wie an keine seiner anderen Töchter. Wie zur Bestätigung nickte er müde mit dem Kopf. Das musste es sein. Warum sonst sollte sie ihr Wissen um die wahre Herkunft des Kindes für sich behalten und ihre eigene Tochter ein fremdes Balg großziehen lassen?

Wenn er recht hätte, grüblerisch strich er sich über das Kinn, dann konnte ihm das zum Vorteil gereichen. Auf jeden Fall würde er Zeit gewinnen, einen Plan zu schmieden. Aber er durfte nicht allzu lange warten. Ein falsches Wort von der Alten oder von Erna, die ja sowieso immer und überall herumplapperte, könnten die Leute aufhorchen, die unverkennbare Ähnlichkeit sehen und hinterfragen lassen. Und Wilhelmine, was würde sie sagen? Würde sie ihm das je verzeihen können?

Er sah sie vor sich. Sie war so zerbrechlich geworden, so dünn. Ihre kräftigen Rundungen, die er immer so geliebt hatte, waren verschwunden, trotz der Ziegenmilch, die Bauer Krebs täglich brachte und die helfen sollte. Er wollte längst den Doktor rufen, aber sie hatte immer wieder abgewiegelt. Es wäre doch nur ein Husten, hatte sie gesagt. Aber so langsam wurde ihm das unheimlich. Er sollte sich mehr um sie kümmern. Wenn ihn der Bengel nur nicht immer so aufregen würde.

Seine Gedanken kehrten zu dem Mädchen und Wilhelmines Mutter zurück. Er konnte alles auf die Piepersche schieben, wenn es hart auf hart käme. Die konnte ja nicht mehr reden. Aber würde ihr spurloses Verschwinden dann nicht womöglich wie ein Fingerzeig auf ihn selbst wirken?

Schwerfällig stand er auf, hob seine Pfeife von der Erde auf und klopfte die Asche raus. Dann kramte er in seiner Jackentasche nach dem Tabak. Er musste sich etwas einfallen lassen. Er musste sich die alte Hexe irgendwie vom Hals schaffen. Nachdenklich stopfte er seine Pfeife und schielte zu seiner Axt hinüber, erschrak im selben Moment aber vor sich selbst und verwarf diesen Gedanken sofort wieder. So konnte er dieses Problem nicht lösen. Hexe hin oder her, sie war trotz allem die Mutter seiner Frau. Er musste einen anderen Weg finden. Schnell. Bis dahin würde er sie im Auge behalten.

Kapitel 6

Immer noch völlig durcheinander verließ Nell das Haus des Notars. Mit der Vorstellung, Erbin einiger Sammeltassen zu sein war sie gekommen, mit einem Haus in Prerow im Gepäck ging sie. Das war doch verrückt. Das glaubte ihr keiner. Lächelnd lehnte sie sich gegen die Hauswand und streckte ihr Gesicht in die Sonne. So fühlte sich also Glück an!

Als der Notar die Bedingung ansprach, hatte Nell für einen winzigen Moment befürchtet, der Traum könnte wie eine Seifenblase sofort wieder zerplatzen. Aber dann war ihr klar, was auch immer er verkünden würde, nichts konnte sie davon abhalten ein solches Geschenk, denn das war es ohne Frage, anzunehmen.

Sie war jetzt Hauseigentümerin! Sie konnte es immer noch nicht glauben. Wie es wohl aussah? Ob es in Ordnung war? Vielleicht sogar schön? Und wo mochte es stehen? Egal, Hauptsache Prerow! Sie musste Sonja anrufen. Sofort! Die würde Augen machen.

„Ein Haus? Du hast ein Haus geerbt?"

Nell konnte das erstaunte Gesicht ihrer Freundin förmlich vor sich sehen.

„Das ist ja der Wahnsinn! Ich freue mich so für dich!" Einen Moment blieb Sonja still. „Es ist hoffentlich nicht Jenseits von Eden?", fragte sie dann mit belegter Stimme.

Nell verstand ihre Freundin. Sie waren beide über die Jahre so eng zusammengewachsen, dass ihnen ein Leben ohneeinander unmöglich erschien. Unmöglich war! Aber sie wusste ja etwas, was die Freundin noch nicht wusste.

Sie kicherte vergnügt vor sich hin. „Wart 's ab, das Beste kommt ja erst noch." Am liebsten hätte sie auf dem Fußweg getanzt, wenn sie nicht befürchten müsste, dass man sie dann womöglich weggefangen hätte. Wie sollten die Leute verstehen, dass sie gerade allen Grund zum Tanzen hatte. „Findest du nicht auch", fragte sie Sonja belustigt, „dass die Menschen schon komisch sind?"

„Wieso? Was ist los?"

„Na ja, wenn du sie anlachst, fröhlich vor dich hin trällerst und eben gut drauf bist, dann gucken sie dich an, als wärst du geisteskrank. Guckst du aber miesepetrig, verbittert und böse, empfindet das jeder als normal.“

Sonja lachte. „Süße, ich könnte mir vorstellen, dass du in deiner jetzigen Stimmung vielleicht wirklich etwas, na ja, unnormal wirkst. Aber jetzt erzähl endlich“, drängelte sie, „ich will alles wissen. Und lass ja nichts aus. Ich platze vor Neugier.“

Nell machte sich einen Spaß daraus, die Freundin noch ein wenig hinzuhalten, obwohl sie selbst wahrscheinlich nicht weniger ungeduldig war, von ihr alles über das Haus zu erfahren. Schließlich musste Sonja, als echte Prerowerin, es doch kennen. Während sie die Straße zum Parkplatz entlangtänzelte, erzählte sie von ihrem Besuch beim Notar, beschrieb jedes noch so kleine Detail und kostete die Neugier ihrer Freundin in vollen Zügen aus.

„Nell!“ Sonja unterbrach sie heftig. „Jetzt komm doch mal auf den Punkt.“

Nell gab sich unschuldig. „Du wolltest alles wissen. Ich sollte ja nichts auslassen.“

„Ja, schon, aber die Glatze vom Notar interessiert mich nun wirklich nicht. Also, raus damit, was ist nun mit dem Haus? Und wer, um alles in der Welt, hat es dir vererbt?“

Nell versuchte ihrer Stimme einen ernsten, seriösen Klang zu geben. „Sitzen Sie, meine werte Dame?“

„Nun los, du machst mich ganz kirre.“

„Halt dich fest!“ Nell gönnte sich eine letzte kurze Verzögerungspause. „Also Punkt eins: Das Haus ist in – Prerow!“

„Was? Hier in Prerow? Das ist ja der Hammer!“, entfuhr es der Freundin. „Oh Mann, das ist ja wie im Märchen. Deine Träume …“, flüsterte sie ungläubig, um im nächsten Moment wieder laut loszusprudeln. „Jetzt sag’ schon, wessen Haus war es. Lass dir doch nicht jedes Wort aus der Nase ziehen.“

Nell schaute auf die Uhr. Ein paar Minuten hatte sie noch, ehe sie zur Arbeit musste. „Genau das wollte ich eigentlich von dir wissen. Ich weiß nicht, ob ich das Haus je gesehen habe, wenn ich in Prerow war. Sagt dir der Name Elisabeth Bollnow was?“

„Lisi Bollnow? Natürlich kenne ich Lisi. Sie war ganz oft bei mir im Café. Eine ganz Liebe! Und sie hat dir ihr Haus vererbt? Das wird ja immer verrückter. Woher kanntet ihr euch? Warum weiß ich davon nichts?"

„Sie war mal Patientin bei mir. Ist eine längere Geschichte. Erzähl ich dir später. Aber wie auch immer, anscheinend wollte sie, dass ausgerechnet ich ihr Haus bekomme. Verstehen kann ich das alles auch nicht, denn von Kennen konnte nicht wirklich die Rede sein. Also, wo steht das Haus? Wie sieht es aus? Wird es mir gefallen?"

„Das ist wirklich ein Ding. Das Haus von Lisi", wiederholte Sonja, als könne sie es immer noch nicht glauben. „Es ist in der Waldstraße, schräg gegenüber von diesem kleinen, weißen Häuschen, du weißt schon, das mit den Englischen Hunden oben im Fenster."

Nell überlegte kurz. „Ja, ich weiß. Hast du nicht mal erzählt, dass da deine Lehrerin gewohnt hat?"

„Genau das meine ich."

„Und da gegenüber? Hm, ich habe gar kein Bild vor Augen", sagte Nell nachdenklich. „Wie sieht es aus?"

„Wie es aussieht?" Sonja lachte leise vor sich hin. „Schwarz und mystisch, würde ich sagen. Ja, absolut, es passt zu dir. Aber", sie hüstelte zögerlich, „du weißt, dass Lisi nicht allein dort gewohnt hat?"

„Ja, hat der Notar gesagt. Mehr noch, die Erbschaft ist explizit an die Bedingung geknüpft, dass die alte Dame bis an ihr Lebensende wohnen bleiben darf. Sie hat sonst wohl niemanden. Kennst du sie auch?"

„Hm", antwortete Sonja kurz angebunden. „Aber ich denke, der Preis für ein solches Erbe ist angemessen."

„Genau", bestätigte Nell, „das dachte ich auch", froh, dass ihre Freundin das ebenso sah. Sie hatte den leichten Unterton in ihrer Stimme sehr wohl wahrgenommen, aber sie wollte sich ihr Glück nicht trüben lassen. Sie war sicher, dass es nichts gab, womit sie nicht fertig werden konnte. Hatte sie sich je so stark und unbesiegbar gefühlt?

„Sonja?"

„Ja?"

„Ich ziehe nach Prerow", brach es jetzt jubelnd aus ihr heraus, „ich komme nach Hause! Ich bin so glücklich!"

„Das schreit nach Sekt. Wann bist du hier?"

Erschrocken blickte Nell noch einmal zur Uhr. „Ach du Sch…, oh entschuldige, aber ich sollte schon längst auf Arbeit sein. Morgen habe ich frei. Gibt es Pancakes zum Frühstück? Mit ganz viel Blaubeeren?“

Am nächsten Tag stand Nell vor dem weißen Häuschen mit den Englischen Hunden im Fenster. Sonja hatte ihr erzählt, dass diese Hunde in früherer Zeit eine besondere Bedeutung hatten. Standen sie einander zugewandte, war der Kapitän zu Hause, schauten sie in entgegengesetzte Richtungen, war die Luft für eventuelle Nebenbuhler rein. Oder war es umgekehrt? Nell konnte sich nicht mehr so richtig erinnern. Aber sie hatte herzlich über diese Geschichte gelacht. Doch jetzt konnte sie sich kaum auf die Tiere konzentrieren. Das Haus auf der anderen Straßenseite, ihr Haus, bestimmte ihr ganzes Denken. Warum traute sie sich dann nicht einfach hinzugehen und es von Nahem zu betrachten?

Unschlüssig schlenderte sie hin und her, als würde sie sich lediglich ein wenig umsehen. Dabei schielte sie immer wieder hinüber. Rief das Haus nach ihr? Streckte es seine Arme nach ihr aus? Unfug! Es war ein Haus. Nicht mehr und nicht weniger.

Aber es war ihr Haus!

Dennoch wollte Nell nicht gleich auffallen und noch nicht zu erkennen geben, dass sie sich für das Haus interessierte, auch wenn sie nicht hätte sagen können, warum. Außer Sonja kannte sie hier doch niemand.

Mein Haus. Daran konnte sie sich immer noch nicht richtig gewöhnen, obwohl es so ein schöner Gedanke war. Sie war im Laufe der vielen Jahre, die sie nun schon nach Prerow kam, so oft hier vorbeigelaufen und gefahren, aber sie hatte dieses Haus nie zuvor wahrgenommen. Hätte sie nicht längst einmal spüren müssen, dass es zwischen ihr und dem Haus eine Verbindung gab? Ach was! Übersinnlicher Unfug. Warum war sie nur immer so empfänglich für solchen Unsinn. Also, worauf wartete sie noch?

Selbst bei genauerem Hinsehen war es hinter der üppigen Hecke kaum zu entdecken. Geschickt umgab es sich mit einem Mantel des Unsichtbaren.

Endlich raffte Nell ihren ganzen Mut zusammen und blieb stehen. Sie wollte den Zauber ihres Hauses auf sich wirken lassen, ehe sie sich ihm ganz näherte. Sie wusste, dass sich die Magie eines ersten Augenblicks nur allzu schnell in Luft auflöste und hoffte, dieses Gefühl wenigstens eine Weile festhalten zu können.

Ein Bild aus der Vergangenheit tauchte für Sekunden vor Nells innerem Auge auf, aber bevor sie es zu greifen vermochte, war es schon wieder verblasst. Ein Déjà-vu, das genauso schnell verschwand, wie es gekommen war.

Langsam überquerte Nell die Straße und blieb vor dem grünen Gartentor stehen. Von hier aus konnte sie zum ersten Mal einen richtigen Blick auf das Haus werfen. Sonja hatte recht, es hatte tatsächlich etwas Mystisches und Geheimnisvolles. Trotzdem, oder vielleicht gerade deswegen, fühlte Nell sich auf unerklärliche Weise sofort von seinem Zauber angezogen. Das schräge Dach schien aus dem Erdboden herauszuwachsen, so dass das Haus einer großen Finnhütte glich. Oder mehr noch einem Hexenhaus. Fehlte nur noch, dass es auf einem Hühnerbein stünde und sich drehen könnte, wie in den russischen Märchen über die Hexe Babajaga und die Räuber, die sie als Kind so geliebt hatte und, um ehrlich zu sein, noch heute nie verpasste, wenn sie im Fernsehen wiederholt wurden. Die gesamte Holzverkleidung des Hauses war schwarz gestrichen. Nur die glänzenden weißen Sprossenfenster gaben ihm einen Hauch zurückhaltender Freundlichkeit. Grün umrandet kletterten sie bis in die Giebelspitze hinauf. Die Zimmer ganz oben in der Spitze mussten winzig klein sein, dachte Nell und hatte sofort das Bild von gemütlichen Dachkammern vor Augen. Ob das wohl Schlafräume waren? Ihr Blick wanderte an grünen Giebelbrettern hinunter, zurück zur ebenso grünen Eingangstür, die mit einer geschnitzten aufgehenden Sonne verziert war.

Obwohl das Haus eher abweisend wirkte, so, als wollte es sagen, komm mir nicht zu nahe, schien es Nell gleichzeitig zu locken, um sie in sein geheimnisvolles Inneres zu ziehen.

Ein Teppich von Krokussen bedeckte den ganzen Hof. Sogar außerhalb, zwischen der Hecke, standen die kleinen Frühlingsboten und zwinkerten ihr ebenfalls zu, endlich einzutreten.

Gedankenversunken ging Nell ein paar Schritte weiter. Natürlich hätte sie jetzt einfach durch die grüne Gartenpforte gehen können, klingeln und um Einlass bitten oder gleich ihren eigenen Schlüssel benutzen. Aber so funktionierte das nicht. Sie würde sich wie ein Eindringling vorkommen.

Schließlich war es das Zuhause der alten Dame. Sie konnte die Frau nicht einfach so überfallen. Hallo, ich bin die Neue und alles tanzt nach meiner Pfeife!

Oder wurde sie längst erwartet? Lisi hatte ihre Freundin doch sicher in ihre Pläne eingeweiht? Aber war sie auch damit einverstanden gewesen? Hatten die beiden sich gut verstanden oder eher in einer Zweckgemeinschaft gelebt? Würde die Frau sie willkommen heißen oder hassen? So viele Fragen.

Nell fühlte sich hin- und hergerissen und wusste absolut nicht, wie sie es richtig machen sollte. Sie lief unschlüssig weiter auf und ab, ohne ihr Haus dabei aus den Augen zu lassen.

Sonja hatte sich erst ein wenig gewunden, dann aber angedeutet, dass Emilia Horst in dem Ruf stand, nicht sehr umgänglich zu sein. Alles in allem war sie wohl so ziemlich das genaue Gegenteil von Lisi. Das komplizierte die Situation noch mehr.

Nell sah ein kleines rotes Auto vor ihrem Haus halten. ‚Hauspflegedienst' stand in großen Buchstaben auf dem Lack. Ein junger Mann sprang heraus, schnippte eine Zigarettenkippe auf die Straße und sprintete zur Tür. Neugierig beobachtete Nell ihn und stellte überrascht fest, dass er nicht erst klingelte, sondern sofort im Innern des Hauses verschwand. Er wurde regelrecht von dem Haus verschluckt. Anscheinend genoss er das Vertrauen von Emilia.

Nell war beruhigt, dass es jemanden gab, der sich um die alte Dame kümmerte, wenn sicherlich auch nur um die notwendigsten Belange, aber immerhin. Künftig konnte sie bestimmt das eine oder andere übernehmen. Ewig sollte sie also ihren Einstand bei Emilia Horst nicht hinausschieben.

Verunsichert schaute sie sich um. Leute, die gar zu aufdringlich in fremde Gärten starrten, wurden für gewöhnlich nirgends gern gesehen. Aber niemand schien Notiz von ihr zu nehmen.

Auf dem Nachbargrundstück krähte ein Hahn. Ein paar Hühner liefen aufgescheucht in einem umzäunten Feld hin und her und scharrten im Boden, während ein kleiner Dackel außerhalb des Zaunes wild kläffend auf drei Beinen um sie herum flitzte. Irgendjemand rief mit krächzender Stimme mehrmals laut nach einem Karl-Heinz.

Das Haus, das zu dem Hühnerhof gehörte, hatte ein für diese Region typisches Schilfdach und eine kleine Veranda. Nell erinnerte sich einmal gelesen zu haben, dass die Schilfdächer, die heute so begehrt waren, früher nur auf den Häusern der armen Leute zu finden waren. Die soliden Steindächer konnten sich nur die reichen Kapitäne und Schiffer leisten.

Die aufwendigen Schnitzereien und leuchtenden Farben der Haustüren waren von je her Spiegelbild ihres Wohlstandes und sollten zugleich Wünsche und Hoffnungen für Haus und Familie zum Ausdruck bringen. Keine Tür glich der anderen und zu finden waren sie ausschließlich hier auf dem Darß.

Die Veranden wiederum kamen erst in Mode, als, einige Jahre nach der großen Sturmflut 1872, die ersten Sommergäste Prerow besuchten. Das hatte Nell alles im Heimatmuseum erfahren.

Sie wurde aus ihren Überlegungen herausgerissen, als ein alter Mann in gebeugter Haltung mürrisch hinter dem Haus hervorgeschlurft kam. Als er Nell erblickte, blieb er wie angewurzelt stehen und starrte sie ungläubig an.

Was war denn mit dem los? Der tat ja gerade so, als hätte er einen Geist gesehen. Schnell lief Nell ein Stück weiter. Vielleicht hatte er sie schon eine Weile beobachtet und fühlte sich von ihr bedroht? Allerdings schien er sowieso keiner von der zugänglichen Sorte zu sein. Na dann, auf gute Nachbarschaft.

Durch einen kleinen, sandigen Weg gelangte sie in die Buchenstraße, die ebenfalls an ihrem Haus vorbeiführte. Überrascht schaute sie auf die Rückseite ihres Hauses. Nein, falsch, diese Seite war das Gesicht! Eine große Fensterfront, fast über die gesamte Breite des Hauses, fing die Strahlen der Mittagssonne ein und ließ sie über das ganze Haus und einen großen Garten fließen. Diese Glut aus flüssigem Gold nahm dem Haus all das Beklemmende, das sich dem Betrachter von Norden her bot. Selbst die schwarze Farbe verschmolz mit dem Garten und brachte die Farben um sich herum ganz besonders zum Leuchten. Auf einer weißen Gartenbank vor der Hauswand lag, auf einer Decke zusammengerollt, eine rote Katze und schlief. Auf einem kleinen Tisch stand eine Kaffeetasse und die Seiten eines aufgeschlagenen Buches flatterten im leichten Wind hin und her, gerade so, als wäre Frau Horst eben nur mal schnell hineingegangen.

Überall standen Keramiktöpfe. Aus manchen streckten Schneeglöckchen vorwitzig ihre Köpfchen heraus, in anderen leuchtete eine bunte Primelpracht und rings herum stand die ganze Wiese voller Krokusse. Zwischen all dem drehten sich Windspiele fröhlich um die Wette. Selbst die Hecke zur Straße wirkte durchlässig und einladend.

Nell lächelte in sich hinein. Gab es eine schönere Zeit als den Frühling?

Wie konnten die beiden alten Frauen das alles nur allein bewirtschaften? Wenn Nell auch eher über einen roten als einen grünen Daumen verfügte, wusste sie doch um die Unmengen an Arbeit, die mit so einem Garten verbunden war.

Sie glaubte, hinter dem Fenster eine zierliche Gestalt langhuschen zu sehen. Erschrocken trat sie einen Schritt zurück. Was sollte die Frau von ihr denken, wenn sie hier so rumgaffte. Obwohl, Nell konnte sich vorstellen, dass so manch einer hier bewundernd stehen blieb.

Sollte sie sich vielleicht doch gleich vorstellen gehen? Erst einmal nur Hallo sagen und nicht gleich mit der Tür ins Haus fallen? Dann könnte Frau Horst sich allmählich an sie gewöhnen. Sie könnten sich beide ganz ungezwungen aneinander gewöhnen?

Nachdenklich kaute Nell auf ihren Lippen. Sie musste ja auch nicht gleich einziehen. Sonja hatte ihr das kleine Gästezimmer für den Übergang angeboten. Das gab ihnen beiden vielleicht ein wenig Zeit, sich auf die neue Situation einzustellen.

Warum wohl hatte Lisi ihre Freundin nicht als Erbin eingesetzt? Wenn sie sich doch so nahestanden.

Was sollte sie nur machen?

„Natürlich musst du hingehen." Sonja stellte Nell einen Kaffee vor die Nase. „Mohnkrokant- oder Quarktorte?"

„Ich glaube, ich brauche beides."

Sonja schüttelte den Kopf. „Du wirst zu fett. Also?"

„Dann Mohnkrokant bitte."

Neidvoll schaute Nell auf die schlanke Figur ihrer Freundin, obwohl sie sich, wie Nell nur zu gut wusste, nichts versagte. Wie machte sie das nur?

Sonja reichte ihr den Teller. „Denkst du, es wird besser, wenn du dich noch länger drückst? Oder willst du warten, bis Emilia auch gestorben ist?

Ach nein, das geht ja nicht", sagte sie mit einem leicht sarkastischen Unterton, „du sollst dich ja um sie kümmern. Vertrag ist Vertrag. Außerdem, das sage ich dir, die Frau wird garantiert hundert Jahre alt."

„Das klingt ja wie eine Drohung", jammerte Nell.

„Nein, eher eine Prophezeiung", stellte Sonja sachlich fest.

Nell schaute in ihre Kaffeetasse, als könnte sie dort eine Antwort auf alle ihre Fragen finden. Warum machte sie sich nur verrückt? So schlimm konnte es doch nicht werden. Was sollte schon passieren? Sie würde sich mit der Frau unterhalten und dann sehen, wie es weitergehen konnte. Wer weiß, vielleicht war die Frau gar nicht so schrecklich?

„Okay, morgen, nein, übermorgen gehe ich hin. Versprochen. Morgen habe ich meinen letzten Arbeitstag. Die Kollegen haben eine kleine Abschiedsfeier vorbereitet. Ob du es glaubst oder nicht, ich habe ein bisschen Angst davor. Nach so vielen Jahren. Stell also schon mal den Sekt kalt. Den werde ich danach garantiert brauchen. Und bis zum Wochenende muss ich meine Wohnung geräumt haben. Die neuen Mieter stehen schon Gewehr bei Fuß. Kann ich meinen Sessel erst mal bei dir unterstellen? Ich will die alte Frau nicht gleich mit diesem Monstrum überfallen."

Nell schaute ihre Freundin ängstlich an. Auf einmal wurde alles so greifbar, sowohl der Neuanfang als auch das Ende ihres bisherigen Lebens. Konnte das mit Ende Vierzig wirklich noch was werden?

Die Schwestern und Ärzte ihrer Station hatten es sich nicht nehmen lassen, sie bei einem kleinen gemeinsamen Frühstück zu verabschieden. Nur Harald war nicht dabei. In Nells Brust schlugen zwei Herzen. Eins der Erleichterung, dieser Begegnung zu entgehen, aber eben auch eins, das enttäuscht war darüber, dass sie ihm, natürlich rein beruflich, kein Wort des Abschieds, geschweige denn eines Dankes für ihre geleistete Arbeit, wert war. Doch die Herzlichkeit der Kollegen, deren ehrliche gute Wünsche für den neuen Weg machten das wett. Wenn Nell jetzt daran zurückdachte, sah sie sich immer noch in Tränen aufgelöst. Tränen der Rührung, sicher auch ein paar Abschiedstränen und eine gehörige Portion Angst vor der eigenen Courage. Hatte sie sich das auch richtig überlegt? Einen sicheren Job für eine ungewisse Zukunft aufzugeben? Aber die Freude auf all das, was sie erwartete, die Zuversicht, langgehegte Träume verwirklichen zu können, waren am Ende stärker, so dass es dann doch eine fröhliche Abschiedsstunde wurde.

Harald Hofer fing sie auf dem Flur ab, als sie das Krankenhaus gerade verlassen wollte. Ehe sie sich versah, hatte er sie ins Büro gezogen, aus dem er gerade herausgekommen war. Seit ihrer Trennung vor zwei Jahren war es das erste Mal, dass Nell wieder mit ihm allein war. Genau das hatte sie bis dahin erfolgreich vermeiden können. Sie ging innerlich sofort auf Abwehr und versuchte, Abstand zwischen sich und ihn zu bekommen.

„Nelli, du wolltest doch nicht gehen, ohne dich zu verabschieden?“, fragte er, ohne sie loszulassen.

Das mulmige Gefühl, dass Nell noch vor wenigen Sekunden im Bauch hatte, verwandelte sich augenblicklich in Wut. Was bildete er sich ein?

„Lass mich los“, fauchte sie ihn an. „Und was den Abschied angeht, seltsam, alle anderen hatten Zeit. Aber eine derartige Veranstaltung war dem Herrn dann wohl zu öffentlich!“

Nell erschrak fast vor sich selbst. So hatte sie noch nie mit ihm gesprochen. Stolz stieg in ihr auf und sie hatte das Gefühl zu wachsen. Nie wieder würde sie sich von ihm klein machen lassen. Eigentlich wollte sie ihn ja sowieso nie wiedersehen. Da waren das gerade die richtigen Abschiedsworte.

Doch statt überrascht zu sein, oder erschüttert, oder verärgert, grinste Harald sie amüsiert an. „Wer hätte das gedacht, meine Nelli ist erwachsen geworden.“ Er nutzte den Augenblick ihrer Verwirrung und zog sie ein wenig näher zu sich heran. „Was ist mit uns passiert, Liebling? Kannst du mir nach zwei Jahren immer noch nicht vergeben?“

Nell hätte sich ohrfeigen mögen. Sie hätte sich ihm um keinen Preis so ausliefern dürfen. Warum war sie nicht einfach weitergegangen? Warum hatte sie ihn nicht stehen lassen? Jetzt steckte sie in der Klemme. Aber er würde sie nicht mehr weichklopfen. Nie wieder. Das musste ein Ende haben. Ein für alle Male.

Sie befreite sich aus seinem Griff und trat einen Schritt zurück. „Lass das, Harald. Es ist vorbei. Ich wünsche dir noch ein schönes Leben.“ Sie drehte sich zur Tür, doch er verstellte ihr den Weg.

„Nelli, was willst du in diesem Kaff? Da essen sie ganz sicher noch ihre Toten. Wir brauchen dich hier! Ich brauche dich!“

Oh, diesen Blick kannte sie nur zu gut. Damit hatte er sie immer wieder rumgekriegt. Aber jetzt war Schluss damit. Mit zusammengekniffenen Augen musterte sie ihn. „Abgesehen davon, dass dir das reichlich spät einfällt, ist es mir egal, was du denkst und was du brauchst. Lass mich einfach in Ruhe."

Sie wollte sich an ihm vorbeizwängen, aber er hielt sie fest.

„Nelli, du bist für die Stadt geschaffen. Nicht für so ein Kuhdorf. Da ist doch nichts los."

„Eben. Genau das ist das Schöne. Die Ruhe, die Gelassenheit und dass fast jeder den anderen grüßt. Das ist eine Verbundenheit, die du in der Stadt nicht findest." Sie wusste nicht, warum sie ihm das alles erzählte. Es ging ihn schlichtweg nichts an. „Aber davon hast du ja sowieso keine Ahnung", fügte sie trotzig hinzu.

„Aber die Kultur. Darf ich dich daran erinnern, dass du das Theater, Kino und gutes Essen liebst."

„Kino und anspruchsvolle Gastronomie haben wir auch. Und wenn dir das noch nicht reicht, dann guck mal auf unseren Veranstaltungsplan. Mehr Kultur geht nicht", sprudelte es aus ihr heraus, bevor sie sich dessen bewusst wurde, wie erbärmlich es war, sich verteidigen zu wollen und dass es überhaupt ein Fehler war, sich auf diese Diskussion eingelassen zu haben.

„Dann darf ich dich wenigstens mal besuchen?" Er wickelte sanft eine ihrer Locken um den Finger. „Bitte."

Was wollte er noch von ihr? Warum fing er gerade jetzt wieder an?

Nell wurde es zu eng in dem Raum. „Nein Harald, es ist vorbei. Ich will das nicht mehr." Unsicherheit schwang in ihrer Stimme mit. „Und nenn mich nicht immer Nelli."

Harald triumphierte innerlich. Er hatte noch nicht verloren. Sie würde ihm auf die Dauer nicht widerstehen können. Er würde gewinnen. Er gewann immer.

Unvermittelt zog er sie an sich und drückte seine Lippen auf ihre.

Darauf war Nell nicht gefasst. Völlig überrumpelt war sie für einen Moment unfähig, auch nur einen Finger zu bewegen. Dieser Kuss! Ihr wurden die Knie weich und sie war einen winzigen Moment versucht, seinen Kuss einfach zu erwidern und sich seiner Zärtlichkeit hinzugeben. Doch genauso schnell kam sie wieder zur Besinnung. Was tat sie hier! War sie von allen guten Geistern verlassen! Sie stieß ihn grob zurück und gab ihm eine schallende Ohrfeige. „Oh nein, Harald Hofer. Nicht noch einmal! Und jetzt lass mich vorbei!"

Überlegen lächelnd trat er zur Seite. „Mach's gut, Nelli." Er strich ihr noch einmal flüchtig übers Haar. „Bis bald."

„Vergiss es", zischte sie und ging erhobenen Hauptes auf den Ausgang zu. Nur keine Schwäche zeigen. Jetzt nur nicht stolpern. Und nur nicht an seine Lippen denken!

„Du hast was? Du hast dich von ihm küssen lassen?" Sonja starrte Nell entgeistert an, während die verlegen an ihrer heißen Schokolade nippte.

Sie zog eine verzweifelte Grimasse. „Ich wollte das nicht. Das musst du mir glauben. Es ist … einfach passiert."

Missmutig schüttelte Sonja den Kopf. „Ich fasse es nicht!" Sie musterte Nell kritisch. „Und es hat dir gefallen", stellte sie lakonisch fest. Der Gesichtsausdruck ihrer Freundin sprach Bände.

„Es hat mir fast die Beine weggehauen", gestand Nell weinerlich.

„Oh Mann, oh Mann. Du bist immer noch nicht über den Kerl weg."

„Doch! Das bin ich", antwortete Nell, vielleicht ein wenig zu eifrig, als dass es tatsächlich überzeugend wirkte. „Du hättest dabei sein sollen, als ich ihm eine Ohrfeige verpasst habe."

„Und? Hat es ihn beeindruckt?" Sonjas Blick sagte alles.

Nell zog die Nase kraus. „Na ja, vielleicht ein bisschen, obwohl, nein, hat es nicht." Sie beugte sich ein wenig zu Sonja vor und tippte sich auf die Brust. „Aber mir hat es gutgetan!"

Sonja lehnte sich seufzend zurück. Harald Hofer hatte ihrer Freundin jegliches Selbstvertrauen genommen und sie vollkommen hörig gemacht, so das am Ende nichts von der starken, fröhlichen Frau übriggeblieben war, wie Sonja sie vorher kannte. Es hatte lange gebraucht, bis Nell endlich von ihm losgekommen und irgendwann wieder die alte war. Und jetzt sollte das Dilemma wieder von vorn beginnen? Das würde sie nicht zulassen, wenn sie auch noch nicht so genau wusste, wie sie das anstellen sollte. Aber wenigstens war Nell erst einmal aus seiner Bannmeile raus, alles andere würde sich finden.

„Höchste Zeit, dass du mal siehst, dass andere Mütter auch schöne Söhne haben.“ Herausfordernd grinste sie Nell an.

Die winkte ab. „Nix ist! Ich habe die Nase gestrichen voll.“ Sie war wütend auf Harald Hofer, noch mehr auf sich selbst, ganz besonders auf ihre Schwäche und hatte folglich so gar keine Lust, sich auf nur irgendeine Weise mit dem Thema Mann zu beschäftigen. Es gab genug anderes zu tun, wobei Emilia Horst ganz oben auf der Liste stand und ihr gerade weit mehr Angst einjagte, als jeder Mann das könnte. Ausgenommen Harald Hofer vielleicht.

Mit einer energischen Handbewegung wischte sie den Gedanken an ihn beiseite. „Mach endlich den Sekt auf. Ich brauche einen Lichtblick, ehe ich mich in die Höhle des Löwen begebe.“

Kapitel 7

Als Emilia Horst ihr die Tür öffnete, glaubte Nell dieselbe Überraschung in ihren Augen aufblitzen zu sehen, wie sie sie damals bei Lisi wahrgenommen hatte, als sie sich zum ersten Mal trafen. Doch das dauerte nur einen winzigen Moment, ehe sich die Miene der alten Frau in Stein verwandeln zu schien. Aristokratisch distanziert, undurchschaubar und fast ein wenig feindselig.

„Da sind Sie ja endlich." Emilia Horst hielt es scheinbar nicht für nötig sich mit einer Begrüßung aufzuhalten.

Sie war gut einen Kopf kleiner als Nell, strahlte aber Größe und Stolz aus, die Nell auf Anhieb einschüchterten. Unter ihrem durchdringenden Blick hatte sie das Gefühl, zur Ameise zu schrumpfen. Vielleicht sollte sie doch nicht hier sein?

Die alte Frau war von zierlicher Statur, fast elfenhaft, und ganz in Schwarz gekleidet. Natürlich, dachte Nell, schließlich war sie in Trauer. Schnell schaute sie an sich selbst hinunter, wie zu überprüfen, ob sie dem ebenso gerecht wurde. Da ihr Kleiderschrank kaum etwas anders als Schwarz hergab, erledigte sich diese Frage aber von selbst.

Ungeduldig klopfte Emilia mit ihrem Gehstock auf den Boden, drehte sich um und schritt, ja, sie schritt tatsächlich wie eine feine Dame, durch den Flur. Unsicher, was sie tun sollte, schaute Nell ihr hinterher. Der Stock schien für Emilia Horst lediglich schmückendes Beiwerk zu sein. Sie verschwand, ohne ein weiteres Wort, in einem der angrenzenden Räume und schien keine Notiz davon zu nehmen, ob Nell ihr folgte oder nicht.

Nell blieb irritiert im Flur stehen. Das war ja ein Empfang. Doch sie hatte lange genug gewartet. Zu lange. Jetzt gab es kein Zurück mehr. Behutsam schloss sie die Eingangstür.

Ihre Augen hatten Mühe, sich an die plötzliche Dunkelheit im Flur zu gewöhnen. Es durchfuhr sie wie ein Blitz. Sie kannte diesen Raum.

Bilder ihrer frühesten Kindheit rasten an ihr vorbei. Genau hier, an dieser Stelle, hatte sie schon einmal gestanden. Neben dieser riesengroßen Standuhr, deren Stundenschlag sie genau in dem Moment fast zu Tode erschrocken hatte. Sie hatte sich an der Hand ihrer Mutter festgeklammert und konnte die Angst, die sie angesichts des dunklen Raumes damals empfunden hatte, fast schmerzhaft fühlen. Ihre Mutter hatte mit einer alten, dicken Frau in ausgeleierten Trainingshosen und mit ungepflegtem, grauem Haar, das sie nachlässig zu einem Zopf gebunden hatte, gestritten. Nell hatte sich halb hinter ihrer Mutter versteckt und vorsichtig an ihr vorbeigeschielt. Sie meinte, ihre Furcht noch heute zu spüren. Fröstelnd strich sie sich über die Arme. Jede dieser Türen, die vom Flur aus in andere Räume führte, hatte für sie damals etwas Unheimliches, Gefahrvolles zu verbergen. Nur die steile, schmale Stiege, die sich an der linken Flurseite nach oben schlängelte, schien geradewegs in den Himmel zu führen. Sie musste einfach der Weg ins Licht sein, so schrecklich, wie es hier unten war.

Sie schüttelte heftig den Kopf. Nein, das war ganz und gar unmöglich. Ihr Gedächtnis musste ihr einen Streich spielen. Ganz sicher. Vielleicht hatte Lisi von ihrem Zuhause erzählt und so Bilder geweckt? Aber Lisi hatte nie über sich gesprochen. Dann war es womöglich ein Traum? Oder eine Verwechslung? Bestimmt, so musste es sein. Ihre Mutter wird mit ihr einem ähnlichen Haus gewesen sein. Sie würde sie nächstes Mal danach fragen.

Emilia Horst klopfte im Nebenraum laut mit ihrem Stock auf den Boden. „Was ist, brauchen Sie eine Extraeinladung?“

Nell erschrak. „Nein, natürlich nicht. Entschuldigen Sie.“ Mit einem letzten Blick auf die Treppe tastete sie sich durch den Flur und betrat das Zimmer, in dem Emilia Horst sie erwartete.

Sie bot Nell keinen Platz an, musterte sie lediglich mit strengem Blick.

Nell bewunderte die ebenmäßigen Gesichtszüge und die wachen Augen der alten Dame, denen das Alter allem Anschein nach nicht viel anhaben konnte. Lediglich feine Runzeln auf Stirn und Wangen zeugten von einem langen Leben. Ihr seidiges, graues Haar hatte Emilia sorgfältig zu einem Dutt hochgesteckt. Eine dicke Bernsteinkette, im Grunde viel zu gewaltig für den zarten Körper, war der einzige Schmuck, den sie trug. Sie blieb unsicher stehen und lächelte etwas gequält.

„Guten Tag, Frau Horst.“

Sie kam sich vor wie ein kleines Mädchen, das Unfug angestellt hatte und nun ihre Strafe erwartete. Wie konnte diese Frau sie nur derart einschüchtern? Schließlich war sie mit Fug und Recht hier. Aber ihre Unerschütterlichkeit geriet mehr und mehr ins Wanken. Dabei hatte sie doch so viele

Fragen, die sie der Frau stellen wollte. Warum hatte Lisi gerade sie als Erbin ausgesucht? Was hatte es mit diesem Haus auf sich? Und das Wichtigste, hatten die beiden Frauen ihre Oma womöglich gekannt?

Emilia Horst riss sie aus ihren Gedanken. „Sie sind also Nell." Es war keine Frage, es war eine Feststellung und es war nicht zu erkennen, ob das Urteil zu Nells Gunsten ausfiel oder nicht.

„Frau Horst", setzte Nell an, „es tut mir leid, wenn Sie mit der Situation unzufrieden sind. Ich will mich auf gar keinen Fall aufdrängen."

Nach Sonjas warnenden Worten hatte Nell bereits die verschiedensten Horrorszenarien in Gedanken durchgespielt. Sie neigte dazu, ihrer Freundin zu unterstellen, doch etwas übertrieben zu haben, als es um Emilia Horst ging. Sie war darauf gefasst, dass es schwierig werden könnte, doch die Kälte, die von dieser Frau ausging, diese offensichtliche Ablehnung, übertraf ihre schlimmsten Befürchtungen. Allem Anschein war Frau Horst aufs Äußerste verbittert darüber, nicht selbst Erbin des Hauses zu sein. Und das war noch nicht genug, nein, sie musste auch noch ertragen, dass sich eine völlig fremde Person in dem Haus einnistete und sie selbst nur geduldet war. Das musste für sie wie eine schallende Ohrfeige sein. Warum, um alles in der Welt, hatte Lisi so entschieden? Nell fühlte sich hin und her gerissen. Hatte sie unter diesen Umständen überhaupt das Recht, Erbe hin, Erbe her, hier einzuziehen?

„Bitte …", versuchte sie es noch einmal, wurde aber grob unterbrochen.

„Setzten Sie sich endlich und schenken Sie uns Tee ein."

Das war's dann. Nells Selbstbewusstsein war im Keller angekommen und sie war den Tränen nahe. Sie schluckte heftig, setzte sich ganz vorn auf die Stuhlkante und griff mit zitternden Händen nach der Kanne.

Emilia Horst nickte unmerklich mit dem Kopf, nahm eine silberne Zange und ließ vorsichtig ein Stück Zucker in die Tasse aus feinstem chinesischem Porzellan gleiten. Jede ihrer Bewegungen war die einer Dame.

„Wo haben Sie Ihre persönlichen Sachen? Sie haben doch Möbel?"

„Ja", stotterte Nell, „ein paar." Sie biss sich auf die Lippen. „Eigentlich nur einen Sessel."

„Das ist gut. Sie werden sehen, dass es nicht viel Platz gibt, und ich würde es begrüßen, wenn alles bliebe, wie es ist."

Nell sah sich flüchtig im Zimmer um. Nein, es war weiß Gott kaum eine freie Stelle erkennbar. Überall alte Möbel, Bilder und Schwarz-Weiß-Fotographien hingen an den Wänden, in den Regalen stapelten sich Bücher. Sie spürte den Blick von Emilia, der sie förmlich durchbohrte und konzentrierte sich schnell wieder auf ihre Hände. „Aber natürlich, Frau Horst, ich werde nichts …“ Sie wagte kaum den Kopf zu heben.

„Sie haben Ihre Wohnung in Stralsund sicher schon gekündigt?“

Nell schaute überrascht auf.

„Was haben Sie gedacht? Dass ich nichts über Sie wüsste? Sie haben Ihr Leben ja geradezu vor Elisabeth ausgerollt.“ Emilia nippte an ihrem Tee, ohne Nell dabei aus den Augen zu lassen. „Also?“

In dem Augenblick konnte Nell nicht mehr an sich halten. Sie zitterte am ganzen Körper, ob vor Enttäuschung oder vor Wut, hätte sie nicht zu sagen gewusst. Sie hatte sich bei Lisi weder eingeschmeichelt noch die Erbschaft erschlichen. Warum auch immer Lisi sie bedacht haben mochte, sie hatte sich nichts vorzuwerfen. Sie griff nach ihrer Tasche, die sie neben sich auf den Boden gelegt hatte und stand auf. So musste sie sich nicht behandeln lassen.

„Frau Horst, es tut mir leid, dass es Ihnen augenscheinlich derart missfällt, mich hier zu haben. Ich denke, es ist besser, wenn ich gehe. Ich verspreche Ihnen, ich werde Sie nicht noch einmal behelligen. Alles soll für Sie bleiben, wie es ist. Auf Wiedersehen.“

Ohne sich noch einmal umzudrehen, ging sie auf den Ausgang zu. Na und, dachte sie, sollte Emilia Horst doch in ihrem dunklen Loch verrotten. Die Gewissheit, dass es jemanden gab, dass es sie, Nell, gab, die nun darauf warten würde, dass sie starb, wäre Strafe genug für die Alte.

Nell erschrak. Schon wieder solche bösen Gedanken und Gefühlsregungen. Diese Erbschaft schien ihre dunkelsten Seiten hervorzuholen. So war sie sonst nicht. Aber egal, wenn sie auch keine Ahnung hatte, wo sie nun abbleiben und wie ihr Leben weitergehen sollte, so auf gar keinen Fall.

Sie war schon an der Tür, als Emilia Horst plötzlich, wie von Zauberhand, neben ihr stand. Sie atmete tief durch, anscheinend unschlüssig, was sie sagen sollte.

„Nell, bitte bleiben Sie“, sie legte eine Hand auf Nells Arm. „Es tut mir leid, ich habe nicht mehr so viel Erfahrung im Umgang mit anderen Menschen.“

Nell hob überrascht die Augenbrauen. Sollte das eine Entschuldigung sein? Für einen kurzen Moment wirkte Emilia Horst hilflos und zerbrechlich. Eine einsame, alte Frau, die traurig und unendlich müde war.

Widerstrebend setzte Nell sich zurück auf ihren Platz. Sie drückte ihre Tasche auf dem Schoß fest an sich, bereit, jederzeit zu verschwinden.

„Sie mochte Sie sehr, müssen Sie wissen“, sagte Emilia leise. Die anfängliche Kälte war plötzlich aus ihrer Stimme verschwunden.

Misstrauisch beobachtete Nell den unerwarteten Stimmungswandel.

„Ich hatte Lisi auch sehr gern“, sagte sie vorsichtig.

Emilia nickte. „Ich weiß. Darum sitzen Sie jetzt ja auch hier.“ Sie senkte den Kopf und fegte ein paar imaginäre Krümel von ihrem Rock. „Es ist ziemlich einsam hier, seit Elisabeth …“ Sie kniff die Lippen zusammen, um nicht weitersprechen zu müssen.

„Gehen Sie denn nie aus? Zum Seniorenkaffee oder anderen Veranstaltungen?“

„Um mich mit alten Leuten über den Tod zu unterhalten?“

Nell musste ein Schmunzeln unterdrücken. Emilia tat ja gerade so, als wäre sie so viel jünger, dabei war sie sicher eine der Ältesten in Prerow.

„Sie und ich, wir haben beide einen sehr lieben Menschen verloren.“

„Ich würde Lisi gern besuchen. Also ihr Grab“, verbesserte Nell sich verlegen. „Können Sie mir sagen, wo ich es finde?“

Emilia drehte ihren Kopf zur Seite, um Nell nicht ansehen zu müssen. „Nein“, flüsterte sie mit erstickter Stimme. „Sie wollte anonym beigesetzt werden, dort, wo …“ Abrupt brach sie ab und ihre Miene versteinerte sich.

„Wo was?“

„Ach, nichts von Bedeutung.“ Emilia winkte müde ab.

Eine Welle von Mitgefühl überrollte Nell plötzlich beim Anblick der alten Frau. Was hatte sie denn gedacht? Sie kam hier her, um ein Erbe anzutreten von einer Frau, die sie kaum kannte, für die so gut wie nichts getan und die sie genauso schnell vergessen hatte, wie sie vorher in ihr Leben getreten war und meinte nun, dass deren engste Vertraute sie mit offenen Armen empfangen würde? Nein, sie hatte wahrlich kein Recht, über Emilia Horsts

Vorbehalte zu urteilen. Sie hatte doch keine Ahnung, welche Rolle Lisi für sie gespielt hatte, wie ihr gemeinsames Leben ausgesehen haben mochte und welche Lücke Lisis Tod gerissen hatte. Auf einmal sollte sie mit einer völlig fremden Frau das Haus teilen, mehr noch, sie war ihr ausgeliefert, nur noch geduldet im eigenen Zuhause. Das musste ihr doch Sorgen und Ängste bereiten. Ein schlechtes Gewissen machte sich in Nell breit. Sie musste der alten Frau die Wahrheit sagen.

„Eigentlich habe ich Lisis Zuneigung gar nicht verdient", gestand sie zaghaft. „Ich habe sie vergessen, kaum, dass sie weg war."

Sie sollte gehen, Emilia Horst in dem Haus so weiterleben lassen, wie sie es gewohnt war und sich selbst eine Wohnung suchen bis, nun ja, eben bis es soweit war.

„Sie haben im Grunde ganz recht, ich gehöre nicht hierher", fuhr sie leise fort und erhob sich.

Emilia setzte sich ruckartig kerzengerade auf. Die Schwäche, die sie für einen kurzen Augenblick zugelassen hatte, war verflogen. Sie war wieder ganz die starke, unbeugsame Frau.

„Setzen Sie sich wieder hin", befahl sie in einem Ton, der keinen Widerspruch zuzulassen schien.

Nell schreckte zusammen und gehorchte, wenn auch widerstrebend. Na gut, sollte Emilia Horst noch sagen, was zu sagen war, aber dann würde sie ganz bestimmt gehen.

Emilia Horst lehnte sich auf ihrem Stuhl zurück. „Ich denke, ich muss Ihnen einiges erklären." Sorgfältig strich sie eine kaum erkennbare Falte im Tischtuch glatt. „Elisabeth war vom ersten Tag an, als sie Sie traf, von Ihnen eingenommen. Sie hat dieses ganze Theater, wie sie es nannte, nur Ihretwegen mitgemacht." Ein winziges ironisches Lächeln huschte über ihr Gesicht, war aber genauso schnell wieder verschwunden. „Wie Ihnen sicher aufgefallen ist, war Elisabeth in keinster Weise krank, verwirrt oder was immer dieser Quacksalber ihr einreden wollte. Aber Ihnen zu begegnen, hat sie als eine Fügung des Schicksals betrachtet."

Nell runzelte die Stirn. „Was für eine Fügung?"

„Nun, sie hat Sie sofort erkannt", sagte Emilia Horst, als wäre das selbstverständlich.

„Aber …"

„Als das, was Sie ausmacht", fuhr Emilia Horst unbeirrt fort. „Wissen Sie, es gibt nicht allzu viele Menschen, die so selbstlos bereit sind, wie Sie, ihre Kraft und ihre Seele denen zu widmen, die sich schon verloren glaubten. Genau das hat Elisabeth in Ihnen gefunden. Einen Menschen, der andere von ihren Problemen befreit und sie sich selbst auflädt. Sie und ich wissen, dass man auch die Probleme anderer nicht so einfach abschütteln kann, sondern noch eine ganze Weile mit sich herumträgt. Dabei haben Sie sich selbst aus den Augen verloren. Sie haben Ihre eigenen Träume vergessen." Sie schaute Nell prüfend an. „Elisabeth hat sich doch nicht in Ihnen getäuscht?"

Das war es also. Nell spürte Enttäuschung in sich aufsteigen. Für einen Augenblick hatte sie gehofft, Lisi hätte in ihr doch ihre Oma erkannt. Was wiederum bedeuten würde, dass sie sie gekannt haben musste. Aber nein, das wäre ein Wunder, und an Wunder glaubte sie nicht.

„So hat Lisi mich gesehen?" Sie lächelte verlegen und schüttelte den Kopf. „Glauben Sie mir, Frau Horst, ich bin keine Heilige."

„Nun, ich gehe davon aus, dass Elisabeth wusste, wovon sie sprach. Und nur um es hier ein für alle Male klarzustellen, ich habe Elisabeths Entscheidung von Anfang an gutgeheißen und unterstützt."

„Aber Sie kannten mich doch gar nicht." Nell wusste überhaupt nicht mehr, was sie von all dem halten sollte.

Emilia hob den Kopf noch ein bisschen höher und blickte Nell wie eine strenge Gouvernante an. Hätte nur noch gefehlt, dass sie dabei einen Zeigestock in die Höhe gehoben hätte. Nell wurde einfach nicht schlau aus ihr.

„Sie meinen, ich kenne Sie nicht?" Die alte Frau musterte Nell über den Brillenrand hinweg. „Oh doch, Nell, ich kenne Sie."

War da etwa ein Lächeln? Nein, dachte Nell, wohl nicht. Aber was hatte das zu bedeuten? Etwas Geheimnisvolles lag in den Worten der alten Frau. Als wäre das, was sie nicht gesagt hatte, sehr viel tiefgründiger und bedeutsamer. Oder hatte sie sich wieder einmal nur etwas eingebildet?

„Aber warum hat Elisabeth Ihnen das Haus nicht vererbt?" Nell musste diese Frage einfach loswerden. „Schließlich haben Sie hier zusammengelebt, Sie waren Freundinnen."

„Ja, sicher. Aber wie Ihnen sicher nicht entgangen ist, bin auch ich eine sehr alte Frau. Dieses Haus braucht einen jungen Geist. Es braucht Leben!“

Nell schüttelte den Kopf. Schon wieder so eine rätselhafte Bemerkung. Ein junger Geist. Was sollte das bedeuten?

Jetzt lächelte Emilia tatsächlich. „Wissen Sie Nell, dass einzige Übel an der heutigen Jugend besteht doch nur darin, dass wir Alten nicht mehr dazu gehören.“

Damit war das Thema für sie erledigt. Sie stand auf und stützte sich dabei auf ihren Stock. Für den Bruchteil einer Sekunde gewann der Schmerz die Oberhand über die bis jetzt mühsam gewahrte Fassade. Sie drehte sich schnell zur Seite, damit Nell das nicht sehen konnte. „Ich denke, wir werden uns arrangieren. Ich bin müde. Wann können Sie einziehen?“

Nell zögerte einen Augenblick, ehe sie antwortete. Aber allem Anschein nach war es für Emilia keine Frage mehr, dass sie das Haus von nun an teilten. „Wäre übermorgen in Ordnung für Sie?“, fragte sie vorsichtig. „Oder geht Ihnen das zu schnell? Ich möchte Sie auf keinen Fall überrumpeln.“

Unsicher schaute sie Emilia an. Würde Emilia zusagen, brauchte sie sich nicht noch erst bei Sonja einzuquartieren.

Die nickte, ohne irgendeine weitere Regung zu zeigen. „Ich erwarte Sie um neun Uhr. Seien Sie pünktlich. In meinem Alter hat man keine Zeit mehr mit unnötigem Warten zu vergeuden.“ Grußlos verließ sie das Zimmer.

Nell atmete tief durch. Was war nur mit dieser Frau los? Das Zeichen, dass sie nun auch gehen sollte, war allerdings eindeutig. Sie erhob sich und stellte die Teetassen zusammen. Erst jetzt fiel ihr die flache Schale in der Mitte des Tisches auf. Steine in unterschiedlichsten Farben, Formen und Größen lagen beieinander. Helle und dunkle, große und winzig kleine, solche, die wie poliert wirkten und wie Kristalle glänzten neben scharfkantigen, stumpfen Exemplaren. Nell ließ ihre Hand leicht darüberstreichen. Erschrocken zuckte sie zurück. Ihr war, als wenn die Steine unter ihrer Berührung glühend zum Leben erwachten. Sie rieb die Hand an ihrer Hose. Was war das denn? Skeptisch betrachtete sie die Steine genauer, traute sich aber nicht, sie noch einmal zu berühren. Sie sahen doch ganz normal aus.

Was immer es damit auf sich hatte, irgendetwas war seltsam. Sie suchte in ihrer Handinnenfläche nach Brandflecken, aber da war nichts zu sehen. Dieses Haus machte sie ganz konfus. Vorsichtig griff sie nach dem kostbaren Geschirr, um es wegzuräumen. Aber wohin? Sie hatte die Küche noch nicht entdeckt. Sollte sie danach suchen? Nein, das wäre Emilia bestimmt nicht recht. Sie entschied, das Geschirr stehen zu lassen. Ob sie sich wohl die alten Fotos ansehen konnte? All diese Leute darauf, die hier anscheinend früher ein- und ausgegangen waren, beflügelten ihre Fantasie. Lagen da womöglich Antworten auf ihre Fragen? Sie lauschte zur Tür. Verdammt, auch wenn ihr das alles hier nun gehörte, hatte sie kein gutes Gefühl dabei allein herumzuschnüffeln. Es war mit Sicherheit besser für ihr Verhältnis zu Emilia sich zu gedulden und jetzt zu gehen. Wehmütig ließ sie noch einmal ihren Blick durch den Raum streifen, dann trat sie zurück in den dunklen Flur.

Sie wollte gerade die Haustür hinter sich schließen, als von irgendwo, aus den Tiefen des Hauses, eine Stimme erklang: „Bringen Sie Ihren Sessel mit."

Nell stand in der Wohnungstür und drehte sich noch einmal um. Was hatte diese kleine Wohnung nicht alles gesehen. Hier hatte sie sich geschworen, ganz neu anzufangen und die verlorene Liebe, all die ertragenen Demütigungen und ihr ganzes Elend endgültig hinter sich zu lassen. Das war ihr nicht von heute auf morgen gelungen, aber sie hatte sich aufgerappelt. Jeden Tag ein bisschen mehr. Bis in diesen vier Wänden tatsächlich der Anfang von etwas wunderbarem Neuen lag. Das hatte eine ganze Zeit gebraucht. Aber sie hatte es geschafft.

Sie erinnerte sich an den ersten Kuchen, den sie völlig verkohlt aus dem Backofen gezogen hatte und an den Versuch, Sonja mit einem Drei-Gänge-Menü zu überraschen. Am Ende gab es Pizza, gleich aus dem Karton, und viel, sehr viel Rotwein dazu. Das Lachen dieses Abends hallte bis heute nach.

Hier hatte sie sich die Augenbrauen gezupft und die Beine enthaart, sich mit Nachbarn gestritten und wieder versöhnt. Alle diese kleinen, eher unbedeutenden Handlungen bekamen plötzlich ein Gesicht und drängten sich wichtigtuerisch in ihr Bewusstsein.

Sie waren Teil ihres Lebens.

Sie waren ihr Leben.

Nichts davon wollte sie missen. Am wenigsten aber die Stunden in Omas Sessel, in denen sie wieder auftanken konnte und sich ihr dabei so nahe fühlte, als wäre sie noch da. Ihre ganz persönliche Ladestation für Körper und Seele.

Der Sessel wartete bereits in Prerow auf sie. Ein junger Taxifahrer aus dem Ort, der fast täglich Patienten zur ambulanten Behandlung fuhr und wieder abholte, hatte das schwere Ding problemlos in seinen Wagen gehievt und bei Sonja abgeliefert. Wenn sie in Prerow wäre, sollte sie sich einfach bei ihm melden und er würde ihr den Sessel dorthin bringen, wo sie ihn hinhaben wollte. Das hatte sie lediglich einen Kaffee und ein paar nette Worte gekostet. Wenn alle Prerower so hilfsbereit und nett wären, würde sie sich ruck zuck dort zu Hause fühlen.

Herr Müller aus der dritten Etage hatte ihr freundlicherweise geholfen, die schwere Kaffeemaschine in ihr kleines Auto zu verfrachten. Blieben nur noch zwei Koffer und drei Kartons mit ihren wenigen Habseligkeiten. Es war ja nicht viel. Die paar Möbel und den Fernseher hatten die Nachmieter gegen ein bescheidenes Entgelt übernommen. Nichts, woran Nell besonders gehangen hätte. Der Abschied fiel ihr nicht schwer.

Sie schenkte ihrer Wohnung ein letztes Lächeln und löschte das Licht. Der Raum versank in Stille. Die Tür fiel ins Schloss. Erst jetzt wurde ihr bewusst, dass es das erste Mal war, dass sie nicht vorher kontrolliert hatte, ob der Schlüssel auch in ihrer Tasche steckte. Sie würde diese Wohnung nie wieder betreten. Jemand anderes würde sie in Zukunft mit Leben füllen und hoffentlich glücklich darin werden.

Noch einmal stieg sie die Treppe hinab, vorbei an Müllers Wohnung, aus der es wie immer nach Essen roch und vorbei am Zigarrenqualm, der durch Meiers Eingangstür auf den Flur hinausquoll. Wie am ersten Tag knirschte der Sand im Treppenhaus unter ihren Schuhsohlen.

Sie schaute nicht zurück, als sie in ihr kleines Auto stieg und für immer davonfuhr.

„Ihr Schlafzimmer ist ganz oben", sagte Emilia bestimmend. „Dort werden Sie Platz genug für Ihre persönlichen Sachen haben." Sie deute mit ihrem Stock nach oben, als würde Nell sie sonst nicht verstehen.

„Wo schlafen Sie?", fragte Nell vorsichtig. Sie war sich der Reaktionen von Emilia nach wie vor nie sicher.

„Wieso? Wollen Sie mich besuchen?", antwortet die dann auch ruppig, besann sich aber gleich wieder. „Ich habe mir eine kleine Kammer eingerichtet. Die Treppe …" Sie ließ den Satz unvollendet im Raum stehen.

„Dann sind da noch ein Wohnzimmer und die Bibliothek. Da können Sie auch fernsehen, wenn Sie mögen. Ich fürchte allerdings, Sie werden vorher Staub wischen müssen. Es war lange niemand oben."

Sie ging weiter.

„Die Küche."

Sie öffnete die Tür einen Spalt und wies mit ihrem Stock in den Raum. Gerade lange genug, dass Nell sehen konnte, wo ihre Kaffeemaschine Platz finden würde. Dann war das wenigstens schon mal gesichert.

„Da drüben Dusche und Toilette. Und dort", sie zeigte auf den Hauswirtschaftsraum, „steht die Waschmaschine." Sie ging ein paar Schritte weiter. „Im Wesentlichen ist alles noch genauso, wie es 1923 gebaut wurde. Bis auf einige, meiner Meinung nach völlig unnötige, Modernisierungen", fügte sie mürrisch hinzu. „Ehe ich es vergesse, ich hasse klappernde Türen und Licht, das unnütz brennt."

Nell nickte gehorsam und atmetet zugleich erleichtert auf. Ein Leben ohne Dusche und Waschmaschine wünschte sie sich nun wirklich nicht mehr.

Alles schien dunkel zu sein in diesem Haus. Die Wandtäfelungen, die uralten Möbel, selbst die Kissen und Gardinen hoben sich kaum vom Rest der Einrichtung ab und ein leicht muffiger Geruch lag in der Luft. Vielleicht konnte sie Emilia irgendwann davon überzeugen, dass ein bisschen Helligkeit dem Haus gut täte? Ihr neues Paradies hatte die ersten Risse bekommen. Ob sie sich hier je heimisch fühlen konnte? Wenn sie erst einmal richtig geputzt und gelüftet hätte, würde das Haus hoffentlich freundlicher wirken.

Bedrückt folgte sie Emilia. Die Tür neben der Küche hatte Emilia verschlossen gehalten.

„Was ist dort?“, fragte Nell und blieb stehen.

Emilia verharrte einen Moment, anscheinend unschlüssig, ob sie Nells Frage beantworten sollte oder nicht. „Dieser Raum geht Sie nichts an“, sagte sie dann bestimmt. „Kommen Sie weiter.“

Nell zögerte. Es war jetzt ihr Haus. Also ging sie alles etwas an. Aber es war wohl klüger, es erst mal so hinzunehmen. Noch dazu, wo sie annahm, dass es sich hier um Emilias Raum handeln könnte.

Die war inzwischen schon im nächsten Zimmer angekommen. Hier hatten sie vor zwei Tagen Tee getrunken. Erst jetzt erkannte Nell an den kompakten Fenstern und der stabilen Tür, dass das Haus hier ursprünglich mal zu Ende und die Veranda erst im Nachherein angebaut worden war. Früher musste es hier drinnen also noch viel finsterer gewesen sein. Mein Gott, dachte sie, wie konnte man in so einem Gefängnis leben? Ob Lisi die Veranda mit den großen Fenstern hatte anbauen lassen? Nell hatte sie als so lebensbejahend und freundlich in Erinnerung. Sie war kein Mensch, der das Licht scheute. Im Gegenteil! Aber anscheinend doch ein Mensch mit vielen Geheimnissen.

Die Regale an den Wänden waren vollgestellt mit unzähligen Büchern, Schachteln und Figuren. Sogar auf dem Fußboden lagen Stapel von alten Büchern.

„Haben Sie oder Elisabeth all diese historische Sachen gesammelt?“, fragte Nell skeptisch, angesichts all des alten Zeugs.

Emilia schüttelte mürrisch den Kopf. „Elisabeth hat nichts gesammelt, sie hat nur wenig weggeworfen.“

Nell musste sich ein Schmunzeln verkneifen. Da waren wohl verschiedene Mentalitäten aufeinandergeprallt.

Sie schaute zum Tisch hinüber, wo die Schale mit den Steinen immer noch stand.

„Sagen Sie bitte“, sie wies auf die Schale, „was haben diese Steine zu bedeuten?“

Emilia zog die Augenbrauen in die Höhe und musterte Nell von der Seite. „Gefallen Sie Ihnen nicht?“

„Doch, natürlich. Schon. Ich dachte bloß“, Nell sah hilflos von Emilia zu den Steinen und zurück, „als ich sie vorgestern berührt habe, da hatte ich das Gefühl …“, sie winkte ab, „ach, vergessen Sie’s.“ Sie kam sich plötzlich furchtbar dumm und albern vor.

„Wie gesagt, ich würde begrüßen, wenn alles so bliebe, wie es ist“, stellte Emilia wiederholt fest, ohne weiter auf die Steine einzugehen. „Wenn der Herrgott mich erst zu sich geholt hat, können Sie machen, was Sie wollen.“

„Natürlich“, murmelte Nell abwesend. Emilias Worte waren kaum zu ihr durchgedrungen. Die Veranda nahm ihre ganze Aufmerksamkeit in Anspruch. Endlich Licht! Endlich Sonne!

Lisi mochte wohl genauso empfunden haben, wenn nicht auch schon andere Bewohner vor ihr. Warum sonst sollte ausgerechnet hier der große Esstisch stehen, an dem leicht zehn Leute Platz fanden. Die Veranda war der einzige Raum im Haus, der eine gewisse Lebensfreude und Leichtigkeit verbreitete. Allerdings schien Emilia davon nicht sonderlich beeindruckt zu sein.

„Darf ich?“ Nell öffnete die Tür zum Garten. Sofort strömte die Frühlingsluft herein, Sonnenstrahlen tanzten vergnügt über die Stühle und den großen Tisch und spiegelten sich in den Scheiben. Vogelgezwitscher erfüllte den Raum und sogar die Blumen schienen neugierig ihre Köpfchen um die Ecke zu strecken.

Kläglich miauend huschte die rote Katze, die Nell vor ein paar Tagen schon gesehen hatte, in die Veranda und strich schmeichlerisch um Emilias Beine.

Emilia beugte sich zu dem Kater runter und streichelte ihm den Kopf. „Guten Morgen, Herr Schienagel, du hast wohl Hunger?“

Nell registrierte den zärtlichen Ton in Emilias sonst so herrischer Stimme. Die Frau hatte also auch ihre weiche Seite.

„Herr Schienagel?“

„Er wurde, als er noch ganz klein war, von einem Auto angefahren und musste geschient und genagelt werden“, erklärte Emilia so sachlich, als wäre es das Normalste von der Welt. „Nicht wahr, mein kleiner Schatz? Inzwischen sind wir beide alt geworden.“ Liebevoll kraulte sie dem Kater die Ohren und richtete sich dann mühsam wieder auf. „Er taugt für nichts. Er fängt weder Mäuse noch Ratten, er ist nicht mal ein guter Gesellschafter. Ich könnte mir vorstellen, dass Sie Ihren Sessel gern hierherstellen würden? Er scheint Ihnen ja viel zu bedeuten", wechselte sie dann unversehens das Thema.

Nell nickte lächelnd und schaute sich suchend um. Viel Platz gab es hier wirklich nicht, aber wenn sie die Blumenbank ein wenig zur Seite rückte?

„Es ist so schön hell hier", sie drehte sich zu Emilia um, „wenn das für Sie in Ordnung ist?"

„Ja, ja., bringen Sie ihn nur her."

Nell lächelte dankbar. Das war doch ein Lichtblick. „Der Sessel gehörte meiner Oma", sagte sie leise, als wäre sie Emilia eine Erklärung schuldig.

„Ich dachte mir schon so etwas", murmelte die, bereits der Tür zugewandte.

Dass Nell ihr fassungslos hinterherstarrte konnte sie nicht mehr sehen, aber ein geheimnisvolles Lächeln auf ihrem Gesicht verriet, dass sie es auch so wusste.

Mit widersprüchlichsten Gefühlen zog Nell in ihr neues Zuhause ein. Zu viele offene Fragen hingen in den dunklen Ecken der Räume wie verstaubte Spinnweben. Der alte Fußboden knarrte unter ihren Füßen, als würde er erzählen, was er schon alles gehört und gesehen hatte, wer auf ihm herumgelaufen war oder sonst was getan hatte. Aber Nell verstand ihn nicht. So oder so hatte die Tatsache, dass sie das Haus vorerst nehmen musste, wie es war, etwas Beruhigendes. Zum einen empfand sie es als selbstverständlich, Emilias Wunsch zu erfüllen, nichts zu verändern. Außerdem entband es sie von der schier überirdischen Herausforderung, nach der das Haus förmlich schrie, sich sofort um all die Baustellen zu kümmern. Sich in einem neuen Umfeld mit völlig neuen Bedingungen zurechtzufinden, war für den Anfang schwer genug.

Darüber hinaus war sie gespannt, den Spuren der Vergangenheit zu folgen. Wenn ihre Oma auch nicht hier gelebt hatte, höchstwahrscheinlich nie hier gewesen war, so gab es doch Zeitzeugen. Wie viele Geheimnisse hatten sich allein in diesen ersten Tagen angedeutet. Grund genug, zumindest vorerst mit dem Mief und der Dunkelheit klarzukommen.

Und so blieben ihr Sessel und die Kaffeemaschine fürs erste die einzige Neuerung im Haus. Omas Sessel stand jetzt in der Veranda, wo Nell gemütlich ihren Kaffee trinken und in einem oder gleich mehreren der vielen alten Bücher schmökern konnte. Es würde definitiv ihr Lieblingsplatz werden, wenn, ja wenn Herr Schienagel es denn zuließe. Der alte Kater wusste die Vorzüge des Sessels ebenso zu schätzen und hatte ihn sofort in Beschlag genommen.

Omas Sessel fügte sich so unauffällig in das Gesamtbild ein, als hätte er schon immer hier gestanden. Er konnte in Sachen Alter durchaus mit jedem der anderen hochbetagten Möbelstücke mithalten. Nell strich zärtlich über seine Rückenlehne. Oma hätte sich hier ganz sicher auch wohlgefühlt, dachte sie.

Als Nell vorhin, nur zwei Tage nach ihrem ersten Besuch bei Emilia, mit ihren wenigen Habseligkeiten wiedergekommen war, hatte sie den Flur mit mehr als gemischten Gefühlen betreten. Würde dieses imaginäre Bild aus ihrer Kindheit erneut auftauchen? Aber nichts dergleichen geschah. Der Flur blieb einfach nur ein dunkler Flur, die Treppe nur ein steiler, enger Weg nach oben. Sie hatte sich das alles wohl schlichtweg nur eingebildet, sich von irgendwelchen kindlichen Fantasien mitreißen lassen.

Ein ganz klein bisschen bedauerte sie das. Diese Erinnerung, oder was sie eben dafür gehalten hatte, war zwar befremdlich, aber faszinierend zugleich. Wäre sie als Kind wirklich schon einmal hier gewesen, würde das ja bedeuten, dass ihre Mutter sie, was Prerow betraf, ein Leben lang belogen hatte. Andererseits wäre es durchaus spannend, ein echtes Stück ihres Lebens wiederzufinden, wenn auch nur ein ganz kleines. Träumerisch ließ Nell ihre Finger über das Treppengeländer gleiten. Womöglich waren Lisi und Emilia damals auch schon hier gewesen? Vielleicht sogar ihre Oma? Denn wenn ihre Mutter in Bezug auf Prerow gelogen hätte, warum dann nicht auch bei allem, was mit Oma zu tun hatte?

Aber so sehr sie sich auch bemühte, sie konnte weder ein Bild ihrer Oma noch eins der beiden anderen Frauen in den Tiefen ihres Gehirns finden. Alles nur Spinnerei. Sie schob den Gedanken von sich. Nein, das hätte ihre Mutter ihr nie verheimlicht. Das wollte und konnte sie nicht glauben.

Nell schüttelte sich. Schluss mit wenn und aber, hätte und könnte. Es gab auch so genug zu erkunden. Das ganze Haus steckte dermaßen voller Heimlichkeiten und Rätsel, dass es auch ohne zusätzliche Verwicklungen reichte.

Emilia hatte sie vorhin kurz begrüßt und sich dann sofort in das ‚verbotene' Zimmer zurückgezogen. Nell sollte sich melden, wenn sie fertig und für einen Tee bereit wäre. Okay, das war kein herzlicher Empfang, aber immerhin ein Empfang. Im Grunde war sie auch ganz froh, sich erst einmal in Ruhe umschauen zu können und ein Gefühl für ihr neues Zuhause zu bekommen, ohne ständig von Emilias argwöhnischen Blicken verfolgt zu werden.

Als erstes wollte Nell aber ihre Sachen nach oben bringen. Sie schaute auf die beiden Koffer und die Kartons, die vor ihr im Flur standen. Das war es also, was von ihrem bisherigen Leben übrig war. Wenig genug, um Platz für ganz viel Neues zu schaffen. Garderobe, Bettwäsche und Handtücher, ihre Lieblingstasse, ein paar Bilder und Bücher und ihr Computer mit Zubehör, das war's schon. Alles andere hatte sie zurückgelassen.

Schnaufend schleppte sie den ersten Koffer die Treppe bis in die Spitze des Hauses hinauf. Vorsicht, nur nicht an der Wand entlangschrammen. Mann, war das eng. Und hoch. Außer Atem schaute sie die Treppe hinunter. Noch vier Mal. Sie stellte den Koffer im Flur ab. Sollte sie die anderen Sachen auch gleich holen? Ihr Blick ging zwischen der Treppe und der Zimmertür hin und her. Ihre Neugier siegte. Erst mal gucken. Sie öffnete die Tür erst einen winzigen Spalt, voll Sorge, auch hier von Düsternis erschlagen zu werden, und warf einen verstohlenen Blick hinein. Sie konnte kaum glauben, was sie sah. Weiße Möbel! Der Raum unterschied sich ganz und gar von den unteren Räumen. Er war hell, freundlich und – modern? Keine dunklen Wandverkleidungen, keine dunklen Möbelstücke drückten auf die Stimmung. Was für ein wunderschönes Zimmer. Und nur für sie allein. Sie drehte sich zur Treppe und warf ihr eine Kusshand zu. Mit fast bösartiger Genugtuung genoss sie den Gedanken, dass Emilia die Treppe nicht mehr hochkommen konnte, schämte sich aber augenblicklich für ihre Garstigkeit. Doch nur ein ganz kleines bisschen. Denn dieses Zimmer war ihr eigenes kostbares Reich!

Sie trat ans Fenster, von wo aus sie einen traumhaften Blick in den Garten hatte. Sie öffnete es weit und ließ die Sonne herein. Draußen zwitscherten die Vögel, irgendwo weiter weg mähte jemand Rasen und der Postbote steckte gerade Briefe in die Kästen der gegenüberliegenden Häuser. Hier oben war sie weit weg von allem Bedrückenden und Beklemmenden dort unten. Keine Dunkelheit, keine Emilia.

Sie ließ sich auf das Bett fallen. Es gab unter ihrem Gewicht leicht nach und quietschte leise. Kichernd wippte sie auf und ab. In ihrer kleinen Wohnung in Stralsund hatte sie lediglich Platz für eine Schlafcouch gehabt. Und jetzt gehörte ihr so ein breites, königliches Bett!

In Haralds Wohnung, damals, vor einer gefühlten Unendlichkeit, hatte sie ein ähnlich großes Bett. Ein Kribbeln zog durch ihren Körper bei dem Gedanken daran, was dort alles… Genug! Das war Geschichte. Außerdem hatte sie dafür auch einen hohen Preis bezahlt. Sie runzelte die Stirn. In diesem Bett hier würde sich nichts dergleichen mehr abspielen. Das war nun mal der Lauf der Dinge. Dafür gehörte es ihr allein und niemand würde ihr je wieder sagen, was sie zu tun oder zu lassen hätte.

Sie musste sofort bei Sonja anrufen und ihr alles erzählen. Blöd, wirklich blöd, dass sie ausgerechnet jetzt gerade Hochbetrieb im Café war, wo Nell ihr am liebsten sofort alles gezeigt hätte.

„Sonja, das glaubst du nicht“, plapperte sie übermütig ins Telefon. „Ich habe ein Bett, in dem gut vier Leute auf einmal schlafen könnten.“

„Na, das wird ja ein Spaß“, antwortete ihre Freundin pragmatisch. „Und sonst?“

„Na ja, ich bin noch nicht durch. Alles in allem ist das Haus ein ziemlich dunkles Loch. Aber mein Schlafzimmer ist ein Traum. Ganz oben unterm Dach. Und hell! Das musst du sehen. Es ist himmlisch! Alles weiß! Und hör mal“, Nell hüpfte auf dem Bett hin und her, „hörst du es?“

„Ich sag's ja, das wird ein Spaß, wenn es erst richtig zur Sache geht.“ Jetzt musste auch Sonja lachen.

„Zur Sache? Zu welcher Sache?“ Nell gab sich vollkommen unschuldig, als würde sie die Freundin nicht verstehen. Außerdem hatte sich dieses Thema ja nun mal erledigt.

„Komm her, wenn du alles angeguckt hast und du deine Untermieterin ins Bett gebracht hast.“

„Ich muss sie nicht ins Bett bringen. Sie kommt noch gut allein zurecht. Außerdem kommt regelmäßig ein junger Mann vom Pflegedienst vorbei und hilft ihr, wobei auch immer.“

„Ach, Kolja.“

„Was für ein Kolja?“

„Na, der vom Pflegedienst.“

„Nein, der hier heißt Micha oder Michael oder so.“

„Ja, aber alle nennen ihn Kolja.“

„Warum das denn?“

„Na, weil er wie Kolja aussieht.“ Sonja kicherte.

„Verstehe ich nicht. Wie sieht er denn aus?“

„Es gibt da doch diese russischen Zeichentrickfiguren, hölzerne Fußballspieler, mit großen Ohren und langen Beinen, denen sieht er ziemlich ähnlich.“

Nell versuchte sich an den jungen Mann zu erinnern. Aber sie hatte ihn ja nur flüchtig gesehen. Sie würde nächstes Mal darauf achten. Kolja! Auf was für Ideen die Leute kamen.

„Du musst morgen unbedingt gleich kommen.“ Nell stand vom Bett auf und strich es glatt. „Der Sekt steht schon kalt.“

Sie ließ das Telefon neben sich auf das Bett fallen und schaute sich nachdenklich noch einmal um. Wessen Zimmer das wohl mal gewesen war? Es gab keinerlei persönliche Gegenstände, kein einziges Bild an den Wänden, nichts, aber auch gar nichts wies darauf hin, dass hier mal jemand gewohnt hätte. Außer Lisi und Emilia hatte doch niemand hier im Haus gelebt? Oder vielleicht doch? Aber sie waren schließlich auch mal jung. Wer weiß, was zu der Zeit in diesem Haus alles abging. Trotzdem, dieses Zimmer war erst in jüngerer Zeit eingerichtet worden. Für wen also?

Genug geträumt, rief sie sich zur Ordnung. Schnell noch die restlichen Sachen hochholen und dann das Hauses ansehen, bevor sie Tee für sich und Emilia machte. Sie hatte so viele Fragen. Aber vorher musste sie das Herz der alten Dame erweichen und ihr Vertrauen gewinnen, falls das überhaupt möglich war. Sonst würde sie mit Sicherheit gar nichts erfahren.

Geschafft. Alles oben. Auspacken konnte sie später.

Nell stieg bis zum mittleren Flur hinunter. Hier lagen links und rechts von der Treppe zwei weitere schmale Räume und ein anschließendes kleines Badezimmer. Sie vermutete, dass hier einmal die Schlafzimmer von Lisi und Emilia waren. Sie lauschte nach unten, aber es war nichts zu hören. Also traute sie sich, kurz in diese Räume hineinzugucken. In beiden stand jeweils ein schweres Einzelbett aus dunklem Holz. Kopfkissen und Zudecken steckten in Bezügen aus weißer Baumwolle mit feiner Lochstickerei. An den Wänden hingen vergilbte Bilder mit kirchlichen Motiven, auf den Nachttischen lagen Häkeldeckchen, auf einem eine Bibel, aufgeklappt, als wäre sie gerade erst aus der Hand gelegt worden. Räume, die Leben vortäuschten, aber eine dichte Staubschicht auf den Möbeln verriet, dass sie schon sehr lange nicht mehr genutzt wurden.

Nell schaute durch die kleinen Fenster auf die Waldstraße hinunter. Eine seltsame Gestalt erregte ihre Aufmerksamkeit. Dieses dürre Männchen hatte sie doch schon mal gesehen? Natürlich, das war doch der Nachbar. Belustigt beobachtete Nell ihn eine Weile. Der Alte brabbelte andauernd vor sich und schlug immer wieder wild mit einer Hand um sich. Nell beugte sich ein Stück aus dem Fenster. Was schob der…, na, das war ja ein Ding. Das war doch … ein Einkaufswagen aus dem EDEKA. Amüsiert schüttelte sie den Kopf. Für einen Euro Pfand definitiv die preiswerte Variante einer Gehhilfe. Nur so kam man zu etwas. Nell lachte leise in sich hinein. Wie Hans Geiz aus Falladas Geschichte vom Goldenen Taler. Der hatte auch die tollsten Einfälle, wenn es darum ging zu sparen. Reich wurde man eben nicht von dem, was man einnahm, sondern von dem, was man nicht ausgab.

Der Mann schlurfte langsam vorbei und Nell schaute ihm nachdenklich hinterher. Vielleicht tat sie ihm ja unrecht? Vielleicht konnte er sich nichts anderes leisten? Womöglich war er ganz allein auf dieser Welt?

Sie schloss das Fenster. Unfug, niemand war ganz allein auf der Welt, wenn er es nicht ausdrücklich wollte. Irgendjemanden gab es immer. Oder doch nicht? Sie würde Emilia fragen, was es mit dem Alten auf sich hatte. Jetzt wollte sie sich erst einmal um ihren eigenen Kram kümmern, sprich, sich weiter umsehen.

Durch einen kurzen Gang gelangte sie in das Wohnzimmer, von dem Emilia bereits gesprochen hatte, nämlich, dass sie dort Bücher und einen Fernseher finden würde. Genau wie unten war auch hier fast jeder Quadratzentimeter mit irgendwelchem Inventar vollgestopft. Das Sonnenlicht, das sich seinen Weg durch das große Fenster bahnte, wurde von all dem dunklen Holz, das den Raum bestimmte, sofort verschlungen. Übrig blieb eine mehr als gedämpfte Stimmung. Wie deprimierend musste dieser Raum bei trübem Wetter sein. Doch heute strahlte der Himmel im schönsten Blau.

Millionen von Staubkörnchen feierten diesen herrlichen Tag. Sie tanzten auf dem einzigen Sonnenstrahl, dem es gelungen war, sich bis zu einem Regal in der hintersten Ecke durchzukämpfen. Staunend verfolgte Nell seinen Weg. Hunderte von Büchern schmiegten sich da eng aneinander, schienen förmlich zusammengewachsen zu sein, sich gegenseitig festzuhalten. Nell zog genau das Buch heraus, auf dem der Sonnenstrahl sich niedersetzte. Es war ein besonders altes Exemplar. Sie pustete vorsichtig den Staub weg und wurde sofort von einer dicken Wolke eingehüllt. Oh je, hier wartete eine Menge Arbeit auf sie.

Neugierig betrachtete sie das Buch. Sie konnte nur einzelne Buchstaben des Titels erkennen. Die einst goldene Schrift war fast bis zur Unkenntlichkeit verblasst und an manchen Stellen ganz verschwunden. Der Leineneinband war an einigen Stellen ausgefranst. Nell hätte es nicht erklären können, und doch hatte sie das Gefühl, dass sie dieses Buch nicht zufällig gegriffen hatte. Es war, als hätte das Buch sie gefunden und nicht umgekehrt.

Was für ein Unsinn! Ärgerlich schob sie das Buch zurück an seinen Platz. Sie wurde schon ganz schrullig hier zwischen all dem alten Zeug. Gereizt riss sie sich von dem Bücherregal los und wandte sich stattdessen den Bildern an den Wänden zu. Alte Frauen in schwarzen Kleidern, züchtig hochgeschlossen, mit schwarzen Hauben auf den Köpfen, Männer in schwarzen Anzügen und Kindergruppen in matrosenähnlichen Uniformen. Nell rückte näher heran. Selbst die Kinder hatten damals schon alte Gesichter. Landschulheim 1926 las sie. Gleich daneben hing ein Foto dieses Hauses. Erbaut 1923 von Fritz Marini für seine Frau Theodora. Theodora? Den Namen hatte sie doch schon gelesen? Aufmerksam schaute sie die Bilder noch mal durch. Da war es. Nell nahm das Bild von der Wand und trat damit ans Fenster. Theodora Marini, Ärztin und Kinderbuchautorin. Nell stockte der Atem. Das war die Frau aus ihrer Erinnerung!

Das war doch nicht möglich. Sollte es doch nicht nur Einbildung gewesen sein? Hatte ihre Mutter sie doch die ganze Zeit angelogen?

Jetzt mal ganz in Ruhe, dachte Nell. Streng dich an, denke rational! Mit Hokuspokus kommst du hier nicht weiter. Die einzig vernünftige Erklärung war doch, dass es damals neben dem Foto ihrer Oma auch eins von dieser Frau gegeben und ihre kindliche Fantasie angestachelt hatte. Allerdings würde das auch bedeuten, dass es zumindest irgendeine Verbindung zwischen ihrer Oma und Frau Marini gegeben haben musste? Oder zwischen ihrer Mutter und Frau Marini?

Nell wischte die schweißnassen Hände an ihrer Hose ab. Sie würde ihre Mutter anrufen und nicht mehr lockerlassen. Es war höchste Zeit, dass sie endlich damit rausrückte, was damals zwischen ihr und Oma Schlimmes vorgefallen war. Und was diese alte Frau hier womöglich mit all dem zu tun hatte.

Das schlechte Gewissen hämmerte gegen ihre Stirn. Ihre Mutter wusste ja noch gar nichts. Nell versuchte sich einzureden, dass sie neben der ganzen Aufregung noch gar nicht dazu gekommen wäre, aber im Grunde war ihr klar, dass sie die Auseinandersetzung mit ihrer Mutter scheute und dieses Gespräch deshalb immer wieder vor sich herschob. Sie hörte das Gezeter ihrer Mutter jetzt schon. Nach allem, was sie immer über Prerow gesagt und vor allem nicht gesagt hatte, konnte das nur ein sehr schwieriges Telefonat werden. Trotzdem, irgendwann musste sie es ja doch erfahren.

Nell schaute auf die Uhr. Nicht jetzt. Es war höchste Zeit für den Tee, wenn sie es sich nicht gleich mit Emilia verderben wollte.

Widerstrebend hängte sie das Bild zurück an seinen Platz und blickte noch einmal in das Gesicht von Theodora Marini. Das Gesicht, das sie zu kennen glaubte. Und doch, irgendetwas stimmte nicht. Da war etwas, was sie übersehen hatte, aber es wollte ihr einfach nicht einfallen.

Unten angekommen stieß sie fast mit Emilia zusammen.

„Ich dachte schon …“, Emilia schaute sie tadelnd an, erkannte dann aber Nells verstörten Blick. „Na kommen Sie, der Tee ist fertig. Ich wollte Sie gerade rufen.“

„Ich habe mir oben die alten Fotos angesehen“, begann Nell zögerlich, „und habe auch das von Theodora Marini entdeckt.“

Emilia musterte sie aufmerksam. „Ja, und?“

Nell rührte verlegen in ihrem Tee, obwohl sie weder Zucker noch Milch nahm. „Ich kenne sie“, flüsterte sie, sich ihrer eigenen Worte nicht sicher.

Emilia verzog belustigt ihr Gesicht. „So? Darf ich erfahren, woher?“

„Ich bin mit meiner Mutter schon mal hier gewesen. In diesem Haus. Als ich noch ganz klein war“, druckste Nell, immer unsicherer, als traute sie ihrer eigenen Erinnerung nicht über den Weg.

Emilia taxierte Nell über ihren Brillenrand hinweg. „Wann sind Sie geboren, Nell?“

„1973, im September.“

Emilia griff nach der silbernen Zuckerzange. „Da Theodora Marini bereits im Dezember 1971 gestorben ist, konnten Sie ihr wohl kaum begegnet sein.“ Sie ließ das Zuckerstück in ihren Tee gleiten, ohne auch die geringste Gefühlsregung erkennen zu lassen.

Nell hielt verschämt den Kopf gesenkt. Hätte sie doch nur den Mund gehalten. Emilia musste sie ja für verrückt halten. In dem Moment fiel es ihr auch wieder ein. Natürlich! Auf der Rückseite des Bildes hatte jemand das Geburtsdatum von Theodora Marini notiert und neben einem kleinen Kreuz das Jahr 1971. Warum war das nicht gleich in ihrem Gehirn angekommen? Das erklärte doch alles. Also war es doch nur Einbildung! Es war nur ein Spuk, woher auch immer er kam. Manchmal hatte man eben das Gefühl, jemanden schon gesehen zu haben, obwohl dem gar nicht so war oder etwas schon einmal erlebt zu haben, irgendwann, in einemfrüheren Leben? Ein Déjà-vu.

„Wissen Sie, Frau Horst …“

Die winkte ab. „Es ist das Haus, Nell. Sie werden es noch merken, nichts ist, wie es scheint. Sie werden sich dran gewöhnen.“

„Ganz bestimmt“, versicherte Nell eifrig, auch wenn sie nicht wirklich verstand, was Emilia Horst meinte, „es ist ja sehr … schön.“ Um nichts in der Welt wollte sie undankbar erscheinen.

„Ja, ja, ist schon gut“, winkte Emilia ab, „schenken Sie mir lieber noch Tee nach.“

Nell hatte dennoch das Gefühl etwas sagen zu müssen. Emilia sollte sie auf keinen Fall für verrückt halten.

„Es war dieser Flur“, begann sie leise, „das hätte ich schwören können. Ich weiß sogar noch, dass ich ein blaues Kleid anhatte, mit roten V…“, erschrocken schlug sie eine Hand vor den Mund, „oh, Entschuldigung, ich meine, mit so kleinen roten Rhomben. Und als ich dann Theodoras Foto sah“, sie stockte und blickte Emilia verunsichert an, „wie kann so etwas sein?“

„Sie werden es irgendwann verstehen“, antwortete Emilia lediglich und zeigte über den Tisch. „Reichen Sie mir mal das Gebäck rüber.“

Nell saß wie gelähmt da. Wie konnte diese Frau an Kekse denken, während sie selbst begann, an ihrem eigenen Verstand zu zweifeln. Was würde sie irgendwann verstehen? Was sollte das nun schon wieder heißen?

„Man sagt, es gäbe Menschen, die könnten Dinge sehen, die anderen immer verschlossen blieben.“ Emilia blickte Nell prüfend an. „Wenn das so ist, dann können die auch in die Vergangenheit oder die Zukunft blicken.“

Nell stutzte. War da eben ein spöttisches Zucken um Emilias Mund? Oder wollte Emilia sie auf die Schippe nehmen?

Doch Emilia fuhr unbeirrt fort: „Wie gesagt, Sie werden sehen, in diesem Haus ist nichts unmöglich. Aber nur wenigen Menschen erschließt sich das. Das bedarf einer“, sie suchte nach dem richtigen Wort, „einer bestimmten Begabung, die allem Anschein nach nicht vielen Menschen gegeben ist. Ich verfüge nicht über derartige“, wieder das spöttische Zucken, „Fähigkeiten.“

„Und Sie meinen, ich hätte so eine Gabe?“ Nells skeptischer Blick verriet, dass sie das nicht glauben konnte. „Nur weil ich eine Erinnerung von etwas hatte, das es so nicht wirklich gab?“

„Wer sagt denn, dass es nicht so war? Haben Sie mal darüber nachgedacht, dass es nur eben nicht Sie waren, die in diesem Flur stand?“

Das Ganze wurde immer verwirrender. Glaubte Emilia, was sie da sagte? Nein, sie schien sich eher lustig darüber zu machen. Oder doch nicht? Zweifelnd strich Nell eine Haarsträhne aus ihrem Gesicht. Wo war sie hier hingeraten?

Emilia schob ihre Teetasse ein Stück von sich. „Warten Sie es ab, Nell, warten Sie es ab.“ Sie erhob sich, diesmal ohne den Schmerz zu verbergen, der sie quälte. „Ich muss mich ein bisschen ausruhen.“

Nell war aufgesprungen, um ihr zu helfen, aber Emilia wehrte ab.

„Lassen Sie, es geht schon.“

„Wirklich?“ Nell legte schützend ihre Hand auf Emilias Arm.

Die zuckte unter der Berührung zusammen.

Sofort trat Nell einen Schritt zurück rieb erschrocken ihre Hände aneinander. „Tut mir leid, sie sind eiskalt."

Das war immer so, wenn sie aufgeregt war. Daran hätte sie denken müssen.

Emilia schaute sie verblüfft an. „Deine Hände."

Nells Blick verriet ihr, dass sie keine Ahnung hatte, wovon sie sprach.

Emilia hielt sich krampfhaft an ihrem Stock fest. Eigentlich wollte sie von all diesem übersinnlichen Kram nichts wissen. Aber Elisabeth muss es ebenfalls gespürt haben.

Sie musterte die junge Frau, als sähe sie sie zum ersten Mal. Darum also musste es Nell sein. Elisabeth hatte es gewusst.

Nell verstand tatsächlich nicht, was die alte Frau meinte. „Was ist mit meinen Händen?" Doch dann stutzte sie. Hatte sie richtig gehört, hatte Emilia sie eben geduzt?

Die wandte sich zur Tür. „Warte es ab, Nell", sagte sie noch einmal, schüttelte dabei mürrisch den Kopf „warte es ab. Wenn es so weit ist, wirst du es wissen."

Nell starrte auf ihre Hände. Was war mit ihren Händen? Ihr fielen die Steine wieder ein.

„Frau Horst …"

Die drehte sich nur kurz noch einmal um. „Später, Nell. Später."

Nell musste einsehen, dass sie im Moment nicht mehr von Emilia erfahren würde. Aber immerhin schien das Eis zwischen ihnen ein wenig angetaut zu sein. Das war doch schon was. Und trotzdem – tausend Fragen schwirrten durch ihren Kopf.

Sie öffnete Emilia die Tür. „Kannten Sie Theodora Marini persönlich?"

Emilia kniff ihren Mund zusammen, als müsste sie erst überlegen, welche Antwort sie Nell geben sollte. „Sie war, wie soll ich sagen, ein wenig wunderlich auf ihre alten Tage."

„Ach so?"

„Sie war Ärztin, bis sie im Krieg verschüttet wurde. Davon hat sie sich dann wohl nie ganz erholt. Sie hat später Bücher geschrieben. Meistens für Kinder. Wie schon gesagt, sie war etwas wunderlich."

Nell ging ein paar Schritte voraus, um das Licht im Flur anzuschalten. „Hatte sie denn niemanden mehr?"

Emilia blieb einen Augenblick, auf ihren Stock gestützt, stehen. „Sie war geschieden. Ihr Sohn Heinrich blieb im Krieg, ihre Tochter Elisabeth …“, sie schwieg überrascht, als wäre ihr just in dem Augenblick etwas Wichtiges eingefallen, sprach dann aber in bestimmten Ton weiter, „verschwand spurlos.“

„Die arme Frau.“ Nell war voll Mitgefühl. Man musste nicht eigene Kinder haben, um einen solchen Verlust verstehen zu können. Doch dann ging ihr plötzlich auf, was Emilia da gerade gesagt hatte. „Elisabeth? Unsere Elisabeth?“, fragte sie und sah Emilia mit großen Augen an.

Die stieß heftig den Stock auf den Boden. „Unsinn!“

Aber Nell gefiel dieser Gedanke. Warum eigentlich nicht? Das würde doch erklären, wie Elisabeth zu diesem Haus gekommen war. Nur, warum hätte sie dann ein Geheimnis darum machen sollen?

„Elisabeth war damals genauso überrascht, als sie das Haus erbte, wie es dir wahrscheinlich gegangen ist“, klärte Emilia Nell auf. „Theodora Marini war Patientin bei Elisabeth und später“, sie winkte ab, ohne den Satz zu beenden. „Vielleicht hatte sie einen Narren an Elisabeth gefressen, weil sie den Namen ihrer Tochter trug? Oder einfach, weil Elisabeth eine gute Ärztin war und sie sonst niemanden hatte? Das werden wir nicht mehr erfahren. Wie auch immer, ich werde mich jetzt zurückziehen.“

„Ja, ruhen Sie sich aus“, sagte Nell leise und ging gedankenversunken in die Veranda zurück.

Was war in diesen wenigen Tagen alles passiert? Kindheitsbilder, die keine waren, ein Haus, das immer geheimnisvoller wurde und eine Emilia, aus der sie nicht schlau wurde. Und dann ihre Hände. Sie schielte im Vorbeigehen zu den Steinen. Kurz war sie versucht, sie noch einmal zu berühren, ließ es dann aber doch sein. Genug Zauber für einen Tag.

Verträumt schaute sie aus dem Fenster. Die Tage wurden schon spürbar länger, aber jetzt tauchte die Abendsonne den Garten in ein wunderschönes, schon schummeriges Licht. Sie könnte einen Spaziergang machen und bei Sonja vorbeischauen. Aber die hatte noch in ihrem Café zu tun. Also würde sie erst noch ihre Sachen auspacken. Oder sich vielleicht doch ein paar Minuten draußen auf die Bank setzen?

Plötzlich nahm sie eine Bewegung im Garten wahr. Jemand schlich durch die Büsche, die das Grundstück vom Nachbarhof trennten. Emilia? Nein, die war in ihr kleines Zimmer gegangen. Wer trieb sich also hier herum? Oder bildete sie sich schon wieder etwas ein? So langsam war sie sich ihrer Wahrnehmungen nicht mehr sicher. Sie trat vor die Tür und fuhr erschrocken zusammen, als sich plötzlich eine finster dreinschauende Gestalt vor ihr aufbaute.

Für einen kurzen Moment verschlug es ihr die Sprache. Kein Geist. Ein Mensch aus Fleisch und Blut. Klar, was sonst. Dieser Geisterkram machte sie noch ganz verrückt. Sie zwang sich, nüchtern und klar zu denken. Was machte dieser Kerl hier? Wollte er das Haus ausspionieren? War er ein Einbrecher? Quatsch, schalt sie sich. Solche Ideen waren fast genauso blöd wie die von Geistern. So oder so hatte er hier ganz sicher nichts zu suchen.

„Kann ich Ihnen helfen?“, fragte sie misstrauisch, nur mäßig um ein Mindestmaß an Höflichkeit bemüht und musterte ihn skeptisch.

Sonja würde sagen, dass er wie die australische Antwort auf die weichgespülten Haralds von heute aussah, dachte sie. Typ Schwerarbeiter, der selbst im dreckigen Blaumann noch jede Frau rumkriegen konnte. Wetten, dass der nie einen Kinderwagen schieben würde?

Sonja war von Anfang an gegen Harald gewesen. Zu schön, zu glatt, aalglatt. Doch zu der Zeit wollte Nell von all dem noch nichts hören.

„Dem sollte mal ein richtiger Mann ordentlich ans Bein pinkeln, damit er überhaupt nach Mann riecht“, hatte Sonja in ihrer, manchmal sehr direkten Art, einmal gesagt. Dieser hier wäre dann wohl so einer.

Nell musste zu ihm hochblicken, konnte sein Gesicht, das unter der Hutkrempe halb verdeckt war, aber nicht zuordnen. Wie auch, sie kannte hier ja noch niemanden. Außerdem blendete sie die untergehende Sonne, so dass sie sowieso kaum etwas sah. Wer auch immer er war, es hatte niemand das Recht einfach so auf ihrem Grundstück herumzuschnüffeln und sie zu erschrecken.

Der Mann taxierte sie interessiert. „Die Frage ist wohl eher, ob ich Ihnen helfen kann“, antwortete er dann spöttisch und ließ seinen Blick ungeniert über ihren Körper gleiten.

Automatisch trat Nell einen Schritt zurück. Der Kerl hatte eine Stimme, als würden alle seine Nächte von mindestens zwei Flaschen Whisky und ebenso vielen Schachteln Zigaretten begleitet. Sie fühlte sich nackt unter seinem unverschämten Blick, zog ihre Jacke enger um sich und verschränkte schützend die Arme vor der Brust.

„Wie sollten Sie mir wohl helfen können", ging sie auf Abwehr. „Ich wäre Ihnen dankbar, wenn Sie mein Grundstück auf der Stelle verließen." Sie hob ein wenig ihren Kopf, als könnte sie sich damit größer machen.

„Ihr Grundstück? So, so. Vielleicht sollten Sie das trotzdem vorher mit Emilia besprechen. Aber bitte schön", er tippte lässig an seinen Hut, „bin schon weg." Die Hände tief in den Hosentaschen vergraben schlenderte er an ihr vorbei und verschwand in den Büschen, durch die er gekommen war.

Nell schaute ihm hinterher und atmete, als er außer Sichtweite war, erschöpft durch. Das waren definitiv zu viele Überraschungen und Geheimnisse für einen Tag. Auspacken konnte sie morgen auch noch. Jetzt würde sie erst mal zu Sonja fahren. Vielleicht konnte sie ihr noch ein wenig helfen. Da wusste sie wenigstens, was sie erwartete. Ohne Zauber und Magie oder sonst welches Tamtam. Und das war gut.

Kapitel 8

1879

„Johann, warte doch!" Marie versuchte vergebens ihren Freund einzuholen. „Nimm mich doch mit."

Völlig außer Puste blieb sie keuchend stehen. Sie beugte sich nach vorn und versuchte, mit ihren kleinen Fäusten die heftigen Seitenstiche wegzudrücken.

Aber Johann war bereits über den Zaun gesprungen und rannte weiter, ohne auf sie zu achten.

Sollte der Vater ihn doch suchen, dachte er trotzig. Er würde ihn sowieso nicht finden. Am besten wäre es, gleich ganz wegzulaufen. Egal, wohin, nur weg von hier, weg vom Vater, weg vom Schmerz, weg von dem verdammten Wasser.

Erst als er weit genug vom Haus entfernt war, blieb er einen Moment stehen, um zu verschnaufen. Er drehte sich nach Marie um, konnte sie aber nirgends entdecken. Er hätte sie mitnehmen sollen. Sie war die Einzige, die immer zu ihm hielt.

Ganz anders, als Minna, die immer versuchte, sich beim Vater einzuschmeicheln. Johann stampfte vor Wut mit dem Fuß auf. Warum konnte er nicht, wie Marie, nur Brüder haben. Die hielten zusammen und standen sich gegenseitig bei. Viel lieber wäre er einer von ihnen. Aber nein, der Herrgott hatte ihn mit sechs Schwestern bestraft! Eine immer schlimmer als die andere, wobei Minna mit Abstand die schrecklichste war.

Wie sie immer schadenfroh feixte, die blöde Gans, wenn der Vater mit ihm schimpfte. Und wenn er dann noch seinen Gürtel aus seiner Hose zerrte und ihn damit grün und blau schlug, was oft genug passierte, stand sie dabei und zog ihr vornehmes Näschen kraus. Er bräuchte dem Vater schließlich nur gehorchen, säuselte sie hinterher und ließ ihn mit seinem Schmerz allein. Er schniefte und wischte sich trotzig mit dem Handrücken über die Nase.

Aber sie würde ihre Strafe auch noch bekommen. Der Pfarrer sagte doch immer, dass Gott alles sah. Das konnte er ihr einfach nicht durchgehen lassen.

Johann hockte sich hinter einen Baum und presste sein Kinn in die Hände. Was sollte er nur machen? Es musste doch einen Ausweg geben!

Er streckte den Kopf vor, um zu sehen, ob Marie endlich käme. Dass ihn nur niemand anderes hier entdeckte und es dem Vater petzte. Aber weder Marie noch sonst jemand war zu sehen. Er hob ein Blatt vom Boden auf und zerpflückte es in kleine Stücke.

Die anderen Mädchen aus Minnas Schuljahr hatten alle längst Hochzeit gefeiert und schoben schon stolz ihre Kinder durchs Dorf. Nur Minna nicht. Das schadete ihr gar nichts. War ja kein Wunder, dass keiner sie haben wollte. Johann grinste hämisch.

Irgendwann war der Franz von der Mühle gekommen und hatte sie zum Tanz ausgeführt. Fast geplatzt war sie vor Stolz.

„Siehst du, Johann", hatte sie geflötet, „die anderen haben alle nur die ärmlichen Burschen abbekommen, aber ich, ich werde Müllerin."

Mutter und Vater waren ganz aufgeregt gewesen. Sie hatten irgendwas von einer glänzenden Partie gesprochen. Johann wusste zwar nicht, was das war, eine glänzende Partie, aber es musste wohl etwas ganz besonders Gutes sein. Bestimmt lange nicht so gut wie die Pfannekuchen, die es für ihn und Mariken immer bei der Großmutter gab. Mm, aus ganz frischen Eiern und mit den Äpfeln aus ihrem Garten.

Die Mutter hatte ihm wieder und wieder eingeschärft, dass der Vater auf gar keinen Fall von diesen Besuchen erfahren durfte, aber ihm immer irgendetwas Feines für die Großmutter mitgegeben. Sie selbst schaffte den weiten Weg schon lange nicht mehr. Sie war viel zu schwach und musste immerzu husten. Sie hatte versucht, das Blut in ihrem Taschentuch vor ihm zu verstecken, aber er hatte es gesehen. Voll Panik war er zur Großmutter gerannt. Die wusste doch immer, was zu tun war, kannte gegen alle Krankheiten ein Mittel. Aber sie hatte ihm nur traurig den Kopf gestreichelt. Sie konnte der Mutter auch nicht mehr helfen. Das kleine Fläschchen, dass sie ihm für sie mitgab, taugte nur dazu, es ihr ein bisschen leichter zu machen.

„Aber das bleibt unser Geheimnis", hatte sie geflüstert und ihn ganz fest an sich gedrückt. „Du musst jetzt stark sein." Dann schob sie ihn durch die Tür nach draußen. „Lauf! Lauf schnell und bring der Mutter die Medizin."

Die liebe, liebe Großmutter! Und die liebe Mutter! Vergeblich kämpfte Johann gegen die Tränen an. Sie liefen ihm in Strömen über das Gesicht. Aber das war ihm egal. Er brauchte nicht mehr stark zu sein.

Doch dann zog er trotzig die Nase kraus. Seine ganze Wut konzentrierte sich in dem Moment auf seine Schwester Minna. Sie musste für allen Schmerz herhalten, der sich in seine kleine Seele hineingefressen hatte. Den Schmerz, den der Vater ihm wieder und wieder zufügte und noch viel mehr den um die Mutter und die Großmutter.

Blöde Minna! Hat noch ihre Strafe gekriegt. Der Franz von der Mühle hatte dann nämlich doch die Agnes vom Bauern geheiratet. Und nicht Minna. Die heulte tagelang Rotz und Blasen und war seitdem noch unausstehlicher. Johann konnte den Franz gut verstehen. Welcher Mann würde schon freiwillig so eine, wie seine Schwester, haben wollen. Johann schnaubte. Er würde niemals so eine Zicke heiraten. Andererseits, wenn der Franz die Minna doch genommen hätte, dann wäre sie endlich weg gewesen. Außerdem war mit dem Vater jetzt noch viel weniger auszukommen als vorher. Johann bog seinen mageren Rücken hin und her. Die blutigen Striemen, Marie hatte gesagt, sie wären ganz blau, gingen überhaupt nicht mehr weg und schmerzten bei jeder Bewegung. Aber das würde Johann dem Vater nie eingestehen. Und wenn er ihn totschlagen täte, keinen Mucks würde er von ihm hören.

Wenn die Mutter ihn auch nicht vor den Wutanfällen des Vaters schützen konnte, sie war hinterher immer für ihn dagewesen, hatte ihn in den Arm genommen, ihm das Haar aus den verweinten Augen gestrichen und festgehalten. Dabei hatte sie immer dieselbe Melodie gesummt. Alles war dann nur noch halb so schlimm. Es hatte ihn für jeden Schlag entschädigt.

Aber jetzt war sie nicht mehr da. Sie war einfach gestorben und hatte ihn allein gelassen. Vielleicht schaute sie vom Himmel zu ihm herunter. Aber das half ihm nicht viel. Er musste allein klarkommen.

Der Vater hatte gemeint, es wäre der Husten gewesen, aber Johann wusste es besser. Das Feuer war es, das der Mutter die letzte Kraft genommen hatte. Dieses furchtbare Feuer, das mitten in der Nacht die Großmutter mitsamt ihrem Haus geholt hatte. Als sie die Nachricht erreichte, war die Mutter zusammengebrochen. Wie konnte der Herrgott das zulassen? Johann hatte die Leute vom Feuerteufel und von bösen Geistern tuscheln hören, verstand aber von all dem nichts. Wer sollte der Großmutter auch Böses wollen? Sie war doch zu allen Leuten gut. Aber keiner hat ihr geholfen. Warum war sie nicht einfach aus dem Haus rausgelaufen? Und das Katerchen auch. Ein schwarzer Haufen Asche war alles, was von ihnen übriggeblieben war.

Nur wenige Tage später war auch die Mutter gegangen.

Johanns Körper wurde von Weinkrämpfen durchgeschüttelt. Dicke Tränen quollen aus seinen Augen. Wie sollte er denn nun ohne die Mutter und die Großmutter weiterleben? Er hatte jetzt doch nur noch Mariken.

Er hörte sie kommen. Ihre kleinen, tapsigen Schritte. Sie war seine allerbeste Freundin, fast wie eine Schwester. Aber eine richtige. Nicht so eine, wie Minna. Nein, eher wie ein Bruder. Lag das daran, dass sie beide in derselben Nacht, am selben Ort geboren wurden? Seine Mutter hatte ihm die Geschichte wieder und wieder erzählt und ihn jedes Mal danach so fest an sich gedrückt, als wollte sie ihn nie wieder loslassen. Mariken hatte ihm verraten, dass es bei ihr genauso war und ihre Mutter dem Herrgott jeden Tag dafür dankte, dass er ihr endlich eine Tochter geschenkt hatte. Das konnte Johann schon gar nicht verstehen. Jungs waren doch viel nützlicher als diese albernen Gänseköpfe. Sie konnten Kapitäne oder angesehene Handwerker werden, während die Mädchen sich nur herausputzten, herumscharwenzelten und geheiratet werden wollten. Aber Mariken war nicht so. Mariken war anders.

Er wischte sich die Tränen aus dem Gesicht. Sie sollte nicht sehen, dass er geweint hatte. Schließlich hatte er ihr versprochen, sie immer zu beschützen. Er musste stark sein. Für sie.

Am Morgen nach dem Feuer waren sie beide Hand in Hand zu den Resten von Großmutters Haus gerannt. Die Leute mussten Mariken mit Gewalt festhalten, damit sie sich nicht in das noch glühende Holz stürzte, während er hilflos dastand und nur Leere fühlte. Sie hatte geschrien, wild um sich geschlagen und sich am Ende vor Verzweiflung auf den Boden geschmissen. Und er, er hatte sich nur neben sie gehockt und leise Mutters Melodie gesummt.

Dabei war es doch seine Großmutter, nicht ihre. Aber Großmutter hätte Mariken nicht lieber haben können, wenn sie an Johanns Stelle gewesen wäre. Manchmal war Johann sogar ein bisschen eifersüchtig auf Mariken. Wenn die Großmutter sie mit in den Wald nahm zum Kräutersammeln oder sie in irgendwelche Geheimnisse einweihte, die sich ihm nicht erschlossen. Aber das musste vielleicht so sein, weil sie ja beide rote Haare hatten. Eigentlich war das auch gar nicht wichtig für ihn. Wichtig war nur, dass er mit Mariken zusammen sein konnte.

Der alte Krüger war es, der die Kinder auf seinen Wagen lud und sie zu Erna brachte. Die hatte beide wortlos an ihren großen Busen gedrückt. Wie sehr sie selbst unter dem Verlust der alten Freundin litt, ließ sie sich nicht anmerken. In dem Augenblick zählte nur das Leid der Kinder.

Als dann, nur wenige Tage später, die Mutter starb, glaubte Johann, auch sein Leben wäre zu Ende. Er verkroch sich in die tiefsten Ecken seines Schmerzes und richtete sich dort ein. Alles war schwarz und dunkel um ihn herum und herrlich ruhig. Er konnte und wollte da nicht mehr raus. Wozu auch, ohne die Großmutter, ohne die Mutter.

Sein Vater würdigte ihn wochenlang kaum eines Blickes, als wäre er, Johann, schuld an Mutters Tod. Am Ende glaubte Johann das sogar selbst.

Mariken erwachte als erste wieder aus diesem Albtraum, riss ihn zurück ins Leben. Er konnte ihr noch so oft sagen, dass sie ihn in Ruhe lassen sollte, er weder sie noch sonst jemanden brauchte und er nur allein sein wollte. Sie ging einfach nicht. Sie rettete ihn. Sie war die eindeutig Stärkere von ihnen beiden. Das würde er natürlich nie zugeben

Irgendwann kehrte der Alltag wieder ein. Johann musste erkennen, dass das Leben um ihn herum weiterlief, als wäre nichts geschehen, als hätte es Mutter und Großmutter nie gegeben. Einzig das Grab der Mutter auf dem Friedhof und das mittlerweile verwilderte Grundstück der Großmutter blieb ihm für seine Trauer. Aber das wusste nicht mal Mariken. Das war sein Geheimnis.

Johann trat hinter dem Baum hervor und sah Marie kommen. Keine Spur von Angst in ihrem Gesicht. Andere Mädchen hätten längst geplärrt, dachte er stolz, oder sich vor Angst um ihre schönen Kleider in die Hosen gemacht. Aber nicht Mariken. Sie reichte ihm kaum bis zum Kinn, aber sie machte immer alles mit und ließ sich von keinem unterkriegen. Nicht mal von dem dicken Krase in der Schule. Dachte wohl, weil er der Sohn vom Fleischer war, konnte er sich alles erlauben. Als der sich neulich über ihre roten Haare lustig gemacht hatte, oh Mann, so schnell konntest du gar nicht gucken, wie sie den umgeschubst hatte. Wie ein Baby hat er geflennt.

Inzwischen war Marie bei ihm angelangt und baute sich wütend vor ihm auf. Sie war hochrot im Gesicht, fast so rot, wie ihre Haare und kleine Schweißperlen standen auf ihrer Stirn.

„Johann Lange“, sie stemmte die Arme in ihre Hüften „warum hast du nicht auf mich gewartet?“

Sie kniff die Augen zusammen und musterte sein tränenverschmiertes Gesicht. Ihr wütender Gesichtsausdruck wich einem zögerlichen Lächeln.

Johann ging auf sie zu und legte unbeholfen seine Arme um sie. „Tut mir leid, Mariken“, sagte er leise, „ich war so wütend. Meine Beine sind ganz von allein gerannt, wie wild, ich konnte gar nichts dagegen tun.“

„Können Beine das?“ Marie schaute ihn skeptisch an, entschied dann aber, ihm zu glauben.

„Was hast du da?“ Johann deutet missmutig auf etwas, das Marie hinter ihrem Rücken versteckt hielt.

Zögerlich holte sie ein kleines Heft hervor. „Ist nur mein Zeichenheft“, sagte sie schüchtern, „aber ich kann das noch nicht gut.“

„Zeig mal her.“

Widerspruchslos gab sie ihm das Heft.

„Was soll das denn sein?“ Johann deutet grinsend auf etwas, das wohl ein Baum sein sollte. „Und das soll wohl Großmutter sein? Na, die roten Haare hast du ja ganz gut hinbekommen.“

Wenn Maries Zeichnung in seinen Augen auch eher einem Gekrakel glich, strich er dennoch liebevoll mit dem Finger über das Gesicht der Figur, die seine Großmutter sein sollte und schniefte. Einen kurzen Moment dachte er nach. Doch dann griff er nach ihrer Hand. „Komm mit."

„Du willst zur Großmutter?", fragte Marie verblüfft.

Sie war nach dem Feuer nicht mehr dort gewesen. Die Erinnerung tat zu weh und ein bisschen Angst machte ihr dieser Ort seitdem auch. Was, wenn der Teufel dort auf sie wartete?

Aber Johann zog sie einfach hinter sich her. Er lotste sie durch dichte Büsche und verkrautete Wege. Kurz bevor sie bei dem Grundstück der Großmutter ankamen blieb er stehen und packte Marie bei den Schultern.

„Ich bin ganz oft hier. Die Leute denken alle, hier ist gar nichts mehr. Aber das stimmt nicht." Er schluckte. „Sie ist noch hier."

Marie schaute ihn mit großen Augen an. „Die Großmutter?"

Johann kaute verlegen auf seinen Lippen. „Ich glaube schon. Du musst mir versprechen, es niemandem zu verraten."

Marie legte ihren Kopf schief und spitzte ihren kleinen Mund. Als wenn sie jemals gepetzt hätte. Doch sie sah ihrem Freund an, dass es sich anscheinend um ein ganz besonders großes Geheimnis handelte.

„Ich verspreche es."

„Du musst schwören. Beim heiligen Geist des Baumes."

„Der Heilige Geist des Baumes? Welcher Baum?"

„Schwöre einfach!"

„Meinetwegen." Feierlich legte Marie ihre Hand auf seine. „Ich schwöre beim heiligen Geist des Baumes!"

„Und bei den sieben magischen Birnen."

Birnen? Also gut, wenn er es so wollte.

„Und bei den sieben magischen Birnen", schwor sie feierlich.

Johann nickte zufrieden mit dem Kopf. „Komm."

Sie liefen den vertrauten Weg weiter, krochen durch Sträucher und huschten über freie Wiesen. Johann war die ganze Zeit darauf bedacht, dass niemand sie sah. Aber in dieser Ecke des Dorfes wohnte sowieso kaum jemand.

Einen Augenblick lang standen sie dann beide Hand in Hand vor dem Grundstück der Großmutter. Nichts war mehr wie früher. Ein riesiger Brombeerbusch war jetzt da, wo einmal das Haus stand. Nichts deutete darauf hin, dass hier mal jemand gewohnt hatte.

„Und? Was sagst du?", flüsterte er und schaute Marie gespannt von der Seite an.

Die hatte einen dicken Kloß im Hals und die Augen voller Tränen.

„Es ist nichts mehr da", flüsterte sie weinerlich und drückte Johanns Hand fester.

„Du musst genau hingucken, Mariken." Ein triumphierendes Lächeln lag auf seinem Gesicht.

Marie folgte seinem Blick. „Die kleine Hütte", stieß sie staunend hervor und starrte mit offenem Mund auf einen winzigen Bretterverschlag. „Sie steht noch."

„Ein paar Bretter waren völlig verkohlt. Adolfs Vater hat mir welche gegeben, die habe ich davor genagelt."

Marie schaute sich um. Hier war weit und breit keine Menschenseele zu sehen.

„Bestimmt weiß überhaupt niemand mehr, dass die noch da ist. Die kann man zwischen all dem Gestrüpp gar nicht sehen."

„Nee, die findet keiner." Johann zog Marie ein Stück weiter. „Hier, an dieser Stelle können wir durchkriechen", er nahm einen Stock und drückte einen stacheligen Zweig zur Seite, so dass Marie vor ihm hindurchschlüpfen konnte ohne hängen zu bleiben. Ihm selbst machten die Dornen nichts aus.

„Großmutters Hütte", Marie schlug begeistert die Hände vor den Mund, „mitten in einem Zaubergarten. Aber wo ist dieser Baum mit den magischen Birnen?"

„Der da drüben, der so eingewachsen ist. Stell dir vor, er trägt jedes Jahr nur genau sieben Birnen. Niemals mehr. Er soll schon hundert Jahre alt sein, hat Großmutter mir erzählt. Es ist ein Wunschbaum." Johann nickte zur Bestätigung eifrig mit dem Kopf.

„Das ist ein Wunschbaum? Und schon hundert Jahre alt?"

„Großmutter hat erzählt, dass die Leute ganz früher hergekommen sind, um sich etwas zu wünschen. Sieben Birnen, sieben Wünsche. Aber für jeden nur ein Wunsch. Irgendwann ist dann diese dichte Hecke um den Baum rum gewachsen und sie haben ihn wohl vergessen."

„Aber warum hat Großmutter das für sich behalten?"

„Sie hat gesagt, dass es viel Streit gab, weil manche Leute alle sieben Birnen nur für sich wollten. Darum hat sie nichts verraten."

„Und sonst wusste keiner mehr davon?"

„Der alte Krüger hat mal davon erzählt. Aber so richtig was wusste er auch nicht."

„Hat der damals schon gelebt? Ich meine, als die Leute sich noch was gewünscht haben?"

„Nein, glaube ich nicht. Aber der ist trotzdem ganz schön schlau."

Fasziniert schaute Marie zu dem knorrigen Baum. „Johann, ob wir uns etwas wünschen dürfen?"

„Bestimmt, Mariken. Aber wir müssen warten, bis Birnen dran sind."

„Darf ich den Baum zeichnen?"

Johann kicherte. „Na, wenn der dann genauso aussieht, wie der andere. Hauptsache, er ist dann nicht beleidigt und kriegt nie wieder Birnen."

Marie hörte mit erhobener Nase über seine Häme hinweg. Sie setzte sich im Schneidersitz neben ihn, währenddessen er mit einem Grashalm im Mund auf dem Rücken lag und in den Himmel starrte.

„Immer, wenn ich hier bin, dann denke ich, dass Mutter und Großmutter hier bei mir sind." Verlegen blickte er zur Seite. Dass sie ihn nur nicht auslachte.

Aber Marie lachte ihn nicht aus. Ganz ernsthaft nickte sie. „Das ist so ein schöner Ort. Ja, Johann, genau hier müssen sie sein!"

Sie sprang auf und drehte sich lachend im Kreis. „Oh Johann, darf ich mal wieder mit dir herkommen?"

Johann nickte. „Na klar. Das ist jetzt unser Geheimnis." Umständlich fingerte er an seinen Schnürsenkeln herum. „Du, Mariken …" Er wagte nicht, sie anzusehen.

„Ja, Johann?"

„Willst du mich heiraten, wenn wir groß sind? Dann baue ich dir ein ganz schönes Haus. Genau hier hin."

„Oh ja, Johann, das will ich. Das schwöre ich beim heiligen Geist des Baumes und den sieben magischen Birnen."

Kapitel 9

„Ich hab' sie gesehen!" Mit glänzenden Augen strahlte Gustav Lange seinen Sohn an, als der die Stube betrat. „Drüben, bei Emilia."

Christian ließ sich müde in den Sessel fallen. „Wer war bei Emilia?" Er hatte nur mit einem Ohr hingehört. Viel mehr interessierte ihn das Ploppen, das der Verschluss der Bierflasche beim Öffnen von sich gab. Er trank das Bier aus, ohne einmal abzusetzen. „Oh Mann", er schloss für einen Moment die Augen, „genau das habe ich jetzt gebraucht."

Sein Vater schaute missbilligend zu ihm rüber. „Wer! Wer! Na, wer schon. Sophia natürlich." Aufgeregt nickte er dabei. „Du musst mir morgen meinen guten Anzug rauslegen, damit ich sie besuchen kann."

„Sophia? Papa, Sophia ist tot. Seit fast fünfzig Jahren. Und soviel ich weiß, ist sie das immer noch."

Der Alte schien den Sarkasmus in Christians Worten nicht wahrzunehmen. „Wenn ich es dir doch sage", wie zur Bestätigung hob er den Zeigefinger in die Höhe, „ich hab' sie gesehen."

Christian rieb sich die Augen. Schon wieder so eine verrückte Idee. Was würde noch alles kommen? Er beugte sich zu seinem Vater vor. „Lass gut sein, hast dich bestimmt verguckt. Komm, du musst jetzt ins Bett."

„Du sollst mich nicht immer bemussen." Ärgerlich schlug sein Vater mit seinem Stock auf den Boden. „Ich will noch nicht ins Bett." Er drehte beleidigt den Kopf zur Seite. „Und ich habe sie doch gesehen."

Eine Weile schwieg er beharrlich. Doch dann schaute er ruckartig wieder zu Christian rüber. „Und Hugo, die alte Ratte, hat mir schon wieder seine Killerbienen auf den Hals gehetzt. Du musst endlich ein Machtwort mit ihm reden."

„Das sind Honigbienen. Die tun keiner Menschenseele was. Im Gegenteil. Was denkst du, wo dein Frühstückshonig herkommt. Abgesehen davon sind die Bienen noch in den Kästen. Ist noch zu kalt."

„Wenn ich's dir doch sage."

Christian hatte absolut keine Lust mehr, sich mit den Spinnereien seines Vaters zu beschäftigen. Es war ein langer Tag und ihm tat jeder Knochen weh. Aber noch mehr schmerzte es ihn, seinen Vater oft so hilflos zu sehen. Was war von dem einst so starken, selbstbewussten Mann geblieben?

Sein Vater hatte ihn zu dem gemacht, was er heute war, ein Mann, der mit beiden Beinen im Leben stand, der wusste, worauf es ankam, auf den Verlass war. Ihm jetzt im Alter zur Seite zu stehen, war nur recht und billig. Also, einmal tief durchatmen! „Wie kommst du darauf, dass es Sophia war?“

„Wie ich darauf komme?“ Die Augen des Alten glänzten fiebrig. „Na, erkannt hab’ ich sie. Hat sich kein bisschen verändert. Ist noch genauso hübsch wie damals.“

Christian drehte seinen Kopf hin und her und massierte dabei sein verspanntes Genick. „Ihr wart beide im selben Alter. Sie wäre also fast neunzig. Da sollte sie sich durchaus verändert haben, wenn sie noch leben würde.“

Es tat ihm weh, aber er musste es seinem Vater so deutlich sagen. Er konnte und wollte ihm einfach nicht zugestehen, schon ganz in seine Fantasiewelt abzugleiten. Und bisher gelang es auch fast immer, ihn ins Hier und Heute zurückzuholen.

Gustav zuckte zusammen, als würde er aus einem Traum erwachen. Er schaute seinen Sohn mit traurigen Augen an. Verzweiflung grub sich in sein faltiges Gesicht und er sackte merklich in sich zusammen.

„Ja“, sagte er mit zittriger Stimme und erhob sich schwerfällig, „natürlich, du hast recht. Wo war ich nur mit meinen Gedanken. Ich geh’ dann mal schlafen.“

Christian stand auf und legte behutsam seinen Arm um ihn. „Na komm, ich helfe dir.“

Wenig später saß Christian wieder im Sessel und streckte die Beine weit von sich. Nachdenklich ließ er den Whisky im Glas kreisen. Die Aussetzer kamen immer öfter. Zunehmend vergaß sein Vater auf Spaziergängen den Weg nach Haus oder fühlte sich von allem und jedem beobachtet und verfolgt. Neuerdings totterte er ständig mit seiner Frau herum, obwohl die bereits seit sieben Jahren tot war. Und die fast ein Leben lang anhaltenden Streitereien zwischen ihm und Nachbar Hugo mündeten plötzlich in Killerbienenangriffen.

Heute hatte er also Sophia gesehen.

Christian wusste, dass es mal eine Frau dieses Namens gab, auch, dass sie bei Lisi nebenan ein- und ausgegangen war. Er hatte sie selbst nie kennengelernt. Sie war gestorben, als er noch ziemlich klein war. An die Kommentare seiner Mutter erinnerte er sich dafür umso besser. Er hörte sie noch heute auf die rothaarige Hexe schimpfen. Anscheinend war da mal was zwischen seinem Vater und dieser Sophia gewesen, was seine Mutter bis an ihr Lebensende nicht losgelassen hatte. Und wie es schien, seinen Vater ebenso wenig.

Langsam ließ Christian den Whisky die Kehle hinunterlaufen.

Diese Tussi, die ihn bei Emilia im Garten so angezickt hatte, sollte sein Vater die etwa für Sophia halten? Christian griff nach der Whiskyflasche, die neben seinem Sessel am Boden stand und goss sich noch einmal großzügig nach.

Emilia hatte angedeutet, dass Lisi das Haus einer Fremden, wer immer sie sein mochte, vermacht hätte. Warum ausgerechnet der, konnte oder wollte sie nicht sagen. So richtig glücklich darüber schien sie nicht zu sein, aber es war nun mal Lisis Haus und sie hatte sich mit deren Entscheidung abzufinden. Die Frau Gräfin. Christian grinste in sich hinein. All ihr vornehmes Getue hat ihr nichts genutzt, das Haus gehörte nun einer anderen.

Der Whisky brachte die erhoffte Wirkung. Er breitete sich wohlig in Christians Körper aus und die Augenlider wurden schwer. Er versuchte, sich an die Frau im Garten zu erinnern. Hatte sie rote Haare? Keine Ahnung. Es war einfach zu dunkel. Aber ihre Kurven, die hatte er trotz ihrer weiten Klamotten erkennen können. Dafür reichte das Licht. Die war also die neue Eigentümerin.

Wie mochte die wohl an das Haus gekommen sein? Ihr überhebliches Auftreten passte auf jeden Fall schon mal zu Emilia. Da hatten sich zwei gesucht und gefunden, vorausgesetzt, sie schlugen sich nicht vorher gegenseitig die Köpfe ein. Ihm sollte es egal sein. Er machte nur seinen Job. Vielleicht wollte die Dame ihren Garten ja künftig allein bewirtschaften. Wäre ihm auch recht.

Aber wenn sein Vater in ihr seine verlorene Liebe zu sehen glaubte, na, das konnte noch lustig werden.

Emilia schaute Nell streng an. „Was dachtest du denn, wer den Garten in Ordnung hält? Ich doch wohl nicht mehr.“

Nell war gerade noch ganz benommen von dem Telefonat mit ihrer Mutter. In den schillerndsten Farben hatte sie ihr von den Erlebnissen der letzten Zeit berichtet, von der großen Überraschung und wie glücklich sie war und hatte gehofft, dass ihre Mutter sich vielleicht doch ein ganz kleines bisschen mit ihr freuen könnte. Dennoch war sie auf das Schlimmste vorbereitet gewesen, darauf, dass ihre Mutter voll Unverständnis reagieren, schimpfen oder gar weinen würde, nur nicht, dass sie nichts dergleichen täte.

„Das musste so kommen“, hatte ihre Mutter nur leise gesagt. „Ich hätte es wissen müssen.“ Und dann hatte sie noch hinzugefügt: „Ich wünsche dir, dass du glücklicher wirst in Prerow, als ich es war.“

Noch bevor Nell irgendetwas erwidern konnte, hatte ihre Mutter aufgelegt. Nell war also genauso schlau wie vorher.

Traurig hatte sie minutenlang auf das Telefon in ihrer Hand gestarrt, unfähig, sich zu rühren. Welche Wunden trug ihre Mutter mit sich herum? Warum sprach sie nicht mit ihr darüber?

Und jetzt hatte sie auch noch diesen Gärtner an der Backe. Unter Emilias stechendem Blick zog sie eingeschüchtert den Kopf ein. „Nein, natürlich nicht. Tut mir leid, ich wusste ja nicht …“

„Schon gut. Schon gut. Er wird’s verkraften.“

Nell schaute bedrückt zu Boden. Nur weil einer hart im Nehmen war bedeute noch lange nicht, dass es ihm nicht zu schaffen machte.

„Er wird jetzt doch nicht beleidigt sein? Oder gar …“

Allein die Vorstellung, mit diesem großen Garten, all den Blumen und Gemüsebeeten allein dazustehen, bereitete Nell Übelkeit. Ein Gartengen war ihr so gar nicht in die Wiege gelegt worden.

Emilia winkte ab. „Unfug! Der Mann steckt das weg. Aber in Zukunft solltest du vielleicht etwas freundlicher zu ihm sein.“

„Oh ja, das sollte ich auf jeden Fall.“ Und wie sie das sein würde. „Ist er hier aus Prerow“

„Christian ist der Sohn vom alten Lange nebenan.“

„Der mit den Hühnern?“

„Und dem verrückten Hahn. Kräht den ganzen Tag, das garstige Vieh. Wenn ich könnte, hätte ich ihm längst den Hals umgedreht."

Nell staunte. Ein derartiger Gefühlsausbruch passte so gar nicht zu der Emilia, die sie bis jetzt erlebt hatte.

„Darüber hinaus habe ich mich schon mehrmals mit ihm angelegt, weil er wiederholt den Mist von seinen Karnickeln am Zaun entlang verteilt, genau unter unserem Fenster", fuhr Emilia nun in dem ihr normalerweise üblichen gesetzten Ton fort und führte dabei mit abgespreiztem kleinen Finger ihre Teetasse an den Mund. „Aber das interessiert den alten Sturkopf überhaupt nicht. Das muss ich wohl mal mit Christian besprechen."

„Den alten Mann habe ich schon gesehen. Da schob er mit einem Einkaufswagen die Straße lang und brabbelte immerzu vor sich hin. Ist er …", Nell zögerte einen Moment, „ich meine, ist er nicht mehr ganz richtig im Kopf?"

„Das war er noch nie", erwiderte Emilia lax.

„Das ist ja schrecklich."

„Schrecklich? Jeder vernünftige Mensch wird diejenigen beneiden, die ihr Gedächtnis verlieren, wenn es auf das Ende zugeht."

Einen Moment lang starrte Nell Emilia verständnislos an. Doch dann nickte sie. Der Abschied vom Leben mochte für manch einen tatsächlich leichter sein, wenn er nicht so viele Erinnerungen mit sich herumtrug. Andererseits musste es doch ein gutes Gefühl sein, mit der Gewissheit zu gehen, ein erfülltes Leben gelebt zu haben?

Sie schob den Gedanken von sich. Sie wollte nicht über den Tod nachdenken. Nicht jetzt und nicht hier.

„Hat er keine Frau mehr?"

„Er ist Witwer. Seine Frau war ein Drachen."

Nell lachte. So war das eben auf dem Dorf. Jeder kannte jeden und jeder bekam auf irgendeine Weise sein Fett ab. „Der arme Mann."

Wieder winkte Emilia ab. „Keine Sorge, er wusste sich zu helfen."

Nell glaubte für einen kurzen Moment ein wehmütiges Lächeln auf Emilias Gesicht zu sehen, das genauso schnell wieder verschwand. Hatte der Nachbar sich womöglich anderweitig trösten lassen? Vielleicht von Lisi oder gar von Emilia selbst?

„Das ist Ewigkeiten her“, sagte Emilia, als hätte sie Nells Gedanken gelesen, „wir sind ja heute alle nicht mehr taufrisch.“

Ihr schien aufzugehen, dass *alle* inzwischen ja nur noch sie, der alte Nachbar und sehr wenige andere waren. „Also, er und ich“, fügte sie leise hinzu.

Nell tat, als hätte sie das nicht gehört. Was sollte sie auch dazu sagen? In Emilias Alter konnte jeder Tag der letzte sein. Das Ende so dicht vor Augen zu haben, zu sehen, wie einer nach dem anderen um einen herum wegstarb, stellte Nell sich schrecklich vor. Wenngleich sie durch ihre Arbeit vertraut war mit dem Thema Tod, für sich und die Menschen, die ihr persönlich nahestanden, lehnte sie es strikt ab, darüber nachzudenken.

„Sein Sohn, also dieser Christian, meine ich, hat auch immer hier gelebt?“, wechselte sie schnell das Thema.

„Nein, nein. Er ist erst seit ein paar Jahren zurück. Hat sich in der ganzen Welt rumgetrieben und Brücken gebaut. Oder Tunnel?“ Gleichgültig zuckte sie mit den Schultern. „Egal. Als Gustav anfing, alles durcheinander zu bringen, hat er das aufgegeben und ist zurückgekommen.“

„Und gärtnert“, schlussfolgerte Nell.

„Nicht nur. Er erledigt alles, was getan werden muss.“

„Hat er keine Familie?“

„Nein.“ Emilia musterte Nell spöttisch. „Das scheint bei euch jungen Leuten heutzutage ja wohl der Normalzustand zu sein. Oder?“

Nell musste sich ein Grinsen verkneifen. Wie relativ Zeit doch war. Während Emilia sie kaum für erwachsen hielt, hatten die jungen Schwestern im Krankenhaus sie immer wie eine uralte Frau behandelt.

Emilia betrachtete Nell derweil mit zusammengekniffenen Lippen. Schon wahr, das Mädchen war unverheiratet, aber in ihrem eigenen Leben hatte es doch auch nie eine Familie gegeben. Der einzige Mann, den sie je geliebt hatte, war vergeben und wollte sie nicht. Also blieb sie allein. Vielleicht ging es Nell genauso und Elisabeth war die einzige Familie, die sie beide hatten.

„Gustav hat mal von einer Schwiegertochter gesprochen. Nicht sehr freundlich, wenn ich mich recht erinnere.“ Emilia nahm einen Schluck aus ihrer Tasse und verzog angewidert den Mund. Der Tee war inzwischen kalt geworden. „War nie hier, die feine Dame. Das Dorfleben war wohl nichts für sie. Es gibt einen Sohn, aber gesehen habe ich den hier auch nie."

Nell schaute nachdenklich vor sich hin. So ganz Unrecht hatte Emilia sicher nicht. Früher waren die Menschen miteinander alt geworden. Bis dass der Tod euch scheide. Das gab es heute doch kaum noch. Ein Blick auf ihre eigenen gescheiterten Beziehungen spiegelte genau das wider. Keine Kompromisse, keine Zugeständnisse, der gepackte Koffer immer hinter der Tür. Welches der bessere Weg war, wusste Nell nicht zu sagen. Sich in einer Partnerschaft je wieder selbst aufgeben? Das kam nicht noch einmal in Frage. Trotzdem, ob sie es wollte oder nicht, ganz tief drinnen in ihr blieb die Sehnsucht nach dem Einen, dem Richtigen, nach einer Familie. Aber das hatte sie verpasst. Aus. Vorbei. Zu spät.

„Du solltest gleich damit anfangen", riss Emilia sie aus ihren Gedanken.

„Anfangen? Womit?"

„Ich denke, du solltest ihm ein Bier bringen."

„Wem?"

„Nell, ich bitte dich! Über wen haben wir denn gerade gesprochen. Christian natürlich."

„Sie meinen", Nell schüttelte den Kopf, „nein, nein, ich glaube, das ist keine gute Idee."

Sie sah sein grimmiges Gesicht vor sich. Falsch, revidierte sie sich, sie hatte sein Gesicht ja kaum erkennen können unter der Hutkrempe. Sie glaubte nur, sich an einen Bart erinnern zu können. Oder meinte sie nur, er hätte einen Bart gehabt? Auf jeden Fall wirkte er ziemlich finster und war zudem maßlos überheblich. Und wie er sie angestarrt hatte, regelrecht taxiert hatte er sie. Sie wollte diesem Mann nicht schon wieder begegnen.

Doch Emilia ließ ihr keine Wahl. „Bier ist im Kühlschrank. Na los, geh schon!"

„Aber …"

„Kein Aber. Los jetzt!"

Widerstrebend stand Nell auf, holte eine Flasche und trat vor die Tür. Sie schaute sich halbherzig um. Niemand zu sehen.

„Er ist nicht da." Erleichtert kehrte sie in die Veranda zurück.

Emilia sah sie tadelnd an. „Natürlich ist er da. Hinten, in der Ecke, beim Wunschbaum."

Im selben Moment schreckte sie zusammen. Das hatte sie nicht sagen wollen.

Doch Nell horchte sofort auf. „Ein Wunschbaum?"

Emilia kniff erneut die Lippen zusammen. Dieser unsinnige Baum. Wie konnte ihr das nur rausrutschen.

„Geh schon", versuchte sie abzuwiegeln und wedelte ungeduldig mit den Händen, als wollte sie Nell hinaustreiben.

Aber die schaute sie fasziniert an. „Ein Wunschbaum? Das klingt ja spannend. Was hat es mit diesem Baum auf sich?" Sie machte keine Anstalten, die Veranda zu verlassen.

Emilia stöhnte genervt auf. War ja klar, dass die Göre jetzt keine Ruhe mehr geben würde

„Er soll uralt sein", knurrte sie widerwillig. „Angeblich kamen die Leute schon anno dazumal hierher, um sich von dem Baum irgendwelche Wünsche erfüllen zu lassen. Weiß der Himmel, welche Flausen sie im Kopf hatten."

Damit war das Thema für sie erledigt. Demonstrativ drehte sie sich zur Seite.

Nell dachte gar nicht daran lockerzulassen. Das ein sogenannter Wunschbaum die sonst so unterkühlte, distanzierte Emilia dermaßen aus dem Konzept bringen konnte, weckte ihre Neugier umso mehr.

„Und? Haben sich die Wünsche der Leute erfüllt", fragte sie und sah Emilia fasziniert an. Mittlerweile wunderte sie in diesem Haus gar nichts mehr.

„Wie soll ich das wissen", antwortete Emilia barsch. „So steht es in der Hauschronik. Mehr weiß ich auch nicht."

„Haben Sie sich nie etwas gewünscht?"

Emilias Miene verwandelte sich in Stein. Warum hatte sie überhaupt davon angefangen. Ihre Wünsche gingen Nell nun schon mal gar nichts an.

„Jetzt geh endlich", sagte sie grob. „Und sag ihm, dass er sich morgen unbedingt um die Tomatensetzlinge kümmern muss."

Nell gab sich geschlagen. Fröstelnd zog sie ihre Jacke enger um sich, als sie erneut die Stufen in den Garten hinabstieg. Ein Wunschbaum! Noch so etwas Wunderliches. War denn in diesem Haus und drumherum gar nichts normal? Und wie Emilia sich um eine Antwort gedrückt hatte. Nell hatte den Eindruck, dass sie sich sehr wohl etwas gewünscht hatte. Aber allem Anschein nach vergebens. Sonst hätte sie bestimmt anders reagiert.

Zögerlich ging sie auf die Ecke des Grundstückes zu, in die Emilia gezeigt hatte. Ein wenig seltsam fühlte sie sich doch, als sie näherkam und stehenblieb. Ah, jetzt konnte sie ihn sehen. Dieser knorrige alte Birnenbaum dort, der sollte ein Wunschbaum sein? Komisch, der war ihr vorher noch gar nicht aufgefallen.

Ein Wunschbaum. Nell schüttelte den Kopf. Was für ein Unfug. Wie konnte sie sich auch nur einen Augenblick lang irreführen lassen.

Abrupt blieb sie stehen. Da war noch etwas. Was hatte Emilia gesagt? Sie hatte von dem Wunschbaum gesprochen und von … Krampfhaft versuchte sie sich das Gespräch ins Gedächtnis zurückzurufen. Es war etwas Wichtiges. Wie konnte sie das nur überhören. Ungeduldig schnippte sie mit den Fingern, bekam den Gedanken aber nicht mehr zu fassen.

Nachdenklich ging sie ein paar Schritte weiter. Es würde ihr wieder einfallen. Später. Erinnerung ließ sich nicht erzwingen.

Vom Stamm des Baumes war kaum etwas zu sehen. Stacheliger Ilex und anderes Gewächs bildet regelrecht eine dichte Hecke um den Baum herum, als wollten sie ihn vor jeglichem Eindringling bewahren. Nur seine Krone ragte hervor, die bestimmt schon bald voller Blüten die Bienen anlocken würde.

Noch bevor sie den Gärtner sehen konnte, hörte sie ihn bereits fluchen. Der Prinz war wohl in Dornröschens Dornenhecke hängengeblieben.

„Hallo“, rief Nell halbherzig, „Herr Lange?“

Keine Reaktion. Sie sah, dass die Hecke auf der einen Seite bereits durchlässig war und trat näher.

Der Gärtner stand mit dem Rücken zu ihr und war dabei, einen Stubben auszugraben, der sich anscheinend mit aller Macht widersetzte.

„Verfluchtes Scheißding, nun beweg dich schon!“ Wütend stieß er den Spaten wieder und wieder in den Boden.

„Herr Lange?“

Der Mann richtete sich auf und fuhr sich mit dem Unterarm über die Stirn, während er sich zu ihr umdrehte. „Ah, die gnädige Frau.“

Nell registrierte, dass seine Stimme heute etwas weniger rau klang, aber immer noch sehr, nun ja, männlich. Hut und Jacke hatte er achtlos in die

Ecke geschmissen und die Ärmel seines karierten Hemdes, das ihm durchgeschwitzt am Körper klebte, hochgekrempelt. Er wischte sich die Hände an der Hose ab, lehnte sich lässig an den Stamm des Baumes und grinste sie herausfordernd an.

Unwillkürlich drängte sich ihr der Eindruck auf, dass Mann und Baum zu einer Einheit zu verschmelzen schienen. Ein Mann wie ein Baum.

„Ich bin …"

„Ich weiß, ich weiß. Sie sind die neue Eigentümerin."

„… gekommen, um Ihnen ein Bier zu bringen", vervollständigte Nell ärgerlich ihren Satz und reichte ihm die Flasche. „Außerdem lässt Emilia ausrichten, Sie sollen morgen …"

„Ich soll?"

In Nell stieg die Wut hoch. Konnte der Kerl sie nicht einmal ausreden lassen?

Sie stemmte die Hände in die Hüften und musterte ihn von oben herab. „Oh, der Herr ist empfindlich. Also, Emilia lässt Sie freundlichst bitten, morgen nach den Tomatenpflanzen im Gewächshaus zu sehen. Besser so?"

Christian nickte wohlwollend und deutete eine leichte Verbeugung an. „Viel besser. Aber richten Sie der Frau Gräfin aus, dass ich morgen keine Zeit habe."

Nell stutzte. „Frau Gräfin?"

„Sagen Sie bloß, der Gedanke wäre Ihnen nicht auch schon gekommen."

Oh ja, dieser Gedanke war ihr absolut nicht fremd. Dennoch verkniff sie sich eine Bemerkung und sah stattdessen verwundert dabei zu, wie Christian die Flasche mit dem Spatenblatt öffnete. So ging das also auch. Eine Sekunde lang tauchte das Bild von Harald vor ihr auf, der dafür einen vergoldeten Flaschenöffner verwendete. Ob er das auch konnte? Mit einem Spaten? Wusste er überhaupt, was ein Spaten war?

Sie spürte Christians Blick an sich heruntergleiten, was sie augenblicklich in die Gegenwart zurückholte. Fahrig versuchte sie, die widerspenstige, weiße Haarsträhne, die ihr immer wieder ins Gesicht sprang, zurückzustecken und gleichzeitig ihre Jacke zusammenzuhalten. Was fiel dem Kerl ein, sie schon wieder so unverschämt anzustarren.

Sie ging in Abwehrhaltung. „Was heißt überhaupt, morgen können Sie nicht", rutschte es ihr schärfer heraus, als sie eigentlich beabsichtigt hatte.

Wenn der Mann sich nebenberuflich um den Garten kümmerte, dann hatte er sicher auch noch anderes zu tun. Trotzdem, Vertrag war Vertrag. Es gab doch einen Vertrag?

Christian musterte sie weiter ungeniert. „Vielleicht verraten Sie mir erst einmal Ihren Namen? Sie haben doch einen Namen?“

„Einen Namen?“ Verwirrt schüttelte sie den Kopf. „Ja, natürlich. Entschuldigen Sie, ich heiße Nell Vahlberg und bin …“

„Die neue Eigentümerin dieses Hauses.“

„Jetzt hören Sie doch mal auf! Ich bin neu in Prerow, wollte ich sagen.“

„Was für eine Überraschung.“

Nell blitzte ihn böse an. Was für ein arroganter Arsch! Aber eben ein arroganter Gärtnerarsch, den sie um keinen Preis vergraulen durfte. Zumindest nicht, bis sie gegebenenfalls Ersatz gefunden hätte.

Also quälte sie sich ein versöhnliches Lächeln ab. „Wann, denken Sie, können Sie wieder?“

Er zog belustigt die Augenbrauen hoch. „Wann ich kann? Wann immer Sie wollen.“

Am liebsten hätte Nell mit dem Fuß aufgestampft. Konnte man mit dem Mann nicht ein vernünftiges Wort wechseln.

„Na gut. Ich werde Emilia Bescheid sagen, dass Sie zwar können, wann immer wir wollen, aber morgen eben nicht können wollen.“

Ohne ihn noch eines Blickes zu würdigen drehte sie sich um und ging zurück Richtung Haus. Ha, das war ihr doch gut eingefallen. Wenn er glaubte, dass nur er mit Worten spielen konnte, das konnte sie auch.

„Dann bis übermorgen, Nell“, rief Christian ihr amüsiert hinterher.

Nell tat, als hätte sie ihn nicht gehört. In Zukunft würde sie es Emilia überlassen, alles Notwendige mit ihm zu besprechen. Bei ihr würde er sich solche Frechheiten nicht erlauben.

Christian schaute ihr nach, bis sie im Haus verschwunden war. Die hatte noch mehr Stacheldraht auf den Zähnen als die Alte, aber ein Feuer, Mann oh Mann. Also, wenn Vaters Sophia ihr wirklich so ähnlich gewesen war, dann konnte er ihn durchaus verstehen. So jemanden vergisst man nicht. Aber warum, um alles in der Welt, versteckte sie ihren Körper in solchen unförmigen schwarzen Klamotten? Allerdings kamen ihre Augen dadurch noch mehr zur Geltung. Wie sie ihn angeblitzt hatte. Und dann die roten Haare. Diese Frau konnte einen Mann schon verrückt machen.

Missmutig trat Christian gegen den widerspenstigen Stubben. Nur mit dem Spaten würde er ihm nicht beikommen. Das bedurfte stärkerer Geschütze. Das würde sein Truck übermorgen erledigen. Genug für heute.

Liebevoll klopfte er gegen den Stamm des alten Birnenbaumes, wie man einem Kumpel auf die Schulter schlug. „Keine Sorge, alter Freund, das wird schon. Kriegst bald wieder Luft." Er ließ seine Hand zärtlich über die Rinde wandern.

„He, führst du Selbstgespräche?" Ein lang aufgeschossener Mann sprang mit einem Satz über den Gartenzaun und begutachtete kritisch Christians Arbeit. „Was 'ne Rackerei. Brauchst du Hilfe?"

„Hallo Georg", Christian reichte seinem Freund die Hand. Er schaute zur Straße, wo Georg sein Motorrad aufgebockt hatte. „Deinen Pick Up hätte ich gerade brauchen können, um den Stubben hier rauszuziehen. Meiner ist noch in der Werkstatt. Nur mit Axt und Spaten geht's nicht."

„Geht nicht, gibt's nicht. Es sei denn, du willst einen Fingerhandschuh über einen Fausthandschuh ziehen", belehrte Georg ihn vergnügt. „Was wird das hier, wenn es fertig ist?"

Christian zuckte gleichmütig mit den Schultern. „Frau Gräfin befielt, Christian macht. Sie will alles wieder so haben, wie es früher mal war. Alte Geister in neue Hände, oder so ähnlich."

„In neue Hände?"

„Ach, hat sich das noch nicht rumgesprochen? Lisi hat das Haus nicht etwa Emilia vererbt, sondern einer Frau, die sie sonst woher kannte. Warum auch immer, es gibt eine neue Herrin."

„Das ist ja ein Ding. Jetzt verstehe ich auch, was Thilo neulich meinte, als er von einer heißen Braut faselte, die er hier gesehen hat."

Christians Miene verfinsterte sich. „Der sollte sich lieber um seine Frau kümmern."

Georg grinste Christian an. „Ist sie wirklich so heiß?"

„Lass das mal nicht deine Irene hören. Die bläst gleich zum Sturm." Christian lachte rau. „Heiß? Nee. Na ja. Weiß nicht. Rote Haare hat sie und zickig ist sie."

„Zickig? Das verstehe ich ja nun überhaupt nicht, wo du immer so freundlich und charmant bist." Georg bog sich vor Lachen. „Rote Haare? So jung?"

„Jung? Hm, nee, nicht wirklich." Christian überlegte. Die roten Haare und die aufregenden Augen ließen sie unheimlich jung wirken, aber eigentlich, nein, sie war weiß Gott kein junger Hüpfer mehr. Und plötzlich fiel ihm die weiße Strähne ein, die sie sich immer wieder aus dem Gesicht gestrichen hatte, auf eine irgendwie so reizvolle Art, die ihr selbst gar nicht bewusst zu sein schien. „Vierzig oder fünfzig?" Er vermied es seinen Freund anzusehen und trat stattdessen ärgerlich gegen den Stubben. Er wollte nicht über die Frau reden. „Gibt es was Neues über diese ominösen Knochen?"

Georg sah ihn prüfend an. „Sie gefällt dir!" Wie ein Professor nickte er bestätigend mit dem Kopf. „Du weißt, was man sagt. Wenn du anfängst über eine Frau nachzudenken, dann hat sie dich schon an der Angel."

„Quatsch! Sie ist eine Ziege."

„Ist sie allein oder mit Familie hier?"

„Mann, du stellst Fragen. Ich bin ihr erst einmal kurz begegnet. Ich habe keine Ahnung, wer sie ist. Ist mir auch egal."

Georg schmunzelte. „Ja, ja, schon klar." Skeptisch umrundete er den Stubben und wiegte bedenklich den Kopf. „Das Skelett war das einzige. Die haben alles umgeackert, aber sonst nichts gefunden. In der Zeitung steht heute, dass es an die 140 Jahre alt sein soll, weiblich, mit eingeschlagenem Schädel. Die waren damals schon nicht zimperlich, wie es scheint." Er trat ebenfalls gegen das Monstrum aus Holz. „Was ist, soll ich den Wagen holen?"

Christian schaute auf die Uhr. „Nee, lass mal. Für heute reicht's. Ich muss rüber, nach meinem Alten sehen." Er sammelte sein Werkzeug zusammen, packte es in den alten Schuppen und verschloss sorgfältig die Tür. Dann griff er nach seiner Jacke und dem Hut. „Er hat in der Frau übrigens seine Liebste von anno dazumal wiedererkannt."

Georg lachte laut auf. „Er hat was?" Doch dann runzelte er die Stirn. „So schlimm ist es schon?"

Christian winkte ab. „Geht immer noch. Blöd nur, wenn er losläuft und nicht wieder nach Hause findet. Diese Frau“, er zögerte einen Moment, „es gab da mal eine Rothaarige. Ist aber ewig her.“

„Scheiße. Wenn du so alt bist, dass das Langzeitgedächtnis so weit zurück reicht, dann bist du schon ganz schön am Arsch. Kanntest du diese Traumfrau noch?“

„Nee, ist wohl ziemlich jung gestorben.“

„Was ist mit der Gräfin? Die müsste doch etwa derselbe Jahrgang sein.“

Christian schüttelte mürrisch den Kopf. „Lass mal gut sein. Nur nicht dran rühren.“

Kapitel 10

Die Wohnungstür fiel krachend ins Schloss und Marlene zuckte zusammen. Panisch schaute sie sich noch einmal um. Alles schien in Ordnung, jedes Stück lag an seinem Platz, kein Staubkörnchen war zu sehen, der Tisch fertig gedeckt. Ihre Wohnung sah aus, als wäre sie einem Katalog entsprungen, mit der Aura des Unbenutzten. Genau, wie Thilo es wollte. Und doch bestimmte einzig und allein Angst den Augenblick. Wie jeden Tag. Sie wusste, er würde hereinkommen, seinen gnadenlosen Blick durch den ganzen Raum wandern lassen und wehe, wehe ihr, ihm würde nur ein einziges Detail missfallen. Fröstelnd strich sie über ihre Arme, die mit blauen Flecken übersät waren. Sie hatte das Telefon nicht in die Ladeschale zurückgesteckt. Es war nur das Telefon, das ihr zum Verhängnis wurde.

Doch heute war alles anders. Er kam herein und hauchte ihr einen Kuss auf den Scheitel, ohne sich auch nur einmal umzuschauen. Ein teuflisches Grinsen in seinem Gesicht machte Marlene fast noch mehr Angst als seine Wutanfälle. Aufs Äußerste angespannt, nur darauf wartend, dass es gleich wie immer sein würde, er etwas entdeckte, was den Zorn in ihm hochkochen ließ, wagte sie kaum zu atmen.

Er ließ sich in den gegenüberstehenden Sessel fallen, nickte zum Zeichen, dass sie ihm Kaffee einschenken sollte, wortlos auf seine Tasse und strich sich zufrieden über seinen Bauch.

Gefangen in Angststarre lauschte Marlene jeder seiner Bewegungen. Zu schlimm waren die Erinnerungen an den gestrigen Abend. Abscheu stieg in ihr auf, Abscheu gegen diese Hände, die oft so brutal zuschlugen oder andere schreckliche Dinge mit ihr machten, Abscheu gegen seinen runden Bauch, als hätte er einen Fußball verschluckt, den er wippend auf dünnen Beinchen durch die Gegend trug, wie eine Trophäe, die er stolz vor sich herschob. Aber am furchteinflößendsten waren seine Augen. Wenn er sie aus ihnen fixierte, sie wie eine Schlange anstarrte, nahezu hypnotisierte, ob aus Wut oder Gier, schien sie jedes Mal zu schrumpfen. Unfähig sich auch nur im Geringsten zu bewegen, geschweige denn zu wehren, war sie ihm auch hilflos ausgeliefert.

Und auf diesen Moment wartete sie angstvoll. Jeden Tag aufs Neue. Er war zu einem Ritual geworden, das zu ihrem Leben gehörte, aus dem es kein Entrinnen gab, zu dem sie bis in alle Ewigkeit verdammt war.

Doch diesmal galt sein Blick nicht ihr. Er war ganz mit sich selbst beschäftigt. Erregt rieb er sich die Hände.

„Jetzt kriege ich meine Story. Schluss mit Todesanzeigen. Seite eins lacht", stieß er triumphierend aus. Ein Lobgesang auf sich selbst, scheinbar ohne Marlenes Anwesenheit wirklich wahrzunehmen. Zufrieden lehnte er sich nach hinten und schloss für ein paar Sekunden die Augen.

Aus der Deckung ihres gebeugten Blickes heraus schielte Marlene zu ihm rüber. So hatte sie ihn schon lange nicht mehr erlebt. So ruhig, irgendwie fast glücklich. Wenn da nicht dieser böse Zug um seinen Mund wäre, der gar nichts Gutes verhieß.

„He, brauchst du eine extra Aufforderung? Kaffee!", fuhr er sie plötzlich an und riss sie grob aus ihren Gedanken.

Erschrocken zuckte sie zusammen und hätte fast die Kanne umgestoßen. Mit zitternden Händen goss sie erst ihm, dann sich selbst ein und schob ihm den Gebäckteller rüber.

Aufs höchste zufrieden mit sich nippte Thilo Wormann an seiner Tasse und griff nach einem Keks.

Marlene traute sich kaum, ihn anzusehen. Unsichtbar, am liebsten würde sie sich unsichtbar machen. Den Kopf zwischen die Schultern gezogen, voll Furcht, seine gute Stimmung könnte jeden Moment in einen neuen Anfall münden, verkrampften sich ihre Hände im Schoß.

„Mm, die Kekse sind diesmal besonders gut", nuschelte er mit vollem Mund. Wohlgefällig blickte er sich um. Alles war so, wie er es gernhatte. „Braves Mädchen. Geht doch."

Marlene wagte ein verschüchtertes Lächeln. Es war lange her, dass er so freundlich zu ihr war. Diese seltenen Momente waren es, die sie hier hielten. Für die sie lebte. Die ihr als Alibi dafür dienten zu bleiben. Vielleicht würde es eines Tages immer so sein? Vielleicht? Er musste etwas ganz Besonderes herausgefunden haben, das ihn so umgänglich stimmte. Wem wollte er an den Kragen? Was führte er im Schilde? Eine solche Genugtuung, wie sie ihm heute ins Gesicht geschrieben war, konnte nur bedeuten, dass er jemanden an den Pranger stellen, wenn nicht sogar in den

Abgrund stoßen wollte. Aber sie hatte nicht mehr die Kraft, sich um andere zu sorgen. Sie waren ihr egal. Alles war ihr egal. Wenn er sie nur nicht schlug.

Thilo stand auf und ließ sich zu ihrem Entsetzen neben sie auf die Couch fallen. „Hast du den Tee getrunken und deine Tabletten genommen?“ Er sah sie streng an.

Eingeschüchtert nickte Marlene mit dem Kopf. Irgendwann war Thilo damit angekommen und hatte gesagt, sie müsse die Tabletten in Zukunft nehmen, weil sie gut für sie wären. Nie würde sie sich trauen, sich Thilos Anweisungen zu widersetzen. Sie fühlte sich zunehmend schwach. Irgendetwas schien ihren Körper von innen her zu verzehren, regelrecht aufzufressen. Aber ohne die Tabletten wäre es vielleicht noch schlimmer.

„Willst du gar nicht wissen“, er hob ihr Kinn mit dem Zeigefinger hoch und sah sie durchdringend an, „was dein genialer Mann herausgefunden hat?“

„Doch! Doch, natürlich“, beeilte Marlene sich zu sagen. Seine Berührung löste ein Gefühl von Ekel und Panik bei ihr aus. Bitte, bitte nicht schon wieder! Die Erinnerung daran, wie er gerade gestern über sie hergefallen war, an die unermesslichen Schmerzen, als er von hinten in sie eindrang und zustieß, zustieß, zustieß, ließen sie erstarren.

Doch sie hatte Glück. Heute beschäftigten ihn andere Sachen. Er lehnte sich zurück und nickte selbstgefällig mit dem Kopf. „Stell dir vor, Pächers Köter hat am Strom ein menschliches Skelett aufgespürt. Ein Mordopfer. Und wenn sich meine Recherchen bestätigen, dann hat hier einer eine gewaltige Leiche im Keller. Was sag’ ich. Eine Leiche? Mehrere!“

Marlene schaute ihn erschrocken an.

Thilo Wormann tätschelte wohlwollend ihre Wange. „Alt. Uralt. Aber immerhin gut genug für einen Artikel auf Seite eins.“ Ein unheilverkündender Glanz lag in seinen Augen. Nachdenklich rieb er sein Kinn. Dann sprang er plötzlich auf, wie von einem Gedanken besessen, der keinen Aufschub duldete. „Ich muss noch mal weg“, sagte er, wie zu sich selbst und verließ ohne ein weiteres Wort den Raum.

Erst als Marlene die Wohnungstür klappen hörte, meinte sie, wieder atmen zu können.

Wie viele Jahre lebte sie nun schon so? Es gab Zeiten, in denen hatte sie darüber nachgedacht, ihn zu verlassen, ihn und seine rasenden Wutausbrüche einfach hinter sich zu lassen. Doch am Ende hatte sie sich in ihr Schicksal ergeben. Wo sollte sie hin, wo er sie nicht finden würde, um sie dann womöglich totzuschlagen? Genau das hatte er ihr angedroht, als sie sich ein einziges Mal getraut hatte, gegen ihn aufzulehnen. Und wie schon ihre Mutter erduldete sie also Tag für Tag Erniedrigungen, Beschimpfungen und Gewalt. Erst vom Vater, dann vom Ehemann. Das schien ihr Schicksal zu sein. Es war ihr in die Wiege gelegt.

In der Öffentlichkeit, bei den seltenen Gelegenheiten, in denen er sie irgendwohin mitnahm, gab er stets den aufmerksamen, liebevollen Ehemann, um den sie die anderen Frauen alle beneideten. Keine von ihnen ahnte, was sich hinter seiner Fassade und ihrer Haustür abspielte.

Marlene musste ihre Tasse mit beiden Händen festhalten, so sehr zitterte sie. Der Kaffee war inzwischen kalt geworden. Aber sie merkte es nicht einmal. Es war längst Normalität. Was hatte er gesagt? Ein Skelett? Im Strom? Ermordet?

Sie nahm sich einen Keks und knabberte gedankenversunken daran, als sie zusammenzuckte. Krümel auf dem Boden! Hektisch ließ sie sich auf die Knie fallen und sammelte jeden einzelnen sorgfältig auf.

Tagsüber, wenn Thilo auf Arbeit war, blieb ihr etwas Zeit für sich. Da er aber im Anzeigenbereich und somit auch öfter im Außendienst arbeitete, konnte es jederzeit geschehen, dass er unverhofft zu Hause auftauchte. Und dann musste sie da sein. War sie es mal nicht, musste sie sich hinterher minutiös rechtfertigen können, was ihr fast nie zu seiner vollkommenen Zufriedenheit gelang. Vorsichtig betastete sie die Stelle auf der Stirn, an der sie erst vorgestern sein überdimensionaler Siegelring getroffen hatte.

Früher war sie arbeiten gegangen. Sie war Altenpflegerin und es hatte sie glücklich gemacht, sich um die alten Menschen zu kümmern, ihnen bei den alltäglichen Handgriffen zu helfen und ihnen ein bisschen Gesellschaft zu leisten. Diese wenigen Minuten waren für viele von ihnen der Höhepunkt eines Tages und für sie selbst das wundervolle Gefühl, gebraucht zu werden. Doch zu oft musste sie sich krankmelden, weil Thilo sie grün und blau geschlagen hatte und sie sich so nicht in der Öffentlichkeit zeigen konnte.

Und durfte. Letztendlich entschied Thilo, dass sie zu Hause zu bleiben hätte.

Seitdem schwankte ihr Leben zwischen Einsamkeit, Nutzlosigkeit und Gewalt hin und her.

Sie hatte sich damals so sehr Kinder gewünscht. Wenigstens zwei oder drei. Kein Kind sollte so allein aufwachsen, wie sie es musste. Aber Thilo war von Anfang an dagegen. Er wollte keine Plärrbalgen im Haus haben. Heute war sie fast froh darüber. Womöglich hätten ihre Kinder das gleiche Schicksal erfahren müssen wie sie? Hineingeboren in den Reigen von Angst und Gewalt. Vielleicht war es wirklich besser so.

Sie war allein. Keine Familie, keine Freunde, lediglich flüchtige Begegnungen bei den seltenen Gelegenheiten, in denen sie das Haus verließ. Es gab niemanden, bei dem sie sich mal ausweinen könnte, sich all ihren Schmerz von der Seele reden könnte. Aber selbst, wenn da jemand wäre, es käme es ihr doch wie ein Verrat an Thilo vor. Was auch immer er ihr antat, im Nachherein bereute er es jedes Mal zutiefst und bat sie inbrünstig, ihm zu verzeihen. Sie konnte dann gar nicht anders. Er hatte doch auch seine guten Seiten. Er war es schließlich, der sie aus ihrem düsteren Elternhaus befreit hatte, sie weg vom gewalttätigen Vater und der depressiven Mutter in ein helles, freundliches Zuhause holte. Im Vergleich zu ihrem Vater war er fast sanftmütig.

Marlene war nie die Frau, bei der die Menschen den Atem anhielten, wenn sie den Raum betrat. Sie war von je her unsicher und voller Schamgefühl. Thilo hatte sie trotzdem genommen.

Nein, Thilo meinte es ganz sicher nicht böse. Er konnte eben nicht aus seiner aufbrausenden Haut heraus. Wenn sie nur alles richtig machte, dann musste er sie auch nicht bestrafen. Es lag allein bei ihr selbst. Er wollte doch nur das Beste für sie beide.

Sie stand auf und lauschte an der Tür. Alles war ruhig. Er war weg. Für dieses Mal war sie heil davongekommen. Sie räumte den Tisch ab und zog die Decke glatt. Dann setzte sie sich still ans Fenster und schaute in die Dämmerung hinaus. Es war wie ein Blick in ihr Inneres. Genauso grau, trübe und dunkel. Nur dass es draußen wieder hell werden würde. Morgen früh. Jeden Morgen. Aber niemals in ihr.

Thilo stürmte aus dem Haus und ließ sich auf den Sitz des alten Ford fallen. Fluchend suchte er seine Taschen nach dem Autoschlüssel ab. Verdammt, gerade hatte er ihn doch noch. Ah! In der Hosentasche. Er startet den Wagen, ließ den Motor laut aufheulen und jagte vom Hof.

Irgend so ein selbsternannter Hobbyhistoriker aus Barth, Thilo hatte seinen Namen vergessen, hatte ihn letzte Woche angerufen. Weil er doch aus Prerow wäre und bei der Zeitung arbeite, hatte der Kerl heimlichtuend geflüstert, gerade so, als wäre der Teufel persönlich hinter ihm her. Thilo Wormann kicherte gehässig in sich hinein. Dieser Staubfresser war doch tatsächlich tagelang im Stadtarchiv abgetaucht und hatte sich durch hunderte Zeitungen aus den Jahren von 1870 bis sonst wann gewühlt. Und das nur, weil irgendwelche Spezis meinten, dass die Knochen, die der Köter vom alten Pächer am Strom ausgebgraben hatte, aus dieser Zeit stammen könnten. Dabei wäre er doch tatsächlich auf ein, wie er wichtigtuerisch am Telefon behauptete, sehr interessantes Detail gestoßen. Natürlich war Thilo sofort nach der Arbeit hingefahren.

Der Mann wirkte, als wäre er selbst den vergilbten Zeitungsseiten entsprungen. Ein verstaubter Greis, mit einer Haut wie zerknülltes Pergamentpapier und die Fingerspitzen ganz dunkel von der Druckerschwärze. Bestimmt sah seine Zunge genauso aus, vom ewigen Anlecken der Finger, um die Seiten zu blättern. Thilo Wormann verzog angewidert das Gesicht. Aber Ausdauer hatte der Alte, das musste man ihm lassen.

Verdammt noch mal! Thilo trat voll auf die Bremse und konnte den Wagen gerade noch rechtzeitig zum Stehen bringen, bevor er den alten Lange voll erwischt hätte. Was hatte dieser senile Idiot mit seinem Einkaufswagen mitten auf der Straße zu suchen. Wie eins von seinen dusseligen Hühnern, ohne auch nur im Geringsten auf den Verkehr zu achten. So nach dem Motto: die sehen mich ja. Thilo hupte wütend und schlug ungeduldig mit beiden Händen aufs Lenkrad. Nicht dass es um den verblödeten Alten schade wäre. Aber diesen Gefallen würde er Christian Lange nicht tun. Der sollte sich ruhig noch ordentlich lange von seinem Alten rumkommandieren lassen. Mit einem bösen Grinsen sah er zu, wie der alte Mann mühselig den Korb vor sich herschob.

Er ließ den Wagen langsam wieder anrollen. In dem Moment sah er sie. Lüstern leckte er sich über die Lippen und schaute ihr hinterher, wie sie im

Haus von der Bollnow verschwand. Die würde er gern mal auspellen und so richtig durchvögeln.

Aber jetzt musste er sich den alten Bücherwurm zur Brust nehmen. Der trieb ihn mit seiner Langsamkeit noch zur Weißglut, vertröstete ihn Tag für Tag und ließ sich jedes einzelne Wort aus der Nase ziehen. Und wie er dabei andauernd Daumen und Zeigefinger aneinander rieb. Na, das würde ihm noch vergehen. Hochmut und Gier kommen vor dem Fall. Dafür würde er, Thilo, schon sorgen. Aber vorher musste er in den sauren Apfel beißen und dieses verflixte Spiel mitmachen, wenn er was rauskriegen wollte.

Ein auf Hochglanz polierter Mercedes mit Berliner Nummer bremste ihn erneut aus. Wieder attackierte Thilo wütend die Hupe seines alten Fords. Warum trug der Typ sein Auto nicht gleich, wenn er nicht mal die erlaubten dreißig fahren wollte. Verfluchtes Urlauberpack! Verstopften die Straßen mit ihren Protzkarren. Dabei war noch nicht mal Hauptsaison.

Thilo überholte den Mercedes mit einem waghalsigen Manöver und zeigte dem Fahrer seinen ausgestreckten Mittelfinger. Um ein Haar streifte er dabei einen entgegenkommenden Fahrradfahrer. Ruckartig riss er das Lenkrad rum. Das war verdammt knapp. Schwer atmend griff er sich an den Hals. Das hätte voll in die Hose gehen können. Missmutig schaute er auf den Tacho und drosselte die Geschwindigkeit. Überall Fahrradfahrer. Das ist ja wie in China. Geht denn kein Schwein mehr zu Fuß?

Er atmete erleichtert auf, als er endlich den Ort hinter sich ließ. Von hier ab wurde es besser. Die chinesische Invasion radelte nun, wie auf eine Perlenschnur aufgezogen, auf dem Deich entlang. Also, Vollgas!

Er konnte nur hoffen, dass der Alte inzwischen was Neues in seinem Zeitungsgrab ausgebuddelt hatte. Bei seinem ersten Besuch war Thilo schon drauf und dran gewesen, ihn mit einer abfälligen Bemerkung in seinem Keller verdorren zu lassen. Dieses wirre Gefasel von Sturmflut, Pfarramt und was sonst noch. Thilo wusste beim besten Willen nicht, was das mit den Knochen und viel weniger noch mit einer spannenden Geschichte dazu zu tun haben sollte. Wenn da einer in der Flut abgesoffen war und sich entschieden hatte, ausgerechnet heute, im einundzwanzigsten Jahrhundert, wiederaufzutauchen, nun, dann mochte es für die Leute von der Uni interessant sein, aber nicht für ihn. Das reichte doch höchstens für einen Zehnzeiler auf der Lokalseite.

Wahrscheinlich hatte er am Ende gar nichts zu bieten und wollte sich nur wichtigmachen, hatte Thilo ihm mit verschiedenen anderen Beschimpfungen an den Kopf geknallt. Aber der Alte hatte sich davon in keiner Weise beeindrucken lassen und Thilo, ohne sich selbst der Bedeutung eben dieses Namens bewusst zu sein, mit zwei Worten gefangen.

Kapitän Lange!

Lange! Dieser verhasste Name! Thilos Puls war augenblicklich in die Höhe geschnellt und im Bruchteil von Sekunden liefen die verrücktesten Szenen in seinem Kopfkino ab. Womöglich konnte er diesem aufgeblasenen Lange schon bald das Kreuz brechen, ihn von seinem hohen Ross runterzerren. Dieses Mal würde er ihn kriegen. Das spürte er. Dieses Mal würde er der Sieger sein!

Der Alte hatte mit Wohlwollen registriert, welche Wirkung der Name Lange bei seinem Gegenüber auslöste und sofort seine Chance gewittert. Listig hatte er Thilo hingehalten. Er müsste erst noch mehr herausfinden, hatte er hinterhältig geschwafelt. Schließlich könne er nur exakt fundamentierte Informationen herausgeben. Wie viel Thilo der unermessliche Arbeitsaufwand wohl wert wäre, hatte er scheinheilig gefragt. Schmieriger Aktenschnüffler, der! Anrufen wollte er ihn, wenn er denn weiteres Material gefunden hätte. Thilo sollte sich gedulden.

Thilo wollte nicht warten. Er würde dem Alten ordentlich Dampf unter den Arsch machen, ihm zeigen, wer hier das Sagen hatte.

KAPITEL 11

1888

Johann lief übellaunig neben Marie her. Er nahm nicht wie sonst ihre Hand, sondern vergrub seine tief in den Hosentaschen.

Der Streit mit dem Vater steckte ihm noch in den Knochen. Immer wieder kam der ihm mit der verfluchten Seefahrt. Der Vater wollte einfach nicht einsehen, dass sein Sohn kein Seemann werden würde. Familienehre! Johann lachte wütend auf. Als wenn Häuser zu bauen nichts Ehrvolles wäre. Bis jetzt hatte der Vater ihn wenigstens auf der Werft arbeiten lassen, aber damit war jetzt Schluss. Er hatte alle seine Einflüsse geltend gemacht und dafür gesorgt, dass Johann hier nirgends mehr Arbeit finden würde. Hat den Alten bestimmt eine Stange Geld gekostet. Er hätte lange genug seinen Spaß gehabt, hatte der Vater gesagt, ab nächste Woche würde Johann die Nautische Schule in Wustrow besuchen, ob ihm das gefiel oder nicht. Das wäre ein Befehl. Nur, damit Johann ihn richtig verstehe. Der Vater saß mal wieder am längeren Hebel. Das dachte er zumindest.

Die Zeiten, als er Johann noch mit seinem Ledergürtel verprügeln konnte, waren längst vorbei. Der überragte ihn mit seinen sechzehn Jahren inzwischen um etliche Zentimeter und die schwere Arbeit auf den Baustellen hatte ihn stark gemacht. Der Vater würde ihn nie wieder schlagen. Und doch hatte er immer noch Macht über ihn. Zornig ballte Johann seine Hände zu Fäusten.

Marie hatte Mühe mit ihm Schritt zu halten.

„Renn doch nicht so“, maulte sie, „was ist denn heute mit dir los?“ Mit federnden Schritten überholte sie ihn und versperrte ihm den Weg. „Habe ich irgendwas Falsches gesagt? Bist du wütend auf mich?“

Johann lächelte gequält. „Nein, nein, es ist nur …“

Sie war ihm der liebste Mensch auf der Welt. Wie könnte er je wütend auf sie sein. Er versuchte die trüben Gedanken abzuschütteln. Noch war er hier und sie bei ihm. Noch war alles gut. Wie ihr Haar leuchtete und ihre Haut strahlte. Was werde ich nur ohne sie machen? Zögerlich griff er nach ihren Händen. Ein paar Sonnenstrahlen mischten sich unter den warmen Sommerregen, der durch das dichte, grüne Blätterdach fiel und brachten ihre Sommersprossen zum Tanzen.

Marie riss sich lachend los. „Fang mich doch! Kriegst mich doch nicht.“

„Das denkst du nur!“

Für einen kurzen Moment vergaß er seine Sorgen. Er rannte wie in Kindertagen hinter ihr her, wich geschickt herabhängenden Ästen aus und bekam ihren Rock zu fassen. Stürmisch riss er sie an sich und hielt sie fest. Auf einmal spürte er ihren Körper an seinem, als hielte er sie das erste Mal im Arm. Erstaunen machte sich in ihm breit. Er hörte ihr Herz schlagen, wie noch nie zuvor und eine heiße Welle schien ihn mit ihr zu verschmelzen. Er verstand nicht, was da gerade mit ihm passierte, aber er wusste in diesem Augenblick, dass er sie nie wieder loslassen wollte. Und doch tat er es.

Verschämt trat Marie einen Schritt zurück. Auch sie hatte es bemerkt. Sie strich sich das nasse Haar aus dem Gesicht und ordnete umständlich ihren Rock.

„Was machst du denn, Johann?" Verlegen schaute sie auf ihre Füße.

Johann konnte seinen Blick nicht mehr von ihr lassen. Ihre kleinen festen Brüste zeichneten sich unter der nassen Bluse ab, ihre Hüften wiegten sich verführerisch und ihre Lippen schienen sich für ihn zu öffnen. Mühsam rang er nach Atem. Wo hatte er nur die ganze Zeit seine Augen? Wie konnte er das übersehen?

„Mariken", er streckte seine Hand nach ihr aus, „bitte komm wieder her." Seine Stimme klang heiser. „Gott, bist du schön."

Unsicher kaute Marie auf ihren Lippen. Sie hatte längst bemerkt, dass aus dem Jungen ein Mann geworden war und sich viel zu oft dabei ertappt, dass auch sie ihn auf eine Art ansah, die sich nicht ziemte.

Ihre Mutter ermahnte sie fast täglich, sich ja nicht von den Männern einwickeln zu lassen. Die wollten alle nur das eine. Hätten sie das bekommen, würden sie sich, hast du nicht gesehen, aus dem Staub machen und keiner einer würde sie mehr heiraten wollen. Was das eine genau war, hatte die Mutter wiederum nie verraten wollen. Über so etwas sprach man nicht. Die Großmutter war es, die Marie alle ihre Fragen beantwortete, sie über die Geheimnisse ihres Körpers aufklärte und ihr beibrachte, ihn zu verstehen. Nur von Gefühlen, wie sie sie jetzt empfand, hatte auch die Großmutter nichts erwähnt.

Regentropfen liefen über Johanns Gesicht. Zaghaft hob Marie die Hand, ließ sie aber gleich wieder sinken. Wie er sie ansah! So hatte er sie noch nie angesehen.

„Was passiert hier mit uns, Johann", fragte sie leise. In ihren Augen spiegelten sich Angst vor den unbekannten Gefühlen, aber zugleich auch ein erregter Glanz wider. War es das, was ihre Mutter meinte, wenn sie sie vor den Männern warnte? Das traf doch aber nicht auf Johann zu. Nein, das konnte auf Johann nicht zutreffen. Er würde ihr nie etwas so Schändliches antun.

Sie hörte die mahnenden Worte ihrer Mutter: „Wer sich in Gefahr begibt, kommt darin um." War sie in Gefahr? Was sollte sie tun?

Abrupt drehte sie sich um und lief los. Immer weiter und weiter. Erst als sie kaum noch Luft bekam, blieb sie stehen schaute sie sich nach Johann um.

„He, wo bleibst du!“ Ihr Lachen klang angespannt, doch sie hoffte, er würde es nicht merken und dieses seltsame Gefühl, das sich da gerade zwischen ihnen breitgemacht hatte, könnte sich wieder in Luft auflösen. Wenn sie einfach so tat, als wäre nichts gewesen, dann konnte vielleicht alles wie vorher sein?

Johann war inzwischen bei ihr angekommen. Auch er versuchte, sich vollkommen gelassen zu geben. Er sagte nichts, nahm einfach ihre Hand, so, wie er es schon immer getan hatte. Schweigsam gingen sie weiter.

In den letzten Jahren waren immer mehr neue Häuser im Dorf entstanden, besonders in der Nähe des Strandes. Die Gäste kamen in die Sommerfrische und die wohlhabenderen von ihnen wollten sich nicht mit den freigezogenen Wohnzimmern der Prerower begnügen, während die selbst in der Zeit in irgendwelchen winzigen Kammern hausten.

Johann hatte an einigen dieser Häuser mitgebaut. Auch in der Nähe von Großmutters Grundstück, das die kleine Hütte nach wie vor hinter einer schützenden Dornenhecke verbarg.

Die Prerower mieden dieses Stück Land, gerade so, als läge ein Fluch auf ihm. Gut für Johann. Sein Wunsch an den Birnenbaum, das dieser Platz nie in andere Hände käme und er selbst hier irgendwann sein Haus bauen würde, schien sich zu erfüllen.

Mariken und er krochen schweigsam durch das dichte Gebüsch. Immer wieder lauschte Johann zwischendurch, ob nicht doch jemand in der Nähe wäre.

Bei der kleinen Hütte angekommen öffnete er Marie die Tür. Alles wie immer. Und doch war alles anders.

Beide vermieden es sich anzusehen. Was war mit ihnen geschehen? Von einem Augenblick auf den anderen schien ihre ganze Welt verändert. Hilflos standen sie sich gegenüber und wussten nicht, was sie tun sollten.

Verstohlen ließ Johann seinen Blick über Maries Körper gleiten. Warum war ihm vorher noch nie aufgefallen, wie erwachsen und wie schön sie geworden war? Ausgerechnet heute, wo er ihr etwas so Wichtiges beichten musste. Bedrückt nahm er eine ihrer roten Locken und wickelte sie sich um die Finger. Wie sollte er ihr das nur beibringen?

Marie beobachtete ihn schweigend. Etwas bedrückte ihn. Das spürte sie ganz genau. Glaubte er etwa, dass sie ihn nicht gernhatte? Für einen kurzen Moment dachte sie an die Warnung der Mutter und verwarf sie sofort wieder. Na und, sie waren keine Kinder mehr. Was sollte daran so schlimm sein? Wenn das schon Sünde war, dann konnte der Herrgott sie mal.

Ehe Johann sich versah, stellte sie sich auf die Zehenspitzen und hauchte ihm einen Kuss auf den Mund.

Überrascht sah Johann sie an. Damit hatte er nicht gerechnet. Doch dann machte sich ein schelmisches Lächeln auf seinem Gesicht breit. Der Bann schien gebrochen. Er zog sie an sich und schlang seine Arme um sie.

„Ist ja nur gerecht, wenn ich dir auch einen gebe." Es war eher eine Frage als eine Feststellung. Nie würde er Marie etwas tun, was sie nicht wollte.

Marie hielt ihm ihren leicht geöffneten Mund hin und schloss die Augen. Das war Antwort genug.

Johann drückte seine Lippen unbeholfen auf ihre. Wenn er nur eine Ahnung hätte, wie das genau funktionierte. Er hatte vorher noch nie ein Mädchen geküsst. Was erwarteten sie von einem? Was erwartete Mariken?

Er fühlte ihre Brüste durch den dünnen Stoff ihrer Bluse und ihm wurde heiß und schwindelig. Aber es war ein unsagbar gutes Gefühl. Er drückte sie noch fester an sich heran und auf einmal wusste er ganz genau, was er zu tun hatte. Wie von selbst fand seine Zunge ihre und seine Hände streichelten ihren Körper. Wie weich ihre Lippen waren, wie gut sie schmeckte und wie wunderbar sie sich anfühlte. Wie zärtlich sie sich an ihn schmiegte und seinen Kuss erwiderte. In seinem Bauch löste eine Explosion die nächste ab, ohne dass er noch kontrollieren konnte, was mit ihm geschah.

Schwer atmend löste er sich von Mariken und nahm ihr Gesicht in die Hände. „Mariken! Mein Mariken!" Mehr brachte er nicht heraus.

„Was denkst du, ist das gottgefällig?", flüsterte sie kaum hörbar und suchte erneut nach seinem Mund.

„Aber ja", stürmisch bedeckte Johann ihr Gesicht mit Küssen, „und wie ihm das gefallen würde."

Am liebsten würde er sie wieder und wieder küssen und nie damit aufhören. Aber er musste es ihr sagen. Auch auf die Gefahr hin, dass sie ihn nie wieder so küssen würde und er sie nie wieder so berühren durfte.

Keuchend zwang er sich, sie ein Stück von sich weg zu schieben. „Warte!" Er rang verzweifelt um Fassung. „Warte, Mariken. Wir müssen damit aufhören. Ich muss …", seine Stimme drohte zu versagen, „ich muss dir was sagen."

Marie schaute ihn verwirrt an. Was war los mit ihm? Sie wollte jetzt nicht reden, auch nichts hören. Sie wollte mehr Küsse, wollte, dass seine Hände sie berührten, wollte mehr von diesem Kribbeln im Bauch. Doch als sie seine ernste Miene erkannte, trat sie sittsam einen Schritt zurück.

Hilflos stocherte Johann mit dem Fuß auf dem Boden herum, als würden dort die Worte liegen, nach denen er krampfhaft suchte. Doch dann raffte er allen Mut zusammen.

„Mariken, ich werde weggehen."

Die Sorge, wie sie das aufnehmen würde, ob sie ihn womöglich beschimpfen, weinen oder gar wortlos weglaufen würde, machte sich wie ein Ungeheuer in seinem Bauch breit. Er kam sich wie ein Verräter vor und schielte sie ängstlich aus niedergeschlagenen Augen an.

Aber Marie konnte weder etwas sagen noch sich bewegen. Sie starrte ihn nur ungläubig an. „Was heißt das, du gehst weg?", fragte sie endlich ungläubig.

Johann nahm ihre Hände. Sie waren so warm und zart. Was, wenn er einfach nichts sagte? Oder, dass er nur einen Spaß gemacht hätte, um sie zu necken. Er könnte sie wieder in den Arm nehmen und da weitermachen, wo sie vor wenigen Minuten aufgehört hatten. Der Gedanken an ihren Körper weckte die Versuchung in ihm zu bleiben, alles zu lassen, wie es war. Aber er wusste, er konnte nicht das Leben des Vaters führen, er musste sein eigenes finden. Und er war ihr die Wahrheit schuldig. Er durfte sie nicht belügen.

„Mariken, der Vater will mich nicht länger auf dem Bau arbeiten lassen. Er will unbedingt einen Seemann aus mir machen. Aber ich will Häuser bauen." Er presste ihre Hände an seine Brust. „Ich gehe weg, dahin, wo man mich braucht und wo ich einen Haufen Geld verdienen kann. Dann komme ich zurück und baue dir das größte und schönste Haus, das es in Prerow, ach, was sag ich, das es auf der Welt je gab."

Marie konnte nicht glauben, was sie da hörte. „Du willst mich allein lassen?" Hatte er das eben wirklich gesagt?

„Sag mir, dass du auf mich wartest", bat Johann flehend, „bitte versprich mir, dass du auf mich wartest."

In Maries Kopf drehte sich alles. Was passierte hier? Eben war doch noch alles so schön

„Ich brauche kein großes Haus, hörst du, ich will, dass du hierbleibst", rief sie verzweifelt und trommelte gegen seine Brust. Sie merkte nicht, dass sie weinte.

„Mariken, sieh doch ein, ich muss!" Vorsichtig wischte Johann ihr die Tränen aus dem Gesicht. „Ich werde arbeiten bis zum Umfallen. Und ich werde immer an dich denken und keine andere angucken. Das verspreche ich dir. Ehe du dich versiehst, bin ich mit den Taschen voller Geld wieder hier. Wenn du nur auf mich wartest."

„Dann nimm mich mit!"

„Das geht nicht, Mariken. Ich muss weit weg, wo der Vater mich nicht findet. Möglich, dass ich wochenlang laufen muss. Wir wüssten nicht, woher wir etwas zu essen bekämen, wo wir schlafen könnten.“

„Aber du musst doch auch essen und schlafen.“

„Mariken“, zärtlich strich Johann ihr übers Haar, „das ist doch was anderes. Für einen Mann ist das alles kein Problem.“ Er hob ihr Kinn und sah sie eindringlich an. „Denk doch mal an deine Mutter. Willst du sie wirklich ganz allein zurücklassen? Erst deine Brüder und nun auch noch du? Sie braucht dich. Sie hat doch nur noch dich.“

Dagegen hatte Marie nichts mehr aufzubringen. Sie würde Johann nicht aufhalten können. Schniefend rieb sie über ihre Nase. „Wann gehst du?“

„Morgen in aller Frühe. Wenn der Vater noch schläft.“

„So schnell schon.“ Erschrocken schlang Marie ihre Arme um ihn und legte ihren Kopf an seine Brust. „Noch nicht morgen“, bettelte sie kläglich, „warte doch noch. Wenigstens ein paar Tage.“

Johann drückte sie fest an sich. „Ich sollte längst weg sein.“

Marie löste sich aus seiner Umarmung und nickte traurig mit dem Kopf. Sie hätte wissen müssen, dass dieser Tag kommen würde. Nur so konnte sich Johann dem Willen des Vaters entziehen und seinen eigenen Weg gehen. Auch wenn sie im Stillen auch immer gedacht hatte, dass sie diesen Weg gemeinsam gehen würden, war ihr doch klar, dass Johann recht hatte.

„Aber ich konnte nicht so gehen, nicht ohne dir Bescheid zu sagen“, sprach Johann leise weiter.

„Nein, das konntest du nicht“, Marie schüttelte heftig den Kopf. „Nicht so.“

Sie schaute an ihm vorbei durch das winzige Fenster. Er würde gehen. Und sie würde warten. Egal, wie lange. Sie konnte ihn nicht so gehen lassen.

„Komm mit“, sagte sie leise, „wir gehen zum Birnenbaum.“

„Aber er trägt noch keine Birnen.“

„Doch, Johann. Sie sind zwar noch ganz klein, aber sie sind schon da. Vielleicht helfen sie uns.“

Hand in Hand standen sie beide, jeder schweigend in seine Wünsche vertieft. Man durfte seine Wünsche nicht laut aussprechen, wenn sie wahr werden sollten, aber beide wussten auch so voneinander, was sie sich wünschten.

Sie gingen in die Hütte zurück und Johann schloss die Tür.

Langsam öffnete Marie ihre hochgeschlossene Bluse. „Ich will, dass du mich nie vergisst", sagte sie bestimmt. „Du sollst dich immer an diese Stunde erinnern."

Fassungslos sah Johann ihr zu. Was machte sie da? Sollte der Baum seinen Wunsch so schnell erhört haben?

Marie wusste, was sie tat. Wenn er sie schon verließ, dann sollte er etwas von ihr mit sich nehmen. Etwas, was nach ihm niemand anders mehr bekommen würde. Ihr erstes Mal!

Noch ein wenig schüchtern nahm sie seine Hand und schob sie unter den dünnen Stoff ihrer Bluse. Was auch immer geschehen würde, sie würde seine Hände bis an ihr Lebensende auf ihrer Haut spüren.

Die Wärme ihrer Haut, ihre Brust in seiner Hand, jagten Johann einen Hitzeschauer nach dem anderen durch den Körper. War ihr wirklich klar, was sie da mit ihm machte? Seine Erregung stieg ins Unermessliche. Noch etwas unbeholfen, aber fest entschlossen, fingerte er an ihrer Bluse, bis ihre Brust völlig frei vor ihm lag. Er bekam kaum noch Luft, aber jetzt wollte er mehr, auch wenn er sich noch nicht so ganz sicher war, was und ob das alles richtig war.

„Mariken, wir dürfen nicht …", presste er mühsam hervor, in einem letzten, irrwitzigen Versuch, Vernunft walten zu lassen. Dabei hatte sein Verlangen längst das Kommando übernommen. Er zog sie mit sich auf den Boden, beugte sich über sie und küsste ihre Brust wieder und wieder. Marie unternahm nichts, ihn aufzuhalten, also befreite er mit zittrigen Händen auch die andere aus ihrer Hülle.

Es gefiel ihr, was er mit ihr anstellte, und sie war schrecklich neugierig, was als nächstes kommen würde. Als seine Hand jedoch unter ihren Rock glitt, schreckte sie zurück. „Nein, Johann, bitte nicht", flüsterte sie dann aber doch ängstlich, ohne ihn jedoch abzuwehren.

„Bitte Mariken, nur einmal anfassen. Ich möchte nur einmal … oh!"

Sie trug keine Unterhose! Sie besaß nur eine einzige und die war dem Sonntag und dem Kirchenbesuch vorbehalten.

Johann stöhnte laut auf, während Maries Gefühle noch zwischen Angst, Scham und Neugier hin und her schwankten. Aber es fühlte sich gut an! Zaghaft öffnete sie sich für ihn und hielt verzückt die Luft an. Etwas so Schönes konnte keine Sünde sein. Auch ihr Atem ging nun schneller. Sie lehnte sich weit nach hinten und hob sich ihm entgegen. So war das also, wenn man sich liebte. Sie vergaß alles um sich herum, schien zu schweben und zu vibrieren. Lachen und Weinen vermischten sich in dem Gefühl unendlichen Glücks.

Nur verschwommen nahm sie wahr, dass Johann ihren Rock hochschob und seine Hose öffnete.

„Nur einmal, Mariken, nur einmal ganz kurz ranhalten", keuchte er und drängte sich dicht an sie.

Plötzlich sperrte sich alles in ihr. Hatte sie sich das auch richtig überlegt? Wollte sie das wirklich? Die Mahnungen ihrer Mutter schwebten wie eine dunkle Wolke über ihr.

„Nein, Johann, nein! Das ist nicht schicklich. Ich habe so Angst, Johann." Sie stemmte sich gegen ihn.

Mit größter Anstrengung zog Johann sich zurück. Er durfte ihr nicht weh tun. Frustriert ließ er sich auf den Rücken fallen. Die Anspannung in seinem Unterleib raubte ihm fast den Verstand. Aber er rührte sich nicht, starrte nur enttäuscht in die Luft.

Marie lag ebenso still neben ihm und traute sich kaum zu atmen. Tränen liefen über ihr Gesicht. Was sollte sie nur tun? Sie wollte ihm doch gehören, Dinge mit ihm machen, die, nun ja, eben verheiratete Leute miteinander taten.

„Johann, du wirst mich doch heiraten, wenn du zurückkommst?"

Johann drehte sich ruckartig zu ihr um. Er war ein Mann. Er hätte ihr in diesem Moment alles versprochen, was sie nur hören wollte, um dahin zu kommen, wo er hinwollte. Hin musste. Ins Paradies. Außerdem würde er sie heiraten. Genau, wie er gesagt hatte. Sie war doch sein Mariken.

„Ja, Mariken, das werde ich. Das werde ich."

Maries Züge entspannten sich. Natürlich, wie konnte sie nur einen Augenblick zweifeln. Sie brauchte keine Angst zu haben. Sie beugte sich über ihn und strich ihm das feuchte Haar aus der Stirn. Sie liebte ihn mehr als sonst jemanden und vertraute ihm unendlich. Er würde zurückkommen und sie heiraten. Sie war im Grunde also schon seine Frau. Es konnte also keine Sünde sein.

Kapitel 12

„Du hast Besuch“, empfing Emilia Nell schon im Flur.

„Ach, Sonja ist schon da? Ich dachte, sie kommt erst morgen aus dem Urlaub zurück“, antwortete Nell überrascht.

„Sonja? Wer ist Sonja? Nein, nein“, Emilia lächelte verzückt, „nicht Sonja.“

Das war derart untypisch für Emilia, dass Nell im selben Moment ein ungutes Gefühl beschlich.

„Er erwartet dich oben“, unterbrach Emilia ihre Gedanken und zwinkerte ihr verschwörerisch zu.

„Er?“ Nell konnte nicht glauben, was sie da hörte. „Wen haben Sie in mein Zimmer gelassen“, fragte sie und musterte Emilia misstrauisch und zugleich ärgerlich.

„Ach Kindchen, dachtest du denn, ich würde es nicht verstehen, dass es jemanden in deinem Leben gibt? Das ist doch kein Kloster hier.“

Nell schaute Emilia entgeistert an. Das waren ja ganz neue Klänge. Emilia hatte ihr doch gleich zu Anfang deutlich genug zu verstehen gegeben, dass sie niemanden im Haus sehen wollte. Nach ihrem Tod könne Nell dann ja machen, was sie wolle.

Auf einmal sollte Emilia ihre Meinung so ändern? Was war der Grund dafür? Oder wer?

„Du hättest mir doch sagen können, dass du so gut wie verlobt bis“, fuhr Emilia unbeirrt fort. „Er ist ja so ein netter, geistreicher Mann!“

„Verlobt? Ich?“ Nell bekam vor Überraschung den Mund nicht zu.

„Ich freue mich doch für dich“, sagte Emilia mit ungeahnter Herzlichkeit, „und nun lauf schon. Lass ihn nicht unnötig warten.“ Ohne noch weiter auf Nell zu achten, drehte sie sich um und verschwand in ihrem Zimmer.

Nell schaute ihr fassungslos hinterher. Was hatte das zu bedeuten? Wer…, oh nein! Na warte!

In großen Sätzen sprintete sie die Treppe hoch und blieb abrupt in der offenen Tür stehen.

Tatsächlich! Harald Hofer kam ihr mit ausgestreckten Armen entgegen.

Einen Augenblick lang starrte Nell ihn ungläubig an. Der Mann hatte Mut. Einfach so hier hereinzuschneien. Sie schluckte.

Er schaute sie reumütig an und wenn sie es nicht besser wüsste, könnte sie glatt darauf hereinfallen. Aber das hatte sie alles hinter sich. Das würde ihr nicht noch einmal passieren.

Selbstverliebt strich er sich das Haar aus der Stirn, gerade so, als würde er sich selbst streicheln, während er auf sie zu trat.

„Nelli, da bist du ja endlich. Ich hatte schon befürchtet, ich müsste unverrichteter Dinge …“

„Was willst du hier“, unterbrach Nell ihn zornig. Warum konnte er sie nicht in Ruhe lassen? Das hier war ihr Leben. Ihr neues Leben, in dem er keine Rolle mehr spielte. Und das sollte gefälligst auch so bleiben.

„Nelli“, er stand jetzt direkt vor ihr und sie konnte sein Aftershave riechen, den Duft, den sie einmal so liebte, „bitte sei nicht böse. Ich musste dich einfach sehen.“

„Du musstest mich sehen? Die Schwestern im Krankenhaus haben wohl keine Zeit für dich? Oder deine Frau?“

Harald Hofer setzte eine bekümmerte Miene auf. „Nelli, es tut mir alles so leid. Ich habe Fehler gemacht. Riesenfehler.“ Zerknirscht runzelte er die Stirn, um im nächsten Moment schon wieder zu strahlen, als wäre nichts geschehen. „Ich habe mich geändert. Glaube mir. Die zwei Jahre ohne dich waren die Hölle.“

Nell wich einen Schritt zurück. „Seltsam, für mich waren es die Jahre davor. Und hör auf mich immer Nelli zu nennen.“

„Natürlich Nell“, er hob entschuldigend die Hände, „ganz, wie du es möchtest, aber sei nicht so streng mit mir. Bitte, gib mir eine zweite Chance.“

„Eine zweite Chance? Weißt du, was eine zweite Chance ist? Sie ist der beste Weg, denselben Fehler zwei Mal zu begehen.“ Nell schüttelte den Kopf. „Nein, Harald, es ist vorbei. Ein für alle Male. Bitte geh jetzt.“

Sie trat zur Seite, um ihn hinauszulassen. Sie spürte, wie ihre anfängliche Wut mehr und mehr verflog und nur der Nachgeschmack von Versagen, Abschied und Traurigkeit zurückblieb.

Harald Hofer nickte schwach als würde er einsehen, dass er verloren hatte. „Ich dachte, der Kuss neulich“, er wickelte zärtlich eine ihrer Locken um den Finger, „hätte etwas zu bedeuten.“ Dabei schaute er ihr tief in die

Augen. Er hatte nicht vor, so leicht aufzugeben. „Wenn du es willst, gehe ich“, flüsterte er und nahm ihr Gesicht in die Hände, „aber …“

Nell fühlte sich wie erstarrt. In ihrem Kopf wehrte sich alles dagegen, aber sie war zu keiner Bewegung in der Lage. Ihr Verstand rief sie auf, sofort ein paar Schritte zurückzutreten, aber ihr Körper sagte etwas ganz anderes. Sie hätte ihn nie so nah an sich heranlassen dürfen. Die Erinnerung an die Wärme seiner Hände auf ihrer Haut und an seine Lippen schalteten jegliche Vernunft aus. Nur ein paar Millimeter trennten sie von einer fast vergessenen Sehnsucht, von seinen Augen, die ihr so vieles versprachen, von dem sie wusste, dass er es niemals halten würde. Doch als sein Mund auf ihren traf und sie miteinander verschmolzen, erlosch das letzte Fünkchen Widerstand in ihr. Als hätte es nie etwas anderes zwischen ihnen gegeben, ließ sie sich auf seine Zärtlichkeit ein. Es gelang ihnen gerade noch, die Zimmertür hinter sich zu schließen, bevor sie übereinander herfielen, als wollten sie hier und sofort alles Versäumte nachholen.

Harald wusste nur zu gut, was Nell brauchte. Wie sie es brauchte. Er brachte sie bis fast zum Gipfel ihrer Lust, um sich dann zurückzuziehen und ihren Höhepunkt so lange wie möglich hinauszuzögern, so dass die Welle, die dann über ihr zusammenschlug, einem Tsunami gleichkam. Er selbst konnte warten. Den kleinen, blauen Pillen sei Dank. Vorher würde er Nell noch mehrmals auf diese Reise schicken.

Er war wieder im Rennen.

„Er hat behauptet, er wäre dein Verlobter?“ Sonja schnappte empört nach Luft. „Du hast ihn hoffentlich achtkantig rausgeschmissen.“

„Na ja, irgendwie schon.“ Nell schaute verlegen zur Seite.

Sie musste Sonja alles beichten, auch wenn die sie sicher für verrückt erklärte.

„Was heißt, irgendwie schon?“ Sonja hob Nells Kinn mit dem Zeigefinger in die Höhe und sah sie streng an. „Hast du oder hast du nicht?“

Nell wand sich unter Sonjas Blick. Zugegeben, mit Harald zu schlafen war das letzte, was sie vorgehabt hatte und sicher auch das Blödeste. Wie konnte es nur so weit kommen? Aber es war nun mal passiert. Und was war eigentlich dabei? Sie war eine erwachsene Frau. Warum sollte sie nicht auch einfach mal ihren Kopf ausschalten und auf ihren Körper hören dürfen? Es war ein kurzer Moment der Schwäche. Aber einer, der ihr gutgetan hat. Verdammt gut sogar.

Danach war sie sofort wieder zur Besinnung gekommen und hatte ihn verabschiedet. Endgültig. Er hatte nicht etwa gefragt, ob er wiederkommen dürfe. Es war eine Feststellung. Er war sofort in das alte Muster verfallen, über sie zu bestimmen, ihr zu sagen, was sie zu tun hatte und was nicht. Das und sein selbstgefälliges, gönnerhaftes Lächeln, das keine Widerrede zu dulden schien, hatten es ihr leicht gemacht.

Sonja schien ihre Gedanken zu erraten. Sie schlug sich mit der Hand vor die Stirn. „Du warst mit ihm im Bett." Das war ja nicht zu fassen.

„Ja, schon. Aber es ist nicht so, wie du denkst", versuchte Nell sich halbherzig zu verteidigen.

„Ist es nie", spöttelte Sonja ironisch. „Du hast dich wieder von ihm einwickeln lassen", stellte sie dann doch sehr besorgt fest.

„Habe ich nicht." Jetzt gewann Nell Oberwasser. „In unserem Alter weiß man, dass man auch mal mit dem falschen Mann richtig viel Spaß haben kann", zitierte sie, wenn auch nicht wirklich überzeugend. Schuldbewusst blinzelte sie Sonja an. „Es war gut. Richtig gut. Und hinterher erst, als ich ihm gesagt habe, dass es das dann war und er zusehen soll, dass er Land gewinnt. Du hättest sein Gesicht mal sehen sollen. Das war der beste Höhepunkt." Sie lachte triumphierend.

Sonja fixierte sie eingehend. „Nicht ein bisschen traurig?"

„Keinen Fatz!"

„Du bist verrückt. Und du glaubst, er lässt dich in Zukunft in Ruhe?" Zweifelnd schüttelte Sonja den Kopf.

„Oh ja!" Nell grinste verschmitzt. „Nachdem ich Emilia vorhin gesteckt habe, dass mein ach so ehrenhafter Verlobter gar nicht mein Verlobter sei, ganz im Gegenteil, er verheiratet ist und mich schändlich hintergangen hat, wird er nie wieder einen Fuß über diese Schwelle setzen."

„Das hast du Emilia erzählt?" Sonja konnte sich das Kichern nicht verkneifen. „Du bist ja ein ganz gewieftes Luder!"

Es war ihr jedoch anzusehen, dass sie der Freundin nicht hundertprozentig über den Weg traute. Dieser Mann hatte immer noch ein paar Fäden in der Hand, an denen er Nell tanzen lassen konnte. Sie würde gut auf sie aufpassen müssen. Aber dafür hatte man ja Freunde.

„Los, dann zeig mir dein neues Reich“, beendete sie also erst einmal dieses leidige Thema.

Nell umarmte ihre Freundin glücklich. „Ach Sonny, wenn ich dich nicht hätte. Ich bin so froh, dass du hier bist.“ Sie nahm Sonjas Hand und zog sie hinter sich her. „Zuerst musst du hier mal rausgucken.“ Sie öffnete die Verandatür. „Der Blick ist einfach traumhaft.“

„Wow! Der Garten ist der Wahnsinn. Ich wusste gar nicht, dass du so ein Händchen dafür hast.“

„Ich? Ich bin die Frau mit den roten Daumen. Aber“, Nell machte eine bedeutungsvolle Pause, „wir haben einen sehr fähigen Gärtner.“ Sie zwinkerte der Freundin verschwörerisch zu. „Willst du den Wunschbaum sehen?“

„Was für ’n Ding?“

„Komm mit.“ Nell führte Sonja in die Ecke des Gartens.

„Das singende, klingende Bäumchen“, scherzte Sonja und stieß Nell in die Seite.

„Nein, er kann weder singen noch klingen, aber angeblich erfüllt er Wünsche.“

„Wer sagt das?“

„Emilia. Früher, also ganz früher, soll das mal so gewesen sein. Da sind die Leute genau aus dem Grund hierhergekommen.“

Sonja runzelte ungläubig die Stirn. „Die Alten waren schon ziemlich wunderlich. Findest du nicht auch?“

„Na ja“, Nell zuckte mit den Schultern, „wer weiß das schon so genau.“

„Das können wir doch ganz leicht herausfinden. Los, wünsch dir was. Dann werden wir ja sehen, ob was dran ist.“

„Warum ich?“

„Ist ja schließlich dein Baum.“

„Nein, nein. Komm weg hier. Das ist albern.“

Sonja warf dem Baum noch einen skeptischen Blick zu. „Und was ist das da?“ Sie zeigte auf den winzigen Schuppen.

Nell zuckte mit den Schultern. „Da sind nur Gartengeräte drin. Aber hast du die Steinketten gesehen? Die ganze Wand hängt voll. Alles Hühnergötter vom Weststrand.“

„Sind die von Lisi?“ Sonja ging näher ran. „Die sehen uralt aus.“

Nell strich mit der Hand sachte darüber. „Vielleicht haben die Leute damit den Wunschbaum bezahlt?"

Sonja knuffte Nell lachend in die Seite. „Mach eine Geschichte draus."

Nell grinste. „Dann komm erst mal ins Haus. Da warten noch viel mehr Geschichten."

Sie führte Sonja durch alle Räume. Außer Emilias Zimmer, das sie selbst bis heute noch nie betreten hatte, ließ sie keine Ecke aus.

„Schon ein bisschen spooky", unkte Sonja am Ende der Tour und zog schaudernd die Schultern hoch. „Könnte deutlich mehr Licht und Farbe vertragen alles. Nur gut, dass dein Zimmer so schön hell ist."

„Da steht übrigens der Sekt für uns kalt", flüsterte Nell hinter vorgehaltener Hand mit einem vorsichtigen Blick um die Ecke.

Sie hätte nicht sagen können warum, aber aus unerfindlichen Gründen scheute sie sich immer noch, irgendetwas zu tun, was Emilia missfallen könnte. Auf jeden Fall brauchte sie nicht alles zu wissen.

Wieder oben angekommen, stand Sonja am Seitenflügel des Fensters, das zu Langes hinüberzeigte, während Nell den Sekt einschenkte und drückte ihr Gesicht dicht an die Scheibe.

„Wow! Dieser Teil deiner Erbschaft gefällt mir besonders."

„Das ist der Hühnerstall vom alten Lange", sagte Nell, ohne hinzusehen.

„Hühnerstall", kakelte Sonja, „also ich sehe da einen nackten Mann."

„Was siehst du?" Neugierig drängte Nell die Freundin zur Seite. „Tatsächlich."

Ein nackter Mann, der ihnen unter der Gartendusche den Rücken zudrehte.

„Nicht schlecht!" Die Frauen nickten sich anerkennend zu.

„Was für ein starker Rücken."

„Los, dreh dich um …"

„Ich fasse es nicht, wir sind Spanner." Hin- und hergerissen zwischen Neugier, Faszination und Schamgefühl zog Nell die Nase kraus. Doch dann wurden ihre Augen groß. „Ach du Sch…, das ist unser Gärtner."

Sonja sah sie überrascht an. „Was denn, Christian ist euer Gärtner? Du hast so einen Gärtner und gehst stattdessen mit diesem Doktorschnösel ins Bett? Also, wenn ich du wäre …"

Nell zog Sonja lachend vom Fenster weg, aber nicht ohne noch einen schnellen Blick auf den Mann da unten zu werfen. Er sah wirklich gut aus.

„Vergiss den Mann. Los, lass uns endlich anstoßen. Auf die Lichtblicke des neuen Lebens." Nell stieß ihr Glas heiter an das der Freundin.

„Und auf deinen Gärtner", erwiderte Sonja grinsend.

Nell winkte ab. „Er ist ein Ekel. Aber eben ein gärtnerndes Ekel. Außerdem habe ich die Nase voll von Männern."

„Ach so?" Sonja tat erstaunt. „Den Eindruck hast du heute nicht unbedingt auf mich gemacht. Und was ist an ihm ekliger als an deinem Doktor?"

„Ich denke, du kennst ihn? Überheblich, arrogant, unfreundlich. Willst du noch mehr hören?"

„Wie schön, dass dein Doktor all das nicht ist."

„Nun sei doch mal ernst." Lachend stellte Nell ihr Glas ab. „Sag lieber, wie gefällt dir das Haus?"

„Na ja, wie ich schon sagte, ein bisschen gespenstig. Als wenn es hier noch Geister gäbe."

Nell wiegte den Kopf hin und her. „Wer weiß das schon so genau."

„Ja, wer weiß." Sonja griff nach der Flasche und füllte die Gläser nach. „Apropos Geister, hast du dir schon überlegt, was du in Zukunft machen willst?"

„Meine Kassenzulassung ist inzwischen da. Zweimal die Woche bin ich in der Barmer-Klinik, um ein bisschen Schützenhilfe beim Gesundwerden zu geben. Die Reha-Klinik in Ahrenshoop hat auch schon Interesse angemeldet. Außerdem habe ich mich bei den Hausärzten in der Region vorgestellt und mich hoffentlich in meinem besten Licht präsentiert, damit sie wissen, dass es mich gibt. Wie du siehst, habe ich nicht nur auf der faulen Haut gelegen."

Sonja hob Nell fröhlich ihr Glas entgegen. „Sehr gut. Ich bin zufrieden mit dir." Sie leerte ihr Glas in einem Zug. „Könntest du dir vorstellen, auch mal hier im Haus zu arbeiten, wenn ich dir jemanden schicken würde?"

„Auf jeden Fall. Stell dir vor, Emilia meinte neulich, ich könnte meine Patienten, wenn ich denn welche hätte, ruhig hier empfangen. Sie hat irgendwas von Tradition gemurmelt, was immer das zu bedeuten hatte."

„Oha! Das überrascht mich aber."

„Und mich erst.“

„Also doch spooky!“

„Ich weiß nicht, irgendwie schon.“ Nell betrachtete ihre Hände. „Du sagst, du willst mir jemanden schicken? Kenne ich ihn oder sie?“

„Sie.“

„Was ist mit ihr?“

Sonja rieb sich das Genick. „Na ja, das ist nicht so ganz einfach. Ich weiß auch nicht, ob sie ein medizinischer Fall ist. Aber sie braucht Hilfe. Professionelle Hilfe. Das alte Lied. Gewalttätiger Vater, gewalttätiger Ehemann und sie geht vor die Hunde.“

„Und du meinst, sie möchte reden?“

„Worauf du dich verlassen kannst, das will sie.“ Sonja drehte ihr Glas in der Hand. „Es ist nur so, es darf niemand wissen und“, sie machte eine kleine Pause, „ich fürchte, Geld hat sie auch nicht.“

Nell legte ihre Hand auf Sonjas. „Gib ihr meine Nummer. Dann kann sie sich melden, wann immer es bei ihr passt.“

Kapitel 13

Thilo stellte den Wagen in einer Seitenstraße ab und ging die paar Schritte zum Barther Stadtamt zu Fuß. Er schaute sich aufmerksam um. Es war besser, niemand würde ihn hier sehen. Niemals seine Quellen offenbaren. Gut, dass sich das Archiv unten im Keller befand. Er stieg die Stufen hinab. Der dunkle Flur wurde nur spärlich von einer flackernden Neonröhre beleuchtet, es roch muffig und Thilo glaubte zu spüren, wie sich jahrhundertealter Staub auf seine Lungen legte. Wie konnte man hier nur seine Lebenszeit verbringen. Doch dieser alte Idiot vergrub sich seit wer weiß wie vielen Jahren schon hier unten in diesem Rattenloch, nur um voll Begeisterung in alten Zeitungen herumzuschnüffeln. Aber das sollte ihm nur recht sein, dachte Thilo, finster grinsend. Würde ihm der Alte doch so zu mehr als brisanten Informationen verhelfen. Davon war Thilo überzeugt.

Lauschend blieb er stehen. War da ein Rascheln? Mäuse? Oder gar Ratten? Er schüttelte sich angeekelt. Diese Viecher mit ihren langen nackten Schwänzen waren so ziemlich das Widerlichste, was er sich vorstellen konnte. Nein, alles ruhig.

Dieser Flur schien kein Ende nehmen zu wollen. Er musste an unzähligen Türen vorbei, die wahrscheinlich in irgendwelche Abstellkammern, vollgepfropft mit Unmengen an unnützem Papier führten, bis er endlich vor der Archivtür stand. Die Hand bereits auf der Türklinke blieb er einen Moment nachdenklich stehen. Wie wollte er vorgehen, um sich nicht wieder mit Ausreden abspeisen zu lassen? Vielleicht sollte er es erst mal diplomatisch versuchen. Wenn der Alte dann immer noch blöd tat, würde er ihm schon klar machen, wer hier das Sagen hatte. Aber er musste vorsichtig sein. Womöglich kratzte ihm der Tattergreis sonst noch ab, bevor er irgendwelche Informationen herausrücken konnte. So oder so, heute musste der Alte liefern.

Er warf einen letzten Blick zurück. Niemand zu sehen. Gut so. Er lauschte an der Tür. Außer das Rascheln von Papier war nichts zu hören. Bestens. Er konnte keine Zeugen gebrauchen.

Der Archivar schaute auf als Thilo den Raum betrat.

„Sie schon wieder. Ich habe Ihnen doch gesagt …" Er sah noch grauer aus als an den Vortagen, seine Augen waren rotunterlaufen und sein weißes Haar stand ihm struppig vom Kopf ab. Er sah aus, als wäre er im Laufe der Jahre mitsamt allen Inventars eingestaubt. Ein Relikt aus alten Zeiten.

„Ich weiß, ich weiß", unterbrach Thilo ihn barsch, „aber ich kann nicht länger warten. Los, rücken Sie raus, was Sie haben. Sonst …", er ballte die Hände in seinen Taschen zu Fäusten.

Der Alte sah ihn verwundert an. „Wollen Sie mir drohen?" Er lächelte naiv, aber in seinen Augen blitzte List.

Thilo zog die Hände aus den Taschen und hob sie abwehrend in die Höhe. „Aber nein, guter Mann, aber nein. Ich meinte nur, dass ich etwas unter Zeitdruck stehe. Sie wissen doch, wie das ist. Deadline. Der Artikel muss raus. Sonst erschlägt mich mein Redakteur." Der Versuch eines Lachens misslang kläglich, wie er am Blick des Alten erkennen konnte.

„So, so, der Artikel", kicherte der. „Wenn mich mein Eindruck nicht täuscht, sind Sie hinter ganz was anderem her." Er rieb sich vergnügt die Hände. „Was das wohl sein könnte?"

„Das geht Sie gar nichts an", zischte Thilo, zunehmend ungehalten. Der Alte trieb ihn noch in den Wahnsinn. „Also, was haben Sie für mich?"

„Die Frage ist doch eher, was haben Sie für mich?" Der Alte schaute Thilo über den Brillenrand lauernd an.

Thilo atmete tief durch und zählte bis zehn. Er hatte doch gewusst, dass der Alte gierig war. Von dem war ohne Bezahlung nichts zu kriegen. Das musste er sich wohl oder übel eingestehen. Trotzdem machte ihn der Kerl unendlich wütend. Mühsam beherrschte er sich.

„Wie viel?" Widerstrebend zog er seine Brieftasche hervor und schaute den Alten aus zusammengekniffenen Augen an. Der sollte sich ja nicht einbilden, ihn ausnehmen zu können. So etwas funktionierte bei einem Thilo Wormann nicht.

„Nun, ich musste viele Stunden recherchieren", nuschelte der Alte, angesichts seines angespannten Gegenübers nun doch etwas verunsichert. Er nahm seine Brille ab und kaute nachdenklich auf dem Bügel herum.

„Wie viel?"

„Dreihundert?"

Thilo starrte ihn fassungslos an. „Dreihundert? Du alter Gauner, bist du von allen guten Geistern verlassen?“ Ihm rauschte das Blut in den Ohren und er spürte den unbändigen Drang, den Alten zu packen, zu würgen und augenblicklich gegen die Wand zu knallen.

Der rutschte auf seinem abgewetzten Stuhl hin und her. Sein Blick wanderte unruhig zwischen einem verblassten Hefter, Thilos Brieftasche und dessen wütendem Gesicht hin und her. Angst und Gier fochten gleichermaßen einen unseligen Krieg in seinem Inneren aus.

„Na gut, sagen wir zweihundert. Aber unter dem können Sie die Unterlagen nicht kriegen.“ Seine spinnenbeinartigen Finger tasten sich vorsichtig zu der Mappe vor, als könnte sie ihn so vor dem Zugriff des anderen bewahren.

Thilo hatte diese unscheinbare Bewegung wahrgenommen. Aha, da waren seine Informationen also verborgen.

Er trat an den Tisch heran, hinter dem der Alte, mittlerweile zum Schatten seiner selbst geschrumpft, kauerte und beugte sich weit zu ihm vor.

„Alter Mann“, sagte er gefährlich leise, „du gibst mir jetzt alles, was du hast. Sonst stopfe ich dir dein Maul mit dem Müll, der hier rumliegt. Hast du mich verstanden?“ Er leckte einen Fünfzigeuroschein an und knallte ihn dem Alten vor die Stirn. „Hier, das sollte alle Male genug sein für deine Schnüffelei.“ Er packte ihn am Kragen und zog ihn ein Stück von seinem Stuhl hoch. „Und keiner Seele ein Wort. Klar?“ Unsanft stieß er ihn zurück. „Wie würde das wohl ankommen, wenn jemand erführe, dass du hier in deine eigene Tasche wirtschaftest? Würde man dich dann noch in dein geliebtes Kellerloch lassen?“ Hämisch grinste er den Greis an.

Der zog den Kopf noch tiefer zwischen die Schultern und schaute ängstlich zur Tür. Aber wer sollte ihn hier unten hören, geschweige denn ihm zur Hilfe kommen können? Er hatte sich von der anfänglich schmierigen Freundlichkeit des Fremden täuschen lassen. Aber jetzt sah er in dessen Augen eine Brutalität, die ihn erschauern ließ.

Ehe er noch etwas sagen oder gar unternehmen konnte, hatte Thilo den Hefter an sich genommen.

„Oh nein“, jammerte der Alte weinerlich und streckte die Arme hilflos nach dem Hefter aus, „das dürfen Sie nicht. Das sind die letzten Originale. Die sind von unermesslichem Wert.“

Thilo warf einen beeindruckten Blick auf die Papiere. „Umso besser, alter Mann, umso besser."

„Die können sie nicht mitnehmen!" Verzweifelt wollte der Alte Thilo den Hefter entreißen.

Der wehrte den Angriff mit erhobener Hand ab. „Bleib sitzen, alter Mann, wenn dir dein Leben lieb ist."

Der Alte zuckte unter Thilos vernichtendem Blick zusammen. Er hatte verloren. Deprimiert schaute er auf den Geldschein. Fünfzig jämmerliche Euro für unwiederbringliches historisches Material. Was hatte er getan. Zutiefst unglücklich sackte er in sich zusammen.

Thilo blätterte derweil flüchtig die Seiten in dem Hefter durch. Ja, das war es. Genau danach hatte er gesucht. Und dann auch noch die Originale. Er war wirklich ein Glückspilz. Zufrieden nickte er dem Alten zu. „Vielen Dank auch. Es war mir ein außerordentliches Vergnügen mit Ihnen Geschäfte zu machen."

An der Tür drehte er sich noch einmal um. „Und nicht vergessen, zu niemandem ein Wort." Er war sicher, dem Alten genug Angst eingejagt zu haben. Der würde sein Maul schön halten.

Er nahm den Hinterausgang und gelangte ungesehen zu seinem Auto. Niemand würde erfahren, dass er hier war.

Er legte den Hefter neben sich auf den Beifahrersitz. Nur mit Mühe widerstand er der Versuchung, seinen Inhalt sofort durchzulesen. Das würde er sich für zu Hause aufheben. Er würde seine Frau zu Bett schicken, sich ein Bier aufmachen und dann voll Genugtuung herausfinden, wie er die Langes endlich von ihrem Sockel stoßen konnte.

Kapitel 14

Nell schlenderte durch den Garten. Der Frühling streckte bereits seine Hände nach dem Sommer. Alles stand in voller Blüte und wurde von Hummeln und Bienen umschwärmt.

Christian hatte den alten Birnenbaum inzwischen von all dem Gestrüpp ringsherum befreit, so dass er nun wie auf einer kleinen Lichtung stand. Er wirkte wie aus dem Märchen. Aber ein Wunschbaum? Daran konnte Nell beim besten Willen nicht glauben.

Sie schaute zum Haus hinüber. Emilia saß mit geschlossenen Augen in der Sonne auf der Bank am Haus. Die Wärme tat ihren alten Knochen gut. Versonnen beobachtete Nell sie. Die alte Frau schien in den letzten Wochen noch kleiner und dünner geworden zu sein.

Eine tiefe Zuneigung erfüllte Nell und die Vorstellung, eines Tages ohne Emilia zu sein erschreckte sie. Was sie nie für möglich gehalten hatte war eingetreten. Sie mochte die alte Frau. Darüber hinaus war sie das letzte Verbindungsglied zwischen ihr und ihrer Oma, auch wenn sie ihr leider gar nichts über sie erzählen konnte. Oder wollte? Nell war sich nach wie vor nicht sicher, ob Emilia nicht vielleicht doch mehr wusste, als sie zugab, fand allerdings keine Erklärung dafür, warum sie dann schweigen sollte. Anfangs hatte sie das Gespräch wieder und wieder auf ihre Oma gebracht, war aber stets auf eine unerklärliche Abwehrhaltung gestoßen. Nell würde nichts aus ihr herausbekommen, was sie nicht bereitwillig preisgeben wollte. Und das war bis jetzt leider nichts. Schweren Herzens hatte sie Emilias Schweigen akzeptiert. Was blieb ihr auch anderes übrig.

Abgesehen davon waren sie sich in den zurückliegenden Wochen so viel näher gekommen. Emilias anfängliche Distanziertheit war nach und nach gewichen und sie zeigte Nell inzwischen unumwunden, dass sie ihre Gegenwart nicht nur billigte, sondern froh darüber war, nicht mehr allein zu sein. Manchmal hatte Nell sogar das Gefühl, Emilia würde es genießen, in die Rolle einer Großmutter schlüpfen. Amüsiert hörte sie sich ihre Benimmtipps aus längst vergessenen Zeiten an, nickte wohlgefällig zu angestaubten Ratschlägen, die sie innerlich eher zum Lachen brachten und lauschte Jugenderlebnissen aus einer Zeit, die ihr so fremd war. Emilia wurde zu einer großmütterlichen Freundin. Das war weit mehr, als Nell zu hoffen gewagt hatte.

Als Harald Hofer trotz der Abfuhr, die Nell ihm verpasst hatte, erneut aufgekreuzt war, hatte Emilia keinen Zweifel daran aufkommen lassen, dass sie für Nell einstand. Mit ausgesuchter, aber eiskalter Höflichkeit hatte sie ihm klargemacht, dass Ehebrecher und Betrüger keinen Platz in Nells Leben hätten und sie ihn niemals wiederzusehen wünschte. Sollte er sich nicht daranhalten, würde sie, Emilia, die erforderlichen Schritte einleiten, ihn offiziell von ihr fernzuhalten, was ihm angesichts seiner privaten wie beruflichen Verhältnisse sicher nicht gelegen käme.

Nell hatte das Spektakel auf Emilias Anordnung hin aus dem Verborgenen mitverfolgt und musste noch heute darüber lachen, wie Emilia förmlich über sich selbst hinausgewachsen war.

Jetzt, wo Nell sie so entrückt auf der Bank sitzen sah, musste sie sich traurig eingestehen, dass ihnen nicht mehr viel gemeinsame Zeit bleiben würde.

Emilia selbst hatte keine Angst vor dem Tod. „Es ist nicht schlimm, Nell", hatte sie erst vor ein paar Tagen gesagt. „Den eigenen Tod stirbt man nur." Dann hatte sie Nell zärtlich übers Haar gestrichen. „Aber mit dem Tod anderer muss man leben."

Nell schluckte die Beklemmung runter und begutachtete halbherzig die Tomatenpflanzen, die am Haus und am Zaun entlang in Terrakottatöpfen standen. Christian war wirklich ein begnadeter Gärtner.

Nell war ihm nach der letzten Begegnung mit Erfolg aus dem Weg gegangen. Das hieß, eigentlich hatte sie ihn gar nicht zu Gesicht bekommen. Wann er die ganze Gartenarbeit erledigte, war ihr ein Rätsel. Noch dazu, wo er bei sich ja auch genug zu tun hatte.

Auf dem Nachbargrundstück gackerten die Hühner. Auch sie schienen das herrliche Wetter zu genießen. Nell schaute neugierig über den Zaun und sah sie im frischen Gras scharren, was den Hahn anscheinend dazu antrieb, mit lautem Krähen im Zwanzigsekundentakt seine Vorrangstellung zu demonstrieren. Nell störte das nicht. Was war ein Hahn schon gegen den Stadtlärm von Autos, Bussen und LKW, den sie viel zu lange ertragen hatte. Und nachts war er ja ihn immer im Stall.

„Sophia! Sophia!"

Nell zuckte zusammen. Sophia. Der Name ihrer Oma. Sie presste unwillkürlich die Hand auf ihr pochendes Herz. Nein, das musste ein Zufall sein. Es gab schließlich mehr Sophias auf dieser Welt.

Neugierig schaute sie, woher der Ruf kam, und entdeckte den alten Herrn Lange auf dem Nachbargrundstück, von wo er ihr eifrig zuwinkte. So schnell seine alten Beine es zuließen, kam er zum Zaun geeilt.

„Ich wusste doch, dass du das bist", seine Augen glänzten, „erkennst du mich denn nicht mehr?"

„Guten Tag Herr Lange", antwortete Nell freundlich. „Es tut mir leid, aber ich bin nicht Sophia. Ich heiße Nell und bin Ihre neue Nachbarin. Sie meinen sicher Emilia. Sie sitzt da drüben am Haus."

Der Alte strahlte sie an. „Papperlapapp, Emilia. Wer fragt schon nach Emilia. Du bist wieder da", fuhr er aufgeregt fort, „hatte ich doch recht. Hab' dich vor ein paar Tagen schon gesehen."

„Als Sie vom Einkaufen kamen." Nell erinnerte sich, wie er sie angestarrt hatte. Darum also. Weil er Sophia in ihr gesehen hatte.

„Mach' ich jeden Tag. Damit die Leute wissen, dass ich noch nicht gestorben bin." Gustav Lange kicherte in sich hinein. „Aber so schnell werden die mich nicht los."

Er humpelte ein Stück am Zaun entlang und gab ihr ein Zeichen ihm zu folgen. „Bin nicht mehr ganz so gut auf den Läufen. Komm' mit, du musst dir die Hühner angucken."

Nell lächelte traurig. Der Mann schien in einer ganz anderen Welt zu leben. Doch dann kam ihr ein Gedanke. Konnte es sein, dass er in der Vergangenheit lebte und womöglich wirklich ihre Oma meinte? Nell wurde vor Aufregung ganz kribbelig. Sie schlang ihre Arme fest um den Körper. Vielleicht war der alte Herr Lange der Schlüssel dazu, etwas mehr über ihre Oma zu erfahren. Sie drehte sich zum Haus um. Hatte Emilia sie gehört? Nein, sie saß nicht mehr auf der Bank. Es war ihr wohl zu kühl geworden.

Erstaunt sah sie, dass Gustav Lange bei einer kleinen, versteckten Pforte in der Hecke stehen blieb, die beide Grundstücke miteinander verband. Die war ihr vorher noch gar nicht aufgefallen.

Der Alte kicherte. „Haste wohl vergessen? Bist doch immer hier durchgeschlichen, wenn du zu mir wolltest."

Sein Gesicht lief rot an vor Anstrengung, als er versuchte, den verrosteten Riegel zur Seite zu schieben. Schließlich gab der nach und das Tor ließ sich unter quietschendem Protest öffnen. „Ewig keiner mehr durchgegangen, aber jetzt bist du ja wieder da", ächzte er und rang schnaufend nach Luft. „Hast dir mächtig viel Zeit gelassen."

„Herr Lange", Nell legte ihm versöhnlich eine Hand auf den Arm, „ich schaue mir gern Ihre Hühner an, aber ich bin wirklich nicht Sophia."

„Du bist nicht Sophia?" Misstrauisch schaute er Nell an.

Die schüttelte kaum sichtbar den Kopf, als fürchtete sie, ihn damit zu verschrecken. „Wer ist Sophia?", fragte sie vorsichtig. „Ist das Ihre Frau?"

Bitte, lass es nicht seine Frau sein, klang es in ihr. Denn vielleicht lag hier die Antwort auf so viele ihrer Fragen. Auch wenn der Mann augenscheinlich verwirrt war.

„Meine Frau?" Er kicherte hysterisch. Dann schielte er Nell von der Seite an. „Du bist nicht Sophia?"

„Nein, bin ich nicht. Wollen Sie mir nicht erzählen, wer Sophia ist?"

Der Alte schüttelte ihre Hand ab. „Dummes Zeug", grummelte er und gab ihr ein Zeichen ihm zu folgen. „Komm endlich, kannst frische Eier mitnehmen."

Nell ging mit widersprüchlichen Gefühlen hinter ihm her. Sollte sie das wirklich tun? Nicht dass sein Sohn plötzlich um die Ecke käme und sie vollmotzte, was sie hier zu suchen hätte.

Aber schließlich hatte sein Vater sie ja eingeladen.

Schnell schaute sie zur anderen Seite, als sie an der Gartendusche vorbei kamen. Nicht dass sie mit dem Anblick eines nackten Mannes Probleme hätte. Es war vielmehr der Umstand, wie sie ihn belauert hatten, wie lüsterne, alte Weiber, der ihr Unbehagen bereitete. Peinlich, peinlich.

„Na, was sagst du, Sophia, sehen die nicht rund und glatt aus?" Stolz zeigte Gustav Lange auf seine Hühnerschar. Er hatte schon wieder vergessen, dass sie nicht Sophia war.

Nell unternahm keinen weiteren Versuch es ihm auszureden. Ob Nell oder Sophia war im Grunde doch egal. Wenn es ihn glücklich machte, sollte es so sein. Und wenn sie ihn tatsächlich an ihre Oma erinnerte, umso besser. So nahe hatte sie sich ihrer Oma lange nicht gefühlt, wie hier an der Seite dieses Mannes, dem sie anscheinend mal sehr viel bedeutet hatte.

Die Hühner scharrten emsig im Sand, während der Hahn zwischen ihnen mit erhobenem Kopf und aufgeplustertem Gefieder umher stolzierte.

„Das sind aber schöne Hühner", lobte Nell den Alten. Alles machte einen durch und durch sauberen, ordentlichen Eindruck. „Glückliche Hühner", fügte sie lächelnd hinzu.

„Das will ich wohl meinen. Komm, wir holen die Eier raus."

Nell musste den Kopf einziehen, um in den Stall zu gelangen. Auch innen war alles piekfein. Nur der Hackklotz, in dem eine Axt steckte, störte ihr Bild von einer heilen Hühnerwelt. Natürlich war ihr klar, dass ihr geliebtes Brathähnchen mal ein Leben hatte, bevor es bei ihr auf dem Teller landete, aber eigentlich wollte sie darüber nicht nachdenken.

Lange hatte sie belustigt beobachtet. „Bist immer noch so empfindlich, was? Keine Sorge, is nur Warnung."

„Warnung?"

Lange feixte. „Damit die Viecher wissen, was ihnen blüht, wenn sie nicht legen."

Nell zog eine Grimasse. „Und das wirkt?"

Lange packte zehn Eier in ein Körbchen. „Wie man sieht."

Nell lachte erleichtert auf. Was für eine drollige Geschichte.

Der Alte drückte ihr das Körbchen in die Hand. „Is ordentlich Kolofonium drin. Aber nur für dich. Nich für Emilia." Er kniff die Augen zusammen. „Na, meinetwegen auch für die zänkische alte Kuh." Er winkte ab, als wenn es darauf nun auch nicht mehr ankäme.

Als sie den Stall wieder verließen und Nell einen Moment lang vom grellen Sonnenlicht geblendet wurde, begann Lange plötzlich panisch um sich zu schlagen.

„Verfluchte Viecher! Musst gut aufpassen. Hugos Killerbienen", wetterte er. „Diese Ratte von Hugo, der hetzt sie mir absichtlich auf den Leib."

Nell guckte erstaunt. „Aber das sind doch Honigbienen. Mögen Sie keinen Honig?"

„Klebriger Scheiß", knurrte er.

Nell schmunzelte. Langes Zorn richtete sich wohl mehr gegen den Halter der Bienen als gegen die Tiere selbst.

„Ich mag Honig", wendete sie zaghaft ein.

„Ja, ja, warst schon immer verrückt nach süßem Zeug. Du musst jetzt gehen. Ich brauche Ruhe." Er suchte Halt an dem Einkaufswagen, der neben dem Stall stand. „Wenn sie alle sind, kommste wieder. So einfach ist das." Er griff nach ihrer Hand und hielt sie einen Augenblick fest. „Kommst doch wieder? Bist doch meine Sophia."

Eine Träne lief ihm über die Wange. War aber vielleicht nur vom Wind. Müde schlurfte er um die Ecke, ohne sich noch einmal umzusehen.

Nachdenklich ging Nell durch die kleine Pforte zurück. Was für ein wunderlicher alter Kauz. Wenn sie auch immer noch nicht wusste, ob er mit Sophia wirklich ihre Oma meinte und nicht nur einer fixen Idee von früher nachhing, hatte allein die Vorstellung, dass es so war, etwas ausgesprochen Faszinierendes. Gesetzt den Fall, ihre Oma hätte mit Gustav eine Beziehung gehabt, wäre das damals mit Sicherheit eine große Sünde gewesen. Aus heutiger Sicht allerdings recht reizvoll. Nell kicherte leise vor sich hin. Nichts ist so langweilig, wie sich immer an Regeln zu halten. Erst sie gelegentlich auch mal zu brechen, machte das Leben doch spannend.

Emilia werkelte in der Küche herum, als Nell ihr triumphierend den Eierkorb unter die Nase hielt.

„Du warst beim alten Lange", stellte die jedoch nur lapidar fest, ohne den Eiern weiter Beachtung zu schenken.

„Ja, er hat mir seine Hühner gezeigt." Nell stellte den Korb auf den Tisch. „Er hat mich Sophia genannt." Aufmerksam beobachtete sie Emilias Reaktion.

„So, hat er das?" Noch eine Spur blasser als sonst tat sie so, als hätte Nell etwas vollkommen Belangloses gesagt.

Nell kaute unsicher auf ihren Lippen. „Weißt du, wen er damit wohl meinen könnte?", fragte sie dann doch zaghaft. Ein unbestimmtes Gefühl sagte ihr, dass sie sich damit auf ganz gefährliches Terrain begab. Sie sah es Emilia an. Es war derselbe abweisende Blick, den sie von jeher auf die Fragen nach ihrer Oma bekam. Angeblich wusste Emilia nichts, aber in ihren Augen glaubte Nell etwas anderes lesen zu können. Sie wollte einfach nicht über sie sprechen.

Nicht genug, dass ihre Mutter mit allem hinter dem Berg hielt, was Oma und Prerow betraf, Emilia weigerte sich genauso beharrlich, darüber zu reden. War denn so etwas Schlimmes passiert?

Nell riskierte mit ihren Fragen, das spärliche Pflänzchen Vertrauen zwischen ihr und Emilia kaputt zu treten, bevor es richtig wachsen konnte. Aber vielleicht konnte sie noch einen ganz kleinen Schritt wagen.

„War Sophia seine Frau?", hakte sie noch einmal nach.

„Wie kommst du darauf, dass er jemanden von früher meinte?"

„Na ja, er scheint ziemlich verwirrt. Ich habe das bei alten Patienten oft erlebt, dass sie sich in die Vergangenheit zurückziehen, wenn sie mit dem heute nicht mehr klarkommen."

„Ach, und du meinst, ihm gefällt das heute nicht?"

In Emilias Stimme schwang eine Kälte mit, so dass es Nell schaurig über den Rücken lief.

So abweisend hatte sie Emilia lange nicht erlebt. Eine neue Eiszeit zwischen ihr und Emilia war das letzte, was sie wollte. Ihr lag inzwischen zu viel an der alten Dame. Was immer deren Gründe sein mochten, sie musste sich wohl damit abfinden.

„Ist ja auch egal", versuchte sie die Situation also zu entschärfen, „die Eier werden uns auf jeden Fall schmecken."

Emilia hielt mitten in ihrer Bewegung inne. „Seine Frau hieß Marta. Sie hatte vor sechs oder sieben Jahren einen Herzinfarkt. Man konnte ihr nicht mehr helfen. Von da an ging es mit ihm stetig bergab." Sie drückte Nell die Teetassen in die Hand. „Da sieht man mal, wie armselig Männer ohne ihre Frauen dastehen. Deck den Tisch."

Nell trug die Teetassen zu dem kleinen Wohnzimmertisch und schob vorsichtig die Schale mit den Steinen zur Seite, wohl darauf bedacht, keinen davon zu berühren. Sie waren ihr nach wie vor unheimlich.

Emilia ließ sich von Nell auch die Teekanne abnehmen. Die Kraft in den Händen ließ immer mehr nach und auf den Beinen fühlte sie sich nicht mehr sicher. Langsam folgte sie Nell ins Wohnzimmer, lehnte ihren Stock an die Wand und setzte sich zu ihr.

Nelle goss den Tee ein. „Wollen Sie mir nicht sagen, was es mit diesen Steinen auf sich hat?", unternahm sie einen erneuten Versuch Emilia zum Reden zu bewegen.

„Die Steine?“ Emilia ließ bedächtig zwei Zuckerwürfel in ihren Tee gleiten. „Es gibt ein Buch“, sie schaute zu dem Regal an der Wand hinüber, „irgendwo zwischen den alten Schwarten muss es stehen. Elisabeth hat es geliebt.“ Gedankenversunken legte sie ihre Hände in den Schoß. „Ich kann dir dazu nichts sagen. Ich habe sie nur wegen Elisabeth noch hier. Ich habe es nicht übers Herz gebracht sie wegzuschmeißen.“ Sie lächelte wehmütig.

„Das verstehe ich.“

„So? Ich hatte nie etwas übrig für diesen Hokuspokus.“ Emilia rührte gedankenversunken in ihrem Tee. „Das war Elisabeths Leidenschaft.“

Sie bemerkte Nells überraschtes Gesicht.

„Oh, nicht dass sie daran geglaubt hätte. Zumindest nicht am Anfang. Aber es hat sie fasziniert. Sie hat sich gern mit diesen Leuten umgeben. Frag’ mich nicht warum.“ Ein freudloses Lachen begleitete ihre Worte.

„Was für Leute waren das?“

Emilia führte ihre Tasse zum Mund, setzte sie dann aber, ohne zu trinken, wieder ab. „Heiler, Schamane, Geisterbeschwörer und wofür immer sie sich hielten.“ Gleichgültig zuckte sie mit den Schultern. „Sie haben regelmäßig hier zusammengesessen, hier an diesem Tisch, und mit irgendjemanden gesprochen, der gar nicht da war. Immer dienstags um achtzehn Uhr.“ Verständnislos schüttelte sie den Kopf.

Nell hörte ihr mit großen Augen zu. Heiler und Geisterbeschwörer? Hier in diesem Haus?

„Sie meinen, sie haben Kontakt mit Toten aufgenommen?“

„Nicht mit Toten. Obwohl? Vielleicht auch mit Toten.“

„Das verstehe ich nicht.“

„Theodora Marini war von je her mit einem Mann befreundet, der sich als christlicher Mystiker verstand. Er behauptete, ein Vermittler zwischen Geist und Welt zu sein, ein geistiger Heiler. Ich habe seinen Namen vergessen. Carl irgendwie. Hat etliche Bücher geschrieben und im Laufe der Jahre auch hier manchmal Kurse zu diesem Thema abgehalten. Er soll vielen Menschen geholfen haben, sagt man. Nun, wer’s glaubt …“, sie verdrehte die Augen. „Angeblich war er es, der jeden Dienstagabend in diesem Raum erschien, also sein Geist, um mit ihr und Hilfsbedürftigen in Kontakt zu treten. Hat Theodora behauptet. Auf jeden Fall beschworen alle nach diesen Sitzungen, ihn zwar nicht gesehen, aber seine Gedanken gespürt und seine Worte empfangen zu haben."

„So eine Art Fernheilung?" Nell hatte irgendwann einmal darüber gelesen.

Emilias Blick zeigte nur allzu deutlich, was sie davon hielt. „Davon weiß ich nichts."

„Waren Sie denn nie dabei?"

Emilias Blick senkte sich. „Man hat mich nie in den Kreis eingeladen. Ich durfte die werten Herrschaften immer nur bewirten."

Nell riss erstaunt die Augen auf. Hörte sie da Verbitterung heraus? Enttäuschung?

„Elisabeth war jeden Dienstagabend dabei. Sieben Jahre lang. Bis Theodora starb und sie das Haus erbte."

„Die Sieben ist eine magische Zahl", überlegte Nell laut. „Denken Sie nur an die vielen Märchen, in denen die Sieben eine Rolle spielt."

Emilia zuckte mit den Schultern. „Ich denke eher, dass das Zufall war."

„Aber Elisabeth gehörte doch gar nicht zu diesen Leuten."

„Ich denke mal, dass Theodora da anderer Meinung war. Sie glaubte wohl, Elisabeth überzeugt zu haben. Und vielleicht hatte sie sogar recht? Es gab einen Brief, der dem Testament beigefügt war, in dem Theodora ihre Bedingungen aufgelistet hatte."

„Also hat Elisabeth diese", Nell zuckte fragend die Schultern, „diese Sitzungen fortgeführt?"

„Natürlich. Das musste sie doch. Aber", Emilia drehte ihre Teetasse auf dem Teller hin und her, „ich denke, sie hätte es sowieso getan. Sie hat nie damit aufgehört."

Nell konnte das große Fragezeichen in Emilias Augen sehen, während sie das sagte. Sie verstand scheinbar bis heute nicht, was da in ihrer Freundin vorgegangen war.

„Waren dann immer noch andere Leute dabei?"

Emilia schüttelte traurig den Kopf. „Nein, nach Theodoras Tod war sie nur noch allein."

„Sie hat allein mit Geistern kommuniziert?" Nell schüttelte ungläubig den Kopf. „Sie hat nicht einmal Sie dazu eingeladen?"

Emilias Hand zitterte, als sie Teetasse zum Mund hob. „Sie wusste, dass ich damit nichts zu tun haben wollte. Ich glaube, sie wollte auch allein sein. Es gibt so viele Dinge zwischen Himmel und Erde, die wir nicht verstehen, hat sie einmal zu mir gesagt.“

Nell beugte sich vor. „Das mag ja sein. Aber Geister? Wir wissen doch beide …“

Emilia schaute Nell überrascht an, als läge die Antwort doch auf der Hand. „Sie hatte es versprochen.“

Nell runzelte die Stirn. Lisi war ihr so normal vorgekommen, so weltlich. Hatte sie sich doch in ihr getäuscht? Sich täuschen lassen? Nein, das konnte sie nicht glauben.

Plötzlich fiel es ihr wie Schuppen von den Augen. Natürlich! Das Erbe war daran gebunden! Genau wie sie selbst eine Bedingung zu erfüllen hatte, musste auch Lisi das tun. Und weil sie ein ehrenhafter Mensch war, hielt sie sich daran.

Was für eine verrückte Geschichte. In Nells Kopf überschlugen sich die Gedanken. Die Bibliothek! Irgendwo musste es eine Erklärung für all das geben.

In dem Moment fiel es ihr wieder ein. Das war es, wovon Emilia bei einer ihrer ersten Begegnungen gesprochen hatte. Die Hauschronik.

Nell atmete tief durch. Sie hoffte inbrünstig, Emilia würde sich nicht wieder in ihr Schneckenhaus zurückziehen, jetzt, wo sie sich gerade ein wenig geöffnet und sie, Nell, so viele Fragen hatte.

Sie legte ihre Hand auf Emilias. „Sie haben vor einiger Zeit von einer Hauschronik gesprochen. Erinnern Sie sich?“ Sie lächelte die alte Frau bittend an. „Können Sie mir sagen, wo ich sie finde?“

Emilia entzog Nell ihre Hand. „Ich bin sicher, du wirst sie finden.“ Sichtlich unschlüssig, ob sie aussprechen sollte, was sie beschäftigte, strich sie über die Tischdecke. „Elisabeth hatte sich verändert“, flüsterte sie dann, „sie war nicht mehr die Elisabeth, die ich mein Leben lang kannte. Und auch nicht die, die du zu kennen glaubtest.“ Ein trauriges Lächeln breitete sich auf ihrem Gesicht aus. „Andauernd hat sie mit jemandem gesprochen.“

„Na ja …“

„Nein, nicht, was du denkst." Emilia wischte sich über die Augen. „Sie hat mit einer Toten gesprochen", sagte sie leise. „Sie hat mit Sophia gesprochen."

Kapitel 15

Thilo Wormann stürmte an Marlene vorbei, ohne sie auch nur im Geringsten zu beachten.

Erstaunt blickte sie erst auf seine Pantoffeln, die sie wie immer für ihn bereithielt und dann auf seine Zimmertür. Er hatte seine Aktentasche nicht wie sonst einfach in den Flur geschleudert, wo sie sie dann wegzuräumen hatte, und wollte anscheinend auch keine Kaffee wie sonst.

Nichts war heute wie sonst.

Die Art, wie er die Tür hinter sich schloss, gab ihr eindeutig zu verstehen, dass er nicht gestört werden wollte. Dabei war dieses Zimmer sowieso für sie tabu. Nicht einmal putzen durfte sie es. Daran hatte sie sich auch immer gehalten. Nicht auszudenken, wenn er feststellen würde, dass sie diese Anordnung missachtet hätte.

Leise stellte sie seine Hausschuhe wieder an ihren vorgeschriebenen Platz zurück. Ein prüfender Blick sagte ihr, dass sie einen Zentimeter weiter nach links gehörten. Hilflos schaute sie sich um. Was sollte sie nun tun? So sehr sie der von ihm vorgegebenen Rhythmus auch oft in Panik versetzte, denn nur die kleinste Abweichung konnte Bestrafung nach sich ziehen, so sehr gab er ihr auch eine gewisse Sicherheit, ihm alles recht zu machen.

Sie schlich sich in die Küche. Sie würde das Abendessen vorbereiten. Das mochte ihn hoffentlich versöhnlich stimmen, wenn er irgendwann aus seinem Zimmer kommen würde. Die Angst, wieder einem seiner Wutanfälle ausgesetzt zu sein, schwebte wie ein großer, schwarzer Vogel ständig über ihr. Dieser Vogel bestimmte seit vielen Jahren ihr Leben. Sie hatte keine Erinnerung an Tage voll Licht und Sonne. Gab es die überhaupt jemals?

Draußen war es dunkel geworden, aber Thilo blieb in seinem Zimmer verschanzt.

Marlene saß in der Küche, die Hände im Schoß verschränkt, ohne Licht zu machen und wartete.

Thilo begutachtete den Hefter, den er dem alten Archivar abgenommen hatte. Abgegriffen, unscheinbar, aber von unschätzbarem Wert für ihn.

Ein teuflisches Grinsen zog über sein Gesicht. Oh nein, der würde sich nicht trauen ihn anzuzeigen. Dann müsste er ja zugeben, dass er illegale Geschäfte im Sinne hatte, sich für öffentlich zugängige Informationen bezahlen lassen wollte. Der würde schön sein Maul halten.

Wenn der Alte sich nicht nur großgetan hatte und er tatsächlich der Einzige war, der über diese angeblich brisanten Informationen verfügte, würde sie folglich auch niemand sonst vermissen.

Voller Erwartungen öffnete Thilo den Deckel und schaute auf dicht bedruckte Blätter. Uralte Zeitungen, vergilbte, brüchige Seiten, unklare Schwarzweißaufnahmen von den Zerstörungen durch die Sturmflut lagen oben auf.

Thilo schob sie missmutig zur Seite. Das interessierte ihn alles nicht. Genauso wenig wie das ganze Gedöns über Elend, Leid und Hilfsaktionen. Alles Schnee von vorgestern. Irgendwo musste der Alte über etwas wirklich Wichtiges, Bedeutendes gestolpert sein. Aber das hier war alles nur unnützes Gewäsch.

Ungeduld ballte sich in seinem Magen zusammen und er spürte Wut in sich aufsteigen. Sollte er dem Alten auf den Leim gegangen sein?

Er schaltete die Schreibtischlampe an. Genauso eine, wie man sie im Fernseher oft bei den Reichen und Schönen auf den Schreibtischen stehen sah, mit einem schweren Messingfuß und grünem Glasschirm. Die hatte ihn ein Vermögen gekostet, verlieh ihm aber immer wieder aufs Neue das Gefühl, jemand Besonderes zu sein. Derzeit noch unterschätzt würden die Menschen schon bald zu ihm aufsehen. Er, der Wächter, der die Betrüger entlarvte!

Ein Hauch von Zärtlichkeit erfüllte ihn, als er auf eine Reihe Fotos schaute, die von der Lampe in ein warmes Licht getaucht wurden. Helene. Seine Göttin Helene Fischer.

Einem Altar gleich hatte er verschiedene Aufnahmen von ihr, unter denen sich sogar ein signiertes Bild befand, Konzertkarten und CDs aufgestellt. Sie lächelte ihm entgegen, als gäbe es nur ihn für sie. Hätte er doch nur einmal die Gelegenheit gehabt, sie persönlich zu treffen. Doch ihre Aufpasser ließen niemanden an sie heran. Sie blieb unerreichbar für ihn, darüber war er sich im Klaren, aber in seinen Träumen gehörte sie ihm.

Vorsichtig pustete er ein paar Staubkörnchen von dem Bilderrahmen.

Statt an der Seite einer solchen Frau fristete er sein Leben neben einem Mauerblümchen, einer grauen Maus, einem Eisberg. Grimmig schaute er zur Tür. Er nahm sich vor, nachher sofort zu kontrollieren, ob seine Frau die Tabletten genommen und ihren Tee getrunken hatte. Er würde sie fragen. Später. Mit allem Nachdruck.

Nachdem sie einmal aufbegehrt und doch tatsächlich gewagt hatte, sich gegen ihn zu stellen, war er zu dem Schluss gekommen, dass es besser wäre sie gefügiger zu machen. Seit sie die Tabletten nahm, hatte sie genug mit sich selbst zu tun, als dass sie ihm das Leben unnötig erschweren würde.

Doch erst einmal wollte er die alten Papiere durchsehen. Irgendwo musste etwas Interessantes verborgen sein. Er überflog die Texte und hielt Ausschau nach dem Namen Lange. Fand er den, würde er auch auf das Geheimnis stoßen, von dem der Alte gebrabbelt hatte und das er sich so teuer bezahlen lassen wollte.

Endlich entdeckte er einen Zeitungsbericht, in dem von dem Verschwinden der Hebamme Pieper aus Prerow berichtet wurde. Er blätterte noch mal zurück. Irgendwo hatte er doch schon etwas über die Frau gelesen. Ach da. In der Sturmflutnacht hatte sie auf dem Pfarrhof zwei Frauen von ihren Kindern entbunden. Das konnte ja wohl nicht so was Besonderes gewesen sein. Ärgerlich schüttelte er den Kopf. Das war ein Schuss in den Ofen.

Auf jeden Fall konnte sich niemand den Verbleib der alten Hebamme erklären, las er weiter. Untersuchungen durch die Amtsmänner blieben ohne Ergebnis. Am Ende kam man zu dem Schluss, dass sie auf Grund ihres Alters im Dunkeln nicht mehr sehen konnte, in den Strom gestürzt und ertrunken war. Die Nachforschungen wurden eingestellt.

In den Strom gestürzt? In Thilos Kopf schellten Alarmglocken. Sollten das die Knochen sein, die Pächers Köter ausgegraben hat? Er suchte nach dem Datum auf der Zeitung. Achtzehnhundertdreiundsiebzig. Vor einhundertsiebenundvierzig Jahren. Das könnte passen. Wenn sie das war, dann war sie ja keinesfalls gestürzt. Zumindest wurde sie vorher erschlagen. Aber wer sollte so einen Rochus auf die Alte gehabt haben?

Jetzt begann es spannend zu werden. Hastig blätterte er weiter. Ein paar Ausgaben lang beschäftigte die verschwundene Hebamme noch die Schlagzeilen, ehe der Fall auch für die Zeitung zu den Akten gelegt wurde.

Es war genau wie heute. Großer Aufschrei um dieses oder jenes, aber ruck zuck ließ die Aufmerksamkeit der Leser wieder nach und schon ein paar Tage später krähte kein Hahn mehr danach.

Frustriert schleuderte Thilo den Papierstapel zu Boden. Das brachte ihn keinen Schritt weiter. Wo war die Spur, die angeblich zu Langes führte?

Ohne große Hoffnung, auf etwas Interessantes zu stoßen, wühlte er einen Packen loser Seiten durch, die mit einer Büroklammer zusammengehalten waren. Er erstarrte. Als erstes fiel ihm der Jahrgang auf. Dieses Material war deutlich jüngeren Datums. Achtzehnhundertzweiundneunzig. Fast zwanzig Jahre später kehrte die alte Hebamme zurück in das Augenmerk der Öffentlichkeit.

Eine Frau war bei der Polizei aufgetaucht und hatte zu Protokoll gegeben, dass sie Zeugin eines Verbrechens geworden war, dass in der Sturmflutnacht begangen wurde.

Thilo stellten sich vor Aufregung die Nackenhaare auf. Das musste es ein.

Er rückte aufgeregt bis auf die Kante seines Stuhles vor und starrte gebannt auf den Text. Waren die Langes etwa darin verwickelt? In ein Verbrechen?

Diese Frau, Trulla Bohns, schilderte, dass die Hebamme, in deren Diensten sie stand, in besagter Nacht auf dem Pfarrhof in Prerow zwei Kindern auf die Welt verholfen hatte. Und eins davon war das von Kapitän Lange!

Lange! Endlich!

Thilo schnaufte zufrieden. „Na, dann wollen wir doch sehen, was der werte Herr Kapitän Lange auf dem Kerbholz hat", flüsterte er grimmig vor sich hin. Jetzt bestand für ihn kein Zweifel mehr daran, dass es das sein musste, was der Archivar herausgefunden hatte.

Aufmerksam, um ja nichts zu übersehen, studierte Thilo nun die nachfolgenden Berichte und konnte sich ein hämisches Lachen dabei nicht mehr verkneifen. „Jetzt hab ich dich, Lange, jetzt hab ich dich."

Der Herr Kapitän Lange wurde mit einer Tochter gesegnet. Seiner siebten. Wieder nicht der langersehnte Sohn. Die Witwe Lembke gebar währenddessen einen fünften Sohn. Einen Bastard.

Und nun geschah angeblich das Ungeheuerliche. Die alte Hebamme vertauschte die Kinder und ließ sich vom Herrn Kapitän fürstlich dafür bezahlen. Sie hatte einen Haufen Geld, er endlich einen Sohn. Über das Mädchen, die eigentliche Tochter Langes, gab es keine weiteren Informationen. Thilo überflog den Bericht noch einmal. Hatte er etwas übersehen? Nein. Nichts. Wie auch immer, wen interessierten schon die Kinder. Aber was der Herr Kapitän sich da geleistet hatte, das war ein wirklich großes Ding.

Thilo ließ sich nach hinten an die Stuhllehne fallen. In seinem Kopf wirbelten die Gedanken durcheinander. Krampfhaft versuchte er, die losen Fäden zu verknüpfen.

Natürlich interessierten die Kinder! Denn das würde ja bedeuten, dass alle, die nach Johann Lange kamen, also auch Christian, gar keine Langes waren. Sie waren Nachkommen einer Frau aus dem Armenhaus. Ohne Namen, ohne Vergangenheit. Nichts! Wenn das keine Story war.

Thilo beugte sich zurück über die Papiere. Jetzt ging es erst richtig los.

Die Untersuchungen zum Verschwinden der Hebamme wurden unter diesem Blickwinkel noch einmal neu aufgerollt. Plötzlich war außerdem von einem Feuer die Rede, bei dem ein paar Jahre danach ausgerechnet die Schwiegermutter von Kapitän Lange ums Leben kam. Na, was ein Zufall.

Thilos Fantasie überschlug sich. Hatte der alte Lange erst die Hebamme um die Ecke gebracht, damit die nicht quatschen konnte, und dann auch noch die Schwiegermutter, weil die vielleicht was ahnte?

Ungeduldig las Thilo weiter. Ha, auch die Zeitungen von damals liebten Spekulationen. In einer Ausgabe trauten sie sich mit einem gewissen Maß an Vorsicht einen Zusammenhang zwischen Lange und den Geschehnissen herzustellen, um in der nächsten gleich wieder alles abzustreiten. Hatten wohl eins auf den Deckel bekommen, eine angesehene Persönlichkeit, wie den alten Lange, so durch den Dreck zu schleifen.

Fakt war, dass Langes Ehefrau das Kind wohl mehr oder weniger im Delirium geboren und den anschließenden Tausch gar nicht mitbekommen hatte. Wie auch immer die Hebamme es angestellt haben mochte, beide Mütter waren der Meinung, ihre eigenen Kinder mit nach Hause zu nehmen. Im Gegensatz wohl zu Langes Schwiegermutter, die in dem Ruf stand, eine Hexe zu sein. Logisch, dass die erkennen konnte, wofür andere blind waren.

Thilo raufte sich die Haare. Das klang alles so unwirklich. Sollte so etwas wirklich möglich gewesen sein?

Aber mal angenommen, es war so, Thilos Augen verengten sich zu Schlitzen, dann musste die Hebamme sterben, weil sie den Kapitän vielleicht erpresste. Das würde ihren Tod erklären. Aber die Schwiegermutter? Und erst Jahre später?

In der Hoffnung, mehr zu erfahren las Thilo weiter. Aber außer der Nachricht, dass sich keine der angestellten Vermutungen bestätigt hätten und Kapitän Lange von allen Vorwürfen freigesprochen wurde, fand er nichts. Er war und blieb ein unbescholtener Bürger.

Das war ja klar. Die Kleinen hängt man, die Großen lässt man laufen. Über einen wie Kapitän Lange hüllte man letztendlich lieber doch den Mantel des Schweigens. Wie das wohl gewesen wäre, wenn die Armenhäuslerin hinter dieser Geschichte gesteckt hätte? Aber womit hätte die die Hebamme bestechen sollen? Und warum? Der war doch sicher egal, ob das hungrige Maul mehr, das zu stopfen war, ein Junge oder ein Mädchen war.

Der Mantel des Schweigens ja, aber das bereits gedruckte Wort ließ sich nicht zurücknehmen und so blieben einmal ausgesprochene Vorwürfe unter der Hand am Leben. Aber leider nicht in diesen Unterlagen.

Verärgert schlug Thilo mit der flachen Hand auf das Papier. Ein bisschen mehr hatte er sich nun doch erhofft. Aber egal, er würde aus all dem schon eine Geschichte zusammenzimmern. Eine Portion alte Zeiten, einige weitere tatsächliche Begebenheiten und ganz viel Fantasie. Was machte das schon. Es konnte ja niemand das Gegenteil beweisen. Die einzig verbliebenen Zeugnisse aus dieser Zeit waren in seinem Besitz, also konnte er schreiben, was er wollte.

Kapitel 16

Emilia lehnte sich erschöpft zurück. Sie wurde von Tag zu schwächer und sehnte sich nur noch nach Ruhe. Aber Nell hatte ein Recht darauf mehr zu erfahren.

„Alles begann mit Theodora. Sie hatte Probleme mit ihren Augen. Mal waren sie zu trocken und schmerzten, dann tränten sie wieder und sie konnte mit zunehmendem Alter immer schlechter gucken. Frage mich nicht, woran das lag. Als sie zu Elisabeth in die Praxis kam, konnte die ihre Beschwerden zwar lindern, aber es gab keine Heilung mehr. Es muss wohl etwas Ernstes gewesen sein. Du wusstes, dass Elisabeth Augenärztin war?"

Nell schüttelte beschämt den Kopf. Da war so vieles, was sie nicht von Lisi wusste, wofür sie sich nicht interessiert hatte, als sie es hätte tun können. Und doch hatte Lisi sie ausgewählt. Ein dicker Frosch hockte in ihrem Hals.

„Als Theodora dann fast gar nichts mehr sehen konnte, Mitte der fünfziger Jahre war das, und nicht mehr allein zurechtkam, stellte sie mich auf Lisis Anraten als Haushaltshilfe ein, was ich bis zum Schluss blieb. Dass Theodora Elisabeth einmal das Haus vererben würde, konnte zu diesem Zeitpunkt noch keiner ahnen. Das war auch nie Elisabeths Ansinnen."

Nell schaute überrascht auf. Emilia war Theodoras Haushaltshilfe?

Die schaute versonnen auf ihre Hände, als gehörten sie jemand anderes.

Nell folgte ihrem Blick. Emilias Hände wirkten so zerbrechlich und feinadrig, fast durchsichtig, so gar nicht wie die Hände einer Frau, die Hausarbeit verrichtete.

„Wie ich vorhin schon erwähnte, Theodora hatte immer eine Menge Leute um sich herum", fuhr Emilia mit schwacher Stimme fort. „Für meinen Geschmack waren sie alle", sie zögerte kurz, bevor sie weitersprach, „ein bisschen abartig. Aber das habe ich dir ja schon gesagt." Sie machte eine kleine Pause. „Irgendwann hatte sie Elisabeth dann auch dazu eingeladen. Jeden Dienstagabend um sechs Uhr haben sie um den Tisch herumgesessen und sich an den Händen gehalten haben, während sie darauf warteten, dass der Meister sich mit Klopfgeräuschen bemerkbar machte."

Nell registrierte verwundert, dass Emilia zwar immer wieder den Eindruck vermittelte, selbst an nichts dergleichen zu glauben, sich am Ende aber vielleicht doch nicht so sicher war?

„Sagten Sie nicht anfangs mal, dass in diesem Haus alles möglich sei?“, fragte sie vorsichtig.

Emilia schien immer kleiner zu werden auf ihrem Stuhl.

„Ich wollte es mir nie eingestehen“, gab sie leise zu, „aber es war unheimlich.“

„Ich dachte, Sie waren nie dabei?“

„Stimmt. Elisabeth hat mir manchmal davon erzählt. Zuerst war es wohl ein Spaß für sie, Faszination am Mystischen, aber dann …“

„Was ist dann passiert?“

„Dann kam Sophia.“

Nell hatte beim Namen ihrer Oma die Luft angehalten und Emilia erwartungsvoll angestarrt. Sie hatte die ganze Zeit schon nach Sophia fragen wollen, aber gespürt, dass sie warten musste, bis Emilia bereit war über sie zu sprechen.

„Meine Großmutter“, flüsterte sie und ihr Herz begann heftig zu schlagen.

„Ja, deine Großmutter.“ Emilia schaute durch das Fenster, als könnte sie dort die Bilder der Vergangenheit finden. „Von da an hatte sich alles verändert. Elisabeth war ihr vom ersten Tag an verfallen.“

Ein warmer Schauer zog durch Nells Körper. Lisi hatte ihre Oma gemocht. Aber warum ausgerechnet sie, wenn außer ihr doch auch andere dabei waren?

Emilia schien ihre Frage auch ohne Worte zu verstehen. „Deine Großmutter war eine schillernde Person. Sie hatte dieselben rote Haare wie du und führte ein Leben, als wenn es kein Morgen gäbe. Ich hielt sie für flatterhaft und ihr Benehmen für ungebührlich. Du musst verstehen, es war noch eine ganz andere Zeit“, versuchte sie zu erklären und sank traurig noch mehr in sich zusammen. „Für Elisabeth gab es plötzlich nur noch Sophia.“

Sie schloss die Augen und faltete die Hände in ihrem Schoß.

Nell glaubte schon, sie wäre am Tisch eingeschlafen, als sie die Augen wieder öffnete und weitersprach.

„Sophia war eine Heilerin.“ Sie griff nach Nells Händen und schien auf einmal wieder hellwach zu sein. „Sie hatte die Gabe, zum Inneren der Menschen durchzudringen, ihr Vertrauen zu gewinnen, so dass sie sich öffneten. Genau wie du. Du hast ihre Hände, Nell. Hände, die heilen können.“

Nell bekam vor Überraschung den Mund kaum zu. Also doch. Emilia glaubte also doch an Übersinnliches. Warum wehrte sie sich so sehr dagegen? Konnte es sein, dass sie eifersüchtig war und deshalb alles ablehnte, was mit Sophia zu tun hatte? Aber warum dann auf einmal dieser Sinneswandel?

Emilia lächelte schuldbewusst. „Ich sehe dir an, was du denkst. Ja, ich habe deine Großmutter anfangs gehasst. Weil sie mir Elisabeth weggenommen hat.“ Und nicht nur deshalb, dachte sie wehmütig. Aber das ging das Mädchen nichts an.

Sie ließ Nells Hände los, zog ein schneeweißes Taschentuch aus ihrem Jackenärmel und tupfte über ihre Augen.

„Doch dann habe ich erkannt, dass deine Großmutter den Menschen wirklich helfen konnte. Sie hat sie von ihren Schmerzen befreit und ihnen Kraft und Zuversicht zurückgegeben.“ Sie verzog leidvoll ihr Gesicht. „Ich hatte ihr Unrecht getan. Deine Großmutter war ein guter Mensch.“

Nell atmete erleichtert auf. Für einen kurzen Moment hatte sie befürchtet, dass Emilias Hass immer noch anhielte. Diese Vorstellung könnte sie nicht ertragen.

„Sie haben Frieden miteinander gemacht?“

„Wir waren nie Freunde, wenn du das meinst. Aber wir sind uns respektvoll begegnet, wenn sie hier im Haus gearbeitet hat.“

„Hier? In diesem Haus?“

Jetzt wurde Nell einiges klar. Daher also die Sache mit der Tradition.

Emilia nickte.

„Nur sie? Waren die anderen nicht auch Heiler?“

„Sie gaben sich als Schamanen, Heiler, Magier aus“, Emilia wiegte müde den Kopf, „vielleicht waren sie das auch, doch in diesem Haus waren sie lediglich Gäste. Deine Großmutter aber lebte ja hier in Prerow.“

„Wissen Sie, wo sie wohnte?“ Nells Hände wurden feucht vor Aufregung. „Gibt es das Haus noch?“

Emilia schüttelte den Kopf. „Sie hat mit deiner Mutter in der Küstersallee, im Strandhotel gewohnt. Es wurde vor langer Zeit abgerissen. Du kannst es dir im Museum anschauen."

„Hatte sie keinen Mann? Wer war mein … Großvater?" Es fiel Nell schwer das Wort auszusprechen, dass zuvor nie eine Bedeutung für sie hatte.

„Sie war nicht verheiratet, wenn du das meinst. Und wer dein Großvater war, hat sie nie verraten."

Nell hörte die Missbilligung in Emilias Stimme. Damals war eben alles noch anders.

„Deine Mutter hat dir wohl nicht viel aus ihrer Kindheit erzählt?"

Nell schüttelte traurig den Kopf. „Nein, sie wollte nie darüber sprechen."

„Als du mir erzähltest, dass du als Kind schon einmal in diesem Haus warst, da ahnte ich es sofort."

„Was?"

„Dass es diese Verbindung zwischen dir und deiner Großmutter gibt." Emilia beugte sich ein wenig vor und blickte Nell fest an. „Nicht du warst damals in diesem Haus. Es war deine Großmutter mit deiner Mutter an der Hand."

„Das kann nicht sein." Abrupt wich Nell zurück. So etwas gab es nicht.

Emilia lächelte mild. „Ich war dabei, Nell, ich war dabei."

„Sie meinen, ich hätte die Vergangenheit gesehen?"

„Du hast deine Großmutter gesehen."

Nell drückte ihre Hände vor die Brust, während sie versuchte, sich das Bild in Erinnerung zu rufen. Es gelang ihr nicht mehr. Dennoch beruhigte sich ihr Atem und ein Gefühl von Glück und Erlösung strömten durch ihren Körper. Dieses unsichtbare Band zwischen Oma und ihr, das Zeit und Raum auflöste, das gab es wirklich.

Versonnen schaute sie auf ihre Hände. Dann sollte es so sein. Wenn ihre Hände die ihrer Oma waren, dann würden sie ihr und anderen künftig helfen.

„Wann ist sie gestorben?"

„Noch vor Theodora."

„Warum musste sie so früh sterben? Warum durfte ich sie nicht mehr kennenlernen?“ Der Verlust erschien Nell in diesem Augenblick überwältigend.

„Es war Krebs, Nell. Niemand konnte ihr helfen, auch nicht sie sich selbst.“ Emilia musterte Nell freundlich. „Aber sie lebt in dir weiter. Du siehst aus wie sie. Du hast ihre Gabe. Es ist ein Wunder.“

„Aber es gibt keine Wunder.“

„Wunder stehen nicht im Gegensatz zur Natur, sondern nur im Gegensatz zu dem, was wir über die Natur wissen, Nell.“

Nell konnte ihre Überraschung darüber, wie sich alles plötzlich verändert hatte, kaum verbergen. „Wenn Sie das alles von vornherein wussten, warum waren Sie anfangs dann so“, ihr lag das Wort biestig auf den Lippen, doch das Bild dieser kleinen, alten Frau, die in den letzten Monaten noch mehr zusammengeschrumpft schien, erfüllte sie mit großer Traurigkeit, so dass sie besonders sanft weitersprach, „so abweisend zu mir?“

Dennoch zuckte Emilia unter Nells Worten zusammen.

„Ich glaubte, ich hätte Elisabeth ein zweites Mal an Sophia verloren“, antwortete sie leise, ohne Nell dabei anzusehen, „Ich brauchte Zeit. Aber je besser ich dich kennenlernte, umso mehr verstand ich sie. Es tut mir leid.“

Nell erhob sich und lief aufgewühlt im Zimmer hin und her. Das waren so viele Informationen auf einmal nach der langen Zeit des Schweigens.

Dann hockte sie sich vor Emilia hin. „Wo wurde meine Großmutter beerdigt?“

„Es gibt kein Grab. Es war der Wunsch deiner Großmutter, anonym beigesetzt zu werden.“

„Kein Grab? Keine Trauerfeier?“

Emilia blickte aus dem Fenster, als könnte sie da die Vergangenheit sehen. „Ich stehe Nachrufen von jeher skeptisch gegenüber. Die schlimmsten Zeitgenossen werden nur allzu oft nach ihrem Tod plötzlich zu Heiligen erklärt.“

Nell schaute sie verwundert an. „Das hat meine Mutter zugelassen?“

Das Bild ihrer Mutter tauchte vor ihr auf, ihre verbissenen Gesichtszüge, wenn es um Oma ging. Eine Grabstelle hätte nichts an ihren Gefühlen geändert. Nell lächelte wehmütig. Ihre Oma hatte sich für die Freiheit entschieden. So, wie sie gelebt hatte, sollte es auch im Tod bleiben. Sie hatte ihren Platz gefunden, wo immer das sein mochte.

Die Vorstellung, zu leben wie ihre Oma und eines, hoffentlich fernen Tages, auch so zu sterben, die Asche am liebsten in alle Winde verstreut, gefiel ihr.

„Hast du schon einen Plan, was mit dir nach deinem Tod passieren soll?"

Sonja stellte ihre Einkaufstasche ab und schaute Nell verwundert an. „Was ist denn das für eine Frage? Da denke ich doch jetzt noch nicht drüber nach."

Nell erzählte ihr in kurzen Zügen, was sie von Emilia gehört hatte, während sie Kaffee kochte.

„Anonym?" Sonja kniff nachdenklich die Augen zusammen. „Mein Vater wollte unbedingt in die See. Ich dachte damals, ich wäre ihm vielleicht am Strand nahe, aber ich konnte ihn dort nicht fühlen. Meine Mutter hat eins von den kleinen Urnengräbern auf dem Friedhof, ganz hinten, neben der Gärtnerei. Ich besuche sie regelmäßig und spreche mit ihr. Das ist schön. Ich glaube, das möchte ich auch mal."

Erstaunt schaute Nell sie an. Derartige Gefühlsregungen gab es bei Sonja selten. Aber sie konnte sie verstehen.

Im nächsten Augenblick lachte Sonja schon wieder. „Genug vom Tod. Was gibt es Neues?"

„Erst mal Kaffee und dann wollte ich mich auf die Suche nach den Büchern machen, die vielleicht noch ein paar Geheimnisse über das Haus und vielleicht sogar über meine Oma verraten können. Hast du Zeit und Lust mir zu helfen?"

Allein dauerte es ganz sicher Monate, ehe sie die richtigen fand.

Sonja schaute sich um. „Alte Bücher? Aber immer."

„Du links, ich rechts?"

Fasziniert blieb Nell gleich bei dem ersten Buch hängen, dass sie aus dem Regal zog. Sie war sich darüber im Klaren, dass sie, wollte sie jedem einzelnen Buch derart viel Aufmerksamkeit schenken, nie fertig werden würde, aber dieses hier war einfach zu interessant.

Endlich verstand sie die Bedeutung der Steine. Hatte sie vorher gedacht, es wären eben nur kleine, große, helle oder dunkle Steine, kantige oder runde und was immer es sonst noch gab, erkannte sie auf einmal den tieferen Sinn, den sie ergaben. Die Zuordnung eines bestimmten Steines zur eigenen Person oder jemandem, der einem nahe stand, verlangte die intensive Auseinandersetzung mit sich selbst oder dem jeweilig anderen Menschen ab. Wie sah man sich selbst? Wie ihn? In welcher Beziehung stand man zueinander? Was für ein spannender Ausgangspunkt.

„Sonny, komm mal her", rief Nell der Freundin zu, die gerade den Staub von einem Buch wegpustete und dabei fast einen Hustenanfall bekam, „ich muss etwas bei dir ausprobieren."

Nell zog die Steinschale zu sich heran.

Sonja setzte sich zu ihr und legte das Buch, das sie gerade in der Hand hatte, neben sich.

Nell breitete die Steine auf der Tischplatte aus. „Such dir einen aus, bei dem du dich als Kind wiedererkennen würdest."

Sonja sah sie skeptisch an. „Wozu soll das gut sein?"

„Frag nicht, mach einfach. Also, welcher Stein, denkst du, würde deiner Erinnerung an die Kindheit am ehesten entsprechen?"

„Na gut." Sonja schob die Steine ein wenig hin und her. „Hm, ich hatte eine tolle Kindheit. Wenn ich zurückdenke, sehe ich im Sommer nur Sonne und im Winter alles wunderschön verschneit." Sie griff nach einem rundgeschliffenen, fast hellblau schimmernden Kiesel. „Der. Der ist es."

Nell hob bewundernd die Augenbrauen. Ja, dieser Stein sah nach Glück, Freiheit und Zufriedenheit aus.

„Und welchen würdest du aus heutiger Sicht nehmen?"

Wieder wählte Sonja einen hellen Stein. Etwas größer und mit ein paar dunkleren Sprenkeln versehen.

„Bin ja schließlich ein bisschen reifer als damals", sagte sie grinsend, „und ein paar Schrammen habe ich mir im Laufe meines Lebens auch eingehandelt."

Genau das ist es, dachte Nell. Die Steine spiegeln das Erlebte wider, aber zugleich das eigene Wertgefühl. Sonja war ein durch und durch zufriedener Mensch. Sie konnte gar nicht anders, als helle, freundliche Steine zu wählen.

„Ist das ein Spiel?", unterbrach Sonja ihre Überlegungen.

„Nein, eher eine Lebensanalyse. Je nachdem, welches Exemplar jemand für sich aussucht, kann man erkennen, ob er sich in seiner Haut wohlfühlt, ob Licht oder Schatten in seinem Leben eine vordergründige Rolle spielen und wie er sich selbst sieht. Und eben auch, wie er andere um sich herum sieht. Eltern, Geschwister, den Ehepartner."

„Du kannst also über diese Steine in die Seele und das Leben der Menschen gucken?"

„Ein bisschen schon. Außerdem kann ich sie damit leichter dazu bringen, über sich nachzudenken und, wenn ich Glück habe, auch darüber zu sprechen."

„Und dann?"

„Wenn es gelingt, dass sie mit mir reden, dann ist der erste Schritt getan. Es gibt so viele Menschen, die sich verschließen, weil sie niemanden haben, mit dem sie sprechen können oder wollen. Irgendwann ersticken sie an all dem Unausgesprochenen und werden darüber krank."

„So einfach ist das?"

„Nein, es gehört sehr viel mehr dazu, aber es ist ein Anfang."

„Na, dann ist ja gut. Ich habe mich gerade gefragt, warum man wohl so viele Jahre studieren muss, wenn ein paar bunte Steine alles rausreißen können." Sonja zwinkerte der Freundin schelmisch zu und hob das Buch in die Höhe, das sie gerade gefunden hatte. „Ich fürchte zwar, mit diesem edlen Werk hier wirst du niemanden heilen können, aber es wird dich trotzdem brennend interessieren."

Nell riss die Augen auf. Die Hauschronik. Sie wollte danach greifen, aber Sonja entzog sie spielerisch ihrem Griff.

„Erst machst du den Sekt auf!"

Das ließ Nell sich nicht zweimal sagen. Warum war sie nicht von selbst darauf gekommen. Der Staub auf den Büchern machte ja einen ganz trockenen Hals. Nicht auszuhalten.

Mit gefüllten Gläsern begaben sie sich gemeinsam auf eine Reise in die Vergangenheit.

„Das ist ja nicht zu fassen!" Sonja schaute Nell überrascht an. „Wusstest du, dass dieses Grundstück eine solch spannende Geschichte hat?"

„Emilia hat mir von dem Wunschbaum erzählt und dass sich die Leute damals wohl seinetwegen die Köpfe eingeschlagen haben. Ich denke mal, da hat sich einer eine gute Geschichte ausgedacht."

Nell ließ ihre Finger sanft über das Abbild eines Birnenbaumes gleiten. Selbst wenn nur eine Geschichte, so war es doch eine sehr hübsche.

Sonja blätterte eine Seite zurück. „Nicht nur das. Die ersten Berichte sind von einer Marie Lembke. Sie hat hier, also in einem kleinen Schuppen, auf ihren Liebsten gewartet und alles aufgeschrieben." Sie schaute Nell über den Brillenrand hinweg an.

„Doch nicht etwa der alte Schuppen im Garten?"

„Ist der so alt? Warte mal", Sonja rückte ihre Brille zurecht. „Die Aufzeichnungen beginnen 1888. Es ist ein Tagebuch." Sie stieß erstaunt die Luft aus.

„Lies' schon vor. Was schreibt sie?"

„Gott, diese altdeutsche Schrift", stöhnte Sonja verzweifelt. „Gar nicht so einfach zu lesen. Also, ihre Großmutter hat hier gewohnt. Nein, gar nicht. Es war die Großmutter von ihrem Freund Johann." Überrascht schaute sie auf „Johann Lange und sie waren Flutkinder, was immer das zu bedeuten hatte. Auf jeden Fall war sie mit ihm immer hier."

„Lange? Doch nicht etwa ein Vorfahre von unserem Nachbarn?"

„Möglich. Vielleicht kommt ja noch mehr über ihn. Sie schreibt, dass das Wohnhaus mitsamt der alten Frau und ihrem Katerchen ein paar Jahren zuvor abgebrannt war. Die Leute im Ort hatten gemeint, weil sie eine Hexe war. Der Teufel hätte sie geholt. Aber das hat sie nie geglaubt."

Nell stutzte. Eine Hexe?

„Nur der Schuppen war verschont geblieben. Da waren Marie und Johann noch Kinder. Sie haben sich dann immer hier versteckt", las Sonja weiter.

„Versteckt wovor?"

Sonja zuckte mit den Schultern. „Vor der Welt?" Sie schlug die nächste Seite auf. „Ah, vor Johanns Vater. Johann sollte wie er Seemann werden und wollte nicht."

„Kapitän Thillmann Lange? Ich habe im Museum mal was über ihn gelesen."

Ein loses Blatt segelte zu Boden.

„He, guck mal, eine Kinderzeichnung." Prüfend schaute Sonja von dem Bild auf Nell und wieder zurück. „Das ist ja verrückt."

„Was denn? Zeig mal." Nell nahm der Freundin das Blatt aus der Hand und betrachtete es kritisch, ehe sie lachend abwinkte. „Sag jetzt nichts."

Wenngleich weder Formen noch Proportionen stimmten, waren auf dem Bild eindeutig eine alte Frau und ein Kind, beide mit leuchtend rotem Haar, zu erkennen. Sie saßen unter einem Baum, dessen Äste wie Krakenarme in den Himmel ragten und an denen sieben überdimensional große Birnen hingen. Auf dem Schoß der Frau lag ein kleines rotes Kätzchen. ‚Großmutter und ich' stand in krakeligen Buchstaben unter dem Bild.

„Und ob! Sie sieht aus wie du. Beide sehen aus wie du."

„Sogar die Katze." Nell kicherte übermütig. „Sie haben alle rote Haare. Sonst nichts. Viel wichtiger ist doch, ob das der Wunschbaum ist, unter dem sie sitzt."

„Davon hat Marie nichts geschrieben. Auf jeden Fall muss sie noch ganz schön klein gewesen sein, als sie das Bild gemalt hat. Meine Mädels haben mit fünf, höchstens sechs Jahren solche Bilder gemalt. Aber gib's zu, die Großmutter sieht aus wie du, Nell. Und sie war eine Hexe."

Nell boxte Sonja in die Seite. „So sehe ich also aus? Na, schönen Dank auch. Und he, ich bin keine Hexe."

„War die sicher auch nicht. Vielleicht eine Kräuterfrau? Die könnte, warte mal, deine Urururuoma gewesen sein."

„Wenn sie die Großmutter von Johann war, dann kann sie ja schwerlich meine Urururuoma gewesen sein. Dann gehörte sie zur Familie Lange. Und ich habe auf keinen Fall etwas mit Langes zu tun."

„Aber vielleicht mit Marie Lembke? Guck mal, die Kleine sieht doch auch aus wie du."

„Nur weil sie rote Haare hat? Nein, von Lembkes weiß ich nichts."

Sonja musterte sie belustigt. „Als wenn du viel über deine Familie wüsstest."

Zerknirscht musste Nell ihr zustimmen. Sie wusste tatsächlich so gut wie nichts.

„War deine Oma verheiratet?"

„Nein. Nach dem, was Emilia mir erzählt hat, nicht. Sie hat meine Mutter allein großgezogen. Angeblich war sie ihrer Zeit weit voraus und ein absoluter Freigeist."

„Und ebenfalls eine Hexe."

„Sonja!"

„Du musst zugeben, seltsam sind diese Übereinstimmungen schon. Außerdem habe ich mal gelesen, dass diese magischen Kräfte, um es mal so auszudrücken", sie zwinkerte Nell verschwörerisch zu, „immer eine Generation überspringen. Das würde also passen."

Nell winkte ab. „Quatsch. Ich habe keine magischen Kräfte, wie du es nennst. Ich kann eben nur ganz gut mit Leuten umgehen."

„Ist ja gut. Ich verrate ja keinem, dass du eine Hexe bist." Sonja lachte leise in sich hinein.

„Ha, ha, wie lustig. Sage mir lieber, ob Marie und Johann später geheiratet haben."

Sonja blätterte weiter. „Nein, hier schreibt sie, dass Johann weggegangen ist. Er hatte ihr versprochen sie zu heiraten, wenn er wieder da wäre und genau hier ein Haus für sie zu bauen. Sie hat fünf Jahre lang auf ihn gewartet."

„Und dann?"

Sonja schlug die nächste Seite auf. „Das ist alles von ihr. Es geht erst mit Marinis weiter."

„Ob Johann doch noch zu ihr zurückgekommen ist?"

„Das würde erklären, warum du aussiehst, wie diese alte Frau auf dem Bild. Also doch verwandte."

„Der Vergleich scheint mir sehr gewagt. Es ist eine Kinderzeichnung. Mehr nicht."

„Die roten Haare sind unverkennbar." Sonja hob grinsend ihr Glas.

Nell stützte nachdenklich das Kinn auf ihre Hand. „Was mag mit Marie und Johann wohl passiert sein?"

Sonja zuckte mit den Schultern. „Vielleicht ist er zu spät gekommen? Oder er hat eine andere geheiratet?"

„Wie auch immer, dieses Haus hier hat Fritz Marini für seine Frau Theodora gebaut. Allerdings erst 1923. Ob das bedeutet, dass Johann erst danach zurückgekommen ist und dann nebenan gebaut hat?" Nell rechnete kurz nach. Dann wäre er ja fünfundzwanzig Jahre oder länger weg gewesen?

„Sieht so aus“, antwortete Sonja, war aber mit ihren Gedanken bereits ganz woanders. „Guck mal, ist das nicht die Großmutter von der Kinderzeichnung?“

Sie reichte Nell ein vergilbtes Foto.

Die starrte auf das Bild und glaubte keine Luft mehr zu bekommen. Dann drückte sie es zärtlich an ihre Brust.

„Nein“, hauchte sie und lächelte Sonja selig an, „das ist nicht Johanns Großmutter, das ist meine Oma.“

Zu deutlich hatte sie das einzige Bild ihrer Großmutter, das sie je gesehen hatte, noch vor Augen. Es gab keinen Zweifel, das hier war ihre Oma als junge Frau. Neben ihr erkannte sie Theodora Marini. Sie drehte das Bild um, aber es war nicht beschriftet.

„Das ist deine Oma?“ Sonja schaute ihre Freundin überrascht an. „Aber sie sieht auch aus wie die andere Großmutter. Na ja, zumindest, so viel wir wissen. Wie kann das sein? Wenn die Frau auf der Zeichnung Johanns Großmutter war, dann gehörte sie zur Familie Lange. So weit, so gut. Die Frau auf diesem Foto ist aber deine Oma. Und alle drei seht ihr gleich aus. Wie geht das?“ Sie schüttelte verwirrt den Kopf. „Das verstehe ich nicht.“

Nell kniff nachdenklich die Lippen zusammen. Das konnte sie sich genauso wenig erklären.

„Vielleicht war Marie wirklich die Mutter, nein, warte mal, die Oma von deiner Oma?“ Sonja schaute Nell mit großen Augen an.

„Und wenn Marie und Johann doch noch zusammengekommen sind und eine Tochter bekommen haben …“

„Oder einen Sohn.“

„Einen Sohn, der dann mit seiner Frau meine Oma gezeugt hat?“

„Ja. Dann wäre Christian also dein, warte mal, hm, …“

„Hör auf, hör auf“, Nell winkte lachend ab. „Das reicht jetzt. Ich bin weder eine Lange noch eine Lembke. Und damit basta. Es muss für all das eine andere Erklärung geben. Wahrscheinlich eine ganz einfache, plausible.“

Sonja grinste verschwörerisch. „Eigentlich schade. Ist doch eine tolle Geschichte. Andererseits wolltest du dich wohl kaum mit deinem Cousin einlassen."

„Cousin? Ich will mich mit gar keinem einlassen!"

„Bei dem Hintern? Aber wenn der einem Verwandten gehört", geschickt wich Sonja dem Kissen aus, das Nell nach ihr warf. „dann wird das wohl nix. Darauf noch ein Glas Sekt?"

Als Nell die Freundin kurze Zeit später am Gartentor verabschiedete, drang vom Nachbargrundstück lautes Gezeter zu ihnen herüber. Gustav Lange und sein Nachbar Hugo standen sich wie zwei wütende Pitbulls gegenüber.

„Das geht schon seit Jahren so." Sonja zwinkerte Nell amüsiert zu. „Vielleicht solltest du die beiden mal in Therapie nehmen und sie miteinander versöhnen, bevor sie sich irgendwann an die Kehle gehen." Sie schnappte sich ihr Fahrrad. „Ich bin da raus." Und schon radelte sie davon.

Nell winkte ihr hinterher und streckte neugierig den Kopf in Richtung der beiden Streithähne. Sollte sie sich da wirklich einmischen?

„Willst du behaupten, ich wäre nicht mehr richtig im Kopf?" Gustav Lange schwenkte wild seinen Stock hin und her. „Tust ja gerade so, als wäre ich blöd. Wer hier wohl der Blödian ist. Wirst schon sehen. Verpiss dich zu deinen Killerbienen."

„Ich glaube, deine Hühner haben mehr Verstand als du." Abfällig spuckte Hugo in den Sand und lachte hämisch. „Sophia ist tot, du alter Trottel. Tot! Verstehst du das? Oder will das nicht in deinen dämlichen Schädel rein?"

„Lachst du von mir?" Gustavs Gehstock schnellte vor und traf Hugo in die Rippen, ehe der begriff, was passierte. Er brüllte vor Schmerz und Schreck auf und wollte sich auf Gustav stürzen, aber Nell war schneller und drängelte sich zwischen die beiden.

„Aufhören", fuhr sie die beiden an. „Hört auf! Was soll denn das!"

Schlagartig ließen die beiden Männer voneinander ab. Während Hugo vor Verblüffung die Kinnlade herunter fiel, warf sich Gustav triumphierend in die Brust und strahlte über das ganze Gesicht.

„Jetzt hat's dir die Sprache verschlagen, was?"

Hugo stand nur da und starrte Nell ungläubig an.

In dem Augenblick kam Christian aus dem Haus. Kopfschüttelnd schaute er von seinem Vater zu Hugo und zurück.

„Was ist denn nun schon wieder los? Könnt ihr beiden Rentenräuber euer Kriegsbeil nicht endlich begraben?"

Amüsiert nickte er Nell zu, die immer noch wie ein Bollwerk zwischen den beiden Alten stand. „Haben Sie etwas abbekommen?"

„Nein, nein. Alles in Ordnung", beeilte sie sich zu antworten und trat einen Schritt zur Seite. Sollten die beiden jetzt noch mal aufeinander losgehen wollen, dann sollte Christian sich doch dazwischen werfen. Außerdem schien er mit derartigen Begegnungen, die in der Regel wohl eher harmlos endeten, vertraut zu sein.

Als hätte er ihre Gedanken erraten, zwinkerte er ihr verschwörerisch zu und nahm seinen Vater dann beim Arm. „Na komm, gehen wir nach Hause."

Der versuchte die Hand abzuschütteln und sich erneut auf Hugo zu stürzen. „Wir sind noch nicht fertig!"

Christian packte seinen Vater etwas fester. „Doch Papa, seid ihr. Genug für heute."

Gustavs Blick verfinsterte sich. „Lass mich los!"

Er drehte sich noch einmal zu Hugo um. „Wer von uns ist der Idiot? Wer? Und nur, damit du es weißt, sie ist zu mir", er tippte sich auf die Brust, „zu mir zurückgekommen und ich werde auf sie aufpassen."

Mit letzter Kraft richtete er sich für einen Moment zur vollen Größe auf, bevor er erschöpft in sich zusammensackte und bei Christian Halt suchte.

Der legte liebevoll den Arm um die Schulter seines Vaters. „Klar machst du das. Aber jetzt komm."

Hugo schien Gustav vergessen zu haben. Seine ganze Aufmerksamkeit galt Nell. Mit einer Mischung aus Erstaunen und Faszination betrachtete er sie, während sie Christian und seinem Vater nachsah. Ein alter Mann, der mehr und mehr nur noch in der Vergangenheit lebte. Das erging vielen Alten so, aber nicht jedem war es wie ihm vergönnt, dabei in eine glückliche Zeit seines Lebens einzutauchen. Nell hatte nur allzu oft mit Menschen zu tun gehabt, die wieder und wieder in die finstersten Situationen früherer Jahre abrutschten und die Hölle immer aufs Neue durchlebten. Da war die

Vorstellung, eine verflossene Liebe wiedergefunden zu haben, doch ein echter Glücksfall.

Aus dem Augenwinkel fiel ihr auf der gegenüberliegenden Straßenseite eine Frau auf, die verstohlen zu ihnen herüberschaute. Als Nell ihr grüßend zunickte, wendet sich die Frau erschrocken ab und ging, nein, sie stakste eher, weiter. Sie setzte vorsichtig einen Fuß vor den anderen, als würde ihr jeder Schritt Schmerzen bereiten. Sie wirkte zerbrechlich und durchsichtig, fast wie ein Geist.

Doch im nächsten Moment war Nell schon wieder in Gedanken bei Christian und seinem Vater. Die beiden hatten das Haus erreicht und Christian schob seinen Vater behutsam in den Flur hinein, während er leise auf ihn einsprach. Nell konnte kein Anzeichen von Ungeduld oder Ärger über die Eskapaden seines Vaters bei Christian erkennen, nur Fürsorge und Zuneigung.

Nachdenklich zog sie ihre Jacke enger um sich. Was mochte wohl damals zwischen ihrer Oma und Gustav Lange gewesen sein? Hatte er lediglich für sie geschwärmt? Schließlich war er verheiratet. Oder hatten sie tatsächlich etwas miteinander? Er wäre weder der erste noch der letzte verheiratete Mann mit einer Geliebten gewesen. Sollte die Ähnlichkeit zwischen ihr selbst, ihrer Oma und der Großmutter von Johann doch kein Zufall sein? Aber wie konnte das alles zusammenpassen? Aufgewühlt fuhr sie sich durch ihre Locken. Wahrscheinlich hatte diese Kinderzeichnung gar nichts zu bedeuten. Warum sollte es nicht in beiden Familien Frauen mit roten Haaren gegeben haben, die sich darüber hinaus mit Kräutern und solchen Sachen ausgekannt haben. Wenn man den Büchern glauben konnte, dann gab es in früheren Zeiten viele Menschen, vorzugsweise Frauen, mit diesen Fähigkeiten.

Während sie ihren Gedanken nachhing, trat Hugo auf sie zu.

„Ich wollt's nicht glauben“, lispelte er kopfschüttelnd und grinste sie breit an. „Hatte der alte Gauner irgendwie doch recht.“

Nell schaute überrascht auf. „Wie bitte?“

Der Mann vor ihr sah aus, als hätte er das Gebiss von jemand anderem im Mund und sprach auch genauso. Nell fürchtete, seine Zähne könnten jeden Augenblick herausfallen. Die Haare, die ihm auf dem Kopf fehlten, wuchsen umso üppiger aus Nase und Ohren heraus. Wahrscheinlich hatte er auch reichlich davon auf dem Rücken, dachte Nell.

Sie hatte Hugo Wegner schon ein paar Mal von weitem gesehen, ihn bisher aber nicht persönlich kennengelernt. Im Gegensatz zu dem ständig mürrischen Gustav Lange schien er eine Frohnatur zu sein.

Umständlich zog er seine Hose höher, die ihm bei der Auseinandersetzung mit Gustav etwas heruntergerutscht war. „Du siehst Sophia wirklich verdammt ähnlich."

Nell streckte ihm freundlich die Hand entgegen. „Ja, das ist wohl so. Guten Tag, Herr Wegner."

„Für dich Hugo, mein Mädchen. Schließlich sind wir Nachbarn." Er nahm Nells Hand und schüttelte sie kräftig.

„Hallo Hugo", wiederholte Nell ihren Gruß lächelnd, „ich bin Nell. Sophia war meine Oma."

„Kein Zweifel", Hugo nickte zustimmend, „das ist nicht zu übersehen."

„Sie, also, du kanntest meine Oma?"

„Was denkst du denn? Ich habe mein ganzes Leben hier, neben diesem alten Esel", er nickte vielsagend zu Langes Haus hinüber, „verbracht." Er strich sich amüsiert über seinen Bauch. „Es gab mal eine Zeit, da waren wir Freunde. Kaum zu glauben, was?" Sein Lachen klang gequält.

Nell meinte, Traurigkeit mitschwingen zu hören.

Tatsächlich wurde er für einen Moment ernst. „Armer Gustav. Mit dem Alter ist das schon so eine Sache", brummte er, „man denkt und denkt und denkt und plötzlich kann man sich an nichts mehr erinnern."

„Ich frage mich", Nell schaute verlegen an Hugo vorbei, „ob meine Oma und Herr Lange, also, ob die beiden, na, Sie wissen schon."

War es richtig, sofort mit der Tür ins Haus zu fallen? Aber wenn Hugo schon immer hier gewohnt hatte, dann sollte er das wissen.

Hugos buschige Augenbrauen schnellten belustigt in die Höhe. „Das hätte er wohl gern gehabt. Es stimmt, er war total vernarrt in Sophia. Aber seine Frau hätte ihm die Beine spitz gehackt, wenn sie ihn je mit ihr erwischt hätte." Er lachte dröhnend. „Nur wenn Hertha außer Sichtweite war, ist er wie ein Kater um das Haus geschlichen. Da war er übrigens nicht der einzige."

„Was denn, andere auch?"

„Die Frauen im Dorf haben deine Oma dafür gehasst, dass sie die Männer mit ihren roten Haaren und ihrem Feuer verrückt gemacht hat."

Nell glaubte an dem Blitzen in seinen Augen zu erkennen, dass auch er nicht ganz frei davon gewesen sein mochte. War das womöglich der Zankapfel zwischen Gustav und ihm?

„Emilia hat mir erzählt, dass meine Oma, also Sophia, ziemlich… wild war?"

„Wild?" Hugo winkte ab. „Sie hatte ein Kind, aber keinen Ehemann. Und sie wollte wohl auch keinen. Das allein war schon zu wild für die Leute damals." Er bemerkte Nell besorgte Miene. „War eben eine andere Zeit. Aber kannst mir glauben, deine Oma hatte weder mit Gustav noch mit sonst wem was. Die hat keinen rangelassen. Lass dir nichts anderes einreden."

Nell nickt zögerlich. Dabei beruhigte sie das ganz und gar nicht. Wenn Sophia und Gustav nichts miteinander hatten, dann vielleicht gerade, weil sie verwandte waren? Aber nein. Gustav benahm sich wie ein verliebter Gockel und nicht wie ein besorgter Bruder oder Cousin. Hugo hatte also sicher recht. Es war eine Schwärmerei. Nicht mehr und nicht weniger.

Dann wäre sie auch nicht mit Christian verwandte.

Zwischen ihren Augen bildete sich eine tiefe Falte. Wie kam sie jetzt darauf? Was ging sie Christian an? Trotzig schüttelte sie den Kopf. Nichts, aber auch gar nichts.

„Das gab damals ein ganz schönes Theater", fuhr Hugo ungefragt fort. „Gustav scharwenzelte um Sophia herum, Emilia um Gustav und seine Frau mit dem Besen um alle." Er lachte so laut, dass sein mächtiger Bauch wackelte.

Nell horchte auf. Emilia? Gustav war ihre heimliche Liebe? Das erklärte so manches. Nun lachte auch sie.

„Deine Oma war eine tolle Frau. Ist viel zu früh gestorben." Nachdenklich blickte er die Straße hinunter, als könnte Sophia dort doch noch jeden Moment wieder auftauchen. „Mehr kann ich dir leider auch nicht sagen."

Nell lächelte traurig. Niemand würde ihr wohl mehr sagen können.

Kapitel 17

Gedankenverloren schaute Nell aus dem Fenster. „Deine Oma ist viel zu früh gestorben", klangen Hugos Worte in ihr nach. Wie recht er hatte. So viele Fragen blieben unbeantwortet.

Sie schaltete den Kaffeeautomaten an und horchte auf das Röcheln, mit dem er sich in Betriebsbereitschaft versetzte.

Vielleicht sollte sie die Geschichte endlich ruhen lassen. Das Schicksal, oder war es einfach Glück, hatte es gut mit ihr gemeint und sie hierhergeführt, wo ihr Leben mit dem ihrer Oma verschmolz. Das war doch mehr, als sie je zu hoffen gewagt hätte. Jetzt lag es bei ihr, dort weiterzumachen, wo ihre Oma aufgehört hatte und auf ihre Art eben Gutes zu tun.

„Wie sieht's aus, gibt's hier einen ordentlichen Kaffee?"

Nell fuhr erschrocken herum und sah Christian lässig am Türrahmen lehnen.

„Wie sind Sie ins Haus gekommen?", fragte sie missbilligend, anstatt seine Frage zu beantworten.

„Durch die Tür?" Spöttisch zwinkerte er ihr zu, hob dann aber einen Schlüssel in die Höhe. „Von Emilia. Nur zur Sicherheit, falls sie mal Hilfe braucht."

„Falls sie Hilfe braucht? Aber ich bin …", Nell winkte ab, „ja klar, schon in Ordnung. Warum nicht."

Christian hielt ihr den Schlüssel hin. „Sicher, sie hat ja jetzt Sie."

„Nein, nein, behalten Sie ihn ruhig. Wer weiß, vielleicht brauche ich auch mal Hilfe." Verlegen wendete Nell sich ab. Wenn Emilia ihm vertraute, warum sollte sie es dann nicht.

„Und was ist nun mit Kaffee?"

„Kaffee?" Zerstreut schaute sie von ihm zur Kaffeemaschine. „Ja, natürlich. Ich wollte mir sowieso gerade einen machen."

Erst als er losprustete, begriff Nell die Zweideutigkeit ihrer Worte.

„Einen Kaffee, meine ich", fügte sie hastig hinzu und sah ihn mit zusammengekniffenen Augen an. „Das finden Sie wohl sehr lustig?"

Er hob entschuldigend die Hände. „Tut mir leid", mühsam verkniff er sich das Lachen. „Ich wollte mich eigentlich nur bei Ihnen bedanken.

Dafür, dass Sie vorhin Ihr Leben riskiert haben, nur um die beiden Kampfhähne zu trennen.“

Wollte er sie schon wieder auf die Schippe nehmen? Aber er sah sie ganz unschuldig an. Lediglich in seinen Augen blitzte der Schalk.

„Nichts für ungut. Ich bin es gewohnt Leben zu retten. So etwas mache ich jeden Tag.“ Sie versuchte ebenfalls ernst zu bleiben, musste dann aber doch lachen. Das Bild der beiden alten Männer, wie sie aufeinander losgingen, war einfach zu lustig.

„Worum ging es eigentlich?“ Sie nahm zwei Tassen aus dem Schrank. „Milch?“

„Schwarz mit drei Stück Zucker bitte.“

„Wie bitte?“

„Ich weiß, ich weiß“, Christian verzog schmerzlich das Gesicht und strich verlegen über seinen Bauchansatz, „also zwei Stück. Worum es ging? Um eine Frau natürlich. Was sonst könnte das Blut von Männern derart in Wallung bringen.“ Er grinste schelmisch und nahm Nell die Tassen ab. „Um eine Frau aus längst vergangenen Tagen. Mit zunehmendem Alter gewinnt die Vergangenheit immer mehr an Bedeutung, denn die Sache mit der Zukunft ist doch sehr vage. In den Garten?“

„Ja.“ Sie zeigte zu dem alten Schuppen rüber. „Da drüben ist es ein bisschen windgeschützter.“

Der Wind machte immer einen Bogen um das kleine Häuschen. Warum das so war, konnte Nell nicht sagen, aber dadurch war es zu einem ihrer Lieblingsplätze geworden.

Sie setzte sich neben Christian auf die Bank, achtete aber darauf, nicht zu nah an ihn heranzurücken. Unauffällig betrachtete sie ihn von der Seite. Er hatte seinen Bart auf ein Sechstagemaß gestutzt, aber ansonsten könnte er durchaus mal wieder einen Friseur gebrauchen. Andererseits gab ihm das wuschelige Haar so etwas natürlich Jungenhaftes, Verwegenes. Ganz anders als Harald, der nichts an seinem Äußeren dem Zufall überließ. Wie er überhaupt nichts dem Zufall überließ.

Wie es wohl wäre, mit Christian …, schnell senkte sie den Blick zu ihren Schuhspitzen.

„Das ist ein schöner Platz hier.“ Christian, streckte die Beine weit von sich und schaute sich zufrieden um. Plötzlich beugte er sich interessiert vor. „Da drüben, ein Wintergoldhähnchen.“

Nell folgte seinem Blick und sah einen winzigen Vogel über den Blüten flattern.

„Der frisst die Menge seines eigenen Körpergewichts am Tag.“ Aufmerksam beobachtete er den kleinen Kerl.

„Das macht meine Mutter auch.“

Christian hob erstaunt die Augenbrauen. „Was denn, ihres eigenen Gewichts?“

Nell lachte. „Nein, das eines Wintergoldhähnchens.“

„Oha.“ Grinsend lehnte Christian sich wieder zurück und trank seinen Kaffee aus.

„Was macht Ihr Vater? Hat er sich wieder ein bisschen beruhigt?“ Nell nahm ihm die Tasse ab und stellte sie neben sich auf den Boden.

„Ja, ja, alles gut. Er schläft ’ne Runde.“ Christian schaute sich fragend um. „Wo ist Emilia?“

„Vermissen Sie sie?“, spöttelte Nell, wurde dann aber sofort wieder ernst. „Sie kommt nur noch selten aus ihrem Zimmer heraus. Sie ist ständig müde und isst auch kaum noch etwas. Sie ist mittlerweile nur noch ein Schatten ihrer selbst.“ Gedankenversunken legte sie die Hände um die Tasse. „Ich fürchte …“, sie schluckte heftig.

Christian lehnte sich entspannt zurück. „Nell, sie ist alt. Es ist der normale Lauf der Dinge.“

Nell nickte zaghaft. „Natürlich. Das weiß ich. Aber“, sie schaute zu Boden, „ich habe sie gern. Trotz allem.“

„Trotz allem?“

„Na, Sie kennen Emilia doch.“ Es bedurfte keiner näheren Erklärungen. „Wir hatten so unsere Anlaufschwierigkeiten“, sagte sie lediglich.

„Schon klar. Ein Drachen ist nichts dagegen.“

„So weit würde ich nicht gehen“, ruderte Nell schnell zurück, „aber einfach war es am Anfang nicht. Ich kam mir wie eine Erbschleicherin vor. Ich hatte null Ahnung, was sie sonst wohl gegen mich haben könnte.“

„Gegen dich?“

Nell zuckte zusammen. Er hatte sie geduzt. Einfach so. Automatisch rückte sie noch ein Stück von ihm ab.

Belustigt zog Christian die Augenbrauen hoch. Was stimmte mit dieser Frau nicht? Okay, er hatte sie geduzt. Dieses förmliche Getue mit dem Sie zwischen ihnen war doch Schwachsinn.

„Na komm, Nell. Gib dir einen Ruck. Es ist ein Du, mehr nicht. Du sollst mich doch nicht gleich heiraten."

Nell zögerte einen Moment und schaute Christian durchdringend an, als wollte sie in seinem Innersten nach irgendwelchen, womöglich unredlichen Absichten suchen. Aber sein Lächeln erschien ihr ehrlich und ohne Hintergedanken. Und warum sollten sie nicht du sagen? Mein Gott, war sie derart verbohrt oder, schlimmer noch, schon so alt, dass sie das nicht konnte? Oder hatte Harald ihr so das Gehirn vernebelt, dass sie allein einem Du misstraute?

„Ist ja gut", gab sie zerknirscht nach. „Also, was wollte ich sagen", fuhr sie schnell fort, „ach ja, Emilia. Erst dachte ich, sie wäre wütend darüber, dass sie das Haus nicht geerbt hat. Doch sie behauptete, Lisi und sie hätten das gemeinsam so entschieden. Von wegen junges Blut und so. Viel später erst hat sie mir dann gestanden, dass sie geglaubt hatte, ich hätte ihr Lisi weggenommen."

„Weggenommen?" Christian runzelte die ungläubig die Stirn.

„Na ja, ausgespannt, entfremdet oder so was. Und dann kam der Hammer. Das alles hatte sie schon mal erlebt, nämlich, als meine Oma, also Sophia, hier aufgetaucht war."

„Sophia?"

„Hm." Nell nickte und schaute einem Schmetterling hinterher. „Lisi und meine Oma …", überrascht unterbrach sie sich. So hatte sie das noch gar nicht gesehen. Konnte es sein, dass Lisi und Oma ein Paar gewesen waren? Gab es deshalb keine Männer mehr in ihrem Leben?

Christian beobachtete sie aufmerksam, als könnte er ihre Gedanken lesen. Dann schmunzelte er. „Und? Wäre das schlimm?"

„Was? Nein, natürlich nicht. Wie auch immer, im Laufe der Zeit hat Emilia begriffen, dass weder meine Oma noch ich ihr Lisi wegnehmen und auch sonst nichts Böses wollten."

Nell warf Christian einen schnellen Blick zu. Nein, sie würde ihm nicht verraten, dass Emilia eifersüchtig war, weil sein Vater Sophia wollte und nicht sie.

„Ich würde nicht behaupten, dass wir enge Freundinnen geworden sind", fuhr sie fort, „aber wir kommen inzwischen miteinander klar. Sie hat mir sogar schon ein bisschen über meine Oma erzählt, was ihr schwer genug gefallen ist."

„Du kanntest deine Oma gar nicht?"

„Nein", Nell schüttelte traurig den Kopf. „Kanntest du sie denn?" Überrascht schaute sie Christian an.

Der verschränkte die Arme im Genick und rechnete in Gedanken nach. „Ich war erst drei oder vier, als sie starb."

Nell zog die Nase kraus und musterte ihn streng. „Und was sagt uns das?" Sie sah ihn herausfordernd an. „Freundchen, sehe ich etwa so alt aus, dass ich sie dann noch gekannt haben könnte? Wenn du noch zu jung warst, was soll ich denn gewesen sein?"

Christian hob abwehrend die Hände und lachte. „Okay, okay, ich ergebe mich. Verrätst du mir, wie alt du bist?"

Unhöfliche Frage? Unfug. Darauf zu antworten, oder eben nicht, machte einen weder jünger noch älter. Warum also drumherum reden.

„Bald Siebenundvierzig", bekannte Nell gleichmütig.

Nachdem sie, als sie gerade mal Mitte zwanzig war, jemand auf ihre Frage hin deutlich älter geschätzt hatte, war sie so schockiert gewesen, dass sie beschlossen hatte, sich das in Zukunft zu ersparen und stattdessen gleich zu sagen, wie alt sie war. Dann lag es bei dem anderen, damit hoffentlich taktvoll umzugehen.

„Und du?" Sie taxierte Christian aufmerksam.

„Zweiundfünfzig."

Nell nickte zustimmend. „Dann wäre das also geklärt."

„Was willst du sonst noch wissen?" Christian streckte die Beine von sich und legte sie übereinander.

„Wie kommst du darauf, dass ich noch was wissen will?"

„Das sehe ich dir an der Nasenspitze an."

Nell griff sich unwillkürlich an die Nase und schüttelte im nächsten Moment verwirrt den Kopf. Was tat sie hier? Nasenspitze! Was für ein Quatsch. Aber Fragen hatte sie tatsächlich mehr als genug.

„Soll das heißen, du würdest sie mir beantworten?“

Christian grinste sie von der Seite an. „Warum nicht?“

„Alle?“

„Vielleicht nicht alle auf einmal, aber leg' los.“

Nell presste nachdenklich die Lippen zusammen. Wo sollte sie anfangen? Hatte das überhaupt einen Sinn?

„Weißt du, ich habe einen Teil von Lisis alten Büchern durchgesehen“, begann sie zögerlich.

„Du weißt schon, dass das keine Frage ist?“, zog Christian sie amüsiert auf.

„Nun warte doch“, wies Nell ihn ungeduldig zurecht. „Also, ich habe da was über Johann Lange gefunden, den Sohn von Kapitän Thillmann Lange. Waren das deine Vorfahren?“ Erwartungsvoll sah sie ihn an.

„Bist du etwa unter die Geschichtsforscher gegangen?“

Nell setzte sich gerade auf und legte eine Hand auf seinen Arm, um sie im nächsten Moment erschrocken wieder zurückzuziehen. Zu viel Nähe. Verlegen blickte sie zur Seite.

„Hey, ich beiße nicht“, lästerte Christian, „du darfst mich ruhig streicheln.“

Nell fühlte sich ertappt. „Ach, hör doch auf“, wehrte sie ab. „Also, waren das nun deine Vorfahren?“

„Ich weiß ja nicht, was du da ausgegraben hast, aber ja, ich bin ein Nachkomme dieser Männer.“

Nell hielt die Luft an. Wenn er sich dessen so sicher war, konnte das doch bedeuten, dass er mehr darüber wusste.

„Ist Dein Vater auch zur See gefahren? Ich meine, so, wie dieser Kapitän Thillmann?“

„Nein. Nach Thillmann ist bis dahin kein Lange mehr zur See gefahren. Vielleicht hat mein Vater deswegen Brücken gebaut, um trockenen Fußes überall hinzukommen.“

„Dein Vater war beim Brückenbau? Wirklich?“

Christians Blick wanderte rüber zu Haus seiner Eltern. „In seinen jungen Jahren hat er als Bauleiter an den größten Brücken weltweit mitgebaut. Er hatte mächtig was auf dem Kasten." Die Bewunderung in seiner Stimme war nicht zu überhören. „Er war nicht immer so, wie er heute ist, falls du das meinst."

„Es tut mir leid. Das wollte ich damit nicht sagen."

„Ist schon okay", Christian erhob sich. „Danke für den Kaffee. Der war wirklich gut."

Nell stand ebenfalls auf. Hatte sie ihn eben verletzt? Wie konnte sie nur so unsensibel sein.

Christian ließ seinen Blick an ihr herunter gleiten. „Darf ich dich auch mal etwas fragen?"

„Ja, natürlich", erwiderte Nell unsicher. Während sie sich einen Kopf darüber machte, ihm womöglich wehgetan zu haben, hatte er schon wieder diesen Schalk in den Augen. Wie ein übermütiger Schuljunge. So, wie er sie ansah, konnte kaum eine vernünftige Frage kommen.

Christian griff nach einem Zipfel ihrer schwarzen Jacke. „Warum versteckst du dich immer hinter diesen unförmigen, dunklen Klamotten?"

Bevor Nell ihm die schnippische Antwort geben konnte, die ihr auf den Lippen lag, hatte er ihr bereits den Rücken zugedreht und war auf dem Weg zum Gartentor. Doch dann drehte er sich noch einmal um. „Übrigens hat sich mein Vater viele Jahre lang mit Ahnenforschung beschäftigt. Nicht nur mit unserer. Ich dachte, das könnte dich vielleicht interessieren."

Nell sah ihm mit offenem Mund hinterher. Ahnenforschung? Stammbäume? Meinte er damit etwa nicht nur den der Familie Lange? Wenn er so in Sophia verliebt war, hatte er vielleicht auch da nachgeforscht? Nein, sie traute sich gar nicht, den Gedanken zu Ende zu denken. Das wäre dann doch wohl zu viel Glück auf einmal. Am liebsten wäre sie Christian auf der Stelle nachgelaufen, um mehr aus ihm herauszubekommen. Aber es war sicher vernünftiger, ihn nicht zu bedrängen. Außerdem sollte sie nach Emilia sehen.

Was hatte er gesagt? Warum sie sich hinter ihren Klamotten verstecke? Skeptisch schaute sie an sich herunter. Zugegeben, die Jacke war ihr mindestens zwei Nummern zu groß und reichte ihr bis zu den Knien. Das

Shirt darunter, nun ja, eben ein Shirt. Nur die Jeans saß knackig eng. Aber von der war ja kaum etwas zu sehen.

Sonja hatte sie auch schon oft genug damit aufgezogen und die missbilligenden Blicke von Emilia waren ihr ebenfalls nicht entgangen. Aber es war nur Kleidung. Was sollte das für eine Rolle spielen, ob sie dieses oder jenes trug.

Sie kehrte ins Haus zurück, wusch die Tassen ab und lief dann rastlos hin und her. Emilia war weder zu sehen noch zu hören. Besorgt blieb Nell vor ihrer Tür stehen. Sollte sie klopfen? Fragen, ob alles in Ordnung ist.

„Emilia", rief sie leise, „sind Sie wach? Brauchen Sie etwas?" Sie legte ihr Ohr an die Tür.

Aus dem Inneren des Zimmers kam ein heiserer Laut zurück. „Es geht mir gut, Nell."

Nicht wirklich beruhigt wandte sich Nell von der Tür ab. Der Tod ist oft genug eine Angelegenheit des Wartens, hatte Emilia irgendwann mal gesagt. In letzter Zeit schien sie nur noch zu warten.

Im Flur erhaschte sie im Vorbeigehen einen Blick auf ihr Spiegelbild. Erschrocken blieb sie stehen. War das wirklich sie in dieser monströsen Jacke? Sie sah klein und gedrungen aus, obwohl sie weder das eine noch das andere war. Abgesehen von ein paar wenigen fraulichen Pölsterchen war ihre Figur immer noch recht passabel. Aber das wusste die Jacke auf bösartige Weise sehr gut zu vertuschen.

Nell ließ die Jacke über ihre Schultern zu Boden gleiten und betrachtete sich dann eingehend von vorn und von der Seite. Schon etwas zufriedener mit sich knüllte sie die Jacke zusammen und verbannte sie in die hinterste Ecke des großen Schrankes. Wenn nötig, konnte sie sie ja jederzeit wieder hervorholen.

Christian hatte gar nicht so ganz unrecht. In gewisser Weise gaben ihr die dunklen, weiten Sachen Schutz. Was nach Harald als Opposition und Befreiung begonnen hatte, war längst zu einer Manie geworden. Es war an der Zeit, sich endlich wieder auf sich selbst zu besinnen. Auch, was ihren Körper anging.

Beschwingt über diese neue Einsicht stieg sie die Treppe hinauf zu ihrem Zimmer. Sie hätte noch so viele Fragen an Christian gehabt. Was er mal gearbeitet hat zum Beispiel. Denn allem Anschein nach, hatte Emilia ihn mit seinem Vater verwechselt, als es um den Beruf ging. Kein Wunder, wenn ihr Herz an Gustav hing.

Und ob er wirklich mal verheiratet war. Es womöglich immer noch war? Warum sein Sohn nie hier war.

Das alles ging sie ja eigentlich gar nichts an. Aber als Frau durfte man neugierig sein. Redete sie sich ein.

Unten im Flur schlug die Uhr zwei Mal. Als wollte Nell sich von der Richtigkeit der Zeitangabe überzeugen, schaute sie automatisch auf ihre Armbanduhr. Tatsächlich, vierzehn Uhr. Sonjas Bekannte sollte gleich da sein.

Kapitel 18

Marlene lief unruhig die Straße auf und ab. Dabei schielte sie immer wieder zu dem schwarzen Haus hinüber. Vor dem Schaufenster der Prerower Stuben blieb sie einen Augenblick stehen, musste sich aber eingestehen, dass sie damit nur Zeit gewinnen, den Besuch in dem schwarzen Haus hinauszögern wollte.

Sie wusste einfach nicht, was sie tun sollte. Nicht genug, dass die Angst, Thilo könnte unerwarteterweise doch jeden Moment um die Ecke kommen, ihr fast den Hals abschnürte, schon allein dieses Haus jagte ihr Schauer über den Rücken. So schwarz, so unheimlich. Da sollte sie hinein? Mit einer Frau reden, die sie noch nie gesehen hatte und mit der sie auch gar nicht reden wollte? Einer Frau, die außer Sonja Engel sonst niemand zu kennen schien.

Sie könnte einfach wieder nach Hause gehen und so tun, als wäre sie nie hier gewesen. Aber was, wenn Sonja Engel ihre Warnung, Thilo dann anzuzeigen, wahr machen würde?

Vorsichtig strichen ihre Finger über die schmerzende Wunde an ihrer Stirn. Thilos Siegelring hatte sie voll getroffen, als er am Abend zuvor wütend nach Hause gekommen war und sie ihm im Weg stand. Sie war gestürzt und Thilo hatte sie einfach liegen lassen. Er war in seinem Zimmer verschwunden, ohne ein einziges Mal nach ihr zu sehen. Mühsam hatte sie sich aufgerappelt und war in die Küche geschlichen, wo sie bis spät in die Nacht saß und wartete. Ohne zu wissen worauf.

Sie zwang sich umzukehren und bis zu dem Haus zurückzugehen, das sich zu alledem auch noch hinter einer hohen, fast undurchsichtigen Hecke verbarg. Von den zartlila Blüten der Fliederbüsche, die sich zwischen Ahorn, Weißdorn und Kastanie behaupteten, wehte ein betörender Duft herüber, der ganz im Widerspruch zu der ansonsten abweisenden Haltung des ganzen Anwesens zu stehen schien.

Sie konnte es drehen, wie sie wollte, von dem Haus ging ein geheimnisvoller Zauber aus. War es die Faszination des Grauens? Oder ein Hoffnungsschimmer?

War es nicht genau das, was sie sich erhoffte? Einen Zauber, der ihr ihre Kraft zurückgeben, sie gesund machen konnte? Vielleicht fand sie den genau hier.

Auf magische Art und Weise schien das Haus sie gleichzeitig abzustoßen wie zu locken.

Sie fühlte sich hin und hergerissen. Warum sollte sie ausgerechnet hier Hilfe bekommen? Was waren das für Menschen, die freiwillig in solch einem Haus lebten?

Angeblich gab es vor vielen Jahren eine Heilerin in Prerow, eine Frau mit roten Haaren und goldenen Händen, die in diesem Haus wahre Wunder vollbracht haben soll. Das hatte ihr eine der alten Damen erzählt, die sie früher betreute. Ob es wohl Zufall war, dass diese Frau, zu der Sonja Engel sie geschickt hatte, ausgerechnet in diesem Haus wohnte? War sie womöglich auch eine Heilerin?

Marlene hätte es wahrscheinlich nicht zugegeben, aber entgegen jeder Vernunft wollte sie nur zu gern daran glauben, dass es solche Kräfte gab. Wenn man sich selbst nicht retten konnte, war die Zuversicht, dass es jemand anderes könnte, oft der einzige Halt, der einem blieb. Und manchmal halfen eben nur noch Wunder.

Sicher war nur eins, dass sie niemals zu einem Arzt gehen konnte. Thilo hatte es ihr verboten und würde es unweigerlich erfahren. Und dann Gnade ihr Gott. Nein, das war unmöglich.

Ängstlich schaute sie sich um. Die Straße war leer. Niemand würde sehen, wenn sie jetzt in dieses Haus ginge. Nur ein paar Schritte.

Doch im selben Augenblick fuhr ein stechender Schmerz durch ihre Eingeweide. Das Ungeheuer in ihrem Inneren bäumte sich auf und schien sie auseinanderreißen zu wollen, schlimmer als je zuvor. Zusammengekrümmt klammerte sie sich haltsuchend mit einer Hand an einem Zaunpfosten fest, während sie die andere schützend vor den Mund presste, um den Schrei in ihrer Kehle nicht hinauszulassen. Jeder Atemzug fühlte sich wie ein Messerstich an und alles um sie herum begann sich in schwindelerregender Geschwindigkeit zu drehen. Kalter Schweiß rann über ihre Stirn und ihre Beine drohten nachzugeben.

Nach einer gefühlten Ewigkeit, die, wie Marlene inzwischen wusste, in Wirklichkeit nur wenige Sekunden andauerte, verschwand der Schmerz genauso schnell, wie er gekommen war. Marlene richtete sich schwerfällig auf und atmete gierig ein und aus. Vorsichtig löste sie ihre Hand vom Zaun. Wenn auch wackelig, so stand sie doch auf eigenen Füßen. Immer noch am ganzen Körper bebend zog sie ein Taschentuch aus dem Ärmel und wischte sich über Stirn und Augen.

Die Attacken kamen in immer kürzeren Abständen und wurden von Mal zu Mal heftiger. Sie saugten sämtliche Kraft aus ihr heraus und sie brauchte immer länger, sich davon zu erholen. Mittlerweile fühlte sie sich schon zu schwach, um nur die einfachsten Dinge zu erledigen. Und immer häufiger drängte sich ihr die Frage auf, was das alles noch für einen Sinn hatte, wofür sie überhaupt noch lebte.

Thilos einziger Kommentar war, sie hätte sich ganz sicher einen Virus eingefangen. Wer weiß, wo und mit wem sie sich abgegeben hätte, während er das Geld für sie beide verdiente. Aber so wäre es nun mal und was von allein käme, würde auch von allein wieder gehen. Ein Arzt könnte ihr da auch nicht helfen. Er wüsste schon, was zu tun sei. Sie sollte sich mal nicht so anstellen. Er zwang sie weiterhin, seinen gallebitteren Kräutertee zu trinken und irgendwelche Tabletten zu schlucken, die er ihr verabreichte. Aber weder das eine noch das andere halfen ihr.

Inzwischen kam sie morgens kaum noch aus dem Bett. Sie wurde immer dünner und aus dem Spiegel schien ihr ein Gespenst entgegenzustarren.

Genau den Eindruck musste Sonja Engel gehabt haben, als sie neulich einen Brief für Thilo vorbeibrachte, der irrtümlich bei ihr gelandet war.

Sie hatte sich wahnsinnig aufgeregt, als sie sie sah. Ob Thilo sie umbringen wollte, hatte sie geschimpft und dass sie mal ein ernstes Wort mit ihm reden würde. Und dann wollte sie sofort mit ihr zu einem Arzt.

Es hatte sie unendlich viel Überredungskunst gekostet, Sonja davon abzubringen und ihr das Versprechen abzuringen, zu niemandem etwas zu sagen. Es wären doch nur Kopfschmerzen und ein bisschen Übelkeit. Förmlich angebettelt hatte sie Sonja, auf gar keinen Fall mit Thilo oder sonst wem darüber zu reden.

Sonja hatte letztendlich zugestimmt, aber nur unter der Bedingung, dass sie einen Termin bei dieser Therapeutin vereinbaren und auch hingehen würde.

Marlene blieb nichts anderes übrig, als dem zuzustimmen. Auch wenn sie nicht wusste, was sie dort sollte. Aber vielleicht war das der Strohhalm, der sie vor dem Ertrinken bewahren konnte?

Sie fror jämmerlich. Es war immer noch keine Menschenseele auf der Straße außer ihr. Inzwischen ballten sich dicke Regenwolken am Himmel. An einem so grauen Nachmittag blieben die Leute lieber zu Hause.

Die Armbanduhr schlackerte um ihr dünnes Handgelenk. Wenn sie noch halbwegs pünktlich sein wollte, musste sie jetzt zu dieser Frau gehen.

Marlene drückte die Hände fest an ihre Brust. Zur Sicherheit schaute sie sich noch einmal zu allen Seiten um. Niemand zu sehen. Woher sollte Thilo es also erfahren. Zu Hause würde sie weiter seinen schrecklichen Tee trinken, die Tabletten einnehmen und auch sonst tun, was er bestimmte. Und sollte Sonja Engel recht haben und die Frau in dem schwarzen Haus könnte ihr helfen, musste er ja nicht wissen, dass es nicht an seinem Tee lag.

Außerdem blieb ihr sowieso nichts anderes übrig. Sonja Engel hatte ihr keine Wahl gelassen.

Also raffte sie all ihren Mut zusammen und überquerte die Straße. Sie würde sich anhören, was die Frau zu sagen hatte und Sonja Engel würde Ruhe geben.

Zaghaft öffnete sie die Gartenpforte.

Nell hatte oben am Fenster gestanden und sie schon eine Weile beobachtet. Was hatte Sonja gesagt? Marlene, Marlene Wormann.

Marlene lief schon seit einer halben Stunde vorm Haus hin und her, offensichtlich unschlüssig, ob sie klingeln sollte oder nicht. Nell konnte ihr Zögern und ihre Ängste fast körperlich spüren. Als sie sich dann plötzlich unter anscheinend großen Schmerzen zusammenkrümmte und zu stürzen drohte, war Nell die Treppe hinuntergerannt, um ihr zur Hilfe zu eilen. Doch als sie die Haustür erreichte, sah sie durch das kleine Fenster, dass Marlene sich bereits wieder aufgerichtet hatte und mit unsicheren Schritten auf das Haus zukam.

Trotzdem schrak Nell zusammen, als es an der Tür läutete.

Mit einem leisen Fluch konnte Nell der großen Standuhr gerade so ausweichen. Das alte Ding stand ihr eigentlich ständig im Weg und hatte ihr schon so manchen blauen Fleck verpasst. Nicht zu reden von dem stündlichen Glockenschlag, der sie anfangs bald um den Verstand gebracht hatte. Aber den hörte sie mittlerweile kaum noch. Versöhnlich ließ sie ihre Hand über das dunkle Holz gleiten. Sie hatte ihren Frieden mit der alten Uhr gemacht. Das Monstrum gehörte einfach zu diesem Haus.

Sie öffnete Marlene die Tür und konnte nur mit Mühe ihr Entsetzen verbergen. Von Nahem sah die Frau noch viel erschreckender aus, noch blasser und unsagbar dünn. Ihr Blick hetzte panisch zwischen Nell, dem dunklen Flur und einem Fluchtweg hin und her. Auf keinen Fall wirkte sie wie jemand, der freiwillig und von sich aus hier war. Wie auch immer Sonja es angestellt haben mochte, sie dazu zu bewegen, es war allerhöchste Zeit. Die Frau brauchte Hilfe. Sofort.

Nell versuchte, sich nichts von ihren Empfindungen anmerken zu lassen, lächelte Marlene freundlich an und streckte ihr vertrauensvoll die Hand entgegen. „Ich bin Nell."

Sie hatte die Erfahrung gemacht, dass Nachnamen in ihrer Förmlichkeit oft ungewollte Distanz schafften, wohingegen ein Vorname von Anfang an das Gefühl von Vertrautheit erzeugen konnte.

„Ich habe Sie schon erwartet. Bitte, kommen Sie rein."

„Guten Tag", murmelte Marlene kaum hörbar, ohne Nell dabei anzusehen. Stattdessen blickte sie von der großen Standuhr auf ihre Armbanduhr und verzog weinerlich ihr Gesicht. „Es tut mir leid. Ich bin zu spät. Vielleicht sollte ich besser ein anderes Mal …"

Nell betrachtete sie voll Mitgefühl. Sie glich einem Geist, hinter dem der Teufel höchstpersönlich her war. Was hatte man dieser Frau nur angetan?

„Nein, nein, kommen Sie nur. Es ist alles gut." Sie zog Marlene ins Haus und schloss die Tür hinter ihr.

Die schien neben allen Bedenken nun doch erleichtert, dem Blickfeld der Straße entkommen zu sein.

„Danke", flüsterte sie. „Mein Name ist Marlene Wormann. Sonja Engel meinte …" Hilflos kaute sie auf ihren Lippen.

„Ich weiß", half Nell ihr weiter. „Wollen Sie nicht Ihren Mantel ablegen?", fragte sie vorsichtig.

Sie hatte den Eindruck, ein einziges verkehrtes Wort könnte diese verängstigte Frau in die Flucht treiben. Sie würde also sehr einfühlsam vorgehen müssen.

Eingeschüchtert schaute Marlene sich um. Was für ein finsterer Raum. Nein, hier sah es nicht nach Wundern aus. Sie hätte nicht kommen sollen. Sie könnte sich umdrehen und sofort wieder durch die Haustür nach draußen verschwinden. Aber sie rührte sich nicht.

Nell nahm einen Kleiderbügel von der Garderobe. „Marlene, ich darf doch Marlene sage? Ich freue mich, dass Sie gekommen sind. Sie brauchen keine Angst haben, es wird nichts geschehen, was Sie nicht wollen. Wir werden uns nur ein wenig unterhalten. Ist das in Ordnung für Sie?“

Es war Marlene anzusehen, dass sie sich mehr als unwohl in ihrer Haut fühlte. Aber diese rothaarige Frau war sehr freundlich zu ihr. Was sollte sie von ihr denken, wenn sie sich so unhöflich benahm. Zögerlich zog sie ihren Mantel aus und reichte ihn Nell.

„Kommen Sie, Marlene, gehen wir nach nebenan. Dort haben wir es gemütlicher. Und heller.“

Der Kampf, der sich im Innern dieser Frau abspielte, war nicht zu übersehen. Der dunkle Flur tat da sicher sein Übriges. Wollte Nell an sie herankommen, musste sie ihr Vertrauen gewinnen. Das würde sie aber nur ganz in Ruhe, mit viel Zeit und ohne jeglichen Druck schaffen. Und es brauchte Licht.

Marlene wagte einen ersten, schüchternen Blick in Nells Gesicht. Vor ihr stand eine Frau, die annähernd im selben Alter wie sie selbst sein mochte, und die nichts von einer Zauberin an sich hatte. Einzig die roten Haare, die sich um ihr Gesicht kringelten, vielleicht. Aber ansonsten wirkte sie eigentlich ganz normal.

Zaghaft folgte sie Nell in das kleine Wohnzimmer. Überrascht blieb sie stehen. Es war warm und gemütlich, aber alles furchtbar alt. Die Möbel, die Wandverkleidungen, die Gardinen, alles wie aus einer anderen, längst vergangenen Zeit. Als würden hier uralte Leute wohnen. Sie schielte zu Nell rüber. Das passte nicht zu dieser Frau.

Nell lachte leise auf. „Glauben Sie mir, genauso habe ich auch geguckt, als ich das erste Mal hier hereinkam.“ In gespielter Verzweiflung schaute sie sich um.

Sie konnte den Anflug eines Lächelns auf Marlenes Gesicht entdecken, bevor die ihren Blick wieder senkte.

Nell zeigte auf den kleinen Tisch. „Bitte nehmen Sie doch Platz. Möchten Sie einen Tee trinken?"

„Kein Tee", brach es fast hysterisch aus Marlene heraus. Erschrocken hielt sie die Hand vor den Mund. „Entschuldigen Sie bitte", flüsterte sie, „ich, also, könnte ich vielleicht auch einen Kaffee bekommen?"

Wow! Das war deutlich, dachte Nell. Aber was auch immer der Grund dafür sein mochte, derart panisch auf Tee zu reagieren, es war noch nicht die Zeit, danach zu fragen.

„Sie haben recht. Den könnte ich jetzt auch vertragen", stimmte sie entschieden zu. „Schauen Sie sich ruhig ein wenig um, während ich den Kaffee hole."

Kurze Zeit später saßen sich die Frauen eine Weile wortlos gegenüber und tranken ihren Kaffee, bevor Nell das Schweigen behutsam unterbrach.

„Wollen Sie mir nicht erzählen, warum Sie hier sind?"

Marlenes Augen weiteten sich und füllten sich mit Tränen. „Es ist nur, weil …", ihre Stimme erstickte.

Nell lächelte sie beschwichtigend an. Wie schwer es doch war, sich seinen Problemen zu stellen. Es schien so viel leichter, sie zu ertragen und zu verdrängen, als sie sich einzugestehen oder gar anzupacken. Letztendlich akzeptierten zu viele Menschen sie als persönliches Schicksal, selbst wenn sie daran zugrunde gingen.

„Sind Sie eine Heilerin?", fragte Marlene plötzlich und für Nell vollkommen überraschend. Sie hatte so leise gesprochen, dass sie kaum zu verstehen war.

Nell schaute erst sie an und dann auf ihre Hände, bevor sie bedauernd den Kopf schüttelte. „Nein. Ich denke, das bin ich nicht."

Für einen kurzen Moment ließ sie sich in eine entfernte Zeit zurücktreiben. Die Erinnerung an ihre Oma erfüllte sie jedes Mal mit einem Gefühl von Wärme und Glück.

„Meine Oma war eine Heilerin", sagte sie gedankenversunken.

Marlene sah Nell zum ersten Mal direkt an. War die Frau neben ihr etwa die Enkelin dieser Heilerin, von der sie gehört hatte? Die früher so viel Gutes vollbracht haben soll?

Nell schob die Vergangenheit schnell wieder beiseite und stellte erleichtert fest, dass sich Marlenes Züge ein wenig entspannt hatten. Ob sie wohl mit ihr reden würde?

„Marlene, was war das schönste Erlebnis in ihrem bisherigen Leben?“, fragte sie freundlich.

Marlene schaute sie verblüfft an. Es war ihr anzusehen, dass sie mit dieser Frage nicht gerechnet hatte. Wer interessierte sich schon für ihr Glück?

Einen kurzen Augenblick schien sie angestrengt nachzudenken. Schließlich zuckte sie hilflos mit den Schultern.

„Ein besonders schöner Geburtstag? Ihre Hochzeit? Haben Sie Kinder?“, versuchte Nell ihr zu helfen.

Wortlos schüttelte Marlene den Kopf.

„Auf einer Skala von eins bis zehn, was würden Sie sagen, wie glücklich Sie sich jetzt gerade fühlen“, hakte Nell nach.

Marlene sah Nell an, als hätte die sie nach dem Mann im Mond gefragt. „Was ist Glück?“, fragte sie dann leise.

„Oh, da ist ja viel Luft nach oben“, stieß Nell unbeabsichtigt aus.

Ihr Blick wanderte zu den Steinen. Es war, als hätten sie nach ihr gerufen, ein Zeichen gegeben und sich ihre Aufmerksamkeit erzwungen. Vielleicht waren sie ein Weg, erste Knoten zu lösen und Marlene ihre Angst zu nehmen?

Sie zog die Schale zu sich heran und beschloss, es zu versuchen. Sie schüttete die Steine auf das Tischtuch und schob sie auseinander.

Marlene beobachtete sie neugierig.

„Gefallen Ihnen die Steine?“, fragte Nell und lächelte ihr aufmunternd zu.

Marlene nickte schüchtern. „Manche schon.“

Nell beugte sich ein wenig zu ihr vor. „Stellen Sie sich vor, jeder dieser Steine würde einen Menschen verkörpern. Und dann denken Sie an Ihre Kindheit zurück. In welchem Stein würden Sie sich am ehesten wiedererkennen?“

Marlene schaute sie irritiert an. Doch dann begann sie zögerlich, die Steine hin und her zu sortieren, einen zu nehmen, ihn wieder aus der Hand zu legen und nach einem anderen zu greifen.

Nell konnte nur ahnen, was sich in Marlenes Kopf abspielte, registrierte aber fasziniert, dass sich auf deren Gesicht ein Wechselbad der Gefühle widerspiegelte. Genau, wie sie es in dem Buch gelesen hatte, schienen die Steine tatsächlich dabei zu helfen, mehr noch, fast zu erzwingen, sich selbst und die Menschen unmittelbar, um einen herum besser wahrzunehmen.

Es dauerte eine ganze Weile, ehe Marlene einen kleinen, unscheinbaren Stein auswählte und ihn zur Seite legte.

Nell zog die Augenbrauen in die Höhe. Was für ein Unterschied zu dem Stein, den Sonja gewählt hatte. Wollte man den Steinen glauben, war Marlenes Kindheit schon von Angst und Traurigkeit geprägt, davon, nur nicht aufzufallen und sich vor Gott und der Welt zu verstecken. Was wiederum zu den Andeutungen passen würde, die Sonja gemacht hatte.

Ob Marlene sich dessen bewusst war? Oder hatte sie diesen Stein instinktiv, nur aus ihrem Unterbewusstsein heraus gewählt? Das galt es herauszufinden.

„Und jetzt einen für Ihre Mutter", forderte Nell sie sanft auf.

„Für meine Mama?" Marle sah Nell ängstlich an.

„Denken Sie, dass Sie das können?"

Marlene schien einen Augenblick mit sich zu kämpfen, dann nickte sie zaghaft.

Auch der Stein für ihre Mutter fiel klein aus. Er war von einem stumpfen Beige. Oder war es eher ein schmutziges Grau? Nell hätte es nicht eindeutig bezeichnen können. Aber ein unheimliches Gefühl im Magen sagte ihr, dass die roten Sprenkel darauf Marlene an Blut erinnern möchten. Ein Stück von dem Stein war abgebrochen und hatte eine rissige Kante hinterlassen. Wie eine Verletzung. Eine Wunde, die ihre Mutter durch die Schläge des Vaters davongetragen hatte?

Nell überlegte, ob sie das genauso deuten würde, hätte Sonja ihr nicht vorher von Marlenes Leben berichtet. Marlenes Verhalten ließ keine anderen Schlüsse zu.

Gewalt in Familien war für sie nichts Neues. Viele ihrer Patienten, mehr noch Patientinnen, litten noch Jahre später, wenn nicht ihr ganzes Leben, unter solchen Schatten ihrer Kindheit und es war ein langer, schwerer Weg, sie ins Licht zurückzuführen. Nicht immer gelang das.

Sich den Betroffenen mit Hilfe von Steinen nähern zu können, war ein ganz neuer Ansatz und berührte Nell sehr. Es war, als würde mit jedem

Stein die dazugehörige Person am Tisch Platz nehmen und entlarvt werden.

Nell überlegte kurz. Durfte sie Marlene noch mehr abverlangen? Oder würde sie sie gleich beim ersten Mal überfordern?

Der Versuch war es wert, entschied sie.

„Können Sie auch für Ihren Vater einen Stein finden?"

Nell hatte bewusst einen besonders ruhigen Ton gewählt, der es Marlene problemlos erlaubt hätte, die Frage überhören zu können. Sie wollte sie auf gar keinen Fall in die Enge treiben.

Wie erwartet zuckte Marlene im ersten Moment zurück. Doch dann straffte sich ihre Gestalt auf einmal. Konzentriert kniff sie die Augen zusammen und starrte auf die Steine. Fast könnte man meinen, dass sich ein Gefühl von Genugtuung auf ihrem Gesicht abzeichnete. War das ein Anflug von Mut, das Böse aus der Vergangenheit beim Namen zu nennen?

Für diesen Stein brauchte sie nicht annähernd so lange, wie für die ersten beiden. Es war ein großer, grober Stein, den sie halb auf den ihrer Mutter drauf legte.

Nell musste an Sonjas Worte denken. Der übermächtige, gewalttätige Vater, die verletzte Mutter, das Kind, das all dem nicht entkommen konnte, oft genug selbst geschlagen wurde.

Wenn es nach dem Buch ginge, sollte Nell Marlene nun dazu bewegen, die Wahl ihrer Steine zu begründen. Aber die Sprache der Steine war eindeutig. Sie bestätigten nur, was Nell längst gespürt hatte.

Sie wollte Marlene nicht unnötig quälen. Sie würden über die Kindheit sprechen. So, wie sie über alles sprechen würden.

Aber nicht jetzt.

Später.

„Wie sehen Sie sich heute, Marlene?", wagte Nell den Sprung in die Gegenwart.

Marlene schaute Nell unsicher an, griff dann nach dem Stein ihrer Mutter und legte ihn vor Nell hin.

Etwas Ähnliches hatte Nell erwartet. Sie brauchte keinen weiteren Stein. Und Marlene brauchte ihn auch nicht. Sie hatte verstanden. Und nur darauf kam es an.

„Das haben Sie sehr gut gemacht." Nell nickte anerkennend und pustete die widerspenstige weiße Locke aus dem Gesicht. „Wie geht es Ihnen jetzt?"

Zum zweiten Mal wagte Marlene ein schüchternes Lächeln. „Ganz gut", antwortete sie leise.

„Was sind das für Schmerzen? Waren Sie damit schon mal bei einem Arzt?" Nell musste sie das einfach fragen, auch wenn sie das Gefühl hatte, dass Marlene nicht darüber sprechen wollte.

Tatsächlich erschrak Marlene. Dass Nell die Schmerzattacke beobachtet hatte, war ihr sichtlich unangenehm.

„Es ist nichts Organisches", flüsterte sie kaum hörbar. „Manchmal, wenn ich nachts wachliege, werde ich von bösen Geistern heimgesucht, von Selbstzweifeln und Ängsten. Dann schreie ich und zittere."

Wie sollte sie der Frau erklären, was es war, wenn sie es selber nicht wusste. Hilflos knetet sie ihre Hände im Schoß. Die Frau heißt Nell, dachte sie. Sie hat einen Namen. Nell. Nell. Warum fiel es ihr selbst in Gedanken so schwer, sie beim Namen zu nennen? Dabei hatte sie das erste Mal das Gefühl, jemandem vertrauen zu können. Sie konnte sich nicht erinnern, sich je so geborgen gefühlt zu haben, wie hier, bei dieser Frau.

Nell hatte Marlene aufmerksam beobachtet und merkte auf einmal, dass ihre Hände ganz heiß wurden und sie zu schwitzen begann. Es war, als würde sich Energie in ihr aufstauen, die ihren Weg nach draußen suchte. Was passierte mit ihr?

Im selben Augenblick strich Marlene sich über die Arme und schaute sie entgeistert an. „Was ist das? Es kribbelt im ganzen Körper."

Ungläubig starrte Nell auf ihre Hände. Das konnte doch nicht sein. Sollte sie doch …?

„Meine Oma hat mit ihren Händen gearbeitet", sagte sie wie zu sich selbst, „aber ich doch nicht."

Doch plötzlich wusste sie es. Sie hätte nicht sagen können, warum oder weshalb, sie wusste es einfach.

„Marlene, dürfte ich Ihnen die Hände auflegen?"

Erschrocken über ihr forsches Vorgehen rückte sie ein Stück von Marlene ab. Was tat sie hier? Die Frau musste sie ja für verrückt halten.

Marlene schien nicht weniger überrascht, sah sie mit großen Augen an, doch dann nickte sie. Irgendetwas in ihr sagte, dass es so sein sollte. Außerdem war es alle Male besser, als über etwas zu reden, worüber sie lieber nicht reden wollte.

Nell stellte sich hinter sie und legte ihre Hände erst auf Marlenes Kopf, dann auf die Schultern und den Rücken. Die Hitze in ihren Händen verstärkte sich und sie spürte die Energie zwischen sich und Marlene fließen. Das war unglaublich! Auch wenn sie dafür keine Erklärung hatte, es geschah. Sie konnte es nicht fassen.

Marlenes Körper begann unter ihren Händen leicht zu beben und Tränen liefen ihr über die Wangen. Sie fühlte es also auch.

Nach und nach merkte Nell, wie Marlenes Atmung ruhiger wurde. Genau, wie ihre eigene. Sie schloss die Augen und ließ der Energie ihren Lauf. So, wie ihre Oma es allem Anschein nach schon getan hatte.

Als sie Marlene wieder losließ, fühlte sie sich erschöpft, aber zugleich entspannt und glücklich.

„Wie geht es Ihnen?“, fragte sie dennoch ein wenig verlegen.

„Das war … schön“, sagte Marlene leise. „Nell“, fügte sie schüchtern noch hinzu.

Ihr Gesicht hatte eine rosige Farbe angenommen und ihre Augen leuchteten. Verwundert legte sie die Hände auf ihren Bauch. Zum ersten Mal nach langer Zeit glaubte sie, frei zu sein, frei von etwas, das sie schon so lange quälte.

Nell schaute sie fasziniert an. Das war nicht dieselbe Frau, der sie gerade mal vor einer Stunde die Tür geöffnet hatte. Marlene wirkte viel lebendiger als vorher. Das Bild einer Frau, die sie irgendwann einmal sein könnte.

„Marlene, würden Sie mir noch einen Gefallen tun? Wenn Sie sich jetzt die Steine noch einmal ansehen, welcher würden Sie künftig gern sein?“

Diese Idee schien Marlene zu gefallen. Sie strich fast zärtlich über die Steine. Dann nahm sie einen kleinen rundgeschliffenen, bläulich schimmernden Kiesel und reichte ihn Nell. „Dieser hier. Der sieht aus wie der Himmel. Weit und frei.“

Nell hielt einen winzigen Moment die Luft an. Genau diesen Stein hätte sie für Marlene ausgesucht. War das zu glauben? Es war ein unfassbar gutes Gefühl.

„Bitte nehmen Sie ihn mit und tragen Sie ihn immer bei sich. Er wird Ihnen helfen genau das zu werden.“

Marlenes Hand schloss sich fest um den Stein. Das war ihr Stein. Er würde ihr Halt und Kraft geben und ihr beistehen. Und eines Tages Glück bringen.

Als sie auf ihre Uhr schaute, fuhr sie zusammen und sprang von ihrem Stuhl auf. „Oh Gott, ich muss nach Hause. Mein Mann, er wird jeden Moment von der Arbeit kommen.“

Nell befürchtete schon, dass die positive Veränderung, die sie gerade noch an Marlene festgestellt hatte, doch nur eine Momentaufnahme war. Das wäre ja auch zu einfach gewesen.

Doch dann lächelte Marlene trotzig. „Und wenn schon.“

Es war ihr anzusehen, dass es mehr ein Mut der Verzweiflung war. Aber es war ein Anfang.

Nell atmetet erleichtert auf. Was für ein Erfolg!

Im Flur polterten Schritte und im nächsten Moment stand Christian in der Tür.

„Oh, Entschuldigung, die Damen, ich wollte nicht stören.“ Er lüftete seinen Hut und machte Anstalten, wieder zu gehen.

Sein Blick blieb an Nell hängen. Ohne diese fürchterliche Jacke sah sie jünger und ziemlich sexy aus. Er drehte sich weg. Das war nicht der richtige Zeitpunkt über so etwas nachzudenken.

„Christian“, rief Nell ihm, einer plötzlichen Eingebung folgend, hinterher, „warte bitte.“

Er machte auf dem Absatz kehrt. „Immer zu Diensten“, grinsend verbeugte er sich vor Nell.

„Könntest du Marlene ganz schnell nach Hause fahren?“, sie zwinkerte Marlene verschwörerisch zu. „Sie hat es ziemlich eilig.“

„Klar doch. Komm, der Wagen steht vor der Tür.“ Er machte eine einladende Geste, ihr den Vortritt zu lassen. Er ahnte den Grund für ihre Eile und konnte nur hoffen, dass sie es rechtzeitig schafften.

Marlene drehte sich noch einmal zu Nell um. „Danke“, sagte sie leise, „danke für alles. Darf ich wiederkommen?“

Nell nickte erfreut. „Jederzeit!“

Sie schloss die Tür hinter den beiden. Christian hatte Marlene geduzt. Sie kannten sich also? Natürlich, schalt sie sich, schließlich war das hier ein Dorf. Da kannten sich die Leute eben. Die meisten zumindest. Und dennoch, da war etwas Seltsames in Christians Blick. Was wollte er überhaupt hier? Er war doch nicht wegen Marlene gekommen? Egal, er würde sich schon melden, wenn es wichtig wäre.

Kapitel 19

Thilo kochte vor Wut.

Er war von der Arbeit gekommen und sie war nicht da. Seine Frau war nicht zu Hause. Entgegen seinen Anweisungen war sie nicht da. Das hatte sie sich noch nie getraut. Und das ausgerechnet heute, wo er sowieso schon auf 180 war.

In dem Augenblick drehte sich der Schlüssel im Schloss und sie kam herein gehastet. Erschrocken blieb sie auf der Stelle stehen. Sie hatte es nicht geschafft. Sie war zu spät.

Einen kurzen Moment starrte Thilo sie an, als konnte er nicht glauben, was hier vor sich ging. Dann zeichnete sich Verwunderung auf seinem Gesicht ab. Sie sah verändert aus. Mit zusammengekniffenen Augen musterte er sie sekundenlang. Irgendetwas war anders. Etwas, das ihm gar nicht gefiel. Seine Wangenknochen bebten vor Wut. Er fragte gar nicht erst. Wozu auch. Seine Faust schnellte vor und traf sie voll gegen den Kopf. Seine Anordnungen, wann sie wo zu sein hatte, waren ja wohl klar genug. Der Schlag, den er ihr verpasste, ließ sie zurücktorkeln und in die Knie gehen.

„Steh auf und mach Kaffee", blaffte er sie an, verschwand dann in seinem Zimmer und knallte wutentbrannt die Tür hinter sich zu.

Wie einen dummen Jungen hatten sie ihn heute bei der Ostseezeitung abtreten lassen. Er sollte doch einen Roman aus dieser scheinheiligen Geschichte machen, hatten sie gesagt. Für eine seriöse Zeitung reichten die Informationen nicht aus, ganz zu schweigen von der dubiosen Quelle. Auf dieser Basis eine angesehene Persönlichkeit der Region und deren Familie zu verunglimpfen wäre mehr als unprofessionell und einer Zeitung, wie der Ostseezeitung nicht würdig.

Thilo hatte sich ein böses Lachen verkneifen müssen. Die Ostseezeitung und professionell. Aber man beißt nicht in die Hand, die einen füttert. So hatte er letztendlich gute Miene zum bösen Spiel gemacht und eine halbherzige Rechtfertigung dahingestottert.

Und, als wenn das nicht schon Grund genug wäre sich aufzuregen, machte auch seine Frau noch, was sie wollte. Aber nicht mit ihm! Das wird noch ein Nachspiel für sie haben.

Aufs Äußerste erregt ließ er sich auf seinen Bürostuhl fallen und stierte wütend vor sich hin. Das war er dann also, sein Traum von Seite eins, davon, ein berühmter Lokalreporter zu werden und endlich die Anerkennung zu bekommen, die ihm zustand.

Aber es musste noch andere Wege geben, der Öffentlichkeit zugleich das wahre Gesicht der ach so ehrenhaften Langes, als auch seiner eigenen journalistischen Fähigkeiten zu präsentieren.

Fragend schaute er zu den Bildern von Helene rüber. Was würde Helene tun? Sie würde nicht aufgeben. Sie würde kämpfen.

Natürlich! So eine Story war doch genau das richtige Fressen für die BILD. Mehr noch, so, wie die ihre Nachrichten unter das Volk brachten, würden sie ganz sicher noch viel mehr aus der Geschichte herausholen. Außerdem erreichten sie viel mehr Leser als die Ostseezeitung. Das war es. Das musste er den BILD-Fuzzis nur richtig schmackhaft machen. Erleichtert warf er Helene einen Handkuss zu.

Er lehnte sich zurück und sah im Geiste bereits die Titelseite vor sich. „Das wahre Gesicht des Kapitän Lange", oder „Vertauschte Brut", oder „Die Ermordung der Hebamme". In großen Buchstaben, die natürlich rot sein mussten. Dazu vielleicht ein Bild von dem Kerl und daneben am besten gleich noch eins von Christian Lange. Damit auch jeder sofort sah, mit wem er es zu tun hatte.

Nachdenklich schob er seine Lippen vor und zurück. Selbstverständlich müsste die Geschichte unter seinem Pseudonym erscheinen. Sollten sie sich doch weiter die Köpfe zerbrechen, wer sich hinter dem „Wächter" verbarg. Fürs erste würde er Langes Untergang im Stillen genießen. Bis zu dem Tag, an dem er sich zu erkennen geben und seine Genugtuung in vollen Zügen auskosten würde.

Er klappte sein Laptop auf, öffnete die Website der BILD und begann zu schreiben.

Als es leise an der Tür klopfte, blickte er verärgert auf. Er wollte jetzt nicht gestört werden.

„Der Kaffee ist fertig", hörte es hinter der Tür wispern.

Er überflog den begonnenen Text und entschied dann, ihn später zu beenden. Kaffee war gut. Er erhob sich und streckte seinen Rücken durch. Seine Laune hatte sich deutlich verbessert.

Als er ins Wohnzimmer kam, saß sie auf der Vorderkante ihres Stuhles und blickte starr geradeaus. Ihre Lippe war aufgeplatzt und auf der Stirn zeichnete sich bereits eine rötlich blaue Beule ab.

Als sie ihn bemerkte, senkte sie den Kopf.

Er räusperte sich. So hart hatte er nicht zuschlagen wollen. Aber sie hatte es verdient. Trotzdem tat sie ihm jetzt fast leid und er fühlte sich schlecht.

Er kniete sich vor ihr nieder und legte seine Hände auf ihre Oberschenkel. „Bitte verzeih mir. Es war doch nur, weil ich so wütend war. Du weißt doch, dass ich es hasse, wenn ich nach Hause komme und du bist nicht da. Du bist doch meine Marlene." Er griff nach ihrer Hand und führte sie an seinen Mund. „Sag', dass du mir vergibst."

Marlene versuchte ihre Tränen runterzuschlucken. Wie oft hatte sie das schon gehört? Wie oft ihm vergeben? Und doch gewusst, dass er sich nie ändern würde und es auch gar nicht wollte. Vielleicht glaubte er in solchen Moment tatsächlich, was er sagte? Aber sie wusste es besser.

Bisher hatte sie es hingenommen und sich gefügt. Was sollte sie auch tun. Es war ihr Schicksal. Er war ihr Schicksal.

Seit heute aber war sie sich dessen nicht mehr sicher. Da war ein Lichtblick, eine Ahnung von einem anderen Leben. Noch klein und schwach, aber sie hatte es gespürt. Es würde wachsen. Und sie mit ihm. Ihre freie Hand schloss sich fest um den kleinen blauen Stein.

Aber noch war es nicht so weit. Sie war noch nicht so weit. Also nickte sie demütig und hoffte verzweifelt, er würde sie in Frieden lassen und nicht fragen, wo sie war und was sie gemacht hätte. Was sollte sie ihm dann sagen? Jede Lüge wäre besser als die Wahrheit. Aber würde sie das schaffen?

Er legte seinen Zeigefinger unter ihr Kinn und hob es an, so dass sie gezwungen war ihn anzusehen.

„Hast du deinen Tee getrunken und die Tabletten genommen?"

„Ja", hauchte sie, ohne ihn anzusehen, und konnte nur hoffen, dass er die Lüge schluckte. In einem Anflug von Mut hatte sie beides vorhin geradewegs in den Ausguss geschüttet. Sie wollte dieses widerliche Zeug nie wieder einnehmen.

Thilo lächelte wohlwollend und tätschelte ihr die Wange. Er war sich seiner zu sicher, als dass er ihre Antwort in Frage gestellt hätte. Sein Wort war Gesetz.

Marlene sackte das Herz vor Erleichterung bis in den Bauch, als Thilo sich erhob und auf der Couch Platz nahm. Es waren nur wenige Zentimeter Abstand und doch so viel für sie.

„Und jetzt den Kaffee." Sein üblicher Wink mit der Hand, um ihr klarzumachen, was er von ihr erwartete.

Alles wie immer.

Und doch war es anders.

Kapitel 20

„Was hast du mit Marlene Wormann zu tun?“

Christian schlenderte neben Nell her. Nachdem er Marlene nach Hause gebracht hatte, konnte er Nell zu einem Spaziergang überreden.

„Na komm schon“, hatte er gesagt. „Siehst ja aus wie eine Kalkwand. Ein bisschen frische Luft wird dir gut tun.“

Jetzt schaute Nell ihn schweigend von der Seite an. Sie brauchte ihm nichts über Marlene zu sagen, was er nicht sowieso schon wusste. Sie hatte es an seinem Gesichtsausdruck erkannt.

„Sie hat Schmerzen“, bemerkte sie also nur wie nebenbei.

„Schmerzen? Ich denke, du bist Psychologin?“

„Eine Menge Dinge hängen mit der Psyche zusammen“, wich sie aus.

„Hat sie dir erzählt, dass ihr Mann sie ständig schlägt?“

„Das musste sie nicht. Es war auch so nicht zu übersehen. Du kennst sie?“

„Ich kenne beide. Wir sind zusammen zur Schule gegangen. Er und ich waren noch nie die besten Freunde.“

„Wie war er als Kind?“

„Kleiner.“

„Was war los?“

„Er war schon immer ein hinterhältiges Frettchen.“

Nell konnte sich ein Schmunzeln nicht verkneifen. Beide Langes schienen eine Schwäche dafür zu haben, unangenehme Zeitgenossen ins Reich ebensolcher Tiere zu verfrachten. Was für Gustav die Ratten waren, waren für Christian die Frettchen.

„Aber warum hat Marlene ihn dann genommen?“, fragte sie nachdenklich, obwohl sie die Antwort ahnte. Es war ein unerklärliches Phänomen, dass viele Frauen bei der Partnerwahl einem Schema treu blieben, mit dem sie von Kindheit an vertraut waren. Und so begleiteten sie Alkohol, Prügel und / oder Erniedrigungen oft ihr ganzes Leben lang.

„Vielleicht hatte sie keine Wahl? Vielleicht hat sie geglaubt, er würde sich ändern?“ Christian zuckte mit den Achseln. „Erkläre du mir, was in den Köpfen mancher Menschen vor sich geht.“

„Menschen ändern sich nicht. Sie setzen sich vielleicht eine Zeit lang eine Maske auf, aber unter der verbirgt sich weiter ihr wahres Gesicht. Irgendwann nehmen sie sie ab.“ Nell lachte traurig. Diese Erfahrung hatte sie am eigenen Leib zu spüren bekommen.

„Kannst du ihr helfen?“

Nell schaute Christian überrascht an. Sie durfte mit ihm nicht über ihre Patienten reden. Das sollte er wissen. Andererseits hatte er sie ja nicht nach Einzelheiten gefragt.

„Ja, ich denke schon. Du magst sie?“

„Ich mag Männer nicht, die ihre Frauen schlagen. Aber ich bin nicht Marlenes Anwalt. Solange sie selbst nichts unternimmt …“

„Ah“, Nell lachte auf, „soll das heißen, du wärst gern ihr Anwalt? Und dann? Würdest du dir den Kerl zur Brust nehmen?“

„Ich fürchte, er wüsste hinterher nicht mehr, ob er Männchen oder Weibchen ist“, knurrte Christian.

Oh ja, das glaubte sie glatt. Wo Christian hinlangte, wuchs ganz sicher kein Gras mehr. Sie kannte diesen Wormann zwar nicht, aber sie konnte sich kaum vorstellen, dass er körperlich mehr zu bieten hätte als Christian.

Diese Arme! In diesen Armen konnte einem mit Sicherheit nichts passieren.

Auf einmal merkte sie, dass Christian sie fragend ansah, und fühlte sich ertappt. Oh Mann, wo war sie nur mit ihren Gedanken.

„Hast du was gesagt?“

„Ob du schon über die neuen Brücken gegangen bist?“, wiederholte Christian seine Frage belustigt. „Geträumt?“

„Was? Ach, die Brücken. Nein. Sind sie schon offen?“, stotterte sie verlegen. Nur gut, dass er nicht in ihren Kopf gucken konnte.

„Seit ein paar Tagen.“ Christian nahm sie einfach bei der Hand. „Na komm schon.“

Nell schaute perplex auf seine Hand, die ihre hielt. Für einen winzigen Moment dachte sie daran, ihre Hand zurückzuziehen, aber es fühlte sich gut an und irgendwie normal. Als müsste es genauso sein. Und was war schon dabei. Wahrscheinlich wollte er nur vermeiden, dass er wieder auf sie warten musste, während sie irgendwelchen Träumereien nachhing.

Sie liefen durch den neu gestalteten Kulturpark. Zwischen all den Rhododendren, die in voller Blüte standen, führte der Weg an Blumenbeeten und einladenden Sitzgruppen vorbei bis zur Freilichtbühne, deren Bereich großflächig überdacht worden war. Eingebunden darin war ein Gebäudetrakt, aus dem künftig Getränke und andere Kleinigkeiten verkauft werden konnten.

„Die ganze Anlage ist wunderschön geworden." Nell nickte anerkennend.

„Finden die Schweine auch." Christian wies Nell auf die umgewühlten Flächen hin. „Aber das ist nun mal Natur. Man kann eben nicht alles haben, sagt mein Kumpel Georg immer. Eine dicke Frau und selbst noch Platz im Bett haben, das geht nicht."

Nell schaute ihn überrascht an und prustete dann los. „Hat dein Kumpel Georg noch mehr solcher Sprüche drauf?"

„Er liebt sie."

Nell schüttelte amüsiert den Kopf, musste aber zugeben, dass da was Wahres dran war. Also, daran, dass man nicht alles haben konnte. Seltsam, früher als Besucher, hatte sie sich nie Gedanken darüber gemacht, aber seit sie hier lebte, lief sie mit viel wacherem Blick durch den Ort. Wenn auch nicht alles perfekt war, Prerow blieb einfach der schönste Ort der Welt für sie.

„Das alles hat bestimmt eine Menge Geld gekostet."

„Worauf du wetten kannst." Christian deutete eine Verbeugung an. „Dank dir, EU!"

„Ach so, EU-Gelder? Na, soll uns nur recht sein."

Das letzte Stück durch den Wald bis zur Brücke schien zu einer anderen Welt zu gehören. Bäume und Sträucher wuchsen in den Weg hinein, Totholz stapelte sich an den Seiten, als sollte niemand hier entlangkommen. Im Gegensatz zu der kultivierten Parkanlage wirkte dieser Bereich wild und abweisend.

„Hätte man das Stück bis zur Brücke nicht in den Park integrieren können?" Nell runzelte nachdenklich die Stirn. „Obwohl", sie drehte sich einmal um sich selbst, „nein, eigentlich gefällt mir dieses Ende fast besser. Es hat so etwas Märchenhaftes, Mystisches."

Christian lächelte amüsiert. Die Frau schien ganz schön romantisch veranlagt zu sein. Wie sonst könnte ein wenig Gestrüpp solche Gefühle in ihr auslösen?

„Tolle Brücken“, sagte Nell bewundernd, als sie dort ankamen. „Auch EU?“

„Ja. Es ist ein Gesamtprojekt. Das Baby unseres Kurfürsten.“

„Ein kostspieliges Kind“, spöttelte Nell.

„So setzt sich eben jeder seine Denkmäler.“

Auf der Mitte der Brücke blieben sie stehen.

„Dein Vater hätte über diese Brücke sicher nur gelacht?“

„Ja, seine waren tatsächlich etliche Nummern größer“, bestätigte Christian. „Seine Firma hat überwiegend Eisenbahnbrücken gebaut.“

Seine Hand fuhr fast zärtlich über das neue Brückengeländer. „Die beiden alten Brücken wurden damals noch von einheimischen Handwerkern gebaut. Für einen Spottpreis im Vergleich zu heute. Nach Vaters Meinung hätten die noch hundert Jahre gehalten.“

„Und? Hat er recht?“

Christian lachte rau. „Alte Männer eben, die an alten Zeiten hängen.“

„Und was denkst du?“

Christian zuckte mit den Schultern. „Das offizielle Gutachten hat was anderes ausgesagt.“

„Was sagt dein Vater zu den neuen Brücken?“

„Er hat ihnen seinen Segen gegeben.“ Christian drehte sich zu Nell um. „Natürlich nicht, ohne über das eine oder andere zu meckern.“

„Nein, natürlich nicht“, erwiderte Nell lachend. „Hast du auch Brücken gebaut?“

„Ich? Nein.“ Christian zwinkerte ihr grinsend zu. „Ich habe den Familienbann gebrochen und bin zur See gefahren.“

Nell dachte an Johann, der sich dem Willen seines Vaters widersetzt hatte und nicht Seemann geworden war und damit eine lange Familientradition zu Grabe getragen hatte. Dann war Christian also der erste, den es nach Johanns Vater wieder aufs Meer hinaus zog.

„Keine Angst vor Wasser?“

Christian wiegte amüsiert den Kopf hin und her. „Das kann man so nicht sagen. Darum habe ich ja auch lieber das Schiff genommen, statt zu schwimmen.“

Er bekam Nells Ellenbogen in die Seite.

„Wie muss ich mir das vorstellen? Als Kapitän auf einem Kreuzfahrtschiff? In weißer Uniform mit Strahlelächeln? Nein“, revidierte sie sich, „das Lächeln lassen wir mal weg.“

„Was soll das heißen? Hast du was an meinem Lächeln auszusetzen?“ Er schaute sie mit einem breiten Florian-Silbereisen-Grinsen an.

„Lass es, das passt nicht zu dir.“

„Da habe ich ja Glück. Nein, ich bin auf einem Containerschiff gefahren. Da brauchte ich nicht zu lächeln. Das hätte meine Besatzung auch eher irritiert. Mein Sohn hat das besser drauf. Er beherrscht dieses AIDA-Lächeln perfekt und die Damen an Bord liegen ihm zu Füßen.“

„Das muss er dann wohl von seiner Mutter haben“, lästerte Nell. „Was ist mit ihr?“

„Ich war zu oft nicht zu Hause.“

„Hat sie …“, erschrocken biss Nell sich auf die Lippen. Eine solche Frage stand ihr wohl kaum zu.

Aber Christian schien sich nicht daran zu stören.

„Einmal, als ich nach Hause kam, hat Markus, er war gerade drei, glaube ich, mich gefragt, ob ich jetzt wieder bei Mama schlafen würde, und nicht Onkel Heiko. Ich habe meine sieben Sachen gepackt und bin gegangen.

„Oh, das tut mir leid.“ Nell schluckte verlegen. „Und dein Sohn? Ich meine, versteht ihr zwei Euch?“

„Wenn man das Lächeln mal außen vor lässt, sind wir uns sehr ähnlich. Ja, wir verstehen uns. Und was ist mit dir? Ehemänner? Sieben Kinder?“ Er schaute dabei geradeaus, als hätte er Angst vor der Antwort.

Auch Nell sah ihn nicht an. „Nein, nichts von beidem. Es war keiner gut genug. Nicht als Ehemann, schon gar nicht als Vater“, sagte sie leise. „Möglicherweise war ich auch nicht gut genug“, fügte sie verlegen hinzu.

Nell spürte eine leichte Gänsehaut über ihre Arme ziehen. Zum ersten Mal wurde ihr richtig bewusst, wie allein sie war, dass sie niemanden hatte, der sein Leben mit ihr teilte, mit dem sie ihr Leben teilte. Außer ihrer Mutter, die aber weit weg war. Keiner der Männer, die in ihrem Leben eine

Rolle gespielt hatten, war geblieben. Und was Kinder anbetraf, hatte sie von jeher an dem traditionellen Bild von Mutter, Vater, Kind, also dem einer intakten Familie, festgehalten. Ein Kind um des Kindes willen war für sie nie ein Thema. Bereute sie diese Entscheidung heute? Manchmal schon.

„Doch, bist du", murmelte Christian kaum hörbar.

Er war ein kleines Stück näher an sie herangerückt. Oder kam ihr das nur so vor?

Sie standen nebeneinander, die Arme auf die Brüstung gelehnt. Es war total windstill und die Bäume, Sträucher und das Schilf am Ufer spiegelten sich auf der glatten Wasserfläche. Nur ein Entenpaar hinterließ auf ihrem Weg kleine Wellen. Gegenüber im Schilfgürtel brütete ein Schwan. Sein Partner, oder war es die Partnerin, schwamm am anderen Ende des Stromes seine Runden. Er oder sie hoffte wohl, von den Gästen, die am Hauptübergang Richtung Strand und Seebrücke schlenderten, ein paar Happen zu ergattern. Die andere Brücke, die über den östlichen Teil des Stromes führte, wurde von der Abendsonne angestrahlt und leuchtete, als wäre sie aus purem Gold.

Um sie herum nur Stille.

Nell beugte sich weit über das Geländer. „Gott, ist das schön!"

Christian hatte für all das gerade keinen Blick. Er sah nur Nell. Ihre geröteten Wangen, die Begeisterung, mit der sie all die Schönheit um sich herum aufnahm, die letzten Sonnenstrahlen, die auf ihrem roten Haar tanzten und die Sommersprossen auf ihrer Nase.

„Du bist schön."

Nell schaute ihn überrascht an. Jede Sommersprosse war ein Fragezeichen.

„Du bist schön", wiederholte er.

Er hatte sich geirrt. Jede ihrer Sommersprossen war ein Ausrufezeichen.

Nell hielt einen Moment lang die Luft an. Sie stand so nahe bei ihm, dass sie seinen Körper fast spüren konnte. Wenn er sie jetzt in die Arme nehmen würde, sie würde sich nicht wehren. Sie schloss die Augen und wartete darauf, dass seine Lippen ihre berührten.

Aber er küsste sie nicht. Er nahm sie auch nicht in die Arme. Er strich ihr stattdessen flüchtig übers Haar und ging ein paar Schritte weiter. „Na komm, es gibt noch mehr zu sehen."

Nells Gefühle schlugen Purzelbaum. Sie war sich so sicher, dass er sie küssen würde. Es schien doch so.

Beschämt blickte sie zu Boden. Gott, war das peinlich. Am liebsten wäre sie auf der Stelle umgekehrt, weggelaufen, um sich in irgendeiner dunklen Ecke zu verkriechen. Vorsichtig lugte sie zur Seite. Christian machte allerdings nicht den Eindruck, als hätte er auch nur im Entferntesten irgendetwas davon mitbekommen. Oder doch?

Wortlos lief sie neben ihm am Strom entlang, dann durch den Dünenwald zur anderen Seite des Stroms, während er auf verschiedene Pflanzen, Fische im Strom oder einen Kormoran hinwies, der mit ausgebreiteten Flügeln auf einem Pfahl saß.

Auf einmal blieb er stehen. „Alles in Ordnung?" Eindringlich musterte er sie.

Er hatte also nichts gemerkt. Umso besser.

„Ich habe plötzlich Kopfschmerzen", erfand sie schnell eine Ausrede und lächelte gequält.

Das war ihr gut eingefallen. Das würde alles erklären.

Skeptisch schaute er ihr in die Augen, als wollte er in ihnen lesen, was sie vor ihm verbarg. Denn dass dem so war, stand außer Frage.

Nell ihrerseits hätte sonst was dafür gegeben zu wissen, was in seinem Kopf vor sich ging. Klar war nur, dass sie sich getäuscht hatte, als sie dachte, er würde mehr für sie empfinden als eben nur nachbarschaftliche Gefühle. Jetzt, mit ein wenig Abstand, fragte sie sich, wie sie nur darauf kommen konnte. Was hatte sie erwartet? Dass der Mann, der ihren Garten beackerte, sich mit gleicher Inbrunst um sie kümmern wollte? Was bildete sie sich nur ein. Außerdem wollte sie sowieso keine neue Beziehung. Und schon gar nicht mit ihm.

„Soll ich dich nach Hause bringen?"

„Nein, nein. Geht schon", wehrte sie ab. „Wirklich, es ist okay."

„Wie du willst." Es klang nicht wirklich überzeugt.

Sie gingen weiter, ohne dass einer von ihnen etwas sagte. Nell fand die Stille, die gerade noch so verzaubert war, auf einmal beklemmend und überlegte krampfhaft, was sie sagen könnte, um die Leichtigkeit von vorhin zurückzuholen. Aber ihr wollte einfach nichts Unverfängliches einfallen.

Sie war innerlich viel zu aufgewühlt. Ab und an schielte sie zu Christian rüber, der stur geradeaus blickte.

Bei der Brücke angekommen empfing sie eine finster dreinschauende Holzfigur. Wie ein Brückenwächter baute sie sich vor ihnen auf.

„He, was bist du denn für einer?", fragte Nell überrascht und zugleich froh, endlich das Schweigen brechen zu können. Wie eine schwere Last fiel es von ihr ab.

„Das ist eine von Frank Tempels Monsterfiguren."

„Dem aus dem Krabbenort?" Jetzt nur nicht aufhören zu reden.

„Ja, genau von dem. Hast du sein Haus schon gesehen? Sieht toll aus. In seinem Garten stehen dafür noch mehr von diesen unsäglichen Geschöpfen herum. Sollen vielleicht unliebsame Besucher abschrecken."

„Der schreibt doch auch Krimis." Nell legte den Kopf schief und fixierte die Figur grinsend. „Ich denke, er sollte beim Schreiben bleiben. Das kann er deutlich besser."

Sie hätte nicht sagen können, ob der Zwerg bösartig wirkte oder griesgrämig. Auf jeden Fall sah er unheimlich aus und irgendwie furchteinflößend.

Christian ging neben ihm in die Hocke. „Was sagst du?" Er hielt dem Zwerg sein Ohr hin, als würde der ihm etwas zuflüstern. „Ah, wir sollen Brückenzoll zahlen?" Er schaute zu Nell auf. „Was denkst du?"

Ob sie wollte oder nicht, sie musste lachen. „Ich fürchte", sie durchsuchte mit aufgesetzter Verzweiflung ihre Taschen, „ich muss passen. Müssen wir nun schwimmen?"

Christian hatte sich wieder zu ihr aufgerichtet und hielt triumphierend einen Cent in der Hand. „Der sollte reichen und bringt zu alledem noch Glück. Damit hast du einen Wunsch frei. Willst du?" Er gab Nell das Geldstück.

„Es ist dein Cent."

„Jetzt ist es deiner."

Flüchtig berührte er ihre Wange, was sie erneut völlig durcheinanderbrachte. Warum tat er das, wo er doch augenscheinlich nichts von ihr wollte. Er war ihr Nachbar, der Mann, der sich um ihren Garten kümmerte. Vielleicht könnten sie irgendwann sogar Freunde werden. Alles andere war letztendlich ja doch vergänglich.

Trotzdem, oder gerade deswegen, sie verstand sich selbst nicht, sehnte sie sich nach mehr. Aber das musste er ja nicht wissen.

Sie lehnte sich über das Brückengeländer, schloss fest die Augen und konzentrierte sich ganz auf ihren Wunsch, der sich gegen jede Vernunft um Christian drehte, während sie seinen warmen Atem in ihrem Genick spürte. Aber wer fragte in so einem Moment schon nach Vernunft. Mit einem leisen Plopp fiel die Münze in den Strom und versank.

„Was hast du dir gewünscht?“

„Nix da.“ Belehrend hob sie den Zeigefinger. Das fehlte noch, dass sie ihm ihre geheimsten Wünsche verriet. Wenn er nicht von allein darauf kam oder kommen wollte, gingen sie ihn auch nichts an. „Das darf man doch nicht verraten. Sonst wird es nichts mit dem Wunsch.“ Sie drehte sich um und lief bis zur Mitte der Brücke. Sollte er sich doch seinen Kopf zerbrechen. „Wo bleibst du, Seemann?“

Christian folgte ihr gemächlich und zeigte zum Schilfgürtel rüber. „Da drüben hat Pächers Teffi übrigens das Skelett aufgestöbert.“

Nell blickte fasziniert in die Richtung. „Ich habe davon gehört. Eine ermordete Frau. Das ist ganz schön spannend. Ich liebe solche Geschichten.“

Für einen winzigen Moment glaubte sie eine Berührung zu spüren. Flüchtig, eher wie ein kalter Hauch oder eine böse Eingebung. Fröstelnd schlang sie ihre Arme um sich. Unfug! Hier war nichts. Gar nichts.

Christian zog ungefragt seine Jacke aus und hängte sie ihr um. „Gar kein Mitgefühl?“

Nell lächelte ein wenig verlegen, schmiegte sich dann aber dankbar in den warmen Stoff. Seine Wärme, sein Geruch… Schluss damit!

„Na, ist doch schon Ewigkeiten her“, wiegelte sie schnell ab. Eine tiefe Falte bildete sich zwischen ihren Augenbrauen. Was ist mit mir los? Ich bin eine erwachsene Frau! Keine dumme Göre, die mir nichts dir nichts auf irgendwelche Gefühlsduseleien hereinfällt. „Außerdem könnte es ja sein, dass sie es verdient hatte“, fügte sie energisch hinzu.

Christian spielte den Entrüsteten. „Was muss man deiner Meinung verbrochen haben, dass es einen Mord legitimiert?“

„Nicht legitimiert, aber vielleicht erklärt?“ Gab es für Mord überhaupt jemals eine akzeptable Erklärung? Wer einen Menschen tötete, nahm ihm nicht nur alles, was er hatte, sondern auch alles, was noch vor ihm lag. „Möglicherweise hat sie vorher selbst jemanden umgebracht?" Ungewollt drängten sich Bilder von dunklen Gestalten, Sturm und Regen in ihr Bewusstsein. „Oder sie war eine elende Betrügerin?" Die letzten Worte flüsterte sie nur.

Warum musste sie ausgerechnet jetzt an Marie und Johann denken? Dass die beiden in irgendeinem Zusammenhang mit der ermordeten Frau stehen sollten, wäre dann wohl doch zu viel des Zufalls.

„Wenn du deine Patienten mit solchen Botschaften in die Welt schickst, dann sehe ich schwarz." Christian lachte sie provozierend an. „Vielleicht sollte ich Wormann vor seiner Frau oder besser noch vor dir warnen?"

Nell drohte ihm amüsiert. „Untersteh dich! Mach mir nicht meine Pläne kaputt."

Sie drehte sich um und suchte in westlicher Richtung nach der Brücke, auf der sie zuerst waren. Aber die untergehende Sonne schien sie in ihrem glühenden Licht zu verschlingen und damit unsichtbar zu machen.

Als sie den Strom überquert hatten und zu beiden Seiten dichte Büsche den Weg säumten, legte Christian beschützend seinen Arm um sie.

„Hier gibt es jede Menge Wildschweine", erklärte er fachmännisch, aber in seinen Augen blitzte der Schalk.

„Und Mörder", fügte sie verschmitzt hinzu. Wenn er spielen wollte, bitte, gern.

Christian zog sie noch ein bisschen näher an sich heran. „Ja, auch die."

Plötzlich schreckte Nell auf. Da war was! „Hast du das gehört?" Abrupt blieb sie stehen und lauschte in die einsetzende Dämmerung.

Ein kalter Schauer des Entsetzens kroch ihr über den Rücken, die Härchen auf ihren Armen stellten sich auf und ihr Herz pochte schneller.

Etwas oder jemand quälte sich seitlich von ihnen ächzend durch das Gehölz und schien dabei etwas Schweres hinter sich herzuziehen. Das konnte doch keine Einbildung sein?

„Vielleicht sind es die Geister der Vergangenheit", zog Christian sie schmunzelnd auf. „Gleich da drüben", er zeigte auf eine Stelle, nur wenige Meter entfernt, „da lagen die Knochen."

Nells Augen weiteten sich vor Schreck. Unwillkürlich tauchte das Bild ihrer Oma mit ihrer Mutter an der Hand vor ihr auf, das sie gesehen hatte, obwohl das absolut unmöglich war. Sollte sie genauso unmöglich hier und jetzt Zeuge eines Verbrechens sein, das vor über hundert Jahren geschah?

Das Krachen und Knacken wurde lauter. Nell erstarrte und Christian schob sie instinktiv hinter sich.

Es waren Wildschweine.

Nur Wildschweine, die sich von ihnen gestört fühlten und schnaubend im Unterholz verschwanden.

Nell zitterte am ganzen Körper, aber sie war zugleich unendlich erleichtert. Keine Halluzinationen aus der Vergangenheit. Es waren nur Schweine. Wie konnte sie nur einen Moment so etwas Dummes glauben.

„Gott, hatte ich Angst", sagte sie dennoch heftig atmend und lehnte sich erleichtert an Christians Rücken. Er hatte sich zwischen sie und die Schweine gestellt. Er hatte sie beschützt.

Christian drehte sich zu ihr um. „Brauchst du nicht", sagte er lässig, „hast ja mich. Ich pass schon auf dich auf." Er strich ihr das Haar aus der Stirn. „Alles wieder gut?"

„Hm", sie nickte noch ein wenig eingeschüchtert. „Du bist mein Held." Sie versuchte, ihrer Stimme einen neckischen Klang zu geben, wandte sich dann aber gedankenversunken ab. Ihr Bauchgefühl, das meistens recht verlässlich war, sagte ihr, dass es nicht nur die Schweine waren. Da war noch etwas anderes. Nicht mehr als eine Eingebung, aber die ließ sie nicht mehr los.

Gustavs Ahnenforschung. Die konnten vielleicht Aufschluss geben. Aufregung erfasste sie.

„Hast du mit deinem Vater über die Stammbäume gesprochen?", sprudelte es aus ihr heraus. Sie musste sie sehen. Unbedingt.

Christian fühlte sich überrumpelt. Was war auf einmal mit ihr los? Es kam ihm vor, als wäre sie plötzlich nicht mehr hier, sondern schon irgendwo anders, weit weg von ihm.

„Ich wüsste zu gern, was da gerade in deinem hübschen Köpfchen vor sich geht." Er hob ihr Kinn und blickte ihr tief in die Augen, als könnte er dort die Antwort finden.

Nell blickte peinlich berührt zu Boden. Das Ganze war albern. Er würde sie für verrückt halten, wenn sie von ihrem Verdacht erzählte.

„Ach, nichts weiter", wehrte sie ab. „Es fiel mir nur gerade ein. Also, hast du?"

Christian schüttelte den Kopf. Wer würde je die Frauen verstehen. Nur bei Frauen konnte die Stimmung von einer Minute zur anderen umschlagen. Eben noch das anschmiegsame Kätzchen und im nächsten Moment jemand ganz anderes. Auch wenn Nell versuchte es herabzuspielen, schien es für sie doch von größter Bedeutung zu sein. Frauen!

„Ja, habe ich. Aber", er beobachtete belustigt die kleine Falte zwischen ihren Augenbrauen, die sich immer dann bildete, wenn sie hochkonzentriert auf etwas wartete, „es gibt da einen Haken. Er will sie nur Sophia zeigen. Niemandem sonst. Du weißt also, was du zu tun hast."

Nell kaute nachdenklich auf ihren Lippen. Sie legte den Kopf schief und blinzelte Christian spitzbübisch an. „Dein Vater muss ganz schön in meine Oma, also in Sophia, verschossen gewesen sein. Und da er glaubt, ich wäre Sophia", sie grinste süffisant, „liebt er nun mich. Vielleicht werde ich eines Tages deine Stiefmutter?"

„Klar doch. Mein Vater ist ein Mann in den besten Jahren. Darf ich dann Blumen streuen?"

„Ich fürchte, dafür bist du nicht mehr in den besten Jahren." Nell schüttelte in gespielter Empörung den Kopf, so dass ihre roten Locken hin und her sprangen.

Was war das zwischen ihnen? Nur Geplänkel? Oder der Versuch, um etwas herumzureden, was man sich nicht zu sagen traute? Wusste sie selbst überhaupt, was sie wollte? Sicher, er war ein Mann von der Sorte, bei denen man schon mal in Versuchung kommen konnte. Was sich allerdings auf Grund der Nachbarschaft und in einem Dorf wie Prerow sowieso verbot. Es sei denn, es ginge um mehr. Ging es um mehr?

So viele Fragen.

Ernüchterung.

Es war Zeit in das echte Leben zurückzukehren.

„Ich muss nach Hause. Emilia braucht meine Hilfe."

Christian zog überrascht die Augenbrauen hoch, nickte dann aber verhalten. „Dann sollten wir die Frau Gräfin mal nicht länger warten lassen."

Nell fühlte sich hin und her gerissen. Sie hatte die Mauer gezogen, und doch ließ sie die plötzliche Distanz zwischen ihnen frösteln.

Christian blieb am Gartentor stehen und schaute ihr hinterher, bis sie hinter der Eingangstür verschwunden war.

Was ging in dieser Frau vor? Erst macht sie ihn an, streckt ihm ihr hübsches Näschen hin, als wollte sie geküsst werden, um sich im nächsten Augenblick wieder in ihr Schneckenhaus zu verkriechen. Was wollte sie denn nun wirklich? Vielleicht hätte er sie küssen sollen. Denn genau das wollte er doch eigentlich. Vom ersten Tag an wollte er nichts anders. Warum also hat er sie nicht einfach geküsst? Geküsst, bis ihr die Luft wegblieb? Damit hatte er doch sonst kein Problem. Aber bei all den anderen Frauen war es ihm nur um Spaß, um den Augenblick gegangen. Nicht mehr.

Aufgewühlt fuhr er sich durchs Haar. Diesmal war es anders. Nell war anders. Nur was sie dachte und fühlte, dahinter kam er einfach nicht.

Die Hände tief in den Hosentaschen vergraben stand er unschlüssig vorm Haus. Herrgott, sie waren doch keine Kinder mehr. Er würde sie fragen. Jetzt sofort. Oder gar nicht erst fragen, sondern sie sofort in die Arme nehmen. Wozu noch reden.

Er hatte die Hand schon auf der Gartenpforte liegen, da fiel ihm der rote Sportwagen wieder ein. Emilia hatte ihm von dem Doktor aus dem Krankenhaus erzählt. Auch, dass er verheiratet war, Nell ausgenutzt hatte und sie ihn nie wieder sehen wollte. Aber was sagte das über ihre Gefühle? Was, wenn sie den Kerl immer noch liebte?

Mann, es war zum Verrückt werden! Was war los mit ihm? Hatte er sich schon jemals so viel Gedanken gemacht, wenn er auf eine Frau scharf war? Oder lag es schlicht und einfach daran, dass er dieses Mal so viel mehr wollte? Alles wollte.

KAPITEL 20

Sonja nahm sie in den Arm. „Meine arme Kleine. Unglücklich verliebt?"

„Ich bin nicht verliebt", protestierte Nell energisch. „Es ist nur", sie stockte einen Moment, „also, er, nein, es ist kompliziert."

„Vielleicht bist du es auch, die kompliziert ist?" Sonja musterte die Freundin eindringlich. „Es sind nicht alle wie Harald. Und wenn du gar keinem mehr vertrauen willst, dass wirst du als alte Jungfer sterben."

„Na, aus der Phase bin ich ja wohl lange raus."

„Und schnell wieder rein. Zugewachsen, vertrocknet …"

„Hör' auf, hör' auf", Nell befreite sich lachend aus Sonjas Umarmung. „Vielleicht hast du recht. Ich bin zwar nicht verliebt, aber ich mag ihn schon. Irgendwie."

„So, so, du magst ihn. Irgendwie. Aber verliebt bist du nicht. Ich frage mich nur, wo dann dieser Glanz in deinen Augen herkommt, wenn du von ihm sprichst."

„Na ja, vielleicht ein ganz kleines bisschen?" Nell nagte auf ihren Lippen und blickte Sonja dann entschlossen an. „Okay, ich gebe es ja zu, es hat mich ganz schön erwischt. Aber sag' doch mal ehrlich, kennst du auch nur einen einzigen Mann um die fünfzig, der eine fast ebenso alte Frau will? Die Kerle gucken doch alle nach Jüngeren. Was also sollte Christian von mir wollen?"

Sonja grinste breit. „Was könnte er wohl von dir wollen? Hast du es schon vergessen?" Geschickt wich sie Nells Schlag aus. „Außerdem, höre ich da etwa Selbstzweifel raus? Bei einer Frau, die andere Menschen aus eben solchen herausholt und sie wieder aufbaut? Befindet sich meine beste Freundin etwa in einer Midlifecrisis?" Sie griff nach Nells Hand. „Komm mal mit!" Sie zerrte sie vor den großen Spiegel. „Was siehst du da?"

Nell blickte verständnislos auf ihr Spiegelbild und dann zu Sonja.

Die machte eine Handbewegung, die Nell von Kopf bis Fuß umschrieb. „Also ich für meinen Teil sehe eine Frau mit den feurigsten roten Haaren, die mir je untergekommen sind und die durchaus auf ihr Temperament schließen lassen. Dazu diese Kurven", sie begann zu kichern. „Ganz zu schweigen von deinen Zauberhänden. Könnten ja ganz hilfreich sein. Manchmal vielleicht. Also für den reiferen Mann, meine ich." Sie machte eine eindeutige Handbewegung, wobei sie sich vor Lachen kaum halten konnte.

Nell konnte nicht anders als einzustimmen. Ihre Freundin war einfach zu komisch.

„Nein, im Ernst“, Sonja schnappte nach Luft. „du bist eine Frau, die mitten im Leben steht, keinem auf der Tasche liegt, die Humor hat und ordentlich einen trinken kann. Gut, das mit dem Kinderkriegen ist nicht mehr so, obwohl, selbst das kriegen sie heute noch hin. Allerdings glaube ich kaum, dass Christian darauf scharf wäre.“

Nell hob lachend die Hände. „Ist ja gut, du hast gewonnen. Aber wer sagt denn, dass er das auch so sieht. Du hättest ihn heute mal erleben sollen. Eher wie ein Bodyguard oder einer, der Ortsrundgänge veranstaltet.“

Sonja schüttelte fassungslos den Kopf. „Mein armes, blindes Mäuschen. Wie alt musst du noch werden, um die Männer zu verstehen? So, wie er dich immer ansieht, ich bitte dich. Ist dir das noch nie aufgefallen?“

„Du meinst …“, Nell kaute nachdenklich auf ihren Lippen und schüttelte dann energisch den Kopf. „Nein, solche Blicke kenne ich zur Genüge. Die können sonst was bedeuten. Meistens nur das eine.“

„Oh je, du klingst tatsächlich schon wie eine alte, verbitterte Schabracke. Das eine, wie du es nennst, könnte das nicht ein guter Anfang sein?“ Sonja legte liebe voll ihren Arm um die Freundin. „Ich kenne Christian schon eine Ewigkeit. Er spielt keine Spielchen. Glaube mir, du kannst ihm vertrauen.“

„Das heißt, mit ihm kann man Pferde stehlen?“

Sonja grinste sie auf die spitzbübische Art an, die Nell so an ihr liebte. „Scheiß auf Pferdestehlen. Den Verstand soll er dir rauben. Und glaube mir, das wird er. Also, schnapp ihn dir!“

Kapitel 21

Nell wusste zwar aus Erfahrung, dass eine Menge Menschen ihre Probleme für andere unsichtbar mit sich herumtrugen, dennoch war sie sich anfangs weiß Gott nicht sicher gewesen, ob sie hier, in der Idylle Prerows und seiner Umgebung, tatsächlich gebraucht werden würde. Zuerst hatten die Einheimischen sie und ihre Praxis auch eher argwöhnisch betrachtet. Eine Neue in Prerow und dann auch noch mit so einem Psychokram? Doch nach und nach kamen sie.

Wenngleich das Leben in Prerow so viel gemächlicher ablief als anderswo, kein Großstadtstress den Menschen zusetzte und sie noch weit mehr füreinander da waren, als es in den Städten zumeist der Fall war, gab es eben auch hier Schatten, Schmerz und Leid.

Den Menschen helfen zu können, erfüllte Nell mit Freude und ja, auch mit Stolz. Im Krankenhaus war sie immer Teil eines Ganzen gewesen, eines der vielen Rädchen im Getriebe, aber hier stand allein ihr Name unter dem, was sie leistete und erreichte. Das war noch mal etwas ganz anderes.

Einer ihrer ersten Patienten war Hilmar aus Born gewesen. Ein Kerl wie ein Eichbaum, der auch nach Jahren nicht über den Tod seiner Frau hinwegkam und daran zu zerbrechen drohte. Er war in seiner Trauer so festgefahren, dass er ohne Hilfe nicht ins Leben zurückfinden konnte. Inzwischen konnte er endlich mit einem Lächeln von seiner Frau erzählen. Außerdem traf er sich regelmäßig mit seinen Sportfreunden. Er konnte dem Leben wieder aufrecht entgegengehen.

Oder der Banker aus Berlin, der angeblich nur gekommen war, weil er mal gucken wollte, wie so was so abläuft. Im Laufe des Gesprächs wurde schnell klar, dass er total ausgebrannt war, gestresst, kraftlos und desillusioniert und deshalb kaum noch einen Sinn im Leben sah. Vor ein paar Tagen brachte er Nell einen großen Blumenstrauß. Er meinte, sie hätte ihm die Augen geöffnet, worauf es im Leben wirklich ankäme. Er hat seinen stressigen Job aufgegeben und viel Freude an der neuen Arbeit, endlich mehr Zeit für seine Familie und ein neues Hobby. Manchmal ist die einfachste Lösung die beste. Er war glücklich.

Dann war da Carla, die seit vielen Jahren unter Phantomschmerzen litt. Nells Hände vollbrachten, was vorher niemand geschafft hatte.

Auch Marlene kam regelmäßig zu ihr in die Sprechstunde. Nein, verbesserte sich Nell, sie kam sie besuchen. Im Laufe der Zeit waren sie Freundinnen geworden. Es war noch ein zartes Band, aber es würde halten.

Marlene hatte bessere und schlechtere Tage, aber ihr Wille, sich von ihrer Pein zu befreien, war ungebrochen und wurde von Mal zu Mal stärker. Nell hatte es sich auf die Fahne geschrieben, sie dabei nach besten Kräften zu unterstützen. Es gab genug Umstände, gegen die ein Mensch nur bedingt, manchmal leider auch gar nichts tun konnte. Nicht jede Krankheit war heilbar. Aber prügelnde Ehemänner gehörten nicht dazu. Doch das bedurfte einer inneren Stärke, die nicht über Nacht und nicht von allein daherkam. Gemeinsam mit Sonja würde sie Marlene auf diesem Weg begleiten.

Was zählten da schon ihre Problemchen? Will er mich oder nicht? Wenn ja, warum sagt er es nicht? Warum sage ich nichts? Weil, ja weil eben doch nicht alles so einfach war, wie Sonja meinte. Also konzentrierte sie sich voll und ganz auf die Sorgen der Menschen, für die sie eher Antworten fand. Dass sie sich auf diese Weise schlichtweg davor drückte, Entscheidungen für ihr eigenes Leben zu treffen, gestand sie sich nicht ein.

Emilia hatte mehr denn je ihrer Zuwendung bedurft und Nell schien es, als wäre sie in der letzten Zeit noch mehr geschrumpft. Wenn sie den Arm um die kleine alte Frau legte, fühlte sich das an, als umarmte sie einen dünnen, trockenen Ast. Nur mit Mühe war es ihr gelungen, Emilia ab und an ein wenig Suppe einzuflößen oder sie zu einem Schluck Wasser zu überreden.

„Die Engel haben mir verboten zu essen und zu trinken“, hatte Emilia mit zittriger Stimme gesagt. „Es ist Zeit zu gehen.“

An einem frühen Nachmittag war sie eingeschlafen und nicht wieder aufgewacht.

Nell hatte sich auf einen Stuhl neben sie gesetzt, die Hände im Schoß verschränkt und nicht gewusst, was sie tun sollte. Alles um sie herum fühlte sich auf einmal kalt und leer an. Sie war unfähig, aufzustehen, aus dem Raum zu gehen und irgendetwas zu unternehmen.

Es wurde schon dunkel im Haus, als Christian sie so vorfand.

Ihm genügte ein Blick, um die Situation zu erfassen. Er zog Nell von dem Stuhl hoch, nahm sie in den Arm und drücke wortlos sein Gesicht in ihr Haar. Widerspruchslos ließ sie sich von ihm ins Wohnzimmer führen.

Er machte Licht und zwang sie, ihn anzusehen. „Es ist in Ordnung so, Nell. Es ist in Ordnung."

Nell schniefte und wischte sich mit dem Handrücken über die Augen. „Ich weiß", flüsterte sie und schien erst in dem Moment richtig zu begreifen, dass er vor ihr stand. „Du bist da."

„Natürlich bin ich da", sagte Christian ruhig. „Ich bin immer da, wenn du mich brauchst." Er zuckte mit den Schultern, als wäre es das normalste von der Welt. „Jetzt brauchst du erst mal einen Schnaps." Er schaute sich suchend um. „Und ich auch. Gibt es so was in diesem Haus?"

Nells Augen weiteten sich, ehe sie kläglich kicherte. „Da drüben in dem Schränkchen, da hat Emilia ihren Eierlikör versteckt."

Christians verzog voll Abscheu das Gesicht. „Eierlikör? Na, immerhin besser als nichts."

Er füllte zwei Gläser bis zum Rand.

„Auf Emilia."

„Auf Emilia."

„So, du rufst Sonja an, damit sie mit dir den Rest aus der Flasche vernichtet. Mehr als einen von diesem Kommodenlack verkrafte ich nicht. Ich kümmere mich um alles andere."

Nell lächelte ihn dankbar an. „Ist schon gut. Ich kriege das hin. Beides. Sonja hat einen langen Tag hinter sich. Ich rufe sie morgen an."

„Denkst du?"

Nell nickte. „Ja, das denke ich. Aber", sie zögerte einen Moment, „könntest du trotzdem noch bleiben bis…, ich meine", hilflos blickte sie in Richtung Emilias Zimmer. „Ich mag nicht länger mit ihr allein sein. Ich verspreche dir auch, du musst keinen zweiten Eierlikör trinken."

„Da bin ich ja froh", spöttelte Christian, um den Druck von Nell zu nehmen. „Dann lass uns mal dafür sorgen, dass Frau Gräfin in die Kiste kommt."

Zwei Stunden später stand Nell allein im Wohnzimmer, schaute sich im Raum um, als würde sie ihn das erste Mal sehen, und versuchte ihre Gedanken zu ordnen.

Es war gut, dass Christian bei ihr war, als der Arzt kam, um den Tod amtlich festzustellen, dass er sie festgehalten hatte, als Emilia schon kurz danach von zwei dunkel gekleideten Männern des Bestattungsunternehmens abgeholt wurde und sie die Trauer in dem Augenblick förmlich überrollt hatte. Dass er sie in seinen Armen hatte weinen lassen, bis keine Tränen mehr da waren.

Später hatte er sie gefragt, ob sie allein klarkäme. Sein Blick hatte ihr alles versprochen und sie hätte ihn zu gern beim Wort genommen. Aber er sollte nicht aus Mitleid bei ihr bleiben, oder aus Sorge um sie. Schon gar nicht wollte sie Verzweiflungssex. Nicht mit ihm. Nicht so.

Sie hatte im ganzen Haus das Licht angeschaltet und ließ leise Musik durch die Räume fliegen. Mit jeder neuen Minute, die verging und jedem weiteren Eierlikör, fühlte sie sich ein Stück weit befreiter.

Es war ihr Haus! Endlich war es wirklich ihr Haus.

Erst jetzt wurde ihr bewusst, dass sie sich bis heute immer noch wie ein Gast in ihrem eigenen Haus gefühlt hatte. Sie hatte Emilia die älteren Rechte am Haus weder absprechen wollen noch können. Sie war stets darauf bedacht gewesen, Emilia ja nicht zu stören oder bei ihr den Eindruck zu erwecken, unberechtigt herumzuschnüffeln, geschweige denn irgendwie gegen geltende Regeln zu verstoßen. Emilias Geist hatte ständig über ihr geschwebt, hatte sie beobachtet, wenn sie durchs Haus lief, in Büchern auf Fotos nach ihrer Geschichte suchte, hatte missbilligend seinen Kopf geschüttelt (hatten Geister Köpfe?), wenn sie mit Sonja heimlich Sekt trank und sich indiskret in ihre geheimsten Träume gedrängelt. Es war gerade so, als hätten alle Wände Emilias unsichtbare Augen und Ohren gehabt.

Aber das war nun vorbei. Sie waren zusammen mit Emilia gegangen. Nell ließ sie nur zu gern ziehen.

Nur kurz beschlich Nell der Rest eines schlechten Gewissens. Wie konnte sie sich so leicht damit abfinden, dass Emilia gestorben war, mehr noch, gar ein Gefühl der Freude und der Erleichterung empfinden? Aber sie hatte sich Emilias Tod nicht gewünscht, sagte sie sich. Emilia selbst schon. Und was hatte Christian gesagt? Es ist in Ordnung. Ja, es war in Ordnung. Emilia wollte gehen. Und sie war in Frieden gegangen.

Nell setzte sich an den kleinen Wohnzimmertisch und legte ihre Hände auf die Tischplatte. In Gedanken schickte sie Emilia einen letzten Gruß hinterher. Sie fühlte ein leichtes Kribbeln in den Fingern und lächelte. Emilia hatte sie gehört.

Zufrieden ging sie in die Veranda und kuschelte sich in Omas Sessel. Nur einen winzigen Augenblick ausruhen, dachte sie. Erschöpft von all der Aufregung schloss sie die Augen. Wie schön es doch wäre, könnte Christian jetzt bei ihr sein.

Erschrocken fuhr sie hoch. Jemand klopfte laut und eindringlich an die Fensterscheibe. Einen Moment lang blickte sie sich völlig orientierungslos um. Wo war sie? Was war passiert? Ach, sie war in Omas Sessel eingeschlafen. Es klopfte erneut. Sie wollte aufspringen, aber ihr Körper gehorchte ihr nicht. Verkrampft, erstarrt, kalt. Sie streckte die schmerzenden Arme und Beine und stakste unbeholfen zur Terrassentür. Dabei schaute sie skeptisch an ihren zerknitterten Sachen runter und fuhr sich ohne sichtlichen Erfolg durch das verzottelte Haar. So konnte sie doch niemanden empfangen. Sie schielte durch das Fenster und erkannte Sonja, die draußen wie wild herum gestikulierte.

NUR Sonja, dachte Nell zärtlich. Ihre liebste, treueste, allerbeste Freundin. Die musste ihren Anblick aushalten.

Sonjas Blick ließ keinen Zweifel daran, was sie über Nells Aussehen dachte. „Du siehst ja schrecklich aus.“ Sie drückte Nell fest an sich. „Als hättest du in einem Sessel übernachtet“, fügte sie augenzwinkert hinzu. „Warum hast du mich nicht angerufen?“

„Christian war hier.“

„Ja, ich weiß. Er hat mir Bescheid gesagt und dass ich meinen Arsch sofort hierher bewegen soll.“ Ihr Lachen klang kehlig. „Hat er so nicht gesagt, aber gemeint.“

Nell schlang ihre Arme fest um die Freundin. „Ich wollte dir so spät nicht mehr auf den Geist gehen. Leute, die das tun, hattest du den ganzen Tag genug“, rechtfertigte sie sich halbherzig. „Aber ich bin so froh, dass du hier bist. Kaffee?“

„Nicht für mich. Danke.“

„Ich weiß einfach nicht, was mit mir los ist“, murmelte Nell und schaute auf ihre Zehenspitzen. „Eigentlich sollte ich doch traurig sein. Wenigstens ein bisschen. Oder nicht? Aber es fühlt sich so … richtig an.“ Verunsichert schielte sie Sonja von der Seite an. Ob die Freundin wohl verstand, was sie meinte? „Ich schäme mich ja dafür, aber eigentlich bin ich froh endlich frei zu sein."

Sonja winkte ab. „Quatsch. Warum solltest du dich schämen? Hast du Emilia vergiftet? Oder erschlagen? Ihr den Teufel auf den Leib gehetzt? Nein? Na also! Ganz im Gegenteil. Die Frau war so was von tot, bevor du hier eingezogen bist. Du hast sie wieder zum Leben erweckt. Sie war ja gar nicht wiederzuerkennen. Ich hab' schon gedacht, sie würde dich zu guter Letzt noch adoptieren."

„Na, na, nun übertreib' mal nicht. So groß war die Liebe dann doch nicht", wagte Nell einzuwerfen.

„Wie auch immer, es ist, wie es ist und es ist gut so. Basta. Jetzt ab unter die Dusche und dann gehen wir frühstücken."

„Zu Befehl!" Gehorsam ging Nell Richtung Tür. „Hast du Christian heute schon gesehen?", fragte sie wie nebenbei und schielte über die Schulter zurück zu Sonja.

Sie konnte deren zufriedenes Schmunzeln aber nicht sehen.

„Ja, er war vor der Arbeit kurz da, weil er dich nicht wecken wollte. Und nun sieh zu, dass du in Gang kommst."

Das gemeinsame Frühstück hatte sich länger hingezogen als gedacht. Irgendjemand hatte seine BILD AM SONNTAG auf ihrem Tisch liegen lassen. Auf der Titelseite prangte ihnen eine aufreißerische Überschrift entgegen. Alles wie immer, also.

„He, guck mal, es geht um Prerow", rief Nell überrascht aus, als Sonja die Zeitung gerade zur Seite legen wollte. Sie runzelte die Stirn. „Wer ist der Wächter?"

Neugierig beugte sich Sonja über den Beitrag. „Was denn, der schon wieder? Dann kann es nur Mist sein."

„Du kennst ihn?"

„Nicht persönlich. Niemand weiß, wer er ist. Er hat ein paar Mal für die Ostseezeitung geschrieben. Prerow ist dabei immer schlecht weggekommen. Jedes Mal protzt er mit Insiderwissen, das er eigentlich nicht haben dürfte. Da drängt sich einem schon der Verdacht auf, dass er von hier ist.

Der Feind sitzt meistens in den eigenen Reihen, war das nicht so? Was schreibt er?“

Nell überflog den Artikel. „Oha, er kündigt nichts weniger als die Sensation des Jahres an. Bescheidenes Kerlchen. Es geht um den spektakulären Knochenfund am Strom und dass er mit Hintergrundinformationen zur Historie und zu unglaublichen menschlichen Abgründen jedem Leser in Kürze das Blut in den Adern gefrieren lassen wird. Typisch BILD eben.“

Sonja runzelte verärgert die Stirn. „Kein Wunder, dass die Ostseezeitung die Stopptaste gedrückt hat.“

„Er ist Journalist?“

„Das lass nur keinen echten Journalisten hören“, Sonja lachte. „Die Qualität seiner Artikel lässt mehr als zu wünschen übrig. Ausdruck vier, vom inhaltlichen Wert ganz zu schweigen. Ich habe mich oft genug gewundert, dass sich die OZ für so etwas hergibt. Mit der sprichwörtlichen Objektivität des Journalisten hatten seine Beiträge nie etwas zu tun. Na, jetzt scheinen sie ihn durchschaut zu haben.“

„Oder die BILD bezahlt besser für seine Informationen.“

„Ich habe gehört, die Knochen, um die es da geht, wären über hundert Jahre alt. Was soll daran spektakulär sein? Außer, man ist Historiker oder so was.“

„Immerhin soll es Mord gewesen sein.“ Nell spürte bei ihren Worten, wie sich die Härchen auf ihren Armen aufstellten. Schon wieder so ein seltsames Zeichen. Aber vielleicht war sie einfach zu überempfindlich.

Sonja winkte gleichgültig ab. „Gemordet wurde schon immer.“

„Womit du auch wieder recht hast. Darauf ein Glas Sekt.“

Kapitel 22

Zögernd blieb Nell vor Emilias Tür stehen. Ganze fünf Wochen waren vergangen, in denen sie sich einfach nicht dazu durchringen konnte, Emilias Zimmer erneut zu betreten.

Heute nun wurde ihr vom Bestattungsinstitut mitgeteilt, dass Emilia, ihrem ausdrücklichen Wunsch entsprechend, anonym an dem Ort beigesetzt wurde, an dem schon Lisi und Sophia ihre letzte Ruhe gefunden hatten. Sie hatte sich endgültig aus diesem Haus verabschiedet.

Nell atmete tief durch und drückte dann entschlossen die Klinke runter.

Alles war unverändert. Trist und öde. Auf Emilias Bett waren noch die Abdrücke ihres mageren Körpers zu erkennen. Ein Stuhl, der einzige im Raum, war umgefallen und achtlos zur Seite gestoßen worden. Vermutlich stand er den Männern vom Bestattungsunternehmen im Weg.

Auf Emilias Nachttisch lag eine alte abgegriffene Bibel. Zärtlich strich Nell über den Buchdeckel. Emilia musste sie wohl tausende Male in den Händen gehalten haben. Sie würde ihr das Buch mitgeben, zusammen mit ihrem Lieblingskleid und der Bernsteinkette, die sie so geliebt hatte. Dorthin, wo Sophia und Lisi schon auf sie warteten.

Der Raum war spartanisch wie eine Klosterzelle eingerichtet. Ein Bett, ein Nachttisch, ein Stuhl und an der Wand ein schmaler Schrank. Über dem Bett hing ein Foto, auf dem Emilia zusammen mit Lisi abgebildet war. Neugierig nahm Nell es ab, um es von Nahem betrachten zu können. Eine junge Emilia, die über das ganze Gesicht strahlte. So ganz anders, als Nell sie kennengelernt hatte, während Lisi genauso aussah, wie sie sie in Erinnerung hatte, nur eben deutlich jünger.

Was war in Emilias Leben schief gelaufen, dass am Ende nur Verbitterung geblieben war? Nell kaute nachdenklich auf ihren Lippen. Eine enttäuschte Liebe allein konnte doch kaum die Ursache gewesen sein. Sie versuchte sich ins Gedächtnis zu rufen, was Emilia ihr erzählt hatte. Lisi und sie waren beste Freundinnen. Dann erbte Lisi das Haus, nicht sie. Obwohl sie doch so lange im Dienst von Theodora Marini war. Lag da der Schlüssel? Einmal Dienstmagd, immer Dienstmagd? Hatte sie das verletzt? Ganz sicher hatte es das. Nell erinnerte sich, dass Emilia mehr als einmal erwähnt hatte, dass sie ja „nur“ die Haushälterin gewesen sei.

Emilia hatte dem Anschein nach immer den Kürzeren gezogen. Bei ihrer Freundin Lisi, die im Gegensatz zu ihr, bei allen und jedem beliebt war, später bei Sophia, die nur Lisi liebte, neben Gustav, der zum einen verheiratet, gleichzeitig aber auch Sophia verfallen war und zum Schluss bei Nell, die ihr, ob sie wollte oder nicht, regelrecht übergestülpt worden war. Nicht einer hatte je danach gefragt, was sie sich wünschte, wovon sie träumte. War es das, was sie im Laufe der Jahre zu einer so vergrämten Frau gemacht hatte?

Nell würde es nicht mehr erfahren. Emilias Wunsch, am selben Ort wie Sophia und Lisi beigesetzt zu werden, ließ allerdings den Schluss zu, dass sie am Ende ihres Daseins Frieden mit all den Widrigkeiten ihres Lebens, wenn es sie denn gab, gemacht haben musste.

Und doch schien es, als schwebe nach wie vor ein Schatten über dem Raum.

Nell fühlte sich plötzlich eingeengt, hinter ihrer Stirn begann es schmerzhaft zu pochen. Sie hatte das Gefühl, die Wände würden immer näher auf sie zukommen und sie jeden Moment erdrücken. In der Luft hing der Geruch nach Tod.

Sie riss das Fenster weit auf und atmete begierig die frische Luft ein. Sofort strömten Licht und Wärme herein, die Wände zogen sich an ihren angestammten Platz zurück und das ganze Zimmer begann zu leuchten.

Alle bösen oder traurigen Erinnerungen, die sich gerade noch in diesem Raum festgeklammert hatten, lösten sich in Luft auf und wurden von einer leichten Sommerbriese auf Nimmerwiedersehen hinausgetragen. Die Sonne eroberte jeden einzelnen Winkel und ließ unter ihren Strahlen auch die letzten negativen Gedanken dahinschmelzen.

Erstaunt schaute Nell sich um. Emilias Zimmer schien sich innerhalb weniger Minuten verwandelt zu haben. Aus der dunklen Klosterzelle war ein Raum geworden, der vor positiver Energie nur so sprühte. Energie, die so viele Jahre unter Verbitterung und Kälte vergraben lag und nur auf diesen Tag der Erlösung gewartet hatte. Wenn Emilia es auch nie gesagt hatte, jetzt wusste Nell es: Genau hier, in diesem Raum, musste ihre Oma gearbeitet haben.

Und das würde sie künftig auch tun.

Voller Elan begann sie aufzuräumen. Sie zog das Bett ab, zerrte die alten Gardinen vom Fenster und steckte alles, zusammen mit den wenigen Kleidungsstücken, die Emilia im Schrank hatte, in einen großen Müllsack. Sie wollte nichts davon im Haus behalten. Sie würde sich von allem trennen, was sie bedrückte und herunterzog, was dem Haus und ihr selbst die Luft zum Atmen nahm. Nur die Dinge, die mit schönen Erinnerungen an Lisi, Emilia, aber vor allem an ihre Oma verbunden waren, würden bleiben.

Sie musste sich auf die Zehenspitzen stellen und strecken, um bis in die hinterste Ecke des Schrankes zu gelangen, als sie plötzlich aufschrie und panisch ihre Hand zurückzog. Igitt, was war das denn?

Sie hatte etwas Weiches, etwas, das sich irgendwie lebendig anfühlte, berührt. Sie machte einen Satz zurück. Angeekelt verzog sie das Gesicht, schüttelte ihre Hand, als wollte sie das Ding, was immer es war, loswerden und wischte sie hektisch an ihrer Hose ab. Aber ihre Hand war sauber.

Nachdenklich schaute sie sich um. Oh nein, sie würde das Ding nicht noch einmal anfassen, ehe sie nicht wusste, was es war. Da konnte ja sonst was liegen.

Der Stuhl, natürlich, das war die Lösung. Sie hob ihn vom Boden auf, stellte ihn vor den Schrank und stieg drauf. Skeptisch musterte sie den ominösen Gegenstand und atmete erleichtert auf. Es war nur Leder, weiches Leder, das sie so erschreckt hatte, genauer, etwas Flaches, das in einen Lederlappen eingewickelt und mit einem Riemen fest verschnürt war. Vielleicht ein Buch? Oder Papiere? Sie tippte vorsichtig mit dem Finger dagegen. Sicher war sicher. Es war tatsächlich nur ein toter Gegenstand. Ein Päckchen.

Es sah aus, als hätte es schon Ewigkeiten dort gelegen, ohne dass sich irgendjemand darum geschert hätte. Es war angestaubt und an den Kanten etwas brüchig. Nell drehte es hin und her und suchte nach einem versteckten Hinweis, was es wohl enthalten könnte. Nichts. Sie versuchte das Band abzustreifen, aber es war zu fest verknotet. Eine Schere, sie brauchte eine Schere.

Von Ungeduld gepackt sprang sie vom Stuhl und lief in die Küche. Sie riss eine Schublade nach der anderen auf. Wo steckte dieses verflixte Ding? Egal, ein Messer tat es auch. Gott, gab es denn nur stumpfe Messer in diesem Haus? Nur mit Mühe gelang es ihr das Lederband durchzusäbeln.

Gleichgültig ließ die sie Riemenstücken zu Boden fallen. Sie würde sie später wegräumen.

Endlich lag das Päckchen unverschnürt vor ihr, bereit, seinen Inhalt zu offenbaren. Doch auf einmal zögerte Nell. Augenscheinlich wartete es seit sehr, sehr vielen Jahren darauf geöffnet zu werden, da war es nur recht und billig, sich genau dafür auch Zeit zu nehmen. Was auch immer sich in ihm verbarg, es verdiente gut behandelt zu werden.

Ein Blick zur Uhr sagte ihr außerdem, dass es höchste Zeit war loszugehen, wenn sie noch pünktlich bei der Einwohnerversammlung im Kiek In erscheinen wollte. Sonja hatte keine Zeit, erwartete aber dafür einen ausführlichen Bericht von ihr.

Schweren Herzens legte Nell das Päckchen auf den Wohnzimmertisch und strich behutsam darüber, wobei sie ein leichtes Kribbeln in den Fingerspitzen spürte. Sie würde es später öffnen. Ganz in Ruhe, bei einem Glas Wein.

Kapitel 23

Zufrieden beugte Thilo sich wohl zum hundertsten Mal über das Titelblatt der BILD-Zeitung. Drei Wochen war das nun her. Für Thilos Geschmack schon viel zu lange, aber der Chefredakteur der BILD hatte ihn wieder und wieder hingehalten. Solche Enthüllungen brauchten Zeit zum Gären, hatte er gemeint. Doch nun wäre die Zeit reif.

Immerhin, noch war allein die Ankündigung Thema im Ort. Was die BILD da wohl ausgegraben hatte, um welche Familie es sich handeln könnte und was so Schreckliches geschehen sein mochte.

Genauso hatte er sich das vorgestellt. Das musste die Leute neugierig machen. Er konnte es kaum erwarten zu hören, wie der versammelte Gemeinderat heute Abend auf der Einwohnerversammlung darauf reagieren würde, wenn aus dem Publikum Fragen kämen. Sollten sie sich alle nur ihre Köpfe zerbrechen. Sie würden nicht drauf kommen, was sie erwartete und genauso wenig, dass er, der geniale Thilo Wormann, dahintersteckte. Niemand würde ihn aufhalten können. Nur noch ein paar Korrekturen, dann wäre sein Meisterstück fertig.

Im Flur klappte eine Tür. Was rannte seine Frau in der Wohnung hin und her? Hatte sie nichts zu tun? Er musste sie wohl mal wieder an ihre Pflichten erinnern.

Sie beteuerte zwar, die Tabletten ordnungsgemäß einzunehmen und auch ihren Tee zu trinken, wie er es ihr vorgeschrieben hatte, aber ihn beschlichen ab und an Zweifel an ihrer Ehrlichkeit. In seiner Gegenwart schien alles wie immer, aber manchmal, wenn sie sich allein glaubte, glaubte er, sie sich strecken, sogar lächeln zu sehen. Es war ja nicht so, dass er sie unglücklich machen wollte, aber die Antidepressiva hielten sie auf Dauer gefügiger. Er verabscheute diese modernen Frauen, die sich ihrer Rolle gegenüber ihren Ehemännern nicht mehr bewusst waren und meinten, ihnen gleichwertig zu sein, sich aufsässig benahmen und auf alle möglichen Rechte pochten. Nix da. Nicht mit ihm. Gleich bei den ersten Anzeichen, hatte er sofort dagegen angesteuert. Mit Erfolg. Von Stund an wusste seine Frau wieder, wie sie sich zu benehmen hatte. Unter seiner Fuchtel hatten Zucht und Ordnung zu herrschen.

Der Tee tat sein Übriges. Frauen, denen es zu gut ging, vergaßen leicht, wo ihr Platz war. Seine Spezialmischung beugte einer solchen Entwicklung bestens vor. Die gelegentlichen Schmerzen, die er auslöste, führten sie auf den rechten Weg zurück. Und wenn sie es dennoch mal vergaß, dann musste er eben nachhelfen. Er tat das nicht gern. Aber manchmal ging es nicht anders. Schon sein Vater hatte gesagt: Schade um jeden Schlag, der vorbei geht.

Beruhigt lächelnd lehnte er sich zurück. Nein, sie würde sich nicht trauen, sich ihm zu widersetzen. Außerdem konnte er die Dosis der Mittel jederzeit erhöhen. Er würde auf der Hut bleiben.

Sein Blick wanderte zu den Bildern von Helene Fischer hinüber. Manch einer würde sagen, sie wäre doch eine dieser Frauen, die er so verdammte. Aber nein, bei ihr war das etwas ganz anders. Auch wenn sie ihm in seinen Träumen gehörte, so wusste er in seinem Inneren doch, dass sie für ihn unerreichbar blieb. Sie war für ihn kein Wesen aus Fleisch und Blut, sondern ein Engel. Und Engel durften alles.

Diese rothaarige Frau aus dem schwarzen Haus war alles andere als ein Engel. Sie war echt. Sie musste der Hölle entsprungen sein. Wie sonst konnte es sein, dass sie sein Blut jedes Mal dermaßen in Wallung brachte, wenn er sie nur sah.

Er fuhr täglich an ihrem Haus vorbei, in der Hoffnung, einen Blick auf sie zu erhaschen. Heute hatte er Glück. Sie lief in einem hautengen Shirt und verflucht kurzen Hosen durch den Garten zum Wäscheplatz. Er war extra langsam gefahren und hatte ihr Bild in sich aufgesogen. Es schien ihm, als wäre sie von einem Ring aus Feuer umgeben. Ein Feuer, das die Begierde in ihm weckte, dass er kaum an sich halten konnte. Am liebsten wäre er sofort über den Zaun gesprungen, hätte ihr die Sachen vom Leib gerissen, seine eigenen gleich mit und es ihr nach allen Regeln der Kunst besorgt. Aber eine wie sie, eine von diesen selbstbewussten Weibern, war nicht so leicht rumzukriegen. Gut so, denn eine leichte Eroberung entwertete das Vergnügen. Wenn sie dann aber weichgeklopft waren, oh, ein tiefer Seufzer entfuhr seiner Brust. Das musste der Himmel sein. Nicht wie mit dem Stück kalten Holz, das er zu Hause hatte.

Nun, er würde sich etwas einfallen lassen. Frauen, die allein lebten, hatten oftmals auch eine verruchte Seite. Die galt es zu finden.

Oh verdammt, so spät schon. Er sprang auf und raffte seine Unterlagen zusammen. Einwohnerversammlungen waren in der Regel eine eher lästige Pflicht. Was die Leute nicht alles zu palavern oder klugzuscheißen hatten. Wenn er das Gesülze von Stolpersteinen oder fehlenden Papierkörben schon hörte. Zumeist ereiferten sich diejenigen am lautesten, die gerade erst nach Prerow gezogen waren. Erst fanden sie den Ort so schön, dass sie unbedingt hier leben wollten, waren sie dann da, ging das Gemäkel los. Und wie sie alles besser wussten. Bei dem Gedanken drehte sich ihm jetzt schon der Magen um.

Aber heute überwog die Freude auf den Abend. Er malte sich in den schönsten Farben aus, wie der BILD-Artikel die Gemüter erhitzte und die Leute in Spekulationen trieb, sie sich gegenseitig belauerten und verdächtigten. Herrlich! Er drehte sich noch einmal um und schaute auf die dichtbeschriebenen Seiten. Oh ja, er würde ihnen eine Geschichte liefern, wie es sie vorher noch nie gab.

Sorgfältig verschloss er sein Zimmer. Nicht, dass seine Frau auf dumme Gedanken käme und herumschnüffelte.

Sie saß im Wohnzimmer und erledigte Näharbeiten, als er den Kopf zur Tür reinsteckte.

„Ich bin bald zurück“, sagte er, ohne eine weitere Erklärung. Dabei beobachtete er sie lauernd. Zufrieden registrierte er, dass sie nur demütig nickte und sich noch ein wenig tiefer über ihre Arbeit beugte. So war es richtig.

Er schmiss die Tür hinter sich ins Schloss. Kurz überlegte er, mit dem Auto zu fahren, entschied dann aber, das Rad zu nehmen. Erfahrungsgemäß gab es nach der Versammlung immer noch ein Bier, oder auch ein paar mehr, was die Zungen für gewöhnlich lockerte. Das wollte er sich auf keinen Fall entgehen lassen.

Als er beim Kiek In ankam, verschwanden gerade die Letzten, die vor der Tür schnell noch eine geraucht und miteinander diskutiert hatten, im Saal.

Auf dem Weg zu seinem Platz stellte er erstaunt fest, dass dieses Mal besonders viele Prerower der Einladung gefolgt waren. Das war weiß Gott nicht immer so. Er ging in Gedanken kurz die Tagesordnung durch. Hafen, Schule, das leidige Thema Möwentreff an der Seebrücke und Straßenbau waren die Hauptpunkte für heute. Aber, so viel er wusste, gab es zu keinem der Themen wirklich viel Neues zu sagen.

Die Gemeindevertreter saßen wie immer an einer Tischreihe nebeneinander, den Besuchern gegenüber, so dass alle sie ansehen konnten. Und umgekehrt natürlich. Pasler in der Mitte, links und rechts von ihm die Vertreter der Gremien.

Thilo war der letzte, der auf seinem Stuhl Platz nahm. Er nickte den anderen flüchtig zu und legte seine Akten vor sich auf den Tisch. Unauffällig schielte er zu Christian Lange rüber. Ein Gefühl von Genugtuung überflutete ihn. Dieses Mal würde er ihn drankriegen. Wenn er mit ihm fertig war, würde es weder einen Weg mit dem Namen Lange noch eine Ausstellung geben. In ein Rattenloch konnte Lange sich dann verkriechen. Wo starrte der Mistkerl bloß immerzu hin? Er folgte Christians Blick ins Publikum.

Ihr rotes Haar sprang ihn sofort an. Neben ihr schien es auf einmal niemanden sonst im Raum zu geben. Alle anderen verschwanden im Schatten ihrer Erscheinung. Was für eine Frau.

Böse kniff Thilo seine Augen zusammen. Lange hatte eindeutig auch ein Auge auf sie geworfen.

Wut kochte in ihm hoch. Schon wieder dieser Lange. Immer schien er ihm einen Schritt voraus. Aber nicht mehr lange. Wenn er ihn erst als Hochstapler entlarvt hatte, als jemanden, der sich unberechtigt mit falschen Federn schmückte. Von wegen ein Lange! Aus einem popligen Armenhaus stammte er. Nun, er würde schon die richtigen Worte finden, ihn genau dahin zurückzukatapultieren. Seine Finger krallten sich so fest um den Kugelschreiber, dass er zerbrach und die Feder in den Zuschauerraum sprang. Verflucht!

Die Rothaarige tuschelte mit der Frau, die neben ihr saß. Das war doch die aus dem Bioladen. Auch so eine Emanze, so ein selbstgerechtes Weibsbild von der Sorte, die eigentlich gar keinen Mann brauchten. Da spürte er, dass die Rothaarige ihn ansah. Prüfend, neugierig, ernst. Auf eine wundervolle Art erregend.

Er straffte seinen Körper und nickte ihr lächelnd zu. Schließlich war er ein Mann von Welt. Er wusste, wie man es machte. Dass die Frau sofort ihren Blick senkte, verstand er als Bestätigung seiner Wirkung. Er verwirrte sie. Das war gut. Das war sehr gut.

Missmutig registrierte er, dass auch Christian Lange die Frau kaum aus den Augen ließ. Der war scharf auf die Braut. Keine Frage. Total abgelenkt war der. Pasler stieß ihn schon das dritte Mal in die Seite, um endlich seine Aufmerksamkeit für irgendetwas zu bekommen.

Thilos Blick wanderte von Christian Lange zu der Frau und zurück. Lief da was zwischen den beiden? Nein, sah nicht so aus. Sie schien überhaupt nicht auf ihn zu achten. Ab und an wechselte sie lachend ein Wort mit den anderen Sitznachbarn und strich sich immer wieder eine widerspenstige Locke aus dem Gesicht. Das tat sie auf eine derart verführerische Weise, dass es Thilo ganz heiß wurde. Er musste diese Frau kennenlernen. Gleich nachher, nach der Versammlung.

Herbert Pasler klopfte gegen das Mikrofon, um seine Funktionstüchtigkeit zu testen und gab dem Techniker mit erhobenem Daumen ein Zeichen, dass alles okay wäre. Dann ratterte er seine Begrüßungsformel herunter und verlas die Tagesordnungspunkte.

Thilo hörte nur mit halbem Ohr zu und hob abwesend immer dann die Hand, wenn die anderen es taten.

Missmutig hatte er der Einladung schon entnommen, dass das Thema Golfplatz nicht mit aufgeführt war. Klar, solange Pasler und seine Vasallen das Sagen hatten. So sehr ihm das auch unter den Nägeln brannte, er würde sich hüten etwas zu sagen. Seine Stunde würde noch kommen.

„Irgendwelche Ergänzungen, Änderungsvorschläge, Einwände? Nein? Dann kommen wir zur Abstimmung…, keine Gegenstimmen…, damit gilt die Tagesordnung als angenommen."

Pasler berichtete dann über den aktuellen Stand zum Hafenbau. Das Genehmigungsverfahren war so weit vorangeschritten, dass in naher Zukunft mit den Bauarbeiten begonnen werden konnte. Überwiegend würde von See aus gebaut werden, so Pasler, dass es am Strandübergang zu keinen nennenswerten Beeinträchtigungen kommen sollte. Er betonte noch einmal die große Bedeutung des Inselhafens für Prerow, seine Einwohner und Gäste. Die neue Seebrücke, dann statt 390 über 780 Meter weit in die Ostsee reichend, würde nach Fertigstellung, laut Plan Herbst 2021, die längste an der ganzen Ostseeküste sein. Auf einer großen Leinwand war das Model des künftigen Inselhafens aus verschiedenen Perspektiven zu sehen.

Thilo nahm zustimmendes Nicken im Publikum wahr, einige klatschten begeistert, andere kritzelten Notizen in kleine Hefte oder hielten ihre Handys hoch, um Fotos zu machen.

Fragen zu Logistik, Technik oder sonst welchen Details, die manch einem nach wie vor ungeklärt schienen, wurden mit dem Hinweis auf mögliche Einsichtnahme der Unterlagen abgewürgt.

Die meisten Einwohner standen hinter dem Hafenbau, auch wenn sie noch nicht mit allen Einzelheiten vertraut waren. Thilo war das egal. Er brauchte keine Dünenpromenade zwischen Dünenhaus und Fischerstrand, genauso wenig, wie ihn die Zuwegung zum Hafen interessierte. Die Budenstraße, der derzeitige einzige Weg zur Seebrücke, war jetzt schon eine absolute Katastrophe. Fußgänger und Fahrradfahrer brachten sich gegenseitig bald um. Wenn dann zu den Lieferfahrzeugen auch noch Fischer, Seenotretter, Technikfahrzeuge kämen, wäre das Chaos komplett. Aber was ging ihn das an. Er musste dort nicht lang.

Die Diskussion um die Schule und auch den Möwentreff rieselten an Thilo vorbei. Zu beiden gab es noch keine wirklich neuen Informationen. Fakt war nur, dass die Schule höchste Priorität in Prerow genoss. Thilo unterdrückte ein Gähnen. Sollten sich doch die damit beschäftigen, deren Blaken dort zur Schule gingen.

Der Möwentreff nahe der Seebrücke, nach zweimaligen Pleiten nunmehr in den Händen der Gemeinde, war mittlerweile so stark beschädigt und heruntergekommen, dass er einer dringenden Restaurierung bedurfte. Künftig sollte der Kurbetrieb die Entscheidungsgewalt erhalten und für Instandsetzung und Verwendung die Verantwortung übernehmen. Konkrete Pläne, was mit dem Gebäude werden sollte, lagen noch nicht vor. Wie auch, dachte Thilo mürrisch, das Ding stand ja erst seit fünf Jahren so rum. Oder waren es sechs? So schnell schoss man in Prerow nicht.

Zufrieden hakte Thilo auch diesen Punkt auf seiner Liste ab. Gleich geschafft. Als letztes wurden noch die Straßenbauprojekte ausgewertet. Die Marienstraße und Küstersallee waren im Gange und die Reparaturarbeiten bei der Bushaltestelle anvisiert, bevor die Hauptsaison alle Bauaktivitäten im Ort zum Erliegen bringen würde. Ruhe und Erholung für die Gäste hatten Vorrang vor lärmträchtigen Tätigkeiten. Wie bequem, dachte Thilo zynisch. Man würde ja etwas tun, wenn man dürfte. Man wäre ja auch längst fertig mit den Straßen im Ort, wenn man nicht dreißig Sommer lang ausgebremst worden wäre. Warum andere Orte ihre Straßen trotz Sommer fertigstellen konnten? Vielleicht hatten die ausschließlich schwerhörige Gäste, so dass sie durcharbeiten durften?

Mit Häme registrierte Thilo, dass Pasler nur widerwillig bereit war, sich den Fragen der Bürger zu stellen. Schadete ihm gar nichts. Mit den richtigen Partnern und ihrem Geld an seiner Seite könnte er sehr viel erfolgreicher agieren. Aber nein, er musste ja den Helden spielen, der allein auf weiter Flur gegen Windmühlen kämpfte. Thilo musterte ihn abfällig. Armer Irrer.

Kapitel 24

Nell sah sich im Saal um. Es war nicht zu überhören, dass etliche Prerower unzufrieden waren. Sie bemängelten, dass sich der Straßenbau viel zu lange hinzog, weil zu wenig Männer daran arbeiteten. Der Fernradweg durch den Kirchenort war zwar weitestgehend abgeschlossen, allerdings stellte sich den Leuten dort die Frage, warum nur dieses eine Stück Weg gemacht wurde, die Anwohner der gegenüberliegenden Seite aber weiterhin von einem Loch in das nächste fielen, wenn sie ihre Grundstücke erreichen wollten. Wieder andere stießen sich daran, dass es ja wohl wichtiger wäre, die Straßen zu erneuern, in denen Prerower wohnten statt solcher, die nur von Urlaubern genutzt wurden.

Die Stimmung heizte sich mit jedem Wortbeitrag mehr auf. Als dann noch jemand aufsprang und lauthals anprangerte, dass immer mehr Ferienquartiere gebaut würden, wo Prerow jetzt schon nicht mehr wusste, wie es mit den Menschmassen im Sommer fertig werden sollte, begann es förmlich zu brodeln im Saal. In 30 Jahren war die Zahl der Gästebetten von 4500 auf etwa 13500 angestiegen, ohne dass sich infrastrukturell viel getan hätte und dass MAN, wer immer MAN wäre, endlich etwas dagegen tun müsste. Die Luft im Raum drohte förmlich zu explodieren. Der Mann sprach vielen anwesenden Prerowern aus der Seele.

Christian schaute mit finsterer Miene geradeaus. Sein Blick sagte Nell alles: Ihr habt recht Leute, aber uns sind die Hände gebunden. Solange es immer wieder jemanden gab, der ein Grundstück oder Haus verkaufte, würde es einen anderen geben, der genau dort etwas noch Größeres baute. Und da Urlaubsquartiere lukrativer waren als Wohnungen für Festmieter – das alte Problem eben. Andererseits konnte man es den Leuten kaum übelnehmen. Bei den exorbitant gestiegenen Grundstücks- und Baukosten war eine überschaubare Rentabilität für festvermietete Objekte nahezu aussichtslos. Und wer hatte schon Geld zu verschenken?

Ein alter Mann mit struppigem grauem Haar hechtete von seinem Stuhl hoch und wedelte wild mit einer zusammengerollten Zeitung herum, auf der unverkennbar die vier großen Buchstaben prangten.

„Bürgermeister“, schrie er, wobei seine Stimme dem Kreischen einer Möwe glich, „willst du uns nicht erzählen, was es mit diesem Wächter auf sich hat?“ Er faltete die Zeitung auseinander und tippte bedeutungsvoll auf eine Stelle der Titelseite. „Denkst du nicht, dass du uns eine Erklärung schuldest?“

Ein zustimmendes Raunen ging durch den Raum und ausgestreckte Hälse wendeten sich dem Bürgermeister zu.

Dessen Gesicht ballte sich zur Faust und lief dunkelrot an. Dieser Wächter hatte ihm bereits den ganzen Tag versaut und jetzt setzte der alte Müller noch einen drauf, anstatt sein Maul zu halten.

Mit größter Anstrengung gelang es ihm ruhig zu bleiben. „Da musst du schon den Wächter fragen“, sagte er gefährlich leise, „vorausgesetzt, du findest raus, wer er ist. Ich weiß es, verdammt noch mal, nicht, genauso wenig wie ich weiß, was er dieses Mal wieder ausgebrütet hat. War's das?“

Es war Müller anzusehen, dass er damit absolut nicht zufrieden war. „Bürgermeister“, setzte er noch einmal an.

„Habe ich mich nicht klar genug ausgedrückt?“, unterbrach Pasler ihn, nun deutlich lauter. „Hat sonst noch jemand Fragen? Wenn nicht“, er ignorierte ganz bewusst die erhobene Hand einer Frau in der letzten Stuhlreihe, „beende ich hiermit die heutige Einwohnerversammlung.“ Ohne noch einen Blick ins Publikum zu werfen, nickte er den Gemeindevertretern zu und packte unter dem Gemurre aller Anwesenden demonstrativ seine Unterlagen zusammen und erhob sich.

Thilo war zutiefst enttäuscht. Seine Erwartungen hatten sich nicht erfüllt. Die heißen Diskussionen, die er sich erhofft hatte, womöglich einen handfesten Tumult im Saal, waren ausgeblieben. Das Interesse an dem BILD-Bericht schien bereits merklich abzuflachen. Aber jetzt war es so weit. Er hatte grünes Licht bekommen. Noch heute Abend würde er seinen Bericht überarbeiten und an die BILD abschicken.

Zu dumm, dass Sonja keine Zeit hatte mitzukommen. Hier schien tatsächlich mächtig was im Busch zu liegen. Nell wendete sich der jungen Frau zu, die links neben ihr saß. „Wissen Sie, um wen es bei diesem Wächter geht?“

Das war eine echt blöde Frage, schalt sie sich sofort. Wenn nicht mal der Gemeinderat wusste, mit wem er es zu tun hatte.

Die zuckte folglich auch ratlos mit den Schultern. „Keine Ahnung. Aber ich bin auch erst seit letzter Woche wieder in Prerow.“ Sie streckte Nell ihre Hand entgegen. „Ich bin Zaria Berger. Ich habe den Bioladen von meinem Opa übernommen. Vielleicht kennen Sie ihn. Wilhelm Berger aus der Langen Straße."

Nell griff nach der dargebotenen Hand, die nur aus Haut und Knochen zu bestehen schien, so dass sie sich kaum traute, fest zuzufassen. „Ja, da war ich auch schon. Zaria? Was für ein schöner Name. Ich heiße Nell Vahlberg. Ich wohne auch erst seit vier", sie dachte einen Moment nach, „nein, es sind ja schon fast sechs Monate, hier. Dann sind wir also beide Neulinge im Ort."

Die junge Frau sah aus wie ein unterernährter Teenager. Lange, verfilzte Haare umrandeten ein blasses Gesicht, unter ihren Augen lagen tiefe Schatten und etliche Piercings in der Lippe und in den Augenbrauen ließen Nell unwillkürlich zusammenzucken. Erst jetzt fielen ihr auch die Tattoos auf, die aus Zarias indisch anmutendem Kleid wie Schlangen den Hals hochgekrochen kamen.

Zaria lachte girrend. Solche Reaktionen auf ihr Aussehen war sie gewohnt. „Ich war ziemlich lange in Indien", klärte sie sie auf. „Meine Mutter lebt dort. So was färbt ab."

Jetzt lachte auch Nell. „Das erklärt natürlich vieles. Die Farben Prerows sind da weit unauffälliger."

Die junge Frau war höchstens halb so alt wie sie selbst, aber ihre Erlebnisse konnten ganz sicher einen mehrteiligen Abenteuerroman füllen, während ihr eigenes gerade mal für ein Groschenheft reichte. Was hatte sie schon vorzuweisen? Ihr ganzes Leben war nach einem festen Plan abgelaufen. Kindergarten, Schule, Studium und dann Arbeit, Arbeit, Arbeit. Sie hatte es nicht einmal zu einer eigenen Familie gebracht. Nur zu ein paar unrühmlichen Beziehungen, von denen keine hielt. Nichts davon war wirklich aufregend.

Bis zu der Erbschaft. Die war aufregend. Und möglicherweise bis zu Christian.

Nell musste sich regelrecht zwingen, nicht andauernd zu ihm rüberzugucken. Er sah so gut aus in seinen schwarzen Jeans und dem schwarzen Hemd. Verboten gut.

Die Frau rechts von Nell mischte sich in das Gespräch ein. „Na, da wird ihr Opa aber froh sein, Hilfe zu haben. Ist ihm doch schon alles ganz schön schwergefallen." Im Gegensatz zu Nell schien sie von dem Äußeren der jungen Frau völlig unbeeindruckt zu sein. „Wie schön, Sie hier zu haben. Wir hatten schon Sorge, er müsste schließen. Es ist so ein schöner, kleiner Laden."

„Danke schön. Dann sehen wir uns ja sicher öfter. Ich hoffe doch, dass Sie mir die Treue halten?" Die junge Frau war aufgestanden.

„Versprochen. Und grüßen Sie Ihren Opa herzlich. Von Irene. Dann weiß er schon Bescheid."

Zaria winkte Nell und der Frau, die Irene hieß, noch einmal zu und schlängelte sich durch die Reihen zum Ausgang.

Irene wendete sich Nell zu. „Sie sind also die Erbin von Lisi Bollnow?"

Nell schaute sie überrascht an.

Irene schmunzelte. „Na ja, Ihr rotes Haar war natürlich schon Dorfgespräch."

„Natürlich!" Nell lachte. „Daran muss ich mich erst noch gewöhnen. Ich habe zu lange in der Stadt gelebt. Ich muss aber gestehen, dass ich leider noch nicht allzu viele Leute in Prerow kenne."

Irene reichte Nell die Hand. „Na, dann fangen wir damit doch gleich mal an, das zu ändern. Ich bin Irene Grell." Sie lachte. „Aber Irene reicht."

„Und ich bin Nell Vahlberg. Also Nell."

„Schön, dich kennenzulernen."

„Ich freue mich auch."

Auch das war Dorf. Nell mochte diesen unkomplizierten Umgang miteinander, wenn man sich sympathisch war. Auch wenn sie das erst hatte lernen müssen. Inzwischen wusste sie ein ehrliches Du sehr zu schätzen.

„Mein Mann Georg", Irene zeigte auf einen großen, dünnen Mann am Tisch der Gemeindevertreter, der sich mit Christian unterhielt, „mischt im Gemeinderat mit."

Nell schaute zu den Männern rüber. „Der Georg, der auf alles einen coolen Spruch zur Hand hat."

„Ah, das beantwortet meine nächste Frage", Irene lachte herzlich, „nämlich, ob du Christian schon kennst."

„Ja natürlich. Seinen Vater und die Hühner auch."

„Und Karl-Heinz."

„Karl-Heinz?" Nell schaute Irene fragend an.

„Du kennst Karl-Heinz noch nicht? Seinen Dackel?“

„Ach, das ist Karl-Heinz? Ich habe neulich jemand nach ihm rufen hören, wusste aber nicht, dass das dem Hund galt. Ist schon ein seltsamer Name für einen Hund.“

Irene lachte. „Ganz typisch für Gustav. Angeblich hat er den Hund aus dem Tierheim. Da keiner wusste, wie der kleine Kerl heißt, hat Gustav alle möglichen Namen probiert, aber erst bei Karl-Heinz hat er reagiert. Also blieb es dabei.“

Nell sah Gustav vor sich. Ja, das passte zu ihm.

„Sage mal, was hältst du von dieser BILD-Story?“ Gespannt schaute sie Irene an. Als alteingesessene Prerowerin konnte sie vielleicht eher etwas damit anfangen.

„Du hättest Georg heute früh mal hören sollen“, Irene rollte bezeichnend mit den Augen. „Frühstück ohne BILD ist für Georg kein Frühstück. Aber solange das seine einzige Macke ist.“ Sie lachte leise. „Wir sind nun schon über vierzig Jahre verheiratet. Da gewöhnt man sich an vieles.“ Sie zwinkerte Nell fröhlich zu. „Dass dieser Wächter in der Ostseezeitung sein Gift versprühte war schon schlimm genug. Hat nie ein gutes Haar an Prerow gelassen. Manche denken deshalb, dass er nicht von hier sein kann. Wer hackt sich schon ins eigene Bein? Andererseits, wer weiß das schon? Ein Wichtigtuer und Intrigenspinner ist er definitiv. Aber eben einer mit Insiderwissen, was die ganze Sache irgendwie unheimlich macht.“

„Wenn er so ein Spinner ist, womit konnte er die BILD dann wohl dazu bringen, ihn auf die Titelseite zu setzen?“

Irene Grell zog die Augenbrauen in die Höhe. „Na, mit der Ankündigung eines spektakulären Familiengeheimnisses um Mord und Betrug. So etwas ist doch ein gefundenes Fressen für die BILD.“

Nell blickte nachdenklich vor sich hin. In den wenigen Monaten, die sie hier lebte, war schon so viel geschehen. Erst ihr Haus, ihre Oma, die Geschichte um Johann und Marie und dann die Knochen. Und jetzt noch ein Familiengeheimnis, das ihr aus irgendeinem unerfindlichen Grund unter die Haut ging. Bei all dem jedoch an einen Zusammenhang zu glauben, grenzte ja nun wirklich an eine zu rege Fantasie. Es würde aber tatsächlich eine gute Geschichte abgeben.

„War Prerow schon immer so", sie suchte nach dem richtigen Wort, „so rätselhaft?"

Irene schüttelte den Kopf. „Rätselhaft? Nein, ich denke, Prerow ist ein ganz normales Dorf. Wo jeder jeden kennt, zieht immer einer über den anderen her."

Christian stand immer noch mit Georg zusammen. Was er wohl von all dem hielt?

„Sie sind schon Ewigkeiten befreundet", sagte Irene, die Nells Blick gefolgt war. „Der Vornehme da drüben, das ist Konrad von Stetten. Dem gehört der Reiterhof am Ortseingang. Und wenn es nach ihm ginge, sicher noch sehr viel mehr. Neben ihm, das ist Lisa Bromstedt. Sie wohnt im Krabbenort und malt wunderschöne Aquarelle. Also, falls du mal Bedarf hast, wirst du bei ihr ganz sicher fündig."

Nell schaute neugierig rüber. Sie liebte schöne Bilder. „Das mache ich bestimmt. Sind die beiden ein Paar?"

„Mal ja, mal nein. Sie hält ihn an der langen Leine. Die kleine Dunkle neben ihr, ist Josefa Kunz. Ich denke, sie erfüllt nur die Jugendquote im Gemeinderat. Und unser Bürgermeister war ja nicht zu übersehen und schon gar nicht zu überhören."

Sie nannte ein paar weitere Namen.

„Genug, genug!" Nell hob lachend die Arme. „Ich fürchte, ich muss passen. Mehr geht gerade nicht in meinen Kopf rein. Was denkst du, trinken wir noch einen?"

Georg kam auf sie zu geschlendert, während Christian sofort von anderen Leuten in Beschlag genommen wurde.

„Hallo", Georg strahlte Nell an, „ich bin Georg, die bessere Hälfte …"

„Weiß ich längst", antwortete sie gut gelaunt. Wie schön, ausgerechnet so sympathische Leute getroffen zu haben, noch dazu Freunde von Christian.

„Tut mir leid, Nell, wir müssen gleich nach Hause", Irene zog bedauernd die Nase kraus, „unsere Freunde aus Namibia sind zu Besuch. Wir haben uns nur für diese Versammlung abgeseilt. Wir holen das nach. Versprochen." Sie hielt Ausschau nach Christian, der immer noch aufgehalten wurde.

„Er kommt gleich. Diese Ankündigung in der BILD hat ganz schön Staub aufgewirbelt. Du sollst auf ihn warten“, sagte Georg an Nell gewandte und zwinkerte seiner Frau heimlich zu.

Die hob verstehend die Augenbrauen, nickte und legte Nell den Arm um die Schulter. „Lass dir von Christian einen ausgeben, wenn er seine Peiniger endlich abgeschüttelt hat.“ Sie wollte schon gehen, als sie sich noch einmal umdrehte. „Georg hat nächste Woche Geburtstag. Kommt doch auch beide. Wir würden uns freuen.“

Nell winkte den beiden überrascht nach. Dachten sie etwa, dass Christian und sie…, nein, sicher nicht, sie wollten bestimmt einfach nett sein.

Unentschlossen schaute sie sich um. Überall standen die Leute in kleinen Grüppchen zusammen, tranken, lachten oder diskutierten lautstark.

Neben Christian hatte sich ein Mann mit einem beängstigenden Bauchumfang aufgebaut und redete auf ihn ein. Dabei klopfte er ihm andauernd vertraulich auf die Schulter, während Christian sich darauf beschränkte, verhalten zustimmend mit dem Kopf zu nicken. Er ließ seinen Blick suchend durch die Reihen schweifen, bis er Nell entdeckte. Hilflos hob er die Hände.

Nell lächelte ihm aufmunternd zu und zeigte auf einen Stehtisch am Rand, wo sie auf ihn warten würde. Und ob sie auf ihn warten würde!

Sie stützte die Ellenbogen auf den Tisch und beobachtete belustigt, wie Christian vergeblich versuchte, den dicken Mann loszuwerden, während sich schon die nächsten zu ihnen gesellten und ihr die Sicht nahmen.

Erschrocken zuckte sie zusammen, als sie unerwartet von der Seite angesprochen wurde. „Hallo, schöne Frau. So allein? Darf ich Sie zu einem Glas einladen?“

Der Mann neben ihr hielt triumphierend zwei Gläser in den Händen. Sein breites Lächeln hatte etwas Öliges, auf dem man nur zu leicht ausrutschen konnte. Er erinnerte sie sofort an Harald. Der hier fühlte sich allem Anschein nach genauso unwiderstehlich. Der hatte sie doch vorhin schon die ganze Zeit angestarrt? Unwillkürlich versteifte sich ihr Körper.

„Danke, das ist sehr aufmerksam von Ihnen“, erwiderte sie frostig, „aber ich bin nicht allein. Mein Freund …“ Suchend schaute sie nach Christian um, konnte aber ihn nirgends entdecken. Wo zum Teufel war er abgeblieben?

Unbeeindruckt von ihrem Einwand schob der Fremde ein Glas Rotwein zu ihr rüber und stellte sich demonstrativ neben sie.

Sie entdeckte Christian inmitten einer Gruppe, die gerade mit einem Tablett voll Bier versorgt wurde. Das würde dauern. Warum sollte sie also nicht inzwischen mit einem Prerower Gemeindevertreter hier in aller Öffentlichkeit ein Glas trinken.

Also griff sie nach dem Glas und hielt es dem Mann entgegen. „Na dann, danke." Sie nippte an dem Wein. Er war gut.

Thilo deutet eine leichte Verbeugung an. „Zum Wohl, schöne Frau. Wenn ich mich vorstellen dürfte, Thilo Wormann."

Augenblicklich blieb Nell der Wein im Hals stecken und drohte, den Weg durch die Nase zurück anzutreten. Panisch griff sie nach dem Tempo, das Thilo ihr hinhielt. „Entschuldigen Sie", stieß sie japsend aus, „falscher Hals." Darauf war sie nun gar nicht gefasst gewesen.

Hoffentlich hatte er nichts gemerkt. Nicht auszudenken, was er Marlene antun könnte, wenn er wüsste … Doch dann beruhigte sie sich wieder. Marlene hatte gesagt, dass er keine Ahnung von ihren Besuchen in der Praxis hatte. Es konnte also vielleicht gar nicht schaden, dem Kerl mal ein wenig auf den Zahn zu fühlen. Was sollte ihr hier schon passieren.

„Woher wussten Sie, dass ich Rotwein trinke?", fragte sie, während sie sich den Mund abtupfte, und umging damit geschickt, sich ebenfalls vorstellen zu müssen.

„Eine schöne Frau wie Sie kann nur Rotwein trinken. Das Getränk der Götter."

Das konnte doch nicht wahr sein. Der Typ machte sie an.

Er hob ihr erneut sein Glas entgegen. „Ich habe gehört, Sie sind erst kürzlich nach Prerow gezogen. Ich hoffe, Sie werden sich schnell zu Hause fühlen bei uns."

Nells Unbehagen wuchs. Auf einmal beschlich sie das ungute Gefühl, dass er sie nicht zufällig ausgewählt hatte, sondern es ganz bewusst darauf angelegt hatte, sie in ein Gespräch zu verwickeln. Sie sollte auf der Hut sein.

„Vielen Dank. Das tue ich jetzt schon." Sie rang sich ein knappes Lächeln ab und hob ihr Glas an den Mund.

„Darf ich fragen, was Sie hier nach Prerow verschlagen hat?"

Nell hob amüsiert die Augenbrauen. „Verschlagen? Das klingt ja, als wäre man besser nicht hier?“ Spöttisch wich sie so erneut einer Antwort aus.

Sie schielte zu Christian rüber und fing seinen verwunderten Blick auf. Anscheinend gefiel ihm gar nicht, was er sah. Wirklich wohl fühlte sie sich auch nicht. Aber da musste sie nun durch.

„Nein, um Gottes Willen“, Thilo hob entschuldigend die Hände, „so meinte ich das nicht. Natürlich ist es wunderbar hier zu leben.“

„Sehen Sie, genau deshalb bin ich hier“, antwortete Nell erleichtert. Sie würde sich nicht aushorchen lassen. Im Gegenteil. Sie war diejenige, die Fragen stellen wollte. Sie trank einen weiteren Schluck. „Wie ist es mit Ihnen? Wohnen Sie schon immer hier?“

„Mein ganzes Leben.“ Für den Bruchteil einer Sekunde schien er die Kontrolle über seine Gesichtszüge verloren zu haben.

Nell hatte die Stimmungsschwankung sehr wohl wahrgenommen. Der Herr war also gar nicht so zufrieden mit seinem Leben in Prerow, wie er ihr vorzumachen versuchte.

Doch da hatte Thilo sich schon wieder im Griff und grinste sie herausfordernd an. „Was immer Sie wollen, ich kann es Ihnen zeigen.“

Nell rückte ein Stück weiter von ihm ab. Die Anzüglichkeit in seiner Stimme widerte sie an.

„Ich meine, Prerow hat so viele wunderschöne Ecken, die man allein nur schwer findet“, sprach er schnell weiter, als hätte er seinen Fehler bemerkt. „Ich arbeite bei der Ostseezeitung und komme an nahezu jede Information ran. Also, wenn Sie vielleicht etwas über Ihr Haus oder seine früheren Bewohner wissen möchten.“

„Sie wissen, wo ich wohne?“ Argwöhnisch sah sie ihn an. Also doch. Er stellte ihr nach.

„Ich habe Sie gestern zufällig dort gesehen“, beeilte er sich hinzuzufügen. „Prerow ist ein Dorf, da machen alle Neuigkeiten sehr schnell die Runde. Es war also nicht schwer, eins und eins zusammen zu zählen.“

Da hatte er sicher recht, musste Nell ihm zugestehen. Inzwischen wusste wohl jeder im Ort, dass Lisi einer Fremden das Haus vermacht hatte, die jetzt dort lebte.

„Das Haus hat eine lange Geschichte, müssen Sie wissen“, fuhr er hastig fort.

Nell winkte ab. „Ich weiß, ich weiß. Da Sie wissen, wo ich wohne“, lenkte sie das Gespräch gezielt von sich ab, „wäre es doch nur gerecht, wenn Sie mir auch verraten, wo Sie wohnen, oder?“

Das Flackern in seinen Augen zeigte Nell, dass es ihn Überwindung kostete, ihre Frage zu beantworten. Sie hatte anscheinend einen wunden Punkt getroffen.

„In der Dammstraße, im Block.“ Wieder dieser Sekundenschatten in seinem Blick, den er sofort mit einem gekünstelten Lachen zu verdecken versuchte. „Ich bin ja fast immer von früh bis spät unterwegs. Da brauche ich nicht mehr.“

Wenn er log, log er gut. Nicht gut genug, als dass Nell seinen Frust darüber nicht herausgehört hätte.

Während sie ab und an unauffällig zu Christian hinüber schielte, redetet und redete Thilo unaufhörlich weiter und rückte dabei, scheinbar unbeabsichtigt, immer dichter an sie heran. Sie wusste schon nicht mehr, wohin sie noch ausweichen sollte. Er suhlte sich dabei förmlich im Glanz seiner angeblichen Arbeit als Lokalredakteur und prahlte mit seinen Kontakten, die bis in die höchsten Kreise reichen würden. Dass er nur im Anzeigenbereich tätig war, verschwieg er geflissentlich.

Nell bereute längst, sich auf ein Gespräch mit ihm eingelassen zu haben. Der Mann wurde ihr von Minute zu Minute unangenehmer.

Endlich sah sie Christian kommen. Er zog sie wie selbstverständlich an sich und küsste sie auf die Wange. „Tut mir leid Schatz, dass du so lange warten musstest. Komm, lass uns abhauen.“ Er nickte Thilo kurz zu. „Schönen Abend noch.“ Dann schob er Nell sachte durch die Menschenmenge zum Ausgang.

Thilo war leichenblass geworden und seine Miene verzerrte sich zu einer derart wütenden Grimasse, dass es Nell einen eiskalten Schauer über den Rücken jagte. Noch im Weggehen hatte sie das Gefühl von seinen hasserfüllten Blicken durchbohrt zu werden.

KAPITEL 25

Christian war bei ihr. Sie hatte das Gefühl, mit ihm an ihrer Seite konnte ihr nichts passieren.

Plötzlich musste sie kichern. Dieser Kerl hatte sie so was von ungeniert angebaggert und dann kam Christian des Weges, nannte sie Schatz und küsste sie auch noch. Wenn auch nur auf die Wange. Das musste ihn ja wütend machen. Alle Mühe umsonst.

Sie stieß Christian in die Seite. „Schatz?“ Erleichtert drehte sie sich kurz noch einmal um. „Ich dachte schon, du würdest mich nie von ihm befreien.“

Christian legte seinen Arm um sie. „Er wirkte sehr vereinnahmend und ich musste befürchten, du könntest dich vielleicht für ihn entscheiden, statt für mich“, neckte er sie. „Da musste ich die Fronten ein für alle Male klären.“

„Na, das hast du mir ja nun verdorben“, sagte sie lachend. Doch dann wurde sie ernst. „Er ist unheimlich, nicht?“

Christian blieb stehen und nahm ihr Gesicht in die Hände. „Nimm dich in acht vor ihm, Nell. Er ist mehr als das, er ist gefährlich.“

Er strich die widerspenstige Locke zur Seite und ließ seine Finger sanft über ihre Wangen zu den Lippen gleiten. „Ich werde schon auf dich aufpassen.“

Dann tat er, was er von Anfang an wollte. Er küsste sie.

Nell musste sich auf die Zehenspitzen stellen, um ihm näher zu sein, um seine Lippen noch fester auf ihren zu spüren, um dieses Kribbeln in ihrem Bauch noch tiefer in sich hineinzulassen, bis es sie in den Himmel tragen würde. Sie schloss die Augen. Alles um sie herum schien sich auf wundervolle Weise zu drehen und sie wollte, dass es nie wieder aufhörte.

Als Christians Lippen von ihrem Gesicht abwärts zu ihrem Hals und wieder zurück zu ihrem Mund wanderten und seine Hand nach ihrer Brust suchte, wurde ihr schwindlig vor Verlangen.

„Wir sollten hier verschwinden“, raunte er, während er weiter ihr Gesicht mit Küssen bedeckte und seine Hand unter ihr Shirt glitt. „Oh mein Gott“, stieß er stöhnend aus, „wenn wir nicht augenblicklich gehen, kann ich für nichts garantieren.“

Mehr als ein schwaches Ja brachte sie nicht heraus. Sie wollte nicht, dass er sie los ließ. Er sollte sie festhalten und nicht aufhören sie zu küssen. Sie wollte seine Hände und seine Lippen am ganzen Körper spüren. Hätte er weitergemacht, sie an Ort und Stelle genommen, sie hätte es geschehen lassen.

Sie ahnten nicht, dass Thilo sie mit verbissener Miene belauerte und erst durch eine Gruppe Prerower, die sich lauthals diskutierend auf den Heimweg machte, gestört wurde und notgedrungen seinen Beobachtungsposten aufgab.

Christian zog Nell schnell um die Ecke, wo sie niemand sehen konnte. „Sonst sind wir morgen Dorfgespräch", sagte er leise, strich ihr übers Haar und versuchte halbherzig, ihre Sachen wieder zu ordnen.

Nell lachte ein wenig verlegen. „Nein, das muss nun wirklich nicht sein."

Sie lehnte sich mit dem Rücken an die Hauswand und atmete tief durch. Was war in sie gefahren? Wie konnte sie sich so gehen lassen? Dieser Mann machte sie derart verrückt, dass sie jegliche Hemmungen verlor. Was sollte er nur von ihr denken. Wenigstens schien es ihm nicht viel anders zu gehen. Und doch schämte sie sich plötzlich ganz schrecklich.

Die Vorstellung, jetzt mit ihm zusammen nach Hause zu gehen und ihn mit in ihr Schlafzimmer zu nehmen, um genau dort weiterzumachen, womit sie gerade aufgehört hatten, erschien ihr auf einmal unmöglich. Ernüchtert schlug sie die Augen nieder und blinzelte zaghaft zu ihm auf.

Christian wirkte irritiert. „Alles okay?"

„Ich denke schon." Sie nickte, aber ihr Blick sagte etwas anderes.

Er zog sie an sich. „Na sag' schon, was ist los?"

Leichtfüßig schlüpfte sie aus seiner Umarmung. „Ich möchte noch nicht nach Hause gehen. Es ist so ein traumhafter Abend. Lass uns noch mal zum Strand rübergehen, ja?"

Er schien zu verstehen, was in ihr vorging. Vielleicht fühlte er genauso? Er legte zärtlich seinen Arm um sie. „Na los, ab an den Strand."

Eine Weile liefen sie schweigend nebeneinanderher. Aber es war ein gutes Gefühl. Es brauchte keine Worte. Den anderen neben sich zu wissen war genug.

Auf der Brücke blieb Christian genau an der Stelle stehen, an der sie beide schon einmal gestanden hatten. Inzwischen war es dunkel geworden, nur der Vollmond spiegelte sich eitel auf der glatten Wasseroberfläche.

„Ich habe noch etwas nachzuholen“, flüsterte er und streichelte über Nells Gesicht.

Nell erinnerte sich nur zu gut an den Abend. „Ach so? Was denn?“, fragte sie dennoch keck.

„Was ich beim letzten Mal versäumt habe.“

Und ob er das hatte, dachte Nell.

Bevor sie etwas erwidern konnte, nahm er sie in seine Arme und küsste sie. Hatte sie vorhin schon geglaubt zu schweben, zog es ihr jetzt fast die Beine weg. Sie fühlte seine Lippen noch intensiver auf ihren und seine Zunge, die nach ihrer suchte, versprach ihr die Erfüllung aller ihrer Sehnsüchte. Seine Hände schienen überall gleichzeitig zu sein und es fühlte sich unsagbar gut an. Da war er wieder, dieser Zauber des Begehrens, das Verlangen, das sich fast schmerzhaft und doch unwiderstehlich in ihrem Körper ausbreitete, sie zum Brennen brachte und keinen Platz für irgendwelche Bedenken ließ.

Seine Küsse wurden heißer und fordernder. Er umfasst ihren Po und hob sie hoch. Wie erhofft, schlang sie ihre Beine um seinen Körper und er glaubte die Hitze ihres Schoßes durch sein Hemd hindurchzufühlen. Er drückte sie fest gegen das Brückengeländer, um ihr noch näher sein zu können.

Nell wollte nichts anderes. Es gab nur ihn und seine Küsse, die sie mit einer Intensität erwiderte, dass es ihm den Atem nahm und hauchte ihm Worte ins Ohr, die seine Erregung ins Unermessliche trieben.

Keuchend setzte er sie ab. „Komm mit“, sein Brustkorb hob und senkte sich vor Anspannung, „hier können wir nicht bleiben.“

Nell schloss für einen Moment die Augen. Wann hatte sie sich das letzte Mal so gut gefühlt, so begehrenswert und so voll Verlangen?

Mit klopfenden Herzen ließ sie ihre Hand verführerisch an seinem Bauch herunter bis zum Gürtel wandern. „Zu dir oder zu mir?“

„Zu weit“, presste er hervor.

Am liebsten hätte er ihre Hand in seinen Hosenbund geschoben, damit sie ihren Weg fortsetzen konnte. Aber nicht hier. Später. Am Strand.

Die Spannung zwischen ihnen, als sie das letzte Stück Weg Hand in Hand zurücklegten, war fast greifbar. Christian zwang sich, ruhig zu atmen und seinen Puls wieder auf halbwegs normal zurückzubringen. Der Weg kam ihm unendlich weit vor.

Es war ein ungewöhnlich milder Abend für September. Der Mond hatte den Strand in ein fahles Licht getaucht, als sie über die Düne kamen. Er setzte den kleinen Wellen, die unaufhörlich ans Ufer plätscherten weiße Kronen auf. In weiter Ferne waren nur noch einzelne Spaziergänger zu sehen.

Der Sand unter ihnen in den geschützten Dünen war noch warm von der Sonne des Tages. Christian lag neben Nell und stützte sich auf seinen Ellenbogen, um sie ansehen zu können. Spielerisch ließ er seine Finger über ihr Shirt tippeln. Die Vorstellung ihrer warmen Haut, die sich darunter verbarg, brachte sein Blut sofort wieder in Wallung.

Nell strich durch sein zerzaustes Haar und zog ihn zu sich herunter. Sie streckte ihm verlangend ihren halbgeöffneten Mund entgegen. Ein Angebot, dass er nur zu gern wahrnahm. Genau das wollte er doch. Das und noch viel mehr. Ihre Erregung machte ihn umso verrückter. Er hatte das Gefühl, es würde ihm die Eingeweide zerreißen, so sehr begehrte er sie.

„Zieh' es aus", flüsterte er, streifte ihr Shirt hoch und zog es ihr über den Kopf. Achtlos schleuderte er es zur Seite.

Nell musste ihm helfen, ihren BH zu öffnen und ließ ihn neben sich in den Sand fallen. Ein tiefer Seufzer entwich seiner Brust, als seine Hand über ihre nackte Haut strich und er glaubte, ihr Verlangen riechen zu können. Sie schmolz unter seiner Berührung förmlich dahin und bettelte, er möge sie küssen und anfassen. Er wollte diesen Moment so lange wie möglich auskosten, während Nell vor Erwartung kaum noch zu atmen wagte.

Als er ihren kurzen Rock hochschob und seine Hand langsam an der Innenseite ihrer Oberschenkel nach oben gleiten ließ, stöhnte sie laut auf und hob ihr Becken an, damit er sie von ihrem Slip befreien konnte. Sie wollte nicht länger warten. Er sollte nur nicht aufhören mit dem, was er mit ihr machte.

Seine Hand tauchte in sie ein. „Gott, das ist der Wahnsinn", stieß er aus.

Nells leise Schreie machten ihn noch mehr an. Das musste das Paradies sein. Oh Mann, es fühlte sich an wie Samt, zugleich wie heißes Bad in einer göttlichen Flüssigkeit.

Sie wand sich unter ihm und drückte seine Hand noch fester in sich rein. Christian keuchte. Wenn sie nicht gleich käme oder er nicht augenblicklich damit aufhörte, dann könnte er selbst es nicht mehr zurückhalten.

In dem Augenblick bäumte sie sich auf. „Nicht aufhören“, flehte sie, „bitte nicht aufhören.“

Der Orgasmus schlug wie eine meterhohe Welle mit voller Wucht über ihr zusammen. Sie klammerte sich wie eine Ertrinkende an ihm fest. Sie musste schreien. Sie konnte nicht anders.

Krampfhaft hielt Christian die Luft an, um nicht in diesen Sog mit hineingezogen zu werden. Die Schmerzen in seinen Lenden waren kaum noch zu ertragen. Aber er wollte noch nicht kommen. Er war noch nicht dran. Dieses Mal ging es einzig und allein um sie. Und obwohl er fürchtete, jeden Moment zu explodieren, ließ er seine Finger weiter durch sie gleiten, um sie auf den höchsten Gipfel der Genüsse zu tragen. Erst als das Zucken ihres Körpers nachließ und ihre Schreie in ein zufriedenes Schnurren übergingen, zog er seine Hand zurück und ließ sich neben ihr auf den Rücken fallen.

Gierig atmete Nell die mittlerweile kühle Nachtluft ein. Hatte sie je einen solchen Höhepunkt erlebt? Nein, so war es noch nie. Wo hatte der Mann das nur gelernt?

„Komm zu mir“, flüsterte sie und tastete nach seiner Hand.

Christian beugte sich über sie und atmete ihren verlockenden Duft ein. Er konnte es kaum erwarten ihr endlich ganz nahe zu sein. „Gib mir eine Sekunde“, hauchte er ihr ins Ohr.

Ungeduldig fingerte er an den Knöpfen seines Hemdes herum.

Nell lachte leise. „Na komm, ich helfe dir.“

Sie streifte ihm das Hemd über die Schultern, ließ ihre Hände über seinen muskulösen Körper streichen und vergrub ihr Gesicht in seinem Brusthaar, bevor sie den Knopf seiner Jeans öffnete und den Reißverschluss runterzog.

Christian wurde es siedendheiß, als sich ihre Hand um ihn schloss.

„Komm zu mir“, wiederholte Nell mit bebender Stimme.

Jetzt konnte er keine Minute länger warten. Er musste sich gewaltsam zurückhalten, nicht einfach über sie herzufallen. Er küsste sie und hörte auch nicht damit auf, als er endlich mit einem Seufzer der Erlösung in sie eindrang. „Oh, mein Gott“, er stöhnte vor Wonne auf, „das halte ich nicht lange aus.“ Er war am schönsten Platz der Welt angekommen. Jetzt nur nicht bewegen. Wie erstarrt hielt er an, um die heranrollende Welle zu stoppen. „Nicht“, flüsterte er heiser, als Nell ihr Becken hob und senkte, „rühr dich nicht.“

„Ich will aber.“ Sie konnte nicht anders. Sie wollte ihn ganz tief in sich spüren, bis an diesen wunderschönen Punkt, der … Sie stöhnte laut auf. Das war er!

In dem Augenblick, in dem alles in ihr zu explodieren schien, dieses Gefühl von unendlicher Lust und Schmerz zu einem verschmolzen, stieß Christian ein letztes Mal tief in sie hinein, bevor sich auch beim ihm alle Schleusen öffneten und in ihr entluden.

Der Mond über ihnen hatte genug gesehen. Zufrieden ließ er sich hinter eine Reihe von Baumgipfeln fallen und hüllte Prerow in tiefe Dunkelheit.

Kapitel 26

Thilo hatte in kürzester Zeit etliche Biere in sich hineingekippt, doch der Alkohol heizte seine miserable Stimmung nur noch mehr an. Was hatte dieser Lange, was er nicht hatte? Wieso konnte ihm dieser Bastard immer drei Schritte voraus sein? Bei dem Gedanken daran, was Lange jetzt mit der Rothaarigen anstellte, wo er sich selbst schon fast am Ziel gesehen hatte, kochte es in ihm hoch. Er setzte das Glas an und schluckte so hastig, dass ihm das Bier am Kinn herunterlief. Fluchend wischte er es mit dem Handrücken ab.

Plötzlich rammte ihm jemand seinen Ellenbogen in die Seite. Scheiße, fast hätte er sein Glas umgestoßen. Wütend drehte er sich um.

Von Stetten hob bedauernd die Hände. „Entschuldigen Sie, Herr Wormann. Das ist aber auch wieder ein Gedränge hier. Darf ich?“ Er stellte sich zu Thilo an den Tisch, noch bevor der antworten konnte. „Wie fanden Sie die Versammlung heute?“

Thilo verschluckte sich fast vor Überraschung. Dass der vornehme von Stetten sich herabließ, das Wort an ihn zu richten, verwunderte ihn doch sehr. Das konnte kaum ein Zufall sein. Irgendetwas führte der doch im Schilde?

Ob er wollte oder nicht, er fühlte sich dennoch geschmeichelt. Und er wollte gefallen.

„Die Versammlung“, begann er also vorsichtig und schaute von Stetten lauernd von der Seite an. „Nun ja …“ Er starrte einen Moment lang in sein leeres Glas. Jetzt nur nichts Falsches sagen. „Meiner Meinung nach“, fuhr er dann leise fort, „wird Prerow auf diese Weise niemals den Status erreichen, der ihm eigentlich gebührt.“

Über von Stettens Gesicht huschte ein triumphierendes Lächeln. „Verstehe ich Sie richtig, Sie haben also auch das Thema Golfplatz vermisst?“

„Genauso ist es“, pflichtete Thilo ihm eifrig bei. „Es ist, verdammt noch mal, endlich an der Zeit, neue Wege zu gehen.“

Erfreut registrierte er, dass von Stetten anscheinend genau das hören wollte und gratulierte sich insgeheim, den richtigen Ton gefunden zu haben.

Natürlich musste von Stetten in seiner Position daran interessiert sein, mehr zahlungskräftige Leute nach Prerow zu ziehen. Aber was wollte er ausgerechnet von ihm?

Von Stetten klopfte ihm freundschaftlich auf die Schulter. „Sie sagen es, mein Freund, Sie sagen es. Lassen Sie uns darauf einen trinken."

Ohne eine Antwort abzuwarten, hob er zwei Finger in Richtung Tresen, woraufhin die Bedienung sofort mit zwei gut gefüllten Whiskygläsern ankam.

„Tut mir leid, dieser Whisky verdient den Namen nur sehr eingeschränkt." Von Stetten rümpfte abfällig die Nase. „Aber mehr kann man hier eben nicht erwarten. Noch nicht. Kommen Sie mich doch mal besuchen, dann serviere ich Ihnen einen wirklich guten Schluck. Bis dahin", er hob Thilo sein Glas entgegen, „auf Prerow."

Thilo kam aus dem Staunen nicht heraus. Von Stetten hatte ihn bisher kaum eines Blickes gewürdigt. Argwöhnisch beobachtete er sein Gegenüber über den Rand seines Glases hinweg.

Von Stetten ließ bedächtig seinen Whisky im Glas kreisen. „Dieser Wächter", er senkte seine Stimme, so dass niemand außer Thilo ihn hören konnte, „Sie wissen nicht zufällig, wer sich hinter diesem Namen verbirgt?"

Thilo konnte nicht verhindern, dass er zusammenzuckte. Ah, daher wehte der Wind. War das eine Falle?

„Nein, natürlich nicht", beantwortete von Stetten seine Frage selbst, noch bevor Thilo etwas sagen konnte, „tut mir leid. Ich wollte Ihnen nicht zunahe treten. Allerdings scheint mir, dass der Mann, ich gehe mal davon aus, dass es sich um einen Mann handelt, mit uns auf einer Wellenlänge liegt."

„Sie meinen, er könnte uns von Nutzen sein", wagte Thilo sich vorsichtig vor.

Von Stetten legte seine Fingerspitzen aneinander und betrachtete sie nachdenklich. Dann schaute er Thilo eindringlich an. „Ich kann mich darauf verlassen, dass dieses Gespräch unter uns bleibt?" Wieder wartete er keine Antwort ab, sondern sprach sofort weiter. „Wissen Sie, manchmal denke ich", er legte eine bedeutungsschwere Pause ein, „dass Prerow eine neue Führung brauchte."

Thilos Verwunderung darüber, dass von Stetten sich ihm derart anvertraute wich einem erhabenen Gefühl. Endlich hatte einer sein wahres Potential erkannt! Ein Gefühl von Stolz erfüllte ihn. Sollte dieses Gespräch womöglich sein Ticket in eine andere Liga sein?

Er beugte sich zu von Stetten hinüber. „Denken Sie, man sollte etwas unternehmen?“ Er spürte, wie sich sein Puls beschleunigte.

Von Stetten lächelte überlegen. „Wenn die Zeit reif ist, kann ich also auf Sie zählen“, stellte er lediglich fest.

Er nickte Thilo wohlwollend zu, drehte sich dann zum Tresen um und gab der Bedienung ein Zeichen, noch einen Whisky zu bringen.

„Es wird Zeit für mich.“ Er zeigte zu Lisa rüber. „Schöne Frauen sollte man nicht warten lassen“, sagte er bedauernd, als wäre es nicht seine Entscheidung zu gehen. „Und kommen Sie mich besuchen.“

Es klang mehr nach einem Befehl als nach einer Einladung. Trotzdem fühlte Thilo sich über alle Maßen geschmeichelt.

„Apropos schöne Frauen“, von Stetten drehte sich noch einmal zu Thilo um, „ist Frau Vahlberg eine Freundin Ihrer Frau?“

Thilo schüttelte den Kopf. Wer sollte das sein? „Ich kenne keine Frau …, wie sagten Sie noch?“

„Frau Vahlberg, die rothaarige Frau, die vorhin an Ihrem Tisch stand. Sie ist Ärztin.“

Thilo starrte ihn irritiert an. „Nein“, stotterte er, „wir sind nur zufällig …, ich meine, … Wie kommen Sie darauf?“

„Eine sehr beeindruckende Frau, nicht wahr?“ Von Stetten zwinkerte ihm vertraulich zu. Dann schien ihm etwas einzufallen. „Ist sie nicht kurze Zeit später mit Christian Lange zusammen weggegangen?“

Thilo glaubte Hohn in der Stimme des anderen zu erkennen. Wie war das noch? Wer den Schaden hat, braucht für den Spott nicht zu sorgen. Nicht genug, dass von Stetten ihn an die erlittene Schmach erinnerte, er machte sich auch noch lustig über ihn.

„Die sind Nachbarn“, quetschte er missmutig zwischen den Zähnen hervor, als würde das alles erklären. Dass dem nicht so war, hatte er nur zu deutlich mit ansehen müssen. Aber das brauchte er von Stetten ja nicht auf die Nase binden.

„Na, ist ja auch egal", von Stetten winkte scheinheilig ab, als wäre der Stachel, den er Thilo gerade genüsslich ins Fleisch gebohrt hatte, unbeabsichtigt gewesen. „Aber vielleicht sollten Sie wissen, dass ich Ihre Frau neulich bei Frau Vahlberg gesehen habe. Sie schienen sehr vertraut miteinander. Also seien Sie auf der Hut."

Thilo starrte von Stetten mit offenem Mund immer noch hinterher, als der längst am Ausgang war und Lisa Bromstedt galant die Tür aufhielt. Er konnte nicht glauben, was er da eben gehört hatte. Seine Frau und diese…, missmutig versuchte er sich zu erinnern. Verflucht, er hatte deren Namen schon wieder vergessen. Was hatte von Stetten noch gesagt? Sie wäre Ärztin?

Sein Magen zog sich vor Wut zusammen. Kein Arzt! Das hatte er seiner Frau doch wohl in aller Deutlichkeit klargemacht. Aber anscheinend nicht deutlich genug. Er krallte seine Hand um das Bierglas. Nun, das würde er nachholen. Gründlich.

Seine Augen verengten sich gefährlich zu Schlitzen. Hatte er in letzter Zeit nicht schon einige Male das Gefühl gehabt, dass Marlene verändert wirkte? Es war eher eine Ahnung, aber jetzt, im Nachherein, meinte er tatsächlich, etwas Trotziges, einen Anflug von Aufbegehren in ihren Zügen erkannt zu haben. Wie hatte er das so hinnehmen können? Er ballte die freie Hand zur Faust. Das hatte er garantiert dieser rothaarigen Schlampe zu verdanken.

Hastig stürzte er sein Bier hinunter und kippte den Whisky in einem Zug hinterher. Er würde ihr zeigen, wer der Herr im Haus war. Von wegen, zu dieser sogenannten Ärztin hinzurennen, sich heimlich bei ihr auszuheulen und am Ende womöglich gegen ihn zu konspirieren. Oh nein, nicht mit ihm.

Mit wankenden Schritten verließ er den Gastraum und nestelte erfolglos an seinem Fahrradschloss herum. Wütend verpasste er dem Rad einen Tritt. So eine Scheiße zu bauen. Wie sollte einer mit diesen scheiß winzigen Schlüsseln im Dunkeln klarkommen. Jetzt musste er auch noch zu Fuß gehen. Er trat noch einmal kräftig nach.

„He, Thilo, drei Schlüssellöcher, aber nur ein Schlüssel?" Frank Tempel schlug ihm lachend auf die Schulter. „Lass mich mal." Er nahm Thilo den Schlüssel aus der Hand und öffnete das Schloss. „Pass auf, dass du nicht auf die Schnauze fällst." Er war schon auf dem Weg zum Parkplatz, als er noch mal kehrtmachte. „Vielleicht fährst du besser mit mir? Kannst dein Rad hinten aufs Auto schmeißen."

„Geht schon. Alles gut." Thilo winkte grimmig ab. So besoffen war er noch lange nicht.

Frank Tempel zuckte gleichgültig mit den Schultern, stieg in seinen Truck und brauste davon.

Zornig blickte Thilo ihm hinterher. Dieser Tempel hielt sich schon immer für was Besonderes. Genau wie von Stetten. Ob der wohl wusste, dass seine Lisa es vorher mit Tempel getrieben hatte? Wohl nicht. Das Gesicht wollte er sehen, wenn ihm das mal einer steckte. Er lachte böse, bevor sich seine Miene wieder verfinsterte. Warum kamen ausgerechnet die immer an die heißesten Weiber ran? Lange war auch so einer.

Schon kochte es erneut in ihm hoch. Lange! Immer wieder dieser Lange!

Die ersten Versuche, aufzusteigen, misslangen kläglich. Aber ein Thilo Wormann ließ sich nicht von so einem blöden Drahtesel drangsalieren. Rauf auf's Rad und treten, treten, treten, hämmerte er sich ein. Dass er dabei fast die ganze Straße brauchte, war ihm egal.

Achtlos schmiss er sein Rad an die Hauswand. Bis auf eine kleine Funzel über dem Hauseingang war alles stockdunkel. Nirgends brannte mehr Licht. Wie spät war es überhaupt? Angestrengt starrte er auf das Zifferblatt seiner Uhr. „Verschwommene Scheiße", nuschelte er, während er vergeblich über das Glas wischte.

Er machte sich nicht die Mühe, seine Taschen nach dem Haustürschlüssel zu durchsuchen. Zu irgendetwas musste die Alte ja gut sein. Ohne den Finger vom Klingelknopf zu nehmen, schlug er mit der anderen Faust wie verrückt gegen die Haustür. Als sie mit einem leisen Summen endlich aufsprang, versetzte er ihr einen Fußtritt, dass sie laut krachend gegen die Rückwand schlug. Schimpfend und schnaubend stampfte er die Treppe hoch. Jetzt war sie dran. Er würde ihr schon zeigen, was es hieß, sich ihm zu widersetzen.

Marlene stand zitternd, in ihren alten Bademantel gehüllt, in der offenen Wohnungstür. Vor Angst fast gelähmt blickte sie ihm entgegen.

Der erste Schlag schleuderte sie mit voller Wucht gegen die Garderobe. Ein Kleiderhaken stach ihr tief in den Rücken und das Blut schoss ihr aus der Nase. Ihre Beine versagten den Dienst und sie stürzte zu Boden.

Mit kaltblütiger Miene stieg er über sie hinweg und knallte die Tür hinter sich zu. Verächtlich sah er sie von oben an und beugte sich dann zu ihr runter. „So, so, Madame geht also heimlich zu Frau Doktor", zischte er gefährlich leise.

Marlene traute sich nicht ihn anzusehen. Eine Hand drückte sie auf ihre blutende Nase, den anderen Arm hielt sie schützend über ihren Kopf. „Bitte nicht", flehte sie mit erstickter Stimme, „bitte nicht. Es war doch nur wegen dieser unerträglichen Schmerzen."

Ihre Worte heizte seine Wut nur noch mehr auf. „Guck mich gefälligst an, wenn ich mit dir rede", brüllte er und trat ihr in den Bauch. „Du sollst mich angucken, verflucht noch mal!"

Seine Stimme überschlug sich und Speichelfäden flogen durch die Luft. Mit blutunterlaufenen Augen jagte er ihr wieder und wieder seinen Fuß in die Rippen. „Dir werd' ich zeigen, was es heißt mich zu verarschen."

Marlene krümmte sich in Todesangst und vor Schmerzen zusammen. „Es tut mir leid. Es tut mir so leid", wimmerte sie und versuchte vergeblich ein Stück von ihm weg zu robben.

„Es tut mir so leid. Es tut mir so leid", äffte Thilo sie nach und betrachtete sie einen Moment lang hasserfüllt, bevor er erneut zutrat. „Ihr habt euch sicher köstlich amüsiert, du und diese rothaarige Schlampe, als ihr über mich hergezogen seid."

Dann zerrte er sie rabiat an ihrem Kragen hoch und schüttelte sie, dass ihre Zähne aufeinanderschlugen, und schlug ihren Kopf gegen die Wand.

„Und, amüsierst du dich immer noch?", kreischte er und prügelte wie im Rausch weiter auf sie ein. „Amüsierst du dich immer noch?"

Aus der Nachbarwohnung donnerte es dröhnend gegen die Wand. „Ruhe da drüben, verdammt noch mal!"

Thilos Arm blieb einen Moment überrascht in der Luft schweben. „Verpiss' dich in dein Bett, Kessler, und halt dein Maul", brüllte er zurück. Immerhin ließ er von Marlene ab, stieß sie zu Boden und rieb seine schmerzende Faust.

Marlene bekam kaum noch Luft. Jeder Atemzug bereitete ihr Höllenqualen. Ihr Gesicht war bis zur Unkenntlichkeit angeschwollen, ihre Lippen aufgeplatzt und blutverkrustet. Sie hatte das Gefühl, keinen heilen Knochen mehr im Leib zu haben. Aber sie wollte nicht sterben. Unter wahnsinnigen Schmerzen hob sie ihren Kopf so gut es ging.

„Hilfe!"

Ihre Stimme versagte und sie brachte nur ein schwaches Krächzen heraus. Aber die Gewissheit, dass dies ihre letzte Chance war, ließ sie sich noch ein letztes Mal aufbäumen. Mit ungeheurer Anstrengung stieß sie einen gellenden Schrei aus, der sich augenblicklich seinen Weg durch die Tür, hinaus in den Hausflur und von dort in alle Wohnungen des Aufgangs bahnte.

Als würde Thilo plötzlich aus einem tiefen Schlaf erwachen, starrte er entsetzt auf seine Frau und das, was er mit ihr angestellt hatte herab. Seine Augen weiteten sich vor Schreck, als er seine blutigen Hände betrachtete. Voll Abscheu wich er vor sich selbst zurück, suchte nach einem Fluchtweg und ließ sich dann doch resigniert an der Wand herunterrutschen, wo er unbeweglich neben Marlene sitzen blieb.

Nur wenig später trafen Polizei und Notarzt ein.

Aber davon bekam Marlene nichts mehr mit.

Kapitel 27

Nell tastete auf die andere Seite des Bettes und griff enttäuscht ins Leere. Natürlich, Christian musste ja arbeiten.

Die Sonne schien bereits durch das Fenster herein. Ihre Strahlen tanzten vergnügt über die Bettdecke. Schlaftrunken blinzelte Nell auf den Wecker und fuhr erschrocken hoch. Schon nach neun. Doch dann ließ sie sich auf ihr Kissen zurückfallen. Egal, sie hatte heute keine Termine. Es wartete niemand auf sie.

Sie kuschelte sich noch einmal ein und genoss es, sich von der Erinnerung an die letzte Nacht einhüllen zu lassen. Ein wohliges Kribbeln machte sich in ihrem Bauch breit. Mit geschlossenen Augen konnte sie Christians Küsse auf ihrer Haut spüren, seine Lippen, seine Hände, seinen Körper an ihrem, nur den Strandsand zwischen sich. Sie hatten nicht voneinander lassen können, bis die nächtliche Kälte sie derart bibbern ließ, dass Christian darauf bestand, sie nach Hause zu bringen.

Sie sah sich an ihrer Gartenpforte stehen, wo Christian sie zum Abschied küsste. Aber sie wollte in dieser Nacht nicht allein sein. Nicht ohne ihn sein. Und Christian wollte sie genauso wenig verlassen.

Sie hatten sich gegenseitig den Sand von ihren Körpern abgewaschen, sich unter der heißen Dusche geliebt, sich im Bett geliebt, bis sie gegen Morgen vor Erschöpfung und Zufriedenheit eingeschlafen waren.

Nell lächelte selig. Hätte ihr jemand gesagt, dass es so etwas noch einmal für sie geben würde, sie hätte ihn ausgelacht. Mehr noch, sie hätte ihn für verrückt erklärt.

Genüsslich räkelte sie sich. Was Christian wohl gerade tat? Ob er wohl an sie dachte?

Auf einmal war sie hellwach. Sie hatte sich verliebt! Sie hatte sich tatsächlich richtig und ganz und gar in ihn verliebt. Keine Laune. Keine schnelle Gelegenheit. Sie war verliebt.

Ob es ihm wohl genauso ging?

Gegen ihren Willen schlichen sich tückisch leise Zweifel in ihren Kopf. Was, wenn es für ihn nur eine Nacht war? Ein bisschen Spaß nach einer ermüdenden Versammlung?

Es wäre weiß Gott nicht das erste Mal, dass ihr das passierte.

Sie setzte sich auf und schlug die Decke zurück. Es hatte sie früher nicht umgebracht, sie würde es auch dieses Mal überleben. Doch es würde sehr viel mehr weh tun als je zuvor, da war sie sich sicher.

Sie ließ ihre Hand über das leere Bett neben sich gleiten und glaubte, Christians Wärme noch zu spüren. Nein! Keine Chance! Sie würde sich von solchen Gedanken nicht runterziehen lassen. Nicht an so einem wunderschönen Tag. Schon gar nicht nach einer solchen Nacht.

Sie schwang die Beine aus dem Bett. Er hatte sie gern. Ganz sicher. Und was für sie beide daraus werden könnte, würde die Zeit zeigen. Aber heute war heute und morgen war weit weg.

Zufrieden betrachtete sie sich im Spiegel. Konnte es sein, dass ihr Haar heute früh viel mehr glänzte als sonst? Und ihr Bauch war auch flacher. Überhaupt glaubte sie zu strahlen.

Plötzlich fiel ihr das Päckchen wieder ein. Dieses Lederbündel aus dem Schrank, das sie eigentlich gleich gestern Abend öffnen wollte. Schnell schlüpfte sie in Jeans und T-Shirt und sammelte ihre Sachen vom Abend zuvor zusammen, die verstreut am Boden lagen. Sie begnügte sich mit einer Katzenwäsche und fuhr sich nur kurz mit der Bürste durchs Haar, bevor sie aufgeregt die Treppe hinunterflitzte.

Es lag noch genauso da, wie sie es am Abend zuvor zurückgelassen hatte. Klar. Was sonst. Sie wollte schon ihre Hand danach ausstrecken, aber ein unbestimmtes Gefühl hielt sie zurück.

Mit widersprüchlichen Gefühlen schlich sie um den Tisch herum und schielte das Päckchen argwöhnisch an. Was, wenn es Dinge enthielt, von denen sie gar nichts wissen wollte? Die womöglich alle ihre Illusionen zerstörten? Vielleicht unangenehme Wahrheiten offenbarte? Vielleicht könnten die Geister…? Nein, das war Unfug. Doch dann dachte sie an die elektrisierende Wirkung der Steine und an das Zittern des Tisches, als sie ihre Hand draufgelegt hatte um sich von Emilia zu verabschieden. Das war doch nicht nur Einbildung gewesen? Der Versuch war es wert. Und es sah sie keiner.

Sie legte ihre flache Hand auf den Tisch und schloss die Augen. „Oma, bitte hilf mir. Was soll ich machen?“, murmelte sie und lauschte konzentriert auf irgendein Zeichen.

Aber es passierte nichts.

Dann sollte es so sein.

Im selben Moment klingelte es an ihrer Tür Sturm.

Nell schreckte auf. War das ein Zeichen? Sie warf dem Päckchen einen vielsagenden Blick zu. „Da musst du wohl noch warten.“ Aus irgendeinem unerfindlichen Grund fühlte sie sich fast erleichtert.

Ihr Spiegelbild im Flur ermahnte sie, dass sie nicht unbedingt empfangsbereit aussah, aber wer auch immer vor ihrer Tür stand, erwartete sie sicher nicht ausgehfein.

Sonja drängte sich herein, kaum dass Nell die Tür einen Spalt breit geöffnet hatte.

„Na endlich. Ich dachte schon, du lässt mich draußen verdorren.“

„Komm doch rein“, spöttelte Nell. „Dir auch einen wunderschönen guten Morgen!“

„Mir scheint, den hast du auch ohne meinen Segen.“ Sonja musterte die Freundin vergnügt. „Oh lala, du siehst mir verdammt nach einer langen, wilden Nacht aus.“

Nell grinste geheimnisvoll und nickte dann zustimmend. „Das kann man so sagen.“

„Los, erzähl schon“, drängte Sonja.

„Na ja“, Nell kaute auf ihren Lippen. Wie viel wollte sie Sonja verraten? Doch dann konnte sie es einfach nicht länger für sich behalten. Die Worte sprudelten förmlich aus ihr heraus. Natürlich nicht alles detailgetreu. Alles ging sie nun wirklich nichts an.

„Ich habe mich wie der Mittelpunkt der Welt gefühlt, als wir uns geliebt haben“, endete sie und lächelte verklärt.

„Ich fürchte, das geht jeder Mücke genauso“, antwortete Sonja lakonisch, doch dann umarmte sie ihre Freundin herzlich. „Das schreit nach einem Glas Sekt.“

„Lieber erst mal Kaffee“, erwiderte Nell und schaltete die Maschine an. „Hast du schon gefrühstückt?“

„Süße, es ist gleich zehn Uhr. Wo lebst du? Natürlich habe ich gefrühstückt. Aber“, triumphierend hielt sie eine Bäckertüte hoch, „du ganz sicher noch nicht.“

„Wie kommst du darauf?“

Sonja schaute Nell spitzbübisch grinsend an. „Nehmen wir mal an, ein Vögelchen hätte mir geflüstert, mit wem du gestern Abend knutschend vor der Tür standest. Da war der Rest nicht schwer zu erraten."

Nell riss ihr vergnügt die Tüte aus der Hand. „Mm, Croissants. Du bist ein Schatz!" Genüsslich biss sie hinein. „Welcher Vogel hat gepetzt?", fragte sie mit vollem Mund.

„Ich habe Lisa Bromstedt getroffen", erklärte Sonja und zuckte unschuldig mit den Schultern. „Prerow ist eben ein Dorf."

„Hm", Nell schluckte den letzten Happs hinunter, „stimmt, das habe ich inzwischen auch mitgekriegt. Stell dir vor, ich habe Thilo Wormann kennengelernt. Der hat mich so was von angebaggert."

„Der hat was?" Sonja lachte auf. „Und du konntest ihm widerstehen?"

„Gerade so. Glücklicherweise fielen mir Marlenes Veilchen noch rechtzeitig ein."

„Was meinst du, macht sie Fortschritte?"

„Sie ist auf einem guten Weg, denke ich. Obwohl, wenn es nach mir ginge, hätte sie den Kerl längst zum Teufel gejagt. Aber alteingeschliffene Verhaltensmuster legt man nicht so schnell ab." Nell lächelte traurig.

„Hauptsache sie schafft es, bevor er sie eines Tages noch totschlägt."

„Ja, das hoffe ich auch."

„Aber mal was ganz anderes. Du bist nämlich gerade richtig gekommen. Komm mit."

Mit zwei Kaffeetassen in den Händen ging sie Sonja voraus ins Wohnzimmer.

„Was ist das denn?"

„Genau darum geht's. Das habe ich gestern in Emilias Schrank gefunden."

„Und du hast es nicht sofort aufgemacht?" Sonja nahm einen Schluck aus ihrer Kaffeetasse, während sie das Päckchen betrachtete.

„Na ja, erst hatte ich keine Zeit. Wegen der Versammlung. Und dann hatte ich keine Zeit wegen Christian." Nell kicherte verlegen. „Und heute früh, also bevor du kamst, hatte ich plötzlich Schiss."

„Ich bitte dich", Sonja verzog spöttisch ihr Gesicht, „was denkst du denn, kann da gefährliches drinnen sein?" Sie stupste das Päckchen an.

„Siehst du, es bewegt sich nicht, es schlägt nicht zurück und es sagt auch nichts."

„Hast ja recht, aber", Nell legte ihren Arm um Sonja, „ich finde es viel besser, dass du jetzt dabei bist."

„Na los, nun mach es schon auf."

„Ja doch, ich mache ja schon."

Vorsichtig wickelt Nell Schicht um Schicht ab, bis ein dicker Briefumschlag zum Vorschein kam. Gebannt schaute sie Sonja an, die ihr aufmunternd zunickte.

Sie zog ein paar vergilbte Fotos hervor und legte sie vorsichtig nebeneinander auf den Tisch. Als sie das erste Bild betrachtete, hielt sie verblüfft die Luft an.

„Das Bild kenne ich", stieß sie aus und schaute Sonja mit großen Augen an. „Das ist meine Oma mit …", sie schlug sich mit der flachen Hand vor die Stirn. „Das ist Lisi."

Auf einmal fiel es ihr wie Schuppen von den Augen. Daher damals vom ersten Moment an das Gefühl, Lisi bereits zu kennen. Daher diese Verbundenheit zu der eigentlich fremden Frau. Wie hatte sie das vergessen können? Aber als Kind hatte sie sich ja lediglich für ihre Oma interessiert. Was ging sie die andere Frau an. Und doch war deren Gesicht in ihrem Unterbewusstsein abgespeichert geblieben.

„Dieses Foto", sie strich zärtlich mit dem Finger darüber, „habe ich damals bei meiner Mutter im Nachtisch gefunden."

Sonja beugte sich über das Bild. „Klar, das ist Lisi. Sehen glücklich aus, die beiden." Sie musterte Nell aufmerksam. „Das könntest glatt du sein."

Nell nickt verträumt. Sie sah tatsächlich genauso aus wie ihre Oma.

„Moment mal", Sonja fuhr hoch. „Wo hast du das alte Zeug von Johann und Marie?"

„Wieso? Was hat das hiermit …", überrascht blickte Nell auf. „Du meinst wegen der Ähnlichkeit?"

„Klar doch. Warte", sie holte einen kleinen Handspiegel aus ihrer Tasche, „hier, siehst du, das bist du."

„Ich weiß, wie ich aussehe", murrte Nell.

„Ich will ja nur sagen, hier bist du, da ist deine Oma und, zeig mal her“, sie griff nach den Zeichnungen von Marie, „und hier Marie. Ihr seht alle gleich aus.“

„Ja, das wissen wir doch alles schon.“

„Ich sage dir, du bist ein Nachkomme von Marie.“ Sonjas bestimmter Ton schien keinen Raum für Gegenteiliges zu lassen.

Nell kniff nachdenklich die Lippen zusammen. „Du meinst also wirklich, Marie könnte meine Ururoma sein“, fragte sie immer noch zweifelnd und blickte auf die Bilder vor sich.

„Klar. Nur warum die Oma von Johann Lange auch so aussieht, das will mir nicht in den Kopf. Dafür muss es eine andere Erklärung geben.“

„Also doch kein Zufall?“

„Nein, auf keinen Fall. Ich tippe eher auf familiäre Verwicklungen.“

„Vielleicht die Gene eines ungetreuen Ehemannes?“

Sonja zuckte mit den Schultern. „Wer weiß?“

„Ha, ich weiß“, triumphierte Nell. „Das heißt, vielleicht. Christian meinte, sein Vater hätte sich früher mit Ahnenforschung beschäftigt. Von Langes auf jeden Fall, aber möglicherweise auch den von Lembkes?“

„Wieso sollte er?“

„So verschossen, wie er in meine Oma war.“

„Na dann, hin mit dir. Leier sie ihm aus dem Kreuz. Vielleicht sind wir dann klüger.“

„Ja, ich gehe gleich nachher rüber. Auf jeden Fall hat das ja nichts mit Oma und Lisi zu tun. Warum habe ich mich nicht an Lisi, also an das Bild erinnert, als ich sie kennengelernt habe? Stell dir mal vor, was sie mir alles über meine Oma hätte sagen können.“

„Wenn ich mich recht erinnere, hattest du ihr damals sehr wohl von deiner Oma erzählt, auch dass sie in Prerow gelebt hat. Dazu eure verblüffende Ähnlichkeit. Sollte Lisi das alles nicht erkannt haben? Das kann ich nicht glauben. Wenn du wissen willst, was ich denke“, sie schaute Nell an, die erwartungsvoll zuhörte, „sie wollte dir nichts sagen. Du solltest es allein herausfinden. Deine Oma war tot, also gab es auch keine Eile. Dass sie dir das Haus vererbt hat, ist Zeichen genug, dass sie genau wusste, wer du warst. Was hast du sonst noch?“

Irritiert schüttelte Nell mit dem Kopf. Sonja konnte so schrecklich pragmatisch sein.

„Noch mehr Fotos. He, guck' mal, das ist doch Gustav. Man könnte meinen, Christian würde dort stehen. Und wie der meine Oma anstarrt."

„Ja, und dahinten, siehst du, steht seine Frau. Ist das ein Nudelholz in ihrer Hand?"

Lachend stieß Nell Sonja in die Seite, als sie plötzlich verstummte.

„Und da, ist das nicht Hugo? Gustavs Nachbar. Dem fallen fast die Augen raus. Oh Mann, deine Oma hat den Kerlen ganz schön eingeheizt, wie es scheint."

„Aber sie hatte nur Augen für Lisi." Nell lächelte traurig.

War das vielleicht der Grund dafür, dass Mama und sie sich zerstritten hatten?

„Ja, sieht so aus", bestätigte Sonja, als wäre es das Normalste von der Welt. „Damit hätten wir zumindest einen wesentlichen Unterscheid zwischen dir und deiner Oma."

Sie zeigte auf ein zusammengefaltetes Stück Papier in dem Umschlag. „Was ist das?"

„Ein Brief."

„An dich? Quatsch, geht ja nicht. Sie konnte von dir ja nichts wissen. An wen ist er?"

Nell drehte den Brief zaghaft um. EVA STEIN stand auf der Vorderseite. „Der ist für meine Mama."

Sie spürte, wie ihr Tränen in die Augen schossen. Letzte Worte einer Mutter an ihre verlorene Tochter?

„Von deiner Oma?"

„Hm, ich denke schon."

Sonja nahm Nell den Brief aus der Hand. „Er ist zugeklebt."

„Meinst du, ich sollte ihn meiner Mutter schicken?"

Sonja runzelte die Stirn. „Ohne zu wissen, was drin steht? Hast du nicht mal gesagt, deine Mutter hätte nie wieder nach deiner Oma gefragt?"

„Stimmt. Angeblich haben sie nie wieder miteinander gesprochen, nachdem Mama abgehauen war."

„Gott, wie furchtbar. Was aber andererseits bedeutet, dass du den Brief getrost öffnen dürftest. Wenn deine Mutter doch kein Interesse daran hat? Oder?“

Nell drückte den Brief an ihre Brust. „Ich weiß nicht. Lass mich darüber nachdenken, ja?“, bat sie leise.

Sonja schaute ihre Freundin zärtlich an. „Natürlich.“ Sie stand auf und umarmte Nell. „Ich muss los. Die Arbeit ruft.“

Sie wusste, dass Nell dieser Konflikt zwischen ihrer Mutter und der Oma, den sie seit ihrer Kindheit mit sich herumtrug, weit mehr zu schaffen machte, als es nach außen oft den Anschein hatte. Wer weiß, vielleicht würde dieser Brief alles ändern?

„Ich finde, du solltest ihn lesen und dann entscheiden“, sagte sie, bevor sie das Zimmer verließ. Sie war schon draußen, als sie noch einmal den Kopf zur Tür hereinstreckte. „Und vergiss nicht zu Gustav rüberzugehen.“

„Nein, nein. Mache ich gleich“, rief Nell ihr hinterher, blieb aber sitzen.

Sie nahm noch einmal das Foto von Oma und Lisi zur Hand. Sie würde es sich vergrößern lassen. Es war ein so schönes Bild. Und doch glaubte Nell einen Funken Traurigkeit in Omas Augen zu erkennen. Aber das mochte sie sich vielleicht auch nur einbilden. Sie schielte zu dem Brief rüber. Durfte sie ihn einfach öffnen? Ihre Finger trommelten unschlüssig auf die Tischplatte. Schließlich wusste ihre Mutter ja nichts von dem Brief. Wenn sie ihn ihr aber ungeöffnet schickte, würde sie vielleicht nie erfahren, was ihre Oma zu sagen hatte. So verbittert, wie ihre Mutter auf jegliche Frage nach Oma reagierte, konnte am Ende sogar passieren, dass sie den Brief ohne zu lesen vernichtete? Nell fühlte sich hin- und hergerissen und entschied letztlich, einmal darüber zu schlafen. Das half ganz oft.

Sie schob die Fotos zurück in den Umschlag. Nur das von Oma und Lisi lehnte sie an die Schale mit den Steinen, so dass sie es ansehen konnte. Den Brief stellte sie dazu.

Durch das offene Fenster dröhnte lautes Motorengeheul herein. Neugierig, was da wohl los war, ging sie vor die Tür.

Ein dunkelblauer Truck hatte sich vor Gustavs Zaun gespannt und gab ordentlich Gas, um ihn aus dem Boden heraus zu bekommen. Aber das alte Teil schien sich vehement zu wehren. Gustav wedelte wild mit seinem

Krückstock hin und her, während Karl-Heinz kläffend um den Truck herumflitzte.

Christian hatte den Boden um die einzelnen Zaunpfähle freigelegt und stand nun, auf den Spaten gestützt da und beobachtete das Geschehen, gab dem Truckfahrer ab und an ein Handzeichen und hob anerkennend den Daumen, als der den Drahtzaun in einem Stück scheppernd hinter sich herzerrte. Er nahm seinen Hut ab und wischte sich den Schweiß von der Stirn.

Nells Herz begann sofort schneller zu schlagen. Sie widerstand der Versuchung zu ihm zu gehen und genoss stattdessen den Anblick, der sich ihr bot. Gab es etwas Sehenswerteres als einen Mann, der noch richtig zupacken konnte und dabei dermaßen gut aussah? Noch dazu, wenn man wusste, dass die Hände, die hier Schwerstarbeit verrichtet zugleich so zärtlich und liebevoll sein konnten.

Während sie noch ihren nicht ganz jugendfreien Gedanken nachhing, kam Karl-Heinz angepest und warf sich vor ihr auf den Rücken. Sie beugte sich zu ihm herunter.

„He, du kleiner Racker." Lachend kraulte sie ihm das Bäuchlein.

„Sophia!" Gustav kam aufgeregt hinterhergehumpelt. „Sophia!" Er grinste sie aus seinem zahnlosen Mund glückselig an.

Doch dann verfinsterte sich sein Blick plötzlich und er schaute sich hektisch um, als würde er verfolgt. „Ich brauche einen neuen Zaun", flüsterte er ihr hinter vorgehaltener Hand zu, „gegen diesen verdammten Dieb." Wieder hetzte sein Blick zu allen Seiten. „Hugo, die Ratte, will mich bestehlen. Alle wollen mich bestehlen."

„Aber warum das denn?" Nell schüttelte skeptisch lächelnd den Kopf, hörte aber nicht weiter hin, was Gustav brabbelte. Viel wichtiger war, dass sie in diesem Augenblick Christian auf sich zukommen sah.

„Papa, was erzählst du Nell schon wieder für Gruselmärchen? Wer sollte dich beklauen wollen? Und vor allem, was?" Christian beugte sich vor und hauchte ihr einen unverbindlichen Kuss auf die Wange.

Nur auf die Wange?

Entschuldigend hob er seine dreckigen Hände in die Höhe. „Tut mir leid, dass ich dir nicht die Hand gebe." Dann wendete er sich seinem Vater zu. „Hast du die Schrauben?"

„Denkst nicht", murrte der und hielt Christian eine Hand voll verrosteter Schrauben hin.

„Was ist das denn? Was soll ich mit dem vergammelten Zeug anfangen?"

Gustav begann zu zittern. „Vergammelt. Vergammelt. Is da was bei los? Is doch nur ein bisschen Rost. Du wirst noch mal danach suchen."

„Ist ja schon gut", besänftigte Christian ihn und ließ die alten Schrauben in seiner Hosentasche verschwinden. „Wird schon gehen. Ich glaube, Nell will zu dir."

Gustav schaute irritiert von Christian zu Nell und zurück. „Nell? Welche Nell?", schimpfte er ungehalten. „Siehst du nicht, dass das meine Sophia ist?"

Nell fühlte sich plötzlich, als hätte sie einen großen Stein im Magen. Christian tat gerade so, als wäre sie irgendjemand. Sie wollte nicht seine Hand. Sie wollte, dass er sich freute sie zu sehen, dass er sie küsste, sie wollte ein Zeichen, dass ihm die letzte Nacht genauso wichtig war ihr.

Doch dann rief sie sich zur Ordnung. Vielleicht nahm er einfach nur Rücksicht auf seinen Vater. Was sollte der denken, wenn sein Sohn sich vor seinen Augen an Sophia ranmachte?

„Klar doch. Sophia", verbesserte Christian sich auch sofort, klopfte dem alten Mann beruhigend auf den Rücken und zwinkerte ihr verschmitzt zu. „Wolltest du Sophia nicht deine Ahnensammlung zeigen?"

Allein Christians kurzer Blick ließ Nells Bedenken dahinschmelzen. Der Stein in Nells Bauch zerbröselte in viele kleine Krümel. Mann, sie benahm sich ja wie ein Teenager. Ungeduldig und überempfindlich.

„Meine Ahnensammlung?" Gustav sah seinen Sohn verwirrt an. Doch dann zog das Leuchten der Erinnerung über sein Gesicht. „Ja, ja, die Ahnensammlung", er nickte Nell eifrig zu, „ich hab' sie alle da, die Ahnen." Er schnalzte lüstern mit der Zunge und kicherte. „Ich kann dir noch viel mehr zeigen." Kichernd gab er ihr ein Zeichen ihm zu folgen und drehte sich noch einmal zu Christian um. „Wenn der Brückenpfeiler steht, sag' ich euch, wie es weitergeht."

Erschrocken schaute Nell Christian an. Der zuckte lächelnd mit den Schultern. Was sollte er auch anderes tun. „Keine Angst, in der Vergangenheit kennt er sich noch bestens aus."

Hinter dem Rücken seines Vaters griff er nach Nells Hand und zog sie für einen winzigen Moment an sich. „Wunderschöne Sophia“, hauchte er ihr ins Ohr, „tu nichts, was ich nicht auch täte.“ In seinen Augen spiegelte sich die letzte Nacht wider.

„Na, das lässt mir ja genug Spielraum.“ Nell grinste ihn verführerisch an. In ihr jubilierte es. Alles war gut.

Die Sonne schien auf einmal viel heller, die Vögel zwitscherten fröhlicher und das Gras war grüner, als sie glücklich hinter Gustav her lief.

„Hast du gesehen“, Gustav schielte zum Nachbargrundstück rüber, „Hugo, die alte Ratte, lässt uns nicht aus den Augen.“

Nell konnte niemanden entdecken. „Was hat Hugo Ihnen getan, dass sie so wütend auf ihn sind?“

Gustav blieb stehen und sah sie überrascht an. „Das weißt du nicht mehr?“ Verständnislos schüttelte er den Kopf. „Hetzt seine Killerbienen auf meine Hühner. „Sein Stock wirbelte durch die Luft.

„Er hat gesagt, Sie wären früher Freunde gewesen.“ Nell wagten einen leisen Versuch ihn zu besänftigen.

Mürrisch wendete Gustav sich ab. „Nirgends wird mehr gelogen als überall“, blubberte er. „Wenn die Ratte einmal das Maul aufmacht, hat er schon gelogen.“ Er bedeutete Nell etwas näher zu kommen. „Der Wunschbaum in eurem Garten“, lauernd schaute er sich um, ehe er weitersprach, „ich gehe jedes Jahr hin. Willst du wissen, was ich mir immer wünsche?“ Gustav kicherte verschlagen.

„Aber das dürfen Sie doch nicht verraten“, protestierte Nell amüsiert.

„Papperlapapp“, Gustav winkte ab, „is da was bei los? Also, willst du?“

Nell nickte zaghaft, unsicher, ob sie das wirklich hören wollte.

„Mein einziger Wunsch ist, auf das Grab von dieser Ratte zu pinkeln.“

„Aber er lebt doch noch?“

„Eben.“

Nell musste zusammenreißen nicht laut loszulachen. Manche behaupteten, alte Leute würden wieder wie Kinder werden. Oh ja, ab und an glaubte sie das auch.

„Weißt du überhaupt, wie ein Schwein schläft?“, plapperte Gustav übergangslos weiter. „Nein? Na, mit geringeltem Schwanz. Und wie nennt man einen alten Schneemann? Pfütze.“

So ging das immer weiter, bis sie im Haus angelangt waren.

Gustav führte sie in das Wohnzimmer. „Warte hier", wies er sie an, schien es sich dann aber anders zu überlegen. „Kannst auch mitkommen."

Er öffnete die Tür zu seinem Schlafzimmer, in dem ein mächtiger Schreibtisch vorm Fenster stand. Nell erkannte Fachbücher über statische Berechnungen, Materialien und Bau von Brücken. Darunter lugten Bauzeichnungen hervor. Das Bild erweckte den Eindruck, als würde hier nach wie vor intensiv gearbeitet. Aber es waren nur Relikte aus einer längst vergangenen Zeit.

Neben Gustavs ordentlich gemachten Bett konnte Nell einen Tonnenknüppel ausmachen.

„Oh, Sie sind wohl früher beim Tonnenabschlagen mitgeritten?"

„Ich?" Gustav blickte zu dem Knüppel und kicherte. „Der ist für die Einbrecher." Vergnügt wippte er hin und her. „Die sollen nur kommen. Ehe die sich versehen, ziehe ich denen eine über. Brauchst keine Angst haben, wenn du hier bist."

Oh je, dieses schmächtige Kerlchen und so eine gewaltige Keule. Wenn es Einbrecher gäbe, was Nell sowieso schon für total abwegig hielt, die würden sich totlachen. Allein die Vorstellung war so was von grotesk. Warum musste ein einst so kräftiger, kluger Mann im Alter zur Karikatur seiner selbst werden? Wie ungerecht das war!

Ob Gustav sich seines Verfalls ab und an bewusst war? Seiner Vergangenheit nachtrauerte? Im Augenblick schien er mit sich, seiner Welt und vor allem ihr, seiner Sophia, im Reinen zu sein.

Mit vor Eifer geröteten Wangen, wie ein kleiner Schuljunge, angelte er einen Hefter aus dem Chaos hervor, drückte ihn ihr in die Hand und schlurfte vor ihr zurück ins Wohnzimmer.

„Willst du Tee?"

„Setzen Sie sich ruhig hin", Nell lächelte ihn an. Er wirkte erschöpft. „Ich kümmere mich schon. Wie mögen Sie Ihren Tee?"

Als sie mit dem Tee aus der Küche zurückkam war Gustav eingeschlafen.

Vorsichtig legte Nell ihm eine Decke über die Beine und schlich sich mit dem Hefter aus dem Haus.

Christian war nirgends zu sehen.

„Dieses elende Schwein“, hörte Nell Sonja schon von draußen laut schimpfen, als sie sich gerade einen Kaffee machen wollte. „Dieses Schwein!“

„Wer ist ein Schwein?“, fragte sie belustigt, als Sonja ins Haus gestürmt kam. „Du klingst ja, als hätte dir einer am hellerlichten Tage dein Fahrrad vorm Haus geklaut. Auch einen Kaffee?“

Auf Sonjas Gesicht spiegelten sich Fassungslosigkeit und Wut wider und Nell blieb augenblicklich die Heiterkeit im Hals stecken. So, wie Sonja aussah, musste etwas Schreckliches geschehen sein.

„Was ist denn los? Sag’ mir endlich, was passiert ist“, fuhr sie Sonja an.

Die lehnte sich gegen die Wand und fuhr sich mit den Händen übers Gesicht. „Thilo hat Marlene letzte Nacht krankenhausreif geprügelt“, sagte sie dann mit belegter Stimme. „Sie mussten sie ins künstliche Koma versetzen.“

„Oh, mein Gott!“ Nell starrte sie entsetzt an. „Sonja, was habe ich getan!“ Sie wankte einen Schritt zurück.

Sonja hielt sie fest, nahm ihre Hände und schaute sie streng an. „Hör’ mir genau zu Nell. Es ist nicht deine Schuld. Verstehst du mich? Es ist nicht deine Schuld.“

„Doch! Ich hätte sie nicht heimlich empfangen dürfen. Ich hätte wissen müssen, in welche Gefahr sie sich damit begab.“

„Wer sagt denn, dass Thilo deswegen so ausgerastet ist? Er hat sich nach der Versammlung total volllaufen lassen. Dafür gibt’s genug Zeugen. Und im Suff war er schon immer unberechenbar.“

„Womöglich hat er gemerkt, dass ich ihn nur aushorchen wollte? Als Christian mich dann auch noch weggeholt hat, ist ihm das vielleicht bewusst geworden und er ist wütend geworden? Du hättest mal seinen Blick sehen sollen.“

„Du willst den Kerl doch hoffentlich nicht noch in Schutz nehmen?“

„Nein, natürlich nicht. Ich versuche nur zu verstehen, was passiert ist.“

„Was passiert ist, kann ich dir sagen“, polterte Sonja wütend, „das Schwein hat sich volllaufen lassen, ist nach Hause getobt und hat seine Frau fast totgeprügelt, und das so, dass das ganze Haus davon wachgeworden ist. Das ist passiert!“

„Aber …“

„Nichts Aber! Es gibt nichts, aber auch gar nichts, was das rechtfertigen könnte."

„Das sehe ich doch genauso", wehrte Nell sich.

Doch sie war nun mal die Psychotante, die von Berufs wegen für alles eine Erklärung suchte. Aber es gab Dinge, die musste man nicht erklären. Sie waren so oder so verabscheuungswürdig.

„Weißt du, im Grunde geht es mir nicht anders als dir", gab Sonja zerknirscht zu. „Ich wusste doch auch, was dieser Dreckskerl ihr regelmäßig antat und habe nichts dagegen unternommen. Hätte ich ..."

Nell hob abwehrend die Hände. „Nein, nein, du hattest ganz recht. Das bringt uns alles jetzt nicht weiter", unterbrach sie die Freundin. „Damit, dass wir uns jetzt selbst zerfleischen, helfen wir Marlene auch nicht mehr. Was hat der Arzt gesagt? Sie wird doch wieder gesund?"

Sonja nickte kaum merklich. „Er schien recht zuversichtlich. Vielleicht kann sie sich eine Zeit lang nicht mehr an alles erinnern, was vorher war, hat er gesagt."

„Ja, so etwas kommt häufiger vor. Das schreckliche Ereignis ist wie ausgelöscht. Eine Schutzreaktion des Gehirns."

„Nicht dass sie uns auch vergessen hat?"

Nell schaute ihre Freundin überrascht an. Ihre sonst so starke Freundin zeigte sich gerade ungewöhnlich verletzlich. Sanft streichelte sie ihren Arm.

„Vielleicht hat sie kurzzeitig vergessen, was du mal gesagt oder was du getan hast, aber wie sie sich in deiner Gegenwart gefühlt hat, das vergisst sie nie", wollte sie sie trösten.

Sonja kniff irritiert die Augen zusammen. Was redete Nell für seltsames Zeug? Doch dann lachte sie befreit auf, „Hallo, ich bin es! Nicht eine von deinen Patientinnen. Du musst mich nicht heilen."

Nell grinste und zuckte unschuldig mit den Schultern. „Einmal Heiler, immer Heiler." Sie kicherte. „Du schienst mir gerade sehr hilfebedürftig."

„Du kannst dein Psychowissen wieder einpacken", lästerte Sonja und knuffte Nell in die Seite. „Mit mir ist alles in Ordnung."

„Ist ja gut. Ich berechne dir auch nichts dafür. Aber sage mal, was wird jetzt mit ..." Nell brachte es nicht über sich, seinen Namen auszusprechen. Menschen wie er verdienten keinen Namen. „Mit dem Kerl", sagte sie stattdessen.

„Der geht für die nächsten Jahre in den Kahn, meinte einer von der Kripo. Und wenn er von da zurückkommt, kann er wegziehen. Glaube mir, von dem nimmt hier nie wieder einer ein Stück Brot." Sonja dachte einen kleinen Moment nach, ehe sich ein zufriedener Ausdruck auf ihrem Gesicht breitmachte. „Ein Gutes hat das alles auf jeden Fall, Marlene ist ihn ein für alle Male los."

„Na hoffentlich. Sie wäre nicht die erste, die, warum auch immer, die Anzeige gegen ihren Mann zurückzieht."

„Das würde ihm in diesem Fall gar nichts nutzen. Die Anklage kommt direkt vom Staatsanwalt."

„Das ist gut." Nell lächelte zufrieden. „Hat Marlene noch Familie? Oder wer kümmert sich jetzt um sie?"

„Nein, da ist niemand mehr. Ich habe im Krankenhaus Bescheid gesagt, dass wir für sie da sind." Sonja tippte erst sich, dann Nell auf die Brust. „Also melden die sich bei uns, sobald wir zu ihr können. Wir päppeln sie wieder auf. Aber jetzt muss ich wirklich los. Kommst du klar?"

Nell nickte. „Klar, das kriegen wir hin. Geh nur. Wir sehen uns später."

Sie brachte Sonja zur Tür und ging dann zurück in die Veranda, wo sie sich in Omas Sessel kauerte, die Beine an den Körper gezogen und fest umschlungen. Auf diese Weise glaubte sie besser mit ihren aufgewühlten Gefühlen zurecht zu kommen. Es gab ihr Halt.

Vor lauter Aufregung hatte sie ganz vergessen Sonja von dem Hefter mit Gustavs Ahnenforschung zu erzählen. Aber das war im Augenblick ja auch nicht so wichtig. Darüber konnten sie immer noch reden. Der Gedanke an Marlene beschäftigte sie viel zu sehr. Hätte sie verhindern können, was passiert war? Marlene war von sich aus zu ihr gekommen, obwohl sie wusste, wie ihr Mann reagieren würde, wüsste er davon. Hätte sie die Behandlung ablehnen sollen? Oder gegen ihren Willen die Polizei einschalten? Die unternahmen doch sowieso erst dann etwas, wenn die Katastrophen schon geschehen waren. Ein blaues Auge reichte da nicht aus. Was also hätte sie anderes tun können?

Nell wusste nur zu gut, dass man nicht jeden Patienten erreichen konnte. In die Köpfe der Menschen einzudringen, war nur begrenzt möglich. Und so blieben manche trotz harter gemeinsamer Arbeit in den Lebensmustern stecken, die sie krank machten. Als wenn eine Droge ihr Sein bestimmte.

Gewalttätige Partner konnten durchaus wie eine Droge wirken. Man wusste, dass sie einen umbrachte, kam aber dennoch nicht von ihr los. Wie sonst wäre zu erklären, dass es immer wieder Menschen gab, die dieses Schicksal gegen jede Vernunft erduldeten und unter Umständen am Ende daran zerbrachen.

Aber Marlene war nicht so. Nicht mehr. Sie wollte sich von dieser Droge befreien. Sie brauchte nur Zeit und ein bisschen Hilfe. Sonja und sie würde ihr dabei zur Seite stehen.

Von einer plötzlichen inneren Unruhe gepackt wollte Nell nicht warten, bis sie Marlene irgendwann im Krankenhaus besuchen durfte. Was, wenn das Wochen dauerte? Sie musste sofort etwas für sie tun.

Zweifelnd schaute sie auf ihre Hände. Dieser anerkannte Heiler, Carl Heider, wie sie inzwischen herausgefunden hatte, dessen Geist angeblich regelmäßig in diesem Haus zu Gast war, hatte in seinen Büchern doch auch über Fernheilung geschrieben. Ob es so etwas wirklich gab? Die Kraft allein aus der Energie der Gedanken?

Ich versuche es einfach, dachte sie energisch. Sie setzte sich gerade im Sessel auf, legte die Hände auf die Armlehne und schloss die Augen, atmete tief ein und aus und konzentrierte sich voll und ganz auf Marlene.

Ein Krankenhausbett tauchte vor ihrem inneren Auge auf. Die Frau, die darin lag, hing an unendlich vielen Schläuchen. Etliche medizinische Geräte neben dem Bett zeichneten mit piepsenden Geräuschen die Reaktionen ihres Körpers auf.

Nell setzte sich in Gedanken auf die Bettkante und nahm vorsichtig Marlenes Hand. Nichts weiter. Sie hielt sie nur fest und ließ ihre eigene Kraft in Marlene überfließen.

Sie hatte keine Ahnung, wie lange sie so verharrt hatte, bevor sie wieder zu sich kam. Sie fühlte sich erschöpft, aber zugleich zufrieden. Irgendetwas sagte ihr, dass sie Marlene erreicht hatte. Auch wenn sie das niemanden erklären konnte. Aber das musste sie ja auch nicht.

Sie stand auf, streckte ihren verspannten Rücken und ging, noch immer in Gedanken bei Marlene, hinaus in den Garten. Ohne es beabsichtigt zu haben, fand sie sich vor dem alten Birnenbaum wieder. Seit Christian ihn im Frühjahr von all dem Bewuchs rundherum befreit hatte, reckte er sich stolz in die Höhe. Was für ein wunderschöner Baum.

„Bist du wirklich ein Wunschbaum?“, flüsterte sie und ließ ihren Blick liebevoll über ihn gleiten.

Sie zählte tatsächlich, sie konnte es kaum glauben, exakt sieben kleine Birnen an seinen Ästen. Genau, wie Marie es beschrieben hatte. Ungläubig schüttelte sie den Kopf. Das konnte nur ein Zufall sein. Oder doch nicht?

Was, wenn sie sich etwas wünschte? Nur mal so zum Spaß. Verstohlen drehte sie sich zu allen Seiten um. Es musste sie ja niemand sehen, aber ein Versuch konnte nicht schaden.

Sie umschloss den Stamm des Baumes mit ihren Händen und schloss ihre Augen. Er schien die Sonne des Tages in sich gespeichert zu haben und nun an sie abzugeben. Es war ein wundervolles Gefühl.

„Lieber Wunschbaum“, bat sie leise, ohne die Augen zu öffnen, „lass Marlene schnell wieder gesund werden.“

Sie zuckte unwillkürlich zusammen, als sich zwei Hände von hinten auf ihre Hüften legten.

„Du weißt schon, dass du nur einen Wunsch im Jahr bei ihm frei hast?“, flüsterte Christian ebenso leise und küsste ihren Nacken.

Sie drehte sich zu ihm um und lächelte ihn glücklich an. „Das war es mir wert.“

Christian nahm ihr Gesicht in die Hände. „Für alle anderen Wünsche hast du ja mich.“ Zärtlich küsste er sie.

Nell schlang ihre Arme um ihn. „Sei vorsichtig mit dem, was du versprichst, ich könnte unersättlich sein.“

„Na, das will ich doch hoffen“, sagte Christian und wirbelte sie lachend herum.

Doch dann wurde er ernst und strich ihr sanft die Locken aus dem Gesicht. „Mein Exschwager ist Unfallchirurg in Ribnitz. Er hatte Dienst, als Marlene eingeliefert wurde. Thilo hat ganze Arbeit geleistet.“ Zornig kniff er die Lippen zusammen. „Dieser Dreckskerl kann froh sein, dass ich ihn nicht in die Finger gekriegt habe.“

„Sie haben sie ins Koma gelegt.“

„Ich weiß. Und wie geht es dir?“

„Ich fühle mich verantwortlich.“ Nell schaute traurig zu Boden.

„Quatsch“, Christian hob ihr Kinn, so dass sie ihn ansehen musste. „Das ist totaler Quatsch!“

Nell nickte halbherzig. „Sagt Sonja auch."

„Na also. Aber jetzt erzähl mal", grinsend schielte er zu dem Birnenbaum rüber, „du glaubst doch nicht wirklich an diesen Käse vom Wunschbaum?"

Nell zögerte einen Moment und suchte nach den richtigen Worten. „Weißt du, ich denke, wer auch immer sich diese Geschichte irgendwann ausgedacht hat, der wusste, dass die Menschen Zuversicht brauchten. Wenn der Baum auch nicht wirklich Wünsche erfüllte, er gab ihnen die Hoffnung, dass es so sein könnte. Und ob nun bewusst oder unbewusst, es half ihnen nicht aufzugeben."

„Hm, leuchtet ein."

Nell schaute ihn belustigt an. „Was ist, hast du auch einen Wunsch?"

Christian zog sie enger an sich. „Da würde mir auf der Stelle was einfallen." Seine Lippen suchte ihre. „Aber das muss warten." Er schaute auf seine Uhr. „Georg kommt gleich. Wir wollen den neuen Zaun noch aufbauen. Wenn du fürs Erste einen schnellen Kaffee hättest?"

„Das kriege ich auch ohne Wunschbaum hin. Komm." Nell zog Christian hinter sich her zum Haus.

Im selben Moment kam Georg durch die geheime Pforte auf sie zu. So geheim war sie also gar nicht.

„Habe ich eben was von Kaffee gehört, oder war das nur ein Codewort für etwas anderes?"

„Von schnellem Kaffee war die Rede, Kumpel. Für alles andere lassen wir uns deutlich mehr Zeit. Obwohl", er schaute Nell amüsiert an, „was denkst du?"

Lachend öffnete Nell die Verandatür. „Ihr seid albern", schimpfte sie halbherzig, „los rein mit euch."

Beide schauten an sich und ihren schmutzigen Arbeitssachen herunter. „Wir bleiben lieber hier draußen auf der Bank."

Nell nickte zustimmend. „Stimmt, ist wohl besser so. Gebt mir eine Minute."

Als sie mit dem Kaffee zurückkam, hörte sie gerade noch, wie Georg von einem blutigen Bündel und gebrochenen Rippenbrüchen sprach. Entsetzt sah sie ihn an.

„Er hat ihr die Rippen gebrochen?"

„Komm her", sagte Christian besänftigend und zog sie neben sich.

Georg rutschte ein Stück zur Seite, damit Nell Platz hatte. „Das Schwein hat sie nicht nur blutig geschlagen, er muss auch wie ein Wahnsinniger auf sie eingetreten haben. Daher die Brüche und inneren Verletzungen."

Nells schluckte heftig. Sie hatte von Berufs wegen des Öfteren mit Frauen zu tun gehabt, denen Ähnliches widerfahren war, aber noch nie stand ihr eine emotional so nahe, dass sie ihre Professionalität zu verlieren drohte. Den gefühlsmäßigen Abstand zu halten, gelang ihr bei Marlene einfach nicht.

„Aber ihr glaubt nicht, was die Polizei bei ihrer Wohnungsdurchsuchung entdeckt hat."

„Die haben die Wohnung durchsucht?"

„Hat wohl was mit Beweisaufnahme zu tun." Georg zuckte mit den Schultern. „Auf jeden Fall haben sie bei der Gelegenheit in seinem Zimmer Antidepressiva und, jetzt haltet euch fest, einen kleinen Vorrat an Rattengift gefunden, das er allem Anschein nach unter einen Kräutertee gemischt hatte. Ob und wem er den verabreicht hat, muss erst noch geklärt werden."

„Thallium?" Nell schaute die Männer erschrocken an. „Jetzt verstehe ich."

Sie erzählte von ihrer ersten Begegnung mit Marlene und ihre Reaktion auf Tee.

„Eigentlich war sie wegen fürchterlicher Schmerzen zu mir gekommen, die sie in immer kürzeren Abständen quälten", sagte sie nachdenklich, wie zu sich selbst.

„Heißt es nicht, Gift wäre eher so 'n Frauending?"

„Wie man sieht, nicht nur. Was macht Thallium im Körper?"

„Thallium ist ein hochgiftiges Schwermetall. Je nach Dosis löst es zuerst Schmerzen im ganzen Körper aus, gefolgt von Atembeschwerden, Schwäche und Lähmungserscheinungen, Halluzinationen bis zum Koma und letztlich Tod."

„Das heißt, er wollte sie langsam, aber sicher umbringen?"

„Kommt auf die Menge an. Vielleicht wollte er sie nur", Nell überlegte einen Moment, „gefügig machen? Sie hat ihn bis zum Schluss verteidigt und die Schuld immer nur bei sich gesucht."

Sie sah Marlene bei ihrem ersten Besuch vor sich. Geduckt, grau und in extremer Angst vor ihrem Mann. Sie entsprach fast lehrbuchhaft einer

Frau, die unter dem Einfluss von Antidepressiva stand. Dazu das Thallium – warum war ihr das nicht viel eher aufgefallen? Das hätte sie sehen, bemerken müssen.

Marlene hatte ihr weder von den Medikamenten noch von dem Tee erzählt. Selbst als sie allem Anschein nach beides nicht mehr nahm. Denn wie sonst hätte sie im Laufe der Zeit so aufblühen können? Nell hatte Marlenes fortschreitende Genesung als Erfolg ihrer Arbeit gewertet. Was für ein Irrtum. Na ja, in gewisser Weise hatte sie sicher einen kleinen Anteil daran. Genau wie an dem, was am Ende passiert war, dachte Nell traurig.

Aber wie hatte Marlene ihren Mann täuschen können? Dem musste das doch auch aufgefallen sein? Hat er sie womöglich deswegen so zugerichtet?

„Was auch immer er vorhatte, wenn die bei Marlene noch Spuren von diesem Thallium im Blut finden, dann läuft das ganz sicher auf Mordversuch hinaus, würde ich sagen. Dann braucht er lange, sehr, sehr lange keine Miete mehr zu bezahlen. Danke für den Kaffee, Nell. Los, alter Mann“, Georg stieß Christian mit dem Fuß an, „auf geht’s!“

Christian stellte seine Kaffeetasse ab und drückte Nell einen Kuss auf den Scheitel. „Bis später.“

„Ach, hätte ich fast vergessen“, Georg blickte noch einmal triumphierend zurück, „die Polizei hat jede Menge Material bei Thilo sichergestellt, dass eindeutig darauf hinweist, dass er der Wächter ist. Was sagt ihr dazu? Außerdem haben sie uralte Zeitungen und Dokumente gefunden, die er im Stadtarchiv von Barth geklaut hat. Der Archivar hat ausgesagt, dass Thilo ihn gezwungen hätte, das Zeug rauszurücken und Stillschweigen zu bewahren, weil er ihn sonst töten würde. Der Inhalt dieser Dokumente muss ziemlich brisant sein, dass Thilo meinte, daraus einen Sensationsbericht für die BILD schreiben zu können. Aber er war wohl noch nicht fertig damit und die BILD hat verlauten lassen, dass sie vorerst aus Pietätsgründen auch darauf verzichten würden.“

„BILD und Pietät? Das ich nicht lache.“ Christian musterte den Freund. „Woher, um alles in der Welt, weißt du das alles?“

Georg feixte. „Man muss schon gute Connections zur Polizei haben.“ Ihm war seine diebische Freude anzusehen. „Wenn du mit den richtigen Leuten verkehrst, sprich, angeln gehst …“

„Lehmann?“

„Keine Namen, mein Freund, keine Namen.“ Georg zwinkerte beiden zu. „Jetzt aber los. Irene meinte, ich sollte ausnahmsweise mal pünktlich zu Hause sein.“

Christian legte den Arm um Georgs Schulter. „Ich wusste zwar, dass sie dich an der kurzen Leine hält, aber nicht, dass du ein Würgehalsband trägst“, zog er ihn auf und wich geschickt seinem Boxhieb aus.

Nell schaute den beiden lächelnd hinterher. Ich bin angekommen, dachte sie. Was erst letzte Nacht richtig begann, fühlte sich bereits so normal und selbstverständlich an, als wäre es nie anders gewesen, als müsste es genauso sein. Zum ersten Mal in ihrem Leben erfüllte sie ein Gefühl von Familie, von Geborgenheit und Sicherheit. Und Liebe. Ein Leben, nach dem sie sich immer gesehnt hatte. Ob die Wirklichkeit dem auf Dauer gerecht werden konnte? Sie würde es erfahren. Sie wusste nur, dass sie es so und nicht anders wollte.

Sie räumte die Tassen zusammen und brachte sie ins Haus. Oma und Lisi zwinkerten ihr aus dem Bilderrahmen entgegen und schienen beide auf den Brief zu zeigen, der ungeöffnet daneben stand.

Nell schüttelte den Kopf. „Nein, ihr zwei, ich schlafe einmal drüber, habe ich gesagt“, sagte sie streng und schaute sich stattdessen nach dem Hefter um, den Gustav Lange ihr gegeben hatte.

Sie entdeckte ihn auf dem Tischchen neben Omas Sessel, blieb aber unschlüssig stehen. Hatte er ihn ihr wirklich gegeben? Nein, hat er nicht. Er war eingeschlafen und sie hatte ihn einfach mitgenommen. Durfte sie das? Oder würde Gustav ihr das übelnehmen. Schließlich war das etwas, was ihm sehr am Herzen zu liegen schien und was er vorher noch niemandem gezeigt hatte. Nein, sie würde zu ihm gehen und mit ihm gemeinsam durchsehen. Das war das mindeste, was sie ihm schuldete.

Sie schaute auf die Uhr. Sicher hatte er inzwischen ausgeschlafen. Außerdem konnte sie bei der Gelegenheit gleich mal gucken, wie Christian und Georg mit dem Zaunbau vorankamen.

Prüfend schaute sie sich im Spiegel an. Gib’s schon zu, wies sie sich zurecht, hältst es nicht aus, ihn eine Stunde nicht zu sehen. Oder? Doch dann lächelte sie ihr Spiegelbild an. Na und! Und wenn schon. War das nicht normal, wenn man verliebt war? Nur weil man keine achtzehn mehr war, fühlte man doch nicht anders. Warum sollte sie dieses Glück also nicht auskosten.

Als Nell vor die Tür trat, sah sie eine alte Frau mit einem wohl noch älteren Hund bei Christian und Georg stehen und mürrisch ihren Kopf schütteln, bevor sie lauthals eine Schimpfkanonade losließ.

„Was ist denn das für ein Zaun“, keifte sie, „der gefällt mir aber gar nicht.“ Voller Abscheu verzog sie das Gesicht. „Der sieht ja schrecklich aus. Wo hier doch vorher so ein schöner Holzzaun stand. Das ist bestimmt nicht in Gustavs Interesse.“ Sie tippte gegen das graue Drahtgeflecht des neuen Zaunes, als könnte sie es so einfach verschwinden lassen.

Christians Miene verdunkelte sich zusehends. Er warf einen finsteren Blick auf die jämmerlichen Reste des alten verrotteten Zaunes, die noch an der Seite lagen und dann auf die Alte.

„Und mir gefällt Ihre Jacke nicht. Die sieht ja schrecklich aus. Wie kann man nur mit so einer Jacke herumlaufen. Sie hätten lieber die alte anbehalten sollen. Sonst noch was?“

Die Frau riss empört die Augen weit auf, holte tief Luft, als wollte sie zum Gegenschlag ausholen, überlegte es sich dann aber doch anders. „Komm, Tristan“, zischte sie und zerrte den Hund weiter, „hier will man uns nicht haben.“

„Was war das denn?“ Nell schaute ihr amüsiert hinterher.

„Die alte Wegner hat immer und überall was zu meckern.“ Georg winkte geringschätzig ab. „Vor der bleibt keiner im Ort verschont.“

„Hugos Frau?“, fragte Nell überrascht. „Der hat so einen Drachen zu Hause?“

Georg grinste. „Auf dem Weg zum Glück ist der Ehepartner oft das erste Hindernis.“

„Oh je, die bösen, alten Weiber dieser Welt“, lästerte Nell lachend und begutachtete die Arbeit der Männer. „Also mir gefällt der neue Zaun. Und? Klappt alles so, wie ihr es euch vorgestellt habt?“

Christian hob verwundert die Augenbrauen. „Ich verstehe deine Frage nicht.“ Er legte Georg den Arm um die Schulter. „Wir sind gut in dem, was wir machen, oder?“

„Und ob!“

„Na dann bin ich beruhigt. Ich wollte gerade mal zu deinem Vater“, sagte sie und wies auf den Hefter, den sie unter den Arm geklemmt hatte. „Ich würde seine Aufzeichnungen doch gern mit ihm zusammen ansehen.“

„Seine Ahnenforschung? Ja, das solltest du dir nicht entgehen lassen.“ Christian zog Nell an sich. „Er ist in der Küche.“

Georg unterbrach die beiden. „Genug geturtelt, los, das nächste Zaunfeld.“

Nell befreite sich lachend aus Christians Umarmung. „Ich gehe ja schon. Lasst euch nur nicht aufhalten.“

Nell klopfte sachte an die Scheibe der Küchentür, um Gustav nicht zu erschrecken.

„Herein, wenn's kein Schneider ist“, krähte der gutgelaunt.

Er saß am Tisch und säbelte eine dicke Scheibe Brot ab, während Karl-Heinz bettelnd zu ihm aufschaute und aufgeregt mit dem Schwanz wedelte.

„Sophia“, über sein Gesicht zog ein Strahlen, „da bist du ja wieder. Das ist Sophia“, erklärte er dem Dackel wichtigtuerisch, während der das Brot keine Sekunde aus seinen dunklen Hundeaugen ließ.

„Guten Tag, Herr Lange. Hallo Karl-Heinz“, begrüßte Nell beide. „Komme ich ungelegen?“

„Aber nein. Wir freuen uns über deinen Besuch, nicht wahr Karl-Heinz?“ Gustav tätschelte dem Hund liebevoll den Kopf. „Ja, ja, mein Kleiner, kriegst ja gleich was.“

Nell beobachtete, wie Gustav die Schnitte dick mit Butter und dann nicht weniger dick mit Leberwurst bestrich, dann alles in kleine Häppchen schnitt und sie nach und nach an Karl-Heinz verfütterte. Skeptisch musterte sie den kleinen, schon deutlich übergewichtigen Hund.

„Sie streichen noch Butter unter die Leberwurst? Denken Sie nicht, das könnte ein bisschen viel sein für Karl-Heinz?“

Gustav schaute sie an, als hätte er zuvor noch nie so etwas Dummes gehört. „Sonst schmeckt das doch nicht, oder was meinst du, mein Kleiner?“ Der Hund wedelte wie zur Bestätigung mit dem Schwanz und stupste Gustav mit der Nase an, als wollte er sagen, mehr davon.

Nell lächelte nachsichtig. Gustav mochte recht haben. Wenn es Hund und Herrchen glücklich machte. Ihnen blieb ja beiden nicht mehr allzu viel Zeit.

„Herr Lange, ich wollte den Hefter zurückbringen. Ich hatte ihn aus Versehen …"

„Herr Lange, Herr Lange", polterte Gustav, „bist so vornehm geworden, dass Gustav nicht mehr gut genug ist?" Er warf einen Blick auf den Hefter in Nells Hand. „Haste gefunden, wonach du gesucht hast?"

Nell schaute verlegen zu Boden. „Nein, noch nicht. Ich dachte, es wäre schön, wenn Sie, also, wenn wir uns das gemeinsam ansehen."

Karl-Heinz verschlang gierig den letzten Happen.

„Nun ist's genug, mein Junge. Sonst kriegt Sophia doch noch recht und du wirst zu fett", brummte Gustav und wischte sich die Hände an seiner Hose ab. Dann erhob er sich mühsam von seinem Stuhl. „Raus mit dir jetzt. Und dass du mir nicht wieder hinter den Hühnern herjagst." Er öffnete die Tür einen Spalt.

Widerstrebend steckte der Dackel seine Nase nach draußen. Viel lieber hätte er es sich jetzt auf dem Sessel gemütlich gemacht. Aber Gustav schob ihn sachte mit dem Fuß durch die Tür.

Nell beobachtete das Geschehen belustigt. Sie hatte mal gelesen, dass Hunde und ihre Besitzer sich mit den Jahren immer mehr angleichen. Ja, hier stimmte das absolut, Gustav und Karl-Heinz passten perfekt zueinander.

„So, so, willst, dass ich dir das zeige. Dann komm' mal mit." Gustav winkte ihr, ihm zu folgen und schlurfte vor ihr ins Wohnzimmer. Am Fenster schob er die Gardine ein wenig zur Seite und warf einen prüfenden Blick hinaus. Er drehte sich zu Nell herum. „Keiner da." Verschwörerisch zwinkerte er ihr zu. „Wir beide trinken jetzt erst mal einen." Vergnügt rieb er sich die Hände und holte eine, bereits zur Hälfte geleerte Flasche mit einem dickflüssigen gelben Getränk aus dem Schrank. „Das ist Honiglikör. Den macht Hugos Alte. Ist von den Killerbienen." Zufrieden musterte er die Flasche. „Zu irgendwas muss sein Viehzeug ja gut sein."

Nell konnte sich ein Grinsen nicht verkneifen. Gustav schien diesem klebrigen Scheiß, wie er es mal nannte, doch sehr zugetan.

Er füllte zwei Gläser randvoll und stellte die Flasche zu seinen Füßen unter den Tisch. „38 Prozent, nicht so 'n Kujampelwasser, was sie einem heute verkaufen." Er leckte sich einen Tropfen vom Finger ab und schaute sie aus zusammengekniffenen Augen listig an. „Aber nicht meinem Sohn petzen. Der gängelt mich immer, als wenn ich noch ein verdammtes Kind wäre." Er schob Nell ein Glas rüber. „Prost, meine Sophia."

„Prost Gustav", erwiderte Nell und nippte vorsichtig an ihrem Glas. „Oha!" Der Likör hatte es tatsächlich in sich, war dabei aber dermaßen süß, dass es einem glatt die Gedärme verkleben konnte.

Gustav schlürfte genüsslich und schaute Nell dann erwartungsvoll an. „Und? Was sagst?" Er fuhr sich mit der Zunge über die Lippen und schielte mit glänzenden Augen zur Flasche. Kein Wunder, dass Christian nicht wollte, dass er zu viel von diesem Zeug trank.

Lachend winkte Nell ab. „Ich glaube, mehr als einen vertrage ich davon nicht. Vielleicht könnten wir uns erst mal ansehen", sie legte ihre Hand auf den Hefter, „was du zusammengetragen hast."

„Zusammengetragen?" Gustav schaute sie irritiert an. „Ach so, das meinst du. Na, schließlich muss ein Mann doch wissen, wo er herkommt."

Nell nickte zögerlich. Das sollte eine Frau auch wissen. Sie hatte viel zu lange gewartet.

Gustav zog einen Papierbogen hervor, faltete ihn auseinander und strich ihn behutsam glatt. Fast zärtlich ließ er seine Hand über die Namen gleiten, die fein säuberlich in einem Stammbaum aufgelistet waren. „Ich hab' sie alle", sagte er und schaute Nell erwartungsvoll an.

„Was für eine fantastische Handschrift", stieß die beeindruckt aus. „Haben Sie, ach, bitte entschuldige, Gustav, also, hast du das geschrieben?"

„Natürlich. Wer sonst?" Gustav schüttelte verständnislos den Kopf.

Nell beugte sich über das Blatt. „Wow, 1258, Wotan, der Verwegene, Lange", las sie erstaunt, „Seefahrer."

Sie ließ ihren Blick über die lange Liste aller folgenden Namen wandern. Gustav hatte sich darauf beschränkt nur die Familienfolge der Söhne aufzulisten, was immer noch umfangreich genug war.

„Was für eine Familiengeschichte. Wie bist du bloß an alle diese Informationen gekommen? Das muss eine Wahnsinnsarbeit gewesen sein."

Gustav sonnte sich in ihrer Bewunderung, auch wenn er sich nach all den Jahren nicht mehr so richtig erinnern konnte, woher er das alles wusste. „Ich denke aus Kirchenbüchern?“ Unsicher schielte er sie von der Seite an.

Als Nell auf den Namen Thillmann Lange, 1822 – 1894, stieß, hielt sie vor Aufregung die Luft an. Johanns Vater.

„Der hier“, sagte sie und schaute Gustav mit geröteten Wangen an, „von dem habe ich bei Lisi was gelesen.“ Nell fuhr mit dem Finger die Namen entlang. „Sechs Töchter und 1872 der erste Sohn. Johann.“

„War fleißig, der Herr Kapitän“, gackerte Gustav vergnügt, wobei sein Blick immer wieder zu der Flasche wanderte.

„Fleißig?“ Nell runzelte die Stirn. „Von seiner Seite war es wohl eher der Spaß an der Machart, der überwogen hat.“ Sie konnte nicht umhin sich darüber zu ärgern, dass die ach so fleißigen Männer für ihren Kindersegen gelobt wurde, aber niemand danach fragte, was das für die Frauen bedeutete.

In dem Augenblick kam Christian in die Küche und holte zwei Flaschen Bier aus dem Kühlschrank.

Schneller als Nell es ihm zugetraut hätte, hatte Gustav die beiden Schnapsgläser unterm Tisch verschwinden lassen und tat dermaßen unschuldig, dass es fast schon wieder auffällig war.

Nell konnte sich das Lachen kaum verkneifen. So ein Schlawiner.

Christian, der Nells letzte Worte aufgeschnappt hatte, schaute ihr über die Schulter. „Wer sagt denn, dass es ihm Spaß gemacht hat? Der Zeugungsschmerz war bei sieben Kindern sicher auch nicht zu unterschätzen“, spöttelte er, wich geschickt ihrem Schlag aus und war auch schon wieder verschwunden.

Gustav sah ihm lauernd hinterher und stellte die Gläser zurück auf den Tisch. „Hihi“, er rieb sich erneut fröhlich die Hände, „den haben wir gut ausgetrickst.“

Nell stimmte ihm lachend zu. „Er muss ja nicht alles wissen.“

Sie vertiefte sich wieder in den Stammbaum vor sich. „Johann Lange“, las sie leise und ihre Hände begannen zu kribbeln, „geboren am 13.11.1872 im Pfarrhaus.“

Gustavs Blick verklärte sich. Die Vergangenheit schien ihm so viel näher als die Gegenwart. „Das war die Nacht, in der die Sturmflut hier alles niedergemacht hat. Der ganze Darß, Zingst und das Fischland war'n abgesoffen. Sind 'ne Menge Leute gestorben damals." Er nickte gewichtig mit dem Kopf als wäre er selbst dabei gewesen.

„Ja, ich habe darüber gelesen", sagte Nell nachdenklich. Irgendetwas war mit der Flut in Maries Tagebuch, aber es wollte ihr gerade nich einfallen. Dafür fand sie die Eintragungen von Marie bestätigt, dass Johanns Mutter sehr früh gestorben war und deren Mutter, Johanns Oma Hella Saatmann, nur kurze Zeit später durch ein Feuer ebenfalls ums Leben kam. Eine kurze Randnotiz wies darauf hin. Das muss die rothaarige Frau von Maries Zeichnung gewesen sein.

„Bei Johann steht gar kein Sterbedatum."

„Verschollen", nuschelte Gustav. „Ist nicht wieder aufgetaucht."

„Wie verschollen?" Zweifelnd blickte Nell Gustav an.

„Verschollen eben. Gleich zu Kriegsbeginn 1914. Was denkst du, Mädchen, wie viele Männer irgendwo verscharrt liegen, ohne dass auch nur ein Hahn nach ihnen kräht."

Gekräht hat, dachte Nell, doch im nächsten Augenblick fielen ihr all die aktuellen Kriegsschauplätze auf der Welt ein und ihr wurde klar, wie recht Gustav hatte.

So ein trauriges Ende. Sie versuchte, die Gänsehaut auf ihren Armen wegzustreichen.

Marie tauchte in seinem Lebenslauf nicht auf. Stattdessen stand als Ehefrau der Name Bertha, geborene Schulz. 1907 wurde der gemeinsame Sohn Otto geboren. Er war Johanns einziges Kind. Also hatte Marie nicht auf ihn gewartet und in der Zwischenzeit einen anderen geheiratet.

Was, wenn Johann doch nicht tot war, sondern irgendwo anders sein Leben weitergelebt hatte? Weil die andere Frau Marie nicht ersetzen konnte?

Wider besseres Wissen spürte Nell Enttäuschung, als wäre sie von all dem unmittelbar betroffen. In gewisser Weise war sie das ja auch, denn sie fühlte sich Johann, wie auch Marie, so verbunden, als wären sie auch Teil ihres Lebens. Wie viel schöner wäre es gewesen, wenn alles ein gutes Ende genommen hätte. Irritiert über sich selbst, schüttelte sie den Kopf. Sie kannte beide doch lediglich aus den spärlichen Tagebuchaufzeichnungen.

Nur mit Mühe gelang es ihr, sich auf die nächsten Namen zu konzentrieren. Dass Johann und Marie nicht zusammengekommen waren, war schon enttäuschend genug. Aber dann auch noch sein früher Tod, das brachte sie tüchtig aus dem Konzept.

1907 also Otto, und der war der Vater von – Gustav.

„Dann war Johann ja dein Großvater“, stellte sie überrascht fest und blickte mit großen Augen zu Gustav rüber.

Die Zeit, in der Johann gelebt hatte, erschien ihr so nah und zugleich unendlich weit weg, dass diese Möglichkeit für sie gar nicht in Betracht gekommen war. Dabei lag es doch auf der Hand.

„Was denn sonst?“ Gustav war anzusehen, dass er Nells Verwunderung nicht nachvollziehen konnte. In welcher Welt lebte dieses Mädchen? Stand doch da. Alles schwarz auf weiß.

Nell kaute auf ihren Lippen. „Hat Johann dieses Haus gebaut?“, fragte sie dann, obwohl sie glaubte die Antwort bereits zu kennen.

„Mit eigenen Händen. Kaum, dass er wieder zu Hause war“, bestätigte Gustav dann auch wie erwartet. „Nachdem er überall auf der Welt Brücken gebaut hat.“ Stolz schwang in seiner Stimme mit. „Hat sogar an der Meiningenbrücke mitgebaut. Für die Eisenbahn, die von 1910 bis 1946 hierher fuhr.“ Er kicherte. „Hat meinem Vater wohl beizeiten den Brückenfloh ins Gehirn gepflanzt und der später mir.“

Nell betrachtete Gustav unauffällig von der Seite. Nach wie vor fiel es ihr schwer sich vorzustellen, dass dieser kleine Mann einmal an riesigen Brücken mitgearbeitet haben sollte.

„Ich habe zwischen all den alten Büchern bei Lisi das Tagebuch von einer Marie gefunden“, wechselte sie zögerlich das Thema. „Sie und Johann waren anscheinend befreundet. Sie hat geschrieben, dass Johann eigentlich nebenan bauen wollte, da, wo mal das Haus seiner Großmutter stand, also bevor es abbrannte.“ Sie schluckte. „Ich meine da, wo ich jetzt wohne.“

Sie vermied bewusst die Beziehung zwischen Johann und Marie zu erwähnen. Womöglich wusste Gustav davon nichts. Es wäre ihr wie ein Verrat an Marie und Johann vorgekommen. Außerdem spielte das heute ja auch keine Rolle mehr. Für ihn ganz sicher nicht.

Gustav schüttelte verständnislos den Kopf., als wäre das das Dümmste, was wer je gehört hatte. „Das konnte er doch nicht. Das Grundstück war doch verhext."

„Verhext?"

„Das stand wohl nicht in deinen schlauen Büchern?" Wieder kicherte er. „Die alte Saatmann hat da gewohnt, bis man sie mitsamt ihrem Haus angesteckt hat." Er beugte sich wieder vor. „Sie war ein Hexenweib." Er schaute sich unsicher um, als fürchtete er, sie könnte ihm noch heute erscheinen.

„Aber sie war doch Johanns Großmutter."

„Und wenn schon." Gustav zuckte gleichgültig mit den Schultern „Hexe bleibt Hexe."

Nell konnte kaum glauben, was sie da hörte. Was ging nur in Gustavs Kopf vor? Aber ihr brannte etwas ganz anderes unter den Nägeln. „Diese Marie Lembke, die das geschrieben hat, kanntest du die auch?"

Gustav schaute sie verwundert an. „Du etwa nicht?"

„Wie sollte ich?" Doch dann fiel Nell ein, dass sie für Gustav ja Sophia war. Und die konnte Marie vom Alter her durchaus noch gekannt haben.

„War genau so 'n Hexenweib wie die Alte."

„Aber Hella Saatmann war doch die Oma von Johann und nicht von Marie."

Gustav winkte ab. „Wer weiß das schon. War alles total verwildert da drüben", grummelte er, ohne weiter auf Marie einzugehen und streckte Nell dann sein verkniffenes Gesicht entgegen. „Ich sage dir eins, das war ein unheimlicher Ort. Keiner einer hat sich da mehr hingetraut. Bis dieser Verrückte aus Berlin gekommen ist, irgendwann in den zwanziger Jahren, und das schwarze Monstrum gebaut hat." Er zwinkerte Nell listig zu. „Hat ja seine Quittung dafür gekriegt. Alle diese wunderlichen Leute, die da ein- und ausgegangen sind." Er beugte sich noch ein Stück weiter vor und winkte Nell näher zu sich heran. „Hast doch bestimmt auch schon gemerkt, dass da nicht alles mit rechten Dingen zugeht?" Er lehnte sich wieder zurück. „Siehst übrigens aus wie sie."

„Wie wer?"

„Wie wer, wie wer! Na, wie die alte Marie." Er musterte Nell mit schiefgelegtem Kopf. „Nur nicht so runzelig", fügte er kichernd hinzu.

„Nun ja." Hilflos zuckte Nell mit den Schultern. Rote Haare eben.

Gustav gluckste. „Keine Sorge, bleibst trotzdem meine Sophia. Kannst ja nichts dafür."

Nell fühlte sich vollkommen durcheinander. Wenn das noch eine Weile so weiter ginge, würde sie selbst nicht mehr wissen, wer sie war. Sie sollte sich lieber erst mal weiter auf den Stammbaum konzentrieren.

Otto hatte mit Ehefrau Elise also Sohn Gustav, der wiederum mit Ehefrau Martha Sohn Christian hatte und Christian Sohn Markus. Eine Ehefrau war bei Christian nicht eingetragen.

Nell grinste. Der Zeugungsschmerz war für die drei wohl zu groß, als dass es für mehr Kinder gereicht hätte.

„Was ist mit Marcus Mutter?"

„Wer?" Der Alte kniff die Augen zusammen und winkte dann ab. „Gehört hier nicht her."

Nell wartete, ob er noch mehr dazu sagen würde, aber das Thema schien für ihn damit erledigt. Markus' Mutter war für ihn nicht mehr existent.

Sie überflog noch einmal die Namen. Nach Thillmanns sechs Töchtern war kein einziges Mädchen mehr in Langes Stammbaum eingetragen, stellte sie verwundert fest. Es wurden nur noch Söhne geboren. Schon seltsam. Oder hatte Gustav vielleicht auch hier die Töchter weggelassen? Nach dem Motto: Die Söhne sind es, auf die ein Vater stolz ist?

Vorsichtig faltete sie den Bogen zusammen und schob ihn zurück in den Hefter. „Das ist eine tolle Arbeit", lobte sie Gustav. „Ich wünschte, so etwas gäbe es von meiner Familie auch."

Fassungslos sah sie zu, wie er triumphierend einen zweiten Bogen aus dem Hefter herauszog und vor ihrer Nase damit hin und her wedelte.

„Was denn, du hast …"

Es war ihm anzusehen, dass er sich wie ein kleines Kind über ihre Reaktion freute. Er schob das Blatt zu ihr rüber.

Nell wollte danach greifen, zog ihre Hände aber wieder zurück. „Ich glaube, ich brauche vorher doch noch einen Schnaps." Sie schaute Gustav mit großen Augen an.

Was würde sie herausfinden? Was erwartete sie überhaupt?

Gustav rieb sich zufrieden die Hände. „Richtig so, mein Mädchen. Auf einem Bein kann man schließlich nicht stehen", stimmte er ihr freudig zu.

Wie ein Gangsterpärchen, das einen Pakt besiegeln wollte, stießen sie miteinander an. Dann holte Nell tief Luft und faltete den Bogen auseinander.

Sprachlos starrte sie auf die Namen. Also doch.

„Bist du sicher, dass das der richtige ist?“, fragte sie, obwohl ihr die Namen Marie und Sophia förmlich entgegensprangen.

Trotzdem fiel es ihr schwer zu glauben, was sie jetzt schwarz auf weiß bestätigt las.

Im Gegensatz zu den Langes begann dieser Stammbaum erst mit Albert Lembke und seiner Ehefrau Erna. Die beiden hatten gemeinsam vier Jungs. Marie war das erste und einzige Mädchen. Das war sicher nichts Ungewöhnliches. Aber dass Marie erst vier Jahre nach Alberts Tod, ohne Erwähnung eines Vaters, und dann auch noch in derselben Nacht wie Johann geboren wurde, noch dazu ebenfalls im Pfarrhaus, das war eine Überraschung. Beide Kinder wurden in der Sturmflutnacht geboren. Jetzt verstand Nell, was Marie meinte. Die Flutkinder!

Lag da die enge Verbundenheit zwischen den beiden begründet? So, wie bei vielen Zwillingen? Aber letztendlich war dieses Band nicht eng genug, als dass sie die Trennungszeit durchgestanden hätten.

Marie heiratete 1895 Eduard, einen Sohn vom Gärtner Neumann. Sieben Jahre, nachdem Johann weggegangen war.

Obwohl Nell ja inzwischen wusste, dass Marie und Johann nicht mehr zusammengekommen waren, konnte sie das Gefühl von Enttäuschung nicht verdrängen. Wie ein Stachel bohrte es sich in sie.

Warum nur war Johann so lange fortgeblieben? Hatte er Marie etwa nie besucht? Nie geschrieben? Hatte er sie über all die Brücken schlichtweg vergessen? So viele Fragen und keine Antwort.

Maries erster Sohn, Johann, starb, bevor er ein Jahr alt war. Es folgten noch drei Söhne, die alle im Krieg fielen. Es blieb ihr nur eine Tochter, die 1914 geboren worden war. Im selben Jahr, in dem Johann als verschollen gemeldet wurde. Arme Marie. Der Krieg hatte sie ihr alle genommen. Das Mädchen hieß Hella, wie Johanns Großmutter. Marie musste sie wirklich sehr gern gehabt haben

Und dann kam es! 1929 wurde Hella mit nur fünfzehn Jahren Mutter eines Mädchens, das auf den Namen Sophia getauft wurde. Nells Oma.

Hella starb nur wenige Wochen später im Kindbettfieber. Also wuchs Sophia bei Marie auf.

Nell schob Gustav ihr Glas hin. „Einer geht noch!“

„Sag’ ich doch.“ Gustav kam ihrem Wunsch nur zu gern nach.

Noch einmal überflog Nell die Namensliste. Jetzt wusste sie es also genau. Marie war Sophias Oma und damit tatsächlich ihre Ururoma. Genau, wie sie und Sonja schon im Spaß herumgeunkt hatten. All die Ähnlichkeiten waren also kein Zufall. Wie auch die gemeinsame Begabung, Menschen auf so besondere Weise helfen zu können. Nur wie Johanns Oma da reinpasste, das blieb ein Rätsel.

Nach Sophia endeten Gustavs Aufzeichnungen. Tochter Eva Stein und sie selbst schienen für ihn ohne jedes Interesse gewesen zu sein. Für ihn drehte sich alles nur um Sophia.

Gustav rutschte hippelig auf seinem Stuhl hin und her und kicherte. „Hättste nicht gedacht, was? Hast ja immer geglaubt, dich hätte der Esel im Galopp verloren.“

Er meinte immer noch nicht sie, sondern Sophia.

Vergnügt tätschelte er ihr die Hand. „Hast dich doch oft genug darüber ausgelassen, dass du keine Mutter hattest. Hast ja alles von deiner Oma.“

Nell lächelte traurig. Sophia war also ohne Mutter aufgewachsen. Konnte sie ihre eigene Tochter vielleicht deshalb nicht lieben? Sie verzog schmerzlich das Gesicht. Oder war es doch ihre Mutter, die sich, aus welchen Gründen auch immer, von Sophia abgewendet hatte?

Nell nickte unmerklich mit dem Kopf, wie um sich selbst zu bestätigen, was sie gerade entdeckt hatte. Sie war von der Abstammung her also eine Lembke. Die Ururenkelin von Marie. Das erklärte nur zu deutlich, warum ihr deren Schicksal von der ersten Minute an so ans Herz gegangen war. Ein unsichtbares Band.

Allerdings wusste sie jetzt immer noch nicht, was zwischen ihrer Mutter und Oma stand. Aber die Erklärung dafür hatte sie hier auch nicht erwarten können. Die konnte sie nur von ihrer Mutter selbst bekommen. Oder vielleicht aus dem Brief?

Gustav beobachtete sie aufmerksam. Doch plötzlich ging eine Veränderung in ihm vor. Auf einmal starrte er sie an, als hätte er sie zuvor noch nie gesehen.

Erschüttert wich er zurück und begann am ganzen Körper zu zittern. „Wer bist du? Wo ist Sophia?"

Nell legte ganz sachte ihre Hand auf seine. „Ich bin Nell", sagte sie leise und so sanft wie möglich, „ich bin Eva Steins Tochter. Sophias Enkelin."

Gustavs Blick irrte wild hin und her. „Nell? Sophias Enkelin? Aber", hilflos versuchte er seine Gedanken zu sortieren, „wo ist Sophia?"

Nell rückte näher an ihn heran und legte behutsam ihren Arm um ihn. „Sie ist in deinem Herzen." Sie schmiegte ihr Gesicht an seins. „Es ist alles gut."

Sie half ihm aufzustehen, führte ihn behutsam zu seinem Sessel, hockte sich neben ihn und nahm seine Hand.

Gustav hielt sie noch eine Weile fest, murmelte ein paar unverständliche Worte, unter denen Nell den Namen ihrer Oma zu verstehen glaubte und schlief ein.

Nell entzog ihm vorsichtig ihre Hand und erhob sich. Ein Gefühl von Mitleid, aber auch Wärme durchströmte sie, als sie auf den kleinen alten Mann herunter schaute, der in dem mächtigen Sessel so verloren erschien. Am Ende eines langen Lebens blieben ihm nicht mal mehr seine Erinnerungen. Sie verblassten zusehends oder verschwanden ganz und gar. Nur Sophia, die würde er nie vergessen. Sie war seine große Liebe, womöglich seine einzige wahre Liebe, für alle Zeiten.

Aber Sophia war nicht mehr da. Zärtlich streichelte Nell ihm über die Wange. Sie würde immer Sophia für ihn bleiben.

Sie räumte die Flasche und die Gläser weg und verließ leise das Haus. Sie ging gleich durch die geheime Pforte. Sie brauchte ein bisschen Zeit für sich allein, um all das sacken zu lassen, was sich zwar irgendwie angekündigt hatte, aber trotzdem eine Überraschung blieb. Einen Verdacht zu hegen ist etwas ganz anderes als der Wahrheit ins Auge zu sehen.

Ihre Wahrheit war nun die, dass sie endlich wusste, wer sie war. Wer sie war? Nein. Wer ihre Familie war. Sie hatte eine Familie! Und was für eine. Eine Oma, von der sie ihr Aussehen und, nun ja, gewisse Begabungen geerbt hatte, die selbige eben von ihrer Oma übernommen hatte. Jede zweite Generation. Es stimmte also allem Anschein nach tatsächlich.

War es möglich, dass Johanns Oma ihr Wissen um die heilenden Kräfte allein durch Liebe an Marie weiterreichen konnte? Vielleicht. Aber doch nicht das Aussehen? Und warum hatte sie ihre Fähigkeiten nicht an eine der sechs Schwestern von Johann, ihr eigen Fleisch und Blut, übertragen?

Nell fröstelte und rieb sich über die Arme. Sie konnte sich noch so sehr den Kopf zerbrechen, sie würde die Antwort darauf nicht finden. Letztendlich war es ja auch egal. Blut hin, Blut her, sie waren alle miteinander verbunden und das war ein richtig gutes Gefühl.

Und plötzlich wusste sie genau, was sie jetzt zu tun hatte.

Kapitel 28

Liebe Mama!

Nell starrte auf das weiße Blatt vor sich und kaute nachdenklich auf dem Stift. Wann hatte sie diese Worte schon jemals geschrieben? Noch nie, musste sie sich eingestehen. Mehr als gelegentliche Ansichtskarten aus Ferienlagern oder später, als sie längst erwachsen war, von einer ihrer Urlaubsreisen, hatte ihre Mutter nie von ihr bekommen. Ohne persönliche Anrede. Nur ein paar hingeschleuderte Worte. Mehr Pflichterfüllung als ehrliches Mitteilungsbedürfnis.

Wann hatte sie überhaupt das letzte Mal einen Brief geschrieben. So richtig von Hand auf Papier mit Füllfederhalter? Das musste Ewigkeiten her sein.

Als Schulmädchen hatte sie es geliebt Briefe zu schreiben und genauso sehnsüchtig jeden Tag auf den Postboten gewartet, der hoffentlich auch etwas für sie hätte. Sie schrieb sich mit Gleichaltrigen aus der Sowjetunion, der Tschechoslowakei und sogar mit einem Bill aus Bristol in England. Aber irgendwann, ohne dass es ihr richtig bewusst wurde, verloren diese Briefwechsel mehr und mehr an Bedeutung. Andreas aus der Zehnten war plötzlich so viel wichtiger als jeder Brief, woher auch immer er kam. Ihre erste große Liebe veränderte alles.

Nur ihre Urlaubsfreundin aus Meiningen blieb. Viele Jahre reisten lange Briefe hin und her, in denen sie sich über alles austauschten, was junge Mädchen eben bewegte. Sie verrieten sich ihre größten Geheimnisse und teilten ihre Träume miteinander.

Nachdenklich schaute Nell aus dem Fenster. Wann hatte das aufgehört? Wie konnte es geschehen, dass sie sich letztendlich doch aus den Augen verloren hatten? Warum blieb in ihrem Erwachsenenleben kein Platz mehr für den anderen? Aber für diese Fragen war es wohl zu spät.

Auf jeden Fall hatte sie seitdem nie wieder einen Brief geschrieben. An niemanden. Bis heute.

Denn heute würde sie an ihre Mutter schreiben. Sie würde sich alles von der Seele schreiben, haarklein und nichts auslassen.

Sie begann mit ihren kindlichen Erinnerungen an den Besuch bei Theodora Marini, die gar nicht ihre eigenen Erinnerungen waren, erzählte von

Marie und Johann, von Lisi, von Emilia und dem Haus, ihrem Haus, das so verwirrend war und zugleich von Anfang an so tiefe Gefühle in ihr weckte. Sie schrieb von Gustav mit seinen Hühnern und Dackel Karl-Heinz, von Hugo und Marlene. Nur Christian erwähnte sie nicht. Noch nicht. Denn das, was da zwischen ihnen war, erschien ihr noch zu frisch, zu zerbrechlich, als dass sie es den Kommentaren ihrer Mutter aussetzen wollte. Dafür beschrieb sie fast schon überschwänglich, wie wohl sie sich in Prerow fühlte.

Sie hielt einen Moment inne. Bei dem gestörten Verhältnis, das ihre Mutter zu Prerow hatte, würde sie das womöglich verletzen oder abschrecken? Egal, sie musste wissen, dass ihre Tochter hier angekommen war und sich kein anderes Zuhause mehr vorstellen konnte. Vielleicht würde es ihrer Mutter wehtun, aber sie würde es verstehen und nichts anderes wollen, als dass ihre Tochter glücklich war.

Und dann, nach kurzem Zögern, setzte sie noch einen drauf. Sie berichtete ihrer Mutter, dass ihre Oma mit all und jedem hier zusammenhing, schrieb von der verblüffenden Ähnlichkeit zwischen sich und ihr und dass sie sogar deren Fähigkeiten geerbt hatte. Ein bisschen zumindest. Auch, dass sie damit schon verschiedenen Leuten hatte helfen können.

Aber es gab eben noch so vieles, was noch im Dunklen lag, was sie ständig beschäftigte und einfach nicht losließ. Und so bat sie ihre Mutter noch einmal, ihr doch endlich von der Zeit in Prerow zu erzählen, wie es für sie war, hier zu leben, warum sie es nicht ausgehalten hatte und was, um alles in der Welt, Furchtbares geschehen war, geschehen sein musste, dass sie und Oma entzweit hatte.

Bitte Mama, ich muss es wissen. Erzähl' es mir!

Nells Füller raste förmlich über das Papier, als hätte sie Angst, doch noch den Mut zu verlieren, ihrer Mutter das alles zu schreiben. Wann immer sie mit ihr darüber reden wollte, war ihre Mutter ihr ausgewichen oder hatte das Gespräch abrupt abgebrochen. Sie hatte sich schlichtweg geweigert, über Prerow und vor allem über Oma zu reden. Vielleicht konnte Nell sie auf diesem Weg erweichen?

Nachdenklich schaute sie auf das Foto von Lisi und ihrer Oma. Was auch immer geschah, sie würde nicht zulassen, dass es auch zwischen ihr und ihrer Mutter zu einem Bruch käme. Wenn die Erinnerungen ihrer Mutter gar zu schrecklich wären, als dass sie jemals darüber reden wollte, dann würde Nell es akzeptieren. Dieser Brief war definitiv ihr letzter Versuch, ihre Mutter zum Reden zu bewegen.

Geschafft. Jetzt war alles raus, was sie loswerden wollte. Sie las den Brief nicht noch einmal. Sie vertraute ihrem Bauchgefühl, das sie geleitet hatte und wollte sich auf keinen Fall von ihrem Kopf noch umstimmen lassen. Genauso, wie der Brief jetzt hier vor ihr lag, sollte ihre Mutter ihn bekommen.

Nur noch der Schluss.

Deine Nell!

Skeptisch schaute sie auf diese letzte Zeile. Auf einmal hatte sie das Gefühl, dass das nicht genug war. Das Bild ihrer Mutter tauchte vor ihr auf. Sie sah sie lachen und singen, erinnerte sich an ihre liebevollen Umarmungen und tröstenden Worte, wenn mal wieder irgendein Weltschmerz über ihr zusammengebrochen war und das sichere Gefühl, dass sie immer das Wichtigste im Leben ihrer Mutter sein würde.

P.S. Ich habe dich lieb!

Nell lehnte sich lächelnd zurück. Was auch immer ihre Mutter von diesem Brief halten mochte, das sollte sie wissen.

Sie faltete die dicht beschriebenen Blätter sorgfältig zusammen, schob sie in einen großen Umschlag und griff nach dem Brief, von dem sie vermutete, dass ihre Oma ihn an ihre Tochter geschrieben hatte. Sie hatte sich entschieden. Dieser Brief gehörte ihrer Mutter. Auch auf die Gefahr hin, dass die ihr nie erzählen würde, was darin stand, geschweige denn, ihn ihr zeigen würde. Sie hatte nicht das Recht ihn einfach zu lesen oder ihn ihr gar vorzuenthalten.

Zufrieden? Ein letzter fragender Blick zu dem Bild von Lisi und Oma und fast glaubte sie, beide würden ihr zustimmend zunicken. Sie hauchte einen Kuss auf den Brief und steckte ihn mit in den Umschlag, den sie mit extra Klebestreifen versah. Sicher war sicher. In großen Druckbuchstaben schrieb sie die Adresse ihrer Mutter auf die Vorderseite, den Absender deutlich kleiner auf die Rückseite. Noch ausreichend Porto drauf, fertig.

Es war schon fast dunkel, als sie den Brief in den Kasten steckte. Die ersten Sterne begannen zaghaft zu leuchten und es wurde merklich kühler.

Der Sommer hatte sein Zepter für dieses Jahr endgültig an den Herbst übergeben.

„Was denn, sie hat nicht mal geantwortet?" Sonja verzog missbilligend das Gesicht, nachdem Nell ihr alles haarklein berichtet hatte.

Nell schüttelte schwach mit dem Kopf. „Nein", gab sie kleinlaut zu, „wir haben zwar ein paar Mal telefoniert, aber sie hat nichts gesagt. Vielleicht hat sie meinen Brief ja gar nicht bekommen? Mein Stiefvater und sie sind viel auf Reisen." Es war ein schwacher Versuch, sich die Sache schönzureden. Das war ihr klar.

„Wie lange ist das jetzt her?"

Nell musste nicht überlegen. Acht Wochen, drei Tage und siebzehn Stunden. Seit diesem Tag waren sie und Christian ein Paar. Acht wunderschöne Wochen lang.

„Etwa zwei Monate", antwortete sie jedoch nur vage. Das eine hatte mit dem anderen ja nichts zu tun.

Wie erwartet konnte Sonja sich ein Kichern darüber nicht verkneifen. „Genauer weißt du es nicht?" Dann wurde sie wieder ernst. „Und du hast sie nicht einmal danach gefragt?"

„Na ja", Nell wand sich unter ihrem strengen Blick, „weißt du, ich dachte …", hilflos hob sie die Arme.

Eigentlich wusste sie selbst nicht so richtig, was sie dachte. Doch dann straffte sie sich. „Ich hatte mir vorgenommen, mit diesem Brief einen letzten Versuch zu starten, meine Mutter zum Reden zu bringen. Und wenn es nicht klappt, dann soll es eben so sein. Ich kann sie ja nicht zwingen mir zu erzählen, was passiert ist."

Es war Sonja anzusehen, dass sie diese Antwort keineswegs befriedigte. „Worüber redet ihr denn überhaupt?"

Nell lächelte verlegen. Ja, worüber unterhielten sie sich eigentlich? Im Grunde blieb es immer bei Smalltalk. Geht es dir gut? Wie ist das Wetter? Isst du auch genug gesundes Zeug? Nie fragte ihre Mutter sie nach Prerow, nach dem Haus oder gar nach ihrer Arbeit. Dafür kannte sie inzwischen Mutters gesamte Nachbarschaft in Portugal mit Namen, wusste, wer mit wem was anstellte, war über neueste Modetrends informiert und welche

Diät gerade angesagt war. Und trotzdem liebte sie die Gespräche mit ihrer Mutter.

„Na dann“, Sonja zuckte gleichgültig mit den Schultern, „wenn du damit klarkommst. Ich könnte es nicht.“ Doch dann lächelte sie versöhnlich. „Vielleicht interpretieren wir auch viel mehr in die Sache hinein als tatsächlich dahinter steckt. Könnte ja sein, dass deine Mutter von Prerow die Nase voll hatte, dann von deinem Vater und dir zu sehr in Beschlag genommen wurde und einfach keine Zeit für deine Oma hatte, die, wie du mal erzählt hast, ja selber ziemlich eingespannt war.“

Nell erkannte nur zu deutlich, dass Sonja kein Wort von dem glaubte, was sie gerade gesagt hatte. Aber was auch immer sie sich hier zurechtlegen würden, es blieb Spekulation.

„Wer weiß“, sagte sie achselzuckend. „Es ist nun mal, wie es ist und jetzt brauche ich erst mal einen Schluck Sekt. Als Lichtblick sozusagen.“ Sie streckte Sonja ihr Glas entgegen.

„Stimmt. Wenn nichts geht, Sekt geht immer. Ach, übrigens, ich soll dir ganz liebe Grüße von Marlene bestellen. Ich hatte gestern in Ribnitz zu tun und war gleich noch mal bei ihr. Es geht ihr von Tag zu Tag besser.

Aber mal was ganz anderes. Weiß Marlene schon, wann wir sie nach Hause holen können?“

Marlene hatte sich zum Glück schneller erholt als anfangs befürchtet und würde, nach Auskunft der Ärzte, wieder vollkommen gesund werden. Sonja und Nell hatten sie die ganze Zeit über mit allen erdenklichen, aber ausschließlich positiven Neuigkeiten, mit amüsantem Klatsch und Tratsch und eben allem, was gute Laune brachte, versorgt. Es war ihnen tatsächlich gelungen, die trüben Erinnerungen an die Jahre vor Thilos Übergriff, der bei Marlene zum Glück nach wie vor wie ausgelöscht blieb, immer verschwimmen zu lassen und in ihr eine unbändige Freude auf ein neues Leben zu wecken.

„Nach ihrer Entlassung geht's gleich erst mal zur Kur und dann, ach, das weißt du ja noch gar nicht, zieht sie um.“

„Doch nicht weg aus Prerow?“

„Nein. Stell dir vor, als Irmchen Kuntzsch, eine von den alten Frauen, die Marlene früher mal betreut hatte, von der ganzen Geschichte gehört hat, ist sie los und hat dafür gesorgt, dass Marlene in ihre kleine Wohnung einziehen kann. Damit sie nicht dahin zurück muss, wo, na du weißt schon. Sie selbst zieht nämlich nächsten Monat in die Seniorenresidenz nach Zingst. Sie meinte, dass Marlene immer so gut zu ihr war und dass sie ihr unbedingt etwas zurückgeben wollte. Sie hat sich diebisch gefreut, damit Typen wie Thilo mal so richtig den Mittelfinger zu zeigen. Von wegen, ohne die ginge es nicht! Wenn wir Frauen nicht zusammenhalten, hat sie gesagt, wer dann?“ Sonja nickte zufrieden.

Nell schaute die Freundin mit großen Augen an. „So etwas gibt es noch?“ Doch dann wurde ihr bewusst, dass es ihr selbst ja fast genauso gegangen war. „Das ist ja fantastisch. Können wir irgendwie helfen?“

„Ich denke mal, beim Umzug nachher auf jeden Fall. Ich soll dir übrigens noch ausrichten, dass dein Kuchen sehr gut geschmeckt hat.“ Verschmitzt zwinkerte sie der Freundin zu. „Natürlich nicht so gut wie meiner.“

„Das Bessere war schon immer des Guten Tod. Wie sollte ich mich auch mit einer Profibäckerin wie dir messen können.“

„Na ja, dafür ist es mit meinen Kochkünsten nicht so weit her.“

„Ach so? Ist mir noch gar nicht aufgefallen.“

„Ich sage ja nicht, dass ich gar nicht kochen kann. Aber unser Hund ist in Meck-Pomm wohl der Einzige, der niemals am Tisch bettelt.“

Nell lachte laut auf. „Ach, und ich dachte, das liegt an seiner guten Erziehung. Wie bekommt dir der Urlaub überhaupt? Wachst du trotzdem jeden Morgen um sechs auf um dann festzustellen, dass du ja gar nicht backen musst?“

„Die ersten Tage ist das meistens so. Aber inzwischen geht’s. Allerdings träume ich ziemlich oft vom Backen.“

„Haha, das kannst du dir ja als Überstunden anschreiben“, kicherte Nell.

„Zählen Tagträume auch?“

„Hm, vielleicht? Wenn Jonas erst mit einsteigt kannst du das ja versuchen. Er kommt doch? Oder will er als frisch gebackener Konditor erst mal in die weite Welt hinaus?“

„Der? In die weite Welt? Nie und nimmer.“ Sonja rollte mit den Augen. „An Muttis Tisch ist es doch viel zu bequem. Außerdem kommt er in dieser Beziehung sowieso ganz nach seinem Vater. Wenn der zwei Wochen seine Kirchturmspitze nicht sieht, geht er vor Heimweh ein.“

„Arme Sonja.“

Die winkte ab. „Kein Problem. Ich habe mein Fernweh vor Jens ausgelebt. Ich war verrufen als Double-Week-Frau."

„Als was?"

„Double-Week-Frau. Aus einer Woche sind grundsätzlich zwei geworden. Meine geplanten Reisezeiten haben sich grundsätzlich verdoppelt."

„Da hast du ja gut vorgeurlaubt. Aber wenn dich das Reisefieber doch mal wieder überkommen sollte und Jens sich weigert, dann fahren wir zwei eben los. So einfach ist das."

„Darauf trinken wir!"

Kapitel 29

Verträumt schaute Nell aus dem Fenster in den Garten. Eine dünne Schneedecke hatte sich über Nacht pünktlich zum ersten Advent über den Boden und die Sträucher gelegt. Dieses Bild strahlte eine solche Ruhe aus, wie sie glaubte, sie noch nie zuvor gespürt zu haben. Und immer noch tanzten Schneeflocken vom Himmel herab.

Lächelnd beobachtete sie eine Weile das bunte Treiben am Vogelhaus. Spatzen und Meisen flogen ein und aus. Sogar ein Buntspecht hatte sich eingefunden, der scheinbar ungestört an einem Meisenknödel hin und her schaukelte und die Körner herauspickte.

Dass ihr erster Winter in Prerow so zauberhaft begann, war wie ein großes Geschenk. Ein Weihnachtsgeschenk, lange vor Weihnachten.

Nell hatte das ganze Haus geschmückt. Eigentlich mochte sie keine unnützen Staubfänger, hatte nichts für irgendwelche Figürchen oder sonst welchen Krimskrams übrig. Ostern würde man niemals dergleichen bei ihr finden. Aber in der Advents- und Weihnachtszeit wurde diese Regel rigoros ausgesetzt. Kein Raum ohne Tannenzweige, alle mit kleinen bunten Kugeln und Lichtern behangen, Nussknacker, die sich auf den Fensterbrettern aneinanderreihten, Räuchermännchen, die ihren betörenden Duft verbreiteten und Unmengen an Kerzen – all das gehörte für sie einfach dazu.

Christian hatte sogar im Garten überall Lichterketten aufgehängt, so dass es dort am Abend zauberhaft leuchtete und glitzerte.

Sein Vater hatte indes den eigenen Weihnachtsbaum auf dem Dielenfußboden des Wohnzimmers festgenagelt. Auf Nells verwunderten Blick hin hatte er nur lapidar gemeint, dass der sonst umfallen würde. Was für eine praktische Lösung. Nell hatte sich das Lachen kaum verkneifen können.

Mitten auf dem Tisch in ihrer Veranda stand die große erzgebirgische Pyramide, die sie einige Tage zuvor in Rostock in einem Kunstgewerbeladen entdeckt und gekauft hatte. Ihr Leben lang hatte sie sich genauso eine gewünscht, aber in ihrer kleinen Wohnung in Stralsund wäre schlichtweg kein Platz dafür gewesen.

Ihr erstes Weihnachten in Prerow, im eigenen Haus. Mit Christian. Sie konnte es immer noch kaum fassen, wie sehr sich ihr Leben in nicht mal einem Jahr verändert hatte. Wenn ihr das jemand Weihnachten vor einem Jahr prophezeit hätte, den hätte sie ganz sicher für verrückt erklärt. Gewünscht? Auf jeden Fall. Aber für möglich gehalten? Nie im Leben.

Vorsichtig zündete sie die Kerzen der Pyramide an, pustete leicht gegen die Flügel und beobachtete verzückt, wie die vielen kleinen Tierfiguren im Kreis an ihr vorbeitanzten. Dann legte sie eine Weihnachts-CD ein und begann den Frühstückstisch zu decken, wobei sie die Melodien leise mitsummte.

Jemand klingelte an der Haustür und klopfte laut gegen das Flurfenster.

Nell runzelte die Stirn. Wer konnte das so früh an einem Sonntagmorgen sein. Noch dazu derart dringlich. Prüfend schaute sie zur Uhr. Na ja, so früh war es auch nicht mehr. Die letzte Nacht war lang geworden, erst bei Irene und Georg und dann zu Hause. Sie glaubte, Christians Berührungen jetzt noch auf ihrem Körper zu spüren.

Wieder klingelte es und das Klopfen wurde noch energischer.

„Ich komme ja schon.“ Nell ging durch den Flur und warf dabei einen schnellen Blick in den Spiegel, der sie ermahnte, wenigstens ihren Morgenmantel zu schließen.

Sie öffnete die Tür und blickte ungläubig auf die Frau, die im wertvollen Pelzmantel vor ihr stand, ehe sie begriff.

„Mama!“

Wie erstarrt war sie für einen winzigen Moment unfähig zu reagieren, bevor sie ihrer Mutter stürmisch um den Hals fiel.

„Ich glaube es nicht, du bist da! Du bist wirklich gekommen!“ Sie lachte und weinte gleichzeitig.

„Ich glaube es selber noch nicht“, murmelte Eva Stein. Sie schien sich ihrer Entscheidung plötzlich gar nicht mehr so sicher zu sein.

Sie hatte sich einmal geschworen, nie wieder nach Prerow zurückzukehren, geschweige denn, jemals wieder einen Fuß über diese Schwelle zu setzen. Aber da konnte sie ja auch nicht ahnen, dass ihr das Schicksal einen solchen Streich spielen würde und ihr letztendlich keine andere Wahl ließ. Ob das gut oder schlecht war, würde sich erst noch zeigen.

Natürlich freute sie sich auch, ihre Tochter wiederzusehen, aber dass sie nahe dran war, selber in Tränen auszubrechen, passte ihr gar nicht.

„Denkst du nicht, wir sollten besser reingehen? Es ist verdammt kalt." Sie befreite sich aus der Umarmung und schlang mit strafendem Blick ihren Mantel enger um sich.

„Ja, natürlich, natürlich" Nell zog sie in den Flur hinein. „Ich freue mich nur so", schluchzte sie und wischte sich mit dem Handrücken über das nasse Gesicht. „Warum hast du nicht angerufen. Stell dir vor, ich wäre nicht zu Hause gewesen."

„Aber du bist zu Hause. Willst du mir nicht den Mantel abnehmen?"

„Doch, doch, natürlich. Komm weiter, im Wohnzimmer ist es schön warm. Willst du Kaffee? Oder lieber Tee? Hast du gefrühstückt? Wo kommst du überhaupt her? Wo ist Fritz? Ihr hättet doch hier …"

Eva Stein unterbrach Nells aufgewühlten Redeschwall und schaute sie missbilligend an. „Wie siehst du überhaupt aus? Bist du jetzt erst aufgestanden?"

Nell lachte verlegen. „Na ja, es war recht spät gestern Abend."

„Ach so." Dafür hatte Eva Stein allerdings volles Verständnis. Skeptisch ließ sie ihren Blick durch den immer noch recht dunklen Flur schweifen. Genauso hatte sie ihn in Erinnerung. Düster und unheimlich.

„So habe ich auch geguckt, als ich das erste Mal hier reinkam", sagte Nell, die dem Blick ihrer Mutter gefolgt war. „Am liebsten hätte ich sofort angefangen auszuräumen und zu renovieren", sie schaute ihre Mutter um Verständnis heischend an, „aber ich konnte doch nicht beigehen und alles rausreißen, solange Emilia noch lebte? Es war doch auch ihr Zuhause." Sie kaute verlegen auf ihren Lippen. „Inzwischen habe ich so vieles hier lieb gewonnen, dass ich mich nicht mehr davon trennen mag."

Sie wünschte sich so sehr, dass ihre Mutter sie verstehen würde, dass sie das Haus mit dem Abstand der vielen Jahre vielleicht sogar mit ihren, Nells, Augen sehen könnte.

Eva Stein nickte zurückhaltend. Genau das hatte sie aus Nells Brief herausgelesen. All das, was sie selbst so gehasst hatte, löste bei Nell gegenteilige Gefühle aus. Ihre Tochter sah nicht nur aus wie ihre Großmutter, sie war und empfand wie sie. Ihre Mutter lebt in ihrer Tochter weiter, und sie wusste einfach nicht, ob sie darüber erschüttert oder froh sein sollte.

Ihr Spiegelbild munterte sie sofort wieder auf. Nicht schlecht für eine Zweiundsiebzigjährige. Zufrieden mit sich folgte sie Nell durch das kleine Wohnzimmer in die Veranda, wo sie überrascht stehen blieb.

„Gemütlich hast du es hier und so schön hell."

Ihr Blick fiel auf den Sessel ihrer Mutter und einen kurzen Moment lang glaubte sie, sie darin sitzen zu sehen. Doch genauso schnell war das Bild wieder verschwunden. Nell hatte tatsächlich den schönsten Platz für den Sessel ihrer Oma ausgesucht.

Zu ihrer Zeit gab es keinen so freundlichen Raum wie diesen. Damals war das ganze Haus ein einziger dunkler Ort. Oder war ihr das nur so vorgekommen? Unauffällig betrachtete sie ihre Tochter von der Seite. Konnte es sein, dass sie es war, die den Raum zum Leuchten brachte?

„Um auf deine Frage zurückzukommen, eine Tasse Kaffee wäre mir recht", versuchte sie, ihre Irritation zu überspielen. Sie war einfach nicht, oder noch nicht, bereit, auch nur irgendetwas an diesem Haus gut zu finden.

Nell stand wie ein Schulmädchen neben ihr, knetet die Hände und nickte verlegen. Hatte sie sich das Wiedersehen mit ihrer Mutter so vorgestellt? Warum nur fühlte sie sich so verunsichert? Sie hatten sich doch immer gut verstanden, auch wenn sie in den letzten Jahren häufiger unterschiedlicher Meinung waren. Aber wo gab es das nicht. Allerdings ging es jetzt und hier um mehr als nur um sie beide.

Das Herz klopfte ihr bis zum Hals. Wenn sie nur nicht so aufgeregt wäre.

„Kaffee? Klar, sollst du haben. Kommt sofort." Erleichtert atmete sie auf.

Etwas tun zu können und damit das Gespräch noch ein Weilchen hinauszuschieben, verschaffte ihr Zeit, ihren Puls wieder auf normal zu bringen.

„Setz dich doch schon mal", bat sie ihre Mutter und verschwand in der Küche.

Es war so lange her, dass sie einen Kaffee zusammen getrunken hatten. Es war sowieso viel zu lange her, dass sie sich überhaupt gesehen hatten. Zwei Jahre? Oder waren es schon drei? Seit ihre Mutter mit Fritz in Portugal lebte und darüber hinaus mit ihm die ganze Welt bereiste, blieb kaum Zeit für einen Besuch bei der Tochter. Als Nell das einmal beanstandet hatte, war der einzige Kommentar ihrer Mutter, dass die Tür wohl zu beiden Seiten aufginge. Schuldbewusst musste Nell sich eingestehen, dass sie es in all den Jahren nur ein einziges Mal geschafft hatte, nach Portugal zu reisen. Damals, um das neue Haus zu bewundern.

Kaffee, sie wollte Kaffee machen. Ob ihre Mutter ihren immer noch so gern mit Schlagsahne trank?

Sie streckte den Kopf durch die Tür. „Mit Sahnehäubchen?"

Eva Stein hob anerkennend die Augenbrauen. Dass Nell sich daran noch erinnerte.

„Es darf gern eine richtige Haube sein. Und wenn du noch einen Schluck Rum hättest?"

Wenig später saßen sie sich gegenüber und nippten an ihren Tassen.

„Mm, das schmeckt köstlich."

„Die alten Pharisäer wussten schon, was gut ist." Genüsslich leckte Eva Stein die Sahne von den Lippen. „Fritz wollte lieber im Hotel übernachten. Du kennst ihn ja", sie machte eine Handbewegung, als läge diese Entscheidung allein bei ihm. „Er lässt dich grüßen. Er meinte, wir hätten uns sicher erst einmal beide allein genug zu erzählen."

Nell nickte lächelnd. Der Gute. Er hatte immer Verständnis für andere und war der absolute Ruhepol an der Seite ihrer doch oft etwas chaotischen Mutter. Sie mochte ihn sehr.

„Das ist lieb von ihm." Sie zögerte einen Moment. „Hast du meinen Brief bekommen?", fragte sie dann leise und schaute dabei in ihre Kaffeetasse.

Die Frage war sicher überflüssig, denn warum sonst sollte ihre Mutter hier sein? Sie hatte schließlich nie einen Hehl daraus gemacht, nicht wieder nach Prerow kommen zu wollen. Nicht einmal, seit sie wusste, dass ihre einzige Tochter nun hier lebte. Und doch wagte Nell immer noch nicht daran zu glauben, dass sie heute endlich erfahren würde, was sie schon so lange beschäftigte.

Ihre Mutter schaute mit undurchdringlicher Miene zur Seite.

Enttäuscht kniff Nell die Lippen zusammen. Ihre Mutter wollte nicht reden. Es war lediglich ein Anstandsbesuch.

„Ja, das habe ich", hörte sie sie plötzlich leise sagen.

„Und?" Nell traute sich kaum zu atmen.

Eva Stein schloss einen Moment die Augen, lehnte ihren Kopf nach hinten und atmetet hörbar laut aus.

Sie musste endlich über ihren Schatten springen. Wenn das nur nicht so ungemein schwer wäre.

Der Brief ihrer Mutter hatte sie zutiefst erschüttert und beschämt. Wie hatte sie nur glauben können, ihre Mutter hätte sie nicht geliebt? Bis zu ihrem Tod hatte sie darauf gewartet, dass ihre Tochter zurückkäme. Vergebens. Ihr verfluchter Stolz. Wie konnte sie nur so anmaßend und engstirnig sein, ihrer Mutter das Leben, das sie führen wollte, nicht zu gönnen. Mehr noch, sie dafür zu verachten, statt zu ihr zu halten. Aber sie konnte das Rad nicht zurückdrehen. Sie konnte es künftig nur besser machen. Wenn sie sich Nell gegenüber aber weiterhin so starrsinnig verhielt, würde sich die ganze Geschichte womöglich wiederholen und sie unwiederbringlich bis zu ihrem Tod verfolgen. Sie war doch hergekommen, um reinen Tisch zu machen, um ihrer Tochter alles zu erzählen. Also Schluss mit dem Rumgeeiere.

„Du hast einen sehr schönen Brief geschrieben. Das konntest du schon immer so viel besser als ich", presste sie, immer noch etwas widerwillig, hervor.

Verflucht noch mal, es fiel ihr doch sonst nie schwer einfach zu sagen, was sie dachte. Entschlossen öffnete sie ihre Handtasche, holte einen Umschlag heraus und legte ihn vor sich auf den Tisch.

Nell erkannte den Brief ihrer Oma.

„Es tut mir leid, dass ich dir nicht geantwortet habe", fuhr Eva Stein plötzlich in ungewohnt sanftem Ton fort. „Aber du weißt ja, dass ich es nicht so mit dem Schreiben habe. Und am Telefon wollte ich nicht darüber sprechen. Das verstehst du doch sicher."

Nell nickte wortlos und wartete.

„Weißt du, Fritz und ich, wir waren in den letzten Wochen sehr viel unterwegs."

Die Worte klangen fast wie eine Entschuldigung aus dem Mund ihrer Mutter, dachte Nell erstaunt. War das ihre Mutter, wie sie sie kannte? Die Frau, die immer Recht hatte, alles besser wusste und nie mit ihrer Meinung hinterm Berg hielt, egal ob andere sie hören wollten oder nicht oder ob sie sie gar verletzte. Dass sie es, zumindest was Nell betraf, immer gut meinte, stand außer Frage, auch wenn gut gemeint weiß Gott nicht immer gut gemacht bedeutete. Aber Liebe war Grund genug über vieles hinwegzusehen.

Eva Stein schwenkte ihre leere Tasse. „Kann ich noch einen bekommen? Oder nein, besser noch, hast du vielleicht etwas Erfrischenderes?“

„Sekt?“

Eva Stein lehnte sich zufrieden zurück. „Ja, an genauso etwas habe ich gedacht.“

Nell grinste. Da war sie wieder, ihre Mutter, wie sie sie kannte.

Sie ließen die Gläser klingend aneinanderstoßen. Dann schob ihre Mutter den Brief rüber. „Du möchtest ihn doch sicher lesen.“

Nell nickte. „Aber willst du mir nicht lieber vorher von dir und Oma erzählen?“

„Will ich das?“, erwiderte ihre Mutter in einem letzten Anflug von Trotz, ehe sie sich dann doch darauf besann, dass sie genau deswegen hier war. „Ja, das sollte ich wohl Wo fange ich am besten an?“

Nell setzte sich kerzengerade auf und schaute ihre Mutter erwartungsvoll an.

Die blickte nachdenklich aus dem Fenster, als könnte sie dort die Bilder der Vergangenheit finden.

„Du kannst dir nicht vorstellen, wie es ist, wenn sie dir als kleines Mädchen *Bastard* hinterherrufen, dich Sprüche, wie *deine Mutter ist eine Hexe, eine Hexe, eine Hexe* bis in die Träume verfolgen und die Erwachsenen hinter deinem Rücken tuscheln und ihre Kinder von dir fernhalten“, begann sie schließlich zu sprechen. „Deine Oma war eine auffällige Frau, schon allein durch ihre roten Locken.“ Ihr Blick streifte Nells Haar. „Sie hatte übrigens die gleiche weiße Strähne“, fügte sie überrascht hinzu, als würde sie die zum ersten Mal sehen. „Sie war auch sonst nicht wie andere Mütter. Ich glaube, sie war schon ein bisschen verrückt. Alle anderen Frauen trugen ganz brav graue oder braune Kleider, aber deine Oma lief in kunterbunten Klamotten rum und behängte sich mit auffälligen Ketten. Du hättest sie mal sehen sollen. Vor allem aber tat sie wunderliche Dinge, die ich nicht verstand. Und alle anderen wohl auch nicht. Trotzdem liebte ich sie. Und sie mich.“

Eva Stein machte eine fahrige Handbewegung, als wollte sie diese Erinnerungen wegwischen. Zu viel Gefühlsduselei für sie.

„Bis zu dem Tag, als sie mich das erste Mal mit in dieses Haus nahm“, ihre Stimme klang nun dunkler. „Ich erinnere mich noch wie heute. Ich hatte dieses verhasste Kleid an. Blau mit roten Punkten. Oder waren es Vierecke?“ Zwischen ihren Augen bildetet sich eine tiefe Falte. „Ich weiß noch, dass dieser finstere Flur und die alte Frau mir wahnsinnige Angst machten.“

„Theodora Marini?“

„Mag sein, dass sie so hieß. Eine gruselige Person. Aber deine Oma war sofort von allem, was mit diesem Haus zusammenhing, fasziniert. Immer öfter musste ich mit ihr da hin.“ Eva Stein schüttelte sich, als graule es sie noch heute. „Und dann diese merkwürdigen Leute.“ Hilflos hob sie die Arme, weil sie anscheinend nicht wusste, wie sie es erklären sollte. „Ich glaube heute noch, die waren alle nicht von dieser Welt. Deine Oma hat mir damals erzählt, dass sie alle nur Gutes wollten, dass sie Heiler wären und kranke Menschen gesund machen könnten. Aber was verstand ich als Kind schon davon? Ich fand sie einfach nur unheimlich.“

Eva Stein griff nach ihrem Sektglas, trank es in einem Zug aus und hielt es Nell hin, damit sie nachschenken konnte.

„Eines Tages machte uns eine andere Frau die Tür auf, die ich vorher noch nie gesehen hatte.“ Sie stockte, doch dann lächelte sie gequält. „Wie die sich angesehen haben. Das werde ich mein Leben lang nicht vergessen. Natürlich wusste ich da noch nicht, was das bedeutete. Dafür sorgten meine Mitschüler in aller Gründlichkeit, die das bei ihren Eltern aufgeschnappt hatten. Logisch, dass ich dann glaubte, dass meine Mutter Lisi viel lieber hatte als mich. Lisi hatte mir meine Mama weggenommen.“

Nell hob überrascht die Augenbrauen. Was denn, selbst ihre Mutter hatte so einen Unfug geglaubt?

„Je älter ich wurde, umso schwerer kam ich damit klar“, fuhr ihre Mutter fort. „Nicht genug, eine Hexe zur Mutter zu haben, auch noch eine, die eine Frau liebte. Unvorstellbar zu der damaligen Zeit. Und unvorstellbar für mich. Wir stritten uns immer öfter, bis wir irgendwann überhaupt nicht mehr miteinander sprachen. Mit sechzehn bin ich abgehauen und nicht mehr zurückgekommen. Den Rest kennst du.“ Ihr Gesicht verschloss sich zu einer undurchschaubaren Maske.

„Du hast Oma nie wieder besucht, nur, weil sie mit einer Frau lebte?“ Nell schaute ihre Mutter fassungslos an. „Sie war deine Mutter!“

Die starrte eine Weile stumm vor sich hin. So viele Jahre hatte sie erfolgreich jeden Gedanken an ihre Mutter verdrängt und gemeint, das alles hinter sich gelassen zu haben. Sie hatte weder sich selbst noch sonst jemandem erlaubt, daran zu rühren. Nicht einmal ihrer eigenen Tochter. Vielleicht hätte sie das dabei belassen sollen. Wenn dieser Brief nicht wäre.

„Vielleicht war ich stur und verbohrt“, schränkte sie zerknirscht ein, „aber hätte deine Oma richtig mit mir darüber gesprochen, wäre vielleicht alles anders gekommen“, versuchte sie sich dennoch halbherzig zu rechtfertigen.

„Aber Papa, hat er nicht …“

„Dein Vater wusste von nichts.“ Ihre Mutter holte tief Luft, als wollte sie Anlauf nehmen für das, was sie jetzt sagen würde. „Dann hörte ich, dass deine Oma gestorben war. Von da ab war sowieso alles egal.“

Nell sah ihrer Mutter an, dass dem absolut nicht so war. Spätestens da musste sie begriffen haben, welchen Fehler sie begangen hatte.

„Das war das letzte Mal, dass ich in Prerow war“, fuhr ihre Mutter fort. „Ich habe den Sessel geholt. Nichts weiter. Nur ihren Lieblingssessel.“

„Du hast nicht mit Lisi gesprochen?“

Ihre Mutter schüttelte den Kopf. „Ich wusste nicht, wozu das noch gut sein sollte.“

Nell rümpfte missbilligend die Nase.

„Vielleicht war ich auch einfach zu feige“, gab ihre Mutter widerwillig zu. „Aber glaube mir, ich habe das ein Leben lang mit mir herumgetragen.“

„Was du allerdings sehr gut zu verbergen wusstest“, konterte Nell erbarmungslos. „Warum hast du nie mit mir darüber gesprochen?“

„Du warst ihr viel zu ähnlich. Jedes Mal, wenn ich dich ansah, sah ich sie.“

Nell wollte gerade etwas erwidern, als sich die Tür zum Wohnzimmer öffnete und Christian, nur mit einem Handtuch um die Hüfte, hereinkam.

„Mm, es duftet nach Kaffee…, oh, tut mir leid, ich wusste nicht das du Besuch hast.“ Er fuhr sich durch das nasse Haar und grinste Nells Mutter jungenhaft an. „Hallo schöne Frau.“

Die ließ ihren Blick überrascht, aber ohne jede Hemmung bewundernd über seinen Körper gleiten und fand augenblicklich zu ihrer alten Form zurück.

„Unverkennbar hast du wenigstens etwas von mir“, sagte sie, an Nell gewandte, mit unüberhörbarer Genugtuung.

Ehe Nell etwas sagen konnte, deutete Christian eine leichte Verbeugung an. „Ich sollte mir vielleicht besser etwas anziehen. Wenn die Damen mich entschuldigen würden?“

Nell schaute ihm verzaubert hinterher, als sie sich bewusst wurde, dass ihre Mutter sie aufmerksam taxierte.

„Was meintest du? Ach so, ja, das habe ich wohl von dir“, bestätigte sie dann ein wenig verlegen.

„Eine richtige Sahneschnitte.“ Ihre Mutter nickte anerkennend mit dem Kopf und fuhr sich bezeichnend mit der Zunge über die Lippen.

„Mama!“

„Na, na, nun tu mal nicht so etepetete. Ich sehe doch, wie du ihn mit den Augen verschlingst.“

Nell grinste versöhnlich. Wo ihre Mutter recht hatte, hatte sie recht. Wenn sie nur nicht immer so direkt wäre.

„Du hast ihn gar nich erwähnt.“ Ein leiser Vorwurf schwang in der Stimme ihrer Mutter mit.

„Na ja, es war noch ganz frisch, als ich den Brief geschrieben habe, aber …“, Nell wusste nicht so richtig, wie sie es sagen sollte.

„Aber?“

„Ich habe mich noch nicht getraut.“

„Du hast deinem Glück noch nicht getraut“, verbesserte ihre Mutter sie.

Nell sah sie überrascht an. Sie hätte es selbst nicht treffender ausdrücken können. So viel Einfühlungsvermögen hätte sie von ihr gar nicht erwartet. Stimmt, sie hatte Angst, ihr Traum von Liebe könnte gleich wieder zerbrechen, wenn sie ihn zu sehr herausforderte.

„Mir ging es bei deinem Vater genauso“, sagte ihre Mutter wie nebenbei in sachlichem Ton, als läse sie einen Einkaufzettel vor und hantierte mit ihrer Tasche herum ohne Nell dabei anzusehen.

Nell nahm die Hände ihrer Mutter. Sie spürte, wie sehr sich ihre Mutter immer wieder dagegen sträubte, ihre wahren Gefühle zu zeigen. Nicht einmal ihr gegenüber war sie dazu bereit. Wie oft hatte sie darunter gelitten. Seit dem Tod des Vaters hatte ihre Mutter niemanden mehr so ganz in ihr Inneres gucken lassen. Selbst Fritz bekam nur die Eva Stein zu sehen, die er sehen sollte. Nell hatte sich oft genug darüber gewundert, dass ihm das genug war. Er hätte sehr viel mehr verdient.

Auf einmal, als hätte sie Nells Gedanken gelesen, schaute ihre Mutter hoch und schenkte ihr ein warmes Lächeln. Ein Lächeln, wie Nell es aus frühen Kindheitstagen kannte.

Es war, als hätte jemand einen Schalter umgelegt.

„Als er dann starb“, die Stimme ihrer Mutter klang plötzlich weich und verletzlich, „dachte ich, es würde nie wieder so werden. Aber es gibt mehr als eine Liebe im Leben. Man muss nur bereit dafür sein.“ Sie streichelte Nells Hand. „Also halte ihn fest.“ Dann schob sie Nell den Brief ihrer Oma rüber. „Möchtest du ihn nun lesen?“

Nell schaute auf ihre Hände. Sollte die Kraft ihrer Hände sogar bei ihrer Mutter wirken? Oder was war das eben?

Sie schob den Brief zurück. „Ich denke, ich weiß, was drin steht“, sagte sie leise. „Sie hat dich geliebt, nicht wahr? Bis zum Schluss. Mehr als jeden anderen Menschen auf der Welt. Und sie hat die Hoffnung nie aufgegeben, dass du zurückkommen würdest. Aber wie auch immer, sie hat in all den Jahren ihre schützenden Hände über dich gehalten. Und du weißt, dass sie das konnte.“

Ihre Mutter verzog das Gesicht. „Ja, ja. So, wie du heute.“ Wirklich überzeugt klang sie nicht.

Nell konnte sich ein Grinsen nicht verkneifen. Die rührselige Phase ihrer Mutter war schnell wieder vorbei. Fast war Nell froh darüber. Sie hatte sich im Laufe der Jahre so daran gewöhnt, dass sie damit besser umgehen konnte als mit einer plötzlich über alle Maßen gefühlvollen Mutter.

Ihre Mutter zog den Brief aus dem Umschlag und reichte ihn Nell. „Du solltest ihn dennoch lesen. Er ist auch an dich gerichtet.“

„Wie, an mich? Oma konnte doch gar nicht wissen, dass es mich geben würde. Sie ist zwei Jahre vor meiner Geburt gestorben.“

Ihre Mutter zuckte mit den Schultern. „Du solltest am besten wissen, dass es Dinge zwischen Himmel und Erde gibt, die nicht zu erklären sind. Warum auch immer, sie wusste es.“

Also doch. Nell spürte ein Kribbeln auf der Haut und zum x-ten Mal hatte sie das Gefühl, dass ihre Oma gerade ganz in der Nähe war und sie beobachtete. Spinnerei oder nicht. Ihre Mutter hatte recht, auch wenn sie es wahrscheinlich gar nicht so meinte. Warum sollte es nicht so sein können.

„Ob es mir passt oder nicht“, sagte ihre Mutter in leicht spöttischem Ton, „von ihr hast du alle deine guten Eigenschaften und Fähigkeiten.“ Sie runzelte die Stirn. „Na, die eine oder andere hast du sicher auch von mir“, schränkte sie dann doch ein. Nur keinen Heiligenschein für ihre Mutter. Das ginge dann doch ein bisschen weit. „Aber ich bin froh darüber. Ich bin stolz auf dich und das, was du tust.“

Oha, das war ihrer Mutter bestimmt nicht leichtgefallen, dachte Nell amüsiert.

„Zeig' schon her.“ Sie nahm den Brief und überflog die Zeilen. Wie schon vermutet war er die Liebeserklärung einer verlassenen Mutter an ihre Tochter. Nell schluckte. Wie traurig und einsam musste Oma sich gefühlt haben. Doch dann las sie ihren eigenen Namen. Nicht etwa nur ein Gruß an eine eventuelle Enkeltochter. Nein, da stand tatsächlich ihr Name. Das konnte doch nicht wahr sein. So etwas gab es nicht. Die Kraft der Hände, sich in andere Menschen einzufühlen und ihnen so helfen zu können, all das war möglich, aber so etwas doch nicht.

Ungläubig schaute sie ihre Mutter an, die sich zufrieden amüsiert zurücklehnte. Allem Anschein nach gefiel es ihr, ihre Tochter derart verblüfft zu sehen.

Nell schüttelte den Kopf. „Ist das wirklich Omas Brief?“, fragte sie und maß ihre Mutter mit strengem Blick.

„Ja, das ist er. Im ersten Augenblick habe ich auch an meinem Verstand gezweifelt, aber dann fiel es mir wieder ein. Zu meinem vierten oder fünften Geburtstag hat deine Oma mir eine Puppe geschenkt. Ich weiß bis heute nicht, wo sie das Geld dafür her hatte. Ich habe diese Puppe abgöttisch geliebt. Und was denkst du, wie sie hieß?"

„Dann meinte Oma also deine Puppe?" Nell kniff angestrengt die Augen zusammen. „Oder", nachdenklich legte sie den Finger auf ihre Lippen, „sie wusste, dass du, wenn du je eine Tochter bekämst, sie Nell nennen würdest."

Wieder das spöttische Funkeln in den Augen ihrer Mutter. „Wer weiß."

Das Ganze bereitete ihr sichtliches Vergnügen.

„Aber jetzt erzähl' mal, wer ist der junge Mann? Muss ich ihn mir merken?"

„Hat er Geld? Ist er ein Doktor?", imitierte Nell höhnisch die Stimme ihrer Mutter.

„Das habe ich nicht gefragt", antwortete die, schaute sie aber im nächsten Moment verschmitzt an. „Und? Hat er Geld? Ist er ein Doktor?"

Beide lachten. Nell konnte sich nicht erinnern, wann sie das letzte Mal so entspannt miteinander umgegangen waren. Am liebsten hätte sie ihre Mutter noch einmal umarmt. Aber sie wusste nur zu gut, dass die es mit allzu viel Nähe nicht so hatte.

„Er heißt Christian Lange und ist mein Nachbar und Gärtner. Und ja, merk' ihn dir."

Nells Mutter schaute in den Garten hinaus. „Eine gute Entscheidung, würde ich sagen. Wo steckt er überhaupt. So lange kann er doch wohl nicht brauchen, um sich etwas anzuziehen."

„Er ist bestimmt nach seinem Vater gucken. Der kommt nicht mehr so gut alleine klar."

„Aha. Ich lass dich dann mal wieder allein. Du kommst heute Abend ins Hotel zum Essen." Eva Stein erhob sich. „Soll ich dir von Fritz ausrichten. Und keine Widerrede. Er freut sich auf dich." Sie ging vor Nell zur Tür. „Natürlich bringst du deinen Gärtner mit."

Nell half ihr in den opulenten Pelz. Nie im Leben würde sie selbst so etwas tragen.

„Wie lange bleibt ihr?", fragte sie, während sie die Tür öffnete. „Wir sehen uns doch sicher noch öfter."

„Nur zwei Tage", ihre Mutter winkte ab. „Übermorgen steigen wir auf die AIDA auf. Fritz wollte schon immer mal die Nordlichter sehen." Sie schüttelte sich, als würde sie jetzt schon frieren. „Er hat seine Leidenschaft für Kreuzfahrten entdeckt." Sorgfältig ordnete sie ihr Haar vorm Spiegel. „Nun ja, ich irgendwie auch. Man kommt überall hin ohne dieses lästige Koffer einpacken, Koffer auspacken. Und der Service an Bord! Einfach göttlich." Sie breitete entzückt die Arme aus. „Das Neueste weißt du ja noch gar nicht. Wir haben das Haus in Portugal verkauft und kommen nach Deutschland zurück. Und was läge näher, als künftig in Rostock zu wohnen."

Nell riss vor Überraschung die Augen weit auf. „Ihr zieht nach Rostock! Das ist ja fantastisch. Ach Mama, du glaubst gar nicht, wie ich mich darüber freue." Jetzt umarmte sie ihre Mutter doch noch einmal.

„Dann ist es ja gut." Mehr Worte bedurfte es nicht.

Nell schaute ihrer Mutter hinterher, wie sie ihre Spuren auf der frischen Schneedecke hinterließ. Kurz war sie versucht, ihrer Mutter hinterherzulaufen und sie noch einmal zu drücken. Doch dann schloss sie lächelnd die Tür. Für den Augenblick hatten sie sich alles gesagt.

Kapitel 30

„Ich denke, wir sind so weit gut auf die neue Saison vorbereit.“ Herbert Pasler schaute von einem Gemeindevertreter zum nächsten und ließ dann halbherzig seinen Blick durch das Publikum schweifen. „Oder ist einer anderer Meinung?“

Das war weniger eine Frage als die Feststellung, dass dieses Thema damit für ihn abgeschlossen war.

Demonstrativ übersah er einzelne erhobene Hände und wechselte zum nächsten Punkt auf seiner Liste.

„Als letztes geht es noch einmal um den Thillmann-Lange-Weg und die Ausstellung im Museum. Joseffa, Sie können dazu sicher Fragen beantworten, falls es welche gibt.“

Er nickte der jungen Frau zu, die diese Aufgabe nach Thilo Wormanns Ausschluss aus dem Gemeinderat übernommen, beziehungsweise aufgedrückt bekommen hatte, weil niemand sonst dazu bereit war.

Die lief vor Aufregung dunkelrot an und schob unbeholfen ihre Unterlagen hin und her.

Sonja stieß Nell grinsend den Ellenbogen in die Seite. „Jetzt weiß ich endlich, was du an Christian so toll findest. Sei ehrlich, eigentlich stehst du doch auf Thillmann Lange“, spöttelte sie ihr ins Ohr.

„Lass ihn das nur nicht hören“, Nell schielte zu Christian rüber, der sich sichtlich unwohl in seiner Haut fühlte. „Er will mit diesem ganzen Theater, wie er sagt, nichts zu tun haben.“

Joseffa zog das Mikrophon ein Stück näher zu sicher heran und begann zaghaft zu sprechen.

„Lauter“, brüllte sofort jemand aus der hintersten Reihe.

Erschrocken zuckte sie zusammen, lächelte kläglich und begann noch einmal von vorn, wobei sie mühsam versuchte, ihrer Stimme mehr Kraft zu verleihen.

„Mein Gott“, wisperte Sonja, „waren wir auch so verhuscht, als wir jung waren?“

Nell kicherte leise. „Du ganz sicher nicht.“

Sonja stieß ihr erneut den Ellenbogen in die Seite und sah dann ungeduldig auf ihre Uhr.

„Oh Mann, schon zwei Stunden. Ich hatte gedacht, es würde wenigstens mal was Neues geben“, flüsterte sie ungehalten. „So langsam könnten sie fertig werden.“

Christian schien es genauso zu gehen. Er wechselte frustrierte Blicke mit Georg, während seine Finger leise auf die Tischplatte klopften.

Nell wusste, dass er bis zum Schluss versucht hatte Herbert Pasler umzustimmen. Es hatte andere, viel verdienstvollere Kapitäne in Prerow gegeben, wenn es denn schon unbedingt um die Seefahrt gehen sollte. Christian hatte ihm vorgeschlagen, stattdessen Johann Niemann zu ehren, ebenfalls Kapitän zur See und Gründungsvater der Seenotrettung. Oder Herrmann Scharmberg, der 1878 nachweislich den Grundstein für den Tourismus in Prerow gelegt hatte. Herbert Pasler fand beide Ideen großartig, aber nicht in diesem Jahr.

„Guck dir unsere Männer an“, flüsterte Nell Irene zu, die rechts von ihr saß, „die freuen sich darauf, endlich ihr erstes Bier zu trinken.“

„Pst“, zischte jemand hinter ihnen.

Joseffa berichtete, dass die Beschilderung für den neuen Weg bestellt und im Museum alle Vorbereitungen erfolgreich abgeschlossen wären, so dass anlässlich des 200. Geburtstages von Thillmann Lange der Eröffnung nichts im Wege stand.

Herbert Pasler nickte zufrieden. „Noch Fragen? Nein? Dann kommen wir zum Ende.“

Im Publikum wurde erleichtertes Gemurmel laut und erste Stühle schurrten bereits über den Boden, als sich in der ersten Reihe ein kleiner, hagerer Mann erhob und sich hüstelnd Aufmerksamkeit verschaffte. Was ihm an Länge fehlte, schien er damit ausgleichen zu wollen, dass er sich rhythmisch auf Zehenspitzen stellte.

„Ich hätte noch etwas dazu zu sagen, wenn Sie erlauben“, sagte er mit verschlagener Stimme und einem ebensolchen Lächeln auf dem Gesicht. Er trat einen Schritt vor. „Ich denke, es wird für Sie alle von höchstem Interesse sein“, fügte er listig in Richtung Publikum hinzu.

Verärgert streckten Nell, Sonja und Irene ihre Köpfe vor, um sehen zu können, wer denn jetzt noch seinen Senf dazu geben musste.

„Wer ist das? Kennst du den Kerl?“

Sonja schüttelte mit dem Kopf. „Diese Habichtnase und der Spitzbart wären mir aufgefallen."

Auch Irene verneinte. „Der sieht aus wie Rumpelstilzchen und irgendwie hat er auch so einen bösen Blick."

Herbert Pasler schnaufte frustriert. Es war ihm anzusehen, dass er den Mann am liebsten zum Teufel geschickt hätte. „Aber kurz bitte", brummte er schließlich ungeduldig.

Das Männchen nickte ihm zu und lächelte ergeben, um im nächsten Augenblick zum Schlag auszuholen. Sein Gesicht nahm plötzlich den Ausdruck eines Scharfrichters an.

„Sie beabsichtigen doch nicht allen Ernstes diesem Thillmann Lange ein Denkmal zu setzen, einem Betrüger und, schlimmer noch, einem Mörder", schleuderte er Pasler und den Gemeindevertretern giftig entgegen.

Augenblicklich wurde es mucksmäuschenstill im Saal und alle Augenpaare richteten sich auf ihn.

Christian kniff die Augen zusammen. Hatte er das eben richtig verstanden? Wollte dieser Typ da vorn behaupten, Thillmann Lange wäre ein Betrüger und Mörder gewesen?

Wenngleich ihm dieses ganze Tamtam um Thillmann Lange auch total gegen den Strich ging, diese Kehrtwende erschien ihm dann aber doch zu idiotisch. Sicher, was wusste er schon über seinen Vorfahren. Dass der sein Ururgroßvater war, hatte Nell ihm vorgerechnet. Nicht dass es für ihn von Bedeutung war. Aber Nell war so fasziniert von dem, was sie über seine und ihre Familiengeschichte herausgefunden hatte, dass er ihr brav zugehört hatte. Von Betrug und Mord war dabei keine Rede gewesen, wenn er sich recht erinnerte. Mehr neugierig als empört beugte er sich vor um zu hören, was der Mann noch zu sagen hatte.

Nell dagegen war förmlich erstarrt und schaute entsetzt zu ihm rüber. Was passierte hier? Wer war der Mann und wie konnte er etwas so Ungeheuerliches behaupten?

Cristian nickte ihr beruhigend zu. Das musste ein Irrtum sein. Das klang einfach zu verrückt.

Herbert Pasler hatte sich wutschnaubend von seinem Stuhl erhoben.

„Wer sind Sie überhaupt und wie kommen Sie dazu, derartige Beschuldigungen vorzutragen?" Die Anstrengung, halbwegs höflich zu bleiben, stand ihm ins Gesicht geschrieben und seine Hände umklammerten krampfhaft die Stuhllehne, als müsste er gewaltsam an sich halten, diesen Störenfried nicht augenblicklich rauszuschmeißen.

Das allerdings schien den nicht im Geringsten zu beeindrucken. Inzwischen wieder lächelnd rückte er seine gepunktete Fliege zurecht, schob seine Brille höher auf die Nase und lächelte überheblich.

„Aber gewiss doch. Mein Name ist Cornelius Krohn. Ich bin sozusagen der Anwalt von Thilo Wormann und von selbigem beauftragt, Ihnen nachfolgende Informationen zukommen zu lassen."

Nell zuckte bei der Erwähnung von Thilos Namen zusammen und griff nach Sonjas Hand. „Ein Glück, dass Marlene heute nicht hier ist."

Doch da fuhr Georg schon dazwischen. „Sozusagen? Sind Sie nun sein Anwalt oder nicht? Wohl eher nicht." Er musterte Krohn höhnisch.

Nur für den Bruchteil einer Sekunde flatterten dessen Augenlider. „Nun, sagen wir einfach so, ich vertrete seine Interessen", erwiderte er dann selbstsicher.

Er schien zu wissen, dass seine Position hier unerheblich war. Ob Anwalt oder nicht, er war der Überbringer der Nachricht, die unweigerlich einen Erdrutsch auslösen würde. Nur schlechte Nachrichten waren gute.

Christian stieß einen lautlosen Lacher aus. Thilo Wormann warf mal wieder seine Giftpfeile aus. Sogar noch aus dem Gefängnis heraus.

Herbert Pasler sah aus, als hätte er am liebsten vor Krohn ausgespuckt. „Ich kann mir kaum vorstellen, dass Wormann irgendwelche relevanten Informationen für uns haben könnte."

Cornelius Krohn bückte sich nach seiner Aktentasche und holte einen Hefter heraus. „Mit Verlaub, das sehe ich anders."

Herbert Pasler runzelte unwillig die Stirn. „Ich denke, diese Entscheidung sollten Sie mir überlassen. Kommen Sie morgen zu mir ins Büro, dann höre ich mir an, was Sie zu sagen haben."

„Es tut mir leid, aber der ausdrückliche Wunsch von Herrn Wormann lautet, die Ergebnisse seiner Nachforschungen hier und jetzt, in Anwesenheit der Prerower Einwohner, vorzutragen."

„Dem kann ich nicht stattgeben", polterte Herbert Pasler.

Cornelius Krohn lächelte siegesbewusst. „Ich mache von meinem Rederecht Gebrauch. Ich nehme mal an, dass Ihnen dieses Recht bekannt ist?“ Sein Ton triefte vor Überheblichkeit.

Nell betrachtete ihn von der Seite. Wie viele verschiedene Arten von falschem Lächeln es doch gab. Was für ein abscheulicher Typ.

Herbert Pasler sah sich in die Enge gezwungen. Er durfte dem Mann wohl nicht das Wort verbieten. Ein Blick in die Zuschauerreihen sagte ihm außerdem, dass es für einen Rückzieher zu spät war. Die Büchse der Pandora war bereits geöffnet. Aber immerhin ging es hier nicht nur um einen verdienten Prerower aus früheren Zeiten, sondern um den Vorfahren seines Freundes.

Er verzog schmerzlich das Gesicht und schaute fragend zu Christian rüber.

Der zuckte gleichgültig mit den Schultern und nickte ihm zu. Im Grunde war es ihm ziemlich egal. Was immer Thillmann Lange getan haben mochte oder nicht, es hatte nichts mit ihm zu tun. Das war Ewigkeiten her. Er konnte den Eifer seines Vaters, die Familiengeschichte am liebsten vom Urschleim an aufzurollen, nie nachvollziehen. Was sollte das bringen, die alten Geister zu wecken. Aber wenn es ihm Freude machte, warum nicht. Dass Nell sich für ihre Familie in gleichem Maße interessierte, war etwas ganz anderes. Sie wollte unbedingt etwas über ihre Oma erfahren. Das war ja zu verstehen.

Pasler wendete sich resigniert Krohn zu. „Also raus damit. Was haben Sie für uns.“

Zufrieden deutete Cornelius Krohn eine Verbeugung an. „Herr Wormann hat mich darüber in Kenntnis gesetzt, dass er unwiderlegbare Beweise dafür hat, dass Kapitän Thillmann Lange, dem ein Denkmal zu setzen Sie gewillt sind, der Mörder von Hedwig Pieper war. Sie erinnern sich sicher an den Knochenfund im letzten Jahr. Es handelte sich dabei eindeutig um die Überreste der Hebamme Pieper, die laut Zeitungsberichten 1873 auf mysteriöse Weise verschwand.“ Er wedelte mit bedruckten Blättern herum. „Die aufwändigen Recherchen von Herrn Wormann haben ergeben, dass es Thillmann Lange war, der die Frau damals erschlagen und anschließend im Prerower Strom versenkt hat, um die Tat zu vertuschen.

Darüber hinaus war er es ebenfalls, der fünf Jahre später das Haus seiner Schwiegermutter ansteckte und die Frau darin verbrennen ließ."

Ein erschrecktes Raunen zog durch den Saal.

Nell starrte Sonja an. „Was denn, Thillmann Lange soll das gewesen sein? Aber warum?"

Sie sah das Bild, das Marie als kleines Kind von der Oma gemalt hatte, vor sich. Die rothaarige alte Frau mit dem Kätzchen auf dem Schoß.

Christian hatte sich, während Krohn sprach, vorgebeugt und schüttelte den Kopf. Was erzählte dieser Kerl da nur für einen Bullshit? Doch dann fiel ihm ein, dass Nell auch von einem Feuer gesprochen hatte. Die Sache schien jetzt doch spannend zu werden.

Herbert Pasler blitzte Cornelius Krohn böse an. „Ich wusste schon immer, dass der Wormann 'ne Hacke hat, aber das geht zu weit!"

Schluss mit Höflichgetue. Seine Faust krachte auf den Tisch.

Georg lehnte sich zu Christian rüber. „Das muss Wormann aus den alten Zeitungen haben, die er im Stadtarchiv in Barth geklaut hat", flüsterte er.

Plötzlich schlug er sich vor die Stirn. „Natürlich! Dieser groß angekündigte Artikel in der BILD", zischte er, „dass ich da nicht gleich drauf gekommen bin. Die spektakuläre Enthüllungsstory. Und gegen wen richtet die sich? Mal wieder gegen dich."

„Gegen mich? Wie kommst du auf das schmale Brett?"

Georg ließ sich nicht davon abbringen. „Mann, merkst du das denn nicht? Thillmann Lange ist ihm doch scheißegal. Aber um dir einen reinzuwürgen, war ihm schon immer jedes Mittel recht."

„Was hat Thillmann Lange mit mir zu tun?"

„Familie?" Herausfordernd schaute Georg ihn an.

Christian lehnte sich zurück, streckte die Beine weit von sich und suchte Nell in den Zuschauerreihen. Ihr rotes Haar stach unter allen hervor. War das Angst auf ihrem Gesicht?

Ihre Blicke trafen sich und er grinste breit. Dann schüttelte er kaum merklich den Kopf. Sie sollte sich um Gottes Willen keine Sorgen machen. Was auch immer dabei rauskommen würde, es war weder sein noch ihr Problem.

Indes wurde das Gemurmel im Saal lauter.

„Wenn er log, log er gut", lästerte einer und lachte grölend.

„Ein schönes Märchen tischen Sie uns da auf", rief ein anderer aus den hinteren Reihen skeptisch. „Warum sollte Kapitän Lange das getan haben?"

Cornelius Krohn wendete sich strahlend zu ihm um. Das hier war seine Bühne. „Ich hatte gehofft, dass jemand das fragen würde. Das bringt mich nämlich zum zweiten Punkt der Anklage. Eigentlich ist es der erste Punkt, nämlich der des Betruges, oder sollte ich besser sagen, der des Kindesraubes, der das kriminelle Rad überhaupt erst ins Rollen brachte."

Er genoss es sichtlich, die Leute hinzuhalten. Zufrieden beobachtete er, dass der Kindesraub die von ihm erwünschte Reaktion noch weit mehr anfeuerte als der Mord. Eine alte Hebamme umzubringen, schien noch verzeihlich, aber sich an Kindern zu vergehen – das löste zumeist Schockwirkung aus.

Er zog eines der Blätter aus dem Hefter, schob erneut seine Brille hoch und überflog den Text, bis er die richtige Stelle gefunden hatte, wobei er gewichtig von den Hacken auf die Zehenspitzte wippte und zurück.

„In der Nacht vom 13. zum 14. November 1872 wurde Prerow, wie auch die Nachbargemeinden, von einer verheerenden Sturmflut heimgesucht. Das ist sicher allen von Ihnen bekannt."

Er verlor sich in vielen weiteren Einzelheiten, als wäre er leibhaftig dabei gewesen.

„Kommen Sie zum Punkt, Mann", rief einer aus dem Publikum. „Oder wollen Sie hier eine Geschichtsstunde abhalten?"

Cornelius Krohn ließ sich nicht beirren. „Viele Einwohner Prerows flüchteten aus den tieferen Lagen des Ortes, die großenteils bereits unter Wasser standen, auf den Pfarrhof, der höher lag", fuhr er unbeeindruckt fort. „So auch die Ehefrau von Thillmann Lange und eine Armenhäuslerin, die beide unmittelbar vor der Niederkunft standen."

Nell und Sonja rissen beide die Augen auf. Auf einmal bekam alles, was sie bereits wussten, ein Gesicht. Es war, als würde die Geschichte wie ein Film vor ihnen ablaufen.

„Johann und Marie", flüsterte Nell aufgeregt, „genauso, wie Marie es geschrieben hat. Aber was hat das mit Kindesraub zu tun?"

Cornelius Krohn konnte sich inzwischen der Aufmerksamkeit aller Anwesenden sicher sein. Das angekündigte Verbrechen streckte seine dunklen

Fänge aus und zog die Leute in seinen Bann, auch wenn noch niemand zu sagen vermochte, worauf der Bericht hinauslaufen konnte.

„Ein Junge und ein Mädchen wurden fast zeitgleich mitten im Chaos von Sturm und Wasser geboren“, sprach Krohn theatralisch weiter. „Und dann geschah es. Thillmann Lange überredete die Hebamme, die Kinder gegeneinander auszutauschen. Möglicherweise zwang er sie auch. Das lässt sich heute leider nicht mehr klären.“

„Das ist doch Quatsch! Warum hätte er das tun sollen. Außerdem hätten deren Mütter das doch gemerkt“, stieß eine Frau entrüstet aus.

Auch auf diesen Einwurf war Cornelius Krohn vorbereitet. „Gute Frau“, er wandte sich zu ihr um, „es kann sich heute wohl kaum noch jemand vorstellen, was in dieser Nacht auf dem Pfarrhof losgewesen sein musste. Wenn da zwei Kinder zwischen Tür und Angel …“ Er musste den Satz nicht zu Ende sprechen. Das Kopfkino eines jeden im Saal erledigte den Rest für ihn.

„Aber da bleibt immer noch die Frage, warum er das getan haben sollte.“

Krohn stand wie ein Lehrer vor den Prerowern, der seinen Schülern die Welt erklären wollte.

„Eine gute Frage. Eine wirklich gute Frage“, lobte er. „Stellen Sie sich Thillmann Langes Enttäuschung vor. Schon wieder eine Tochter. Die siebte. Und das in Zeiten, wo ein Sohn mehr galt als hundert Töchter. Die Armenhäuslerin aber“, er legte eine bedeutungsschwere Pause ein, „hatte bereits ihren fünften Sohn geboren.“

In Nells Gehirn ratterte es. Sie konnte kaum glauben, was sie da hörte. Und doch. Das also war es. Darum hatte Marie so viel Ähnlichkeit mit Johanns Oma. Weil es ihre Oma war! Und Johann war in Wirklichkeit der Sohn von Erna Lembke.

Sie sah, dass Sonja genau dasselbe dachte. Das also war das Geheimnis. Das war des Rätsels Lösung.

Sie versuchte sich Maries Tagebuchaufzeichnungen ins Gedächtnis zu rufen. Natürlich. Marie hatte ihre heilenden Künste nicht von Hella Saatmann *gelernt*, sie hatte sie, ohne es zu wissen, von ihr *geerbt*.

Sie musste unwillkürlich lächeln. Gustavs Stammbäume mussten wohl neu geschrieben werden. Doch dann wurde ihr das Ausmaß von Thillmann Langes Verbrechen bewusst. Wie konnte ein Mensch so etwas tun!

Christian hatte überrascht einen leisen Pfiff ausgestoßen. Das war ja mal eine Neuigkeit. Er hatte also außer dem Namen gar nichts mit dem ehrenwerten Kapitän gemein. Im Grunde nicht mal den Namen. Er war der Nachkomme einer Armenhäuslerin. Wie war noch ihr Name? Egal, Nell würde ihre wahre Freude daran haben ihn darüber aufzuklären.

Grinsend verschränkte er die Arme vor der Brust. Wenige Dinge auf der Welt sind lästiger als die stumme Mahnung, die ständig von einem guten Beispiel ausging. Dieser Fluch, nämlich der ach so ehrenwerte Thillmann Lange, war gerade in jeder Beziehung von Thron gestoßen worden.

Nell beobachtete ihn erstaunt. Ihn schien das alles deutlich weniger, um nicht zu sagen gar nicht, zu beeindrucken. Wie konnte ihn das so kalt lassen? Oder wahrte er nur sein Gesicht, um weder diesem schmierigen Kerl noch Wormann den Gefallen zu tun Betroffenheit zu zeigen?

Im Saal war es inzwischen laut geworden. Alle redeten durcheinander.

„Und dann hat die Hebamme angefangen ihn zu erpressen und das war ihr Todesurteil“, stellte ein alter Mann sachlich fest, als wäre es das Normalste von der Welt, und nickte nachsichtig mit dem Kopf.

„Sehr richtig“, lobte Krohn erneut, „genauso war es.“

„Aber wie passt Langes Schwiegermutter da rein?“

„Auch das kann ich Ihnen erklären“, erwiderte Krohn, sichtlich erfreut über das Interesse. „Hella Saatmann, Langes Schwiegermutter, war eine Kräuterfrau und Heilerin. Seinerzeit von vielen als Hexe verrufen.“ Sein Gesicht zuckte, doch er setzte sofort wieder seine erhabene Miene auf. „Laut Überlieferung soll sie bis ins hohe Alter sehr auffällig rotes Haar gehabt haben. Da sie aber sehr zurückgezogen lebte, bekam kaum jemand sie noch zu sehen. Als sich das Armenhäuslerkind, das ja eigentlich Langes Tochter war, mit der Zeit mehr und mehr zu einem Abbild der Alten, nur eben in jung, entwickelte“, er zeigte auf seinen Kopf, „mit ebenfalls rotem Haar, musste die Alte verschwinden. Bevor irgendjemand einen Verdacht schöpfen konnte. Nach dem Motto, aus den Augen aus dem Sinn.“

Erschrocken fuhr Nell sich durch ihr Haar und zog schnell ihre schwarze Mütze über den Kopf. Das Letzte, was sie wollte war, mit in den Strudel dieser Geschichte hineingerissen zu werden. Glücklicherweise starrten alle wie gebannt auf Krohn, um ja nichts von dem zu verpassen, was er schaurig Schönes zu berichten hatte. Erst wenn man sich so richtig gruselte und einem die Haare zu Berge standen, war es eine gute Geschichte.

Sonja drückte Nells Arm. Sie verstand auch ohne Worte, was die Freundin beschäftige.

Hinter deren Rücken aber zwinkerte sie Irene verschwörerisch zu. „Was meinst du, können wir ihr derart fragwürdige Familienbande durchgehen lassen?“

Irene kicherte. „Hexen und Verbrecher? Das kostet sie weit mehr als eine Flasche Sekt.“

Pasler unterbrach Krohn ärgerlich, der ohne Unterbrechung redete und redete. „Hätten Sie wohl die Freundlichkeit, uns Wormanns Quellen zu nennen? Oder ist der ganze Mist seiner Fantasie entsprungen?“

„Aber nicht doch.“ Krohn erblühte förmlich und entnahm dem Hefter ein weiteres Blatt, das er hin und her wedelte. „Hier ist die Zeugenaussage von Trulla Bohns, die Hedwig Pieper damals bei der Geburt der Kinder zur Hand ging. Sie war dabei und hatte für ein entsprechendes Schmiergeld Stillschweigen bewahrt. Als die alte Hebamme von der Bildfläche verschwand, fühlte sie sich wohl nicht mehr an ihr Schweigegelübde gebunden. Vielleicht hatte sie auch einfach nur Angst, womöglich die nächste zu sein.“

„Trulla wer? Sie werden entschuldigen, aber das besagt doch noch gar nichts. Wer weiß, was diese Trulla zu sehen geglaubt hat, geschweige denn, dass sie wusste, was im Folgenden geschah.“ Georg schüttelte ablehnend den Kopf.

Cornelius Krohn schien um einige Zentimeter zu wachsen, als er seinen Trumpf hervorholte. „Nun, dann wird Sie dieses Schreiben sicher befriedigen. Es ist ein Brief, eigenhändig von Thillmann Lange verfasst und an seinen, nun ja, also in gewisser Weise seinen Sohn gerichtet. Darin gesteht er seine Taten. Das war kurz vor seinem Tod und sollte sicher eine Art Beichte sein. Ich nehme mal an, dass Ihnen das als Beweis genügt?“ Er trat ein paar Schritte vor und reichte Georg den Brief. „Sie können ihn behalten“, flötete er gönnerhaft, „es ist eine Kopie.“

Herbert Pasler schaute Georg über die Schulter und beide überflogen den Inhalt des Schreibens, bevor Georg es Christian rüberschob.

Der warf nur einen kurzen Blick darauf. Was sollte er dazu noch sagen. Thillmann Lange war nicht länger seine Familie. So viel war jetzt wohl klar. Allerdings, er schaute zu Nell und ein Lächeln huschte über sein Gesicht, er war ja nun ihre Familie. Sie würde sich ganz sicher für diesen Brief interessieren.

Krohn drehte sich derweil noch einmal zum Publikum. „Wenn Ihnen das jetzt alles zu schnell ging“, voller Genugtuung blickte er in die erregten Gesichter der Prerower, „in der nächsten BILD am Sonntag können Sie alles noch einmal ausführlich nachlesen.“

Danach steckte er hastig die Papiere zurück in seine Aktentasche. Er sollte sich jetzt schnellstens aus dem Staub machen, bevor sich die Meute vielleicht doch noch auf ihn stürzen würde. Ein Blick zum Präsidium bestätigte ihm, dass sowohl der Bürgermeister als auch die Gemeindevertreter sich erhoben hatten. Höchste Zeit also. Es gelang ihm unbehelligt durch den Hintereingang hinauszuschlüpfen.

Georg hatte seine Flucht beobachtet.

„Hab ich es nicht gesagt“, triumphierend sah er Christian an, „der ist von der BILD. Aber was soll’s, lassen wir ihn ziehen. Komm schon, unser Bier wartet.“

Herbert Pasler schlug Christian im Vorbeigehen auf die Schulter. „Dann also doch Johann Niemann.“

Mehr Worte brauchte es nicht. Die Lust auf ein Bier war ihm heute gründlich vergangen. Grußlos rauschte er an Nell, Irene und Sonja vorbei.

„Er sieht aus, als hätte man ihm gewaltig in die Suppe gespuckt“, sagte Sonja lachend, „was man von Christian nicht sagen kann.“

Die Frauen sahen ihn und Georg auf sich zukommen.

„Im Gegenteil, er scheint sich ausgesprochen wohlzufühlen.“

„Ich hatte schon immer das Gefühl, dass er diesen Kapitän Thillmann Lange nicht mochte“, sagte Nell und zog die Nase kraus.

Amüsiert betrachtete Sonja die Freundin. Das Gesicht kannte sie. So sah sie immer aus, wenn sie nicht wusste, ob sie lachen oder weinen sollte.

Sie kniff sie in die Seite. „Es ist zum Lachen, glaube mir. Na ja, vielleicht nicht unbedingt zum Lachen, aber schlimm ist es auch nicht.“

„Das sehe ich ganz genauso.“ Christian war von hinten an Nell herangetreten und schlang seine Arme um sie.

Erleichtert lehnte sie sie an ihn. Schlimm wäre es für sie nur, wenn es das für ihn wäre. Aber wer fragte heute schon noch nach den uralten Geschichten von anno dazumal. Und wenn, dann doch nur, weil es eben spannend war und Gesprächsthemen lieferte. Noch dazu im alljährlichen Winterloch, wo sonst nichts los war. Da kam jede Abwechslung gelegen.

Etliche Prerower hatten sich bereits im Foyer um die Bar herum versammelt und diskutierten sich die Köpfe heiß. Da prallten Meinungen lautstark aufeinander, ob das alles wohl der Wahrheit entsprach oder nicht. Dabei schien keiner von ihnen einen Zusammenhang zwischen Thillmann Lange und Christian sehen zu wollen. Dieser elende Verbrecher Lange war eine Gestalt aus längst vergangenen Tagen und hatte nichts mit dem Hier und Heute zu tun. Das mochte sich ändern, wenn sie erst den Artikel gelesen hatten. Im Moment aber war es nichts weiter als endlich mal wieder eine aufregende Unterbrechung ihres Alltages.

Kapitel 31

1894

Es war schon spät, als der Leiterwagen vom alten Körber aus Wieck den Ortsrand von Prerow erreichte und Johann sich zu Fuß auf den Rest des Weges machte.

Er war viel zu lange weg gewesen. Als er Prerow damals verließ war er voller Träume. Natürlich fiel ihm der Abschied von Marie schwer, aber genauso sehr zog es ihn hinaus in die Ferne. Die Welt sehen, etwas erleben und genau das tun, was er schon immer wollte. Häuser bauen. Große Häuser. Besondere Häuser. Vielleicht sogar Brücken. Riesige Brücken, die über breite Flüsse das Land miteinander verbanden.

Die Wirklichkeit sah ganz anders aus. Bei einem heftigen Trinkgelage in irgendeiner üblen Kaschemme hatte er einen unseligen Vertrag unterschrieben. In den blumigsten Worten hatte ihm ein schmieriger Kerl das Versprechen von schnellem Reichtum ins Hirn gepflanzt und er war in seinem Rausch darauf reingefallen. Ehe er sich versah, fand er sich zusammen mit anderen, ebenso Leichtgläubigen, auf einem schäbigen Seelenverkäufer in einen noch schäbigeren Verschlag gesperrt auf rauer Überfahrt nach Südafrika wieder. Keine Chance auf Entrinnen. Fünf Jahre lang robbte er auf Knien in dreitausend Meter Tiefe durch die engen Stollen einer Goldmine. Fünf Jahre seines Lebens härteste Arbeit, immer mit der Angst im Nacken, verschüttet zu werden oder zu ersticken. Fünf Jahre ohne Licht, ohne Sonne und ohne Marie.

Aber er hatte überlebt und war endlich wieder frei.

Das wenige gesparte Geld reichte gerade für die Heimreise. Er würde mit leeren Taschen zu Marie zurückkehren.

Hatte sie auf ihn gewartet? Was, wenn nicht? Was, wenn ein anderer ihr Herz erobert oder ihre Mutter auf eine Heirat mit irgendwem bestanden hatte? Nein, an so etwas durfte er gar nicht denken.

Er hatte ihr versprochen, für sie das größte und schönste Haus zu bauen, wenn er zurückkäme. Schmerzlich musste er sich eingestehen, dass er ihr zu viel versprochen hatte. Aber er war jung und stark. Er würde sich keine Minute schonen und für sie beide ein Zuhause schaffen. Und wenn er Tag und Nacht dafür arbeiten musste. Er konnte nicht länger warten. Er musste sie wiedersehen, und wenn sie ihn noch wollte, würde er sie auf der Stelle heiraten. Alles andere fand sich dann schon. Gleich morgen früh würde er zu ihr gehen.

Vorher wollte er sich mit seinem Vater versöhnen. Die unbeschreibliche Wut auf ihn war im Laufe der Zeit verblasst und einem gewissen Verständnis gewichen. Hatte der Vater nicht nur das Beste für ihn gewollt? Hatte die Strenge, die Johann sein Leben lang durch ihn erfahren hatte, ihm nicht letztendlich dabei geholfen, die Jahre in der Mine unbeschadet zu überstehen? Der Vater war die Familie, die ihm noch geblieben war. Es war an der Zeit das Kriegsbeil zu begraben.

Prerow lag wie ausgestorben in der Dunkelheit. Nur der Mond guckte ab und an durch die Wolkendecke hindurch, wie eine Laterne, die spärliches Licht spendete. Aber Johann brauchte kein Licht. Schließlich war er hier zu Hause.

Wie vertraut ihm alles noch war, auch wenn er im fahlen Mondlicht plötzlich Häuser wahrnahm, die es damals noch nicht gab. Prerow schien wie immer und doch verändert. Aber die Weitläufigkeit und der frische Wind, der von der Ostsee herüberwehte, waren geblieben. Wie sehr hatte er das vermisst.

Als Johann das Haus des Vaters betrat, beschlich ihn ein ungutes Gefühl. Dieses Haus war nicht mehr sein Zuhause. Es war nur der Ort seiner Kindheit. Ein Hauch von Tod waberte ihm entgegen, es war kalt und still. Eine unheimliche Stille. Unwillkürlich wurde ihm klar, dass er zu spät kam.

Mit zittrigen Händen zündete er eine Kerze an, deren flackerndes Licht gespenstig über die Wände huschte, und ließ sich erschöpft auf einen Stuhl fallen. Schon wieder hatte ihm das Schicksal übel mitgespielt, hatte ihm den Vater genommen, bevor er sich mit ihm aussprechen konnte.

Traurig schaute er sich um. An diesem Tisch hatte er so oft bei seiner Mutter gesessen, ihr bei den Handarbeiten zugesehen und ihren Erzählungen gelauscht. Sein Blick wanderte weiter. Der Kohleherd in der Ecke, in dem immer ein Feuer brannte, war kalt. Die Türen zu den Nebenräumen starrten ihn wie schwarze Löcher an.

Erst jetzt sah er im Licht der Kerze den Brief, der, an einen Krug gelehnt, auf dem Tisch stand. Sein Name stand auf dem Umschlag. Er erkannte die Schrift. Die letzten Worte seines Vaters? Bestimmt würden es versöhnliche Worte sein, dass auch er seinem Sohn verzieh, womit immer der ihn je verletzt hatte und dass er ihm endlich den Segen für ein eigenes Leben gab.

Trotzdem faltete er den Brief nur zögerlich auseinander. Er zog die Kerze näher heran und begann zu lesen.

Ungläubig starrte er auf das Papier und Entsetzen packte ihn. Das konnte doch nicht wahr sein, was der Vater da geschrieben hatte. Der Vater, der gar nicht sein Vater gewesen sein soll? Der seine leibliche Tochter gegen den Sohn einer Fremden eingetauscht hatte, nur um der Familienehre und seines eigenen unerbittlichen Stolzes willen? Der dafür nicht einmal vor Mord zurückschreckte?

Der Vater musste den Verstand verloren haben. Wieder und wieder überflog er die Zeilen, in der Hoffnung, dass er sich verlesen hatte und sich alles als großer Irrtum herausstellte. Aber die Wahrheiten, die dieser Brief offenbarte, wurden nur umso grausamer.

Er schlug mit der Faust auf den Tisch, so dass das Kerzenlicht wild flackerte und zu verlöschen drohte. Dann brach er in Tränen aus.

Er hatte so sehr gehofft, dass auch der Vater seinen Frieden machen wollte vor seinem Tod. Aber das Gegenteil war der Fall war. Thillmann Lange hatte seinem fremden Sohn mit diesem Brief endgültig den vernichtenden Schlag versetzt, ihm seine Träume und sein Leben zerstört. Nichts würde von nun an je wieder sein, wie es einmal war.

Verzweifelt rieb Johann sich die brennenden Augen. Der Vater hatte die Hebamme kaltblütig ermordet. Und dann musste auch noch die geliebte Großmutter sterben, weil sie als einzige gesehen hatte, wofür alle anderen blind waren. Denn sie hatte erkannt, dass Marie ihr wirkliches Enkelkind war und nicht Johann. Sie hatte ihr all den Schutz und die Liebe, ihr Wissen und ihre Fähigkeiten mitgegeben, die ihr von der leiblichen Mutter versagt blieben. Weil Thillmann Lange es so entschieden hatte.

Marie musste in Armut aufwachsen, wenn auch mit einer liebenden Ersatzmutter, damit ein Sohn das Leben von Thillmann Lange krönen konnte. Und dieser Sohn war er. Niemals würde Marie das verstehen. Niemals würde sie ihm das verzeihen. Und selbst, wenn er es ihr nie gestehen würde, diesen Brief niemandem zeigte, ihn vernichtete, er könnte ihr nie wieder in die Augen sehen. Ihr nicht, nicht seiner wirklichen Mutter. Niemandem. Er fühlte sich wie ein Verräter, denn er war der Grund für all diese schrecklichen Verbrechen.

Angewidert und voll Panik knüllte er den Brief zusammen, schleuderte ihn zu Boden und stürzte hinaus in die Nacht. Er wusste nicht, wohin er sollte, er wusste nur, dass er weg musste, so schnell und so weit wie möglich.

Er war verflucht für alle Zeiten.

Kapitel 32

„Ich dachte, auf all das erst mal einen Schnaps. Also dann prost", Georg streckte den anderen sein Glas entgegen. „Auf, ja, worauf eigentlich?"

Christian grinste Nell verschmitzt an. „Na, das war doch mal ein aufschlussreicher Abend. Oder was sagst du?"

„Und ob!" Sie konnte immer noch nicht fassen, was sie gerade gehört hatten. Es klang durch und durch unmöglich, und doch erklärte es so vieles.

Sonja griff nach ihrem Glas. „Da klaut der alte Lange Erna Lembke den Sohn und scheut nicht mal vor Mord zurück, nur um so die Familientradition zu bewahren, und dann will der Bengel nicht mal in seine seemännischen Fußstapfen treten. Das nennt man echt schlechtes Karma."

Lachend stießen sie alle ihre Gläser aneinander. „Also dann, auf die Familien Lange und Lembke. Prost."

„Werdet ihr eure Namen jetzt ändern müssen?", kakelte Sonja und musterte Nell und Christian amüsiert. „Wie mag das rechtlich geregelt sein?"

Nell zuckte mit den Schultern. „Ich würde ja sowieso weder Lembke noch Lange heißen. Dafür hat meine Mutter zu oft geheiratet."

„Na ja, im Grunde sind eure Namen ja auch legitim, da Marie und Johann ja beide so was wie adoptiert waren. Wenn die Mütter auch nichts davon wussten, was der alte Lange ausgeheckt hatte, sie haben ihre Kinder beide angenommen und abgöttisch geliebt. Und darauf kommt es doch an."

Christian legte seinen Arm um Nell und zog sie ein Stück näher zu sich heran. „Ich hätte da eine Idee, wie du an deinen angestammten Namen kommen könntest."

Nell riss überrascht die Augen auf und hielt einen Moment lang die Luft an. „Du meinst …", ungläubig schaute sie erst ihn und dann Sonja an.

Christian blinzelte verunsichert. Hatte er sich doch ein bisschen zu weit vorgewagt? Ging ihr das womöglich zu schnell? Aber er wusste ganz genau, was er wollte. Nämlich ein Leben mit ihr. Und sonst nichts. Auch auf die Gefahr hin, dass sie ihm einen Korb geben würde. Darauf würde er es ankommen lassen.

„Das war ein Antrag, Süße", Sonja stupste Nell auf die Nase, „falls du das nicht mitgekriegt hast. Du brauchst nur noch ja zu sagen."

Christian strich Nell eine Locke aus dem Gesicht. „Also, was sagst du?“, fragte er leise.

Nell lachte und zugleich liefen ihr Tränen über die Wangen. „Was ich sage? Ja, natürlich.“ Sie legte ihre Arme um seinen Nacken und küsste ihn. „Ich wollte schon immer Lange heißen“, fügte sie mit einem schelmischen Seitenblick auf die Freunde hinzu.

Sonja und Irene umarmten sie stürmisch, während Georg Christian kumpelhaft auf den Rücken schlug.

„Gute Wahl, mein Freund. Gute Wahl. Das muss unbedingt begossen werden.“

Er verschwand in der Küche und kam kurz darauf mit einer Flasche Sekt und fünf Gläsern zurück. „Wenn das kein Grund ist.“

Nell und Sonja grinsten sich an. Sie brauchten für Sekt keine Gründe. Aber wenn es schon einen solchen gab, umso besser.

„Ich war bei dem alten Archivar in Barth. Du weißt schon, der, bei dem Thilo seine Informationen geklaut hat. Das wollte ich doch nun alles genau wissen und mich nicht mit dem abspeisen lassen, was die BILD uns serviert hat.“ Nell zwinkerte Sonja verschwörerisch zu.

„Ach ja? Und der Alte hat dich da rumschnüffeln lassen? Nach den schlechten Erfahrungen, die er gemacht hat?“

„Erst war er ziemlich zugeknöpft, aber als ich ihm dann ordentlich um den Bart gegangen bin und ihm geschmeichelt habe, wie toll er alles im Griff habe, wurde er umso gesprächiger.“

Sonja konnte sich ein Lachen nicht verkneifen. „Wahrscheinlich konnte er deinen roten Haaren nicht widerstehen.“

„Auch möglich.“ Nell warf ihre Locken verführerisch nach hinten. „Auf jeden Fall war das höchstspannend, sage ich dir, auch wenn ich leider kaum etwas über Marie und Johann gefunden habe“, fügte sie bedauernd hinzu.

„Zeig erst noch mal den Brief her.“ Sonja überflog die Seiten und blieb bei einem Absatz hängen. „Der Herr Kapitän hat aber auch nichts ausgelassen, wie es scheint. Er schildert seine Morde ja schon fast genüsslich in aller Ausführlichkeit. Ich dachte erst, er wollte eine Beichte ablegen vor seinem Sohn, sich entschuldigen für das, was er ihm angetan hat. So eine Art Ablasshandel, um dem Fegefeuer zu entgehen oder so was. Aber dieser

Brief liest sich vielmehr so, als wollte er sich vor Johann damit brüsten, was er geleistet hat.“ Sonja verzog böse das Gesicht. „Ich kann es nicht glauben, er schiebt Marie die Schuld in die Schuhe für das, was geschehen war. Wenn diese vermaledeite rothaarige Göre nicht gewesen wäre, dann hätte das alles nicht sein müssen, schreibt er.“ Empört richtete sie sich auf. „Diese vermaledeite rothaarige Göre war seine Tochter!“

„Ja, der tut gerade so, ach Quatsch, also, er tat gerade so, als wäre das in Ordnung, weil er ja keine andere Wahl hatte.“

„Warte mal“, Sonja blätterte noch einmal zurück, „der Brief ist von 1894. Hast du nicht gesagt, Thillmann Lange wäre 1894 gestorben?“

„Ja, wieso?“

„Aber das würde doch bedeuten, dass Johann den Brief nie bekommen hat, wenn er erst Jahre später zurück nach Prerow gekommen ist. Dann wusste er von all dem doch gar nichts. Und Marie? Sie ja wohl auch nicht. Wie kam der Brief zur Polizei?“

„Aus den Unterlagen geht nur so viel hervor, dass man den Brief im Haus des Kapitäns gefunden und zu den Akten gelegt hatte. Da Thillmann Lange tot war, konnte man ihn auch nicht mehr bestrafen und hielt es wohl für besser, Stillschweigen über alles zu bewahren.“

„Klar. Wer wollte dem ach so ehrenwerten Kapitän damals wohl ans Bein pinkeln, nur weil er zwei alte Weiber auf dem Gewissen hatte? Die feinen Herrschaften haben doch schon immer zusammengehalten. Das kennt man doch. Und was hast du sonst noch im Archiv ausgegraben?“

„Ganz viel über die Entwicklung des Badewesens im Ort. Wusstest du, dass bereits 1878 Urlauber, Badegäste hießen sie ja damals noch, nach Prerow kamen? Also schon, als Johann noch hier war. Ein Hermann Scharmberg hat als erster Häuser für Gäste gebaut, andere haben im Sommer ihre guten Stuben für die geräumt und sind selber in die Ställe gezogen.“

„Dazu brauchtest du nicht das Barther Archiv durchstöbern, das findest du alles im Museum“, unterbrach Sonja sie. „Ich meine zu Johann und Marie.“

„Ist ja gut“, murrte Nell. „Hier ist was über Maries Hochzeit mit Eduard Neumann, dem Sohn des ansässigen Friedhofgärtners. Der wohlhabende

Junge und das arme, hübsche Mädchen. Der Stoff, aus dem die Groschenromane gemacht werden. Sogar mit Foto."

„Zeig mal. Im Groschenroman sind die reichen Jungs auch immer schlank und attraktiv." Sonja zog das Blatt näher zu sich heran. „Sag' mal, hat der 'nen Buckel?"

„Na ja, passt eben zum Friedhof, der Junge."

„Marie sieht total unglücklich aus. Aber das ist ja auch kein Wunder. Wann war das noch?"

„1895."

„Ja richtig, sieben Jahre, nachdem Johann weggegangen war. Wie konnte er ihr das antun? Wie konnte er zulassen, dass sie einen anderen heiratete?"

„Ganz sicher hat ihre Mutter darauf bestanden. Mädchen mussten unter die Haube kommen. Und mit 23 war sie für die damalige Zeit ja auch kein junger Hüpfer mehr."

„Klarer Fall, sie hat den Gärtner nicht freiwillig geheiratet. Hast du etwas über Johann gefunden?"

„Ja, aber nur eine Anzeige in der Zeitung, wo er für sein Bauunternehmen wirbt. 1907 war das."

„Er kommt also nach Jahren erst wieder nach Hause und, was ein Wunder, seine Marie ist verheiratet und hat einen Sack voll Kinder", stieß Sonja entrüstet aus. „Ob er wohl versucht hat, sie zurückzugewinnen? Oder hat er sich damit abgefunden und die erstbeste geheiratet, die eben noch zu haben war?"

„Das würde vielleicht erklären, warum er nur den einen Sohn hatte. Gerade mal so die eheliche Pflicht erfüllt. Wie wir es auch drehen, es gab kein Happyend", sagte Nell traurig. „Wir können nur spekulieren, was davor gewesen ist und uns die Geschichte schönreden. Vielleicht, dass Johann all die Jahre irgendwo eingesperrt war und nicht eher nach Hause kommen konnte."

„Oder er hat im Orient eine Brücke gebaut und wurde dort mit der Tochter eines Sultans zwangsverheiratet, bevor ihm die Flucht gelang."

„Oder die Indianer in Amerika haben ihn so lange am Marterpfahl festgehalten?"

„Und als er endlich zurückkam, musste er Marie neben diesem Totengräber sehen."

„Und hätte den am liebsten ermordet.“

„Er hat Marie immer noch geliebt. Und sie ihn natürlich auch. Bis ans Ende ihres Lebens.“

„Sie haben sich heimlich getroffen und in den Dünen geliebt.“

„Vielleicht war Hella sogar von ihm?“

„Dann wäre ich ja doch mit Christian verwandt?“

„Nur ganz weit entfernt.“

„Genug, genug.“

Kapitel 33

1901

Johann stand gleichgültig an den Türrahmen gelehnt, während Lukas, sein Freund und Weggefährte, die Kammer, die ihnen für die Nacht als Unterkunft dienen sollte, begutachtete.

Seit seiner überstürzten Flucht aus Prerow war er von einer Baustelle zur nächsten gezogen, um den Menschen zu vergessen, den er am meisten liebte. Aber Marie blieb in seinem Herzen. Jetzt war er auf dem Weg nach Hause. Auf dem Weg zu ihr.

Immer öfter wurde er von Zweifeln gepackt. War es richtig, sich ein zweites Mal vom Vater aus Prerow vertreiben zu lassen? Ohne Marie? Ohne wenigstens bei ihr gewesen zu sein und sie in die Wahrheit einzuweihen? War es richtig, Prerow überhaupt jemals zu verlassen?

Stattdessen hatte er sich feige aus dem Staub gemacht und versucht, seinen Schmerz mit Arbeit, Alkohol und billigen Absteigen zu ersticken. Er hatte an den größten und schönsten Brücken in allen Teilen des Landes mitgebaut, was ihn mit Stolz erfüllte, seine Sehnsucht aber nur kurzzeitig betäubte. Er fand keine Ruhe. Nirgends fühlte er sich geborgen oder gar geliebt. Das Heimweh und Marie verfolgten ihn überallhin und ließen ihn nie los.

Es war Zeit nach Hause zurückzukehren. Er konnte nicht sein ganzes Leben lang vor sich selbst davonlaufen. Er musste sich endlich seiner Vergangenheit stellen und mit den Folgen leben, was bedeutete, ohne Marie, da die inzwischen ganz sicher einem anderen gehörte. Aber auch damit musste er klarkommen. Irgendwie. Denn was auch immer er als Entschuldigung vorbringen würde, niemals könnte er ihr von dem Verrat ihres leiblichen Vaters erzählen. Sie würde es ihm sowieso nicht glauben. Wie sollte sie auch.

Lukas kam aus der Kammer und schüttelte angewidert den Kopf. „Was für eine verlauste und verwanzte Bude", stieß er verärgert aus. „Dafür verlangt die Alte auch noch Geld. Johann, guck dir das an. Das ist ein Schweinestall."

Johann warf nur einen kurzen Blick hinein. Dieses Loch war nicht besser und nicht schlechter als die, in denen sie andernorts untergebracht waren. Er würde auch das noch durchstehen.

Eine letzte Nacht in der Fremde. Von morgen an würden Lukas und er getrennte Wege gehen. Lukas trieb es weiter zur nächsten Baustelle, aber für ihn war hier Schluss.

Er war es leid von einem Ort zum anderen zu ziehen. Es war Zeit, ein eigenes Zuhause zu bauen.

Die dicke Wirtin musterte die beiden Männer verschlagen und kam zu dem Schluss, dass bei ihnen mehr zu holen wäre. „Ich könnt' den werten Herren was Besseres anbieten. Das kost' aber extra. Mit Vollkost. Bezahlung im Voraus."

Lukas nickte zufrieden. „Na, geht doch. Können wir auch irgendwo ein Bad nehmen?"

„Aber gewiss doch. Allerdings ...", die Alte rieb Daumen und Zeigefinger aneinander. Dann verzog sie ihren Mund zu einem schmierigen Grinsen, das die paar wenigen verbliebenen, braunen Zähne zum Vorschein brachte. „Ich könnte den Herren auch Vollkostvoll anbieten."

„Vollkostvoll?"

„Ein heißes Frauchen im Bett, das die Nacht versüßt", ging sie den beiden schmeichlerisch um den Bart.

Lukas stieß Johann in die Seite und griff sich unmissverständlich in den Schritt. „Das klingt doch mal gut."

Johann schüttelte den Kopf. „Nicht für mich, aber mach nur."

„Was ist los mit dir, Johann? Wozu die ganze Rackerei? Was spricht gegen ein paar zarte Mädchenhände, die es dir mal so richtig besorgen", Lukas kicherte lüstern und ließ seine groben Hände über den eigenen Körper wandern.

Johann wendete sich ab. Eine saubere Kammer und ein Bad wollte er sich wohl leisten. Mehr brauchte er heute nicht.

„So viele Jahre von einer Baustelle zur anderen", stieß er aus und ließ seinen Blick in die Ferne schweifen. „Hatten wir uns unser Leben so vorgestellt?"

Lukas zuckte verständnislos mit den Schultern. „Unsereiner ist nun mal zum Arbeiten geboren. Da kommt ein bisschen Spaß zwischendurch doch gerade recht."

„Sehnst du dich nicht auch manchmal nach mehr?"

Johann dachte an all die flüchtigen Begegnungen, den kurzen Rausch mancher wilden Nacht, der am Morgen in einem Kater endete. Ohne, dass er es wollte, tauchte ein Bild seiner Kindheit vor ihm auf. Er sah sich mit Marie bei der Großmutter am Tisch sitzen. Die Küche war herrlich warm und es duftete nach Kuchen. Wie eine kleine Familie. Das war es, was er wollte. Eine Familie, ein richtiges Zuhause.

„Nee, eigentlich nicht", erwiderte Luka und risss ihn aus seinen Erinnerungen. Doch dann hob er überrascht die Augenbrauen. Plötzlich schien er zu begreifen. „Ich fasse es nicht, du hast 'ne Braut zu Hause. Vier Jahre lang halte ich dir nun schon den Arsch

frei und du erzählst mir kein Wort davon?" Er dachte einen Augenblick lang nach. „Egal. Glaub' mir, du musst dich nicht aufsparen. Ist kein Stück Seife, nutzt sich nicht ab. Dein Mädchen wird's dir danken, wenn du dich vorher ein bisschen abarbeitest", sagte er dann und boxte Johann kumpelhaft in die Seite.

„Mein Mädchen?" Verbittert schob Johann seinen kurzen Traum beiseite. „Das war sie mal. Vor unendlich langer Zeit. Als wir sechzehn waren."

Lukas runzelte missbilligend die Stirn. „Verstehe ich das richtig? Du warst sechzehn? Das heißt", er zählte an den Fingern ab, „du warst dreizehn Jahre nicht zu Hause?"

Johann blieb ihm eine Antwort schuldig.

Lukas musterte seinen Freund eindringlich und griff sich dann an den Kopf. „Du hast Dreck am Stecken", glaubte er zu verstehen. „Sag schon, was hast du angestellt?"

Johann zuckte zusammen. Dreizehn Jahre. Hatte es überhaupt noch einen Sinn zurückzukehren? Dachte er allen Ernstes, Mariken würde immer noch auf ihn warten? Träum weiter, Johann. Sicher hielt sie ihn seit langem für tot. Müde rieb er sich über das Gesicht. In gewisser Weise war er das auch. Was konnte er noch vom Leben erwarten?

Lukas drückte der Wirtin das Geld in die Hand und schob sie aus dem Verschlag. „Richte schon mal die Kammer, Weib, und lass ein Bad ein", knurrte er ihr hinterher.

Dann legte er Johann den Arm um die Schulter. „So, leg los. Ich höre."

Ja, dachte Johann, es war wohl an der Zeit, endlich die Karten aufzudecken. Schluss mit dem Versteckspiel. Wem, wenn nicht dem Freund, sollte er sich anvertrauen.

„Sie war das tollste Mädchen im ganzen Ort. Anfangs waren wir wie Geschwister, aber dann …", begann Johann stockend, „na ja, du weißt ja, wie so was läuft. Mein Vater", er hielt kurz inne, als müsste er seine Worte erst noch überdenken, „also, ich sollte wie er zur See fahren."

„Du und Wasser?" Lukas schlug ihm lachend auf den Rücken, wurde dann aber sofort wieder ernst, als er das betrübte Gesicht seines Freundes sah. „Schieß los, was weiter?"

„Ich bin abgehauen. Ich habe ihr versprochen, so schnell es geht zurückzukommen und ihr, also uns, ein Haus zu bauen", fuhr Johann zerknirscht fort.

„So schnell es geht? Dreizehn Jahre! Das ist verdammt schnell", entgegnete Lukas sarkastisch. „Und du warst zwischendurch nicht einmal bei ihr und hast es ihr, ich meine, hast nach dem Rechten gesehen?"

„Ich habe fünf Jahre in einer Goldmine in Südafrika gesteckt, falls du's vergessen hast. Da spazierst du nicht einfach mal so mir nichts dir nichts raus."

„Ist ja gut, Mann. Aber danach, warum bist du von dort aus nicht gleich zurück?"

„Bin ich ja. Was denkst du denn. Aber dann", Johann verzog schmerzlich das Gesicht, als könnte er es immer noch nicht begreifen, „ist etwas passiert."

Lukas nickte. „Ich sehe schon, das wird eine längere Geschichte. Komm erst mal, die Alte hat gewunken."

Kurze Zeit später saßen sie sich beide in einer großen Wanne gegenüber. Eingelullt vom warmen Badewasser begann Johann von seiner Kindheit zu sprechen. Er erzählte von Marie und der Großmutter, von der kranken Mutter, dem überstrengen Vater und letztendlich von seinem überstürzten Aufbruch von zu Hause.

„Und dann fünf Jahre Goldmine in Südafrika. Das war Strafe genug für alles, was ich je angestellt hatte oder auch nicht. Aber das hab' ich dir ja alles schon erzählt." Johann schaufelte sich Wasser ins Gesicht, als wollte er sich den Staub dieser Zeit abspülen. „Und dann kommst du nach Hause", fuhr er wütend fort, „und kriegst endgültig den Todesstoß versetzt."

Johann schloss die Augen und verfiel in Schweigen, als wäre er damit am Ende.

Lukas schaute ihn gespannt an. Das konnte ja nicht alles gewesen sein.

Er wollte gerade nachhaken, als Johann von selbst zu sprechen begann und von dem verhängnisvollen Brief, der schrecklichen Wahrheit und der erneuten Flucht berichtete.

Lukas schüttelte heftig den Kopf. „Verbessere mich, wenn ich etwas falsch verstanden habe. Du hast also herausgefunden, dass dein Vater gar nicht dein Vater war und außerdem ein Riesenarschloch. Und was warst du? Du warst in Prerow und bist nicht bei Marie gewesen? Was sage ich, du hast sie dir nicht einfach geschnappt und mitgenommen?" Fassungslos starrte er den Freund an. „Lange oder Lembke, was spielt das für eine Rolle."

„Das konnte ich doch nicht." Johann schlug mit der flachen Hand auf das Wasser, so dass es über den ganzen Fußboden spritzte. „Was hätte ich ihr denn sagen sollen? Ich konnte ihr nicht die Wahrheit sagen. Ich war doch schuld an allem. Wie sollte sie mir das je verzeihen?"

„Du? So ein Quatsch. Das war ja wohl dein Herr Vater. Na ja, aber letztendlich hattest du die warme Bude und den gut gedeckten Tisch, während sie im Armenhaus hockte", schränkte Lukas ironisch ein. „Vielleicht solltest du wirklich besser nicht zurückgehen und dich lieber den Rest deines Lebens in Selbstmitleid suhlen."

„Schönen Dank auch. Genau solche Bemerkungen brauche ich jetzt", brummte Johann unzufrieden. „Mich bringt das Heimweh fast um und ich muss einfach wissen, wie es ihr geht."

„Kann es sein, dass du auf ein Wunder hoffst", fragte Lukas in einem Ton, der darauf deutete, dass er an Johanns Verstand zu zweifeln schien. „Ach, mein Johann", äffte er eine Frauenstimme nach, „dass du so schnell wieder da bist. Komm in meine Arme."

Johann winkte resigniert ab. „Ich hoffe gar nichts."

„Wenn sie so eine tolle Braut ist, dann musst du sie aus den Fängen von wem auch immer befreien. Sie und ihre sieben Kinder", stellte Lukas bestimmt fest.

„Was für Kinder?"

„Dreizehn Jahre, Johann! Was denkst du denn, was sie inzwischen gemacht hat? Es sei denn, sie ist Nonne geworden. Aber", Lukas hob die Hände, „da gibt's nur eins, du musst es rausfinden."

Er stieg aus der Wanne und wickelte sich in ein undefinierbares graues Tuch. „Aber nicht mehr heute, mein Freund. Zeit für Vollkostvoll. Los, komm." Vergnügt rieb er sich die Hände.

Seine Schwester Minna wohnte jetzt mit ihrer Familie im elterlichen Haus. Sie hatte sich aufrichtig gefreut ihn wiederzusehen und ihm die kleine Kammer unterm Dach überlassen, bis er eine geeignete Unterkunft gefunden hätte.

Weder sie noch sonst jemand im Dorf erwähnte je etwas von dem Brief. Nach wie vor wurde nur in höchsten Tönen von Thillmann Lange gesprochen und Johann, als dessen Sohn, der endlich nach Hause gefunden hatte, herzlich willkommen geheißen.

Minna berichtete davon, dass kurz nach Vaters Tod ein Amtmann das Haus inspiziert hätte. Ein Nachbar hatte eines Nachts dort jemanden herumschleichen sehen. Da jedoch nichts fehlte, zog er unverrichteter Dinge wieder ab und sie ein.

Johann hatte aufmerksam zugehört. Wer dieser Eindringling war, wusste er nur zu gut. Aber was war mit dem Brief geschehen? Hatten die Mäuse ihn weggeschleppt, bevor ihn jemand finden konnte? Oder hatte der Amtmann ihn der Obrigkeit übergeben, die es vorzog, ihn verschwinden zu lassen, um ihren angesehenen Bürger zu schützen? Die hielten sich doch immer gegenseitig den Rücken frei.

Johann hatte seine Entscheidung, Stillschweigen zu bewahren, in dieser Nacht getroffen. Es gab kein Zurück mehr. Es gab keine Beweise mehr. Wem sollte die Wahrheit heute noch nutzen, wenngleich ihm die Lobeshuldigungen auf seinen Vater, angesichts dessen, was der getan hatte, gewaltig gegen den Strich gingen.

So war und blieb er Johann Lange, Sohn des Kapitän Thillmann Lange, und Mariken blieb die Tochter der Armenhäuslerin Erna Lembke.

Die war einige Jahre zuvor gestorben, erzählte Minna weiter.

„Das hättest du erleben müssen", plapperte Minna munter weiter. „Mariken, du erinnerst dich doch an Mariken, musste gegen ihren Willen den Friedhofs-Eddi heiraten. Du weißt doch, der mit dem Humpelfuß. Sie hat sich bis zum Schluss dagegen gewehrt, hat behauptet, dass sie bereits verlobt sei und so weiter. Hat ihr aber alles nichts genutzt. Ist auch nie ein Verlobter aufgetaucht." Abfällig zuckte sie mit den Schultern. „Ich glaube ja, Mariken wollte einfach nicht heiraten. Hat sich ständig auf Großmutters Grundstück rumgedrückt. Einer behauptete sogar, er hätte gehört, wie sie mit einem Baum sprach. Stell dir das mal vor. Mit einem Baum. Ich sage dir, sie ist genauso seltsam, wie die Großmutter es war."

Johanns Herz schlug bei Marikens Erwähnung sofort höher. Sie wollte nicht heiraten. Sie hat an ihrem geheimen Ort auf ihn gewartet. Aber er war nicht gekommen.

Es kostete ihn Mühe, sich nichts anmerken zu lassen.

„Was meinst du damit, dass Großmutter seltsam war." Sein Ton war schärfer, als er beabsichtigt hatte. „Du kanntest sie doch kaum", fügte er versöhnlicher hinzu.

Minna schaute ihn missbilligend an. „Na das weiß doch jeder. Sonst hätte der Vater sie ja auch nicht verstoßen", sagte sie im Brustton der Überzeugung.

Johann spürte die Wut in sich aufsteigen. Wenn Minna wüsste, dass dieser Vater, den sie so vergötterte, sein eigenes Kind gegen das einer anderen eingetauscht hatte, danach erst die Hebamme und dann die Großmutter ermordete, was würde sie wohl dazu sagen? Aber er schwieg und leistete insgeheim Abbitte, dass er der Großmutter nicht beistand. Arme Großmutter, aber sie würde ihn verstehen. Nur, dass Minna über Mariken so sprach, konnte er nicht ertragen.

„Was hat Mariken mit all dem zu tun?", fragte er ärgerlich.

Minna hob überrascht die Augenbrauen. Dann lachte sie schrill auf. „Oh je, es tut mir leid. Ich habe doch glatt vergessen, dass ihr beide mal ein Herz und eine Seele wart." Sie schaute Johann einen kurzen Moment lang prüfend an. „Nicht dass du der heimliche Verlobte warst?" Doch schon winkte sie ab. „Nein, nein. Eine Armenhäuslerin, wie sie, konnte wohl kaum glauben, dass der Sohn eines Kapitäns sie heiraten würde."

Johann runzelte die Stirn. Das musste Mariken auch gedacht haben, als er nicht zurückkam. Nichts als leere Versprechen.

„Willst du sie besuchen? Sie wohnt hinten beim Friedhof zwischen allen ihren Kräutern." Minna stand auf und strich ihre Schürze glatt.

Johann fühlte sich für einen Augenblick in seine Kindheit zurückversetzt. Genauso hatte er es wohl hunderte Male bei der Mutter gesehen. Ein Gefühl der Wärme durchflutete ihn.

„Also dann“, Minna ging zur Tür, „die Wäsche macht sich nicht von allein. Du willst dich sicher noch ein wenig umsehen. Bis später.“

Johann machte sich auf den Weg zum Friedhof, an den sich Neumanns Gärtnerei anschloss. Er hatte kurz daran gedacht, das Grab der Mutter zu besuchen, was aber bedeutet hätte, auch dem des Vaters gegenüberzustehen. Des Vaters, dessen Sohn er nie war. Und so machte er einen großen Bogen darum. Die Mutter würde auch so in seinem Herzen bleiben. Sie hatte es nie an Liebe fehlen lassen und würde für ihn immer die Mutter bleiben. Diesen Platz konnte Erna nicht mehr einnehmen. Dafür war es zu spät.

Er konnte die Pflanzen der Gärtnerei schon aus einiger Entfernung leuchten sehen. Auf der einen Seite standen, ordentlich aufgereiht, Töpfe mit bunten Blumen, auf der anderen Stauden und Sträucher. Und zwischen den Kräutern hockte sie.

Sie war noch schöner als er sie in Erinnerung hatte.

Sein Herz pochte so laut, dass er fürchtete, sie könnte es hören. Er blieb stehen und beobachtete sie eine Weile. Durfte er sich nach so langer Zeit einfach wieder in ihr Leben drängen? Sie war verheiratet, hatte ganz sicher Kinder und ein Leben, in das er nicht mehr gehörte.

Für und Wider stritten in seinem Kopf. Er konnte sich noch so einreden, dass er es ihr schuldig war, sich zu erklären. Im Grunde ging es ihm doch einzig darum, dass er selbst sie sehen wollte. Sehen musste. Weil sein Leben ohne sie keinen Sinn hatte.

Früher oder später würde sie sowieso erfahren, dass er zurück war. Wenn nicht jetzt auf der Stelle von ihm selbst, wenn jemand anderes ihm zuvorkam, wäre seine letzte Chance vertan. Sie würde ihm niemals verzeihen. Wenn sie das überhaupt je konnte. Oder wollte.

Langsam ging er auf sie zu.

„Mariken“, rief er leise.

Ihr Kopf fuhr in die Höhe. Sie richtete sich auf und starrte ihn entgeistert an. „Johann?“ Es war nur ein Flüstern. Ungläubig. Zweifelnd. Traurig.

Johann glaubte in ihren Augen all die Fragen lesen zu können, die zu stellen es zu spät war, die er ihr aber dennoch beantworten musste. Und war da nicht auch noch Liebe in ihrem Blick?

Doch der Ausdruck auf Maries Gesicht änderte sich schlagartig. Ihre Miene verschloss sich und wurde eisig. „Was willst du?“ Sie wischte sich die Hände an der Schürze ab und blitzte ihn zornig an.

Unsicher trat Johann einen Schritt näher. „Bitte Mariken, lass es mich erklären.“

„Denkst du nicht, dass es dafür lange zu spät ist?" Marie stemmte die Arme in die Hüften.

Genauso hatte sie früher oft vor ihm gestanden, wenn sie wütend auf ihn war, dachte Johann wehmütig. Ein Bild aus längst vergangenen Zeiten. Könnte er doch die Uhr zurückdrehen.

Er wagte sich noch einen Schritt vor und dann noch einen, bis er direkt vor ihr stand.

„Ich …"

Maries Augen füllten sich mit Tränen. „Weißt du, wie lange ich damals auf dich gewartet habe? Jeden verdammten langen Tag habe ich nach dir Ausschau gehalten", stieß sie wütend aus. „Nein, Johann, ich will nichts hören."

Vergeblich versuchte sie eine Haarsträhne festzustecken, die ihr vorwitzig immer wieder ins Gesicht sprang.

Fasziniert glitt Johanns Blick über ihr Haar. Es leuchtete immer noch genauso rot wie damals. Bis auf diese eine widerspenstige Strähne, die schneeweiß war und die sich einfach nicht bändigen ließ.

„Mariken", vorsichtig wickelte er sie um seinen Finger, „es tut mir so leid."

Maries Widerstand schmolz dahin und sie ließ ihn gewähren.

„Ich dachte, du wärst tot", flüsterte sie. „Wo warst du, Johann? Warum bist du nicht zu mir zurückgekommen?"

Johann hörte den Schmerz in ihren Worten. Sie liebte ihn noch. Er konnte es kaum fassen.

Er zog sie an sich. „Ich wollte, Mariken, ich wollte. Das musst du mir glauben."

Er begann zu erzählen, erst stockend, dann immer schneller. Mit jedem Wort fühlte er sich ein Stück befreiter. Mariken war es, die ihn von seinen Qualen erlösen konnte. Das wurde ihm auf einmal klar. Sich ihr anzuvertrauen, nahm die Last von seinen Schultern.

Er hatte sich geschworen, ihr nie vom Verrat und den Verbrechen des Vaters zu erzählen, aber jetzt brach alles aus ihm heraus. Er verschwieg nichts.

Marie war einen Schritt zurückgewichen und hörte ihm voll Entsetzen zu.

„Das glaube ich nicht", hauchte sie bestürzt. „Dein Vater soll mein Vater gewesen sein? Und die Großmutter …"

Auf einmal schien alles klar vor ihr zu liegen. Sie fasste sich ins Haar und betrachtete dann ihre Hände. „Darum sehe ich aus wie sie. Darum bin ich wie sie." Fassungslos schaute sie Johann an. „Das kann doch nicht sein, Johann. So etwas passiert doch nicht wirklich."

Johann sah, wie es in ihrem Kopf arbeitete.

Sie versuchte krampfhaft, das Unglaubliche zu verstehen. Thillmann Lange und was er getan hatte interessierte sie nicht. Einer, wie er, konnte nicht ihr Vater sein. Dieser Mensch verdiente es nicht, auch nur einen Gedanken an ihn zu verschwenden. Aber dass in ihr das Blut der Großmutter floss, war wie ein Geschenk für sie, eine Erklärung für ihre Gefühle, ihre Fähigkeiten und nicht zuletzt ihr Aussehen.

Johann griff nach ihren Händen. „Es tut mir alles so leid", wiederholte er.

„Warum bist du damals nicht zu mir gekommen?" Marie lächelte traurig. „Du hättest mich heiraten sollen. Nicht ein anderer."

Aus der hinteren Ecke des Gartens kamen zwei kleine Jungs laut krakeelend angerannt, versteckten sich hinter Maries Rock und beäugten Johann neugierig aus sicherer Distanz.

„He, ihr zwei. Wollte ihr nicht ordentlich grüßen, wie es sich gehört", wies Marie sie halbherzig zurecht.

Wollten sie nicht. Genauso schnell, wie sie gekommen waren, verschwanden sie kichernd wieder zwischen den Büschen.

„Bist du glücklich?", fragte er zögerlich.

„Er ist gut zu mir", antwortete Marie leise. „Und die Kinder sind mein ganzes Glück." Traurig blickte sie zur Seite. „Es hätten deine Kinder sein sollen."

Johann sah sie flehend an. „Haben wir noch eine Chance?"

Marie schüttelte den Kopf. „Es ist zu spät, Johann."

Johann schluckte heftig und nickte dann. „Ich sollte wohl besser gehen."

„Ja, Johann. Das solltest du."

Unbeholfen standen sie sich gegenüber, unfähig, sich vom anderen zu lösen, als würde ein unsichtbares Band aus längst vergangenen Zeiten sie immer noch verbinden.

Erst das Kindergeschrei aus einer anderen Ecke des Gartens holte sie in die Gegenwart zurück.

Sachte entzog sie ihm ihre Hände und wendete sich langsam ab.

Er schaute ihr nach, bis sie hinter dem Haus verschwunden war.

Sie hatte sich nicht noch einmal nach ihm umgedreht.

Er fühlte sich um Jahre gealtert, als er sich endlich dazu durchringen konnte, ebenfalls zu gehen.

Entschlossen kniff er die Lippen zusammen und nickte sich selbst zu. Es musste sich damit abfinden, ohne sie zu leben. So war es nun mal.

Er vergrub die Hände tief in seinen Hosentaschen und beschleunigte seine Schritte.

„Johann! Warte!"

Abrupt drehte er sich um und sah Marie auf sich zu gerannt kommen. Sein Herz zog sich schmerzhaft zusammen. Es war wie früher. Ihre wippenden Locken, die geröteten Wangen und tausend Sommersprossen.

Sie flog in seine geöffneten Arme und drückte sich schluchzend an ihn.

Er hielt sie einfach nur fest, bis sie sich beruhigt hatte.

Mit verweintem Gesicht schaute sie, ohne auch nur ein Wort zu sagen, zu ihm auf.

Er verstand sie auch so. Zärtlich küsste er ihr die Tränen weg, und als sie ihre Arme um ihn schlang, suchte er ihre Lippen.

Es war keiner der Küsse von damals, als sie noch so jung waren und ihnen die ganze Welt offen zu stehen schien. Es war der Kuss zweier Menschen, die in diesem Moment beide wussten, dass es der letzte sein würde.

Einige Monate später heiratete er Bertha und baute sein Haus neben dem verwilderten Garten der Großmutter. Ein letztes Zugeständnis an glückliche Zeiten.

Er hatte gedacht, er würde irgendwann über Marie hinwegkommen.

Was für ein Irrtum.

Kapitel 34

„Damit erkläre ich Sie zu Mann und Frau." Die Standesbeamtin nickte Christian freundlich zu. „Sie dürfen die Braut nun küssen."

Das ließ Christian sich nicht zwei Mal sagen. Zärtlich strich er Nell die Locken aus dem Gesicht und küsste sie ganz sanft.

„Davon habe ich vom ersten Augenblick an geträumt", raunte er leise.

Nell zwinkerte ihm belustigt zu. „Aber nur, weil ich dich von Anfang an verhext habe."

„Oh ja, das hast du." Christian ließ seine Hand auf ihrem Rücken abwärts gleiten. „Wir können uns wohl nicht ein paar Minuten verdrücken?"

Lachend stieß Nell ihn ein Stück von sich. „Ich fürchte, du musst dich noch ein bisschen gedulden. Es sei denn, du möchtest alle Freunde dabei haben."

Bei strahlendem Sonnenschein warteten die bereits laut johlend vorm Standesamt auf die beiden.

Christian und Nell winkten ihnen lachend zu. Dann hob Christian Nell in die Höhe und wirbelte sie unter dem tosenden Beifall aller Gäste herum, ehe er sie vorsichtig wieder auf die Füße stellte. Er legte seinen Arm um ihre Schulter. „Meine Damen und Herren, darf ich vorstellen: Meine Frau!"

Musik erschallte, Korken knallten, Gläser klirrten und Gratulanten umringten sie.

„Auf das, nun ja, junge Paar!"

„Hundert Jahre sollt ihr leben."

„Und wenigstens ein paar davon glücklich sein."

Es wurde gelacht, gesungen und getanzt.

Nur Gustav, für den man einen bequemen Sessel bereitgestellt hatte, schien sich inmitten der fröhlichen Gesellschaft verloren zu fühlen.

Nell sah, wie sein Blick hektisch von einem zum anderen irrte und er am ganzen Körper zu zittern begann.

„Ich glaube, dein Vater braucht mich", flüsterte sie Christian ins Ohr, um nicht die Aufmerksamkeit der anderen auf den alten Mann zu ziehen. Es war so schon alles aufregend genug für ihn.

Christian lächelte sie dankbar an und küsste sie auf den Scheitel. „Du bist ein Schatz."

Als Gustav Nell auf sich zukommen sah, hellte sich sein Blick auf. „Sophia, da bist du ja.“ Hilfesuchend streckte er ihr die Arme entgegen. „Es sind so viele Menschen hier.“

Nell umarmte ihn liebevoll. „Es ist alles gut. Natürlich bin ich hier. Ich werde immer für dich da sein.“

Der Alte streichelte ihr Gesicht. „Bist ein liebes Mädchen. Ich will nach Hause. Ich bin müde.“

Georg war sofort zur Stelle. Er nickte Nell und Christian zu. „Lasst mal, ich kümmere mich um ihn.“ Er half Gustav auf die Beine. „Na komm Gustav. Ist zu viel Trubel, was?“

Sonja drängelte sich mit einem Tablett voller Sektgläser zu Nell und Christian durch. „Auf euch und eure verhexte Familiengeschichte. Wenn ich es nicht besser wüsste, würde ich es glatt für erfunden halten.“ Sie hatte zu tun, das Tablett in der Waage zu halten „Schon verrückt, das mit euch beiden“, presste sie hervor und verteilte die Gläser.

Nell umarmte Sonja gerührt. Sie hatte tatsächlich einen Kloß im Hals und schluckte heftig. Ihre ach so coole Freundin schien plötzlich gar nicht so cool zu sein.

„Vielleicht wird aus der Geschichte irgendwann mal ein richtig guter Roman“, sagte Sonja schniefend und lachte verlegen.

Auch Nell musste sich schnell eine Träne aus dem Augenwinkel wischen. Doch schon im nächsten Augenblick strahlte sie wieder.

„Wer weiß?“ Sie zwinkerte Sonja zu. „Ein Roman mit einem perfekten Happyend.“

Christian nahm sie in die Arme und schaute ihr tief in die Augen. „Worauf du dich verlassen kannst.“

DAS MÖCHTE ICH NOCH LOSWERDEN!

Natürlich möchte ich mich wieder ganz herzlich bei all denen bedanken, die mir erneut so hilfreich zur Seite standen. Schreiben ist ja ein eher einsames Geschäft, aber Aufmunterung, ab und an auch der berühmte Tritt in den Hintern, endlich fertig zu werden, und gute Tipps waren mir eine große Unterstützung.

Als erstes danke ich meinem Mann, der wieder mal verständnisvoll darüber hinweggesehen hat, dass mir mein Buch oft wichtiger war als der Staub auf den Schränken. Du bist und bleibst eben der Beste!

Vielen Dank an Renate und Klaus, dass ihr mir erlaubt habt, euer Zuhause zu dem meiner Hauptfigur zu machen und mich den einen oder anderen Blick hinter die spannende Kulisse habt werfen lassen.

Ganz lieben Dank an Gefion Nicolaisen, meine erste Testleserin und wohl auch die kritischste. Wenn du mir auch manches Stirnrunzeln aufgedrückt hast, deine Hinweise machen das Buch ganz sicher zu einem besseren.

Auch dir, liebe Karin Frank, wieder herzlichen Dank. Es ist nach wie vor nicht zu unterschätzen, eine Lehrerin im Freundeskreis zu haben, die sich perfekt mit Rechtschreibung, Grammatik und ganz besonders Kommata auskennt und die noch dazu bereit ist, ihr Wissen mit mir zu teilen.

Auf keinen Fall vergessen möchte ich meine Freundin Ilona, die mir viel über Heilkünste, Energien und Magie erzählt hat. Ich habe eine Menge von dir gelernt und es hoffentlich gut und richtig umsetzen können.

Fehler oder sonstige Unstimmigkeiten, die sich trotz allem noch irgendwo versteckt haben mögen, gehen ganz allein auf mein Konto.

Ein ganz großes Dankeschön gilt natürlich dem Engelsdorfer Verlag, der nun schon zum vierten Mal aus einem Manuskript von mir ein Buch mit Körper und Seele gemacht hat.

Zu guter Letzt danke ich meinen Freunden und allen meinen Lesern, die schon lange auf die neue Geschichte warten. Erst durch euch werden Buchseiten zum Leben erweckt. Ich hoffe, ihr haltet mir auch weiterhin die Treue.

Am Ende bleibt mir noch zu sagen, dass diese Geschichte reine Fiktion ist und ich durchaus kleine Änderungen im Ortsbild von Prerow vorgenommen habe, wo es der Geschichte zuträglich war.

Die Figuren und ihre Handlungsweisen entspringen meiner Fantasie. Eventuelle Ähnlichkeiten mit lebenden Personen sind entweder unbeabsichtigt oder mit ausdrücklichem Einverständnis entstanden.

Die Sturmflut 1872, mit ihren schlimmen Folgen, fand tatsächlich statt. Auch das schwarze Haus gibt es wirklich, wenngleich ich es für meine Zwecke ein wenig „umgeräumt" habe.

Nach dem Café „Engel" werden Sie vergeblich suchen. Aber vielleicht erkennen Sie es in einem unserer ansässigen Cafés wieder? Probieren Sie sich einfach durch! Jedes ist eine Sünde wert!

Gehen Sie doch mal auf die Suche nach den Plätzen und Häusern aus meinen Geschichten, lassen Sie ihre Fantasie spielen und genießen Sie die Zeit in unserem wunderschönen Prerow.

Elke Kleist
Prerow, Mai 2021

Das kann doch wohl nicht wahr sein! Kaum hat Jenny in Berlin das Ende ihrer langjährigen Ehe verdaut, Verzweiflung, Selbstmitleid und unbändige Wut hinter sich gelassen, zwingt ein beruflicher Auftrag sie, sich ausgerechnet im Ort ihrer Kindheit, in Prerow an der Ostsee, ihrer Vergangenheit und obendrein diesem selbsternannten Robin Hood des Darßwaldes mit dem Charme eines Herings zu stellen. Was bildet dieser Typ sich ein, wer er ist? Zum Glück gibt es da ja auch noch andere, wirklich nette Männer. Doch allmählich erkennt Jenny, dass auch Heringe ihren Charme haben.

Ihr gemeinsames Leben soll gerade erst richtig beginnen, aber es kommt alles ganz anders.

Nach dem plötzlichen Tod ihrer großen Liebe Robert bleiben für Jennifer alle Uhren stehen. Sie zieht sich in sich selbst zurück und klammert sich nur noch an die Vergangenheit.

Doch sie hat die Rechnung ohne ihre Freunde gemacht, die sie beharrlich ins Hier und Heute zurückholen.

Für einen Reisebericht muss Jennifer nach Namibia fliegen. Die letzten Stunden davor springt sie über alle ihre Schatten und damit endgültig wieder ins Leben hinein und verbringt sie mit einem aufregenden Fremden.

Was nur für eine Nacht gedacht war, entwickelt sich ganz zaghaft zu einer neuen Liebe. Aber will sie sich wirklich auf einen Abenteurer, dessen Herz in Afrika schlägt, einlassen?

Oder soll sie besser an der Seite von Freund Henry einen absolut sicheren, berechenbaren Neuanfang wagen?

Wo ist ihre Liebe zu Hause? In Prerow an der Ostsee? Im Sturm des Nordost? Oder doch im Südwesten Afrikas mit seinen heißen Wüstenwinden?

Charlottes Jugendjahre sind von Sorglosigkeit und Spaß geprägt. Jeder Tag ist ein Urlaubstag, das Leben an der Ostsee zeigt sich nur von seiner Sonnenseite. Als Frank und sie heiraten, glaubt sie an das große Glück für immer. Doch während sie sich zunehmend nach Geborgenheit und Sicherheit in ihrer Ehe sehnt, kennt die Party für ihn kein Ende und es treibt ihn immer öfter in fremde Arme. Zutiefst enttäuscht verlässt sie ihn, überwirft sich mit ihrem Vater und geht nach Berlin, um noch einmal ganz von vorn zu beginnen. Falscher Stolz und Starrsinn halten sie davon ab, zurückzukehren.

Sie trifft Alexander, der ihr alles das bietet, was Frank ihr nicht geben will. Ohne etwas von ihrem Vorleben preiszugeben, führt sie an seiner Seite ein vollkommen geordnetes, berechenbares Leben. Eine Ehe ohne Dramen, aber auch ohne Höhepunkte, doch mit dem Gefühl, dass auch am nächsten Tag noch alles bleibt, wie es ist. Sie kümmert sich um die Kinder, um Haus und Hof und hält ihrem Mann den Rücken frei, während er das Geld für die Familie verdient. Alles könnte gut sein, wenn nicht eins ihrer Kinder nicht seins wäre.

Nach über zwanzig Jahren versöhnt sie sich mit ihrem Vater. Aber damit beginnen die Probleme erst richtig. Denn weder Alexander noch ihre Kinder wissen, dass es ihn gibt.

Wie soll sie ihr sorgsam gesponnenes Lügennetz nur entwirren?

Als dann auch noch Frank auftaucht und sie erneut in einen Strudel hemmungsloser Leidenschaft zieht und ihr die Mittelmäßigkeit ihres Lebens vor Augen führt, wird alles noch komplizierter.

Und wer ist dieser Francis Morton, der, einem Phantom gleich, keine Spuren hinterlässt, sich aber dennoch das Haus ihres Vaters unter den Nagel gerissen hat?